MEMORY HOUSE

记忆坊文化

因可觅 著

她的骄傲

骄傲

上

TA DE
JIAO'AO

江苏凤凰文艺出版社

JIANGSU PHOENIX LITERATURE AND
ART PUBLISHING, LTD

目录

Hey Jin,
you'll do

第一章……
奇怪的工作

金雪言会给梦信科技金融公司投出简历，主要是因为它开出的高薪。

市场部总监，税前薪水3万，不要求相关工作经验，招聘网站上独此一份，她一切硬件都符合。她刚刚从国外毕业回来，说好听点是镀金的海龟，实际上在这城市的庞大海滩上，一网下去能捞起一大箩筐。这样的薪资待遇，万分难求。

她十分需要钱。妈妈在医院里接受治疗，欠款已经不少，什么职业规划、工作环境、发展前景……通通一边去，她只要钱。

她去面试那天，天气晴好。

明媚的阳光透过玻璃落地窗洒进来，映得黑白相间的大理石地板都闪闪发光。她走进这家公司，前台那里没有人。她正迟疑，一旁会议室的门开了，走出来一个穿白色职业套装的年轻女人，看见她，招手道："来面试的？快进来。"

金雪言走进去，会议室里富丽堂皇，坐着十多个人。宽大会议桌的尽头，一个吊儿郎当的男人在讲话。

"无领导小组讨论"？

金雪言有点迷茫地找个位置坐了下来。带她进来的姑娘已经走到讲话的男人身边，似乎是他的助理。

男人则慷慨激昂："……金钱是有时间价值的，每一分钱放在你自己的口袋里，都在不停地贬值。懂吗？你们知不知道中国人因为通货膨胀每年要损失多少钱？按照通胀率5％算，60万亿的GDP，就是3万亿，3万亿啊，各位！只有推广我们的理念，让金钱发挥它的时间价值，才能让中国人口袋里的钱不白白蒸发！"

整个现场气氛诡异，不像面试，很像传销。金雪言看看四周，有人听得如痴如醉，有人听得脸色尴尬。会议桌后面的男人说得兴起，手舞足蹈，他旁边白裙子的女人兢兢业业地给他的杯子里添水，管他叫"余总"。

金雪言知道了，招聘页面上有介绍，这个男人名叫余天，是这家公司的总裁。他喝了口水接着说："再给你们讲一个故事。诺贝尔奖大家都知道吧？他们每年发奖，很快就没钱了，要破产了。但是他们当机立断，找了麦肯锡进行代理投资，很快就转危为安了。到了2005年，本来的300万美金已经变成了5.4亿！很大一笔钱对不对？不要惊讶，现在我们就来算算，按照我们梦信金融的利率，你存的10万块钱四十年后会变成多少。小仙，演示牌呢？来来来，举起来。"

余天挥着手，旁边他那瘦弱的助理赶紧把一块半人多高的演示牌举起来，他指着上面的图表唾沫星子乱飞："1.8亿！看见了吗？这就是复利的力量。爱因斯坦说过，复利是这个世界的第八大奇迹。财务自由没有那么难！"

"那个，首先我得有10万本金啊。"下面有人嘟囔着。

旁人笑了，余天也笑了："所以来成为梦信金融的一员，赚出年轻人的第一桶金啊。"

房间里的气氛渐渐热烈起来，不少人像被美好的前景俘获，有些意气风发。

"不过嘛，我们说到底是个理财平台，让客户拿出真金白银来，也没有那么容易。来我这儿面试，不玩虚的。"余天从桌上的纸袋子里拿出一只瓷杯子，"今天这面试，就一题——看谁能把这杯子以500块的价格卖出去。"

会议室里的人面面相觑，看上去大家都是来应聘市场部总监这个职位的。

"500……余总，这太强人所难了吧。"

"除非包装一下，说……就说这是什么明星用过的杯子。"

"还是说具有养生功能吧，可以净化饮水，降血压，提神醒脑。"

七嘴八舌的议论不少，但大家都是信口开河，谁也没当真。余天笑着听着，看上去有些享受。趁着他们争执，金雪言悄悄站起身来，打算溜之大吉。

不用待下去了，这公司，不是什么好去处。

"你们这不行啊。"余天站起来，"给你们看看我怎么把这杯子卖掉。等等，美女，看好了，就卖给门口这位美女。"

金雪言意识到他说的是自己，只好尴尬地停下来。余天拿着那瓷杯朝她走过来。这个男人相当高大，看上去颇有气势，可惜一脸浮夸，整个人就落了下乘。

他在她前面停下，开口说："美女，你知道这杯子什么来历吗？"

金雪言笑笑，不说话。

"这是明朝瓷器……"

他是要搞销售教学，但他面前这个人一开始就知道他的底细，说成白玉做的只怕人家也不会相信，一屋子的人就兴致勃勃地等着看余天怎么完成这个不可能的任务。

"真的只卖500块？那您可亏大了啊。"

余天一愣。

他没想到对方的台词会是这样的，按理说，应该是对方表示不信，然后他再搅动三寸不烂之舌才对。

"这杯子到我手里，卖您5000，信不信？"眼前这女人似笑非笑地看着他。

余天来了兴致，斜眼瞧着她："5000？你打算怎么个卖法？"

"不用什么卖法啊，它本来就是名器。"金雪言从余天手里接过杯子，指尖敲了敲杯底，"您说得有点不对，这是北宋的，不是明朝的。北宋飞花瓷，不算特别珍稀，不过就这年头看，5000那也算是白菜价了。"

"不可能！这就是街上买的，是不是，安小仙？"余天问他的小助理。

"老城南那儿买的吧？"金雪言说。

本城的老城南一条街，平日里摆了无数小摊子，卖真的假的古董、珠宝，就像一个批发市场。但是早年，确实有不少玩古董的在那儿淘宝。

安小仙连连点头："对，就是城南一条街的老宅里买的！"

这说得余天有点狐疑起来，他问面前的女人："你怎么知道？"

"看出来的啊。"金雪言泰然自若地说，"好歹我爷爷也在老城南鉴定了一辈子古董，我耳濡目染，这点眼力还是有的。哦，我忘了说，我爷爷是顾羡晓。"

顾羡晓这名字就算不在古董圈，也有一定知名度，他做了一辈子文物鉴定，上过央视鉴宝栏目。但是余天是什么人？怎么可能被这样三言两语唬住。他只说："那我们去鉴定下啊，要是真的，美女我请你吃饭。"

"北宋飞花瓷特别容易鉴定，只要隔着薄纸，对着阳光透着看，就能看到瓷体内部流动的花纹，这是它特有的折射效果引起的。"金雪言走到会议桌前，拿起一张白纸，撕成窄条，穿过瓷杯的把手，然后拉住纸的两端，把瓷杯就串在了纸条上。她招呼余天："就是这样，你拿到窗口对着阳光就可以看见。"

这时候会议室里已经鸦雀无声，没人再记得什么500块卖出杯子的面试题，北宋飞花瓷成了唯一的关注点。

余天心里也不停地嘀咕，他看了一眼安小仙，不会这丫头是个财星吧，随手一买就是古董？他半信半疑地从金雪言手里接过瓷杯，学着她的样子一手拉住纸条的一端，让杯子悬在中间，凑到窗口去看……

他眨眨眼睛，集中精神，想从那薄透的杯底看到金雪言说的流光花纹。

所有人都紧张地注视着他，好像这场面试奇异的转折和自己也息息相关似的。

刺的一声，纸条断了，那瓷杯落在大理石地面上摔得粉碎。

"啊！"不止一个人惊呼，连余天都变了脸色。

金雪言却气定神闲地说："现在，你没有机会鉴定了。余总，这5000块，你不给也得给了。"

余天愣了好半晌："你这是碰瓷啊！"

他现在当然完全明白了，那纸条在被这女人撕下来的时候就被动了手脚，中间被弄湿了，很容易断。她一开始猜出是老城南那里买的，得到了安小仙的确认，这就让他放松了警惕；然后又说什么顾羡晓，步步深入，哪里有一句是真的？当然她也没打算让他们真相信。只是这杯子一打碎吧，管它是真是假，也说不清了。

幸好他们这是在"面试"，要真是有人下这个套，他这5000块还真就得被讹走。

余天哪里吃过这样的亏，恼怒又一时说不出话来。其他人聪明地也反应过来，就看着他，忍着幸灾乐祸的笑。

"余总，抱歉让您打碎了个杯子。"金雪言笑道，"500块卖一个杯子，是斗智和博弈，看谁忽悠得了谁。但是真正的商业营销不是这样的，商业营销至少要有基本的诚信。当然了，如果知识面广一点，人也就没那么容易被骗。我说第一句的时候你就会知道是假的，因为北宋根本没有什么飞花瓷，再见。"

她含笑说完，转身向门外走去，余天半天挤出一句："喂，你谁啊？"

但金雪言已经出门走远了。

这公司在一幢写字楼里。

金雪言按了电梯下楼，她还有下一场面试。她当然想过这儿的面试不能通过，但也没想到是这种过程，忍不住自嘲地笑了笑。

出了电梯，她身后传来几声大叫："金小姐金小姐金小姐！"一个人就朝她冲了过来。

就是之前带她进会议室的姑娘，好像叫安小仙。此刻她怀里抱着金雪言的简历，还有一份合同，追上来拉住了她：“金小姐，你被录用了！梦信金融的市场部总监，明天起我们就是同事啦！”

她说得兴高采烈，发自内心，金雪言呆了一下：“……呃，这个，我还不想在梦信入职。”

“为什么？”安小仙瞪大眼睛，感觉十分不可思议。大概在她看来，你自己投了简历，当然是对这个职位心向往之才对。她把怀里的文件抽出来递过去，“你看，我把合同都带下来了，马上就能签！”

金雪言随手翻了一下，决定找个过得去的理由：“啊，没有五险一金，所以……”

“可以补的！你知道，我们是新成立的公司，好多手续都没齐。”安小仙说得斩钉截铁，“放心啦，全都会给你补齐的。”

“对不起，我不会在你们这儿工作的。”金雪言把合同还给她。

这是当然的了。如果说之前她看中的是这儿的高薪，那么现在看那位老板的做派，这儿应该不是什么正经靠谱的公司。她胡诌一通北宋飞花瓷，可不是为了通过面试，只不过是有人想拿她当蒙骗对象，她自然反击而已。

她想走，另一个电梯打开，余天走了出来。他在不远处站定，嘴里吸着烟，有点散漫的样子。

“金雪言？为什么不肯留下来？”

金雪言望天，余老板，能说是看不惯你的做派吗？她决定不答，只是抱歉地笑笑，就想走过去。

“我们挺需要你的。”擦肩而过的时候，余天又说，“我看过你的简历，你是美国纽约大学毕业的，挺让人羡慕。不瞒你说，我就念了初中，闯了几年，想创个业吧，又被你这样的名校高才生嫌弃——你不肯留下，是因为嫌弃我吧？”

他没回头，声音落在金雪言身后。金雪言的脚步顿了顿，却没停，还是继续往前走去。

“那你为什么又给我投了简历啊？”余天还是不甘心，抬高了声音。

“因为高薪。”这句倒是可以答的，金雪言终于转过身，坦然说，“我需要钱。”

“那这样，我立即给你预支一个月工资。”

预支工资，还有这种操作？金雪言倒一时怔住。

余天招招手，安小仙就急急地跑过去。他对她吩咐了几句，安小仙又跑到金雪言身边：“喂，给我账号，支付宝也行！”

“不是，余总，我……”

金雪言想说什么，余天却大大咧咧地端起了老板范儿："不拘一格降人才嘛，金小姐，我希望你值得我为你破例。"

安小仙动作很快，抢过她的手机，又在自己的手机上一顿操作，3万块钱就到了金雪言的账上。这个过程中金雪言是有点迷糊的，大概她什么都想过，就是没想过有人给自己送钱的场景。钱是从安小仙个人的账上过来的，也是，这公司，还指望什么报批走账的财务流程？但是，3万块，确实也是不小的诱惑。

至少医院里那些欠款可以缴清了。

她很快缓过神来，恢复镇定的笑容，晃了晃手机："余总，如果我今天就此离开，再也不出现，您这3万不是打了水漂？"

安小仙瞪着她，好像十分惊恐。

但余天只是说："我余天别的本事没有，看人从来不出错，明天来上班吧。"

金雪言最终还是和梦信金融签了入职合同。

可能就因为那3万块，也可能是因为余天那一句"是因为嫌弃我吧"说得没了之前的轻浮，倒有几分落寞。但既然签了，她也就懒得去想为了什么。

她回到医院，妈妈在睡，邵锦在一旁守着。见她回来，他拉着她出了病房。她问了下情况，他说："梁阿姨一直在睡，应该还好。"

妈妈睡眠的时间越来越长，也分不出到底是昏迷还是怎么。她心里揪了一下，推了推邵锦："我在这儿，小锦你回去吧。"顿了顿，又觉得太生硬似的，问，"你在赶论文，应该挺忙吧？"

他闷闷地答："还好。"

邵锦比她小一岁，正在读研，快要毕业。他们应该算是熟人了。金雪言没来得及回来的日子里，母亲梁华病重，都是邵锦照顾的，她对他满怀感激。但两个人在一起，气氛总是很微妙。

他在她面前总是有点局促，而金雪言看见他，也永远觉得压力很大。

她不会忘记，第一次见邵锦，是在一片雪白的病房里。邵锦躺在病床上，苍白空洞得像个人偶。他的腿上包着纱布，还有隐约的血迹。而她冲进病房就一下子跪在他的面前，哭着道歉："对不起，对不起，我爸爸不是故意的……"

她的爸爸金康是一名货车司机，那一年，驾驶运货卡车撞上了一辆小轿车。车中夫妇双双身亡，只有他们十五岁的儿子活了下来，失去了一只小腿。金康肇事后逃逸，很快被抓获，获刑八年。

入狱四年后，金康在狱中斗殴死去。

这样惨痛的纠葛，让金雪言永远不想再见到邵锦这个人。

然而世事难料，他还是成了她们生活中的一部分。

掐断这样的思绪，金雪言柔声说："我送你回去。"

他左腿膝盖以下是假肢，行动多少有点不方便，她总是很体贴。邵锦摇头，执意独自离开。

对金雪言来说，紧张的生活就这样开始了。

照顾病重的母亲和一份强度不小的工作，让她连轴转起来，没有一点喘息的余地。

梦信金融是一家互联网理财平台。

它的业务核心是借贷信息服务。本质是通过信息技术进行金融革新，进行点对点的借贷交易，理财平台把出借人的钱收进来，约定一个利率，再以更高的利率借给真正需要钱的借款人，通过赚取服务费来进行盈利。这个行业自古便有，只不过现在把全部操作都放到互联网上来，就变得体量庞大、效率惊人。

余天之前在小贷公司干过，脑子活络，看准互联网的东风想干出一番事业。不过梦信金融刚成立没几天，加上金雪言，一共才……五个人。

余天自己掌管最核心的事务，包括寻找借款的客户，安排整个资金流向。安小仙是财务兼总裁助理。过了几天金雪言才知道，这两个人是男女朋友关系。安小仙提起余天，总是一脸崇拜，像个涉世未深的少女——当然她本来也是。

她从一所名不见经传的大学毕业，不想回县城老家，就出来闯世界，吃了不少苦头，直到认识余天。

"我和天哥是在酒吧里认识的，他对我可好了。现在家里知道我当着财务总监，都开心坏了呢。"

还有一名管理网站和APP的理工男，叫迟铭，总是沉默寡言；一名叫老柯的司机，管些办公室的杂务。

市场部？当然只有金雪言一个人。

她的责任是把公司业务推广出去，找到更多的资金和出借人。

这个行业竞争激烈，大家都杀红了眼，不迅速做大做强，就是死路一条。

这个行业口碑也不太好，因为群魔乱舞。这些年，以此为名的骗局一度层出不穷，导致很多人看它难免戴上有色眼镜，甚至闻之色变。但金雪言越了解，倒也越觉得前景广阔，大有可为。

不论是借款，还是出借，在互金平台上都门槛低，效率高，操作便捷。它让普通人手中的金钱流动起来了，像小小的水滴一点点汇成川流，金融终于好像不是那么高高在上的东西了。

金雪言找了自己做金融的同学请教，也买了专业书，就在妈妈病床前读。

虽然工作忙，但她也没有忽略妈妈，白天请了护工，夜里都是她亲自陪床。不过妈妈病情反复，很多时候她不得不两头跑。好在医院里很多事，邵锦会帮着打点，她很感激。

加上她做这份工作要做不少功课，当真昏天黑地，夜以继日。

余天特别重视他们"市场部"，经常询问。金雪言成果不错，她做了策划，去网上买了媒体广告，还做了几次营销活动，两个月内就把梦信的成交额拉到了快2000万，大大超乎余天预料。他觉得自己这不拘一格的人才招得对，给她发了不少奖金，还顺手给了她一张优嘉健身馆的会员卡，价值也有个一两万，只不过她哪有时间去健身？

但是金雪言也发现了不少问题。

她本来只管推广，不会接触到资金端、资产端上的事，但为了做材料拉数据，还是查了查内部的数据库，想了想，不得不去找余天。

"余总，我发现最近的借款流向有点问题，主要的几个借款企业，都是刚注册的公司。这样出借人的钱放出去，不会有危险吗？"她倒从来不和余天绕弯子。

"放心，放心。那些公司背后都有大老板的，只不过大老板不愿意用自己的名义借款，这是正常操作啦。"

"可是……"

"哎，你不懂。"余天打断她摆摆手，"干这行，哪里能那么认真啊。现在我们资金流良好，那些钱我不放出去，躺在账户上生虫啊？你别管了。"

金雪言想说什么，又忍住，这实在不是她应该插手的业务范围。

她只好点点头："昨天做的海报你看了吗？"

"还说呢！金雪言，你这做的什么啊？"余天想起来，调出电脑上的图片。图片上是青山绿水背景，前面是挥着鲜花的儿童，看上去十分喜庆，上面是他们梦信的标志和热情洋溢的宣传词。

"呃……我觉得挺好啊。"

"土，土死了。"余天显得痛心疾首，又从电脑上调出另外一张图，上面是黑色的星空底，美女笑得如沐春风，整个海报质感上佳，"你怎么不能学学人家牛牛在线啊？多洋气多'高大上'。哎，金雪言，我怎么没发现你就这品位？回去重做！"

他连珠炮似的，把她的作品给打了回来。金雪言听着，反而笑了："余总，你知不知道人家牛牛在线的广告是投放在哪里的？"

余天愣了愣。牛牛是近来很热门的一个平台，业务量让人眼红，和他们梦信比，不知道高到哪里去了。

"他们的广告，是放在地铁、广场，面向都市白领的。上面那个三线明星，代言费、肖像授权费，一两百万总有吧，还有公共路段的广告投放费用，加起来对我们而言是个天文数字。"金雪言说道，"我们呢，没有这个营销成本，我们面向的对象是居民小区里的大爷大妈，他们喜欢的风格我是调研过的。当然了，风格其实不是很重要，还不如把营销费用来给他们多送几桶油呢。"

余天还是迟疑着："你说的，这能行吗？"

"行不行，走着瞧呗。"金雪言笑，转身就走，"海报方案我先不改了啊。"

她向门口走去。余天的办公室里，摆着一台大屏幕，上面经常轮番播着大大小小的金融新闻，弄得这间屋子里头专业气息十足。金雪言瞥到屏幕的时候，忽然怔住了。

上面播放的应该是最近举办的一个什么经济论坛，有个男人正在演讲。他西装革履，意气风发，神色却稳重深沉。

"林先生，"会场下面有人提问，"茂林近年来一直以酒店、房产等产业为主，林董事长卸任不久，您就设立茂林金融，对此有什么期许呢？"

台上的男人答道："当今世界，'金融'这件事，是和每个企业，甚至每个人都息息相关的。这些年来，茂林集团并不是没有涉及过金融业务。现在设立茂林金融，只是想把这一块进行一个整合，让它成为茂林与外界资产合作的窗口。"

见鬼了，屏幕上的男人在侃侃而谈，金雪言却想，这不像他，她从来没见过他穿正装。如今他的样子，看上去那么……似是而非。

见她停着看视频，余天走到她身边，点了支烟："知道那是谁不？"

她下意识地问："那是谁啊？"

"茂林集团的公子，林少煜。"余天叹着气说，"富二代就是好啊，早前谁听过林茂生有这么个儿子？人家本来活在媒体视线之外，可潇洒了，结果林茂生一病重，就把他召回来。唉，年纪轻轻，不费吹灰之力，就掌管千亿财团。这年头，奋斗不如投胎啊，哪像我们……"

"原来是这样。"金雪言点头。

她离开了余天的办公室。

原来是这样，是的，他是林少煜。中国改革开放的红利造就了不少传奇企业，茂林就是其中之一。多年来它涉及各个商业领域，林茂生则是它的创始人。这两个名字当然不会有人没听说过，但是林少煜？他曾经很逍遥，当然，也许只是曾经吧。

她想到这个，不觉笑了起来。

当天晚上金雪言做了一个梦。

在病房里硬邦邦的陪护床上，她睡得死沉死沉，深深陷进那样一个梦中，无法自拔。

她发觉自己似乎站在云端之上，脚下是大片翻滚的云海，不知有几万米。她一时有些惊慌，不过马上知道，自己是站在一架飞机里。飞机里面空无一物，只有舷窗大而透明，天空、阳光和云层都近在咫尺。

男人站在她的面前，穿着白衬衣，逆着阳光的脸轮廓分明，显得清冷高贵。他低头看着她，斜飞的眉下一双丹凤眼，温柔又深邃，明明在笑，笑容中却带着一种忧郁的冷意，像要把她淹没。

他猛地推了她一把，她以为自己就要被推下云海，但没有。她的背抵在透明的舷窗上，被他的双臂禁锢住，然后他不容分说的吻就落了下来。

突然她就醒了。

黑暗冷清的病房，她还能听见自己的喘息声。顷刻前旖旎的温存荡然无存，让她有一点难受。她平息了一下自己，暗暗撇了撇嘴。

这梦做得像真的一样，但她和林少煜并没有一起搭乘过航班，他们有的只是机场里 次匆促的道别。

那次道别不太愉快，现在金雪言想起来，仍然觉得很生气。

这样没头没脑地想着，她一时睡不着。过了一会儿，她听到妈妈在床上有动静，披衣起来，到了床边，只见妈妈在喘着气，似乎是呼吸困难。

"妈，妈你怎么了？"她大惊失色。

母亲没有办法回应她，只是挣扎着，她马上叫了医生。

母亲病情突然危重，住进了重症病房。

也不能说突然，只是一个癌症晚期的患者，终于进入了弥留期。金雪言对这件事心知肚明，只是不愿意相信。

她再也没办法两头跑，向公司请了假。

安小仙是热情又心软的姑娘，来过好多次，帮着她跑前跑后。她还带了余天的话："雪言姐，你别担心。余天说了，给阿姨用最好的药，钱的事要是有什么困难，有公司兜着。"

"谢谢。"

大概也只有这样"不正规"的公司，才能有这样朋友般两肋插刀的义气。

金雪言终于能一心一意陪着妈妈。

她终于有时间好好看着这个女人。

梁华是贤惠传统的中国女人，她们本来有个幸福的家，虽然钱不算多，但日子过得不坏，直到金康出了车祸，一切分崩离析。

静下来的时候，金雪言也会后悔，自己为什么要出国读书，尤其是在爸爸出事之后。她为了自己的前程，或者说不过是为了"出去看看"，就把妈妈一个人丢下，以至于反而是邵锦成了妈妈身边最重要的人。

对于邵锦，她一直觉得很奇怪。有那样的深仇大恨，他为什么还能接近她家、接近妈妈？在出事后的那几年，他们没怎么听说他的消息，然而令她震惊的是，她二十一岁赴美留学，一年后回来度假，发现邵锦已经成了她家里的常客。

妈妈和邵锦的关系十分好，常常做了好吃的饭菜等他来。因为他行动不便，妈妈有时候也会到他学校去替他洗衣收拾、照顾他的起居。那一年他研一，就在本市上学。他靠她家几年前给的大额赔偿金生活，同时和她妈妈相处成了一种亲如母子的关系。

金雪言难以接受这样的关系，但这种相濡以沫似的亲情似乎又无可指摘。

后来有一天妈妈说："邵锦那孩子很可怜，其实我们，又何尝不可怜呢？"

那是她第一次后悔自己去了美国。

身受重伤的人，需要相依取暖。她一走，妈妈一个人冷清孤独，所以才这样。

那时候爸爸刚刚去世不久。发生了什么，她们不太清楚。责任人被延刑两年，别的就没下文了。不知道是不是因为他死了，邵锦有所释然，才出现在她们的生活中。

然而邵锦的心思，她始终是难以理解，金雪言和梁华是害死他双亲的人的妻女，他为什么能心平气和地和她们相处？

邵锦是个敏感的人，看出金雪言的不快，有一天吃完饭，临走前就对她说："雪言，要是你不开心，以后我就不来了。"

金雪言没说好，也没说不好。

他又说："梁阿姨人很好，我接近她没有别的意思，你不要多心。"

他一瘸一拐地走了。

金雪言就那么看着他的背影，什么也没说。妈妈从厨房里出来，看着她说：

"言言，你怎么能这样？你太狠心了！"

但金雪言其实改变不了什么，也无权改变什么，她人在国外，无权干涉妈妈和邵锦如何相处。归根结底，是她这个做女儿的失职，如果那个男孩子能让妈妈有所慰藉，其实她应该感谢他。

后来妈妈患上了癌症。她到底瞒了自己多久，金雪言始终不知道，总之她知道的时候，已经是晚期。

这件事还是邵锦告诉她的。当时她想立马订机票飞回去，可是距毕业还有一个月的时间，她必须等待。

最后她对邵锦说："邵锦，请你先照顾我妈妈，等我一个月后回去。"

她回来，家里已经没有任何积蓄，是邵锦一直在妈妈身边，还垫付了不少医药费。到了那时，金雪言对他，只剩下了感激。

她的确找了一份高薪的工作，缓解了经济压力。可是也花了太多的时间在工作上，一直没有好好陪着妈妈，直到这最后一刻。

这样的日子过了十多天。

妈妈偶尔醒来，神志不太清明，但总会抓着她的手，勉强地念叨点什么。有一天妈妈说："终于要去见你爸爸了，妈很开心。言言，别怪你爸爸，他啊……死得太不值了。"

爸爸出事后，妈妈其实从来不愿意提起，哪怕是他后来死了，她也没流露出太过激烈的情绪。但此刻，她竟然流露出一种愤恨来，金雪言赶紧握住她的手。今天妈妈的精神还不错，于是看着她又说："言言，妈还是放心不下你。妈知道你聪明，什么都想要。可是人啊，有时候刚极易折，反倒不会快乐……"

"妈妈，我会好好照顾自己的。"

这就几乎成了最后的诀别，三天后，妈妈去世了。

她走的时候，是傍晚，窗外的夕阳把一切的影子都拉得很长。正好邵锦也在，已经昏迷了两天的妈妈最后一次醒来，叫的是他的名字。

"梁阿姨，我在这里。"他低下头。

"小锦……对不起……别怪你金叔叔……"

"我……从来没怪过你们。"

她把他的手和金雪言的手拉到一起，还想说什么，却说不出。

金雪言只觉得邵锦的手凉到骨子里，而自己满心空茫。终于他把她的手握在手里，说："梁阿姨，放心吧，我会照顾雪言的。"

妈妈终于闭上眼睛，溘然长逝。

接下去就是丧事。葬礼很简单，因为妈妈不喜繁复，但她还是忙得昏天黑地，毕竟有那么多的事情需要打点，金雪言忙得连悲伤的时间都没有。她中间哭了几次，但都在无人处。到了人前，总是打起精神，表现镇定，不知道是不是因为这种镇定，反而留下冷血的名声。不过不在人前流泪，或许算是她的本能。

终于一切结束，她送走了最后一个吊唁的客人。

不过这最后一个，不包括邵锦。

她送完人，走回灵堂，看见邵锦在灯下默默地擦着桌上的香灰。他做事情特别仔细，一丝不苟。那张温润的侧脸在灯光下苍白而瘦弱，金雪言突然一阵莫名的焦躁。

她走进屋去，忽然抓起桌上的一瓶白酒，仰头就往嘴里灌。辛辣的气息冲进喉咙，呛得她咳嗽起来。可她没有停，还是没命地把酒咽下去。

终于邵锦看不下去，上前夺下她的酒瓶："金雪言，你这是干什么？"

她想把酒抢回来，他一手抓着酒瓶，一手拦着她，终于喝道："你这个样子，梁阿姨会开心吗？"

她看见妈妈在遗像里头微笑，突然就绷不住，跌坐在地上大哭起来。

邵锦看她哭了，反而放下心来，默默在她身旁坐下。

就算身边有一个邵锦，她也无所顾忌，号啕大哭。爸爸不在的时候，她为了照看妈妈，一直忍到内伤，今天无须再忍，终于放肆痛哭起来。

无论有怎样的伤痛，又过了三天，金雪言都得回去上班。

她看着镜子里的自己，白衬衫和黑色长裤，标准的职业套装。脸色有些憔悴，但恰到好处的淡妆掩盖了一切。

她是一个人了。

在国外的时候，她也习惯了一个人，可是从来没有像现在这样真切地感受到孑然一身。

但那又如何？她终究会一个人去往自己想要到达的目的地。

她对着镜子重重地点了一下头，拎起包出了门。

路上她想起来，这次母亲的葬礼，余天和安小仙都没有来。这有点奇怪，余天忙也就罢了，安小仙照理说不会不见人影。

结果不是她杞人忧天，公司里真的出了事。

金雪言走进公司的时候，前台那儿围着十来个人，都是上了年纪的中年人，把安小仙围在中间。他们争执着，嚷嚷着，声音很大。

"我的项目到期已经一周了，凭什么不给回款？"一个中年男人挥着手机，手指在屏幕上乱点。

"对啊，我也过期好几天了，不行，今天你们必须把我的钱付了！"旁边一个女人附和着。

"我们的钱是不是出了什么问题啊！"又有人质问。

安小仙被围在中间快要哭了，只能说："各位大哥大姐，我们也想还款的，但是现在……"

"唉，跟这么个小姑娘说什么？"大概是看出了她不顶事，有人就说，"小姑娘，叫你们老板出来，不出来可别怪我们不客气了啊！"

金雪言心里一沉，快步走上前："怎么了？出什么事了？"

"雪言姐！"安小仙看见她扑了上来，眼泪真的就掉了下来。

"你们到底什么时候才能还款？"拿着手机的男人加重了语气，"你们老板在哪儿？让他出来，让女人挡在外面算什么男人？"

"这位先生不要急，我们最近确实有些项目出现了逾期。"金雪言心里明白了，这些都是来讨债的出借人，但公司到底怎么了，她又什么也不明白，但这当口也只好镇定地微笑着，"我们老板这不是出门催收了吗？你们放心，对方公司只是收账晚到了几天，很快就会还清我们的欠款的。"

"真的？"对方半信半疑。

"当然！"金雪言说得斩钉截铁，"就算真的出现了坏账，我们也会找担保公司收购债权的。各位放心，本金和利息绝对不少你们一分钱。"

她这样说了，人群的情绪就被安抚了一些，但还有人坚持："说得好听，这就是你们的资金紧张了，把我的钱还我，不然我们就报警！"

"这位先生，我们梦信现在确实遇到了一些困难，但是不管什么时候，都是把出借人的利益放在第一位的。"金雪言抬高了声音，"报警是您的自由，但是一旦警察开始调查，我们的账户肯定会被暂时冻结。那时候就是有钱也没办法还了，会拖多久，可说不准。"

她这一句颇具威慑力，又或许是前面的许诺也有点分量，出借人不再吵闹，而是聚在一旁低声商议。

见这态势，金雪言心里有了底。她收起之前公事公办的气势，转而笑容满面："大哥大姐们，你们看这本来只是多等两天的事，闹大了反而对大家都不好。你们只要安心回去等信，我们收到钱就会在第一时间还款的。唉，大家来一趟也辛苦了，这儿有点礼物，就算是给大家逾期的一点补偿吧。"

她冲安小仙使眼色，安小仙愣了一下，马上反应过来，飞快地从抽屉里拿出一大堆的超市购物卡。那是他们为了日常的公关准备的，正好派上了用场。金雪言走过去，拿了卡往各位出借人的手里塞。两百三百的购物卡，多少有点吸引力，他们拿了，也就不太好意思再冲她们两个发脾气。可能也是对后续的还款存有几分希望，磨蹭了一会儿，一群人也就陆续散了。

终于把出借人打发走，金雪言拉着安小仙进了会议室。

就在当初面试的那个会议室里，迟铭和老柯怔怔地待着。他们两个在，倒让安小仙一个人顶在外面，金雪言心里一阵恼火，不过她的关注点不在他们身上，环顾了一下，只问："怎么回事，余天人呢？"

没有人说话。

金雪言有点急了，她之前在外面面对出借人，说起话来镇定自若。什么逾期，什么催收，都是临时想出来的说辞，实际上她对公司情况一无所知。她大声问："公司的资金流出了问题吧？到底是怎么回事？现在这关键时候，余天在哪里？"

安小仙哇的一声哭了出来。

金雪言吓了一跳，只好瞪着她，一旁的老柯嗫嚅着说："余总……我们已经找了余总整整五天了。他不知什么时候把车子卖了，人也找不到了……"

"那公司的资金呢？真的有项目逾期了吗？"金雪言看着三个人。

"公……公司账上本来还有一百多万……可是……"安小仙抽抽搭搭地说，"一周前，余天把钱都提走了。后来，后来他就不见了……"

金雪言这才真正感觉到了事情的严重性，她揪着安小仙："把公司的资金明细给我看！"

公司账上还有500块钱，像个讽刺。

金雪言把几个月的资金往来和整个平台的交易情况看了一遍之后，被惊得呆在那里，一句话都说不出来。

没有，根本没有什么借贷交易。从一个月前开始，梦信账上收了出借人的钱，就没有真正把钱放给借款人，就连那些空壳公司都只是障眼法。他们给早期的出借人付了高额的利息，导致自己的窟窿越来越大。这个月到期的本息一共有500万，但账上只剩下100万的资金。也许是知道无法挽回，余天就悄悄溜了。

他卷走了公司账上全部的钱，一个人跑路了，留下他们四个人面对这一切。

"余天，这个浑蛋！"金雪言狠狠地摔了一支钢笔，墨水飞溅在键盘上。

"那我们现在该怎么办？"一直没有说话的迟铭开口说。

他们三个知道出事已经有几天了，一开始还抱着找到余天的希望，可是渐渐也知道不可能。他的手机打不通，而安小仙除了知道他的老家在浙江一个小城市之外，就一无所知。他们虽然同居了快一年，可是安小仙回头一想，和陌生人也没有什么两样。

金雪言迅速认清了现实："还能怎么办？当然是赶紧报警。"

她之前不让出借人报警，是因为不清楚情况，想控制事态。可是现在，余天留下来的烂摊子，没理由让他们四个人来料理。

结果已经渐渐收泪的安小仙，又一次哇地哭了出来。

"安小仙，你哭什么？"金雪言感到一阵头痛，她抓住安小仙的肩膀，"我知道余天是你男朋友，你一直很爱他，可是现在，是他无情无义。他这已经构成了诈骗！梦信这家公司已经完了，我们必须赶紧让警察找到他。"

安小仙还是哭得泣不成声，只会拼命摇头。

金雪言也不管她，拿起手机就要拨报警电话，然而安小仙死死抓住她的手不许她打。

"安小仙，放开！"金雪言真生气了。

到了这时候，安小仙才小声地，怯生生地，怕惹恼他们似的说："我……梦信公司的法人代表……是我。"

这下子，金雪言他们三个人才叫目瞪口呆。

第二章······我的决心·····

余天这个人，丧尽天良。

他应该一开始就知道，理财平台风险很大。也许一开始也不是想诈骗，但他确实从最初就想好了退路。他创办公司，一切核心都捏在手里，却忽悠安小仙做了法人。

也只有安小仙这样被爱情冲昏头脑的天真少女，才会被卖了还替人家数钱。

金雪言对自己也十分恼恨，第一天面试，她就看出余天这个人大有问题，然而还是落进了圈套。这还不要紧，这两三个月，她甚至真的对这份工作投入了很大的热情。是因为余天那种大方义气吗？她不知道。她只知道，如果自己发现疑似空壳公司借款的时候能够逼得紧一点，也许就能早发现问题，又也许，只要她不是因为母亲病危离开公司将近二十天，也不会这么轻易就让余天卷款跑了。

但现在说什么也没用了。

余天把公司资金转到安小仙的个人账上，然后大额取现，没了踪迹。

现在，如果真的报警，首当其冲的是安小仙。所有的钱都是从她和公司的账上转走的，她又是法人代表，恐怕怎么也难以逃脱责任。

金雪言只能暂时放下报警的事，脑子里思索着，末了她说："安小仙，带我去你和余天租的房子里看看。"

她指望余天能留下点什么让他们找到他的线索，同时又明白这是个空想。

老柯说："我送你们过去？"

金雪言摇了摇头。唯一一辆车，在余天名下，已经被他卖了。老柯又拿什么送她们？老柯也没有再坚持。

安小仙带她去了他们租住的房子，里面已经是一团乱。果然，她到处看了看，也没有发现什么有价值的东西。余天的书桌上摊着很多合同文件，但没有什么用。他的抽屉里有好几张健身馆的会员卡，都是新的，和给她的那张一样，估计是给大客户准备的。

金雪言从卧室里晃了出来，地板上凌乱散落着衣物。她看见安小仙捡起了一条余天的牛仔裤，坐在地上发怔。

她也不哭了，大概是累了，就那么低着头，一副失魂落魄的样子。

一开始，金雪言对安小仙有些生气，法人代表哪里是能随便就做的？可是这世上的事就是这样，在安小仙眼里，余天是她心爱的男人，可能她还打算托付终身。用她的名字注册的公司明明在运转，一切都顺理成章。她也气恼安小仙对资金流向毫无警惕，可是余天把一切抓在手里，就连她自己也被他三言两语蒙混过去，还能要求安小仙怎么样？

金雪言走过去拖起她："去洗把脸吧。"

安小仙小声问："雪言姐，我会坐牢吗？"

金雪言叹了口气，没有说话。她现在是真的不知道。安小仙的事，到底应该怎么应对，必须咨询法律人士。她还在想着自己有哪个同学在干这一行，安小仙忽然又抓住她的手："余天能跑，要不我也跑了吧！跑了他们就找不到我了。"

金雪言无奈地看着她："小仙，你跑不了，一切都是在你的名下进行的。而且，当个逃犯，比被抓起来能好多少呢？"

安小仙皱着眉，十分忧愁："如果那样，我爸一定会打死我的。"

金雪言摸摸她的头："这也不能全怪你。"

"我爸本来就不想让我出来，他在老家给我找了工作，还找了个男人，让我结婚。"安小仙吸了吸鼻子，"我才不干，就跑出来了，这两年他都不怎么理我。我当上了梦信的财务总监之后，他会主动给我打电话了，我心里可得意了，觉得自己赢了，可是……"

金雪言在她身边坐下，安小仙这么说着，让她也想起自己的父亲。

"我爸爸，也挺凶的。"她说，"我记得有一次，他带着我出去玩，我走到一片麦田里，迷了路，可他就是不管我。"

那是她才四五岁的时候，金康刚刚买了一辆卡车，开始跑货运。有一个周末，他开着车带着全家到郊外玩。那里有大片金灿灿的麦田，金雪言欢呼一声就扑了进去，可是没一会儿，就辨不清方向了。

大片金黄色的麦子在眼前晃动，迷得她什么也看不清。她跌跌撞撞地又走了几步，麦芒划得她稚嫩的皮肤一阵疼痛，她终于大叫起来："爸爸，妈妈，你们在哪儿？"

妈妈应了她一声，就要向她走来，可是好像被爸爸拦住了，金康说："言言，自己走进去的，就自己走出来。"

她当时觉得爸爸可讨厌了。

可她脾气也犟，听他这么说，也不喊了，就自己埋头向前冲。麦穗绊到她，麦芒扎到她，她也不理会，就那么走啊走啊，最后终于走出了麦田。妈妈心疼地给她打理着满身的麦粒和乱七八糟的头发，她伸手抱住妈妈，朝爸爸扮鬼脸。

爸爸笑着说："言言，一个人走进困境，就要努力靠自己走出来。如果看不清楚出来的路，就认准一个方向一直走，就能胜利！"

"哎呀，孩子这么小，你说这个她哪能听得懂啊？"妈妈嗔怪着爸爸。

那时候她确实似懂非懂，可是后来，这两句话在她记忆中越来越清晰。

爸爸学历不高，但是喜欢读书，也喜欢讲些大道理给她听。她上初中的时候对这类鸡汤不屑一顾，可是回过头想，其中许多却已经烙印在了她生命中。

只可惜他后来犯了那样的大错，又有那样惨烈的结局，她一直避免自己去想起他。

"这哪儿叫凶啊，你是没见过凶的。"听她讲了这个故事，安小仙撇撇嘴，今天第一次笑了出来。

眼前的事怎么处理，金雪言心里还没个谱。她在安小仙的电脑上，又仔细研究了一番公司的财务状况。她不是财会专业的，但安小仙的账做得简单粗暴，还是能让人触目惊心。

她联系了几个学法律的同学，他们都说安小仙这个情况，不太好办。

不知不觉一天也就过去了，在她不停地研究情况，联络别人的过程中，安小仙也在忙里忙外。她给她倒了饮料，切了水果，还做了点心。到了饭点也没叫外卖，而是自己亲手做了面条，送到她的电脑前，一副殷勤的小模样。

安小仙现在没有别的人可以依靠，离了金雪言根本不知道该怎么办。

金雪言挑着面条，抬头看了看站在一旁的安小仙，她充满期许地问："好吃吗？"

金雪言赶紧点头："好吃。"

安小仙是个很贴心的姑娘。她虽然名义上是余天的助理，但在这个只有五个人的小公司里，其实每个人她都管。比如点外卖，她知道金雪言不喜欢芹菜，有一回一份炒牛肉里有芹菜，她就不声不响把芹菜全挑出去了；知道他们熬夜，她就自己煮了咖啡备着；而金雪言睡眠不好，为了她午休时能睡好，安小仙就专门给她准备了耳塞和眼罩……

这般小事，林林总总，不一而足，她就像这个公司里的贤妻良母，让大家安心。

金雪言不愿意她卷入牢狱之灾。

可是 500 万的资金缺口，谁能填平？这对他们每个人来说，都是个天文数字。

金雪言一时下不了决心，在安小仙家磨蹭到晚上，她想先离开，安小仙却拉着她："雪言姐，你能别走吗？我、我害怕。"

"怎么了？"

安小仙这才说："这两天……我总觉得有人在门外堵着。"

"不会吧？"金雪言半信半疑。

余天失踪了，这间两室一厅的房子，只有安小仙一个人，她觉得害怕倒不奇怪。金雪言想说什么，可是一想，已经没有妈妈等着她回去照顾了，不觉叹了口气，就答应了下来。

到了九点多钟，她们就打算洗洗睡了。安小仙想起有一袋垃圾没扔，便打开门去扔垃圾，她回来的时候，突然发出一声尖叫。

金雪言冲出卧室，看见一个手持木棍的男人闯了进来，逼得安小仙连连后退，就算金雪言胆子大，看到这一幕也是心中狂跳。

"你是什么人？出去！"金雪言大喝。

这时门外又进来一个女人，同样举着木棒，朝金雪言冲过来，挥舞着，尖声喊着："快还我们钱！"

金雪言懂了，敢情这又是他们梦信的出借人。

眼前这一对男女，看上去已经不年轻了，头发斑白，大概六七十岁的样子。他们虽然声色俱厉，但是看得出万分紧张，抓着木棒的手抖个不停。

金雪言认出来了，这个男人，早上在公司的那一拨出借人里，也有他，但他当时一句话也没说，看上去是个老实人。当然现在金雪言也没觉得他不是老实人，否则他的手不会抖得那么厉害。

"大叔，大婶，"她赔着笑，"有话好好说，你们叫什么名字？"

男人说，他叫刘根生，他老伴叫陈惠，三个月前他们在梦信金融买了 30 万的理财产品，正好这几天到期。

"那是我们给儿子买房的钱。"陈惠抹着眼泪，"现在儿子购房合同都签了，钱拿不出来，房子没了不说，还得赔一大笔钱。"

刘根生不管老伴，只是故作硬气地说："姑娘，你必须得把钱还我。我知道你们老板已经跑了，你早上说的那些话，我一个字也不相信。别人怎么样我不管，我的钱，你要不还我，我、我就要不客气了！"

他把木棍放在安小仙面前晃着，吓得安小仙直往金雪言身后躲，金雪言说："刘大叔，是，我们老板跑了，可你来逼我们又有什么用呢？我们手上真的没有钱了。你要是好好回去等，我们还有时间去想办法。"

"等？"刘根生冷笑，"等下去，恐怕你们俩也跑了！"

"我们跑不跑，也没有钱还你们。"金雪言也冷声说，"实话告诉你们，梦信公司账上还有 500 块，我和她账上是一分钱都没有。你们闯进这个家里，已经涉嫌入室抢劫，真的伤了我们，可是要吃官司的！"

陈惠听得迟疑地垂下了木棒，有点害怕的样子，刘根生也是一脸颓然。他得知梦信金融的老板余天不见之后，就知道完了，他跟了安小仙好几天，一直琢磨着找个法子把钱要回来。今天在公司里，他没吵没闹，是因为已经打定了主意，不管别人，要逼她们先把自己这笔还了。

他带着妻子来干这一桩大事，然而金雪言这么一说，他确实又一下子泄了气。说到底，他也没经历过这种事，一开始是靠着一口气，可老实了一辈子，到底是色厉内荏，除了吓唬吓唬小姑娘，也干不出别的什么来。

刘根生脸色凄然，把木棍往地上一丢，金雪言总算松了口气。

陈惠看着丈夫这个样子，知道他已经放弃了。她不禁心里一酸，两个人踏实工作几十年，就攒下这么点钱。房价涨得那么狠，现在买不成，大概就再也没有机会了。

"都怪你。"她哭着说，"告诉你就存银行吧，你非说这什么公司利息高，现在好了……"

"是！怪我怪我怪我，行了吧？"刘根生突然爆发了，"我害了咱们全家，我、我不活了行了吧！"

他说着，猛地冲向窗户，爬上了窗台。

他们这儿是九楼，这下子屋里的三个人都吓坏了，陈惠哆哆嗦嗦地叫："老头，我不是、我不是那个意思，我……你快下来！"

刘根生也是憋得久了，从逾期的第一天起，他就恨不得死了算了。就为了那么几千块的利息，弄得倾家荡产，悔恨比损失更可怕。妻子埋怨了多少回，他一直强撑着，现在终于撑不下去。

"刘大叔，你先下来，有话好好说！"金雪言急急叫道。

"你们，要是真不还我的钱，我就真跳下去了！"

金雪言突然感觉到一种强烈的绝望。

老人趴在窗台上，手死死拽住窗框，他沟壑纵横的脸上泪水横流，全身颤抖，而他身后是黑暗的天空。她被这幅图景魔住了。

他等着她说一句"还钱"，尽管那不是她欠下的钱。

金雪言还在迟疑，她身边的陈惠突然倒了下去。

"啊，阿惠！"窗台上的刘根生什么也顾不上了，跳下来就去看妻子。

陈惠大概是受了刺激，一时撑不住，坐在地上脸色发白，大口喘气。

金雪言立即打了120。

他们把陈惠送到医院，好在她没有什么大事，医生说是中风的前兆，歇了一阵子就能恢复。但是她执意要出院，因为住院嫌贵。刘根生劝了半天，闹得她快要再次犯病，没办法，只好带她回去。

陪着去了医院的金雪言和安小仙只好继续送这对老夫妇回家。

刘家在一个老的居民小区里，六七十平方米的小屋，朴实无华，可以想见30万对他们意味着什么。

刘根生照顾着陈惠，没太理会她们两个。经过了这么一出，这对夫妻好像死了心，也没再为难她们，她们便告辞出来了。

老小区没有电梯，有些楼层的感应灯还坏了，忽明忽暗的，两个人心事重重地走下楼去。

金雪言的视线无意识地扫过一张贴在转角处的海报，忽然停住了。

海报上的大字是：追逐梦想，以信为本。他们梦信的宣传语，是她定的。

那贴画已经脱落了一半，在穿堂风里飒飒地飘动着，昏暗的灯光下，看不清上面的其他内容。但是金雪言却很熟悉，因为那是她做的。

她做过很多个版本的海报，都是亲自动手。她没专门学过设计，是在网上找的公版素材，可是也真是十分用心。她做这些的时候想的是怎么吸引目标客户，让他们来投资。

比如刘根生这样的人。

他是不是看了她做的海报才决定投资30万的，她不知道，但是她可以肯定，有很多刘根生这样的人，接受了她的广告、她的营销、她的推广。

她忽然无法回避这样一个事实：她是余天的帮凶。

"雪言姐，怎么了？"安小仙看她不对，又顺着她的视线看到那张海报，也沉默。

刘根生是最老实的自然出借人。刚才金雪言也了解过，虽然为了推广梦信的品牌，她做过很多活动，会给部分投资者高额的返利，但他没有拿到，踏踏实实拿着年化 8% 的理财收益，也许只因为他相信那一句"以信为本"。

对她寄予信任的人，不应该对世界失望。

她忽然忍耐不了，回身噔噔噔地再次上楼。

"雪言姐？"安小仙赶紧追上她。

金雪言敲开了刘家的门。

刘根生和陈惠有些惊讶，她对他们说："刘大叔，陈大婶，你们放心，给我一个月时间，我会一分不少地把你们的钱还上。"她顿了顿，"不单是你们的，所有出借人的钱，都会一分不少地还上，我保证。"

安小仙看着她怔住了。她的脊背笔直，说这话时的神情那么认真，那么郑重，眼里闪着灼灼的光华。

金雪言就这样打定了主意，第二天，她和安小仙照常去了公司。

他们这办公场所的租约还有大半个月，足够用到一切成败尘埃落定的时候。她们进了公司，看到老柯，老柯对她们说："小金，小安，我明天就不来上班了……"

金雪言点点头，老板都跑了，再说上班，跟个笑话一样。老柯又说："迟铭昨天就说过，他也不会来了。"

安小仙的表情看上去有点难过，金雪言却洒脱："好，没事，这些天你们也辛苦了，只是这个月的工资……"

"没事没事。"老柯赶紧摇手，"可是你们两个……打算怎么办呢？"

安小仙摇摇头，金雪言说："没事的，我们能处理。"

"小金啊，这个事情，不太容易处理……"老柯虽然要走了，还是忍不住多说几句，"那些出借人不会善罢甘休的，你们两个姑娘家万一遇到点什么……"

金雪言没说话。他真是替金雪言着急，这姑娘看上去挺精明一个人，怎么这时候这么想不开呢？安小仙是没办法挽救了，她竟然还不走，好像要一并承担。500 万，谁承担得起？

但安小仙在场，他也不好多说，他自己能平安脱身已经不错了。他不再说下去，摇摇头赶紧离开。

这家公司只剩下金雪言和安小仙两个人。

安小仙有些迷茫地看着金雪言，金雪言注视着她说："安小仙，现在我们的战斗要开始了。我不会让你坐牢，但是，你一切都得听我的。"

"嗯！"

"好，你要做好心理准备，这几天，也许还会有出借人上门来闹。昨天的刘根生夫妻是好人，所以没把我们怎么样，后面还有什么人就不好说了。总之我们两个人尽量在一起，不要分开，一有什么事，需要报警的话，不要犹豫。"

安小仙点头。

金雪言来回踱着步："现在，我们开始打电话。"

打电话，分两个部分。金雪言安排安小仙跟每一个本月到期的出借人说明情况，说辞仍然是之前她对外说的那一套，承诺了罚息，承诺了一个月的还款期，先把他们安抚了才好。

金雪言自己则按照余天留下的借款人信息打电话。

这方面的情况比她想象的好些。虽然最近这段时间，梦信收进来的钱，余天都挪作他用了，但是前几个月，还是有一些真实的借款人的。她把电话打给了几家借款额度较大的企业，他们的状态都还算好，她稍微松了口气。

不过这没什么用，这些真实借款的期限，都是半年到一年，甚至还有两年的，可是梦信许诺出借人的期限是一个月到三个月。真实借款没有回收，这边却又要还出去了，这种期限错配也是他们当前的资金窟窿越捅越大的原因。

所以这虽然是个好消息，但对当下她们的窘境却并没有帮助。

金雪言百般犹豫之后，决定重新开始发标——发送可供投资的项目。

但是她所发的项目实际上并不存在，现在只有吸引到新的投资资金，才可以把原有出借人的债权转让出去。的确，这个行业里，借新还旧是大忌，是庞氏骗局。但现在发标并非以吸引资金为第一目标，更像是一种象征，不能不发。

但是，他们梦信的整个线上系统坏掉了。

这一块，一直是迟铭管理的。这个系统是买的标准模板，只有迟铭一个人做，因此十分简陋。可如今他走了，她们折腾了一阵子，也没让它恢复正常。

线上系统坏了，不但意味着不能发标，还意味着整个平台进入了瘫痪的状态。这样会让更多可能还没到期的出借人恐慌，这个问题必须马上解决。

金雪言想来想去，还是给邵锦打了电话。

邵锦从本科起就是学计算机软件的。他接了电话，说了声"知道了"，半个小时后就出现在梦信的办公室。

安小仙说出去给大家买吃的，屋子里就剩下他和金雪言两个人。

他沉默了一会儿说："你找了一份那么赚钱的工作，整个单位就两个人？"

金雪言只好讪讪笑着："别人都去出差了，出差了！小锦你快看看能不能尽快把系统修好。"

邵锦要了系统密码，便坐在电脑前噼里啪啦地工作起来。

金雪言则在一旁给全体出借人起草公告。眼下这情况，不能藏着掖着，但也不能把一切实情全说。她还是照着自己最初说的逾期催收那一套，仔细斟酌着措辞，小心翼翼把稿子写完了。

那边邵锦突然拍了下键盘，站了起来，扭头看着她，神色吓人。

"到底是怎么回事？金雪言，你想干什么？"

金雪言先是愕然地看着他，马上就明白了。他进了公司的系统，当然一切数据都能看到，现在这可怕的困境，已经展现在他的面前。

"别担心。"她安慰他说，"我会把一切都处理好的。"

这时他看到了她电脑上的公告，所有一切就更清晰了，他朝她走过去："500万，这是你要一个人还的钱？"

知道再瞒着他也没什么意义，金雪言就把来龙去脉简要地跟他说了，邵锦的眼睛越瞪越大，他问："那你现在想怎么办？"

"我要把梦信救活。"她终于说了这句话。

"为什么？"他不可思议地问，"言言，你疯了吗？这和你有什么关系？你只是这公司的员工，那个余天才是罪魁祸首！"

"我知道自己在做什么，小锦你不要再说了。"

"不行，你绝对不能往这个坑里跳。"邵锦激动地上前拉住她的胳膊，"你不能在这儿待了，现在就跟我回去！"

金雪言甩开他的手："你没有资格管我！"

"我答应了你妈妈要照顾你。"

金雪言退开一步，停了一下，才平静地说："邵锦，你弄清楚，我妈妈喜欢你是没错，可是，我不需要谁照顾我，我可以为自己负责。"

邵锦注视着眼前的女人，她是那么无情又固执，那年她把他从家里赶走的时候，他就知道。这么多年，他没怎么见到她，只是常常从她妈妈口中听说她。他以为他们很熟悉了，却突然发现自己从未接近过她。

这个发现让他低下了头，之前因为阻止她而变得潮红的脸恢复了苍白。可是对她的担忧还是占了上风，他说："这件事情太危险了，你上哪儿去搞那么多钱？为什么要管这种闲事？"

这时候安小仙提着大包小包的食物回来了，她听见了他们的争执，赶紧说："那个，你别怪雪言姐啊，她是为了我……"

"安小仙，我不是为了你。"

金雪言看着他们两个人，神情认真："邵锦，对我来说，这不是一件闲事，它是我的事情。从出事到现在，我一直在反复问自己，我为什么要做这份工作？

为什么在知道余天和这家公司有问题之后还没有脱身？一方面，我真的以为它有前景；另一方面，我以为这只是一份普通的营销工作，没有想过自己卖的产品具有特殊性质，所以才害了那么多人。这是我的问题，我必须弥补这一切，不然我一辈子也不会安心。"

在刘根生爬上窗台的时候，她无比清晰地感觉到自己也面临一个深渊。

"可是如果没有你，也会有其他人做这项工作。"邵锦低沉地说，"这不是你的错。"

"没有如果。现在这个位置上的人是我，所以应该担负责任的人也是我，这点没有什么好说的。"

"那个余天呢？你们两个把一切事情承担下来，就让他逍遥法外吗？凭什么？"

"余天当然不能放过，但是现在这不是最重要的事情。"金雪言冷静地说，"现在最重要的是把眼下这一关渡过去。梦信金融，不管是属于谁的，我都要它活过来。"

邵锦沉默下去，他本来就是一个沉默的人。过了好一会儿，安小仙怯怯地拿出一份饮料碰了碰他的胳膊。

他从来不是善于拒绝别人的人，闷声不响地接了。

"你具体想怎么做？"

金雪言笑了："我还不知道，小锦。在一个困境里，如果看不见路怎么走，认准一个方向总能走出去的。"她顿了顿，"这是我爸爸说的，所以我相信我能做到。"

她从来没有在他面前提起过自己的父亲，此刻说来，却透着不一般的坚定。

邵锦一直工作到凌晨两点钟，总算让梦信在 PC 网页和 APP 上的系统都恢复了正常。

熟悉的页面，看见上面的标志的一瞬间，金雪言竟然觉得自己的心跳有一秒钟的加速。

她忽然知道，让梦信活过来，原来也是自己内心深处的愿望。

她没时间想太多，赶紧把已经准备好的公告发了，还发了三个不同期限的标。

一切都好像这个平台还好端端地活着。

到了早上，果然各个圈内渠道在网上议论纷纷。

"哇，梦信出公告了，还发新标了呢！"

"梦信之前不是挂了吗？又活了？"

"看公告说好像只是逾期，不是跑路，这绝对是拖延时间的套路啊。"

"反正说的是一个月之内还清，等着看吧。"

……

这确实只是假象，梦信，还远远没有活过来，金雪言心里清楚。

新发的标只是摆在那里做个样子，基本没有人投，刚刚"死而复生"的平台，每个人都心有余悸。她这一手并不高明，稍有经验的人自然能看穿。而另一方面，金雪言有心理阴影了，她不敢在这个时候再开展什么大力推广的活动，她无法确切地知道，自己能否为新进资金负责。更何况，推广也需要钱，目前她们手上有的钱根本做不了什么。

钱，必须在一个月内筹到 500 万的现金，该上哪里去找？

她细细想了一下，还是让安小仙去报了警，没说别的，只说她的男友盗刷了她的银行卡。如果能找到余天，事情当然会好办些，但她也没指望真能借此解燃眉之急。她自己去银行问了一下贷款的事，这么大的额度，根本不可能。她还找了同做互联网金融的公司，试图筹措一些资金，但那些人大多和余天相熟，清楚地知道梦信是覆巢之卵，个个避之不及。

没有人有义务对他人伸出援手，何况她们看上去已经没有希望了。

金雪言从最后一家想要求助的公司里出来，一无所获，但仍然面带微笑，没有表现出丝毫不快。回去的路上，她还在心里琢磨了一会儿自己的房子。妈妈和她住的小屋，四十多平方米，抵押出去也没有多少钱。何况这房子还在妈妈的名下，她没来得及去办继承过户，无论如何也来不及了。

她就这样站在车水马龙的街边，近乎冷酷地盘算着刚刚过世的母亲留下的遗产，万分专注，只有心中的目标。夕阳的余晖把这城市众多摩天大楼的阴影投射下来，吞没了她的身影，她也浑然不觉。

但当她回到公司，还是感觉到一种深深的无奈，她又一次把自己逼进了绝境。

上一次，她面临这样的绝境，还是在国外，她在学校里遭遇了一场持枪劫持案。比起那时候的生死一线，现在这局面，其实不算什么。

她坐下，笑了笑，还好那时候有林少煜。

想到这个男人，她的心跳不知怎么漏了一拍。他的样子，在她的心里总带有云层之上险峻又空渺的感觉，除此之外，还有一种湿润又暧昧的情欲。

她压下自己莫名的绮想。

安小仙回来了。她带了外卖，看金雪言一副落寞的样子，没敢多问，于是两个人默默吃饭，吃完了，安小仙从包里拿出一大堆卡放在金雪言面前。

里面有各家超市的购物卡，也有一些商业场所的会员卡。"雪言姐，这是我整理出来的还剩下的卡。"安小仙说，"那些超市购物卡不值钱，不过优嘉的健身卡还有七八张，变现十来万总是有的。"

这些卡应该是余天用来公关，或者回馈出借人的，金雪言拿起一张优嘉健身馆的年卡："能卖那么多吗？"

安小仙点头："你不知道，优嘉这个品牌一直很高端，他们的私教和环境都是最好的，而且从来不打折！要转手，九五折肯定有人要。我们这是最低级的白卡，要是高级的更贵呢。"

"从来不打折吗？"金雪言沉吟着。

对绝大多数健身馆来说，定一个较高的会员价，再以各种名目进行优惠打折，是个正常的营销策略。从不打折？有点意思。

她立即起身，到电脑前去查询优嘉俱乐部的信息。

优嘉俱乐部位于本市最繁华的地段，出售的年卡一两万到十几万不等。

俱乐部以健身馆的品质闻名，不但环境器械是最好的，里面的教练也都是业内知名的，所以引得不少白领甚至是金领趋之若鹜。但健身馆只是优嘉俱乐部的一部分，健身馆的上面是酒店和一些场馆，十层以上是高级会所，不对外开放，只提供给很少一部分专有客户使用，那些客户来自商圈，或是政界的高层。

这也从另一方面提高了优嘉健身馆的知名度和业务量，因为那一张小小的会员卡，仿佛就成了一张上流社会的入场券。只不过大多数人并不知道，一楼和十楼的距离究竟多么遥远。

优嘉的老板名叫赵景昆，四十五岁，为人低调，因为优嘉俱乐部的存在，人脉不可估量。他名下只有优嘉这一份产业，但是实际掌握的资产，也没有人能说清……

能查到的公开信息只有这些。

安小仙在一旁看着她健"指"如飞地查信息，有点迷茫，不知道自己随意说的一句怎么就引起了她这样大的关注。很快，金雪言查完，推开键盘，靠上转椅，说："好了，这样我们明天就可以去踩点了。"

"踩、踩点？"

"踩踩看，优嘉会不会是我们的金主啊？"

优嘉在市中心拥有一整栋大楼。

金雪言和安小仙到了附近，没有马上去优嘉健身馆，而是在周边晃了一圈，金雪言很快便心里有数了。

进了健身馆，很快就有工作人员来接待。安小仙也是第一次来，看什么都是新鲜的，金雪言就让她自己玩去了。接待金雪言的是一个看上去精干的年轻小哥，他陪着她热情地介绍着："金小姐想定什么样的课程，实现什么样的目标呢？我们这里可供选择的很多。您也可以选择私教课，年卡里包含一部分基础课程的费用……"

金雪言边和他搭话边信步走着，观察着这家大型健身馆的环境。它分有各种区域，单车室、瑜伽馆、有氧区……她随口问："你们这儿有多少私教室啊？"

"我们有近百间私教室，有各个类型的教练，金小姐对什么样的感兴趣呢？"

金雪言笑而不答，只问："客人挺多的，都能排满吗？"

"这要看是淡季还是旺季，像现在旺季，每天都有很多人报名……"

这样聊了一会儿，那位小哥也看出金雪言不是真正的客人，终于问道："金小姐，您究竟想做什么？"

金雪言说："我想见一下你们经理。"

年轻人略带诧异地看她："您是……"

"我想谈一谈商务合作上的事。"

她说得轻描淡写，眉目间的自信却不容他人置疑。年轻人似乎没想到她会这么说，让她稍等，便匆匆离开。过了没一会儿，来了另外一个人，说带她去见经理。

经理办公室在二楼，宽大的套间里，坐着优嘉健身馆的经理，他姓吴。

对于金雪言这样一个访客，吴经理也有些意外。但是听说她的来意之后，他打断了她的话："金小姐，很抱歉，你说的这件事情，我做不了主，你还是请回吧。"

"吴经理，这是一个优嘉和梦信双方能够实现合作共赢的计划，您能不能先听我说完……"

吴经理做了个手势："商务上的一些合作我是能拍板的，但是财务上的事，一向是赵总亲自过问，要不您直接找赵总谈谈？"

他说的是赵景昆，这明显是推诿之词，金雪言感到一阵失望。

她太急了。

她现在已经完全冷静下来。一开始和安小仙说的也是"踩点"，她怎么就这么急地来谈这件事？这个计划在她自己的心里也远未成熟，怎么能就这样草率地讲给别人，又怎么说服别人？

还是因为她的时间太少了，还款日还有二十多天，这个计划需要一定的时间执行，她一天都没办法浪费，这才有些冲动了。

尽管内心波动，她表面上还是不露声色："那，能不能请您帮我约见一下赵总呢？"

"赵总可不是那么好约的。"吴经理笑笑，"他不一定在本市，也不一定在国内呢。"

"那您知道他什么时候会回来吗？"她问得不依不饶。

大概觉得她很不识趣，吴经理皱了皱眉，说："还真挺巧，我听说明天下午他就会到优嘉来，你可以来碰碰运气。"他的笑容礼貌里带着一种轻视，"至于预约嘛，金小姐就不要为难我了，我自己都未必见得到赵总。"

"多谢您。"

金雪言告辞离开了。

若能直接见到赵景昆，也好。

有些事和下面的人说，他们容易斤斤计较，找赵景昆那样的人，反而事半功倍。

今天晚上，她必须赶出一份完整的计划书。

为了有个照应，她让安小仙来她家里住了。安小仙熬不住早睡了，凌晨三点钟，朦朦胧胧起来，看见金雪言还在电脑前工作。

她心里有点愧疚，知道金雪言是为了自己。她揉着眼睛看电脑屏幕上的计划书，每个字都看得懂，心里却没底，她问："雪言姐，这能行吗？"

"不知道呀。"金雪言专注打字，随口答道。

"那……"

"很多事情，我们没办法预知会不会成功。"过了一会儿，金雪言才停下来，"只有去做，才会知道最后的结果。"

到了早上六点钟，这份计划书终于让她自己满意。

她休息了一小会儿，中午时分，起来洗脸、化妆、换衣服。今天她选了一套庄重的灰色外套，然后翻出了箱子底的爱马仕围巾，搭在一起，竟然出奇地相配。

这条围巾是林少煜送给她的，他们在一起的时间不长，这是她唯一收了的礼物。

"太好看了。"安小仙围着她转了一圈，眼睛发亮，"雪言姐，要我和你一起去吗？"

金雪言摇了摇头说："你好好在公司里待着，公司里不能没有人。万一有人闹事，保护好自己，有事打我电话。"

"好，那我做好吃的等你回来！"

金雪言再次来到优嘉，但这一次，她的目标是十楼。

吴经理提前知道了赵景昆会到优嘉来，说明他是真的有事。不管是优嘉高层的会议，还是要陪什么重要客人，赵景昆都不太可能在下面的楼层活动。

但是没有专门的会员卡，是上不了十楼以上的电梯的。金雪言琢磨了一会儿，没去找优嘉的任何员工，而是先上了九楼。

九楼大部分是一些有特色的菜馆和咖啡厅，她在电梯外面看到了这一层的平面图，然后就照着地图上指示走。

她尽量不被人注意，装作一名最普通的客人，十几分钟后，终于找到了应急通道。她一下子觉得自己运气太好了，那里正好有两个清洁工在打扫，门竟没关。

她和他们打了下招呼，又聊了几句，告诉他们自己要上楼去，但是忘了带卡上不了电梯。兴许是她嘴甜，说话又泰然自若，那两位大叔竟然真的信了，带着她从楼道里走了上去，还给她开了十楼那儿的门。

出了楼道，她对两人不住道谢。然而在十楼，她的运气就没有那么好了，一个保安发现了他们，快步走过来。保安认识清洁工，只看着金雪言狐疑道："这位小姐是……"

"啊，我的卡忘了带。"只能这套说辞接着用。

"您是哪个房间的？"保安之一问道，"我们送您过去。"

"呃，1007。"她随口胡诌。

两个保安陪着她走出走廊。她听见保安之二在打电话，知道自己撑不了太久了。1007有没有客人，客人是什么来历，一定都是有记录的，因此趁他们不注意，她突然转身跑掉了。

"喂，站住！"

保安们知道上当了，大喝着追赶。

金雪言早就看好了路径，往这条回廊另外一端跑去，拐了几个弯，倒把那两名保安甩掉了。

唉，但是形势可不怎么好。她这么一个闯入者，优嘉肯定得把她揪出来，她躲也躲不了太久。而且要命的是，费了这么大的劲来到十楼，她并不确定赵景昆就在这里，没准他在十一楼、十二楼呢。

她猫在角落里考虑了一会儿，决定还是去电梯那儿守株待兔。

不管怎么说，只要赵景昆真在十楼，离开时总是要从电梯走的。

结果，不知道是她运气太好，还是运气太不好。她没等多久，竟真的看到赵景昆在一群人的簇拥下走了过来。她在网上见过他的照片，确信不会认错，而与此同时，"追捕"她的保安们也发现了她。

她朝赵景昆一行人跑过去，但是保安们抓住了她。

"放开我！"她挣扎也没有用。

"你是什么人，跟我们下去！"

这时候赵景昆一行人已经进了电梯，压根没注意到他们这边的动静，金雪言赶紧说："好，我跟你们下去，我们快走。"

两个保安押着她上了去一楼的电梯，她不再挣扎。到了一楼，他们要带她去保安室盘问清楚，她却说："你们最好放手，我什么都没做。干涉人身自由，你们没有这个权力！"

保安们还是拉着她不放，金雪言急了，正要大喊呼叫，忽然看见健身馆的吴经理从远处走来。她稳住声音，说："喂，别拉着我了，我是吴经理的朋友，不信你们问他。"

她冲远处挥手："喂，吴总，老吴！"

吴经理愣了愣朝他们走过来，大概对自己被一个年轻姑娘叫老吴感到有点奇怪，走近了，意外的表情更甚："金小姐，你这是……"

就趁保安那么一分神的瞬间，金雪言甩开他们飞跑起来。

她不管任何人的目光，向大楼外面冲去，高跟鞋在大理石地面上敲出急促的声响。这个瞬间她就像一只疾飞的鸟，大衣和围巾向后飞扬。

她出了大楼，果然看见赵景昆还在不远处，正要上车。她想要过去，但终究是被人拦住了，她没办法，只好隔着街大声喊着："赵总！赵景昆先生！"

那边的人似乎听到了，朝这边看了一眼，但是并没有理她。

赵景昆上车，车子开走了。

拦住金雪言的人放开了她，她踉跄着后退了几步，终于不再支撑，跌坐到了台阶上。

脚踝隐隐作痛，可能是之前跑得太急崴到了。她也不想再装淑女，把鞋一脱，疲惫地叹了口气。

最终，还是没有见到赵景昆。

也许，她应该找人替自己引荐一下，就不会搞得这么狼狈。可是这城市她生活了二十多年，后来出国求学，毫无这个层次的人脉。她的一切，是那么普通，只有这种一往无前的蛮勇，可供一搏。

她感到非常非常沮丧。

包里的计划书没有机会拿出来，就好像刚刚到国外的时候，第一次做策划报告，教授连看都不看就打了回来，理由只是"中国人的东西，至少改两遍"。

当时她冲进那个教授的办公室，把策划报告重新甩到他的桌面上。可是如今呢？她能再去找谁？

而如果优嘉这条路走不通，能够救梦信、救安小仙的人，还有谁？

她默默想着，过了不知多久，眼前的光线忽然暗了暗，有人停在了她的身前。

她抬头，看见男人微微低头俯视着她。

那一瞬间，她疑心是梦。那张清俊的面容，逆着阳光，和梦里的一模一样。下一秒她又怀疑自己是不是在曼哈顿的街头，她无所事事地在等他，而他来了。

林少煜说："Sunny，你在这里。"

和他一起的旖旎情境涌进她心胸，来自梦境，来自曾经。金雪言有点羞愧，有点慌张，她飞快地穿好鞋站了起来。

"Leo，没想到在这里碰见。"她故作轻松地说。

不远处，停着林少煜的车子，还有一群人似乎在等他，但他不以为意，只说："你最近好吗？"

"挺好的。"

他不动声色地打量了她一下："有什么事需要帮忙吗？"

"啊，没有。"她掩饰地说，"刚刚做完健身，太累了。"

似乎再没有什么好说的，林少煜点了点头："照顾好自己，拜拜。"

他转身离去。

金雪言突然意识到了什么，有一瞬间，她也生出了一种冲动。他应该可以帮帮她，她被 500 万的资金缺口折磨得心力交瘁，而不远处，他的车子都远远不止这个价，这对他应该是举手之劳吧？

可不知出于什么样的原因，她什么也没有说，甚至没有留下他的联络方式。仿佛担心梦醒一样，她就那么站在那里，静静看他上车，离去。

一整天的应酬之后，尽管时间很晚，林少煜还是回到了办公室。

站在茂林大厦八十八楼上，可以俯视全城。从窗口望去，横穿这座城市的汹涌大江都成了一条窄窄的缎带，只有辉煌的灯海迷离又鲜活。

这是他父亲的办公室，庄重大气，却不是他的风格。他回来接手茂林实在太仓促了，哪里有闲心去管一个办公室的装潢？

而且有时，在父亲遗留的空间里，他会觉得一切压力没有那么难以承受。

没多久，方靖伟上来了。

他拿了一个大文件袋，告诉林少煜："今年的财务审计已经过了，会计师事务所和律师事务所两方面都没什么问题。"

林少煜点点头："那就好。"

"不过董事会那边的情况，可就不太好说了。"方靖伟在林少煜面前坐下来，略带玩味地说，"林茂源一直在股东中间活动，林董，您这个叔叔可是……"

"靖伟兄，叫我少煜就好。"

方靖伟笑了笑，他四十二岁，看起来仍然很年轻。林茂生创立茂林，但林少煜一直以来并无兴趣接手这个庞大企业。林茂生尊重儿子的选择，因此数次表态，不会让茂林成为血缘统治的家族企业，要走国际化的路子，为此他这些年将股权拆分得很细，导致茂林股东众多。而方靖伟一直是他的第一助理，早前甚至有传闻说林茂生想培养他当自己的接班人。

然而世事难料。林茂生突然脑出血，瘫痪不起，不得不把林少煜紧急召了回来。林少煜的空降，在股东中引起了不少非议，只是因为他受到方靖伟等核心人物的力挺，这些非议才被压了下去。

但有些人一直在蠢蠢欲动。林茂生的弟弟林茂源，多年来并未参与茂林的核心业务，却想趁这个机会，夺权上位，吞下茂林。

四个月前的临时会议上，林少煜就任了代董事长。这个"代"字一直没有去掉，正式的董事局会议，因为多方利益制衡，迟迟没有举行。

"我这个叔叔实在是不太聪明。"林少煜突然冷冷笑道，"烫手的山芋还有人抢着要，你不觉得很可笑吗？"

"可是明明烫手，还要死攥着不肯放手，不是更可笑？"方靖伟缓缓地说。

听了这话，林少煜当真笑了起来。

方靖伟注视着眼前这年轻人，心中掠过一丝不忍。林少煜回来后，方靖伟一直对他尊敬有加，各种事务都在替他打点，也教给他一切，但是他永远会和林少煜保持距离。因为有些事情，挨得近了，便容易万劫不复。

"董事长在美国，有好转吗？"方靖伟口中的董事长一直是指林茂生。

林少煜摇了摇头："病情稳定下来了，但要恢复，很难。"

林茂生出事，在鬼门关转了一圈，稍微稳定后，赴国外进行后续治疗，林少煜的母亲萧静然陪同。只不过人力有穷尽，看起来还是不太乐观。

"茂林金融那边，应该也一切都顺利？"林少煜换了话题，"之前说要收购一批互金平台的事，在推进吧？"

茂林金融成立以后，方靖伟做了总裁，负责一应事务。不过他在集团董事会，仍占有重要席位。

"你放心。"方靖伟道，"现在互联网金融行业主要是两块，理财和众筹，我们看中了一些企业，在做评估。"

"不。"林少煜很快地说，"我们以理财为主，不做众筹。"

"为什么？"方靖伟有些意外。

"所谓众筹，是投资人拿出资金，换取商业项目的红利，盈亏自负，这样的话，投资收益必须直接和具体的项目挂钩。一旦失败的项目过多，对茂林的整个声誉都有影响，毕竟茂林是资金的出口。"林少煜的声音有些幽冷，"别忘了，我们的目的是什么。"

方靖伟沉默了一下："我知道了。"

他离开之前，又看了林少煜一眼。这个人，虽然之前对整个集团缺乏了解，但短短的时间内竟然已对一切掌握通透，战略上也都能清晰把控。

董事长应该能放心了吧。

方靖伟离开之后，林少煜没有离开办公室，而是又一次站在八十八楼的落地窗前。

连日来，太多的事情需要考量，唯独夜深人静时，可以把大脑放空。

今天，他想起了那个女人。

当时他从优嘉俱乐部出来，竟然偶遇她，当真出乎他的意料。机场一别，他说了那样绝情的话，把她气得跳脚，他以为真可以江湖不见了。他想着，不禁露出笑容。

他想起他和金雪言的初识。

如同好莱坞电影一样，一场校园绑架事件，几名持枪的歹徒，闯进纽约大学的剧场，劫持了还在场中的学生演职员。

不巧他和她都是其中之一。

其实他不应该出现在那里。那段日子，他在周边城市闲逛，正好到了那儿，只不过心血来潮决定帮一个学长的忙，才在那场演出中弹了一首曲子。他不认识任何人，更一眼都没有望过负责舞台布置的金雪言。

劫匪闯进来之后，控制了十几名人质，要求他们全都靠墙站立。过了好一阵子，有一个白人女生太害怕了，哭出声来，没能站住，瘫倒下去。劫匪大声嚷嚷着，过去对她拳打脚踢。

"住手！"

一个亚裔女孩站了出来，林少煜侧过头看去，看到那个女生挡在白人女生身前。她高挑又瘦弱，穿着白T恤，没有化妆，一张尖削的脸上，别的都不起眼，只有眼神凌厉。

"冷静点！"她冲劫匪喊着，"你们打伤了她，对你们拿到自己想要的东西并没有帮助！"

流利的英语，但有一点中国江浙的口音，所以她肯定不是美国本土居民，应该是个留学生。她知道劫匪劫持他们是另有所图，而不是不顾一切的极端分子，否则没有必要把他们困在这里。他的判断与她一样。

"滚开！"

劫匪的目标转向了她。他们过来拉她，还有人把手伸向了她的胸口，她护住自己的身体，挣扎着。但那几个男人似乎反而被激到了，有两人放下枪，把她逼到了墙角。

她忽然飞起一脚，踢中一个男人的下身，然后趁他们尚未反应，从包围中冲了出去。

有人对她举起了枪。

他们的侧面，就是剧场的舞台。在飞奔的同时，不知道她触动了什么，整个帷幕铺天盖地地掉了下来。劫匪吃惊地抬头，枪响了，却打中了半空中的幕布。子弹穿透了幕布，却改变不了幕布像片巨大的乌云把持枪者笼罩。

这时候林少煜已经猛然回身，一拳打在另外一名劫匪的脸上，同时夺下了他的枪。

劫匪不是受过专业训练的人员，在他跆拳道黑带的身手下，单个的人不堪一击。

现场乱了起来，枪声大作，人质们惊恐地抱头趴在了地上，同时严阵以待的警察冲了进来。

但那名中国女孩仍然站着，林少煜看到有枪口再次指向她，他下意识地扑过去把她压倒："趴下！"

子弹擦肩而过的瞬间，他感到怀中的躯体在微微颤抖。

原来她也会害怕，他奇怪自己竟然产生这样一个念头。

交火只持续了很短的时间，劫匪全部被警察制伏。

他和她倒在七零八落的地板上，各自大口喘息。整个剧场一片狼藉，身边有其他同学的哭声，警察的呼喝声，救护车的警铃声……仿佛都十分遥远。

他抬起头，看见她笑了。

劫后余生的笑容，和着汗水泪水，热烈、闪耀、真实，带着荒野中猛兽一样的生命力。

他靠近她，身影笼罩了她，她有点诧异，扬眉看着他。

"明天晚上，一起吃饭。"他用中文对她说。

女孩子眼神错愕，就那么直视着他。

他低头吻了吻她的额头，然后起身，开始应付警察的询问……

那就是金雪言了。在他接触过，甚至说喜爱过的女孩里面，她不是最好的，甚至不是最特别的，只不过足够令他难忘。

今天，她十分落魄地坐在优嘉大厦的台阶上，鞋子都掉了，不知道为了什么事情，一脸的忧愁，他不由得撇下一群人朝她走了过去。

她看见他，像只受惊的小鹿一样跳了起来。她的脸庞尖削，似乎比他记忆中又清瘦了几分，她带着他送的围巾，在阳光下有些凌乱。然后他们说了几句不咸不淡的话，她逞强地故作镇定，什么也不肯告诉他，他也就没有再问。

这会儿，他有一刻的冲动，想去查一查她在做什么，遇到了什么难题，这对他而言应该是易如反掌。但不过几分钟，他便打消了这个念头。

多么无聊，他们本不是一个世界的人。他也不是当初那个他，可以无所顾忌地去撩拨、去保护一个女人了。

对着黑暗的夜空，他自嘲地笑了笑。

就在金雪言琢磨着另找出路的时候，赵景昆的人给她打了电话。

"金小姐，听说你想见赵总？明天下午赵总安排了时间，如果有空你可以来。"

她不知道为什么会有这个转机，但是管它呢，有机会总是好的。

她再一次去了优嘉。这次有专人带着她上去了，赵景昆见她的办公室在十二楼，里面布置得古朴典雅，摆了许多的盆景根雕，可以看出主人的兴趣和品位。

赵景昆略微发福，面容随和，但说话迅速、直接。金雪言开口说了两句话，他便打断她说："梦信的事我已经知道了，余天这个人呢，之前总在优嘉活动，我也听说过。他会做出这种事，不奇怪。现在你只要说说，你想做什么？"

"我想请优嘉健身馆和梦信金融合作，推广一拨双方互惠的活动。"

"说具体的。"

金雪言把她的计划书取出来："我知道的一件事情是，优嘉健身房的会员卡从来不打折，因此优嘉健身的两年卡和三年卡都无人问津。因为相比年卡，那就是两倍和三倍的价格，为什么要提前购买呢？何况这两年，高端健身房竞争激烈，价格反而有下降的趋势。我想的就是，优嘉做活动，两年卡的第二年可以给客户八折的价格，三年卡的第三年给到六折价格。但这部分的钱，由梦信收取，直到时间达到，梦信再把这部分资金以全额付给优嘉。"

"这样对我有什么好处？"赵景昆有点不以为意，"优嘉从不打折，是为了保持品质优先的品牌形象，你说的这个和自放身段地打折有什么区别？"

"不一样。"金雪言道，"优嘉没有打折，一切折扣是从梦信这边来的。对健身房的客户来说，他们的提前消费，其实相当于买了一份理财产品，而且已经提前拿到了收益。这是一个宣传口径的问题，我想赵总不用担心。"她笑了笑，"至于优嘉的收益，一年数千万的资金，可以拿到20%以上的收益，这难道不够好吗？"

赵景昆笑了一声："金小姐说得不对，这分明是优嘉向梦信买了一年几千万的理财产品。客户的收益由优嘉来保障，那么优嘉的利益谁来保障？20%的利率在借贷市场并不高，而梦信现在，为了500万的债务已经岌岌可危，又拿什么保证一年两年三年后，能还得起优嘉这笔钱？"

"赵总，您这确实戳到了我的痛处。"金雪言沉默了一瞬，然后坦然说，"梦信现在这个情况，不管我怎么说，也没办法给它增信。坦白说，我没法保证两年后的收益。可是赵总不要忘了，如果不做这个活动，第二年和第三年的收入，对优嘉来说也并不存在。对于优嘉，这本来就是不确定的远期权益。"

赵景昆想要反驳，金雪言做了个手势，继续说下去："换句话说，优嘉'买'这笔理财，并没有付出任何真金白银。退一万步说，未来这笔钱梦信真的无法兑付，优嘉也没有损失一分钱，要付出的只是对客户许诺的服务。而据我所知，去年优嘉扩建了场馆，更新了器械，聘请了更好的私教……但加大投入后并没有提升业务量，健身馆的客流负载一直比较低。这也就意味着，更多的服务，并不会给优嘉增加太多的成本。"

她说到这些，赵景昆有点意外，他赞叹道："市场调查能做到这份上，不容易，但你说得还是不对。本来在第二年会买会员的客人，已经提前交了钱，优嘉后面的收入是切切实实地没了，这怎么能说是没损失一分钱？"

金雪言露出有一点冷的笑容："看来赵总是要逼着我问一问，你们去年对健身房大肆追加投入，是为了什么？"

赵景昆的心里不禁一惊。

"还是让我来回答吧。"金雪言直视着赵景昆，"这两年，距离优嘉不到一公里处，有一家和时代健身馆，风头正劲，他们的硬件和服务都不输于优嘉，定价却只有优嘉的二分之一，分流了大量客户。可是对优嘉来说，怎么能自毁品牌地打价格战？所以只能选择追加投入，更新扩建，可惜成效却不怎么样。"她的身体微微前倾，竟然让赵景昆感到一点压迫感，"所以如果不扭转这个局面，到了第二年、第三年，有谁会选择优嘉，赵总能说得准吗？"

赵景昆站了起来，开始在屋子里踱步。金雪言可以看出来，这是他第一次开始认真考虑她说的话，她也不作声，只是静静等着。

优嘉要与和时代竞争、夺回阵地，现在唯一最有效的方法就是降价。优嘉虽有其他隐藏优势，但显然现在已经不具备足够吸引力，它创立十五年从未打折，品牌尊严不允许它这么做。梦信的加入，会使这件事的性质变得不一样，只要宣传得好，优嘉的实际价格降了下来，但它本身又仍然是那个高高在上的高端品牌。

赵景昆会知道这是目前优嘉的最优解，这是金雪言信心满满的原因。

赵景昆停下步子，重新开口，却问了金雪言另外一个问题。

"金小姐，我想知道，到底是什么使你在梦信这条马上要沉的船上苦苦挣扎，就是不愿意撒手？"

金雪言一时没有说话。

这个问题，这些天她自己也想过。

真的是为了安小仙，或者"刘根生"们吗？她没必要做到这样。按照她对优嘉的计划，这就已经不是500万的事了，接下去梦信要怎么运营？她救活了这条船，反而会更紧地和它绑定在一起，这些她不是没想过。

唯一的答案只能是，她还不想下船。

似乎是看出她的出神，赵景昆笑了一下，说："金小姐刚才分析得都有道理，不过你忘了一件事，优嘉健身馆的盈亏，其实我赵某人并不放在心上。"

的确，优嘉最核心最重要的部分，是上面的高层会所。健身馆虽然是最初的立身之本，但具体到盈利，并不那么重要。

金雪言也站了起来："我知道，赵总现在可能不在乎优嘉的这点营收。但是我提出的方案，有百利而无一害，为什么不试一试？况且……"她犹豫了一下，还是轻声说，"赵总近年想涉足金融，这难道不是一个好机会？"

赵景昆猛地转过头，盯着她的脸："这是谁告诉你的？"

"猜的。"本来她不想提这个的，因为心里没什么把握，不过赵景昆这个反应，让她反倒踏实下来，"外界盛传，赵总拥有大量财富，但是多年来，名下只有优嘉这一份实体产业。庞大的资金如何利用，只有金融一途。"

赵景昆没有说话，走到办公桌前，指节点着桌面，似乎在斟酌着什么。

金雪言决定乘胜追击："传统金融上，私募、信托、保险……都是风险大，门槛高。二级股票市场，兴许有钱可赚，却难以寄托赵总的志向。要从实处做起，互联网金融是个最好的切入点。"

"就算这样，我为什么要选择梦信？"

金雪言说："刚刚您不是问我为什么不肯放弃梦信吗？我想我的理由，您也可以参考。"

"嗯？"

"因为它站在风口上。"

互联网金融，正站在时代的风口上，因此她如此选择了。赵景昆也许可以有其他选择，但没有一个有如此恰到好处的机会。

果然，只停了一刻，赵景昆笑了起来："好，那就照金小姐说的，优嘉和梦信举行一次联合推广。"

金雪言绷紧的心一下子松了，然而赵景昆又说："但有一点，梦信的还款期限不能那么长。不管是两年的还是三年的购卡资金，必须在半年内还完。"

"不行！"金雪言脱口而出，"半年太短了，六折的利率，简直惊人。"

"价格上我可以让一点，你和下面的人去谈。"赵景昆气定神闲地说，"但这个期限不能商量，金小姐要是不愿意，可以当作我们今天没有谈过。"

金雪言现在明白了。自她分析完优嘉的状况，赵景昆已经决定了合作。他后来又提不在乎健身馆，只不过是讨价还价的铺垫。

果然是无商不奸。

半年时间太短了，梦信不知道能不能周转得过来。可是……赵景昆可以拒绝合作，她却没有其他选择了。

人在屋檐下啊。

她用微笑掩去眼中的不甘："好吧，那我希望能尽快签约。"

赵景昆安排了专人负责此事，表示只要一切细节谈拢，马上就可以签，他自己当然不管那么具体的事。

到金雪言要离开的时候，赵景昆忽然又叫住了她："金小姐。"

她回头。

赵景昆问："恕我冒昧问一句，你和林少煜先生认识吗？"

金雪言犹豫了一下："有过一面之缘。"

赵景昆笑，看着她的目光意味深长："也是，如果是林少煜的朋友，你又怎么会因为 500 万求到我这里来？"

她不再多说，转身离开。

金雪言独自走出优嘉大厦。

又是这样的下午，阳光洒落在台阶上，像一地的碎金。她不觉停下了脚步，两天前，她就是在这个台阶上碰见林少煜的。

现在回头一想，她心里已经清楚了。赵景昆会专门叫人打电话给她，安排她来谈，只不过是因为那天林少煜在这儿和她说了几句话。

只是短暂的重逢、问候、道别，没有什么实际内容，更没什么营养。

可就这样改变她，改变梦信的命运。

她不知道他的能量有多大。

她知道他和他的家族处于一个商业帝国的顶端，被无数的人仰望，可是她对此一直没有什么感性认识。

直到今天，他指缝间无意中遗漏出来的一点微光，已经照亮她的前路，把她从悬崖边拉了回来。不知道为什么，她并不愉悦，心里反而有点……畏惧。

刚刚赵景昆问她是否认识林少煜。

一面之缘，她不知道自己为什么要在这件事上说谎。

唉，也许诉了赵景昆真实的情况，回头合作上还可以狠狠砍价呢，她心中不无遗憾地想。然后她抬起头，看向来往的车水马龙，握了握拳。

现在这样，已经不错，和林少煜的事她无须去说，因为已是前尘。

她与林少煜相识，其实算起来不过大半年。可是不知道为什么，回想起来，总觉得已经是上辈子的事。

那时候她还是个学生，等待毕业答辩的日子里，碰上了一场校园劫持事件。

事情挺惊险，不过很快过去。林少煜对她说"一起吃晚饭"的时候，她压根对他一无所知。

后来回了寝室，玛丽大惊小怪地拉她八卦，先是谴责了一番劫匪，然后问她："你知不知道今天救了你的男人是谁？"

她有点懵懂，去查了一下，茂林集团，林茂生……感觉上都十分遥远。她眼里，他只是一个普通的男人而已。

林茂生虽然是财富排行榜上引人注目的一席，但他的儿子林少煜一直游离于大众视线之外。除了这个名字和他在美国求学的消息之外，没有多少新闻，十分低调。

谁也想不到他会以这种方式出现在她的世界里。

他来接她吃饭的时候，独自一人，坐上他的卡宴，金雪言就说："不好意思，能让我挑地方吗？"

"嗯，当然。"

于是在她的指引下，他们去了一家中国菜馆。在金雪言看来，那里已经很高档精致了，价格昂贵，她不知道在林少煜眼中这种地方算什么——她也不想知道。

幸运的是他走了进去，随和自在，既没有不适应，也没有什么不该有的好奇，这让她放下心来。

他们按部就班地吃饭，聊着一些再普通不过的事。她知道了他正在某处攻读PHD，只不过大部分时间在外面玩乐，他知道了她即将毕业，可能不久就要离开美国。后来说到那场生死一线的演出，气氛才热烈起来，他们也算是患难之交了。

林少煜问："那个幕布是你挂的？怎么正巧那时候掉了？"

金雪言说："是我挂上去的，只要一扯那根拉绳，它就掉了，为了收拾的时候能比较方便嘛。"

"那时候你怕吗？"

"也怕。"她点头说，"但是一定得有人做点什么啊，我引出一点变数，其他人自然就有机会反制他们——比如你就抓住了这样的机会。"

林少煜露出浅浅笑意："敬你,我的女骑士。"

男人的声音低沉,杯中的红酒摇晃,而她笑盈盈地看着他。

其实话虽那样说,但在那惊心动魄的时刻,是否真的有一个人,能在她掀起混乱的时候抓住稍纵即逝的时机,她也不确定,只不过那时候她一定会那么去做。有一个林少煜,她觉得很幸运。

等到饭吃完了,金雪言再次略带歉意地说:"呃,我还有一个请求,请你答应我。"

"嗯?"

"这顿饭,请让我付账,谢谢。"

林少煜笑:"为什么?"

"也许因为你救了我?"金雪言也笑,"我也不清楚,但我觉得应该是这样。"

"我从来不让女孩子付账。"

"所以我在认真地请求。"

林少煜想了想,朝她耸了耸肩,没有反对。

于是金雪言付了账,近 400 美金,她从来没吃过这么贵的饭,上了车子之后还心痛不已,当然脸上是不能显露半点。林少煜送她回去,到了她的住所外面,她要下车,他却随意抓了一个盒子给她。

"这个送你。"

他太随意了,似乎只是递一块巧克力给她,她打开盒子,里面是一个梵克雅宝的镯子。她不知道他在车上随手一抓为什么就有这样的东西,她只知道这东西的价格至少是她今天支付的饭钱的三十倍。

"不,我不能收。"她把盒子递还给他。

林少煜似乎有些不快:"限量版,不喜欢吗?也对,不是给你准备的,是我缺乏诚意。"

"一定要送我礼物吗?"

"想要什么?你可以挑一件想要的,什么都可以。"

按照金雪言的情商,她明白自己应该什么都不要提,让这个模糊的允诺留存下去,变成两人的羁绊,或者在某个时间点上,发挥足够大的价值。但她却完全没这么考虑过,只是直接地说:"这样吧,送我一期钢琴课。"

"你喜欢钢琴?"

"我从中学就想学钢琴,但是太贵了。"她安静地说,"我们学校音乐学院的老师,有钢琴课的商业教学,我看了两年多,也没有买。"

她说着不由得向往起来，林少煜笑着说："没问题。"

他果然给她订了一期十节的钢琴课，过了两天，叫人送了课卡给她。

开课的时候，金雪言拿着课卡上的地图找过去，在音乐学院里面找到一间教室。

周末的大学惠风和畅，安然宁静。她穿过长长的林间小路，来到那间教室跟前。隔着门就听到流水般的琴声，是李斯特的《追雪》，给这初夏带来纷落的凉意。她听了一会儿，忍不住推门进去。

偌大的音乐教室里只有一个人，坐在钢琴前指尖飞舞，她慢慢走过去，远远的琴声渐渐触手可及。当她站到他的身后，那人敲下最后一个音节，眼神飞扬。

当林少煜站起身来，金雪言笑着说："你就是我的钢琴老师吗？"

"是的，有基础吗？"

"……会看五线谱。"

于是他们就这样开始了一对一的钢琴教学。早在最初，金雪言是真心地希望去上一期正经的钢琴课，但在见到林少煜的一瞬间，她就知道事情已经不是她想的那样。这倒不是说林少煜教得不够好，事实上，他尽心尽职，她也不失为一个聪慧的好学生，技艺突飞猛进。

幽静的琴房里面，只有零落的琴音，他们一直没有说太多的话，只是认真地教琴和练琴。毕竟两个人的成长轨迹和生活背景相差太多了，谁也无意走入对方的世界，或者促使对方来到自己的世界。但是涌动的情绪却在疯狂滋长，如同海水向胸口浸漫。

钢琴只要速成，也不是太难。她弹了一遍《D大调卡农》，他在她身后鼓掌，然后走到她面前吻了她。

午后的阳光透过玻璃窗洒落进来，她看见他的眼瞳里有自己的倒影。

这世界节奏太快，时间太少，没有人有权浪费。

他们在繁华的街市上兜风，在洁白的喷泉下拥吻，身后有鸽子飞过。

除了钢琴课之外，林少煜偶尔会给她打电话，问她："出来吗？我去接你。"

"不好意思，我还在图书馆改论文。"

"好的，再见。"

总是没有时间，她感到很抱歉，这样两次之后，他也就不再邀约。那段时间她其实相当焦虑，毕业论文还有一点没收尾，母亲在国内入院，但她只能等着一个月后的毕业答辩结束再回去——她负担不起来回奔波的机票。

有人说愿意为你花时间的人才真正爱你，在这件事上，金雪言十分羡慕林少煜，他不但拥有大量的金钱，还有大量的时间。这一年他二十五岁，作为林茂生的独子，却完全没有子承父业的计划，他自由不羁，可以为了撩到一个女生开一堂钢琴课，也可以转身就潇洒走掉，去找其他乐子。

他的生活太愉快。

不过钢琴课没有停，一共十节，雷打不动。她每每过去，看见他，也就不由自主地愉快起来。林少煜是太美好的人，他没有烦恼，没有压力，不争强好胜，甚至不上进，如同天上飘摇的行云，就那么高贵地自由着、快乐着，让身边的人似也遗忘所有愁闷。

同住的玛丽知道她在和林少煜约会，十分激动，仿佛她一脚已经踏入上流社会。玛丽央求她介绍林少煜的朋友圈子，被她直言拒绝了。

不是她清高，而是她确实没有接触过林少煜的生活圈子，她并不知道在自己看不见的地方，他是怎么去活的。

玛丽很不开心。金雪言当然知道玛丽是对的，对于她们这样的平凡人，林少煜是一个巨大的宝藏。她自己也不是没有考虑过如何利用，否则空入宝山而回，好像太浪费了点。

可是每次见到他，她却拖延着，没有进行这方面的试探。也许是不想破坏这份关系的纯粹，也许只是太快乐，所以每次都忘了，她那时候还觉得自己有任性的权利。

但是最后一节钢琴课之前，她下定了决心，想请林少煜在国内帮她找一份工作。

她是学商务经济的，母亲病重，她需要国内一份高薪的工作，有林少煜这样的人举荐，她的职业前景大不相同。她想要的只是那么简单而已。

但是最后一堂课，他没有来。

她在音乐教室里等了他很久，她给自己弹了一支又一支曲子，直到筋疲力尽才停了下来。

夜幕降临的时候，她收拾东西，起身离开。

林少煜的手机完全打不通了。在那之后的几天，金雪言也打过几次，话筒里传来的永远是空洞的系统提示音。她后来也不再打，也不知道还有什么方法能联系上他，他就那样突兀地消失了。

金雪言的生活一如往常，论文很快搞定，答辩也马上就要进行。她订好了毕业次日回国的机票，在这期间，也和大家一起吃了散伙饭，照相，享受毕业季的狂欢。

她没有太多地想起林少煜。

其实，他可以为她驻足已经不错了，何况她自己也不会停留太久。

虽然这个结尾有些莫名其妙，不太完美，但人生哪来那么多完美的故事。

在她回国的前一日，她接到了林少煜的电话。

她没想到他还会出现。那是个国内的号码，原来他已经回国。但既然他打来电话，她也挺开心，笑嘻嘻和他说话，没有追问他的突然离去，更没有提及最后一节缺失了的钢琴课。

她告诉他自己也即将回国，林少煜想了想说："到时候在机场等我。"

他挂了电话。

第二天金雪言独自去机场。她的航班是晚上九点的，在值机室等了一会儿，直到不能再拖，她去做了边检、安检，林少煜一直没有出现，她看了几次时间之后，提起行李向登机口走去。

然后他出现了，她听到身后急速的脚步声，和他大声的呼唤："金雪言！"

他叫她的中文名，郑重其事。她转身，看到他飞跑而至，在她面前停下来。他跑得那么快，出了一层薄汗，微微喘息，看着她露出好看的笑容。

登机口附近人来人往，熙熙攘攘，他们隔着人潮相视而笑。

过了一会儿还是金雪言先开口："你回来啦，我的班机快要起飞了。"

"好，一路平安。"他摸了摸她的头发。

她一时不知道说什么，只好说："你还回纽约吗？"

"不，我回国的航班是一个小时之后。"

他是从国内飞来的，一个小时后又要飞回国内，她简直不知道他来做什么。难道仅仅为了到这里向她说一句"一路平安"吗？可她什么也没办法去问，讪讪地笑了一下，说："我走了。"

她转身离去，林少煜又叫了她一声："金雪言。"

她回头看着他，他接着说："以后我们还是不要再见面了吧。"

金雪言有点意外地扬了扬眉。

不是因为他的提议，而是因为他竟然把这话说出口来。

本来，见或不见不过是很自然的事，他们既不打算互相纠缠，也不需要互相畏惧。就算各奔前程，相忘江湖，也不过是另一种水到渠成。这本应该是成年男女间的默契，她没发现林少煜是这么无趣的人。

这个发现让她微微不快，只说："哦，这样吗？"

"因为你太弱小了。"林少煜看着她说，"金雪言，像你这样的人，不够强大，是没资格站在我身边的，是没办法和我一起站在风暴的中心的。"

"……你是'中二'的动漫看多了吗？"

如果说开始只是微微的不快，那么这一句让她真的蹿起一股火气。她以为与他的相遇是一场烟花的际会，短暂愉悦已经足够，他竟然画蛇添足，来一出这样郑重其事、急切直白的道别，完全没有他身上一贯的优雅，简直令人扫兴。

她嘲讽了一句，气呼呼地拖起行李箱就走，可是走了几步，到底心意难平，她又回过身来，重新走回他面前。

"林少煜，我知道我不能和你比，我知道我还太弱小，我知道我勤工俭学四年赚到的钱可能比不上你脚下的一双鞋。可是我们又没有什么不同，我会比你更加努力，努力去变强，但不是为了站在你身边，"她目光里似有火焰，"而是，为了让我自己能够选择站在哪里。"

她终于还是被他那样轻蔑的台词激怒，心头涌动着难以平息的血气，而他微笑着说："加油。"

然后她回来，加入梦信，母亲去世，老板跑路……事情一桩接着一桩。除却梦里，她想起他不超过两次。

虽然从余天那里听说了一点他的八卦——他父亲病重，他不得不接手茂林集团的一切事务，但她从来没有觉得那和自己有一丁点的关系。

可是如今，命运毕竟让他们又有了丝缕的牵连。金雪言不禁也想了一下，林少煜究竟是个怎样的人，对她又意味着什么？

她知道他的潇洒和轻狂，却和那个西装革履的人对不上号，他当然仍是他，但需要她去重新审视——不过，这个念头也只是一闪而过。

第三章⋯⋯⋯⋯
我是个女人

　　和优嘉的合同顺利签了，但金雪言还是不踏实。毕竟需要优嘉有年卡销售额以上的收入，梦信这边才有入账，配合优嘉的推广，各种策划她都亲自盯着。不过优嘉的号召力也真是超出她的想象，人们听说长期会员卡可以低价购买之后，掀起了一阵抢购风。连日来，按照协议，每天通过优嘉打到梦信账上的资金，每天都有数十万。

　　至少还清当期欠款是没问题了，梦信依照诺言全额兑付，人们终于相信它真的活了过来。理财投资者往往有这样的心理倾向，就是觉得出过大负面新闻的平台如果能扛过去，一定是有担当有能力的，安全性更高，因此梦信的自然投资流量也稳步上升。

　　有了钱，金雪言便按照计划推进工作。

　　其中最大的一件事情，就是她和安小仙商量，把梦信的法人代表变成了她。

　　这个行业，仍然险象环生。梦信得到了输血，可是自我造血的机能远远没有恢复，把安小仙拴在这上面，终究不是办法。

　　金雪言才是这条船的掌舵人，不管是成就还是风险，都应该由她来承担。

　　她和安小仙到工商局办法人代表变更，几天后生效。尽管如此，安小仙还是像卸下重担，她嚷嚷着："太好了，终于脱身了，雪言姐，梦信这家公司是你的啦！"

　　梦信这家公司是属于金雪言的了。

对于这个事实，金雪言也不禁百感交集。

"小仙，你知道吗？其实我从来没有想过要干这行。"她说，"我更没有想过要创业。就在一个月以前，要是有人说梦信会变成我的公司，我都会以为他的脑子出了问题，可是梦信就像一只黑天鹅拍起了翅膀，骤然出现。"

当命运把她推到了风口之上，对于挑战，她欣然接受。

是她选择了梦信，也是梦信选择了她。

除此之外，另外一件重要的事情是招聘。就在当初余天给他们"面试"的会议室里，她给十来个人进行了"面试"——当然不像余天那样无厘头，而是按部就班，挑选了一批新的员工。

最重要的是几个部门的负责人。安小仙不再担任财务工作——她本来就不适合，金雪言让她只做自己的助手。财务上招聘了一个叫许云的女生，她是会计专业毕业，有过两年经验，让金雪言没什么犹豫。

风险控制部门的负责人，就让金雪言有点纠结了。一个叫陆升明的面试者，毕业于顶级大学商科，担任过国有银行信贷部主任，履历极其光鲜，让金雪言都感到意外。

"为什么你会把简历投到我们这里？"聊了一番，她觉得此人十分可靠，但这样的问题不得不问，她也实诚得很，"按照你的资历，不应该看得上我们这样的小庙。"

陆升明说话一直言简意赅："出过事故，遭遇了上亿的骗贷，被行业禁入。"

金雪言吸了口冷气。

因为这样，陆升明才无法继续从事银行业，甚至大一些的金融公司也难以接受他的污点，但是他确实是梦信需要的人。

互金行业，风险控制是重中之重。陆升明有能力、有经验，再合适不过了，何况现在没有余地给她挑挑拣拣。

所以虽然有犹豫，但金雪言还是果断给他发了录用通知。

而同样非常重要的公关部，她招了一个叫关振华的男生，他有商科硕士学位，性格活泼，看上去就是想法很多的那种人。

技术上，一直靠邵锦撑着。那天他来的时候，看见金雪言在招聘网站上发消息，走过去就按住她的鼠标。

"技术部总监，这个职位我要了。"

"小锦，可是你还没毕业……"

"懒得找工作。"

"这……"

邵锦把移动硬盘取出来，开始在电脑上导入。他带来了一套全新的系统，比梦信原来的美观易用不知道多少倍，底层架构金雪言虽然不懂，但听他一说，也知道是安全高效多了。

"跑两天测试就可以上线了。"邵锦淡定地说。

"小锦，谢谢。"

金雪言知道他是系里的翘楚，在程序设计上拿了不少的奖，让他来梦信做技术维护，还是太大材小用了。他就算身有残疾，找到一份更加优越的工作绝不是难事，可是他这样说，她无法拒绝。

最后一个学期大家已经纷纷开始实习，他可以常常过来，于是他便成了唯一一个来去自由的员工。

除此之外还招了一些应届生，这样一个十来个人的团队搭建起来，金雪言就松了口气。

但她其实没时间喘息，现在资金端的问题解决了，她又全心扑在了资产端上。

资金端意味着投进来的钱，资产端则是解决钱如何放出去的问题。她终于体会到账上钱越多，越睡不好觉的尴尬。

可是，借钱给别人是这世上最容易的事，没有人会不喜欢钱；借了出去还能按照约定的利率收回来，可就没有那么容易了。

"我找一卡贷的资产部谈了一下，他们表示可以合作，可以转让一些资产给我们。"例会上陆升明汇报说，"还有新谷分期什么的，这周就会去落实。"

他们现在只能依靠外界的债权输送，简单说就是资产端外包，但这样金雪言心里就觉得隐隐不妥——虽然转让过来的债权也经过审核，但借款人的情况不在自己掌握中，总觉得不安心。

目前网络借贷这一块，业务有几个类型。借款人可能是个人，也可能是企业，风险控制方式则分为抵押和纯信用。简单说，针对企业的贷款额度要大一些，企业可以用资产或者应收账款作抵押；针对个人的额度则较小，个人可以用房产、车子来抵押，也可以进行极小额的纯信用贷款，可能只是用于消费，额度从几百到几千不等。

金雪言和陆升明商量后觉得企业贷款是比较好做的，毕竟资质好的企业，资金一直在流转，需求量大，信誉也有保证。

"只是一定要控制额度——我们太小了，经不起被逾期的风险。"金雪言告诉陆升明。

"明白，我会把控。"

既然想走这条路，金雪言就想办法去和圈内的那些民营企业家接触，只有建立了人脉，才有可能拿到一手资源。这方面，赵景昆帮了不小的忙，有一天他甚至随随便便就给了她一张优嘉十楼以上的会员卡。本来需要绞尽脑汁偷偷摸摸才到得了的地方，突然就轻易地获得了入场券，似乎毫不值钱一般。

有了赵景昆的关系，她就很容易参与到大大小小的饭局中去。

这样觥筹交错的场合，一个女人总会吸引多一点的目光。

"金总真是年轻有为，来来来，走一个！"有一个已经喝高了的叫陈家康的，过来拍着她的肩膀嚷嚷。

"金总喝了这一杯，梦信的业务，那陈总肯定是鼎力支持的。"有人起哄。

金雪言不动声色地把搭到自己胳膊上的肥手推开，把杯中白酒一饮而尽。

"陈总支持了，难道吴总就不支持吗？"她巧笑嫣然，"听说吴总前一阵在原油上可是赚了不小的一笔，下次请我们吃饭啊。"

吴航一愣："金小姐都知道了？好好，下次我做东！"

他有点惊讶，明明是初次见面，这个叫金雪言的女人似乎对自己了若指掌，自己涉足原油的事，没太多人知道。不过被这样一个女人关注，他又有些飘飘然。

他不知道的是，金雪言用了多少个深夜，来记住他们这个圈子里所有人的资料。他们的样貌、家庭、经历、企业基本状况……她和每个人交流，都会让人觉得她对自己关注至极。

她就在这样的场合打听到了许多企业的财务、债务、经营状况……比干巴巴的报表，要更真实、鲜活。每一场，就算有酒精刺激，她还是一直在冷静地记忆和分析，倒不一定要谈成什么生意，只是这样的信息，对他们这样本质上是中介的公司，至关重要。

近日的饭局上，还有一件事情是最热门的谈资，几乎每一场都会被热烈讨论。

那就是茂林集团的叔侄之争。

林茂源近来已经是司马昭之心路人皆知。他在茂林集团持有很少的股权，管理的几个分公司一直业绩平平，本人也没有太强的存在感。没想到这次会突然发难，要与林少煜争夺董事长的位置。

在林茂生推动的股权改革之下，茂林股权非常分散，董事局有数十个投票席位。而林茂生自己持股也不过 30%，很容易被超过，他虽然是实际控制人，但病重失去自理能力，何况人还在国外。

国内这一战，只有靠林少煜自己。

"唉，其实早知如此，林茂生何必搞什么股权改制嘛，一切握在自己手里不好吗？"

"林茂生之前口口声声说不要做家族企业，林少煜甚至都不怎么在大众视野里出现。可是他一病重还是把儿子召回来掌管大局，还是父子连心啊。"

"其实要我说，何必呢？那个年轻人，从来没参与过茂林的管理，掌不了这个局，不如就让方靖伟他们接手更好。"

"这也奇怪，林少煜空降，方靖伟他们几个高层核心全力支持，反倒是林茂源这样的人出来蹦跶。"

……

金雪言默默听着，心里想着那个人的笑容。

他一度那么阳光，无忧无虑，至少她还在他身边的时候，他一定没有想过自己要回来管这么大一个摊子。但他竟然没有抗拒，就那么接受了。

所以在机场，他对她说了那么一番话，是因为有满心的不甘吧？这么一想，机场的那个情景，倒也没那么让人生气，她对他反而有点幸灾乐祸的同情。

自由自在飞翔的鸟，被迫回到地面上，哪怕能够号令百兽，只怕也是委屈得很吧？更何况大局未定。

只不过每个人都有自己的桎梏，连林少煜那样的人，也不得不认清这一点。

也许是为了拿到更多的筹码，这半年来，林少煜常常出席公众场合的活动。

到了茂林这个层次的争夺，社会效应在一定程度上，已经能够左右股东们的选择。林茂生早已把个人形象塑造成一个品牌，林少煜现在要做的也是这么一件事。

于是各种各样的金融论坛、媒体采访、网络舆论……密集轰炸，直把他打造成新一代男神。

他甚至还给一家知名的时尚杂志拍摄了封面，那组图片质量上佳，他的面庞如同精致的希腊神像，长年健身的好身材让人流鼻血，笑容在沉稳中带着点冷郁。

无论如何，与她记忆中相差很多，是什么使他改变？抑或是她从不了解他？

午餐时间，安小仙和许云在抢着这本杂志时，金雪言默默地想。

"好想给他生猴子！就算他没有钱也无所谓啊！"许云工作的时候成熟干练，犯起花痴也是毫不落后的。

安小仙笑笑，不再抢她的书，没搭话。

她虽然也花痴，但一时还忘不了余天。

金雪言看了她一眼，这才注意到，她在啃着一个馒头。

午餐时，他们一般随个人口味叫外卖，安小仙对此道甚有研究。哪家辣，哪家甜，哪家便宜，哪家送得快，她都如数家珍，也喜欢换着口味吃。但是金雪言想起来，她光吃馒头已经好几天了。

金雪言说："你怎么就吃这个？"

"我……减肥！"

"再减就要减成骨头架子了。"金雪言微微地皱了皱眉，把自己还没动过的炸鸡块推给她，"你吃我的。"

安小仙吐了吐舌头，却看见金雪言已经站了起来。

她走到窗口前，不知道在想什么。

从这个角度看去，作为地标性建筑的茂林大厦隐约可见，上面的大字已经不新了，但在阳光下仍十分闪亮。

"消费分期是现在热门的业务，要做个人信用贷，这是个最好的切入点。"

"可是没有任何担保，怎么保证每个借款人能按期还钱？"

"保证不了，没有人能保证这件事情。"陆升明啪地关掉 PPT，有点不耐烦的样子，"但是有数据模型表明，不进行任何风险控制——也就是你在大街上随便借给别人钱，现金贷款的坏账率也在 50% 以下；我们经过风险控制筛选，可以降低很多，利率定价完全可以覆盖。"

每周的例会，金雪言都要和陆升明吵架，近期争吵的主要内容，是到底要不要涉足消费分期。

"每一个网贷投资人，都知道鸡蛋不能放在同一人的篮子里，小额分散才是要旨。我们做平台的，难道不知道？那些企业的大项目，不管有多安全，只要一出事，就全完了。相反自然人借款，逾期率虽然高，只要样本足够大，永远在可控范围内。我们以抵押贷款为主，信用贷款为辅，这才是长久发展之道。"

这一天，陆升明终于在这件事上说服了她。

于是会议上通过，他们将和某几家分期购物平台合作，上线小额纯信用贷款。这个决定通过之后，邵锦带着技术部的人忙了几天几夜，新的匹配系统上线。

在这个全新的系统上，资金真的像水滴一样分流又汇聚。一笔 1000 元的借款，来源可能会包含上百名出借人，每个人的投入资金只有几元钱；同样，出借人们的数额不等的出借资金，也会匹配到大量的借款用户，真正达到随机分散、把风险降到最低的目的。

这一切都在系统中全自动完成。这个名叫"追梦宝"的产品上线的那天，他们几个人盯着后台的数据，看着每个数字飞速变化，却又严丝合缝，一一对应，简直被一种数学上的美感震住了。

"追梦宝"大获成功，日引流量达百万级别。

他们出去吃饭庆祝。

热气腾腾的火锅店里，香辣火锅上来，大家放开手脚，吃得尽兴。除了他们梦信高层的几人之外，安小仙还带了她的室友来。

自从余天失踪，她一个人住两室一厅就显得浪费了。本想换房，但正好有一个女生想合租，于是一拍即合。

欧娜娜，外企白领，一身打扮精致光鲜，是这座城市里最常见的那种女孩。

本来只是一顿火锅而已，多一个欧娜娜也没什么。金雪言并没太过注意她，但她似乎对满桌鲜辣的美食不感兴趣，只是矜持地用两根手指捏着可乐吸管，不时把目光投向金雪言。

金雪言察觉到了，看向她，她便也落落大方地举起可乐，学着安小仙喊道："雪言姐，仰慕你很久了，幸会。"

金雪言说："别这么说，以后多出来，大家一起玩。"

有技术部的男生和欧娜娜搭话，她礼貌但却不怎么理会，对这间火锅店有点嫌弃。的确，她一身的名牌，不管是 A 货还是正品，都和这个环境格格不入。

金雪言低头笑了一下。

欧娜娜确实不太喜欢这里，但她对金雪言的那句话是真的。她年轻漂亮，不时跟老板出去应酬。不知从什么时候起，那些她想要接近的男人，开始经常谈论金雪言这个人，听起来像是一朵新晋的交际花，但那些人谈起她时眸子里的光却总有些……不同。

欧娜娜很好奇，不知道这个拥有优嘉会所会员卡的女人究竟是有什么特别。

见了真人却大失所望。

金雪言看上去平平无奇，算是漂亮，但也不是十足的美女；穿看不出牌子的黑色裙子，连手机都是不到三千块钱的；甚至她的目光也不锐利，看着梦信那些员工，非常温和，和安小仙说话都带点宠溺。

欧娜娜在心中嗤之以鼻。

不知道现在那些男人的品位是怎么了，反正，她再也不要来这样局促的火锅店了。

时光飞逝。

梦信沿着金雪言划定的轨道奔赴前方，资金端和资产端都健康发展，渐渐在圈内有了名气。他们拥有各个类型的资产接口，以车房抵押为主，也兼顾小额个人信用贷，因为严格的风险控制体系深受出借人的追捧。

因为资金流的充裕，和优嘉的联合推广很快停了，她和赵景昆打了招呼，对方没说什么。

交易量破 5000 万，破亿，破两亿，员工扩张到近四十人……当全公司都热情洋溢地为破两亿的庆祝活动出谋划策的时候，距离金雪言为了 500 万强闯优嘉，已经过去了整整四个月。

据她与林少煜机场一别，将近一年。

炎暑消散，不知不觉间，飘零的落叶占据了这座城市，二〇一四年的秋天悄然而至。

林少煜在飞驰的劳斯莱斯里小憩。

车窗没有完全关闭，吹来微凉的风。这样的车子几乎没有噪音，只有外面稀薄的人声。

刚刚下了飞机，便要赶往下一场应酬，一刻都停不得，他已经忘了自己被这样的生活困住了多久。

董事局会议迟迟未能召开，父亲的身体也在时好时坏间摇摆，叔叔在暗中活动，他随时等着反击，但始终没有爆发太激烈的冲突。

一切都在拖延。

接下去要去出席的，是一场商业庆典。

商业联合协会举办五周年庆典，请他做一场讲演，他安排出了十分钟。

到达的时候他已经醒了，眼中恢复了奕奕神采。

商业联合协会是个年轻的民间组织，影响力有限，可以看得出主办方已经尽心尽力，不过人还是不太多。他的讲演到了最后，记者们还在不遗余力地拍照，仿佛他这个人比他所讲的内容重要多了。

最后时刻，有人举手要求提问，得到许可站起身，问道："听说茂林旗下的茂林金融，有意涉足互金领域，这几个月来，对多家网络理财平台进行了深度调研，似乎意在收购，请问确有此事吗？茂林集团又要怎样布局呢？"

"以点成面，构建一个贯通线上和线下的金融生态闭环。"他回答得非常简单。

提问者坐下，林少煜在台上居高临下地俯视着她。她在好几排之后，此刻望着他微笑鼓掌。其实他早就注意到了她，只不过并无表示。现在仔细去看，她仍是那爽利的模样，闪亮的眼睛和尖削的下巴没有变，只是比之学生时代，妆容更加成熟，气场更强。

他这样答，她能够明白。

对金雪言来说，参加这样一场庆典也属于赶场，因此还未完全结束，她就出来了。她还在想怎么乘地铁比较好，一个高大的男人迎面走了过来。

男人强势而又彬彬有礼："金雪言小姐？请你跟我来一下，可以吗？林少煜先生想见你，我是林先生的司机。"

"不好意思，我还有事。"金雪言欠身答道。

今天会看见林少煜，也不算意料之外。圈子就这么大，她频繁活动，而他为了所谓的"公众亲和力"，也不得不有选择性地参加一些平民化的商业活动，她知道他们有过数次擦肩而过。

虽然不想去接近，但还是会发自本能地去关注。

但今天他自己并不露面，派人来叫她，同样让她隐隐不快。当然她也没有那么矫情，主要是她真的赶时间，因此直言谢绝。

阿普感到有些惊讶，他从来没有想过，会有女人拒绝林少煜的邀请，甚至都没犹豫，但他还是拦住了她。

金雪言扬眉看着这位司机，刚想要说什么，电话响了。

陌生的号码，她接起，传来林少煜的声音："金雪言，我就在街对面，我们见个面吧。"

不知道他是不是预知了她的拒绝，才追来这个电话，她笑了笑："好。"

阿普带着她过去，到了一个安静的街角，远远地，她看见他的车。他原本坐在车里，见她过来，下了车，亲自为她打开了车门："车上说吧。"

他总是这样绅士，从初识时起就是。车中只有两人，然而今天的气压有些低，金雪言一时竟不太自在，吸了口气只问："有事？"

"雪言，"他笑了笑，"我没想到你做了这一行。"

"我也没想到，不过，人生变数太多，我觉得这样也很好。"

"太凶险了。"

林少煜说了这样简单的四个字，便不再说下去。话题既然开始，金雪言便放松下来，她笑起来："怎么了？这生意不是毒品，不是军火，怎么惹得林先生下了这个论断？"

林少煜注视着她。因为余天的消失，她撑起梦信，求助于优嘉，然后梦信竟然起死回生、蓬勃发展……这一切他当然都清楚，可是有了那样一个戏剧般的奇迹开局之后，对她的考验才刚刚开始。

他思考着说道："你要知道，这个行业，只是个中介，却涉及大额资金往来，稍有不慎，便不可收拾。"

她知道他说的意思。她近来也体会到了，居中调度大笔资金，维系借贷双方平衡，自己还要从中取利，如同钢索之上跳舞，需要多么小心翼翼，但她仍不以为意道："可是茂林也在盯着这块蛋糕，不是吗？"

"茂林不一样，茂林的体量可以经受得住风险，但梦信没有背景，没有根基。"林少煜心平气和地说，"这个行业，门槛有多低，你应该清楚，可是路有多难走，你真的清楚吗？"

他说得没错，门槛低，连余天那样的人都可以拉起一个台子，意味着这里极其鱼龙混杂。金雪言说："我知道。我知道现在此类平台，全国将近四千家，而平均每天有超过三家公司倒闭。这里面有本身就是庞氏骗局的，有认真发展却被淘汰的……他们要么没有诚意，要么没有能力。我，不会那样。"

林少煜笑了起来，饶有兴致地看着她。她能够感觉到，他在欣赏着自己的天真。他摇了摇头："不说别的，只说现在，如果康瑞医疗逾期，你怎么办？"

金雪言的心沉了一下，她有点探究地望向林少煜，后者仍然是那样淡然地看着她。

康瑞医疗确实是梦信当前最大的一个借款人，几次借款累计将近 2000 万。康瑞的老板陈家康，她是通过赵景昆认识的，但生意不掺杂人情。康瑞的资质确实很好，这点是他们风险控制部调研过的，只不过它真出事的话……

"我有风备金。"她故作轻松地答。

"梦信现在的风备金有多少？ 200 万？ 300 万？"林少煜的语速略微快了一点，"我敢肯定，覆盖不了的。"

互金公司会从利差中按百分比扣出的一部分资金，用于垫付那些难以避免的坏账，这部分资金被称为风险准备金，以梦信目前的实力，当然覆盖不了。金雪言不禁道："你听说了康瑞的什么消息？"

"没有。"林少煜说，"只是举个例子。"

原来只是挑刺，那么她就很不快了，她的声音冷下来："你今天是来劝我离开这个行业的？"

林少煜把目光投向窗外："亿速贷，成交规模逾 200 亿；君诚立信，成交规模逾 500 亿，都一夕之间资金链断裂，被定性为非法集资，如今法人代表、高管都已经锒铛入狱。他们一度是这个行业的领军人物，尚且如此，你真的知道有可能面临什么吗？"

"我没想到你会说这些。"金雪言的声音里透着失望，"林少煜，如果这就是你对这个行业的认识，我很为茂林担忧。亿速贷、君诚立信确实是暴雷平台里面规模最大的，可是规模能说明一切吗？他们的创始人、高管挪用资金，用作自己的高额消费。他们的资金链也不是一夕断裂，而是长久高负荷无以为继，他们死于自己的贪欲！"

她的语气有些激烈，胸口起伏着，说完这句，似乎再无话可说，便想下车。

林少煜安抚似的道："我不是要劝你什么，而是，如果……仍能管理梦信，但可以剥离这方面的风险，你愿意吗？"

她意识到了什么，有点意外地看向他。

不，也不意外，如果茂林收购了梦信，那么她的身份便可以回到梦信的一个员工，一切风险就不复存在。

她忽然明白他的用意。然而，平静了一下，她还是说道："不，梦信是我的，从我决心接手它的第一天起，我就决定和它共荣共辱，不需要假手他人，不管用什么样的方式，林少煜。"她侧过身，正面对着他，"谢谢你为我考虑，可是，就算我们看起来像是朝生暮死的蜉蝣，我也会尽力化身成蝶，飞出这个池子。"

果然是这样，他笑了笑："我等着看。"

金雪言点了点头，推开车门。

"要去哪里，需要送你吗？"

他问这一句，她倒真有些犹豫，不过还是转过头来，带着点笑意："不用了，去赴一个约会。"

她的语气轻快，有点调侃的意味，他的目光沉了沉，没有说话。

直到在车中目送她离开，他忽然哑然失笑。

其实这样的试探并不必要，他却专门花了时间来做这件事。现在得到了意想之中的答案，也很好。他取出工作用的 iPad，打开一封邮件，把表格里梦信金融那一栏画上了红色的删除线。

这是茂林金融深入调研过的平台列表，按照收购意向排列，梦信金融赫然在前三的位置上。

茂林金融有很多选择，梦信他不想去碰。其实有了金雪言那样的掌事者，梦信也就不是一个适合的收购对象了——因为她难以控制。

金雪言说，要赴一个约会，但实际上，她要赶赴一场战斗。

彩乐姿迪厅里面，灯光闪瞎人眼，声音震耳欲聋。她挤了进去，找到了一个包厢。

包厢和大厅一墙之隔，难得的是隔音效果很好，正常说话都能听清。

包厢里面有三个男人，坐在沙发上那个穿着花衬衫，旁边站着的好像是他的小弟。见她进来，那人拍了两下手，笑着说道："金总真的亲自来了，我捉妖人真是受宠若惊啊。"

金雪言在他面前坐下，开门见山："所以，我们可以谈谈价格了吗？"

"一上来就谈钱，多伤感情啊。"自称捉妖人的男人开了罐啤酒放到她面前，"我还想和金总交个朋友呢。"

金雪言客客气气地说："和您交朋友，我嫌恶心。"

男人脸色一变，马上又恢复了正常："江湖上说金雪言是多刺的玫瑰，真是名不虚传啊。"

金雪言会来见这样一个人，也是迫不得已，事情还要追溯到上周。

眼前这个男人，网名叫作捉妖人。他有一个博客，专门发布针对互金平台的分析报告，行文看起来比较专业，吸引了不少出借人关注。但实际上，他们专门引导舆论走向，以行敲诈之事。

上周，那个叫金融捉妖记的博客上，开始连续发表有关梦信的文章：《梦信金融，真的有梦有信吗？》《扒一扒梦信金融科技的前世今生》……或者从余天跑路开始，提醒出借人他们再次跑路的风险；或者扒出梦信出借的一些企业里包含赵景昆的一些股份，说这是"左手倒右手"的关联交易，呼吁大家警惕。

本来网络言论自由，可是它歪曲事实不算，还雇佣大量水军转载，一时网上对梦信一片疑虑，确实明显影响了梦信的成交额。

那天开会，公关部关振华把这事一说，大家就感到十分头疼，最后还是金雪言说："联系他们吧，要多少钱删帖，我们给。"

这些网络黑手，互金业内的人都听说过，稍微知名的平台也都被黑过，人人避而远之，捉妖人便是其中最嚣张的。

他们发出那些负面消息后，对平台来说，只能联系这些始作俑者，给钱才能删帖，如今已经猖狂到明码标价的地步。

这一方面是因为网络造谣代价太低，让人有恃无恐；另一方面也是因为平台自身往往不够硬气。这一行以出借人的信心为生命，花时间去打口水战，可能损失更大，不如花钱消灾，因此这几乎发展成一个见不得光的奇葩行业，可能几篇文章出去，几十万就到手。

金雪言虽然对此痛恨至极，但也无奈，只能说是乱象催生出乱象。

然而关振华过了两天汇报说，捉妖人报出一个谁也无法接受的天文数字，显然是有意为难他们，而且说如果要谈，必须金雪言亲自出面谈。

金雪言今天来这里之前，公司里的同事们都很不放心，安小仙执意要跟来，邵锦更不用说，就连关振华和陆升明也都来了。金雪言没办法，只好让他们在一旁的咖啡馆等着照应，自己还是孤身赴会。

捉妖人的路子比她想象得更野一些，本来她以为一个以写文章为生的团队好歹会有些文人气质，没想到与街头帮派没什么两样。

"捉妖人,你找我出来,又不谈价格,想怎样?"金雪言收敛了气势,"我倒也很好奇,我们梦信到底有什么特别的价值,删个帖子,你要开十倍的报价?"

"梦信哪有什么价值?"捉妖人的笑容已然暧昧起来,"是金妹妹你这个人有价值啊。"

捉妖人改了称呼,旁边的年轻人哄笑起来。

金雪言不动声色:"就事论事,扯到其他可就没有意思了。"

"不扯其他,金妹妹,今晚上迪瑞酒店302套房,你来,咱们就按市场价来结,怎么样?"捉妖人说的话越来越露骨,"我们哥几个不会让你失望的,哈哈。"

金雪言觉得一股血涌上头顶,她知道传闻中捉妖人好色,但也没想到如此恬不知耻。

这群魔乱舞的圈子里,她是一个年轻的女人。她经历过很多觊觎的目光,却没有一个像今天这样,像要把她的衣服扒光。

而看着金雪言的捉妖人,此刻也有几分心痒难耐,这个女人,很有趣。他的口味和别人不太一样,他喜欢有性格的。虽说是接的一单生意,但真能搞到手,少赚一点又怎么样……

他还在意淫,只听金雪言问道:"写梦信的那几篇黑文,是谁写的?"

那些文章逻辑清晰,文笔极具迷惑性,她不相信是眼前这个捉妖人亲自写的。果然,捉妖人看着边上一个戴眼镜的年轻男人,那人冷冰冰地说:"是我写的。"

"写得不错,做了不少功课吧?"金雪言看着他。

"没点干货,怎么写黑文?"他很不屑。

"你觉得,你写梦信里的那些事,几成是真的?"

这个人冷笑起来:"梦信可不好写,黑料太少。不过你问几成是真的,我可不知道。就算全是编的,首先我自己也得相信全是真的,不然你以为那些出借人那么容易忽悠?"

"所以,你们编了黑料来诽谤梦信,然后敲诈300万才肯删帖?"金雪言叹了口气,几乎自语。

"你知道必合金融、双城在线是怎么死的?"捉妖人不无得意,"都是我们小胡子黑死的,哈哈。"他说的这两家去年的确是因负面消息引发挤兑继而清盘的平台。

金雪言突然猛地一拍桌子站了起来:"王恒!我劝你识相点,立即把梦信的帖子给我删了!"

捉妖人被叫出真名,震惊地站了起来。

"王恒,你干这行伤天害理,别以为网上的事情没人能追到。"金雪言说,"你虽然离婚，可是儿子还是很宝贝吧？你儿子念春天幼儿园，你也不想他受到什么惊吓吧？"

"你人肉我？"王恒把烟一扔，另外两人朝金雪言逼了上去。

"胡东，你女朋友在考研对吧？"金雪言看着那个叫小胡子的，"她以为你是做新媒体的作家，结果呢？要不要我把你做的事给她讲讲？"

胡东的脸一下子绿了，王恒却狰狞大笑："你以为我们是吓大的？先让你尝尝哥哥们的厉害！"

他探出手去抓她的头发，金雪言甩开他，后退一步，背抵上墙，避无可避。

她再聪明，再强大，此时也只是一个弱不禁风的女人，别说三个男人，就是一个，她也没有反抗之力。

她猛地挣开王恒的手，手里举起手机："别过来！今天所有发生的事，都已经录音，你们敢对我怎么样，我朋友就在外面，他们会马上报警！"

"见鬼！"

王恒来抢她的手机，她却也不避让，任他抢去。她冷笑："那有什么用？所有的录音都是边录边实时上传的，现在网上已经有备份了。"

王恒愣住。

转瞬间，换成他陷入一个两难境地。

他本来只是想和这女人玩玩，或者就正常地收个删帖费，也不是不可以，还从来没有什么理财平台敢这么和他撕破脸。

他才不怕什么威胁，不过他还想吃这碗饭。刚才小胡子和他说的话，要真被警察拿到了，实在有些麻烦。

放了她？

他现在是可以直接办了她，可是那样的话，他们估计就没那么逍遥了。本来支使小胡子写点东西，一年就能拿个几十万，这种日子，他干吗要自己毁掉？

他还在犹豫，金雪言反而向前逼近一步："放心，你们的家人朋友，我没兴趣去动。你只需要做一件事，就是删帖。"

这时候胡东已经拿过金雪言的手机，看了一眼还给王恒："头儿，她说录音上传了，是真的。"

王恒停了一下，狠狠地把手机往地上一摔："滚！"

金雪言俯身捡起自己的手机，冷笑了一下，扭头走出了这个房间。

包厢里传来外面喧闹的音乐，可王恒却静得吓人。过了好一会儿，胡东才鼓起勇气开口说："头儿，可是那个录音还在她手上啊。"

王恒这才反应过来，抄起桌上的一个杯子朝胡东砸过去："你怎么不早说？

现在人都跑了，你说有什么用，啊？"

那个录音不能流传出去，可是落在金雪言这种人手里可就太危险了，王恒冷静了一下："不行，咱们必须把那录音拿回来，不管用什么办法！"

一直没说话的另一个人，小声说："我们认识的一个妹子，认识那女人身边的小妹子……"

这句绕口令一样的话，让王恒摸着下巴沉思起来。

金雪言冲出了这个房间，快步走着。

她越走越快，最后都快要奔跑起来，心脏也是扑通扑通，越跳越快，让她胸闷。

真是的，在那里面的时候还不觉得，她一向镇定。可是在那屋子里的时候不怕，出来之后却控制不住地一阵阵发冷，手都在抖。

当初枪击事件的时候，她也是这样，林少煜说她有恐惧延后症。

她出了迪厅，外面阳光正好。街旁四个人朝她冲了过来，她看到是安小仙、邵锦、陆升明和关振华。她伸出手臂，一下子抱住了安小仙。

他们几个人看到她安然无恙，都松了口气，尤其邵锦，苍白的脸有了血色。陆升明看了他一眼，说："幸好，金总，你和邵锦间的信号断了，我们都吓坏了，赶紧过来看看。"

他们几个原先在附近的咖啡馆待着。金雪言的手机始终和邵锦保持通话状态，所有录音，也都存在了邵锦的手机上。

之前他们想要和捉妖人正面对峙的时候，就定下了这个方案。邵锦从网上通过捉妖人的 IP 追踪，关振华通过关系网来查，查到捉妖人王恒和他身边的胡东的信息。

危害他人人身安全的事，金雪言他们当然不会做，但这样的信息对对方的心理打击不会小。金雪言再想办法套出话来，录下证据，不怕没有和他们谈判的筹码。

"那他们答应删帖了吗？"陆升明问道。

"没有。"金雪言说，"不过我相信他们不会不识抬举。"

另一边邵锦突然开口："他们主站上的帖子，已经删了。"

金雪言露出笑容，她伸出双手，分别与四个人击掌："我们赢了！"

她又赢了，她从来相信，自己不会输。

到了当天晚点儿的时候，捉妖人发布的诋毁梦信的文章，除了其他一些人转发的，已经全部消失了。剩下的那些，关振华去一一处理。那个王恒倒也上道，不但删了帖，还发了一个声明，称自己对梦信调查不足有失偏颇云云，姿态好看地道了个歉。

这些黑手其实没什么背景和根基，历来是欺软怕硬。所以比他更狠，他也就老实了，他们也从来不敢碰背景真正强大的平台。

公司里，安小仙看见金雪言用手指点着一个U盘，在思考着什么。

她轻轻把咖啡放下，她知道那个U盘里存着王恒等人的录音。现在虽然事情告一段落，这录音怎么处理，看起来金雪言还没决定。

如果这份录音公开，或者送到警察那里，王恒应当会面临不小的麻烦，不知道互金圈会有多少人拍手称快。

可是如此树敌，并不是一件好事，另一方面，仅凭这一点材料，也上升不到刑事案件的高度。如果只是拘留教育他们几天，也没什么意思。

安小仙也看出她的纠结，就说："雪言姐，既然他们服软了，我看我们暂时先不要节外生枝吧……"

金雪言点点头："嗯，我心里有数。"

她把U盘收回抽屉里。

没什么其他事，安小仙就正常下班了。

回到家里，她看见难得地，欧娜娜也回家了，正躺在沙发上伸懒腰。

"哇，娜娜，你怎么回来了？你不是去法国玩了吗？"

欧娜娜神清气爽地说道："法国有什么好玩的？待了两天我就腻了，还是家里好。来，这是给你的。"

她朝安小仙丢过来一个小盒子，安小仙打开一看，眼前一亮："咦，纪梵希小羊皮！谢谢你啊，娜娜！"

"不谢，比国内代购便宜。"

安小仙和欧娜娜一直住在一起，关系很不错。欧娜娜虽然有点傲气，但安小仙却是软绵绵又体贴的性子。安小仙常常主动做饭打扫卫生，欧娜娜不时会送点小礼物以示回报，大多是些彩妆之类的小玩意，都是寻常女孩梦寐以求的名牌。

安小仙收好了口红，想了想："娜娜，这个月的信用卡……你有困难吗？"

欧娜娜讪笑了一下："可能……可能还得管你借个六七千吧。"

安小仙无奈地叹了口气。

欧娜娜收入不错，不过日常花销十分惊人，LV的包，Prada的鞋，还有林林总总各色各样的彩妆香水……大多是自己买的，也有些是她交往的男人送的。至于她交往的男人，无一不是偶傥多金，只不过安小仙从来认不全。

这样的生活状态导致欧娜娜不只是个月光族，还是个卡奴，资产永远为负，有时候周转不灵了，便会向安小仙借钱。前几个月有一回，欧娜娜也"资金链断裂"，安小仙倾尽全力替她还上了卡债，闹得自己吃了几天的馒头。不过欧娜娜找安小仙借钱，每次都还是及时还。

"唉，还不都是你们梦信的错！"欧娜娜突然抱怨起来，"这个月居然不肯续借给我了，气死我了！"

安小仙说："可能是有什么风险控制手段吧。"

"不就是逾期多了点吗？"欧娜娜还在愤愤不平，"借网贷，谁不逾期啊？九十天内我都还上了！喂，安小仙，你们公司到底有没有员工低息贷款？帮我借一点啊！"

安小仙赶紧站起来，顾左右而言他："你晚饭想吃什么？"

欧娜娜除了信用卡之外，还有许多消费平台的分期付款，网络平台的个人信用贷……她也是梦信的借款人，只不过安小仙不知道借款金额有多少。

总之每个月的还款日，她都得愁上半天。

安小仙扒拉了一会儿冰箱，打算做饭，欧娜娜在厨房门口说："亲爱的，我要吃火腿炒饭！"

"好好好！"

欧娜娜的电话响了。

她一下子脸色一变，甚至露出有点惊恐的神色，跑过去一看，脸色恢复，接起来笑道："哦，王哥啊，有什么事吗？"

那头说了些什么，她有点意外地看了安小仙的背影一眼，满不在乎地说："认识啊。"

"熟不熟？有什么关系？"欧娜娜拿着电话靠在桌上，"王哥，你不是不知道我欧娜娜，我出手去约的人，哪里有约不出来的？只不过嘛……报酬没问题，那一切好说。"

欧娜娜懒洋洋地说着，最后心情不错，恢复了欢快的样子。她说了什么，厨房里正爆炒火腿的安小仙，则一句都没有听到。

捉妖人的事件过去之后，梦信的负面消息很快压了下去，然而金雪言本人的负面新闻却突然层出不穷。

有八卦帖子从金雪言进入互金圈开始讲起，历数她接触过的商界人士，有陈家康啊吴航啊等等，梦信为什么能像如今这样风生水起？全赖金雪言人尽可夫。

这是一类帖子，还有另外一类，则只瞄准金雪言和赵景昆的关系。这篇文章就翔实多了，毕竟梦信处在生死一线时，优嘉拉了一把，此后赵景昆确实曾带着她出入社交场合，那是她建立圈内人脉的起点。这篇文章的态度也克制很多，并没有指明或者暗示什么，只是描述事实，但这背后的瓜葛，每个人都能脑补出各种剧情。

关振华那边，去尽量想办法删帖，但是这种帖子素来为大众所喜闻乐见。明显是恶意中伤的那些可以删，有关赵景昆的那篇文章却删之不绝，传播甚广，大概只能等热点自然转移。

这应该不是王恒那批人干的，他最近老实不少，什么平台都没有黑，做这件事对他也没什么实际好处。

于是这周的梦信例会上，大家脸色都有些微妙。邵锦坐在一旁黑着脸，谁也不敢和他说话，据说他一个人在技术部忙了两天，想凭 IP 地址追踪到那篇文章的始作俑者，但没有成功。

反而是金雪言自己神色如常，说了些例常的情况之后，她说："我注意到这个月，我们'追梦宝'的逾期率下降了很多呀。"

"是的。"陆升明说，"我猜这应该是那家委外催收公司的功劳。"

"没错。"许云拿出报表，"财务这边显示，使用了委外催收之后，回流了大批本来已经逾期、甚至是逾期三个月以上的项目。金总你看。"

金雪言很高兴："这么有效？这倒出乎我的意料了。"

由于"追梦宝"是小额个人信用贷款，借款人极度分散，逾期率高，催收一直是个大问题。梦信自己人手不足，前段时间这项工作几乎是空白的。后来，是赵景昆给介绍了一家叫腾宇的专门的催收公司，那是他自己的一个老属下开办的，他很信得过。

于是梦信把这块业务外包出去，没想到如此卓有成效。

"看来我们应该谢谢赵景昆呢。"

她这句一说出口，会议桌上突然静了一下。她抬起头，看见邵锦一言不发地走了出去。

金雪言和邵锦之间的关系，一直没有人看明白。不过邵锦在公司特殊的地位也是不言而喻的，他至今仍是公司唯一不用打卡不用坐班的员工。

关振华朝安小仙使了个眼色，说："那，要是没事的话，我们先散会？"

金雪言把笔往桌上一放："散吧。"

一群人噤若寒蝉地收拾材料溜了，会议室里只剩下金雪言和安小仙两个人。

"呃，雪言姐，喝水……"安小仙也小心翼翼。

"喂，你说他们是怎么回事？"金雪言简直觉得这些人不可理喻，"不就是传了点我和赵景昆不着边际的八卦吗？为什么他们一个个都弄得好像我真和赵景昆有什么似的？"

"他们只是有点担心……"

"有什么好担心的？就这么点小事，难道那些被乱传绯闻的娱乐明星就不活了？"她还是一副气不打一处来的样子。

但是还真不是人人都有当娱乐明星的涵养，因为半个小时后，赵景昆也打了电话来询问此事。

"我看到网上的消息了，怎么回事？"赵景昆在电话那头笑呵呵的，"弄得我后院也不安宁，你知道不？"

"我也不清楚，不过我们在查。"对于赵景昆，金雪言还是必须打起精神来应对的，她赶紧说，"赵总，给您添麻烦了，实在对不起！查出来之后，我这边一定会处理好的。"

"小事了，你以为我真会当真？"赵景昆道，"怎么样，最近梦信还好吗？"

"一切都挺顺利的。"金雪言想了想，"之前我和赵总提过的事，不知道……"

"你是说向优嘉还款的事？还有一个多月时间，回头再说嘛。"赵景昆却不以为意。

这让金雪言有点意外，她所说的事，是梦信向优嘉所借的资金如何后续处理的问题。

当初，借着优嘉出售长期会员卡的名义，梦信向优嘉筹到的资金，大概有一千多万。当时签的合同上约定借款时间是半年，眼看着就要到了。上周，金雪言向赵景昆提出只支付利息，续借本金，当时赵景昆说要考虑一下，没有马上给出答复。

但她以为续借不是难事，因为对优嘉来说，这本来就不是现金，而对于梦信，骤然抽走这么大一笔资金，现金流会非常紧张。赵景昆对梦信的态度，一直是支持的。

但他到了此时还是不愿表态，引起了金雪言的警觉，她谨慎地说："赵总，要是有什么吩咐，您提早说一声，我也好有个心理准备。"

"这样，"赵景昆的声音还是淡淡的，"我是想，优嘉现在也用不上这笔钱，不如就真正向梦信注资吧。优嘉成了梦信的参股公司，我们的合作也能更紧密些。"

原来他是想要股权。

金雪言恍然大悟。

她定了下神，也轻描淡写地笑道："赵总这个提议有点突然，这回，是我需要点时间想想了呢。"

"你好好考虑。"赵景昆的语气意味深长，"不过我今天主要是想问问，下周顾老生日会，你想出席吗？"

金雪言一愣，马上反应过来："您是说，顾羡晓先生的生日会？"

"没错，你和我一道去？"

顾羡晓，古董鉴赏的专家，当初，她还混扯着他的名头忽悠了余天一回。他虽然不是商界人士，但商界那些大佬，喜欢古董的居多，其中很多都是他的知交。

顾羡晓的生日，如果是大肆操办，那么说不好有多少平日里难得一见的人物都会现身。

如果在平时，这肯定是金雪言不能错失的场合，然而此刻听到赵景昆的邀约，她竟犹豫了。

她没收到这场宴会的邀请，只能跟着赵景昆一起。可是现在关于她和赵景昆的流言传得正盛，如果她再随着他出现在公开场合的话……

但这样的犹豫对她来说只是短短一瞬间，她甚至没有让赵景昆听出她的迟疑，便说道："好的，赵总，我和您一道去。"

"那到时候联系。"

赵景昆挂断了电话。

电话结束，之前被强压下去的念头终于再次翻了上来。金雪言扔下电话，开始在办公室中来回踱步。

赵景昆说，他想要股权。

这不奇怪，她之前竟然没有想到这一层，是她疏忽了。以债权转股权，这是资本市场常见的操作。只是……只是赵景昆做的，是在雪中送炭之后，开始夺食。

他想要梦信的股权，应该是从一开始就计划好了的。但那个时候，他不清楚梦信的未来究竟如何，甚至是能不能活下去，他需要一段观察期，因此他定下六个月的期限。

六个月，足够他看清梦信的发展态势。然后，如果它不能求得生机，他便可以一弃了之，优嘉唯一的风险是无法回收那笔本来就不存在的资金；而一旦它发展壮大，他便可以收割成果。

梦信当下的股权情况，是金雪言个人持有100%。按照优嘉的债权和大致的估值来计算，可以得到20% -30%的股权。具体多少其实不太重要，重要的是，是否要给。

不给？梦信确实会面临着资金流问题，一旦资金链断裂，就会万劫不复，这是一个巨大的风险；给？似乎没有太多反对的理由，只是……她，觉得不甘。

赵景昆这一手玩得漂亮。六个月，他坚持这个期限，就是不给梦信能够喘过气来的机会。他从一开始就下好圈套，不给梦信选择权。这不是一场入股交易，而是单方面的掠夺。

半年前她对六个月期限的妥协，已经酿成了这个恶果，难道她还要妥协第二次？

放弃全部的主动权，她做不到。

然而……这一切不过是商业上的弱肉强食。她实力不如人，手腕也不如人，还能怎样？认清现实，愿赌服输，也许才是更好的选择。

这样的想法出于她的理智，却和她的本能激烈冲突，一时让她陷入了前所未有的犹疑。

茂林八十八楼，林少煜一天的工作结束了。

他的办公桌上电脑显示器泛着幽光，他自己的身影却隐没在黑暗里。

电脑上显示的是一篇网络报道，准确地说，是一篇绯闻八卦文。

金雪言和赵景昆的流言，他本来不会看见，只不过早上刷了一下手机上的朋友圈，就看到有人转发。

他觉得胸中有火苗一跳一跳地往上蹿，都过去了整整一天了，再一次打开这篇报道，还和早上看到时的感觉是一样的。

他不喜欢这种感觉，好像略略压制，忙起别的事来之后，也会忽略掉，好像它不存在了。可是这一天里，只要静下来，这种令人暴躁的感觉就如影随形。

中午的会结束后，在休息室里，他吩咐助理小瑞去查优嘉和赵景昆的信息，很快拿到了资料，他快速翻看。

赵景昆其人，林少煜并不熟悉。从这边的资料来看，虽然他在本市根基颇深，但这些年的海外投资并不顺利，优嘉这个实体，也远不像表面那么光鲜，已经到了岌岌可危的地步。

所以，梦信这么一家互金平台找上门去，送过去一个空手套白狼的机会，简直是天上掉馅饼。

林少煜冷冷一笑，按照优嘉和梦信的协议，赵景昆想做什么，再清楚不过了。

拿到股权，成为梦信金融的大股东，便可以为他另外的盘子持续输血。

林少煜啪地关掉电脑，整个房间全部陷入了黑暗，只有窗外落进来稀薄的灯光。

他烦躁地松了松领口，不明白自己为什么要为那样的网络消息不快。分明是空穴来风的谣言，他怎会不知？而且是不是谣言又与他有什么关系？反正梦信他已经不打算去碰了。

他放弃了的梦信，竟然有他人想要染指。

还有那个女人。

他想了想，一时不知道对于赵景昆的计划，金雪言是已经心知肚明，还是还被蒙在鼓里。他迟疑了一下，还是决定给她打个电话。

然而当她接起的时候，他突然又改变了主意，只是问道："金雪言，你在做什么？"

"加班。"

"这么晚了还在加班？"

"很晚吗？不觉得啊。"她的声音一如既往充满活力，"你在哪儿？"

"我还在办公室。"

"你看，你不也一样吗？"

他一时没有说话，只是静静地笑了笑。

"林少煜，不知道为什么，你回来以后，我一直觉得你不太像你。"金雪言忽然这么说。

他不禁问："为什么这么说？难道只因为我也晓得加班？"

"不，不是。"她似乎想了想，"那时候，你不像一个真实的人，你好像活在云端。初时看着很美好，接近了，总有点缥缈。"

金雪言觉得自己说多了。

她对他说这些，想表达些什么？也许只不过是夜深人静时的一丝呓语。不过既然已经说了，她也不懊悔，只是声音渐低，带着一点笑音。

"是吗？或许你需要时间来真正认识我。"

不知为什么，林少煜忽然不愿意在这个时候谈起赵景昆的事。其实，赵景昆身后隐现的阴影不是三言两语能说清的，他自己也需要更多的信息。而此刻与金雪言之间没什么意义的几句对白，在这深夜却已经够了。

周末，金雪言让安小仙陪自己出去买衣服。

换季了，秋冬季可以出席重要场合的衣服她没储备。过去有的都是简洁朴素的学生装，现在社交活动频繁，去的又都是些高档的商业场所，她把自己的收入几乎全部用来买衣服了。

人靠衣装，这也是一项投资。

不是一线的名牌，但也无一不精致优雅，愈发凸显她的气质。

在安小仙的参谋下，她干脆利落地买好了几件大衣和秋冬的裙子。末了，突然又发现一条织花毛呢裙十分适合安小仙，她便说："小仙，你什么也没买，买这件裙子吧。"

安小仙吐了吐舌头："好贵。"

这里的东西是不便宜，不过金雪言撇了撇嘴："喂，我给你发的工资不至于这么一条裙子都买不起吧？"

安小仙笑笑不说话，因为要借钱给欧娜娜，她自己少不了月底省吃俭用。看她这个样子，金雪言就对导购说："把这裙子包起来，我们要了。"

"哎……"

"我送你的，行了吧。"金雪言提起自己的大包小包，"小姐，你有时候也是要跟我出去的。"

"谢谢雪言姐……"安小仙匆匆拿了包好的衣服，小碎步追上她。

不久之后，两个人走在秋日的街头，觉得神清气爽。大概是购物使人身心愉悦，或者这阳光明媚的天气也有几分功劳，两个人都脚步轻快。

刚才想起了欧娜娜，安小仙想起一件事来，对金雪言说："对了，雪言姐，过几天欧娜娜要办个聚会，想请你参加，你能来吗？"

"欧娜娜？"金雪言想起几个月前火锅店里的那个傲慢的姑娘，"你和她的关系很好吗？"

"挺好的呀。"安小仙说，"不过你要是没空就算了……"

"什么时间，在哪里？"

"她说下周末，在优嘉维莎厅。"

金雪言笑了笑。优嘉她算是熟悉了。维莎厅是位于九楼的一家酒店的高档包间，虽然贵，但只因为在优嘉里边，仍有许多人趋之若鹜。

那个姑娘，在某一方面，看来也是野心不小的。每个人都有权利用不同的方式为自己努力，金雪言对她，忽然也生出一丝怜惜。

"我安排下时间，尽量去。"金雪言说。

"雪言姐最好啦！"安小仙高兴地挽住她的手。

欧娜娜交给她这个任务的时候，她还有些打鼓。金雪言那么忙，怎么会去参加欧娜娜的一个聚会？金雪言答应得这么痛快，让安小仙很开心。

周日举行的顾羡晓的生日宴，定在风都园。

风都园是位于城郊的园林式酒店，占地面积广，设计上古意盎然。在这里举办宴会往往是身份的象征。据说顾羡晓为人低调，并不愿意大肆张扬，但他的一些老朋友，却不肯让他的八十大寿静悄悄过去，因此订下风都园来为他庆祝。

这些"老朋友"里，就有林茂源。

林茂生与顾羡晓是知交。林茂源为顾羡晓举办这场生日会，顾羡晓接受了，想要透露出来的含义，意味深长。

当然一个顾羡晓这样的人说明不了什么，但今日的宴会商圈大鳄云集，其中不少是茂林集团的重要股东。

听说茂林内部支持林少煜和林茂源双方的阵营已经旗帜鲜明，只有很少几家还在摇摆不定。不过，中间的来龙去脉、利益纠葛，以及现在茂林内部的真正局势，就不是金雪言这样身份的人能够看清的了。

林少煜，他有几成胜算？

想着这些事，她随着赵景昆走进风都园的主厅。

风都园主厅仿明清宫殿设计，雕梁画栋，宽阔的视野和惊人的层高，让这个空间显得巍峨大气。厅中果然汇集业内名人，令金雪言有些目不暇接。

赵景昆带着她与众多他熟识的人打招呼，一一为她引见。那些人，与之前的陈家康、吴航等人相比，的确又高了一个层次。她巧笑嫣然，与他们热络地聊天。闲下来的时候，赵景昆也不时低声向她介绍某些人的背景细节，她点头一一记下。

对于赵景昆带着金雪言出现，有人投来暧昧的目光。也许就算没有那篇莫须有的文章，这样也很难不引人猜测，不过她不在乎。

后来他们就去拜见顾羡晓。

顾羡晓不收任何礼物，但他是他们父辈甚至是祖辈的人，每个人便去向他鞠躬行晚辈礼。不过这流程因为人多就显得十分潦草，他们这样身份不太重要的，也就远远地作揖了事。

金雪言看见顾羡晓旁边坐着两个人，她认出一个是林茂源，另外一个一时倒认不出来，六十多岁的样子，和顾羡晓一样穿着唐装，颇有些仙风道骨的意思。

她又使劲想了想，想起来这人名叫翟丹峰，也是金融界的传奇人物了。

顾羡晓身边唯一的年轻人，是林少煜。

原来他也来了，不知道怎么，金雪言忽然有点心虚。

林少煜的目光投向这边，显然看见她了，却只是一掠而过，反倒在她身边的赵景昆身上停了停。他的眸子深沉，没有丝毫波澜。

"少煜啊，你爸爸现在还好吗？"林少煜听见顾羡晓问道。

他收回目光："有好转，多谢顾老惦记，我爸爸可能近日就会回国。"

"我大哥，也是辛苦命啊，放不下家里这一摊子事。"林茂源感叹着，看向林少煜的目光颇为玩味，"少煜为你爸爸分担得还不够啊。"

林少煜看了叔叔一眼，笑道："多亏叔叔一直在帮我。"

双方都暗藏锋芒，表面却不显露半点。

对于这个叔叔，他从小到大一向没有什么特别的感情和观感。叔叔偶尔给父亲惹些事，但也不大不小，不管在集团还是家里都没有什么存在感。如果可能，他并不想与叔叔为敌，然而……

林少煜不再多想，重新抬头，金雪言和赵景昆已经从他视野里消失了。

对金雪言来说，这场宴会本身倒是乏善可陈。虽然有许多想要结交的人，但人脉的建立也不是一朝一夕的事。她拿到了很多人的名片，也发出去很多自己的名片，也就已经算是收获颇丰。

宴会后还有茶歇，关系好的人，三三两两去外面的偏厅坐着聊着。说来也怪，风都园这样的环境，让那些平日惜时如金的大佬们都好像静下心来。提前离开的人不太多，大多数人都拿出了整天的时间，享受这样的闲适。

风都园小小的偏厅有不少，金雪言和赵景昆待着的那间叫慕水居。四面大开的亭阁，外面小桥流水，回廊曲折，屋子里空气特别清新。

除了他们，还有赵景昆的几个朋友。没人谈什么生意上的事，就谈些风花雪月，赵景昆看上去也十分高兴。

两个老总在激烈讨论着苏轼和黄庭坚的诗词。赵景昆吃了颗樱桃，说："这个樱桃好吃，你尝尝。"他又拿了一颗，放到金雪言嘴边。

这个时候，金雪言手里正在削一个苹果，是片刻前赵景昆吩咐她削的。现在，她如果放下手里的东西去接这颗到了嘴边的樱桃，无异于在打赵景昆的脸。

那边的一位张太太看着他们俩，似笑非笑。

金雪言心一横，张开嘴就着赵景昆的手把樱桃吃了，赵景昆不动声色地笑笑，把手搭在她的肩膀上。

这时候在她面对的方向上，阁窗外一抹灰影一闪而过。

她一下子认出来，那是林少煜，然后又马上疑心自己看错。

可是无论如何，樱桃吃完，核明明吐了出来，她却感觉像连核一起咽下去了一样，一块硬物梗在胸口，随着心跳一下一下硌得慌。

她削完苹果，又陪着坐了一会儿，说想出去透透气，起身出来。

下午的风都园十分安静。有园中的服务人员过来，问她有没有什么需要的，她说只是想走走，就再没有人来打扰她。

经过外面的风一吹，她胸中涌动的情绪静下去了些，忽然暗自失笑。

在担心什么，或者说害怕什么呢？这风都园中，她代表她自己，她做得并无不妥。这么想着，心里便平静下去。

既然出来，便信步走着。风都园虽然一切都是新建没几年的，但不管林植还是庭院设计，都有一种古朴之意。庭院叫作悦榕园，得名于正中那棵足有五六个人才能环抱的榕树。

她走到榕树下，大片的树影遮蔽了阳光，身边一下子阴凉下来不少。

突然，一只手从树后伸出来，猛地攘住了她，把她往旁边一扯。

她没想到树后有人，大惊，想要尖叫。一个趔趄之下，背却已经抵在树上，整个人被一双撑在她两旁的手臂禁锢住了。

男人离得很近，俯身看着她。

看见是林少煜，她生生压下了叫喊，只抬头直视着他。

他的脸庞隐在阴影下，眼瞳显得深不可测。他这样富有侵略性的姿态，让金雪言都感到有些惊惧。

她认识的他，在西海岸的阳光下清澈温润。回国之后，他虽然变化很大，但也从没有像今天这样从骨子里透出来的冷意。

似乎是什么压抑久了，无从释放。

"干什么？放开我。"她回过神来，挣扎，却挣不脱。

"你为什么要来这里？"他开口，声音低沉，"你不该来这个地方。"

她奇怪地看着他："你在说什么？"

他缓缓松开箍住她的双臂，退后一步，冷冷地说："你知不知道，他们是怎么议论你的？"

就在十几分钟之前，他在慕水居外，无意间看到她吃樱桃的那一幕。而后，途经另外一个偏厅，他听见几个人在议论她。

"今天赵景昆身边的那个就是金雪言？果然是个尤物啊。"

"听说她是八面玲珑，身材又好，如果是床上，可想而知，呵呵……"

"难怪老赵这么高调带着她，一副春风得意的样子。"

公开场合一向凛然正直的企业家，私下里谈起女人，却是一副令人作呕的嘴脸。

金雪言的脸白了白，林少煜没有接着说下去，可他听了什么，她大概也能想象。这段时间，关于她的流言太多了。这几个月来，她一直活跃在社交场上，试图和每一个人建立良好关系。而她寥寥几语就从赵景昆那里拿到一千多万的事情，随着那篇文章的流传也是人尽皆知，一切谣言都在最近爆发开来。

她知道林少煜的想法。

她慢慢挺直了背，靠住树干，看着他说："林少煜，我是个女人。"

他的目光闪了闪，眸中似乎闪过一丝痛色。

她接着说："一个女人，在这个世界上，不管怎样表现得比男人还要强悍，总会有人戴有色眼镜看你。总会有人觉得，你是女人，就是个异类，这点我从第一次兼职做餐馆服务生时起就明白。"

"所以？"

"早些年，我一直希望自己是个男人。可是后来我慢慢知道，在这个弱肉强食的世界里，女人并不是没有优势，有时候性别本身，就是我这个人拥有的资源。既然无法改变，就不应该妄自菲薄，而应该好好利用。"她目不转睛地看着他，"所以，我去学习怎么利用一个女人的优势，因为我不想放过每一点我所拥有的资源。可是，我清楚底线在哪里，绝不会让任何人触及我的底线，你能相信我吗？"

林少煜凝视着她，她的脸隐在树荫下，眼中的闪亮，却好像咫尺之外的阳光跌落进去。作为一个接近社会顶端的男性，他从不知道她所说的这些，不，也不是不知道，而是他丝毫不曾在意。

可是有一个女人，告诉他这一切，不哀怨也不自得。一瞬间打动他的，并不是她所说的那些道理，而是她内心深处真实的欲望和力量。

他松弛了下来，转过身，和她一样靠上这棵巨大的榕树。他的怒气似乎烟消云散，笑了笑，低声说："雪言，你不需要这样。如果你有什么想要的……"

"我必须这样。"金雪言打断他的话，"这是我自己的方式。"

想要变强，不一定是为了站在他的身边，可能是她想要追上他的位置，他忽然了然。

他沉默片刻："那赵景昆呢？他想从你这里得到什么，你可知道？"

"他想要梦信的股权，这件事我还在犹豫。"她说，"虽然我想对他敬而远之，可是现在，我还得求着他。"

她已经知道"可是"，但她似乎没有意识到，他受不了的就是这个。

他几乎是重复地说："你不需要求他。"

金雪言突然转过身，整个人覆在了他的身前。她伸手勾住了他的脖子，手腕在他的后颈上轻轻摩挲着，戏谑地笑着："不求他，难道我还求你吗，林先生？"

他环住她的腰，嘴角也勾起一丝笑："难道你对每个男人都这样？"

"不，我只对你这样。"

金雪言不太知道，自己到底是怎么生出这样一种冲动的。也许是之前喝了点酒，也许有一些情绪，是冷静如她也把握不住的。

她探出头，轻啄他的下颚。

他一把搂紧了她，让两个人翻转过来，她的背再次抵上树木，在他的双臂之下动弹不得。

他的吻落下来，只是轻轻地触碰和逗弄，她却一阵迷醉，仿佛是梦里的云端，又仿佛是属于她和他的异国街头。不管哪里，此时此刻，都有一样温暖到炽烈的阳光。

随着他轻微的吮吸和舌尖的轻探，她情不自禁想要回应，就像曾经每一次一样。

曾经他们多么好，无所顾忌，想要亲吻就亲吻，想要拥抱就拥抱，后来……有什么改变了？她不知道，也不能去想。

这个吻要进一步深入的时候，金雪言的手机响了。

她动了动，林少煜却不肯放开她，电话持续地响着。看出她的心不定了，他终于缓缓放开她一点，让她有办法从口袋里取出手机。

金雪言看了一眼，是安小仙的电话。可她仍被林少煜环抱着，他的指节还在轻摩她的脸颊，让她没办法把手机递到耳边，她只好打开了免提。

电话里传出一个姑娘的叫声："雪言姐，有一群人闯进了我们家。他们抓住了欧娜娜！我不敢报警……啊……救命！"

"喂，小仙！"

电话断了。

这下子林少煜终于彻底放开了她，金雪言飞快地回拨电话，可是再也打不通了。

林少煜皱眉道："怎么回事？"

"不知道。"金雪言急急地说，"她是我的助理，我现在得立刻过去！"

林少煜的目光一沉，说道："走吧。"

来不及和任何人打招呼，他们离开了凤都园。坐上林少煜的车子，林少煜的司机兼保镖阿普，听说了这样的事，说："林先生，要让我们的人过来吗？"

林少煜自然有一个保镖团队，只不过他平时一般很少带上他们。此时他点了点头，阿普便召唤了他们前往安小仙家。林少煜拍了拍金雪言的手背，示意她不要担忧。

金雪言朝他感激地笑了笑。

安小仙说了"不敢报警"，她想不出是什么人，又发生了什么。但既然这样，鲁莽报警终归不是一个好选择，这会儿没有林少煜，她还真的不知道怎么办。

安小仙家很快就到了。

林少煜的人已经等在那里，金雪言上前敲门，里面什么动静都没有。然而没过几秒钟，屋内传出什么东西轰然倒塌的声音。

林少煜点了一下头，保镖们开始破门。

这样一个公寓单元间的门，很容易就被打开了。门打开的一瞬间，一个倚在门上的人跌了出来，金雪言冲上去，见是安小仙。安小仙手脚都被绑着，嘴上还贴着胶带，金雪言赶紧把她松开，她喘着气指着屋里说："欧、欧娜娜，还在里面……"

林少煜和保镖们走了进去。果然，卫生间门口那儿堵着几个男人，手里都拿着武器，像是电击棍。他们看到突然闯入的林少煜等人，也十分震惊，反而吼道："什么人？"

林少煜冷哼一声，两拨人便交上了手。保镖们都有专业的散打背景，不明身份的五六个男人虽然强壮还有武器，却完全不是对手，很快几个人就倒在地上哭爹喊娘。

战斗时间很短。这时候安小仙已经自由，她看上去没事，叫着"欧娜娜"就冲进了卫生间。

金雪言跟了进去，只见欧娜娜瘫软在马桶边上，全身发抖。她的全身都湿透了，满头长发糊在脸上，脸上有青紫的伤，四肢上也有隐约的伤痕。

"娜娜！"安小仙去扶她，欧娜娜突然受惊地尖叫起来。然后她终于认出安小仙，这才在她的搀扶下颤巍巍地站了起来。

"你知道是怎么回事吗？"金雪言清楚，这会儿不能再问欧娜娜，便只问安小仙。

安小仙小声说："我只知道她欠了钱。"

"欠了谁的钱？欠了多少？"

安小仙摇头。

客厅里，林少煜也在问地上的一个男人："你们是什么人？想干什么？"

"喂，别狂，告诉你们，我们可是有背景的！你知不知道你爷爷们的后台是谁啊？哎哟，疼，别这样……"

看着被保镖扭着狂呼的男人，林少煜失去了继续盘问的兴致："那就等警察来处理吧。"

"警察来了还不一定抓谁呢！"另一个人嚷嚷起来，"欠债还钱天经地义，你问问那妞，她在那些平台一共欠了两百多万，我们做催收的，也不得不使点手段……"

站在卫生间门口的金雪言闻言转过身来。

林少煜重新看向地上说话的男人，缓缓问道："你们在替谁催收？"

"什么骏网、利和、梦信……我们腾宇接的平台多了，你问问那丫头自己欠了多少家的钱。"

金雪言大踏步过来，抓起那男人的衣领："你说什么？你是腾宇的人？"

那男人吓了一跳："这……我骗你干什么？"

她不甘心似的沉声说："你怎么证明？"

"我……你看这个。"

那人拉开夹克，里面的 T 恤胸前有个标志。那标志金雪言见过，当初签合同之前去腾宇调研，前台就是这样一个图案。

那个公司看起来和一般的公司没有什么两样，老板杜腾宇文质彬彬。她和杜腾宇谈了一些催收的事，便觉得放心。

然而，那一切只是一套空话。她忽然笑了，同时也明白了，为什么众多逾期款项能陆续回收？在这样的暴力手段之下，确实很少有人还敢拖延吧。

她的笑容有些吓人，林少煜多少也明白是怎么回事了，他有些不安。这时安小仙扶着欧娜娜走了出来，欧娜娜失神地看着地上的男人，突然跑过去，拿起地上的东西就往那些人身上砸。

"我没有欠 200 万，没有！都是你们抢了我的钱，呜呜呜！"她终于失控大哭。

"喂，你冷静点！"林少煜一把拦住了她。

欧娜娜剧烈挣扎，然后她抬起蒙眬的泪眼，忽然呆住了。

这个男人俊美而冷峻的面庞她很熟悉，他不是明星，可是她收集了不少他的画报。她在这个城市打拼，最终的目的只是想嫁一个年轻多金、各方面条件都好的男人。林少煜这样的人，是孤悬在天边的星星，怎么可能触碰得到？只有在花痴的时候想想。

她完全没有想过在这个时候他从天而降。

"林少煜？"她喃喃地说。

这时安小仙也认出他来，把嘴张成了"O"形："啊，你……"

林少煜放开了欧娜娜，向金雪言走过去。突然，欧娜娜冲到他面前，拦腰抱住了他。

"林先生！我……我没有欠钱，你相信我！不，不，我欠了 200 万，不知道怎么办……林先生……"

她已经完全语无伦次。她刚刚被催收的人虐待过，受了刺激，林少煜的出现又带给她极端的兴奋和沮丧。

她兴奋于自己竟然能见到他，可是，见这样一个人，她应该穿上最漂亮的衣服，化上最精致的妆容，而不是现在这样像个女鬼。

这让欧娜娜濒临崩溃。但她的直觉就是，除了现在，她不会有再见到林少煜的机会了，因此她痛哭着抓着他的衣服不放。

林少煜说："放开。"

欧娜娜还不放，阿普不得不上前把她拉开，拦在一旁。她歇斯底里地大哭，安小仙赶紧去抱住她。

不去理会欧娜娜，林少煜只问金雪言："腾宇这些人，怎么办？"

金雪言咬牙不说话。

"非要报警，当然可以，但是我建议你不要。"

腾宇闯入民宅实施暴力，他们当然可以报警。然而腾宇既然是梦信的委外催收公司，甚至今天的事情里也有帮梦信要债的成分，就此报警，无异于自找麻烦。

"让他们走。"金雪言终于开口。

保镖们收手，腾宇的几个人爬起来跌跌撞撞地跑了。

屋子里只剩下欧娜娜单调的哭声和一地的狼藉，林少煜扭头走出这个公寓："送她们两个上医院吧。"

安小仙没什么事，毕竟那些人也没对她做什么。欧娜娜身上多处瘀伤，好在没有受到侵犯，只是精神受到极大打击，住进医院，打了镇静剂才睡过去。

金雪言拿了欧娜娜的手机来看，从她手机上的记录来看，她在各家线上平台一共欠了二百四十多万。这可能还不包括一些线下借贷平台，还有信用卡……

金雪言感到十分头痛。虽然欧娜娜只是安小仙的室友，和她连朋友都谈不上，但这样触目惊心的数字，还是让她感到一阵苦涩。

而还有一件让她恼火的事情是，她注意到，欧娜娜的实际借款并没有那么多。某些平台令人瞠目结舌的高额利息就不说了，还有借款 1 万，只能拿到 8000 的砍头息；明明已经部分还款，但利息重复计算的连环贷……各种花样，数不胜数。

虽然身在这个行业，她对其中的套路不是不明白，尽管对那些做法感到不屑，也就一笑置之，但从未感受过如此直观的冲击。算下来，欧娜娜踏上这条路也不过半年，实际借款就三五十万的样子，可是急速滚大的雪球，已经足够把她埋葬。

这个行业对利益的追逐已经疯狂，毫无底线，让她不寒而栗。

但欧娜娜的事，她暂时不是很想管，后续应该怎么处理，也得等她本人完全清醒之后再说，金雪言有更要紧的事要处理。

她来到公司找到法务，说："我们立即解除和腾宇的委外催收合同。"

法务感到意外："我们和他们签的合约是一年，如果解约……"

"不管是什么条款，我们立即单方面解约。"

法务把合同找了出来，把违约条款翻给金雪言看。金雪言翻看着合同，但其实没看进去多少，那些文字似乎不经过大脑，就在她眼前扑扑跳动着，她的心里不知为什么跳着一股火气。

她啪地合上合同，把合同塞进包里就走。

法务大叫："金总！"

她走到门口，迎面碰见安小仙和陆升明。安小仙看她这副抿着唇气冲冲的样子，拉住她："雪言姐，你要去哪儿？"

金雪言简单地说："去找杜腾宇。"

她也不管安小仙和陆升明，甩手就走。安小仙想去追她，却被陆升明拦住，他说："你不要去，让我跟她去。"说着便追了上去。

陆升明本来只是来法务部问点事情，路上碰到心急火燎的安小仙。他听安小仙说了家里发生的事，一听说是腾宇干的，就知道自己公司这位总裁小姐，不可能善罢甘休。

暴力催收，是网贷业底层无人提及的秘密，他虽然自己没见过，但也耳闻过。如果腾宇是这种性质的暴力团伙，她一个人去实在是……

陆升明追上了金雪言，但一路上她一言不发，陆升明也十分惴惴。到了腾宇的前台，金雪言说："我要见杜腾宇。"

前台接待认出她是梦信总裁，就说："您稍等，我问问杜总……"

那就是说杜腾宇在公司，也不管前台在打电话，金雪言就那样闯了上去。

杜腾宇正在二楼的办公室里吞云吐雾。

门砰地被推开了，杜腾宇吓了一跳。什么人这么没眼力见？他正要发火，看到是梦信的那位金总，忙又换上一副笑脸。

梦信的生意是赵景昆给介绍的，这金小姐又是个厉害角色，不能出岔子，他想。

"啊，金小姐怎么来了……"他迎上去。

女人大步走进屋子，带着汹汹的气势，她在屋子里站定："杜腾宇，你们的催收团队，昨天闯进一个借款人家里，把那女孩和她室友囚禁在屋里，还凌辱、殴打她们，现在她们都在医院！这件事你知道吗？"

这事杜腾宇真不知道，但他又知道这种事每天在发生，只不过他一时会错了意："怎么了，金总？给梦信惹出什么麻烦了吗？"

金雪言盯着他。

杜腾宇搓了搓手："哎呀，我们的人都是专业的，绝对不出人命，就算对方报了警，也是下面的人进去蹲个两三天的事。和梦信更是一毛钱关系都没有的，你放心。"

他想打个电话，问问到底发生了什么事，让这么一个姑奶奶上门来兴师问罪，却听金雪言冷冷道："够了！"

他回头，那女人的脸色十分可怕。

"你们催收竟然使用那样的暴力手段，那是非法的！你们怎么能像一个抢劫犯一样冲进别人的家里，还对别人进行人身伤害？那和土匪有什么区别！"

杜腾宇没想到她的重点是这个，他看着金雪言觉得有趣："金总这话说得有意思了，咱们签了协议，我替你要钱，我要不回来，不去打砸抢，还能把钱凭空给你变出来不成？"

他说得那样理直气壮，令金雪言难以相信自己之前把梦信的业务托付给了这样的人。她取出合同，一字一句地说："我从不知道腾宇是这样一家公司。我们的协议，今天起终止。"

她一下一下地，把合同撕得粉碎。

杜腾宇脸色变得十分难看，冷笑了一声："终止就终止，梦信愿意付违约金，我也拦不住。"

"没有违约金，一分也不会有。"金雪言说，"杜腾宇，你使用非法手段催收，本来就违反我们的协议。要是你想打官司，就去起诉好了。"

"你！"杜腾宇目光凶狠，似要发作，但是突然又收敛了回去，竟然笑了笑，"哎，金小姐说是什么就是什么，梦信这单子，是赵总给的。赵总是我大哥，金小姐是赵总的人，说不定以后还有事，要求金小姐吹吹枕边风呢。"

他说着话凑过去，声音渐低，语气里头透着十足的猥琐。金雪言的指节收紧，眼睛盯着某处，似乎在极力克制着。

尾随她进来一直没有说话的陆升明终于开口："杜总，我们金总和你所说的赵总没有任何特别的关系，你最好搞清楚。"

这时候杜腾宇的女秘书端着两杯茶进来，看见屋里剑拔弩张，一时间有点害怕地在那里迟疑着。

"不过有些话，我还是得跟金小姐说清楚。"杜腾宇眼中露出一抹狠意，"你以为放贷那么好做，钱放出去躺着就等人连本带利给你还回来？你以为做催收打几个电话、求几次人就万事大吉？你知道那些是什么吗？那些是钱啊！不把他们往死路逼，他们不会把钱还给你的，懂吗？你嫌弃我们干的是犯法的事，嗯？其实脏活累活我们都替你干了，你才能坐在干干净净的办公室里数钱。你，只是一个自以为干净的臭虫。"

金雪言伸手，缓缓拿起秘书茶盘里的那杯茶，然后她将杯子向杜腾宇脚下砸去！

砰！茶杯炸裂开来，发出巨大的声响。杜腾宇毫无防备，被滚烫的茶水烫得嗷嗷叫，他大喊："臭丫头，不想活了啊！"

门外闯进来几个彪形大汉，陆升明一直担心的事发生了，他暗暗叫苦。

"不是，杜总，有话好好说……"

"杜腾宇，"金雪言打断陆升明的话，"梦信和腾宇，已经没有任何瓜葛。你现在最好乖乖地上医院看看你的脚，这部分医药费，拿发票来，我赔。"

她这番话说得心平气和，似乎之前压抑不发的怒气，随着那狠命的一砸已经释放完毕，她又变回那个冷静的女人。

她回身向门外走去，至于挡在门口的大汉，她看上去全然不放在眼里。

门口的几人对于要不要拦住她也有些迟疑，但看到杜腾宇只顾龇牙咧嘴地扳着自己的脚，毫无吩咐他们动手的意思，在那女人的气势下，他们心中一缩，也就让她和身后的男人一起过去了。

陆升明在金雪言身后走着。

她走得很快，直到他们真正离开了腾宇，陆升明一直提着的一颗心才放了下来。

走在前面的金雪言突然在路边蹲了下来，用手撑住了头。

"金总，你怎么了？"陆升明快步上前，想要扶她。

金雪言摇了摇头："我没事，我想休息一会儿。"

她看上去非常疲惫。

也不是为了和杜腾宇吵的这一架，而是这半年来，她真的太紧张了。拯救一个濒死的梦信，比创办一个新的公司都要难得多，拿到优嘉的资金只是一个开始。她无时不刻在战斗，今天只是其中的一场而已。

陆升明就那样站在车水马龙的路边看着她，阳光从她的头发上流淌下去，落在她的薄呢裙子上，闪着淡淡的金色。平时里锐气逼人，甚至是飞扬跋扈的人，此刻微微蜷缩着，看上去也不过是小小的一团。

陆升明一时有些出神。

过了一会儿，金雪言抬起头来，说："升明啊，我觉得，有什么出了问题。"

"什么问题？"

"不管是梦信，还是我自己，都出了问题，可是我不知道问题在哪儿。"

陆升明轻声说："你的压力太大了。"

"不，不是。"金雪言思考着，似乎在斟酌着怎么说，"我不想让梦信卷进什么涉黑的旋涡里面去，我想赚钱，可是我不想伤害别人。我今天突然发现，这好像是做不到的？我们的'追梦宝'，坏账率一直居高不下，直到用了腾宇去催收。"

陆升明沉吟着："小额分散信贷的风险控制，只能靠大数据，美国有一个团队在研究这方面的模型，我在跟他们接洽。"

金雪言点了点头，但并没有因为他说的话而有所释怀。她又低下了头："你知道吗？刚才杜腾宇说我是臭虫的时候，我想反驳，我也觉得我有无数的理由可以反驳，可是我却什么也没有说出来。和杜腾宇那样的人，没有什么好说的，可是啊……"她深吸了一口气，"不去走那条黑不见底的路，到了具体的业务上，又怎么走下去呢？"

"金雪言，"他叫了她的名字，"这个行业，有很多东西埋在黑暗的阴影里，可是一定还有一些什么，是可以摊开在阳光下，可以让我们沿着那样的路去走的。"

金雪言站了起来。

"是啊，如果不想回头，不想放弃，就只能找出这条路来，走下去。"

她说着，重新带上一丝浅浅的笑容。

然后她挺直背，继续向前走去。

有一瞬间，陆升明有点想问，她说她自己"也出了问题"，那是什么意思。不过他终究没问，只是缓步跟上了她的步伐。

第四章 …… 打破迷惘

　　金雪言和安小仙一道去看欧娜娜。

　　事情已经过去了两天，金雪言到底还是让安小仙换了一个房子。因为欧娜娜的欠款范围大，腾宇那边不敢再做什么，但不知道会不会有其他催收公司来骚扰。

　　欧娜娜的状态还可以，她的精神已经基本平稳下来，不再需要镇静剂，身上的伤也没有大碍，好好治疗就可以慢慢复原。只不过整个人恹恹的，不再像当初火锅店中那个带着傲气的女孩。

　　安小仙给她炖了汤，体贴地喂她喝。金雪言懒得嘘寒问暖，就在一旁翻着杂志。

　　等到欧娜娜把汤喝完，金雪言看着她说："欧娜娜，我们来谈谈吧。"

　　欧娜娜半躺着，眼神有点空洞："谈什么？"

　　"那么多的债务，你打算怎么办？"

　　欧娜娜皱起鼻子："不知道。"

　　她偏过头，好像不想面对这个问题。也是，当她看到欠款的数字已经远远超过她个人的偿还能力之后，除了逃避也没有其他更好的选择。

　　金雪言上前，扳住她的脸："娜娜，你喜欢钱吗？"

　　欧娜娜有些畏惧地看着她，好像想哭，却忍住了，强撑着说："谁不喜欢钱？"

金雪言放开她，从包里抽出一张百元大钞，粉色的，崭新的，闻起来甚至有一种油墨的香气。金雪言把钞票放在欧娜娜的眼前，欧娜娜的目光被吸引住了。她不知道金雪言想要干什么，只是透过这样一张薄纸，看到的所有东西，都是粉红的、虚幻的。

这就是钱，温柔而残忍。

金雪言捏住钞票，突然猛地一挥，纸币如同锋利的刀刃，划过欧娜娜的手背。欧娜娜缩回手，差点跳起来："你干什么！"

她的手背上俨然出现了一道血痕，她捂着手背，看向金雪言的目光里，又是震惊又是害怕，连安小仙都有些发蒙。金雪言却只是冷冷地说："你看，钱是很好，但也会让你流血。欧娜娜，你重新回答我，你喜欢钱吗？"

"喜欢喜欢喜欢！"欧娜娜突然爆发了一样坐直了身体，"别再问这种愚蠢的问题了！我就是喜欢钱，就算它会杀了我，我也喜欢！"

"错了！"金雪言喝道，"你根本不喜欢钱，你喜欢的只是金钱给你带来的快感，你根本不知道金钱的价值是什么。你知不知道你为什么会沦落成今天这个样子？就是因为你缺乏对金钱基本的尊重。你不是想用自己的力量追求它，而是想不劳而获，想占有和挥霍它。所以现在，欧娜娜，你快要被金钱杀死了。"

欧娜娜捂住脸，金雪言却不许她逃避："欧娜娜，现在，你只有一个选择，你听我说。"

欧娜娜抬起蒙眬的泪眼看她。

"娜娜，我会帮你，可我不会给你一分钱。"金雪言说道，"我知道，你的欠款一共有两百多万，其中有一部分，是被那些黑心的公司骗走的大量的利息。这些，我会去查，只要合同是有漏洞的，我会替你去交涉，抹掉不应付的那部分。"

这样做很麻烦，要一笔笔去跑，可也没有办法。

欧娜娜呆呆地听她说。

"然后剩下的那部分，是你应该还的。"金雪言说，"梦信，会委托合作的第三方担保公司出面，向其他那些借贷公司收购涉及你的债权，这样你的债主就只剩下梦信，你可以把你的那些奢侈品变现归还一部分，但这远远不够。欧娜娜，到梦信来工作，我会给你合理的薪水，但是其中70%将被扣下，用于偿还你的债务。你必须一直为梦信服务，直到这笔债务还完。"

欧娜娜愣了半晌，说不出话来。

"你学的是外语专业，在外企工作过，梦信接下去也需要从国外引进技术，你会有用的。"金雪言接着说。

她的声音平静到近乎冷酷，你会有用，那意思是"我已经评估过你的价值"。

"所以，你都安排好了？"欧娜娜突然笑了笑，"你觉得我是玛蒂尔德？为了一条钻石项链，就要出卖自己的劳动和青春，长达十几年？"

就如莫泊桑的《项链》一样，玛蒂尔德做出艰难的选择。只不过欧娜娜甚至没办法做出这种选择，金雪言只是给她提供这么一个机会。

"娜娜，我和雪言姐商量过了，先把眼下这一关过了再说……"安小仙小声劝着。

"闭嘴！"欧娜娜突然吼了起来，"你们以为你们是谁？不肯花一分钱帮我，还觉得这是你们对我的施舍吗？你们自以为安排好一切，摆出一副高高在上的样子！我不是玛蒂尔德！也不用你们管我的死活，滚啊！"

她把枕头狠狠往地上一摔，扑到床上号啕大哭起来。

因为欧娜娜歇斯底里，要把她们赶出病房，金雪言和安小仙只好出来了。

病房外面，安小仙怯怯地说："也许，这件事我来和她说会比较好。"

金雪言知道她的意思，安小仙和自己是完全不同的两类人，也许以安小仙那样软糯的性子，她去说又会不一样吧。

可是金雪言，她就是这样，她不知道应该怎么温润地去说。

"如果一个人，控制不了对金钱的欲望，怎么能控制自己的人生？"她只是丢下这一句，向前走去。

接受不接受的，也只能如此，那是她能够为欧娜娜想出的唯一方案。她没办法，也不会去为欧娜娜筹钱还债，每个人都应该为自己的选择负责，欠债还钱，天经地义。

她能为欧娜娜做的只有这些。

赵景昆喊金雪言到他的办公室去。

他的消息倒也真快，八成还是杜腾宇告了状。不过这也好，金雪言没推脱，而是答应了下来。

还是在那个他们谈下协议的办公室里，赵景昆甚至亲手给她泡了杯茶，笑呵呵道："小金，听说你最近火气有点大啊。"

金雪言笑笑："赵总是听杜腾宇说的吗？"

"倒也不全是。"赵景昆抿了口茶，眼睛并不看她，"在风都园里转眼就不见人影，这架子也够大吧？"

那天事情紧急，金雪言不辞而别。虽然事后她打了电话向赵景昆道歉，但此时他说起这些，显然是对此尚未释怀。

金雪言不知道她和林少煜一起离开，赵景昆是否知道。他应该是知道的，不过此时，她并不想解释。

"是我不对，赵总就大人不计小人过一回。"她笑道，"实在要追究，那也是拜杜腾宇杜总所赐。"

"哈哈，老杜真是，那是大水冲了龙王庙，一家人不认识一家人啊。"赵景昆哈哈大笑，"我已经又训了他一顿，回头让他给你和你那个小助理道歉！"

关于那件事的来龙去脉，他当然早就听杜腾宇说了。杜腾宇脚掌受伤，哼哼唧唧委屈得不行。赵景昆却有点兴味地想，这倒是只有金雪言才能做出的事情。

"那倒不必了。"金雪言道，"我撕毁了合同，梦信和腾宇已经没有任何关系。"

"再想想？"赵景昆温声道，"你生气可以理解，不过腾宇嘛，也算干了些实事。等气消了，大家吃个饭，这事也就算过去了。"

"赵总也认为，我是因为腾宇闹到了我的助理头上才气不过的吗？"

"我知道，你性子纯厚，有些事可能看不惯。"赵景昆宽容地笑着，语气中却隐隐有压迫感，"不过很多事，有时候也是不得已而为之。我听说梦信用了腾宇之后，个人信贷方面的坏账率确实下降了嘛。"

"赵总，"金雪言站了起来，平静地说，"不管能得到什么，人要有所为，有所不为。这是金雪言的底线，也是梦信的底线。"

"坐，你坐。"赵景昆见她说得郑重，笑得更和煦了，但金雪言并没有重新坐下。

赵景昆想了想，说道："你不想再跟腾宇合作，这没问题。只不过小金啊，你虽然年轻，在我眼里却是有担当、有决断的，我希望你不会被一时意气蒙蔽了眼睛。"

金雪言有一种感觉，此时面对赵景昆和那时候面对杜腾宇，感觉是一样的——她无法和他们说清楚那样一个逻辑简单的道理，他们用或宽容或嘲讽的眼神望着她，仿佛都在欣赏她的天真可笑。

他们都一样。

于是，她也不想继续就这件事沟通，只是简单地说："谢谢赵总，我只想说，我从不意气用事。"

赵景昆终于露出一丝不悦之色，他何曾对一个年轻女人付出过如此耐心？他也不在乎她是否还和腾宇合作，只是她这一副油盐不进的样子，让他心中的火气有些压不下去。于是他收敛了笑意："小金，你如果这样，我对梦信的未来，可是有点担心啊。"

"梦信的未来，赵总如果不看好，不如就不要再挂心了。"金雪言慢慢笑道，"我今天来就是想谈这件事。"

赵景昆有些意外地抬起头来，他似乎意识到了她想要说什么，只是一时还有些不敢相信。

果然金雪言说："梦信之前向优嘉的借款，到期之后，梦信会全部还清。债权转股权的事，梦信这边还是觉得不太合适，请赵总包涵。"

赵景昆站了起来："金雪言！"

她怎么敢？她怎么敢就这样拒绝他？他已经给足了她面子，甚至想好了股权份额上也不逼得太紧。可这女人，竟然如此不留余地。

赵景昆冷冷道："梦信还得出钱来吗？"

"梦信的财务状况，相信我比赵总清楚。"

赵景昆向金雪言逼近一步，几乎快要挨着她，他一向温和的眼神中甚至有了一丝狠意："金雪言，你还记不记得，是谁把梦信从悬崖边上拉上来的？现在，你说一句不合适，就想甩掉优嘉？"

"优嘉对梦信有恩，这点我会记得。"金雪言没有后退，而是直视着眼前的男人，"但是，优嘉从来就不想要梦信。如果在最初赵总提出要买下梦信，我一定感激涕零，但赵总并不想承担相关的风险，只想等梦信扎根、壮大之后坐享其成。所以大家都是在商言商，至于情分，不如换个时间再谈。"

赵景昆猛地抓住她的手腕："你最好考虑清楚。"他顿了顿，压低了声音，"不是找到了大树，就可以抛开我赵某人为所欲为。我告诉你，男人对女人的兴趣，是有时限的。"

金雪言挣开了他的手，退开一步，只道："赵总，再见。"

"如果按时偿还优嘉本息，我们的现金流确实会很紧张。"在这天下午的会议上，财务总监许云分析着财务状况，"但是只要不发生千万以上的逾期或者其他变故，应该还是可以安然度过的。"

"暂停发售活期产品，以免到时候增加兑付压力。"

"好的。"

"下个月最大的一笔回款是康瑞的，一定好好关注。"

"没问题。"

这个会议要比平时的例会时间长一些，因为要对兑付优嘉本息之后的资金流进行安排，免得出什么岔子。

对优嘉还款，确实会让梦信一个时期的日子很不好过，但金雪言下定了决心，摆脱赵景昆。

倒不是因为不甘，不是因为意气用事，而是赵景昆并不是同道中人。他和杜腾宇一样，为突破底线的利益而扬扬自得，她甚至没办法和他们阐明自己的想法。让这样一个人成为股东，参与到梦信的经营中来，她不能接受。

独自在窗前枯站了一会儿，她取出手机，拨了林少煜的号码。

她怔怔地看了那串号码一会儿。

有那么一刻，她有一种强烈的冲动，要告诉林少煜，她已经从根源上摆脱了赵景昆。哪怕网上还有传言，她自己已经不需要再为着一点点的利益，曲意逢迎，受制于人。

她从来不在意那样的流言，可是为什么，风都园之后，她心底对此终归有了一丝隐秘的波动？

她觉得自己出了问题。在那一天的机场，有人决绝道别，甚至轻蔑她，她不可能回头。可是在风都园，她又做了什么？

她见他，总会忘掉过去种种不悦，生出一种克制不住的欲念。也许有些来自本能的情绪，会在人的四肢百骸中流淌，稍有不慎，就会如洪水肆虐。

那么在理智尚存的时候，还是给自己留一丝余地吧。

她笑了笑，把那串电话号码又删掉了。

而同一时刻，身在茂林的林少煜也已经知道她告知赵景昆的决定。

很多事情只要有心去听，自然有许多消息源。何况赵景昆独自在办公室大发雷霆，据说摔坏了好几个名贵的根雕。

而梦信紧张的资金统筹会，更证实了金雪言的决定。

不知道为什么，他感到内心松快。其实并没有任何值得他去高兴的理由，可是就像夏天吃了一支冰激凌一样，他就是感到沁爽愉悦。

欧娜娜快要出院，安小仙跑来和金雪言说："雪言姐，欧娜娜说她想见你……"

金雪言翻着文件说："她又不接受我提出来的方案，还见我干什么？"

"呃……她这几天哭哭笑笑的，反正……不太正常。"

"安小仙，你打算怎么办？"金雪言叹了口气，"还接欧娜娜回去一起住？她后面还有什么麻烦我们不知道，我劝你离她远点。"

安小仙嘟起了嘴，雪言姐什么都好，可是就是……心肠太硬了。不，也不是……安小仙有点想不明白："那我欠了500万的时候，你也没有不管我呀。"

"那哪能一样？"金雪言合上文件夹，"走吧。"

"去哪儿？"

"去见欧娜娜呀。"

两个人去了医院。欧娜娜的气色还是比之前好多了，她甚至已经上了淡妆，只是还穿着病号服，看起来仍然憔悴。看见金雪言来了，她低了低头，然后对安小仙说："小仙，我想和雪言姐单独说几句话。"

安小仙回头向金雪言吐了吐舌头就溜了。

欧娜娜靠在床上不说话，金雪言环顾着病房："听说你明天出院，有什么需要帮忙收拾的吗？"

"雪言姐，你是不是觉得我很可怜？"欧娜娜突然问。

金雪言在她身前站定："你不可怜，你还有选择的机会。"

"可是我觉得我很可怜。在这座城市，我一直想往上走，我想踏进上层的那些交际圈，所以我一点也不敢被别人比下去。我什么都要用上最好的，才能不被那些女伴嘲笑。有时候，真的很累啊。"欧娜娜笑着，"她们有家世，有男人，可我什么都没有。我想找的男人不但要有钱，还要是最好的，好到把其他人全都比下去。这样，算不算贪心？"

"欧娜娜，"金雪言说，"你想要的只是这些？"

"这些还不够吗？"欧娜娜似乎惊讶，"可是这些已经很难很难了。我努力了这么久，什么也没有得到，我……我不想坚持了。"

金雪言沉默，不知道该说什么。的确，每个人想要的东西太不同，去获取的手段也太不同了，她没办法把自己的想法强加给别人。

"雪言姐，你能帮我一件事吗？"欧娜娜擦了擦泪痕，用极轻的声音问，"能请林少煜来看看我吗？那一天，竟然让他看到那个样子的我，我一辈子都不能释怀。"

金雪言一时愣住，从欧娜娜的眼神里，她看到星光一样的期许和希望。她惊讶于这姑娘事到如今，还有这样的想法。

"你没资格见他。"金雪言说，"他也不会救你。"

"你误会了，我不是那样想的。"欧娜娜没有再坚持，而是说，"算了，给我倒杯水吧，麻烦了。"

金雪言去饮水机前倒水，听见欧娜娜站了起来，离开了病床。

她回过身，看见病房里空无一人。她一怔，突然意识到什么，飞快地奔向阳台。

欧娜娜坐在阳台的护栏上，头发被风吹起，模糊了面庞。她望向远方，瞳仁漆黑，脸色苍白，只有唇上还有一抹猩红。

这里是十四楼。

金雪言急叫："欧娜娜！你干什么？你快下来！"

"别过来！"欧娜娜大喊一声，她竟真的不敢动了。

"金雪言，林少煜喜欢你吗？"欧娜娜问。

金雪言沉声道："你先下来。"

"我知道，他一定是很喜欢你的，不然，他不会和你一起来救我。嗬，他救了我，我却已经没有未来了。"欧娜娜吸了吸鼻子，"金雪言，我好嫉妒你，明明你和我一样普通，为什么你能得到一切？你有自己的公司，自己的团队，还有林少煜那样的男人……为什么我什么都没有？"

她是真的不清楚，这个世界上还有另外一种人生，不需要虚荣的装点，只是砥砺前行。她觉得困惑，可是这一刻，金雪言也从未有过地困惑起来。她们在同一座城市活着，有一样美好的皮囊，可能也有一颗同样玲珑的心，可是为什么在这一刻，似乎变成了这世界的两端。

"欧娜娜，你不会什么都没有的。"金雪言放柔了声音，"你下来，我们可以继续想办法。"

"我想我妈妈了。"欧娜娜望向远处，然后又捂住了眼睛，"我好久没有见过爸爸妈妈了，我只会给他们丢脸，他们看到了那些照片，一定会崩溃的。我受不了，受不了了！"

她站了起来，难以自控地喊着，向外仰倒。

"欧娜娜！"金雪言扑了过去。

她嘶哑的嗓音在十四楼的风中翻卷，甚至没有触到女孩的一片衣角。少女的衣袂飞起，整个人沉重地坠落。

欧娜娜死了。

哪怕是在医院里，也没有任何生还的可能。金雪言不太记得自己冲到楼下时看到了些什么，印象中只有众人惊慌的尖叫和心里空洞无比的感觉。

欧娜娜死了。

那种空茫茫的虚无感，让她想起母亲死去的时候。也许死亡带给人的感觉是共通的，生者的世界里，一切失色。

欧娜娜是自杀，警察来过了，很快定性。接下去，就是处理后事。安小仙设法通知了欧娜娜的父母，她的父母从外地赶来。他们都是教师，通情达理，只问了一些情况，基本没有为难她们，只是那样克制着的悲伤更加令人不忍。

"娜娜……"她的妈妈眼泪就没有停过，看着她的照片，"你为什么那么傻？不管发生什么，你都是爸爸妈妈的骄傲……"

没有讣告，也没有葬礼。几天之后，两位老人怀抱着骨灰盒相互搀扶着踏上了归程的飞机。

一袭黑衣的金雪言走出机场，安小仙跟在她的身后，她们没有说话。这几天的后事和对欧娜娜父母的安排，都是两人一起打点的，然而从欧娜娜死去之后，安小仙就很少和金雪言说话。

她心里有个梗结在那儿，她一直无法相信欧娜娜就这样消失了，而金雪言……她看着前面黑衣的女人，不知怎么，心乱如麻。

金雪言停了下来，转过身："安小仙，你想说什么就说吧。"

安小仙嗫嚅着，终于还是鼓起勇气："欧娜娜死前，和你说了什么？"

金雪言不禁又想起欧娜娜最后时刻的样子，那么柔弱，那么绝望，为了有些错误要付出的代价太过惨重。

"你想知道她轻生的真正原因吗？"金雪言走过去，看着瞪大眼睛的安小仙，"你可以看看这个。"

金雪言递给她一部手机，安小仙这才知道，哪怕是对欧娜娜的父母，金雪言也隐瞒了那个"真正死因"。

那部手机上，有一组欧娜娜的裸照。

欧娜娜的手机归还给她的父母了，这是金雪言发现之后备份出来的信息。裸照不重要，重要的是她以此为抵押借了不少钱。

也许是其他正规点的平台的钱都已经借完了，无以为继，她才出此下策，也许……没有人知道她到底怎么想。

除了照片和借款信息，还有相关的聊天记录。对方威胁欧娜娜再不还钱，就要把她的裸照卖给色情网站，甚至发到她的父母和同事那里去。

所以她才说了"给爸妈丢脸"。

她一心想往上层社交圈走，好找一个乘龙快婿，一旦裸照泄露，她只会成为一个笑柄。

"欧娜娜……她、她怎么这么傻？"安小仙喃喃着。

裸贷，是借贷业的一颗毒瘤。他们引诱那些年轻漂亮的女孩借款，让她们用裸照作抵押，如果不能还款，就公开照片。然而问题是，图片文件可以随意复制，就算还清钱款，对方也未必能言而有信删除照片。

这会变成一种永远的威胁，很多女孩甚至就此被拖入色情行业。

欧娜娜在众多正规平台拆东墙补西墙失败之后，不得不靠借裸贷来维持。

警方一直在打击这种裸贷团伙，但他们还是暗中蔓延。只需要几台电脑，几台服务器，就可以兴风作浪，一时也难以根除。

"现在，我们还有最后一件可以为欧娜娜做的事。"金雪言说，"我联络了对方，争取把她的照片拿回来。"

"真的可以吗？"安小仙小心翼翼地问。

"不管可不可以，这是为了欧娜娜，更是为了她的父母，无论如何都得试一试。"

不管欧娜娜做了什么，她的父母不应该继续遭受伤害。那对老人，已经失去了女儿，不能再让他们心中的骄傲被抹杀。

早在几天之前，金雪言就上了欧娜娜的账号，混进那个裸贷社群，说明自己会在七天内还款。现在时间快要到了，她再次联系上了对方。

"小妹妹，你的还款日马上到了啊，怎么样，钱凑齐了吗？"

"很快就会还的！明天啦。"

金雪言飞快地打字应付那边的放贷人，一旁的邵锦也全神贯注地看着屏幕上的数据和代码，试图通过IP地址找到这个裸贷团伙的真实位置。

金雪言当然不会傻到真替欧娜娜还钱，就算还了，也未必能销毁照片。那些正式的借款平台，是与欧娜娜签订了合法的合同的，欧娜娜理应偿还。可是这样的裸贷，是彻头彻尾的勒索，她不会有任何妥协。

只不过现在作为受害人的欧娜娜已经死了。类似的案件堆积如山，直接报警也很难受理，只能靠自己。第一步，只有找到真正的窝点，才可能知道下一步怎么行动。

"怎么样，能定位吗？"金雪言转头问。

周末的技术部，空荡荡的，只有金雪言、邵锦、安小仙三个人在办公室一角的电脑前忙着这件事。邵锦摇了摇头："对方的IP一直在变，应该是自动更换的代理，不过找到了一台他们的服务器。"

"在哪里？"

邵锦摇摇头："在优星科技园区，估计是租的服务器，也不太容易继续追。"

"优星？"金雪言沉吟着，"能搞到服务器上的数据吗？"

"那倒是没问题，给我一些时间。"

"好，尽快。"

那么，先搞到服务器上的数据，再看看有没有什么其他线索……金雪言一边无意识地盯着电脑屏幕，一边在想。

电脑屏幕上显示的是那个裸贷社群的聊天页面，不停滚动着对话。

"按相貌、身材确定借款额，普通姿色上半身露点5000，露全身1万，美女私聊！"

"大哥，能不能再多给一点额度啊，下半月新手机就上市了，我要换！"

"就是，多给点额度，我可以做配合动作啦。"

"私聊客服商量额度，记得要手持身份证。必须露脸，必须露脸，不露脸不给放款！"

淫秽露骨的对话充斥了整个屏幕，不时也有一两张被曝光的照片，同样不堪入目。借款人的ID上都标注了年龄，最小的只有十六岁。

世界上不止一个欧娜娜，比欧娜娜更贪婪的大有人在。

金雪言仿佛看见黑色的血水从屏幕上方流淌下来，黏稠黑暗，渐渐吞没一切的文字和图像。她猛然站了起来，眼前一黑，又跌坐下去。

"雪言姐，你怎么了？"安小仙扶住她叫道，"啊，你身上好烫。"

邵锦伸手过来摸了摸她的额头："她发烧了。"

金雪言有一瞬间失去了意识，只觉得黑暗令人窒息。不过她很快便醒了，看到邵锦和安小仙一脸焦急地看着她。邵锦说："醒了？我们送你去医院。"

"不要。"金雪言挣扎着想要站起来。

短暂的休克让她全身的力气好像都失去了，她觉得全身一阵阵灼烧，却压不住骨子里的寒冷，看来真的是发烧了。

她伏在桌上喘了会儿气，不得不承认自己有点撑不下去。她用尽全力站了起来，说："我先回去了。"

她往公司外面走去，邵锦和安小仙跟着她，邵锦拉着她："你就算不去医院，也要让我们送你回家。"

"放开我！"金雪言突然抬高声音，"别跟着我了！"

另外两个人一时愣住，不知道她为什么突然发火。停了一会儿，她按捺下心头涌动的火气，低声说："邵锦，小仙，让我一个人静一静。放心吧，我没事。"

她说着，一个人晃晃悠悠地向外走去。安小仙担心地又跟了几步，她出了公司，打了辆车便走了。

安小仙不放心，但一时又不知道怎么办，她回头看见邵锦，只见他脸色沉郁，不知在想什么。

安小仙只好反过来安慰他说："啊，你别着急，一会儿我去她家看看。"

"你去？"一向好脾气的邵锦竟然语气嘲讽，"我劝你别管她——有人管得了她吗？"

说完，他怒气冲冲地回头走了，只剩下安小仙十分无辜地站在那里。

金雪言知道自己病了，还病得不轻。

她的身体一向很好，上次发烧还是在五年以前，刚刚到国外，没有医保，更不知道去哪里看病。她只好一杯接一杯地灌水，挨了几天也就好了。

这次也一样。家里没有药，她也不想吃，便一杯杯地喝水，靠着自身的免疫力战斗。有时候喝下去了，有时候喝下去又吐出来，她也不在意。

其实别的都还好，只有无尽的凌乱的梦纠缠着她，让她难受得不得了。

一会儿是那天阳台上苍白如纸的欧娜娜，一会儿是公司账目上密密麻麻的数字，一会儿又是梦信巨大的标志如泰山压顶……有时候，还有刘根生苍老的脸。他站在黑夜的窗台上，说要跳下去，然后这个人又变成了欧娜娜。她发出惨叫，轰然坠下。

类似的场景零零碎碎又无休无止。她睡了会儿醒来，醒了又昏睡过去。

过了一两天，她终于有一次彻底清醒过来了。黯淡的光线从窗帘之间透进来一点，让她不知道是梦是真。

接手梦信的这段日子，真的像一场梦。

她被推到了十字路口，选择了一路向前，到头来，深深烙印在她脑海里的，竟然一个是欧娜娜，一个是刘根生。

他们一个是借款人，一个是出借人，有着完全不一样的身份和个性，却都曾站在高楼之上，试图跳下去。

为什么？

为了钱。

金钱是极乐的源泉，是痛苦的深渊，是癫狂的毒药。

而梦信，就像一根纽带，随着金钱的浪潮狂舞。

她一度觉得，这个行业让一点一滴的金钱汇聚成海，并且流动起来，让每个普通人都能享受到金融的福利；她一度觉得，对于金钱这样的双刃剑，每个人都必须为自己负责……然而到了最后，欧娜娜和刘根生的影子，还是变成了一个梦魇，令她无法摆脱。

行业中群魔乱舞，她以为努力洁身自好，就不会与那些糟粕混为一谈。然而到了此刻，她忍不住去想，这个放大了人类贪欲、让相关者全都面目狰狞的行业，是不是杀死欧娜娜的真正凶手？是不是在那些裸贷女孩坠入深渊的过程中推波助澜？

而她为什么要来到这个行业？

她对赵景昆说过，它站在风口上。

风口上的猪都会飞。她想要赚到很多很多的钱，可是梦信呢？为了立足，为了推广，高额贴息，广告投放……到了现在，账面仍旧亏损数百万。

余天留下的窟窿，从来没有真正填上过，只是覆上了一层遮羞布，不知道什么时候会被捅破。

这是正常的现象，对于他们这样的互联网公司，甚至对每一个新兴创业型公司来说，早期的亏损都是必经的阵痛，只有熬过这一段，才能一飞冲天。

为了度过这个时期，梦信需要新的资金。然而她在林少煜那里拒绝了茂林的收购，然后摆脱了优嘉……她不知道她为什么把自己搞到一个孤立无援的境地。

她太累太累了。

身体上的疲惫，仿佛也席卷了她全部的精神，她突然再也不想回到那个熟悉的一度也令她心怀激荡的公司里去了。

要放弃吗？

放弃曾全身心为之付出的一切，放弃那个叫"梦信"的小小理想，也许她的人生还有另一片天地。

可是她从来没有学习过如何放弃。

如果要放弃，应该先严格控制体量，不再增加待收，然后逐渐缩小规模，最后这个平台得到的就是安乐死……她忍不住想着，可是这样逐渐深入的想法，让她胸口一阵剧痛，忍不住人力咳嗽起来。

她坐了起来，停止了思考。

这样不行，她定了定神，决定放下脑子里混乱的问题，下床给自己煮点粥。

家里还有一丁点的米，洗完放在炉子上，不一会儿咕噜咕噜发出香气，她忽然觉得好多了。她摸了摸自己的额头，也不发烧了，真是挺好。

她听见敲门声，没理会，一会儿，门口的人就走了。

她知道那是安小仙。

她生病之后的这三天，关掉了手机，拒绝了所有人的探视。除了第一天和安小仙说过不要担心之外，就不再理会任何人。病要一个人养，一些事情她需要一个人想清楚。但安小仙仍然每天来，隔着门听一会儿，觉得她没事，也就离开了。

金雪言在桌前静静地坐了一会儿，妈妈的遗像还摆在案台上。这个窄小到简陌的空间，忽然让她有种恍若隔世的感觉。这里是她的家，可是她从来没有时间安心地坐下来，她每天来去匆匆，都停不下来扫一扫墙角的灰尘。

但是现在，它让她躁动不安的心情慢慢平静下来了。

不一会儿，粥熬好了。

她盛出一碗来，加了点儿糖，拿着小木勺，一口一口把它吃了下去。每吃一口，身体里就多了点儿力气。

安小仙从金雪言家的楼道里出来，心事重重。

那天金雪言发烧回家之后，她就担心，连着三天过来看。但金雪言既然不想让人进门，那谁也进不去。她收到金雪言的短信，说让他们不要担心，也不要打扰她，那之后就再没了消息。

今天安小仙隔着那扇老式的房门，似乎听见厨房里开火了，她就更放心了，徘徊了没多久，便离开了。

到了楼下，她注意到这个陈旧的小区里停着一辆低调的奔驰，车旁靠着一个高挑的男人。

安小仙愣了愣，忽然想起来他是谁。正在她踌躇的时候，男人微笑起来，向她挥了挥手，于是她飞跑过去："林先生……"

林少煜说："安小姐在这里，见到她了吗？"

安小仙摇了摇头："您也是来看雪言姐的吗……"

林少煜只是微笑。

自从那天，他陪着金雪言率人救下她和欧娜娜之后，她就知道林少煜和金雪言的关系不一般。她也缠着金雪言想打听点八卦，可那个女人总是笑而不语。

没想到今天林少煜竟亲自来了。

林少煜自从那天以后，就没有见过金雪言，但她的消息，他自然能听说。她大闹腾宇，甩掉优嘉，然后欧娜娜死了……当他再也打不通她的电话时，便不由得来到这里。

"欧娜娜死后，还发生了什么吗？"他问安小仙。

安小仙摇了摇头，又点了点头，犹豫着，把欧娜娜参与裸贷的事说了。最后她说："就是从那天开始，雪言姐就病倒了，而且……而且性子也变得让人摸不着头脑，我们也不知道该怎么办……"

林少煜一笑："你觉得她怎么了？"

"病了呀。"

他点点头："嗯，心病。"

"心病？"

"一根弦，绷得太紧，时间长了，容易断。"

安小仙试探地问："那个，要不您上去看看，说不定……"

她打住了，想到林少煜这样的人可能上了楼也要被人拒之门外，就觉得十分尴尬。林少煜则说："她不会被一场高烧打败。"

他说着，走到车子另一侧，竟是想离开了。

不过在离开之前，他像想起什么似的，转头又问她："安小姐，你们梦信是要举行一周年庆祝活动了吗？"

"啊？"像是没想到他会问这个，安小仙愣了一下才点头，"是的，林先生，我们最近正在筹备一周年庆典。"

林少煜说："可以在电视上做一档节目扩大一下影响，这样吧，我这边找记者配合你们，让你们公关部做好准备。"

安小仙更加摸不着头脑，但是除了连连点头，似乎也不知还能有什么其他表示。

在金雪言连续一周不到公司上班之后，梦信内部终于起了一些动荡。

公司运转离了她，一时半会儿也不是不行。只是一开始大家都知道她是发烧生病，以为过两天就好。可一周过去，不但仍然不见她的人影，连通信工具也不一定能联系得上。

"所以金雪言到底怎么回事？"关振华性子急，敲着桌子就对安小仙喊着，"现在有一堆事情等着她拿主意，她再不回来，说不定下面的人都要猜梦信总裁跑路了呢。"

许云也说："就是，不少单子等着她签字。"

安小仙撇了撇嘴说："她就在家，你们不也去看过了？她就是不见人，谁还能有办法？"

几个人都叹了口气，他们的确也都去过金雪言家，但那个女人打定了主意的事，别人根本没办法，他们也就悻悻回去了。就剩下一个群，她偶尔冒泡，证明她安然无事。

"相信她过几天就好了。"陆升明沉稳地说。

关振华叹了口气："算了，昨天约了记者，我去看那天采访的样片了。"他飞快地走了。

于是大家各办各的事情去了。

安小仙走出总裁办公室，可以看到外面的员工们忙碌着。年轻的血液带来充沛的活力，梦信在欣欣向荣地运转，可是带它走到这里的那个人，又在想什么？

　　在这几天时间里，金雪言待在家里，哪儿也没去。

　　她的病已经完全好了。家里还有些方便面和速冻饺子，便凑合着填肚子。她先是花了整整一天时间，打扫了整个屋子，把一切收拾得井井有条。

　　她其实从没做过这些事，以前都是妈妈做的，后来自己独居，永远是忙于外面的事，从来无心关注家务。这一次，她把整个家收拾得纤尘不染，每一个角落都打扫得干干净净。

　　第二天，她开始翻看一些旧物。家里有一个防潮的铁箱子，里面有妈妈整理的她的东西，有她从小做的小报、奖状、日记……叠得整整齐齐。她早就说这些东西可以扔了，可是妈妈不肯，一直当宝贝一样收着。

　　金雪言从来不是一个会回头看的人。

　　可是这一天，她却安静地翻看一切属于她的曾经。

　　她是一个太平凡的人。

　　生在一个普通的家庭，父母开明，家庭幸福。虽然成绩一直名列前茅，但也就是一个普通的"优秀"学生，得到过赞美，但放进茫茫人海并不起眼；十六岁，爸爸遭遇变故，她和妈妈相依为命；二十岁，她狠心抛下妈妈出国留学，只是为了看一看更广阔的世界。

　　她一直擅长交际，和谁的关系都处得不错，可她没有几个知心的朋友。所有那些人，对她而言，都不太重要。她的眼中，始终只有面前要走的路。

　　然而现在面前的路上，充满了迷雾。

　　她不知道如何去走，终于停了下来，撇开一切人和事，静静梳理自己的人生。

　　接下去的几天，她给自己泡了咖啡，开始读书。放开那些无解的问题，跳出眼前的困境，在更高处的视野里，也许答案自会浮现。

　　到了那一天下午，金雪言听到安小仙又来了，在小心翼翼地敲门。

　　这一次，她打开了门。

　　安小仙有些意外，她看到金雪言已经换好了出门的外套，化上了精致的妆容。几天没见，她仿佛瘦了一些，眸子却更加清亮。

　　"哇，雪言姐，看来你没忘！"安小仙高兴地抱住了她。

　　"嗯，没忘。"

　　梦信的周年庆典，他们在工作群里不时讨论着筹备进度，她一直旁观，却没参与。那样一个热情、专注、效率高的团队，让她一直逃避着，不去考虑放弃梦信这件事情。

公关部和运营部花大力气筹备了周年庆典，不过，主要是针对运营活动和相关宣传。公司内部真正的庆祝，他们为了省钱，甚至没有订一家酒店，而是把大办公室的格子间清掉一块，然后准备了一个三层的大蛋糕。

金雪言走进这个"庆典"的时候，里面爆发出了一片欢呼，气球和彩色的喷条迎面扑来。

"梦信生日快乐！"

在关振华的带领下，所有人快乐地喊着。金雪言微笑地看着他们，欢快的音乐，蛋糕和香槟的香气，充满了这个空间，带来浓厚的节庆气息。

气氛热烈愉快，大家七嘴八舌。

"来来来，点蜡烛切蛋糕啊。"

"不是，在那之前是不是金总应该说两句啊？"

"我……"金雪言一时竟然失语。

她从来没有像此刻这样，竟不知如何表达心中所想。梦信不是她的孩子，它其实只是个弃儿，可是这一刻，她为什么感到自己已经与它骨血交融？眼前这一张张面容，也已经与她的生命交融。

她的团队，她的理想，她的未来。

她没有试图再说什么，而是伸出手臂，和每个人拥抱。

安小仙、邵锦、陆升明、许云、关振华……还有许多普通的员工。大家脸上都洋溢着笑容，他们轻拍她的背，仿佛宽慰，他们知道她的辛苦。

最后她只是说："谢谢大家。"

"对了对了，我们的节目快开始了啊。"关振华想起什么来，赶紧打开墙上的电视。

过了没多久，一个商业电视台上播出了关于梦信成立一周年的专题节目。大家都安静下来，专心观看。

那是家小电视台，影响力有限，但是节目做得很不错。

"追逐梦想，以信为本，是梦信金融一直坚持的理念。现在，请跟随我们的摄像机，看看在普惠金融的道路上，梦信金融都做了什么……"

在对梦信进行了全面介绍之后，节目组采访了高层员工，有陆升明、邵锦、安小仙……唯独没有金雪言。少了她，这档节目不由得就像少了点什么，不过也没办法，那时候她还把自己关在家里，谁也不见。

接下去是对借款人与出借人的采访，节目组出了外景。

欣欣向荣的果园里，有果农在劳作。园子主人是个黝黑的中年人，对着镜头满是骄傲："今年下半年，我们兴农果园扩张了一倍，预计收入增加三成。要不是上半年梦信金融给我们提供的贷款，只怕这新的园子建不起来，错过了季节，就得耽搁一年了……"

窗明几净的厂房里，一位戴眼镜的技术人员手中拿着一块玻璃："这是我们明方新研制出的轻型钢化玻璃，强度性能达到了国际领先水平。为了研制这项产品，我们经历了上千次失败，去年还面临资金枯竭的困境，所有银行贷款都中断了。后来，得到梦信金融的资金支持，我们和一所高校研究团队合作，终于成功研发出这种新型玻璃，现在国内外订单已经达到上亿金额。下一步，我们要提高产能……"

一间平平无奇的小屋子里，一位妇人坐着轮椅，她的儿子站在一旁，那年轻人说："去年我妈妈摔断了脊椎，急需做手术，家里却没有钱。我向梦信借了一笔，竟然当天就放款了……我妈妈这才顺利手术。现在那笔钱还没有还完，我会努力工作，尽快还完的……"

后面还有许多出借人的片段，其中金雪言最熟悉的，就是刘根生夫妇。他们给儿子买了房之后，剩余的一点儿钱，仍然放在梦信来理财。刘根生笑呵呵地说："别的人我们不知道，梦信金总我们是绝对信得过的！"

……

一股热流，原本只是小小的一簇，随着节目的深入，在金雪言的胸腔里漫流开来。

金钱是多么好的东西。

它充满力量，使人迷醉，才引得人奋不顾身去追逐。有人迎风起舞，有人万劫不复。它可以救人，也可以杀人，这就是它的价值。

一个小小的互金平台，影响不了他人的人生，它能做的，只是把饱含力量的金钱洪流，带进每个人的生命，给每个人选择的机会。

有人会被这种机会杀死，却也有更多的人，会借着这样的力量创造出更多的价值，实现更多的梦想。

它当然要比传统金融风险更大更残酷，但创新、创业，本来就是高风险的事。他们弥补的是银行业在这方面的短板，给这个大时代的冒险者更多的支持。

这样的道理她当然都明白，可是她从来没有感受过这样直观的冲击。电视屏幕上的每一张面容都栩栩如生，告诉她这个行业的可贵之处。

心中最深的那个结，在这种暖流的冲刷下融化了，不复存在，反而生出了崭新的力量，她一瞬间竟然有点流泪的冲动。

可是这样的场合不适合流泪。

因此她只是吸了吸鼻子，悠长地叹了口气。她走到关振华身边，说："这个节目做得不错啊，你策划的？这个月公关部的奖金不用愁啦。"

"不是我策划的，人家直接找上门来的。"关振华说，"那两个记者啊，对我们梦信那了若指掌，做起事来也特别认真，他们是不是你的朋友啊？"

金雪言怔了怔。

一旁的安小仙听见他们聊这些，过来伏在她耳边悄悄说："是林少煜找过我，安排了这些。"

原来是他吗？

金雪言一时百感交集。

她重新抬头，看向电视屏幕，这档节目已经进行到了尾声。

原来，她心中最深的结，那个人轻易就能懂得，轻易就能解开。

这一天茂林的高层例会，有些不同寻常。

因为林茂源没有出现。

自从林少煜回来接手茂林之后，林茂源便一改之前的散漫，逢会必至。他也需要树立形象，多刷存在感，才能拿到更多的筹码。

目前茂林的股东分成了两派，以方靖伟为代表的高层和相关联的股东，力挺林少煜；而茂林体系之外的一些股东，则对林茂源更加支持，因为他们想蚕食茂林。

传闻说林茂源在私下里对他们有过一些允诺，如果他上位，会在日后的合作当中让出更多的利益。

全体股东大会将在月底举行，在那之前，林茂生会从美国返回。在这个关键时刻，林茂源竟然缺席这样一次高层例会，不免让所有人都觉得奇怪。

当天晚点儿的时候，林少煜得到了消息，原来林茂源的身边着火了。

他的助理何承光，被指控泄露商业机密，又不知所踪，现在警察正在找他。林茂源要配合调查，这才未能到会。

而实际上，更深入的情况是，何承光的妻子与林茂源的儿子林少晨混到了一起，并且被何承光捉奸在床了。

林少煜这个堂弟，被林茂源宠坏了，从小到大闹出无数的事来。这次也不例外，对何承光，林少晨态度强硬，还极尽羞辱。这样一来，何承光忍无可忍，就盗走了林茂源分管的子公司里的重要文件。

对他们之间乱七八糟的事，林少煜当然没有兴趣，但这件事让他感到隐隐的……机会。他吩咐了下去，多加关注何承光的动向。

这天晚上十点多钟，他便离开了办公室。他让阿普和小瑞都先走了，自己开车离开了公司。

回国之后他几乎没有亲自开过车，都有些生疏了，也很少有这样独自出行的时候。夜色阑珊，灯海从眼前流过，他终于有机会近距离去关注这个城市的点滴。

繁华而凶狠，包含了无数的欲望，承载了无数的悲喜，永恒璀璨的不夜城。

他和她都在这里。

他中途下车买了东西，又接着开了一段，到了那个陈旧小区楼下，他下车，拿了东西上楼。

他到了金雪言的门外，她果然还没有回来，于是他站在门口等她。

他不是第一次等这个女人。

那时候在纽约，他也曾在街头，或者在校园里等她，恋人之间的约会，谁等谁都是平常事。她总是很准时，从不迟到。他想着，不禁出神。

纽约一别，他没想到她还会出现在自己的视野里。

过了不久，金雪言回来了。

她看见站在门口等着自己的男人，不禁停住脚步，然后看着他微笑。

楼道里的灯是刚换的，灯光明亮，如水的光芒在她与他之间，没有一点阴霾。金雪言静静站了几秒钟，才上前开门："等多久了啊？"

"没多久，十来分钟吧。"

因为梦信的庆典，金雪言他们晚上出去吃了饭，又去唱歌。大家都在闹着，她却早早离开，独自回来了。因为她今天看到的、想到的，一直涌在心头，她需要一点时间来化解。

只是没想到林少煜会来。

不知为什么，她竟觉得有点紧张。

她开了门，他便随她走了进去。小小的客厅，摆着一张餐桌、两把椅子，别无他物。她找了一会儿，家里竟然没有男拖鞋，便只好拿了一双自己的给他凑合了。

林少煜把手里的袋子放在桌子上，打开后香气溢出，十分诱人。

金雪言叫道："啊，啤酒和炸鸡？"

不知道是什么时候开始，他们国外华人圈里的年轻恋人中间，开始流行这个搭配。因为某部大热的韩剧引起的风潮，他们也曾经在开足暖气的雪夜，一起大快朵颐。

两个人坐下来，开始吃吃喝喝。啤酒和炸鸡，确实是绝配。吃了一会儿，金雪言觉得自己彻底放松了下来。

过了一会儿，林少煜看着她问："病都好了吗？"

"好了好几天了。"

"这些天，在家里干什么了？"

她掰着指头数："打扫卫生，做饭吃饭，听音乐，看书……"

他笑着说："很悠哉嘛。"

"从来没有那么清闲过。"

"放空自己，才能更知道自己想要什么。"他想了想又笑，"梦信的班子不错，你这么胡来，一周不出现，也没出什么乱子。"

"你说我是不是太任性了？"

她好像有点不安，他都没怎么见过她这副样子，觉得好玩，就说："是啊，你们公司的人很担心你的。"

"那你呢？"

"我从来不担心你，金雪言。"

"喂！"她瞪着他，"哪有你这样和女孩子说话的。"

"我不会对别的女孩子这样说。"

"可我也是普通女孩子啊！"

他看着她，她的脸微微潮红。的确，她那么普通，可是在他眼中，她又绝不普通。

"所以，想好了要重新上路，带着梦信走下去吗？"

金雪言慢慢抬起头，敛住原本不自觉透出的笑意，轻声说："少煜，我心里很害怕。我不是害怕梦信的成败，而是我不知道，我是不是还能像过去那样一往无前地走下去。"

"到现在还不能吗？"

"我妈妈说，我太要强，总会在自己都没觉察的时候伤害到其他人，我不以为然，也不在意。凡是我觉得对的，我自然会去做，何须顾及别人？可是，可是欧娜娜死了。我真的想不清楚，如果我对她说的那个代偿方案不是由我去说，而是安小仙去说，她会不会更容易接受？你知道吗，欧娜娜在生命的最后时刻，对我说她想见你，我毫不犹豫拒绝了她，我对她说她没有资格。我不知道，如果我请你去看她，会不会有转机？欧娜娜她有无数的机会、无数的未来，她为什么要那样？"

他倒不知道，她的伤痕中还有这些。

也是，她勇毅刚强、锋芒毕露，却始终站在阳光底下，并未见过那些扭曲不甘的绝望和死亡。她才二十四岁，一颗心没有别人想象的那么坚不可摧。

她慢慢伏在桌上，似乎有了醉意，似乎只是掩去泪水。

他从背后慢慢拥住了她："言言，不是你的错。"

"欧娜娜在跳下去之前，问我，为什么我拥有一切，可是她什么都没有。她说她嫉妒我，她问我，为什么？为什么？"

"因为你是金雪言。"

林少煜扳起她的脸，这张脸褪去了一贯的锋芒，竟然能够那么瘦削、柔弱。他看着她，眼神静且深，蕴含着纯粹的力量，他一字一句道："听清楚了，因为你是金雪言，所以，你会在持枪的劫匪面前保护别的女生；因为你是金雪言，所以，你会在余天失踪后撑起梦信。你得到了旁人得不到的，因为你做到了旁人做不到的。这一切，会引人羡慕、嫉妒，甚至是憎恨。可是所有这一切，都是你应该享受和承受的。那就是你，金雪言。"

说完这些，他垂下脸，贴上她的侧脸，感觉到一片冰凉。

而她抱住他抽泣着，像要把所有的委屈都发泄出来。

平日里参加饭局，金雪言的酒量并不差，可她也不知怎么搞的，不过几罐啤酒，竟然醉了。

也许只是睡了。

无梦的睡眠，甜美且安心，像是走了很远的路途之后，找到了一个温暖安静的小屋，可供栖息。

她醒来的时候，身心愉悦。转动视线，几缕阳光从窗帘缝隙透进来，带来微微的暖意，也落在她身边的男人的面庞上。

他和衣倚在她的床角，合着双眼，还没有醒。他的侧面映了光线，清俊硬朗，浓密的睫毛垂下，几不可见地微微颤动。

她忍不住伸出手去，轻轻触碰他的眉，然后他就睁开了眼睛。她赶紧缩回手，有点掩饰地笑了笑。

林少煜有点好笑地看着她，捉住她的手说："醒多久了？"

"没多久。"金雪言坐起身来，看了看时钟。早晨七点，大多数公司都还没有上班，但新的一天，竟如此让人向往。

她从他的身边挤过，下了床，拉开窗帘，大片光线洒进来，令人神清气爽。地板上有些乱，有几个空罐子，还有林少煜的西装。她把西装拾起来，看见上面沾染了酒渍。

她知道他的衣服一定很贵，痛心地说："什么牌子的，多少钱啊？估计没法穿了。"

"意大利定制的，免费的。"

她怔了怔，果然这世上什么样的身份就有什么样的待遇……

这时他也下了床，问她说："洗漱，你先还是我先？"

她家当然只有一个卫生间，她只好说："你先吧……"

于是在林少煜去洗漱的时间里，金雪言就飞快地把昨晚的一地凌乱打扫干净。他在卫生间里弄出的水声，让这个沉寂的屋子有了生气。她想做点粥，然后发现家里的那点米，这几天已经让她吃光了……于是她只好放弃了。

反正她本来也不是个会做饭的人。

林少煜出来之后，她开始洗漱。她洗得很快，然后飞快地化好了妆，一夜的憔悴消失不见，镜子里重新出现一张神采奕奕的脸。

昨夜的失态，也仿佛只是一个梦。挣扎过后，她的心恢复坚定，她就是这样，永远不会裹足不前。

门半开着，于是镜子当中，他出现在她的身后，微笑着说："走吧。"

一起去往更广阔的未来。

她转过身来，再没有昨晚的迷茫软弱，而是望着他笃定地说："对不起，昨晚我失控了。林少煜，现在，我有两件事请你帮忙。"

"你说。"

"一件是欧娜娜的事，相信你听安小仙说过了，那个裸贷团伙租借服务器的科技园是你们茂林的产业。我希望不要有照片泄露出去，不管是不是欧娜娜的。"

"这件事我已经去查了。"

隶属于茂林的园区，他去查，当然比她方便得多。

"第二件事，"她深吸一口气说，"我希望，向茂林金融融资。"

"所以，想好了吗？"

"是的。"

在优嘉的资金退出之后，梦信需要新的血液。她可以去寻找其他风投，但茂林既然就在眼前，也不必舍近求远。

"我会让茂林金融的人和你们联系，准备计划案吧。"

他会把梦信重新放到收购计划中去，但自己不会参与，更不会给什么特别的优待，后面的审核和评估，要她自己一关关去闯。

他转身向门口走去。

他听见她在身后说："林少煜，谢谢。"

他转回身来，嘴角弯起一个弧度："金雪言，你说过，你会利用每一点属于你的资源。你会知道，我是你最好的资源。"

她也笑了，笑容却一如既往地桀骜不驯："不，属于每个人最好的资源，永远是自己。"

金雪言在回归之后的第一次全体员工会议上，宣布了几件事。

"第一，确保每一项信息的公开和透明，不玩套路，不做砍头息，不做一切的变相高利贷。不管是对借款人还是出借人，都要做到不欺瞒、不诱导。这个点要通知到每一个一线业务员，如有违背，不要怪公司无情。"

所有人唰唰地做着笔记。

"第二，绝不使用暴力催收。原先的催收公司已经解约了，新的催收团队我们接下去会自己组建，这是下一阶段的工作。"

她说到这里，有一个年轻的员工便推了推眼镜问："金总，如果不用，呃，强力的手段催收，怎么保障还款率呢？"

"这就是我要说的第三点，"金雪言笑了笑，"贷后催收当然不能忽视，但贷前风险控制才是真正的命脉所在，只有真正把握好了这个环节，才能知道每一个借款人是不是真的能还上这笔钱。风险控制为主，催收为辅，这点不能本末倒置。关于风险控制手段的进一步提升，我们会找美国的数据团队合作，一会儿由陆总介绍。"

大家都没有异议，于是她接着说："然后第四点，是我们接下去将向茂林金融进行融资。"

这个消息引起了一点骚动，大多数人面露喜色。茂林金融背靠茂林集团，血统纯正，对行业的增信作用，远超其他风投。

都不要说融到多少资金，就说成为"茂林系"这一条，就可以让梦信麻雀变凤凰，成色直上几个台阶。

"融资计划是我们接下去工作的重中之重。下周就要偿付优嘉的资金了，这个时间点上，我们自己绝对不能出问题，所以接下去这个月，一定要打起一百分的精神！"

"是！"

虽然压力很大，但整个公司都非常振奋，每个人都充满干劲。

散会后，金雪言在办公室里查看融资相关的各项资料。茂林金融的动作很快，已经有人和她沟通过，加之他们对梦信的前期调研早就完毕，既然开始推动，那么只等梦信这边提交计划书，就可以进一步评估，然后进行项目宣讲，最后一锤定音。

这时候邵锦走了进来。

"咦？小锦，坐吧。"金雪言从资料堆里抬起头，"有事吗？等等啊，我把这边的文件处理好，很快。"

她开始飞快地敲打键盘，邵锦环顾了一下办公室，然后看着她忙。

这间办公室的主基调是黑白两色，桌子很大，只不过桌上堆满了东西。它还是那个叫余天的男人留下的，但已经褪去那种浮夸，带上金雪言个人的风格——简洁、高效。

邵锦不说话，在一旁安静坐着。在梦信，他拿着不错的薪水，也不需要看任何人的脸色，这是一份挺不错的工作。只不过他没想到，他会陪金雪言待在这里。

这里是简单甚至单调的，然而又是那样五光十色，他从来没有想过自己单纯的生命会进入这样波澜壮阔的世界。他一直安安静静地与电子数据为伴，属于这个繁华世界的魂魄，已经随着那场让他失去至亲的车祸去了……

邵锦打断了自己的思绪。金雪言的忙碌告一段落，总算有时间对他说："啊，现在你可以说了。"

邵锦把口袋里的移动硬盘拿出来，放在桌面上："这是你交代我……"

结果金雪言的手机又响了。

她抱歉地做了个手势，接起电话。

那头林少煜告诉她："服务器的事情，已经查清，也已经报警了。那个团伙被警方一锅端了，所有数据除了警方那里留存的资料都已经销毁，你可以放心。"

"咦？这么快。"

"还有更快的，估计新闻都已经播出了。"

金雪言放下电话，打开电视，果然本地新闻正在播报："今晨，警方破获一起以网络借贷为名进行诈骗勒索的犯罪团伙，该团伙已诱骗众多女性受害人，涉及色情行业……"

金雪言舒了口气，有时候，求助于人，确实会更加事半功倍，这个道理她很清楚。

邵锦看了一会儿电视，低声说："所以那件事情，解决了吗？"

"是啊，你查到的那个科技园是茂林集团的产业，所以他们设法报警而且配合追踪，很容易就抓到人了。"金雪言说，"对了，小锦你有什么事吗？"

邵锦静静地说："没有，我出去了。"

他把移动硬盘拿起来，转身离去。金雪言略带诧异地叫了他一声，他也没有回头。

回到技术部自己的位置上，他把这个移动硬盘塞到了抽屉最底层。

虽然他花了几天几夜才拿到那个裸贷团伙完整的服务器数据，虽然从那些数据里分析出了有效的信息，他以为可以凭借这些抓到那些坏人，虽然她一走了之，多日不见人影，他却还是一丝不苟地把这一切做完。原来，这一切都是不必要的。

已经有人轻而易举地替她做完了。

年轻男人嘴角牵起一丝落寞的笑，除此之外，一向沉静的脸上也没有更多表情。

"邵总监，下个版本的APP就快可以推送了，你看看……"

有人来和他说话，他便只能收回心神，专心投入工作之中。

和茂林的接洽紧锣密鼓地进行着，一切都很顺利。梦信的宣讲会定在下周五，融资额则达到了5000万，以梦信现有待收资产来进行估值，茂林此次注资将为它取得梦信70%-80%的股权。

欠优嘉的款项已经全部付清了，对此赵景昆倒是悄无声息，让金雪言松了口气。账面资金虽然紧张，但在正常的同业拆借等操作之下，平台整体运营状态十分平稳。

金雪言的全部精力都放在了宣讲准备上，这天在所有人下班之后，她一如既往地在办公室里。

电话响起，她正盯着屏幕上的PPT，心不在焉地一接，听见林少煜在那头说："一起吃晚饭？"

她下意识地抬头看窗外，果然已是华灯初上。

"哦，好的。"

"我去接你。"

就是这样简洁直接、毫不扭捏的对白，他从不试探，她也从无矫情。不管在遥远的大洋彼岸，还是此时此刻的江南不夜城，他们之间，就是这样简单。

在等他的时间里，她不禁也梳理了一下他们之间的关系。也许，那一档电视节目对她很重要，林少煜懂得她，甚至是促使她继续前行的推力之一。可是，那和她试图向茂林融资却是两回事。

从林少煜在商业庆典后第一次找到她时，茂林说的就是"收购"。

收购，意味着对企业主导权的完全交付。从一开始，金雪言就不愿意，因此她拒绝。只不过到了现在，她做出决定，把箭搭上了弦。

梦信的"弦"是茂林，但也可以不是。事实上，她近日也接触过其他有意向的投资方，只是毕竟还是比不上茂林这边的条件和进度。

看着他的车驶过来的时候，她心里浮动的是这样的念头。

冬夜微凉，金雪言上了车，不禁把手放在嘴边呵了口气，下一秒，双手已经被他握住。他的手指修长，手心温热，轻易就覆盖了她的冷意。林少煜微微一笑，并不说话，便一路把她的手握在手里。

他们过去很少这样，因为那时候林少煜一个人，往往自己开车。不像现在，前面的司机仿佛不存在，两个人在宽大的后座上，却挤在一起。金雪言看向林少煜，他的眉宇间那一抹温润尤在，只是相比一年前，多了一分她也看不清楚的似乎深刻而莫测的痕迹。

他近日约过她两次，都是这样不动声色，但这也合她的心意。这个时间点上，她没时间分心去考虑一段关系的变化。

只是在这个漫着暖意的车厢中，她竟然有瞬间的怔忡，仿佛祈盼着时光凝住。

林少煜的电话响了。

他看见是美国的号码，接起来听了片刻，认真道："是吗？太好了，微微，谢谢你。"

然后他又说了几句似乎是关于他爸爸的病情的事，最后说："好的，等我到了之后，我们详谈。"

他放下电话，看到金雪言略带探究的目光，笑了一下："是一个国外的朋友，她和给我爸爸进行治疗的医学院关系很好，帮了不少忙。"

"你爸爸……他还好吗？"

林少煜迟疑了一下，没有直接回答，而是说："月底，他就会从美国回来。"

金雪言没有再问下去。林茂生的病情，一直在反复当中，不过他已经用上了这个世界上最好的治疗方案，这方面也没有办法再多做什么。不过她敏锐地意识到，这可能意味着，茂林高层之争快要尘埃落定了。

不知为什么，不去触碰他身边更多的东西，仿佛是她的某种本能，只不过她也不愿意在这件事上深究自己的内心。

林少煜也不再继续之前的话题，他动了动，碰到了她的包。宽大而单薄的手包里，硬邦邦的一片。他愣了愣："带了笔记本？"

"嗯。"

他笑得眼睛都弯起来："所以，出来约会，还要工作？"语气微微嗔怪，却带着宠溺。

她心情很好地点了下头："听说林先生回国之后，也是工作狂，小小的金雪言又怎敢落后？"

两个工作狂的约会，很容易令人痛心疾首。

林少煜带金雪言去了一个私人菜馆，菜肴当然精致可口，不是一般的鲜美，可这顿饭没吃多久，的确有不少事情打扰他们。

一开始是林少煜那边的电话。他日常的手机其实交给小瑞了，没有带在身上，这个时间能直接打给他，只能是因为重要的事情。林少煜接起电话，果然脸色有些凝重，问道："找到何承光了？"

那头说："是的，不过他一定要见您本人。"

林少煜站起身来，走到一旁，仔细询问起来，似乎有些事情没有顺利达成一致，陷入了僵持。只不过他的神色仍旧平和淡定，金雪言便没有在意。

他这个电话有点久，她便取出特意带出来的轻薄的笔记本，打开了宣讲用的PPT。

PPT已经基本定稿了，但还有一些细节需要调整。她翻着页面出神，然后想到什么，开始动手改。

于是这一顿约会的晚餐就变成了一个人打着重要电话，一个人对着电脑不时操作的场面。

灯光柔和，屋子幽静，两个人却都专注于自己的事情，只有偶尔的目光交汇。

终于林少煜打完电话走了回来，他走到她身后，看着她的屏幕。

"帮我看看PPT？"她转头说，本来她把电脑带出来，就是想要给他看看。

虽然这看起来不必要，虽然他不插手茂林金融的内部事务，但只要有他的只言片语，事情就会发生足够的倾斜。但偏偏他在内部没有丝毫表态，因为这就是她想要的。

林少煜很快看完，直起身来，笑道："如果是一家正常的平台，这个材料有大概率可以通过。"

金雪言心突地跳了一下，他那一声"正常"是什么意思？难道看穿了她的图谋？她还在犹豫更深层的想法要不要对他说，只听他又说："可是言言，你还是很担心，为什么？"

为什么？突然这一句，让她有瞬间的恍惚。不是那个尚未出口的原因，而是……她一直都很担心。

她却不知道为什么。

"你说得对，我一直不安。不是担心能不能通过，而是梦信的状态总是让我觉得不太妥当。"金雪言似乎在斟酌着怎么说，"不管有多少成交量，不管账上还有多少流动资金，我都没有安全感。少煜，你知不知道是为什么？"

她和陆升明说过相似的问题，可是从来没有这么清晰的感觉告诉她，有什么事情应该改变。

林少煜看着她，目光深沉："因为你不明白什么才是经营梦信的正确的方式。"

"正确的方式……"她若有所悟，然而，脑中翻滚的信息一时没有理清，让她只能睁大眼睛看着他。

获取资金，发放给靠得住的借款人，如此滚动下去，难道这不是正确的方式？

林少煜笑了笑，牵起她的手，带着她来到房间入口处的玄关前。

吃饭的这间小屋优雅幽静，却是仿居家的装修。玄关那里是一面墙的水族箱，里头泛着粼粼波光。他伸手把大灯关了，水族箱里的光源就显得越发耀目，映了两个人的脸一片柔光。

林少煜按了一个开关，水族箱里的水位摇晃着下降，应该是顺着某个管道流出去了，本来悠哉游动的鱼儿渐渐惊慌失措。

"如果说，资金就是水流，那么梦信应该是管道，而不是水箱。"林少煜说着，又开启了一个开关，有水流注入水缸，水线不再降低，出水和进水保持着某种平衡，"可是现在的梦信，是一个池子，所以，只要水线稍有不稳，其中的鱼就会惊慌不安。"

金雪言看着水族箱，思路渐渐打开，她缓缓地说："你是说，不应该让资金在平台进行汇集，然后再分散出去，而是……要让资金端和借款端直接对接？"

"是的，现在梦信的经营模式是把出借人的钱收进来，然后由公司再把钱借出去。所以每一分钱、每一笔交易，公司都在其中进行了担保。你要保证每一个出借人的本息安全，但你清楚地知道，你不可能确保每一笔借款都能安然归还，所以你永远会不安。因为这个庞大的水池里面，永远带着不安定的因素。这样的资金池，会是你最大的负累。"

"那我们，应该怎么办？"

"应该放掉池子里的水。"林少煜一下下敲着水族箱的玻璃壁，"你已经说了，让资金端与借款端直接对接，而不是由公司在其间中转。告诉出借人，他们到底把自己的资产出借给了谁，用作什么用途，自己要承担什么样的风险……出借人和借款人之间，应该是一个直接面对面的关系。换句话说，梦信应该是一个信息中介，而不应该是一个信用中介，因为没有一个载体，能够承担所有人的风险。只有摆脱这个身份，才可能立于不败之地。"

"可是如果这样的话，出借人就会面临血淋淋的逾期和坏账，没有人能够接受。"

"资本逐利本来就是赤裸裸、血淋淋的。"林少煜笑了起来，"哪怕是每一个普通的投资者，都要认识到这一点。作为信息中介，你可以通过专业的调研精选资产保护他们，却不能永远把他们豢养在温室里。"

他停了下来，似乎是在等金雪言消化这番话。她沉思了一会儿，静静说："我明白了。"

原来资金池，便是她不安的来源。因为大量银行理财也以资金池的形式存在，所以她竟没有往这方面想过。只不过银行的体量足够抵御风险，互金业却不可能。他说的，是这个行业长久发展的唯一正确的途径。

"我知道，这很难。"他走上前，轻轻拥住她，手指轻摩她的耳垂，声音低柔，"去掉资金池，会一时施展不开手脚，却是必经之路。前期你可能还是要用各种手段来垫付坏账，但是这种内在逻辑必须尽快建立。要让出借人正确认知风险，还要留住他们，这很难；要让池子里的水渐渐放空，却维持流量的平衡，这也很难。可是这一切很难的事，都是属于金雪言的挑战，就是她要一往无前去做到的事，对不对？"

男人低沉磁性的嗓音，在金雪言的胸中掀起一片热潮。她自然而然地搂住他的脖颈，弯起嘴角："嗯，还有什么建议？"

他想了一想："第一，企业贷也要小额分散，尽量让资金回流实体经济；第二，车贷和房贷可以做，消费分期也是大方向，但现金贷不管利润率有多少都不要考虑，最重要的是控制借款使用的场景；第三，校园贷不能碰，因为学生没有收入，太年轻的人群也容易欠缺理性……"

明明眼中无尽浓情蜜意，说出来的话，却是完全客观和冷静的。

她虽也聪慧明敏，但他所在之处，视野毕竟又不一样。

一旁的水波中，灯光幽微，游动的鱼儿望着静静相拥的两人。在这个温暖的冬夜，他为她拨开迷雾，描绘一个无比清晰的前景。那不单属于他们两人，还属于一个大世界。

第五章　意外的陷阱……

这天早上刚上班，安小仙拿着一沓快递走进金雪言的办公室。大多是别人寄来的文件票据，她一件件打开，分类整理放到一旁，金雪言则在一旁忙别的。

突然金雪言听到安小仙短促地叫了一声，手里的东西也掉到了地上。

"怎么了？"金雪言看见安小仙的脸色有点发白。

她走过去，捡起地上掉的东西。那是一张请柬，白底上红色镂空的花纹中嵌着一张照片，赫然是欧娜娜的脸。不规则的红色边沿环着这照片，有点像干了的血。

难怪安小仙这个反应。

金雪言翻进去，那是一张聚会邀请信，抬头写的就是金雪言，而落款处是欧娜娜龙飞凤舞的签名。

七号晚上，优嘉维莎厅。

她们都完全忘了这回事。

欧娜娜确实说过要开一场聚会，并且邀请了金雪言。其实这个时间，已经过了她定下的日子。而不管怎样，她邀请过的那些朋友，应该也都早已知道她去世的消息。

"这……难道欧娜娜的鬼魂回来了？"安小仙看着请柬，有些打着哆嗦道。

"怎么可能？"金雪言则把请柬翻来覆去看了几遍，"欧娜娜死了，世界上也没有鬼，只是有人在装神弄鬼。"

"那……我们怎么办？"

"去看看就知道了。"金雪言把请柬随意地丢在桌面上。

"那我也要去！"安小仙勉强支撑着。

金雪言一时想不通，到底是什么人要用这种方式把自己叫出去，也想不出对方有什么目的。不过想不明白的事就不想了，去看就好。

当晚她们来到优嘉大厦。

维莎厅是一个小小的包间，虽然第九层是对所有人开放的，但这里的格局仍然十分幽静。包间隐在走廊的尽头，不走过去几乎不能发现。

金雪言在前台就问了订这间的客人是谁，前台说是一个姓欧的小姐，看来有人是要装到最后了。

她们两个走进维莎厅，里面是长方形的欧式桌面，上面摆了甜点，不过空无一人。

服务生说了一声"有事吩咐"便离开了。

金雪言和安小仙在桌旁谨慎地坐下。

突然这间小厅的门猛然关闭！

两个人立即站了起来，这下，从套间里面走出几个男人，有人立即守住了门。

金雪言心中一沉："你们是……"

她话没问完，倒真认出为首的那个男人，他们打过交道。

捉妖人，王恒。

金雪言拉着安小仙后退一步："王恒？你们想做什么？"

她已经感到非常不妙，老实说，她没有想过会遇到这种局面。她把手背在背后，伸进包里，试图抓到手机，然而两个男人分别朝她和安小仙扑了上来。

"救命啊！"安小仙已经大叫，但是屋子外面毫无动静。

"王恒！"金雪言喝道，"你疯了，放手！"

然而不管她们怎么挣扎，还是敌不过五大三粗的男人。很快，金雪言和安小仙就被按倒在沙发上，被绑住了手脚。

其间不管她们怎么叫喊，这个小屋像是成了一个孤岛，没有任何的回应。

看着她们在那里挣扎，王恒似乎有一种快感。他悠闲地拿起金雪言的包，把里面的东西一件件拿出来，手机、钥匙、粉饼、唇膏……每拿一样，还在鼻端闻一下，再摆在桌面上，看上去令人不寒而栗。

金雪言瞪着他，王恒像猎人欣赏猎物一般打量着金雪言。

屋子里竟然陷入一种奇怪的静谧。

不知道过了多久，也许只有几秒钟，安小仙哭出声来。

王恒把嘴里叼的烟丢掉，走到两个女孩面前。他手中拿着一把小刀，在安小仙眼前比画着，笑道："别叫了，再叫，刀子可不长眼。"

安小仙惊恐地看着他，用力闭紧了嘴。

金雪言没有说话，而是飞速思考着。

她注意到，王恒身边带着的，已经不是那天在迪厅里面的小弟，而是变成了几个训练有素的打手。而王恒本人，上次她见他的时候，虽然也是下流卑鄙，但不像今天这样阴鸷。那时，他被她三言两语就吓住了，那时的王恒不可能干出今天这种事。

现在的情势太不正常了，优嘉应该是个非常安全的地方，到处都有保安。而且他们房门紧闭已有一段时间，应该有服务生来进行服务才对。然而没有，他们好像被隔离在另一个世界里，怎么呼救也得不到任何回应。

对于今晚奇怪的邀约，因为来的地点是优嘉，金雪言的确没想到会发生这样恶劣的事件。现在，不单她自己，连带着安小仙也陷入了险境。

"所以，你和欧娜娜是什么关系？"她这样问王恒。

王恒向她转身来，咧开嘴道："本来想通过欧娜娜把你拐出来，没想到她竟然死了，晦气。"

这下就连安小仙都明白了，欧娜娜那一次邀请金雪言出来，原来就是另有所图。她哆嗦着，还是忍不住问："那你想要什么？"

"那份录音呢？马上叫人送过来。"王恒向金雪言沉声说。

"说来说去，还是为了那份你威胁我的录音吗？"金雪言把声音放缓，"王恒，你很清楚，那份录音没那么重要。它在我手上这段日子，我又何曾用它给你找过麻烦？你今天对我们做的事，是绑架，是非法拘禁，这比那份录音严重多了！"

"拘禁？呵呵。"王恒丝毫不为所动，一张猥琐的脸凑近金雪言，"还有比拘禁更严重的事，你没想到吗？"

他的手，从她的领口伸了进去，捏住了她的锁骨。金雪言感到一阵恶心欲呕，她想起来，面前这个人曾经对自己赤裸裸地审视过。她几乎是嘶声叫道："王恒，如果你敢对我做什么，我保证，你会死得很难看。"

她这一句反而激起了王恒的兽性，他一把扯开她的领口！安小仙失声："你不能这样！"

边上一个男人似乎看不下去了，对王恒说："老王，先收收心，别忘了你要做的事情。"

王恒深吸了一口气，恋恋不舍地从金雪言身边站起来，努努嘴说："你们来吧。"

一个男人从盒子里取出一个针剂，吸进注射器，然后向金雪言走来。

"站住！到底是谁指使你们的？"金雪言又狠狠一挣，"告诉我，王恒，他们给了你多少钱？我可以加倍给你。你这样做是违法的，何苦把自己搭上？"

王恒再次在她身边蹲了下来，毒蛇一般的目光从她脸上掠过，轻声说："我不想要钱，金雪言，我只想要你啊。来吧，用了这个，让你爽个够。"

王恒从一个男人手里拿过针管，金雪言感觉到喉咙一阵发干，而冷汗像虫子一样自脸颊两侧流下。

毒品，或是其他？

这个王恒，不是为了要什么录音，不是为了羞辱她，甚至不是为了侵犯她，而是为了毁灭她！

此时此刻，金雪言并不知道，林少煜也在优嘉大厦之中。

优嘉十楼，有一个林茂生的专属房间，不管什么时候，都不会交给其他人使用。那里一度是林茂生喜欢的待客之所，甚至留有他的一两件个人物品。

林少煜坐在沙发上，看起来似乎悠闲，但实际上，他等的人相当重要。

他等的时间不太长，那个男人就出现了。

阿普带着那人进来，他的眼神中还带着一丝犹疑和张皇。他穿一件陈旧的夹克，头发和胡子都有些凌乱，让人想象不到，几天之前，他还是茂林分部的一个高层。

何承光，曾经最得林茂源信任的人，现在却和林茂源父子成了死敌。

林少煜看了他一眼，淡淡道："坐。"

何承光在他面前慢慢坐了下来。这些天为了避开警察，他吃了不少苦。如果不是林少煜的人找到他，他大概也不会冒险到这里来。

何承光的第一句话是："我没有盗窃商业机密，我只窃取了林茂源的机密。"

林少煜说："说仔细点。"

"前面的事情相信你也知道，就不说了。"回忆让这个男人感到极度的苦涩，他努力平静地道，"和林少晨闹翻之后，我找到了林茂源和华威地产私下达成协议的相关证据。这一切如果暴露，林茂源也有牢狱之灾，所以他们诬陷我窃取公司机密并且报警，幸好我提前跑了出来。"

林少煜点点头，这和他的判断也差不多："那么，你想要什么？"

　　"你要帮我洗清罪名。"

　　这次会面，显而易见，双方各有所图。林少煜需要何承光提供的材料，以对林茂源一击必杀，而何承光蒙受不白之冤，也需要有人为他正名。

　　欲加之罪，何患无辞？他很清楚，自己这样一个小角色，是玩不过林茂源父子的。就算他问心无愧，调查展开，也需要一个后盾来打点一切。而在那之前，还需要先得到一个真正开始调查的机会，林少煜无疑是最合适的人选。

　　出乎何承光意料的是，林少煜没有深入询问林茂源与华威地产的华启国之间的协议细节，而是直接表态："我会设法给你洗清自己的机会，只要你是清白的，自然不用担心。"

　　这句话说得让何承光心头一热。他一开始觉得和林少煜之间只是一种交换，但林少煜如此干脆的表态，仿佛一个公正的许诺，让他近日伤痕累累的心竟然生出一种暖意。但他马上又冷下来，提醒自己，这只是对方用来笼络自己的演技。

　　他咳嗽了一声："那么，如果林茂源……"

　　他的话没说完，阿普却匆匆进来，对林少煜说："林先生，警察来了。他们正在上来，估计十楼已经被封锁。"

　　何承光跳了起来："什么？你、你们……"

　　"冷静。"林少煜做了个手势，"警察不是我们叫来的，这点你应该相信。"他转向阿普，"确认他们是冲着何承光来的吗？"

　　"应该是的。"

　　这倒真有点麻烦。林少煜心念飞动，优嘉十楼是个相当特殊的地方，没有不得已的事件，警方不应该直接就此闯入，否则何承光也不会要求把见面地点定在这里。何况何承光还不是在逃犯，警方找他也就是拘留问询的程度，加之他涉及的也不是什么危害极大的恶性案件，说起来，警方不应有如此激进的举动。

　　但是，让警察看到他和何承光在一起，实在也是一件复杂的事。何承光涉嫌窃取商业机密，幕后是否有主使？在这里和他碰面的林少煜，又扮演了什么角色？可想而知，林少煜也面临着警方的询问。他倒不至于被卷入案件，但"询问"足够掀起无数的流言。

　　在集团改选即将举行的当口，流言本身就是强力的武器。

　　林少煜倒是想明白了，他冷冷一笑："一个陷阱。"

　　房间里沉默。

　　他忽然觉得有点疲惫。他当然知道，回国，卷入集团的纷争，意味着尔虞我诈、钩心斗角，可他此前的人生，毕竟不是这样的。他需要习惯，需要学习，适应更加凶狠的交锋。

他站了起来："我出去见警察，你们帮助何承光从这里离开。"

何承光面露惊异之色。这个房间，除了房门之外，只有一个窗口，但这里是十楼，他下意识问："怎么离开？"

林少煜说："如果我没记错，房间里有发生火灾时备用的逃生安全绳和工具。"

"但是……"

"不要但是了。"林少煜打断他的话，"你被发现在这里，对我们两个都没有任何好处。现在，他们会帮你的，以及，"他顿了顿，"和林茂源相关的证据呢？"

"我现在不能给你。"何承光回绝得干脆利落。

他已经明白林少煜的意思，但是，那份证据是他手中唯一的筹码，他对林少煜也没有百分百的信任。那个保存了资料的U盘，此刻就在他的衣袋里，但他无论如何不会交出来。

林少煜有一瞬间的迟疑，但何承光的心思他也十分清楚。本来，如果何承光给了他这份证据，他也要说服何承光到警察局去主动说明情况。只是现在的情势又不一样，他没有逼迫何承光，因为也没有时间了。

他只是点了一下头，转身走出了房间。

而在优嘉十楼的另一个专属房间里，一个男人正在对着电话频频点头。

"我知道了，华总你放心，警察已经封锁了三个楼层，何承光他跑不掉的。"他眉头一皱，"至于我们的事，他手上的东西，您别担心，他老婆删了。就算他交出去，也不会在第一时间暴露……呃，是是是，一定谨慎。不过嘛，少煜这种时候和他在一起，他们之间的关系就扯不清了，他也很难再为何承光出头。你说舆论？对，我当然会安排……林少煜会知道，他一个毛头小子想执掌茂林，那是痴心妄想！"

林茂源一手拿着电话，另一只手上夹着雪茄。他不再年轻的眸子中隐现得意之色，得意之中，又带着一丝凶狠。

金雪言面临过许多的困境，甚至是绝境。

她也曾问自己，在一次又一次的化险为夷背后，到底是什么使得命运对她一次次地眷顾？

是她无所畏惧的过人勇气？是她目下无尘的凌厉个性？也许都是，但还有一个因素也不可忽视，那就是运气。

因为运气，剧场中射向她的子弹可能偏了三厘米；因为运气，她才能在那一天的优嘉大厦外碰见林少煜……然而运气这个东西，你不知道什么时候会用完，也不知道它下次还会不会来。

如果她再没有那样的好运气，她又该怎么办？会做些什么？她想着。

当她面对着越来越近的注射器时，并没有进行无谓的挣扎，而是默不作声，心中一片寂静。

不管遭遇了什么，只要她没有死在这里，她都会让王恒和他身后的那个人，抽筋剔骨，生不如死！

她看向王恒的目光竟然没有了仇恨，而是冰冷到极致的宁静。

这目光让王恒的手不禁抖了一下，他有一种奇怪的感觉，这一瞬间，仿佛身份对换，那女人用猎人般的眼神冷冷审视他，而他自己成了猎物。

王恒心里呸了一声，正想给自己打气，一个男人的手机响了。

他接起，简短地说了几句，对王恒说："老王，上面说放了这个女的，赶紧撤。"

"什么？"王恒吼了起来，"怎么回事？要干活的时候拿我们当枪使，一句话我们又要撤，这是拿我当猴耍？"

"没说别的，就让我们赶紧走。"男人不耐烦，"说是警察已经来了。"

这话一出，王恒不敢再反对了。虽然他也不明白状况，但心里憋屈得够呛，他狠狠捏了一把金雪言的脸，站了起来。

一个男人走到窗前，打开窗子往外看，然后他摇了摇头："下面都是警车。"

另一边，有人小心翼翼打开房门，外面似乎是安全的，他点了一下头："还可以走，快！"

他们匆忙地收拾了东西，竟然就那么飞快地走了。

然而这给金雪言心中带来更多谜团。

"他们……走了吗？"安小仙怯怯地问。

"应该是吧。"金雪言点点头，"小仙，过来，我们得把绳子弄掉。"

她们两个还被绑着丢在沙发上，必须快点得到自由，不然谁也不知道还会有什么变故。她们已经清楚，喊叫是没用的，只能靠自己，两个人努力往对方的方向挪动。

窗外出现了奇怪的动静，窸窸窣窣，像是有人在移动。

金雪言和安小仙屏住呼吸，过了几秒钟，金雪言反应过来："小仙，别管外面的事。快点，我们不要停！"

但还没等她们两个挣开绳子，窗子从外面打开了，一个男人跳了进来。

要知道，这里是九楼，连金雪言都目瞪口呆。他似乎是被什么东西吊着，从上面爬下来的。

男人跳进屋内，也吃了一惊，显然没有想到会看见两个被绑住的女人。

他愣了一下，似乎不知所措。

屋子里灯光明亮，金雪言觉得这个男人有些眼熟，她飞快地搜索着脑海中的信息，突然叫道："何承光？"

"你是谁？"何承光下意识地问道。

竟然让她"猜"对了！金雪言没有见过何承光，但她查询，甚至"学习"过重要企业几乎所有高管的信息。何承光是林茂源的助手，这个她当然知道，不过之所以在第一时间能反应过来，还是因为不久前在林少煜的电话里听过这个名字。

可是他为什么以如此奇异的方式出现在这里，她则完全不清楚。

"麻烦你替我们解开。"金雪言说，"我是金雪言。"

何承光有些警惕地犹豫着，金雪言这个名字他好像听说过，只不过全然没有在意。

看出了他的犹豫，金雪言加重了语气："何承光，我不知道你为什么来到这里，但我猜我们两个都遇到了不小的麻烦，我们应该互相帮忙。"她顿了一下，"我是林少煜的朋友。"

她说不好，何承光和林少煜到底是敌是友，只能回忆着那天晚上林少煜打电话时的神态下了判断。

也许真是这句话起了作用，也许是何承光也见不得一个女人如此狼狈地和自己说话，他上前解开了她俩的绳子。

何承光也接连遭遇了不止一个意外。他在十楼林少煜的房间里，林少煜的人帮他用火灾逃生工具从窗口离开。可是窗户一打开，他们就看到楼下停着警车，那么下去无异于自投罗网。

正在进退维谷的时候，何承光竟然看到，九楼的窗户是半开着的，于是他简单说了一句："我去九楼。"

黑暗之中，只要没有人特意抬头看，应该发现不了他。他设法落到九楼窗口处，爬了进去。

只不过他没想到屋子里有更大的意外等着他。

他不知道这两个女人到底遇到了什么，看起来也相当严重。还好那个叫金雪言的女人比较镇定，她搂住另外一个年纪小些的，轻声安慰。

何承光向门口走去，他没有立即出门，而是向外窥视。

外面不时有警察走过，从这里也走不掉了。

于是他又退了回来。

金雪言看着他："怎么回事？告诉我。"

金雪言一开始想的当然是带着安小仙赶紧离开，可是何承光的出现，让她看到一道隐约的蠢蠢欲动的阴影，而且这一定还和林少煜有关，她又改变了主意。

何承光沉默地走回来，静了几秒钟，突然发狂似的号叫了一声，把桌面上的所有东西都扫到了地上："违法的人不是我，是他们！为什么！为什么！"

他抱头蹲在了地上，衣服后摆掀起，看上去十分绝望。

金雪言放开安小仙走过去，把手按在他的肩膀上："不要慌，先把事情理清楚，你现在要干什么？"

女人的手透过衣物，仍然让何承光感到冰凉有力。他定了定神，把自己的事情从头开始简明扼要地说了一遍。

这个叫金雪言的女人，说她是林少煜的朋友，那么她也许可以帮自己？何承光不知道自己为什么产生这样一个想法，明明片刻之前，她还狼狈不堪。当然他也好奇她的遭遇，只不过此时自顾不暇，顾不上问。

随着何承光的叙述，金雪言在心底飞快做着判断。

她大致上相信这个男人所说的话。

基于直觉也好，基于她对人敏锐的观察也罢，她相信他。他在她表明是林少煜的朋友之后仍然放了她们，说明他与林少煜确实是友而非敌。那么现在，就应该想办法让他脱身。

"小仙，你把东西收拾好，我们准备离开这儿。"金雪言淡定地吩咐着，自己到门口去查看情况。

"哦。"安小仙听话地俯身，把之前被王恒拿出来又被何承光扫到地上的金雪言的个人物品，都收进她的包里，有手机、U盘、唇膏、粉饼……

金雪言向门外看去，优嘉九楼的走廊里一片寂静。她有一种感觉，仿佛优嘉已经不是原来的优嘉，落入了另一个世界。所有的服务人员都消失了，门外暂时没有警察，但他们应该封锁了电梯和走道。

金雪言走了回来。

她说："何承光，安小仙，现在你们两个都听我的。"

何承光抬起头来，他不是没有犹豫，可是此刻，这个陌生女人的语气如此平静和笃定，让他不禁出于本能地相信，她可以帮助自己解决问题。

"啊，雪言姐，我们要干什么？"安小仙已经把她的东西都收起来了。

"安小仙，我给你我的会员卡，然后你上十楼去告诉那些警察，就说我被王恒他们绑架了。何承光，我会把警察都引开，设法让你离开。"金雪言看着何承光，"有问题吗？"

男人摇了摇头，又点了点头。

"很好，那么你应该从这边走……"

林少煜走出房间的时候，警察已经到了门外。

虽然走廊里有林少煜的保镖，但是警察出示了证件之后，他们便没有阻拦，向两旁让开。为首的警官走到门口，略一犹豫，门扉打开，年轻的男人走了出来。

林少煜看到外面已经虎视眈眈，一派严正之势。他笑了笑，问道："这是出什么事了？"

为首的警官温和地答道："我们在搜捕一名嫌犯，打扰到林先生的话，不好意思。"

"没事，警官贵姓？"

"免贵姓沈。"

"沈警官是得到消息，有犯罪嫌疑人在优嘉大厦吗？"

"是的。"沈警官说，"能不能请林先生让我们进去看看？"

他问得很克制，也很客气。他当然知道，眼前的这个年轻人，是庞大的茂林集团的一把手。老实说，让他大晚上带队来优嘉大厦这样一个地方，抓一个小小的还没定罪的商业案件的嫌疑人，他也觉得太小题大做了。但没办法，上面催得急、压得紧，警力也安排了不少。

"我刚刚在里面休息。"林少煜平静地说，"倒没有看到其他人，不过沈警官好像目标很明确。"

"只是执行公务而已，请林先生体谅一下。"

他作为经侦警察，虽然不愿意与林少煜这样的人产生冲突，但也不可能被他拦住。

但他态度仍然客气，不想伤了和气，因为他内心也隐隐觉察到这桩案子的不妥之处。虽然程序上没有任何问题，但这样大张旗鼓的操作还是显得太奇怪了。

"请便。"林少煜向一旁让开。

警察们鱼贯入内。屋子里有林少煜的几个随从，沈警官故作轻松地与几人聊了聊，也请他们出示了身份证，一一确认了他们的身份。警察们搜索了一圈，屋中没有异样。沈警官随手敲了敲窗玻璃，窗子紧闭着。

他有些泄气，老实说，他也不太清楚，他们到底想在这里找到些什么。

林少煜站在门口，淡淡笑道："警官，那我可以走了吗？"

"哦，当然。"

"但是听说警方已经锁闭了八到十楼的各个出入口。"林少煜说，"如果我要离开，是不是还得烦请沈警官陪同一下？"

沈警官一时有些尴尬，他们确实把守了各个通道和出入口，所有的客人，都暂时被要求待在自己的房间里。但是优嘉毕竟是个公共场所，又不是恶性案件，没理由封锁太长时间。林少煜要走，当然得让他走。

他还在犹豫，突然门外传来一个女孩的叫声，在这个全是男人的环境中，显得特别扎耳。有两个警察陪着一个年轻女孩过来了，她叫着，声音都有点变了："有人被劫持了！警察同志，快去救救她！"

沈警官还没有做出反应，一直淡然平和的林少煜忽然大踏步走过去，拉住那女孩的胳膊，急声道："安小仙，你说谁被劫持了？"

"啊，就是金雪言！"

女孩的回答让他整个人都变得冷冽起来，他的目光沉得可怕："怎么回事？是在哪里出事的，你们遇到了什么？"

"我们，就是在九楼遇到了一群人，有一个，有一个是我们梦信过去的仇人！我们是被骗到这里来的……"

安小仙说得颠三倒四的，林少煜有一瞬间似乎想立即离开，但克制了一下，回过头来说道："沈警官，请你帮忙马上找一下这个人，这位小姐说的被劫持者是我的朋友。"

他说这话时，嘴角甚至仍然带着笑，只是这种笑容，和片刻之前的淡然截然不同。此刻这笑容像是利刃，要把人杀死。

沈警官马上说："好的，我立即安排他们行动。"

他心里有些暗暗叫苦，也不知道怎么搞的，本来就是很奇怪地来抓捕一个涉嫌泄露商业机密的嫌疑人，出动警力之多，很有点用力过猛的意味。这时候，突然又冒出一个被劫持的女人？实在是令人伤透脑筋。

只是他身为警察，哪怕不属于自己的职务范围，遇上这样的事也不能坐视不理。这女孩说的，才是真正的恶性事件。

他联络了在九楼把守的同事，另一边，林少煜等人已经带着安小仙匆匆走向电梯。

金雪言在优嘉九楼的走廊中急步走着，这个偌大的商业性建筑，在这本该繁忙的夜晚竟然空无一人。也许是警方的干扰，也许……她掐掉自己的思绪，只是快步走着。

有一个电梯附近的警察应该已经让安小仙引走了，她会上十楼去，告诉他们自己被王恒劫持，这样所有参与到对何承光的追捕中的警察应该都会被调动起来。他们的警力不够挨个房间搜索，只要把守在通道上的警察引开，隐在暗处的何承光就有可能顺利脱身。

但她要的不只是何承光脱身。

按照时间推算，王恒他们离开，应该是在警察封锁了这三个楼层以后，他们很可能还没真正离开优嘉大厦。她要找到他们，她要抓住他们，一定要！

他们手里的注射液，她不知道是什么，很有可能是毒品。在这种情况下抓住他们，就不用多费口舌，一切自然清晰明了。

还有王恒身后的那个人……种种迹象表明，他身后一定有一个人，要毁灭她。

她越回想之前的一切，心头的怒意越像茂盛的杂草。她被一种仇恨和困惑裹挟着，一间间屋子找过去，想要找到王恒。

不过没多久，她终于累了，也意识到自己这样看起来有点愚蠢。她停了下来，轻轻舒了口气。

不知道何承光是不是顺利离开了，她想了想，拿出手机，给林少煜拨了个电话。

他们一定在找她，只不过偌大的商业大厦，并不好找。此刻，她的左右无人。

电话很快接通了，林少煜在那头急切地问："言言？你在哪里？"

由于安小仙说的是金雪言被劫持，林少煜竟然没有想过拨一个电话给她，也是关心则乱，他都有些失了神。此刻接到她的电话，他一下子松了口气。

"我还在九楼，梦露厅门口……"

金雪言告诉了他自己的位置。她环视着四周。

她看见前面出现几个人影。

王恒。

而林少煜并不知道金雪言看到了什么，他只是听到电话里她大声喝道："站住！"

林少煜的心再次狂跳起来。

她的声音在电话里那么近，却又无法触碰。枪林弹雨的剧场里，他可以疾步上前，把她按倒在地。可是此刻，他却无法瞬间就到她的身边。

在赶去金雪言所说的地点的途中，林少煜一言不发。没有人知道他在想什么，只有他自己知道，他无法容忍那个人受到伤害，更不要说失去她。

这段时间不过几分钟，因为他们一直在往那边赶去，可在他的心里却十分漫长。在难以言述的担忧和焦躁背后，一切模糊的感觉或者感情潮水般悄然退去，裸露出他对自己清晰无比的一个回答。

他不能失去金雪言。

他们赶到金雪言所说的那个地方，看见她在几个男人的拖拽下挣扎。

她必须拖延时间，救兵很快就会来，所以她就拼了命地扭打，竟然坚持住了几分钟。

就在她坚持不住的时候，一股力量袭来，把她拽出了钳制。同时她感到一阵风掠过，之前拽着她的男人被一拳打倒在地。

她终于可以不再坚持了，她松了口气，睁大眼睛，看见林少煜冷硬的轮廓。

下一秒，她就被他深深揽进了怀里。

警察一拥而上，王恒几个人根本没有逃跑的机会，绝望地束手就擒。金雪言觉得自己瞬间成了旁观者，于是一切退成背景，在这个怀抱里，她只觉得安全舒适。

一片混乱中，她抬头朝他笑了笑。

林少煜深深看着她。她的头发凌乱，衣衫也不整，一张脸是白的，颈上还有血痕，可是笑容那么澄净。他没有说话，只是把她抱得更紧。

王恒几人面如死灰，经过这样一出，警察们本来的目标何承光没抓着，却另有收获。经金雪言一说，警察确实在附近找到了王恒几人藏匿的东西，要将他们带回警局检查。

王恒几人没能在第一时间离开优嘉，本来想装作普通客人，打算等封锁解除后再离开的，被金雪言一撞上，如意算盘落空。

虽然连何承光的影子都没看到，但沈警官也知道，是时候收队了。

于是大半夜他们一起去了警察局，走了个流程。接着林少煜又送金雪言和安小仙去了医院，两个人都只有些皮外伤，稍作处理也就好了。

林少煜当然不肯放金雪言独自回她自己那间小房子里，连同安小仙一起，他安排她们住在一栋独栋小楼里。金雪言也不太清楚那是什么地方，反正就由着他安排。整个过程他没说太多的话，只不过在她身边的时候，始终握着她的手。

她也是累了，折腾到最后只想睡觉。

于是她就睡了个好觉。

第二天醒来的时候已经是下午了。她走到餐厅里，有人送了热腾腾的饭食。安小仙在桌旁端坐，假装一个淑女。从侧面的窗口往外望去，是一片草坪，更远处有什么看不真切，只有一片辽阔天地。

安小仙看什么都是新鲜的，只不过还是有些拘谨，金雪言就和她小声说话，两个人饱餐一顿之后觉得身心愉悦。

过了没多久，林少煜来了。

他脱了大衣在桌旁坐下来，神色莫测："现在可以说说昨晚的事了。"

当听说见到何承光之后，金雪言的安排是让安小仙上十楼报警，调动警察，好让何承光离开，而自己没头没脑地去找王恒等人的时候，他只冷冷丢下两个字："乱来！"

金雪言捧着杯子喝水，打算默默接受批评。

"公安局那边传来的消息，王恒那几个人，携带的确实是毒品。"看她一副收敛性子的样子，林少煜的语气缓和了些，"不过他们始终说，对你下手是因为你手里有一份录音，也是为了那件事才想要报复。"

"我觉得不对，那份录音也不是什么致命的东西，在我手里也那么久了，为这个不值得。"金雪言慢慢说，"他们背后还有别人，不然那个让他们走的电话又是谁打的？"

"你能想得到谁想要置你于死地？"

金雪言摇头，她踏踏实实做生意，除了王恒，还能惹到别的什么人？

"不管幕后有谁，优嘉已经不能再信任。"林少煜说，"以后别再去优嘉了。"

回忆起那天晚上的境况，金雪言也有些不寒而栗。她当时就觉得优嘉成了个鬼城，而发生了那么多事，优嘉没有一个人出来配合澄清。至于赵景昆，据说他近日在国外……

金雪言说："我知道了。"

从昨天晚上开始，她始终有些低落，一副不同于平日的听话的样子。但林少煜不太清楚她到底在想什么，他看了她一眼，又说："你不必去帮何承光。"

"我不知道你们之间有什么样的协议，当时也没有时间去考虑。"金雪言笑笑，"只是觉得应该这样做，就那样去做了。"

"太危险了，你知不知道？"他还是有点生气，"那个时候，你应该上十楼来。就算是那个王恒，你自己去找他们又有什么用？"

金雪言站了起来："到现在，我也不真正清楚，何承光对你意味着什么，我只是以为那样做对你有用。如果反而造成了妨碍，我向你道歉。至于王恒，我承认我一时冲动。我会冲动，我改变不了我自己，这样回答，你满意吗？"

她说得生硬冷淡，口气很冲，安小仙都有些吓到了，不禁也站了起来。

金雪言不知道自己的不满从何而来，她看着眼前的男人，他清俊高挑，眼神幽深。事实上，从昨天晚上出事开始，他的照料就无微不至。可是她不知道为什么，就是觉得他轮廓模糊，显得十分遥远。

她一直忍着，想把隐隐的不快压下去，但她毕竟不是个善于忍让的人。

"你也知道你很冲动？"林少煜的口吻也带上火气，"所以凡事多想一想，不要总是让别人替你担心！"

"你说过从来不为我担心。"

金雪言平静的语气，让林少煜一时哑然。他是说过这样的话，可是她又何苦这时候拿出来提？他冷笑了一下："原来是因为这个？我说一句不担心，你就耿耿于怀到现在？"

"你知道不是这样的。"金雪言看着他，缓缓说，"我不知道你要做什么，需要些什么，林少煜。也许你认为我不必知道，不必去做。那么我做的事情也就基于我自己，你的确也不必担心。"

她说完，觉得畅快了些。

这段时间来，她的喜乐，她的理想，她的悲伤困惑，都一览无余地展露在他的视线之下。可是他面临的问题和局面，她只能通过外界的风言风语略知一二，她不喜欢这种感觉。

何承光的事情让她撞见了，他却并不打算给一个更加深入的解释。

林少煜听她说着这些，却霎时间明白了，她想要的二人关系，是一样的彼此深入。可是，他有一瞬间茫然地想，他所背负的那些，又该如何开口去说呢？

而她又真的愿意来了解吗？

也只是那么一瞬，他看着金雪言，一字一句说："何承光手上确实有能让我赢下董事会选举的证据。林茂源和华启国的协议我暂时还不清楚。不过何承光流落在外并不是一件好事，找到他之后，我会让他去把一切说清楚。你帮助他离开了，当然是好的，不过他终究还是要到公安局去。"

他的笑容洞悉一切，却带着悲凉，金雪言的心软了一下。

他终于做了解释，哪怕这种解释，并无太大的意义。

只是她想，她渴求着了解他，甚至怪他没有解释，可是她自己，何尝去问过一句，他担负着什么呢？

不是她不敢去问，而是她心里清楚，他身后错综复杂的局势，不止他和他叔

126

叔的博弈那么简单，他的背后转动着一个巨大的旋涡。这点从当日在机场就隐见端倪，这些时日她更加确定，她不愿意一脚踏进去。

她有一个梦信，她自己有那么多的理想没有实现，不愿意因为一个男人，卷入一个自己一无所知的乱局。

所以，面对着他，她止步不前。她抗拒不了他的吸引力，然而在面临选择时，她出于本能却选择了独善其身。

她本性如此，自私凉薄。

管它是不是无理取闹，把话说开，无非就是分道扬镳，对邵锦，对其他人，她都这样伤害过。

然而林少煜这样的人，他已看穿一切，却没有一句苛责，没有一句哪怕"你何尝愿意知道"，而是平静地给她做了解释。

这样子，她反而不知道该怎么办了。

她看着他。男人的面容平静，带着一种寂寥而空旷的意味。

她轻咳了一声，转身就走。

她要离开这里，可是林少煜却不许她逃离。他上前一步，抓住了她，使她直面自己。

"学会好好保护自己，明白吗？"他拖住她的双手，声音温柔低沉，可是眼中却深不可测，"为了我。"

"哇！"安小仙听得低呼了一声，又赶紧捂住嘴。

屋子里还有其他的用人，以及阿普，大家都看着他们微笑。

金雪言知道自己就此陷落，无法走脱。既然如此，她索性踮起脚尖，在他脸上落下轻轻一吻。

"所以，捉妖人挂了吗？"

"什么挂了，只是被警察带走罢了，说不定三两天就又出来了。"

"不可能！听说他这次是涉毒才进去的，而且除此之外，还有咱们的一家同行提供了他敲诈勒索的证据。"

"是谁啊？大快人心啊！"

安小仙所在的行业群里这几天因为这件事，刷了八百条消息。王恒的被捕，让大家都击掌叫好，他早就臭名远扬了，这下子，简直是普天同庆。

"哎呀，好多人崇拜我们呢。"安小仙喜滋滋地拿手机给金雪言看。

不过金雪言嘱咐过她，还是不要暴露他们梦信和王恒之间的事。这种事情尽可能低调为好，他们不需要出这个名。

"王恒这次没有那么容易脱身，不过我们还是要小心。"金雪言这样告诉安小仙。

那天晚上，他不是主角，只是个木偶，最终当了替罪羊，提线的手还隐在暗处辨不分明。不过金雪言只会按照自己的步调行事，没空为此困扰。

另一面，林少煜最终还是派人找到了何承光，并且说服了他自行前往公安局。

何承光被暂时拘留，但他们这边为他请了律师跟进。据与他见面的律师说，他的情绪还好，不过在提及他之前说起的事关林茂源的证据时，他却说："丢了。"

"丢了？"

"我去优嘉见林先生的时候，身上带着那个U盘。但是后来再找，已经找不见了。"

"有备份的数据吗？"

"没有。"何承光隐有痛苦之色，"时间太短了，我一直在逃。"

"真的吗？"

似乎觉察到对方的怀疑，他的声音也沉下来："我说的是真的，信不信随你。"

坐在办公室里的林少煜听到这个消息，不禁推开了桌上的文件："可恶！"

这个借口太过拙劣，也许何承光从一开始就骗了他，他不清楚何承光这么做的理由。当然也有另一种可能，何承光得到了另外的什么许诺，不愿意再把这个东西交出来。

不过总之……

"林先生，看来从何承光这里取得突破是不太可能了。"陈律师是他信得过的人，了解了其中来龙去脉后，客观地提醒道。

林少煜吸了口气，自从他回来接手集团事务之后，设法回购了一部分股权。当然他和方靖伟为首的高层，也都极力去争取各大股东的支持。不过从目前的风向来看，他和林茂源谁的胜算大还未可知。

能够拿到何承光的资料当然好，就算拿不到，也不过是……他神色不变："无所谓了，要战便战吧。"

"那何承光那边……"

"你继续跟进，如果他真的没有做过危害公司利益的事，就为他洗清罪名。"林少煜道，"如果需要什么协助，可以直接和小瑞说。"

陈律师有点惊讶："还管何承光吗？"

现在看起来，何承光骗了林少煜，要不就是背叛了他。确实叫人想不到，他仍然如此吩咐。

林少煜有些奇怪地看了律师一眼，几秒钟之后才明白对方的言下之意，他忽然露出爽朗的笑容："那是两回事。陈律师，我们帮何承光，是不想让一个清白的人蒙受冤屈，或者说我并不是想帮助何承光，只不过，想让公正不要缺席而已。"

明天就是梦信在茂林进行宣讲的日子。

所有人都加班到很晚，金雪言的讲稿和PPT上的每一点数据都随时核对和补充。没有一个人抱怨加班，对于明天，所有人都充满期许。

一切都准备得妥当了，她不该弄到太晚，不如回家好好睡一觉。

但她总觉得有些东西不放心，就在办公室里磨蹭着，终于该下班的人都走光了，只剩下安小仙在等她。看她还在电脑前面纠结一个字体的颜色，安小仙上前拉住她："走啦走啦，不然都快赶不上最后一班地铁啦！"

"就好了。"金雪言手里的鼠标还在晃。

安小仙叫不动，向她吐着舌头："哎呀，别那么紧张，那个人肯定会让我们过的！"

金雪言笑笑："他又不去。"

"可是，可是他那么喜欢你。"安小仙笑嘻嘻地凑近她，"梦信怎么可能过不了嘛。"

听她这么说，金雪言一时出神，想起那个人的一点一滴，胸中便会有水波温柔涌动。终于她放下鼠标关了电脑："走吧。"

两个人关灯锁门下楼，往地铁站走去。

马路上已然十分安静。他们这里不是闹市区，灯光没有那么繁杂，抬头甚至能看到一两颗星星。她们常常一起赶地铁，但是往往行色匆匆。今天不知道为什么，金雪言只想放慢脚步，感受初冬的夜风。

寒冷的风容易使人清醒。

街上不时有车子驶过，安小仙叫道："哎呀，玛莎拉蒂。"

果然有一辆玛莎拉蒂过去了，这是安小仙心心念念的车，金雪言捏了捏她的脸："等梦信的估值上去了，你就可以给自己买一辆。"她停了停，补充说，"不会太久。"

和茂林商定的融资方案上，茂林将注资5000万取得70%的股份，金雪言持股20%。经她提出，高管与员工持股10%，以安小仙所能拿到的股权价值，她买辆心仪的车子，不是难事。

"雪言姐，你有钱了想买什么车？"安小仙自顾自问着，又说，"哎，你也不用想了，等你嫁入豪门，什么样的车没有啊……"

金雪言停住了脚步。

安小仙有点奇怪地看向她，只见她微微仰着头，望着夜空中零落的星星，深深吸了口气。

"小仙，我不想进入茂林的体系。"

"为什么?"

金雪言说:"我们都能看出来,茂林在互金这一块,在下一盘大棋。小仙,我不想梦信变成其中的一颗棋子,因为我看不穿这个棋局的走向。茂林太庞大了,它对旗下企业的每一个安排,都会从整个集团的大局出发。陷在其中的,终究要失去自己。"

"可是,茂林也是最好的跳板。"一向显得天真单纯的安小仙,不觉也认真起来,"有了茂林的背景和资源,梦信就可以迅速做大做强。哎,说不定就可以成为业界第一,或者变成一个金融帝国呢!难道这不是你想要的吗?"

金雪言笑了:"我的野心就那么大啊?"

"可不是吗?你的野心不大,又怎么会留下来?"

"我不知道,未来有一天,我会带着梦信到哪里。"金雪言想着,一字一句地说,"至少现在,我没有想过要创造什么金融帝国。我们和投行、证券这些不一样,同属金融业,他们风光无限,只会用俯视的眼光看我们,可是我们有自己独特的价值,并不需要去艳羡什么。"

"独特的价值?"

"是的,金融一直是上层人士的工具和武器,它为富人服务,让有钱的人更有钱。但互金业能让我们身边最平凡的普通人,都可以享受到金融的便利,都可以把自己那一点点的幸福放大。现在,我只是想要把握住它,不想让它失去本真。"

"那你现在说这些,有什么用?"安小仙有点发愁地说,"那我们明天不去茂林啦?"

"傻丫头,怎么可能?"金雪言一笑,向前走去。

在资本的世界里生存,自然要遵循资本的规则。茂林的投资,她志在必得。只是在这个空旷的夜晚,终于把在心里徘徊已久的话说了出来,一颗心也就更加坚定。

只不过,有一个人必然与茂林相互绑定。因此当她做出这个决定,他的面容就渐渐远去,只留给她一片荒芜的寂静。

午后三点,茂林金融。

纯白的大理石地面,透明的螺旋阶梯,随处可见用于查询的触摸电脑……茂林金融一扫传统金融公司的老调沉闷,装潢风格简洁时尚,极具科技感。也难怪,作为茂林集团部署互金业的前锋站,它自然要贴合时代,也贴近时下那些年轻创业者的审美。

金雪言是和安小仙一起来的，之前邵锦、陆升明这些人也要陪着过来，让她拦住了，要不浩浩荡荡一群人，也太高调了。

她只是说："各位等我凯旋吧。"

"马到成功！"

她与每个人一一击掌，连一向淡漠的邵锦都握住了她的手，定定地看着她说："加油。"

她们先是在茂林金融的休息室等待。时间快到的时候，有工作人员来通知说可以过去了，金雪言站了起来。

这不是她的第一次演讲，她在学生时代，就做过不少商业项目的推介演讲。后来她以梦信CEO的身份参加活动，也进行过长短不一的演讲。她从不紧张，除了这一次。

心跳微微加快，手中握紧了资料夹，她微笑着走进宣讲会议室。

会议室宽大空阔，一整面的落地窗处，阳光满地。弧形的长桌后面，坐着六七个西装革履的男人，这些人构成了茂林金融的投资委员会。坐在中间的男人带着儒雅风度，那是茂林金融的CEO方靖伟。

这种规模的收购案宣讲会，方靖伟本不必亲自来，只要投资总监坐镇即可。公司对梦信的调研已经非常深入，并且没有太多争议，宣讲会只是走个过场罢了，但他今天仍然亲自到会。

梦信金融被林少煜从收购名单中划掉，后来他又不动声色地把它加了回来。随后，茂林金融按照正常流程开始推动收购。虽然他没有多说一句，甚至没有在任何场合提及过梦信金融，但是以方靖伟的敏锐，当然不会毫无所觉。

至于林少煜的私人生活，他并不关心，只不过有时候单纯的"私事"其实并不存在。他也想看一看，那个叫金雪言的女人，究竟有什么特别之处。

她走了进来。

深灰色的西服套装，利落洒脱；低调挽起的长发，配上恰到好处的淡妆，衬得她整个人精神焕发；而那双眼睛，则锐利中又不失亲和力。

金雪言在用于演示的大屏幕前站定，微笑道："大家好，我是梦信的CEO金雪言。很荣幸今天能有机会，就梦信金融的发展历程和未来规划向各位做一个全方位的介绍……"

她开始讲了，略带沙哑的嗓音，不疾不徐，自信而沉稳。

真正开始了介绍，金雪言才发现，原来梦信已经走过那么长的路。如果只算时间，不到一年而已，但这一年中它经历了翻天覆地的变化，犹如涅槃重生。

受到投资者认可的品牌、优良的服务、坚实的资产……这一切都是在那样短的时间里一点点搭建起来的，这一切汇聚了每个梦信人的不懈努力。

她一一展示和展望了几个维度的信息。

资金端方面，降低获客成本，增加出借人黏性，进行更理性的风险教育。

资产端方面，引入更好的风险控制模式，发展自己的数据库，为每个借款人提供更精准的信用画像。

业务模式方面，逐渐将已有的大额贷款消化掉，转入更平衡的多模式小额分散结构，以抵押贷款为主，信用贷款为辅。

……

整个宣讲会的时间并不长，四十分钟左右，在她有条不紊的介绍下，在场的投委会成员也不时提出一些问题，她都一一解答。投委会的人低声讨论着，看上去都得到了满意的答案。

最后，方靖伟缓缓鼓掌，于是会议室中掌声一片。

这场宣讲无可挑剔。在方靖伟看来，梦信虽然不是十全十美，但假以时日，按金雪言说的进行调整和升级，大有可期。

他看到身边的人频频点头，小声的讨论也以赞扬为主，没有什么反对声音，看起来可以尘埃落定了。于是方靖伟开口道："多谢金小姐对梦信金融全面细致的推介，那么关于双方的合作……"

按照茂林金融的流程习惯，这样大家意见一致的时候，会直接给融资方一个结果。

但他们听见金雪言略微抬高声音："请诸位再给我几分钟时间，我还有一个请求。"

方靖伟停了下来，看着她。

"我希望茂林金融能够允许，在这轮融资之中，梦信将股权调整为双层股权结构。"

整个会议室里突然静了一下，方靖伟挑了挑眉，上身微微前倾。

金雪言继续说道："众所周知，双层股权结构，是对融资方管理团队的一种保护。只有管理团队稳定，企业才可能稳定发展。ALI、TX等知名大型企业，在创立伊始接受风投之时，都采用了AB份额的双层股权结构，从而保证了管理层的话语权，此后一飞冲天。作为梦信的主要管理者，我恳请茂林能够考虑这个提案。作为弥补，我个人愿意让出10%的股权，这样茂林的持股就达到了80％。"

会议室中长久地鸦雀无声。

所谓双层股权结构，即把公司股权分为AB份额，B份额得到之于A份额十倍的表决权。

在资本为王的市场上，创业者往往难以抵御资本方的强势冲击，可能要出让大比例的股份。但持有B份额，保证了他们对公司的掌控力，只要他们持有的B份额超过10%，便能以十倍的票数拥有最终的决策权。而对许多风投来说，他们并不想参与到公司的管理中去，只是想要摘取利益的果实，有A份额带来的大比例分红和权益也就够了。因此，这种操作很多时候受到了双方的欢迎，在中国香港地区和欧美地区相当风行。

然而，梦信与茂林在此前的接触中，从未提及这样的方案。但此刻站在房间中央的那个女人，她的姿态表明了，她绝不愿意放弃管理层的决策权。

方靖伟缓缓开口道："金小姐应该知道，茂林并不是一家纯粹的投资公司，只看眼前收益。我们收购互金平台，是为了产业布局。如果你留心过，就会知道，对于已经公开收购的几家平台，茂林无一不得到了绝对的控股权，并没有双层股权的先例。"

"的确是这样，但先例是需要人去创造的。"金雪言回答道，"茂林收购梦信，或者其他的一些互金企业，是看中了什么？如果只是一个壳子，我想并不值得。一家企业的核心，是资产，更是人。以茂林的能力，在互金业发掘出优质资产，并不难，但茂林还是选择了收购。我想，茂林看中的，是这个行业极富潜力的未来，更是潮起之时，这一批创业者灵敏的嗅觉和对行业独到的理解、把控。"她的咬字变得缓慢而清晰，"请相信，更大的权限意味着更大的能量，我们带来的回报，将超乎茂林的想象。"

方靖伟静了一瞬才说道："这个提议，太过突然，本来这应该在提交计划书时就进行协商的，金小姐为什么直到这个时候才提出？"

金雪言深吸了一口气："因为这是我的请求，而不是谈判。梦信需要茂林的投资，不管茂林是否认可这个提议，我都会接受。只是对于这个提议，我真心地希望，茂林能够认真考虑。"

她说得非常真诚，甚至直接表明了自己的底线。有筹码的才叫谈判，现在梦信对茂林，并没有有效的筹码，没资格玩什么欲擒故纵的手段。那么面对方靖伟这样的人，不如放低姿态，坦诚以待。

之所以等到这时候才提出，也是想让这场宣讲更多地打动对方，而不至于提交一份干巴巴的方案就被拒绝。

如果事前向林少煜提出这个方案，事情会不会更好办些？他应该会为她挡掉很多的困难。

但她终究没有那样做。

方靖伟站了起来，于是所有投委会的人都站了起来。方靖伟说："这样的话，关于对梦信投资的各项事宜，暂时只能搁置，我们内部要商议之后再进行答复。"

金雪言和安小仙回到公司，大家都还没有下班。

她这样回来，实在算不得"凯旋"。

结果悬而未决，也在意料之中。只是看着带着殷切眼神的同伴，她的心里还是有许多的歉意。

说完在茂林那边的情况之后，梦信高层的几人安静下来。

金雪言说："对不起大家……"

"这有什么可对不起？"关振华先叫了起来，"要我说啊，这事情就应该这样办！否则他们要老是干涉我们的经营，那就太不爽了。"

"对，我们的决策权不可以丢。"陆升明也表态。

"你做出什么决定，我都支持。"邵锦则这样说。

"唉，如果茂林可以商量，只是想要更多股权的话，我们高管持股的部分也可以出让。"许云说着，忽然发现自己失言，又补充说，"啊，我是代表我自己，我的那一份可以出让。"

"可以可以，我也可以。"

"我也没问题的。"

大家七嘴八舌，看上去满不在乎的样子。没有人去计算，在经历茂林的融资之后，1%的股权，至少价值60万。所有人，在这个时刻，都只是梦信的一分子。

"你太好了，许云姐！呜呜呜……"安小仙已经感动得不行，一头埋进许云的怀里大哭，反而弄得许云手足无措。

金雪言当然不会像安小仙一样，她只是静静地说："谢谢大家，梦信是属于我们大家的。我一定设法保住管理层的决策权。"

茂林八十八楼的那间办公室里，金雪言沉静的声音在流淌。

"大家可以看到，梦信的财务状况在逐渐好转。虽然暂时还没有实现盈利，但基础的盈利模式已经建立，按照这个趋势来看，盈利也指日可期……"

林少煜静静看着屏幕上优雅而干练的女人。

他倒真没见过，她穿着正装，认真肃然，又肆意挥洒的样子。

这段宣讲会的视频终于播完，画面定格在她转身而去的侧影上。

办公桌对面的方靖伟，看着林少煜问道："你意下如何？"

林少煜修长的手指轻点着桌面，微笑道："靖伟兄为什么来问我？茂林金融的事，你一向有最终的决定权。"

"呵呵，这时候和我装傻，可就没意思了。"方靖伟笑，带着一点兄长的包容，"这件事，我哪里敢擅自作主。"

"但我还是想先听听靖伟兄的意思。"

听林少煜这么说，方靖伟也转过头，看向屏幕上年轻女人的侧脸。他想了想，说道："老实说，我也有点犹豫。梦信的资质当然是不错，到我们手里会是一颗好棋。不过，金雪言说的，倒让我觉得有点期待。"

他在商场上摸爬滚打这么些年，早已练就铁石心肠和看人看事冷静客观的眼光，很少有人能掀起他的好奇心。但是不得不承认，梦信最后提出的这个提议，有些触动了他。

可能是因为那种年轻的执着，让他想起自己尚未成熟的青涩时代，想要抓住自己能抓住的每一点权力，带着理想奋勇向前，也可能是那个女人的讲演太有感染力，让人心中不觉产生期许。

本来他应该直接拒绝的，毕竟金雪言也表示了两种结果都接受，商场之上，没有主动退让的道理。他也不是顾及林少煜才不敢做决定，而是不知为何，他的确是有些犹豫。

这是一方面，另一方面，当然他也想看看林少煜对此事的反应。现在，据他看来，林少煜在看到这份宣讲会视频之前，对双层股权的事应当是一无所知，这就让他觉得更有意思了。

林少煜说："我们有了车和卒子，但我们还少一个王。"

"嗯？"

"我们近期收购了不止一个平台，虽然尽量藏而不露，但还是受到了不小的关注。日后，'茂林系'是肯定会被业内频繁提及的。可是关注度越高，对我们要做的事就越不利。我们需要旗下有一个平台，能够吸引大众的目光。"

方靖伟露出饶有兴致的神色："你是说，梦信是最合适的选择？"

"是的，不用我说，你也应该有判断，在我们接触的这些创业者里面，梦信的团队是最有希望杀出一条路的。如果有朝一日，他们能成为真正的一线平台，那么对于整个'茂林系'，都会是一个大大的利好。"林少煜的神色深沉，"有了一个头部平台作为核心，受到的质疑就会减少很多。'茂林系'会成为一个更坚固的体系。可以想见，麻烦也会少很多。"

方靖伟沉思着："可是那样，它毕竟不在我们的掌控之中。"

林少煜站了起来，走到窗前，低沉的声音传来："有时候我们掌控了太多东西，反而会让局面变成一潭死水。如果有一颗棋子，它为自己而生，为自己而战，也许，反而能给对弈者想象不到的惊喜。"

方靖伟忽然想起，金雪言说的"给你们的回报会超乎想象"，这一句似乎与林少煜所说的暗相契合。他也忽然知道了，让他感到期待的，也许正是这种"惊喜"。

他拿着半杯咖啡，悠悠来到林少煜的身边，一笑："你说服我了。"

"给他们更大的权力，看他们能做到怎样。就算判断失误，也不过是一次失败的投资，我们的损失可以接受。"林少煜淡淡地说，"但我相信，我的判断不会出错。"

那个女人，不会让他失望。

"那就这样决定吧。"方靖伟说道。他把咖啡放回桌上，打算离开这个办公室。在那之前，却又回过头来。

"少煜啊，"他第一次如此叫他，"有些时候，你越重视的东西，会越危险，尤其是女人。"

在等待消息的时间里，金雪言始终没有联系林少煜，他也没有联系她。

她的诉求，他也许会看到，也许不会看到，她告诉自己沉住气。

终于，茂林金融一直负责和他们接洽的小高打电话给她："恭喜金总，梦信的投资案已经过会。经过我们内部研究，可以按照你所说的，进行双层股权的分配。一些小细节我们还要继续确认一下，我们这边在走流程，如果没问题，下周就可以签约了。资金呢，会在签约后一个月以内到位。"

公司里一片欢腾。

金雪言终于也松了口气。

梦信前进的每一步，都不会为他人所左右。

然而这样欢快的好心情没有持续多久，当天下午，就出了一件大事。

康瑞实业的那笔借款出问题了。

1800万的借款，算上利息达到2000万左右，本来应该在这周内还款。但直接向他们申请借款的康瑞医疗的一批进口医疗器械因涉及走私被海关扣押，这导致他们的后续账目必然无法回收。而更糟糕的是，金雪言和陆升明赶到康瑞医疗的时候，发现他们竟然人去楼空了。

康瑞这笔款是在半年前借出的。那时候优嘉的资金正在源源不断地流入，而梦信百废待兴，当时的资产端非常欠缺。要是放在现在，她当然知道这样大笔的借款不能碰，风险太过集中，但彼时却没有更好的选择。

不过对康瑞的审核其实也相当严格，康瑞医疗虽然不大，但其母公司康瑞实业提供了无限责任担保。康瑞实业有大量固定资产，据梦信的数据跟踪，现金流也还算充足，它在法律上应当承担责任。

金雪言立即去找了康瑞的老板陈家康。之前在酒桌上，陈家康挤到她身边信誓旦旦地说："天塌下来有哥哥给你顶着！"然而此时找过去，她被告知，陈家康人不在国内。

"去干什么？"

"旅游休假。"

"去哪里了？"

"不知道。"

"电话呢？"

"联系不上。"

康瑞实业的其他人，对于旗下医疗企业的债务，都拿不了主意。

"金总别着急嘛，该我们负的责任我们会负，也在查。但好歹等陈总回来再说。你问他什么时候回来，这个我就不知道了，看他老人家什么时候愿意回来呗。"康瑞的一个副总如此轻描淡写地说。

在外面跑了一天，除了这些消息，没有什么实质上的收获。回到办公室，金雪言觉得太阳穴一跳一跳地疼着。

她竭力冷静，开始梳理眼前的事情。

首先她把许云叫来，问了她当下现金流的状况。在偿付了优嘉的本息之后，账上的资金一直较为紧张。但是下周，康瑞到期的项目就要陆续兑付，还有其他的项目……平台没有这个能力。

直接公告逾期吗？不可能的。林少煜是说过，平台对自己的定位应该是信息中介而不是信用中介，但这种转化是个漫长的过程。现在还远未到那个时候。梦信必须进行垫付，否则就是……死路一条。

不过，现在的情况，也没有那么坏。康瑞实业那边，不管陈家康想躲到什么时候，资产毕竟还在，梦信这边可以马上申请财产保全。虽然这种维权会经历漫长的时间，但无论如何，风险还是可以消化。

而另一方面，茂林的投资款下个月就可以到位。虽然这笔钱，本来有其他的规划，用它去填康瑞造成的窟窿，让金雪言感到一阵苦涩，但事情也就是这样让人无奈。归根结底，梦信需要一笔钱，把眼下这一个月撑过去。

能求助茂林吗？她不愿意。茂林刚刚在股权一事上做了让步，以后毕竟还是合作关系。多开一次口，未来的筹码就会少一分。

梦信只能靠自己，吸引更多的投资。

幸亏活期业务已经提前关闭了，这样至少兑付压力都是可控的。在这一个月的时间里，需要有2000万的资金净流入，才可以渡过难关。但这是最极端的情况，保险起见，这2000万用于垫付康瑞的资金，要在一周内筹措完成。

梦信日常的平均成交，大概在一天200万左右。照此算来，这周内要让交易量翻三番。

"马上上线新的加息活动。"她吩咐市场部。

要在短时间内拉抬交易量，最直接的方法就是加息。返还给出借人更多的收益，就好像其他商品的打折优惠一样，必然会刺激购买欲。

"但是资金缺口太大了，只有平台自身搞活动，恐怕达不到预期流量。"

"第一，加息幅度要大，要狠；第二，预告的时间不能长，要给人活动随时有可能结束的感觉，进行饥饿营销；第三，可以和第三方返利平台合作推广，但是和他们的合作方案，不能违背我前面说的两条。"

"好的。"

"还有一点，马上开始宣传我们得到了茂林大额融资的消息。"

"但是合同还没有签署……"

"不要紧的，这也是常规操作。现在这时候，要想尽一切办法吸引投资者的注意力。"

宣传茂林的投资，当然会对梦信有大大的增信作用，目前的出借人还是很吃这一套的。一个大的资本在背后，似乎就有了充足的底气。

市场部门的会很简单就开完了。金雪言站起身来，来到窗前。打开窗子，凛冽的风扑面而来。正是将雨未雨时，阴云低垂。

安小仙在她身后说："雪言姐，财务部那边，对所有资金的规划都已经做好了，这是详细的报表。"

金雪言接过来翻看着，和之前许云说的大体情况差不多。

"我们这次能渡过危机吗？"

安小仙的声音小小的，让金雪言有点惆怅的感觉。

"不要担心，没事的。"她安慰似的说，"现在的情况，比余天刚跑掉的那时候还是好多了。那时我们不也挺过来了吗？不过，我就是有点不甘心。"

"不甘心什么？"

金雪言再次看向窗外："我不甘心，那时候我们因为500万一筹莫展，而现在，我们为了2000万殚精竭虑。时间过去了这么久，我以为，梦信一直在成长、蜕变，可是为什么，到头来我们面对的困境是一样的？500万和2000万没有什么本质区别，折磨着我们，就像一场轮回，我们又回到了原点。我不喜欢这种感觉，我受够了！"

她低下头，用手捂住了眼睛。安小仙在她身后，静静地没有说话。

其实归根结底，就像林少煜说的那样，彻底地完成转型，才有可能从根本上解决网贷从业者面临的困局。可是，这种行业转型太过漫长，太过艰难，会有太多的人死在潮水退却的沙滩上。

每个人都在苦苦支撑，等待和寻找，一个拨云见日的未来。

但梦信的运气实在不太好，雷潮就是从康瑞违约的那天开始的。

这个行业，太过脆弱，一个平台倒闭，就会被戏称"雷了""炸了"，久而久之也就成了平台死亡的代名词。

每天都有不止一家平台死去，可能悄无声息，但有周期性，积蓄的风险偶然释放，就会引发多米诺骨牌效应，导致一段时间内，爆雷的平台数量成规模上升，可能一天十几家，甚至是几十家，这就是所谓的雷潮。

雷潮之中，尸骸遍地。

一开始，集中倒闭的平台，大多是毫不合规纯属诈骗的。他们不是网贷平台，却又以此为名，让众多的出借人无法辨别，给真正的网贷行业带来无法驱除的污名。然后这样的污名扩大，使出借人发生恐慌，大量抽取资金，从而影响到认真做事的平台，导致资金链断裂，进一步促使投资信心下滑。

其实在真正健康的网贷环境之中，是不应该存在资金链之说的。因为平台本身不应该触碰到任何资金，只应该做信息的传递者。但二〇一四年的冬日，野蛮生长的大环境中，没有人能做到这一点，没有人能独善其身。所有人都只能像荒年中的饿殍一样，尽最大的努力抢夺食物，好让自己能活下去。

每一个平台都在疯狂加息，每一个平台都在不计手段地吸引出借人的目光，好为自己补充续命的血液。

梦信在这个时间点上遭遇这样一次大体量的逾期，可以说是撞在了刀刃上。

在梦信开始动作的第二天，金雪言就意识到了寻常的手段是不可能达到预期目标的。在信心遭到打击的情况下，每个人都捂紧了自己的口袋。

怎么办？

平日里自然产生的投资流量已经接近枯竭，每日的回款几乎不再产生复投行为，只意味着资金的流出。那么2000万的净流入，实际要完成的远远不止这个数字。

情况确实很不乐观，到了那天下午，她艰难地决定："到羊毛群去放单。"

"羊毛群"是"羊毛党"的聚集之所，而所谓羊毛党，是网贷出借人当中一种特殊的人群。为了获取新的客户，理财平台往往会有一些只针对新手的加息活动，数额小、时间短、收益高。这本来是正常的操作，运营成本完全可以覆盖，但由此催生出一类人。他们动用大量的手机号和身份证，充当"新手"，只完成新手任务，拿完高息就跑，人称"薅羊毛"。

作为理财平台，对这一人群是又恨又爱。恨的是，他们几乎不进行正常投资，而大大利用规则上的漏洞，甚至通过买卖银行卡和身份证来获取高利息，损害了自然投资者的利益。然而，当一个平台真的需要拉抬成交额的时候，羊毛党又是最有效的力量。因为他们是对收益最敏感的人群，只要你肯放血，他们就会像嗅到血腥味的蚂蟥一样蜂拥而至。

而使用羊毛党的资金，对平台来说，就如同吸毒，极易成瘾。因为那些钱来得太容易了，同时高昂的返利则会让资金的压力后置。不得已，借新还旧，利息就像雪球般越滚越大，轰隆隆向前而去，不知何时雪崩……

羊毛群是羊毛党集中出没的网络社群，里面还有推手，又叫羊头。他们已经不再局限于平台上明码标价的新手任务，而是直接对接平台，暗中拿到现金的反馈。

月标1%，三月2%……不停刷新的价格，即时返还的现金，往往令人血脉偾张。很多羊毛党在获取年化30%以上的高额收益的同时，忘记了本金的风险，只是陷入嗜血的疯狂。

大多数时候，理性的平台与羊毛客相安无事。羊毛群里热门的，也都是些急需资金救命，或者根本是想赚一票就走的庞氏骗局。梦信在刚刚复生的时候，曾经放过少量的羊毛单，但很快结束，已经销声匿迹很久了。

所以当它再次出现在推单列表里，的确也引起了一些关注。

"怎么，梦信又放毛了？"

"梦信平时不是高冷得要死吗，这次撑不住了？"

"雷潮还在继续，大家都缺钱，很正常嘛。"

"可是月标1.2，这么低的价格谁要投啊。最近这世道，安稳点好。"

讨论的人多，真正做单的少。金雪言的办公室里，大屏上是梦信的后台实时数据，桌面的电脑上显示各大羊毛群的状况。

月标1.2，意味着投资1万元，一个月的时间能够拿到120元的额外返现，加上平台原有的利率年化收益能达到20%以上。然而在这个畸形的环境中，这样的收益仍然缺乏吸引力，渠道的引流量不尽如人意。

放单两个小时后，金雪言果断说："涨价。"

于是市场部迅速给渠道下达指令，各个羊毛群的价格开始刷新。1.7，

2.0……飞速变化的价格，如同发出香气的诱饵，召唤着追逐利益的欲望。

"金总，数据还是不够好看。"

"继续涨，涨到3.0。"

这一天，经过数轮的价格调整，梦信最终的返现价格停留在了3.5，而成交量也勉强达到一个可以接受的数字，这时候，单月投资的年化收益已经达到50%以上。这在约定了固定收益的投资中是一个相当可怕的数字。

但是在这一天结束之后，金雪言仍然心情沉重。因为雷潮的到来，自然交易量大大萎缩，要在到期时垫付完康瑞的2000万，接下去几天还要继续发力。

除了继续涨价，别无他法。就算是致命的毒药，也要咽下去。

接下去的几天，公司里所有的注意力都被不断变化的成交量吸引。所有人都知道，这是生死一战。只要能筹齐当下这一拨的兑付资金，下个月茂林融资到账，就算渡过难关。而如果这笔兑付出现逾期，在当前雷声滚滚的大环境中，梦信就会像被抽去支点的积木房子一样，轰然倒塌。

到了最后一天，他们还差四百多万。

梦信对出借人的回款时间是下午六点。

在这个时间前能够打款到出借人账户，皆大欢喜，天下太平。哪怕晚了一个小时，错了1元钱，都可能引起动荡。一旦有人出来发声，甚至只要丢一个未还款的截图，舆论就会被点燃，之后就很难控制了。

人人自危，没有一点点行差踏错的余地。

在这天早上十点的时候，交易量还停留在差350万的位置。

涨价继续，4.0，4.5，5.0……

"梦信疯了吗？"

"梦信到底要干啥啊，它资质不错，不是诈骗台子啊。至于这么饥渴吗？"

"梦信怕啥，没听说它刚拿了茂林的5000万风投吗？"

"价格太高了，说明它资金链特别紧张……"

所有的羊毛群都在讨论梦信的异动。虽然雷潮之中，大部分平台都有加息涨价的行为，但没有人像梦信这样疯狂。

下午三点，还差2050300元。

金雪言看着两个屏幕上跳动的数字，声音冰凉如水："继续，我们涨到7.0。"

市场部已经噤若寒蝉，只能按照她的吩咐行事。

7.0。

7.5。

8.0。

"不行了，必须上梦信这车啊，忍不住了！"

"雷了别嚷嚷要跳楼啊。"

"价格太美，雷了也认了！"

到最后，梦信金融的新手月标给出了综合年化130%以上的返利，这是一个以往只有庞氏资金盘才会给出的高昂价格。那样的资金盘，有很多人知道是骗局，仍然抱着侥幸的心理投入资金，更何况，梦信的资质和口碑一直不错。

自然有人前仆后继。

人类对利益的追逐永远伴随着风险，然而风险也始终与收益相伴相生。数十倍的利润，会使人冒着死刑的风险去贩毒、走私……相比之下，投资网贷的收益与风险，同样相互匹配。更何况，这样的投资只需要你在电脑前点一下鼠标，或者操作一下手机而已。

五点五十分，还差20万。

实际上，到了这个时候，金雪言已经不担心了，她把鼠标放在投资键上。她作为普通投资者开立的账户上，已经充值了20万。

她可以把这笔钱投出去，结束这一周的战斗。

在应付康瑞逾期的这整个过程中，她其实无数次地想过，向茂林申请一笔借款。到了今天，只剩下一两百万，但交易额却不再上涨的时间里，她也数次想向林少煜开口。这个额度的现金，对他来说应该是举手之劳。她也多次拿起了电话，甚至拨了前几位的号码。

但是她一次又一次地放下了电话，不是为了保护那种可笑的自尊心，而是，到了后来，完成这件事，变成了她的一个目标、一个任务。

她彻底红了眼。

她切了一下屏幕上的窗口。此刻，在那些羊毛群里，除了梦信刷屏之外，间或也有其他的平台名称跳动。

里面大多是她不认识的，也有些是她听说过的同行。但她知道它们多多少少都有些见不得光的地方，她一度看不起它们，还在会议上将它们作为反面教材向员工提起，可是今天，她终于和它们沦落到同一个泥淖里。

梦信的姿态比它们更急迫、更凶残、更无矜持，她违背原则，放下了心中的骄傲和底线，变成一个诱惑赌徒的庄家。她放任自己，甚至唆使着自己，走近深渊。

因为她想记住这种感觉。

深深的、失去骄傲的绝望，俯望深渊，并被深渊回以凝视。这样的恐惧和痛苦刻骨铭心，再也不会忘却。

再也不想要经历。

唯有如此，她才有足够的勇气和决心去彻底改变，打破自身的桎梏，走出困局。

在同一天早晨，金雪言刚刚踏进自己办公室的时候，林少煜的电脑上，也显示着那些返利社群的窗口和不断刷新的梦信价格。

他这样的人，本来根本不知道这些社群的入口，是小瑞去查了查，他才能看到这一切。

康瑞逾期的事，他知道给梦信带来了极大的压力。由于优嘉的资金已经抽离，加上整个行业环境的影响，梦信的资金链岌岌可危。

但金雪言没有找他，他也就没有主动去问什么。

他毕竟有自己的事情，而金雪言那样的人，若真到了需要的时候，要找他也不会扭捏。

对着社群里那些色彩斑斓的字体看了两分钟，林少煜就站起身来，穿上了外套。他有很多工作要处理，马上就要出去，阿普已经在外面等他。到了车上，他只是吩咐小瑞："多关注一下梦信的状况，如果金小姐打我的电话，需要帮忙，你全力配合。"

"好的。"

然后他就没再挂心这边的事。

直到下午两点，他回到办公室，小瑞才汇报说："梦信那边状况还好，我从公开的数据页面上看，他们本周的交易额已经达到了三千多万。"

"那就好。"

确认了这件事之后，林少煜没再多说什么，安静休息了半个小时。

接近三点钟，他离开，前往同样位于八十八楼的一间会议室。

茂林集团的正式全体股东会议，将在十天后举行。会上最重要的事项，应该是经全体股东表决，决定下一任董事长的人选。

因为林茂生的病倒太过突然，他出事后股东会就要求，新任董事长不再由董事会推举，而改由股东大会决定。

这也是一个合理提议，算是对特殊情况的特殊处置。但实际上，所有人心知肚明，在林茂生失去对茂林集团的掌控之后，各大股东蠢蠢欲动。而林茂源也正是看准这一点，才跳出来四处招摇，他只是背后既得利益团体的一个代表。

对于即将召开的股东大会，林茂生要求亲自参加。他的状况不佳，只能卧床，说话都十分困难，但脑子仍然清醒。

于是他会在近日回国，直到现在，仍然没有人会在这种事情上违背他的意思。

但若他真的要参加股东大会，以他的身体状况，会上估计只能进行一个简略的表决流程，没办法像正常会议那样事无巨细、面面俱到。

因此由集团董事会秘书李笑辰提出，先邀请董事会成员及重要股东，开一个小规模的碰头会，先讨论一下，争取更好地对集团各项事宜达成一致。

今天到会的除了茂林的董事会成员，还有集团以外的其他股东。

其中持股最多的，是华威集团。华启国与林茂生一度情同手足，然而林茂生出事，无视他指定的继承人，转而支持他弟弟林茂源的，华威便是第一个。

他们持股高达10%，在按股权比例分配的表决中，占有举足轻重的作用。

围绕着林茂源和华威，还有数个持股在3%-8%之间的重要股东，构成了这场争夺中的"外围派"。

而以方靖伟为代表的茂林核心高层，则构成了支持林少煜的"核心派"。他们虽然持股比例不高，但掌握了集团内部相当大的权力，对于一些有业务合作的股东当然也具有一定的掌控力，能够为林少煜争取到不少票数。

当然，江夏集团、千山实业……更多的小股东，其实还在摇摆当中。他们虽然不起眼，但既然胜负还未决，每一点倾向，都可能改变结果的走向。

会议上，由林少煜亲自介绍了整个集团近一年来的情况。例常的诸般事务讨论完毕之后，方靖伟对茂林金融的总结占用了大部分时间。茂林金融创立不久，近段时间却是雷厉风行、动作频频，寄托了集团的很多希望，也吸引了股东们的关注。

针对茂林金融的问题很多，方靖伟一一作答。

终于会议进行到了尾声。

只是那个敏感的问题，大家都寄望于别人能提起。

"让我说两句。"终于，林茂源开口说道。

李笑辰道："茂源董事，请。"

林茂源清了清嗓子："大家应该都知道，下周的股东大会上，将决定新任董事长的人选。我认为，当前的代董事长林少煜先生，已经不适合作为董事长的提名人选。"

他如此直接，一上来就毫不留情面，让参会者都吃了一惊。

林少煜欠了欠身，笑道："看来茂源董事，对我有很深的成见。"

"理由呢？"华威的代表问道。

"首先，林少煜一直在国外游学，从来没有参与过公司事务，这一年来，茂林集团全靠高层老人维持运转。我个人，恐怕难以相信他会带领茂林找到很好的未来。"林茂源环顾会场，不少人露出不以为然的神情，但他的笑容仍旧胸有成竹，"其次，太过年轻的领导者，有时候确实难免不够稳重，不够识大局，因私人情绪做出一些有损公司利益的事。"

会场中掀起细微的窃窃私语。

林茂源取出一个厚实的信封，丢在桌面上："为了证明我不是空穴来风，各位股东和董事可以看看这个。"

信封敞口，露出里面的东西，是一沓照片。有人伸手去拿，看了看，脸上露出有些尴尬的神情。不同的照片到了不同的人手里，开始在会场里传阅。

林少煜没有拿到照片，但在它被丢出来的一瞬间，他就从远处清楚地看到了上面的内容。

风都园。

拥吻的男女。

他和金雪言。

看到照片的李笑辰咳嗽了一下："这个……"

林少煜说："这是我的私事，在这里提起，恐怕有失考虑。"

"各位也许不知道照片上女人的身份。"林茂源悠闲地笑着，"她是目前茂林金融计划收购的一家互金平台的总裁兼创始人。据我所知，茂林金融内部已经决定对其进行5000万元的投资，而且投资采用双层股权结构，也就是花掉5000万之后，我们茂林甚至没有取得这家小公司的管理权。"

与会者开始低声议论，方靖伟开口说："这个投资案是茂林金融投委会全体审核过的，如何计划，采取什么样的形式，投委会有自己的考量。"

"是吗？"林茂源笑得眼角的皱纹都延伸开来，"那么方助理，哦不，现在是茂林金融方总裁，是不是应该看看这些新的材料？"

林茂源拿出另一个文件袋，收起笑意，说："这家叫梦信的互金公司，刚刚遭遇2000万的债务违约。也就是说我们茂林的钱，刚一投入，就要去填补2000万的损失。另外，这家公司的风险控制总监，在银行工作期间曾因涉及大额骗贷遭到行业禁入。请问，这样的公司资质和管理团队，就是方总的投委会所看重的吗？那我倒想知道，茂林金融投委会，到底是怎么进行的调查评估！"

林茂源趾高气扬，咄咄逼人。林少煜感觉一切似乎变得十分缓慢，他以为自己决心回来的时候，已经披上坚硬的铠甲，原来却还是有着裸露的软肋。

然而不论如何，他神色不变："这家平台的优良资质，相信茂林金融那里有足够的资料可以佐证。茂源董事如果真的想要了解，茂林金融也会配合。"

"既然如此，我提议，这桩投资案还是重新进行评估吧。"华威的代表说道，"当然，子公司的业务，我们作为集团股东不应该插手，这只是作为股东提出的一个建议。"

这个建议得到了大多数人的点头认可。

林茂源继续说道："梦信金融究竟是因为什么才得到我们茂林的投资，是不言自明的事情。总之，我再次提请董事会和股东会，对是否推举林少煜为董事长一事，慎重考虑，我要说的就是这些。"

林少煜缓缓站了起来。

"项目如何进行，我会尊重董事会的意见，当然也更希望董事会能够尊重茂林金融的专业意见。"他看向林茂源的目光一片冰冷，"至于侵犯他人隐私并且恶意中伤的恶劣行为，我保留一切追究责任的权利。"

会议室外。

会议结束，林少煜快步走出会议室。通道里，林茂源正和两名股东代表相谈甚欢。

林少煜与他们擦肩而过。

"少煜啊。"他的叔叔却叫住了他。

片刻之前的兵刃相向，在林茂源这里似乎并未发生过。他走到林少煜跟前，笑呵呵地道："少煜啊，对不住了。那些照片，我回头就会删了，别担心啊。"

"所以我还需要感谢你吗，叔叔？"

林茂源了然似的拍拍他的肩："年轻人嘛，啊，有时候把持不住也是在所难免，我也是为了公司才出此下策。"

"所以，少晨对有夫之妇把持不住，叔叔也是这样宽容的了？"

林茂源脸色微微一变，旋即又恢复正常："你年轻有为，何苦和他比？"

"何承光的案子还在调查，但何承光掌握的信息，茂源董事应该不会不知道吧？"就连从后面跟上来的方靖伟，都一时压抑不住怒气，向林茂源冷冷道。

"哈哈哈，何承光？他那里什么都没有，不是吗？否则你们还在等什么？"林茂源缓缓凑近林少煜，轻声道，"何承光那个废物，他收集的材料早就被他老婆删得一干二净了，你们指望他是有多愚蠢。林少煜，别和你叔叔斗，否则你会一败涂地。"

林少煜走进办公室，来到桌前，随手抓起桌上的一只玻璃杯，向地上狠狠摔去。

然而厚实的地毯，给了足够的缓冲。杯子没有发出破碎的声音，只有极沉闷的一声，然后骨碌碌滚到一边。

尾随而入的方靖伟苦笑了一下，把门关上。

年轻的男人双手扶在桌沿，背影在微微颤抖。

也许是因为难以抑制的愤怒，也许是因为难以摆脱的困境带来的压力，他罕见地有些失控。方靖伟在身后默默注视着他，一时没有说话。

不过只是两三分钟，他便至少在表面上恢复了平静。他转过身来，说道："之前陈律师询问过何承光，虽然他收集的证据丢失了，但人还是很配合。他口述了几家华威旗下和茂林这边有关联的空壳公司，我已经查到……"

"少煜。"方靖伟却打断了他的话。

林少煜停下来看着他。

方靖伟说："现在，茂林金融对梦信的投资，只能先中止了。"

林少煜没有说话，他走回办公桌前，慢慢坐下。他坐得笔直，抬头直视着方靖伟："不行。"

方靖伟看他桌面的电脑屏幕上还开着梦信的网页，很接地气的小清新风格，间或跳动着成交数字。他忽然笑了笑："当下，我们最重要的事，是先通过股东大会这一关，董事长拖着病体专程赶回来，绝不希望看到什么意外。今天林茂源抛出的这些事，说大不大，说小不小，会在各大股东中引起一些动荡，但是不要紧，我们可以立即去做他们的工作。"

"你说得对，我们可以立即约见江夏、千山他们的代表……"

"但是这还不够。"方靖伟在办公桌对面俯下身，凝视着他，"林茂源已经节外生枝，我们只能将枝条斩断。"

"斩断……吗？"

"现在对你，他们抓到的点无非也就是梦信这个计划案，只要暂停，就向股东们表达了态度，强过一切解释。"这些，方靖伟不信他想不到，但还是清楚明白地一句句说了出来，"还不只是你，这件事把茂林金融也牵扯了进去，当然也包括我。你应该知道什么是正确的选择。"

林少煜垂下眼睛笑了笑。是啊，壮士断腕，何况，他们需要放弃的，不过是一个小小的投资案。不管是对茂林还是他自己来说，都没有什么损失。

他自语般说："但是下个月，梦信至少需要2000万救命。"

没有这2000万，这个月放出去的高返利月标，会成为最后一根压垮它的稻草。

"救命？"方靖伟的声音有点冷，"梦信是自己把自己逼到这个境地的，违约、逾期、坏账，都是互金平台必然要面对的事情。在逐渐下沉的浮舟上，谁有那么好的运气，一定会有人救她？凭什么，有人那样死了，有人就一定要活？"

林少煜仍旧沉默不语。

又等了一会儿，方靖伟再次耐着性子，一字字说："林少煜，你清醒点！你想要什么样的女人没有？好，退一步说，就算是金雪言，梦信出事，我们也能够保她周全，你还在犹豫什么？"

"不会的。"林少煜说。他心里无比清楚，放弃梦信，他将永远失去金雪言。

方靖伟退后一步，看着他，许久，终于露出失望的神色。他叹了一口气，反倒露出一点笑意，感叹似的说道："也许，林茂源有一句话没有说错，少煜，你还是太年轻，太年轻了啊。"

他不想再说什么，转身准备离开，身后却传来林少煜的声音："等等。"

方靖伟回头，看见林少煜重新站了起来。年轻男人的身影逆着窗外的夕阳余晖，显得挺拔又固执。

林少煜的神色平静："我同意中止茂林对梦信金融的投资计划。"

"停单。"

随着金雪言最后一句吩咐，所有的群都停止了梦信的推单，这个名字转瞬之间从列表里消失得干干净净。

最后两分钟，新的资金进入，梦信完成了当日还款。一切终于结束了，但金雪言还是把自己的20万投了出去。

不管那些人如何议论梦信的神秘任性、来去如风，金雪言站了起来，拿起外套。

眼前的这一关算是过了，后续还有一些事务，市场部和财务部会处理好的。她只觉得整个人有点恍惚，有点空虚，拒绝了安小仙的陪伴之后，她一个人来到外面。

华灯初上，街市上到处是下班回家的人流。小雨刚过，空气里似乎飘荡着一种香甜的气息。晚饭时间，她觉得饿了。

可是她的心里有一种比饥饿还要汹涌的热切，她终于拿出电话，拨了白天屡次尝试却终未拨出的号码。

"喂。"林少煜的声音在她耳旁低低响起。

她静静地笑道："有空吗？想见你。"

"等我。"

她想见他，很想很想。在一次又一次克制住了向他求助之后，她再次为自己争得了生机。这样的感觉，在雨后清新的空气里，让她心中一片宁静空阔。

但就是因为这样，她才那么强烈地想要见到他。有时候她想，他并不是自己生命中不可或缺的一部分。没有他，她可以独自好好地走。可是她又清楚地知道，没有他，再也不会有人能够那样欣赏和分享她灵魂深处最好的一切。

过了没多久，林少煜来了。他独自开车，停在了她身边，她浅浅地笑了。

他们去吃饭，是她从没去过的一家菜馆，菜看却好吃得不得了。她大快朵颐，林少煜却吃得很少，每个菜都只是动了动筷子。大多数时间，他都在静静看她，似乎对毫不淑女一副饕餮状的她感到有趣。

"哎，你吃得这么少，一会儿要饿的。"金雪言发现了，觉得有点不好意思，"这个鳕鱼很好吃的，你尝尝。"

她倒像主人一样推介起来。她夹了一块鳕鱼，送到他嘴边。林少煜含笑吃了，看见她晶亮的眼睛看着自己，忍不住伸手捏了捏她的脸颊。

金雪言放下筷子，也只是静静看他。此时此刻，她的眸子褪去了一贯的锐利，竟剩下一种透明的单纯。

"少煜，"她看着他说道，"我知道你爸爸很快就要回来，茂林的股东大会也要召开了，你那边还好吗？"

林少煜淡淡笑答："还好。"

"如果有什么想要和我说的，我会听着。"她说，"虽然我太渺小，虽然我不一定能帮得上忙，可我会听着。"

自从那天在别墅里，他不肯让她离开，她就想好了。那是第一次，她用尖刺去伤害一个人，对方并不逃离，也不哀怨，只是那样紧紧地抓住了她。她走不了了，从那个时候开始，她就决定会面对和他有关的一切。

不管茂林和梦信的关系是怎样的，不管有多少顾虑，她相信自己会处理好。

不管他是否需要分担，是否愿意说出来，她都会静静在他身旁去面对。

林少煜握住她的手，放在自己的脸颊旁，吻了吻："好。"

金雪言犹豫了一下，还是抱歉地说："梦信这边遭遇的违约你应该也听说了，我们已经申请了资产保全，应该问题不大，不会让茂林的投资遭受损失。"

"没事的，我知道。"

他们从吃饭的地方出来，林少煜牵着她走着，没有去取车，她问："去哪里？"

他回答说：“我家。”

他家就在附近，是茂林旗下的一个高档住宅区。他的住处面积不大，双层复式，能看到江。简约的装修，一点一滴都能看出质感。其实他独自居住在这里，显得极其低调。

他关了大灯，只留下小的灯带，整个气氛就显得慵懒迷离。他们窝在沙发上聊天，旁边放了一部极其缓慢的老电影当背景音，让人感觉时光倒回。

没说任何工作上的事，就有的没的闲扯着。在国外的时候，他们也有过这样闲散的时光。可是在金雪言的感觉中又不一样——彼时的他美好到虚幻，有种高高在上的神秘；而今天，虽然她还没有将他真正看清，可他至少有了一点触手可及的真实。

林少煜闲适地坐着，长腿伸展开。金雪言靠在他的腿上，半躺在他的怀里。她从来没有感到如此舒适和安全，说着话，都几乎想要睡去。

她正迷糊间，感觉到他的吻。轻轻地摩挲，带着暧昧的气息，浅尝辄止，却让她胸中燃起一簇火焰，焦渴难耐。她不想睁眼，却收紧搂住他的手臂，渴望着更多，更深入。她微微喘息，也感觉到他身体的变化。

然而林少煜始终克制，甚至带着一种压抑。这让金雪言感到隐约的不安，似乎有什么东西悬浮在空中，难以着地。

终于，他停了下来，不动声色，却又不加犹豫地缓缓放开她，垂下眼睫向她笑了笑。

低暗的灯光下，他的轮廓硬朗而优美。

金雪言燥热的身体渐渐冷却下来，仿佛冬季的暖炉，尤有余温，但剩下的毕竟已是灰烬。

她没有太过顾及自己的情绪，只是有点探究地看着他。

林少煜却彻底放开了她，站起身来。

他走到桌前，给自己倒了一杯冰水，一饮而尽。

金雪言觉得十分难受。前一刻热烈旖旎的世界分崩离析，只有一种薄雾一般的迷茫包围了她。然而眼前这个男人，并没有任何解释的意思。

他总是这样。

她有些恼怒地坐直身体，但神色不变。

过了一两分钟，林少煜走过来，弯腰拿起她掉落在地上的外套。

他说：“言言，不早了，我送你回去。”

金雪言感到一种类似于羞辱的痛感，这种痛感弥漫在胸腔之中，却又有一种奇怪的快意。但不变的是她镇定的神情，眼中一闪而过的水波瞬间已隐没在冷静的目光之下。

她理了理自己有些凌乱的衬衫领口，站起来说："好。"

她任由他替自己穿上外套，没有多问一句。

然后两人出门，他驱车送她回家，一路上再没有一句话。

到了之后，金雪言下车道别，走回自己那个清冷寂寞的小屋之中。尽管冷意把她包围，她还是上床，扑进这种寒冷的寂寞之中。

她以为会发生些什么，她一度有着那样的热望。然而一切都像漫上来的潮水，在使人窒息的前一刻悄然退去，没有留下任何痕迹。一直到躺倒在自己的床上，她身体里的空洞还像是没有填满。

他为何如此，他们之间又何须如此？

她不知道，也从不想猜测，只是疲惫地催促自己睡去。

金雪言太洒脱，她从不沉湎，从不纠结，因此她就那样迷糊地睡去。于是她不会看见，送她回来的那部车，始终停在她的楼下，没有离开。

林少煜在黑暗的车中坐了整整一夜，直至天明。

茂林金融的《投资计划终止意见书》是在第二天下午以电子邮件的形式送达的。

除了表示投资的终止之外，茂林金融还提出一个要求，要梦信在三天之内，撤除有关获得茂林融资的相关宣传，并且表示，茂林方面很快也会对真实情况发表声明。

这无异于釜底抽薪，比资金的断流还要可怕。

目前，在这一拨雷潮之中，梦信以高利诱惑拉高了成交量。但另一方面，对即将成为"茂林系"的大量宣传，对稳定出借人情绪也起到了相当大的作用。这两天，正常的资金流量，已经在慢慢回升。这个当口，否定之前的宣传，甚至茂林对投资计划也矢口否认，无异于让梦信被狠狠打脸。

出借人会有一种上当受骗的感觉。本来如果没有这档子事倒还好，但现在出借人的期望已经被吊了起来，他们会为失望和愤怒的情绪所左右。作为一个金融中介，被盖上失信的帽子，是最可怕的事情。

意见书内容，金雪言看了两行，便觉得血涌上头顶。这个时候茂林方面一直和他们直接对接的小高，也十分抱歉地打来电话。金雪言问是怎么回事，他说："意见书上写得很清楚了，金小姐，实在抱歉。"

当这份意见书放在梦信高层会议的会议桌上时，所有人都不愿意相信这是真的。

没有人说破，但大家都心知肚明。不说为了应付这次康瑞的危机而生成的高返利资金一个月后需要兑付，单说茂林撤出的消息一传，正常的资金流继续下滑，他们连一个月都坚持不了。

康瑞医疗的那笔钱，虽然有底层资产在，但是催收起诉都需要漫长的时间，不可能在这段时间内解决。虽然金雪言也接触过其他融资方，但都在初期意向阶段，也难以很快地推进。

除了茂林以外，找其他方面，都太晚了。

意见书上关于终止投资的原因列了两条：一个是康瑞引发的逾期危机；一个是风险控制总监的不良履历，对高管团队的质疑。

令人难堪的沉默过后，陆升明开口说："康瑞的事，是我负责的，我会承担责任。不过这个项目现在还有还款的希望，可以向茂林方面解释。"

"不是你的错，这个项目是我亲自拍板的，当时我们不可能拒绝。"

"由我来承担责任，不关其他人的事。"陆升明平静地说，"这样这两个方面，都可以给茂林一个交代。"

"我说了，不是你的错！"

陆升明站起身来："金总，对不起，我稍后就会提交辞职报告。"

"陆升明，你给我闭嘴！"金雪言暴怒似的站了起来，狠狠一拍桌子，一字一字道，"你的履历是过去的事情，你到了梦信之后没有出差错，梦信不会让没有犯错的人承担责任。现在，给我回你的办公室去，不许再提辞职的事！"

把陆升明轰走之后，她压下怒意，安慰了其他人，然后她说："大家先不要急，我会去茂林金融问明情况。"

在前往茂林金融的路上，她给林少煜打了电话，但没有人接。出租车上暖气不足，让她觉得手脚冰冷，陪同的安小仙一直担忧地看着她。

到了茂林金融，她在前台说："我想见方靖伟总裁。"

前台问了一下，回答她说："方总不在，不过乔助理会接待您。"

她很快见到了方靖伟的助理乔志。他显然非常清楚她的来意，也得到过方靖伟的嘱咐，开诚布公地对她说："金小姐可能也猜到了，昨天茂林集团的高层会议上，出了些意外。"

于是一切深层次的原因向她扑面而来：风都园、偷拍、可怖的恶意……当一切明了，她问道："所以为了高层的权力争夺，茂林就要放弃梦信吗？"

乔志有些尴尬地笑了笑："我承认哪怕是现在梦信的资质没有太大问题，董事会的决定也无可厚非。抱歉了，金小姐，现在我们只能放弃。"

放弃。

梦信成了弃子。

她，金雪言，成了弃子。

"那么，可以请茂林暂时不要发布中止合作的声明吗？"她抱着一丝希望，卑微而艰难地说。

"不好意思，梦信那边的声明我们管不了，但茂林这边，声明应该很快就会出来。"乔志却只是冷淡地答道，"这是我们方总的意思。"

果然是这样，说什么也没有用了。原先准备的解释和说辞，都失去了价值。唯一清楚的事实是，他们被放弃了。

金雪言走出茂林金融的时候，电话响了。她一看是林少煜，一时怔忡。

这个名字，此刻看来像一个讽刺。他现在要对她说什么？解释？道歉？他又能对她说什么！手机持续地响着，他的名字就那么不停跳动。

她想起了前一天晚上他的笑。他的温柔，他的克制，他的绝情，原来是这样的。

原来她决心去维护的一份感情，会崩塌得这么快。

是的，于她而言，他那样的人一直神秘迷离，只可仰视。她自己个性强势，其实难以接受太过不平衡的关系。可是当他紧紧抓住她，她仍旧纵容了自己去握紧，不因为别的，只不过因为她想要他。

然而，不管她有什么样的勇气，她不惧怕，不退缩，袒露自我，打开心扉，换来的却是一柄利刃的长驱直入。它毫不留情，狠狠搅动，直至她血肉模糊。

可笑的是，她却没有权利去质问他什么，只能看着蒙蒙的小雨，在手机屏幕上凝成水滴，从他的名字上滚过。

手机铃声终于停了。

金雪言仍旧看着它，一动不动。一旁的安小仙有点吓到了，忍不住推了推她："雪言姐……"

金雪言回过神来，这时手机再次响起。

这回闪动的名字，是吴航。

金雪言接起："喂，吴总，您终于安排过来了啊，好的，今晚七点，我没问题，地点您定就好。"

她温声软语，声音里甚至能听出一点轻快的笑意，眼睛里却无。

她的眼中只有漫天盖地包裹了这个世界的雾雨，黏涩潮湿，无休无止。

吴航后来定的地方在世达大庄园。

灯红酒绿，纸醉金迷。这个城市需要这样的一抹抹艳丽，掩饰腐朽。

金雪言独自赴约，那边吴航也是一个人。

吴航喜欢被人吹捧，金雪言就捡着好听的说；吴航喜欢喝酒，她就陪着他喝。可惜他的酒量实在不怎么好，没多久就有了七八分醉意。

但他的嘴还是挺紧，对于陈家康的下落，一点口风都没露。他和陈家康交情好，是酒友、赌友……她能想到的找到陈家康的渠道，也只有他了。

"吴总财星高照，谁能挡得住？"在吴航大肆吹嘘自己在拉斯维加斯的战绩之后，她言笑晏晏，"回头要是再拍《赌神》，让他们用吴总做原型。"

"那一次老陈没跟我一块儿去，那真是可惜了，没见到我的风采啊。"吴航摇头晃脑的，他和陈家康一起去过的赌场不计其数，不觉也就提起他来。

金雪言不动声色："最近还有哪里的场子好玩？有些老板想玩，我都不知道该往哪儿带。"

"你别说，最近老陈还真找到了一个刺激的新场子。上次我和他去了一回，那是念念不忘啊，海上的玩法就是不一样，他这次竟然没喊我……"

吴航大着舌头，说到这里突然就停住了。他总算还没完全失去神志，又喝了一杯，伸手就来搂金雪言的肩膀。他醉眼蒙眬，嘴角还有残留的酒液。这个人，好酒，好赌，好色。他心里清楚金雪言是要向他问陈家康的去向，不过金雪言这种女人的邀约怎么可以错过？没准运气好的话……

金雪言站了起来。

吴航脸色一沉，就要发作。包厢的门被推开了，进来了两个艳丽的女人。

两个小姐进来，忽然一愣，有点怀疑自己走错了房间。他们见过一群男人喝得各种兴高采烈，偶尔也见过一两个女的出现在这种场合，但她们总是面色尴尬。而今晚这位，直视着她们，带着冷艳的范儿。他们这样一男一女的，找她们陪酒小姐干什么？

"呃，我们可能是走错房间了……"两个小姐弯了下腰，道着歉就要退出去。

"没有。"金雪言说，"点了你们的人，是我。现在，你们好好陪陪这位先生。"

另外三个人呆了一下。

而金雪言也不去管吴航脸上有什么样复杂的表情，只是清冷地笑了一笑，离开。

新的场子，海上。

她在世达的大厅里匆匆走着，心里一边琢磨着吴航说的话。忽然一个服务生来到她面前，她停步，对方礼貌地问："请问您是金雪言小姐吗？"

金雪言点了点头。

"那边有一位先生想见您。"服务生说，"他说他姓方。"

走进那个雅致的包间，金雪言放轻了脚步。

转过一个红木的屏风，中式的沙发上，方靖伟正独自悠闲地喝茶。

他看见金雪言走了进来，并不起身，只是向她点头微笑道："这时候叫金小姐来，有些冒昧了，还请金小姐不要见怪。"

白天的时候，金雪言曾经非常非常想见方靖伟一面。就算是知道了他们抛弃她的真相之后，她还残存着一丝希望，想要争取一个转机，尽管那需要她放下尊严，然而她最终也没有在茂林金融见到他。

此刻，暖黄灯光下，优雅的中年男人伸手给两人各沏了一杯茶，金雪言在他侧向的沙发上坐了下来。

"不知道方总找我，有什么事？"事到如今，她懒得兜圈子，只是开门见山。

"我知道，茂林中止对梦信的投资，一定给金小姐带来了一些困扰。"方靖伟说道，"个中缘由，说来惭愧。自我和林董打理茂林以来，受到的掣肘甚多，希望金小姐能够理解。"

"方总喊我来，应该不会只是想说这样的话吧。"金雪言安静地说。

"当然。"方靖伟苦笑了一下，"我今天来，是想请金小姐帮一个忙。"

"有什么事，能轮到我为方先生效劳？"

方靖伟突然抬起头，一直温和的目光变得深沉锐利。他凝视着金雪言，似乎想要看穿她皮骨底下的灵魂。

这样的目光让金雪言感到强烈的压迫感，但她只是深吸一口气，平静回视。

几秒钟后，方靖伟恢复了之前的淡然神情。他喝了口茶，淡淡道："我不知道林少煜是不是和你说了，茂林不再给梦信投资，但他会以个人身份对梦信进行投资。"

金雪言的眉心一跳。

"但这仍会对他的声誉造成很大的影响，不利于之后他对董事长之位的争取。所以，我想请你劝劝他。"方靖伟发现自己说得有些歧义，马上补充道，"不是要你拒绝这笔投资，而是想请你劝他，退出董事长的竞争。"

"退出，是什么意思？请说清楚。"金雪言缓慢地问道。

"让林少煜不再竞选董事长，由我来与林茂源直接竞争。"

金雪言一时没回答。

方靖伟也不催她，由着她想了一会儿，终于她说："你们受到了林茂源的威胁，但是，据我所知，你们手上也不是没有针对林茂源的筹码，何承光怎么样？"

方靖伟略带意外地看了她一眼，似乎没有想到她清楚何承光的事。他也不隐瞒："何承光那边，没有确切的证据。据说他的U盘丢失，而且林茂源说，那个U盘里的数据早就被何承光的太太清空了。"

这一次金雪言的沉默仅仅持续了两秒钟："所以林少煜的决定是什么？"

方靖伟注视着眼前的女人，他的心中忽然有些没有把握。

没有把握说服这个女人，就像他说服不了林少煜，他们的眼神那么像。他回忆着那时，心头掠过一丝无奈。

"我同意中止茂林对梦信金融的投资计划。"

前一天在林少煜的办公室里，林少煜叫住了方靖伟，这样说道。

方靖伟怔了怔，心中一松，然而只听林少煜接着说："我会以个人的名义投资梦信。"

方靖伟一时竟然说不出话来。对于这个方案，他的确没在这么短的时间里想过，但各种信息在脑中过了一圈，他断然道："不行！这有什么区别？"

"茂林金融的投资行为，当然要遵循集团董事会的意见。"林少煜语气平静到了极致，"我的个人资金，其他人没有权力置喙。"

"不是这样的。"方靖伟快步走到他面前，"你搞清楚，现在林茂源他们已经盯上了这件事，你的一举一动他们都不会放过。你名下的资金流向藏不住，而且还有梦信的宣传……"

"为什么要藏？为什么不可以光明正大？"

"因为那不该是一个集团的掌舵人做的事情！"方靖伟一直没生气，用自己良好的涵养克制着，可是此刻却有一种克制不了的怒气，"你以为林茂源抛出这事是为了5000万？你以为董事会就真的在乎这5000万？他们只是想看你的姿态！"

"姿态？"林少煜反问，"为了所谓的姿态，我就可以出尔反尔？为了让他们满意，我就不能保护我想保护的人？让我一个男人失信于一个女人，逼我割舍所有的感情，对一个女人见死不救。这就是董事会想要看到的，一个畏首畏尾、薄情寡义的领头人？"

方靖伟忽然觉得和眼前这个男人无法沟通。他退后一步，平息了一下自己的情绪，尽量心平气和："少煜，你要明白，你面临的是一场战争，这不是你去质问、去解释就可以解决的。投票权掌握在别人手里，你没办法控制别人在那个时候怎么想。"

"正是因为控制不了，所以，做好自己是最重要的，不是吗？"

"什么是做好自己？林少煜，你告诉我。"方靖伟伸手，拉住他的衣领，"今天，如果你就是个富二代、公子哥，你爱干吗干吗，要豪掷千金英雄救美，谁都懒得理你！然而不是！你还记不记得，你是怎么答应你父亲的？你还记不记得你的责任？"

责任吗？在父亲病床前的许诺，是他这一生最重大的一个责任。可是他并不是一个木偶，他放弃了许多不得不放弃的东西，可是总有一些是压根无法放弃的。

因此他对方靖伟的激烈仍然平静以待："我答应过的事情，我自然会记得。这件事，我已经做出决定，不用再说了。"

他推开方靖伟的手，向一旁走去，打算结束这场谈话。方靖伟慢慢点了点头，冷冷说道："那既然如此，你退出竞争，我来接手一切吧。"

林少煜转过身来，露出不可思议的神色："你说什么？"

方靖伟重复道："听着，既然你要这样一意孤行，就放弃茂林的董事长之职。让董事会提名人选，改成我。"

这倒不是一个离谱的想法。方靖伟在集团内部，一直以机敏稳健而颇受好评。林茂生病倒之后，是他一点点辅佐林少煜稳定下局面，他虽然离开集团总部去了茂林金融，但要说在董事会的影响力，并不低于林少煜。

林少煜怒极反笑："你接手一切？一年之前，你为什么不说你接手一切？你们把我喊了回来，让我看到那样一个局面。你们要我当一个傀儡，一个背锅侠，好了，到头来你告诉我，说我不需要再管了，你来接手一切？"

方靖伟说："是的，因为那个项目击垮了董事长，击垮了我们！这样说你满意了？但是少煜，如果你觉得你有其他更重要的东西，那么你也可以放手，我不会拦着你。"

"我没有说过我不想承担。"林少煜极力使自己平静下来，"我回到这里，就会做完我父亲交代的事，这一点，谁也无法改变。"

"可你现在就没有在承担！你在任性，你在乱来，你在为了一个女人不顾一切！"方靖伟再次上前一步，睽着他狠狠地道，"你有没有想过，如果林茂源掌握了集团会怎么样？茂林会被外来的股东蚕食掉，这还不是最可怕的。等那一切暴露在光天化日之下，茂林三十年的基业，就会一朝崩塌！"

林少煜痛苦地皱起了眉，但他只是定定地抓住方靖伟的手腕，艰难地说：

"我不会让事情走到那一步的。"他深吸了一口气，"你不相信我能解决华威的恶意，我会证明给你看。关于梦信的事，我不会改变主意。"

方靖伟终于感到累了，他低声道："林少煜，真的不该让你回来的。你没有你父亲的狠绝，却和他一样固执，你太令人失望了。"

林少煜放开他的手，整了整自己的衣领，冷漠而平静地说道："方靖伟，我会投资梦信，也会打败所有觊觎茂林的人。"

"你这是在拿茂林和你自己的生死冒险。"

"我知道这样做非常冒险，但是，"他的嘴角浮现一丝很浅淡的笑，"人生中有些事，值得你去承担一切的风险。"

世达大庄园的茶室里，一片静谧，只有方靖伟低低的声音在回响。

"相信金小姐也能懂得，茂林面临的实际上就是股权之争。因为我们股权不足，很多事情上不得不受制于人。"方靖伟苦笑道，"而如果林茂源一系得到了茂林，茂林就会被分而食之。这绝对是我，是林少煜和他父亲，都无法接受的。"

"所以你觉得，现在你的胜算比林少煜更大？"

方靖伟点了点头："不瞒你说，林少煜回来接手公司，除了外界颇多微词之外，集团内部不以为然的也大有人在，是我和高层几位元老一直在镇压那些反对的声音。说一句大言不惭的话，如果一开始董事长就指定我来接替这个位置，恐怕交接会顺得多，林茂源也没有机会跳出来兴风作浪。"

"那为什么一开始你们要找林少煜回来？"

"茂林，毕竟是林氏的产业。"方靖伟沉默了一下道，"林茂生先生对我恩重如山。他有他的考量，我一定会遵照他的意思去做。"

金雪言忽然拿起茶盏，将杯中茶一饮而尽："所以现在，你需要我做什么？"

"我和林少煜拥有的资源是一体的，现在，我不可能跳出来说我要竞争董事长，反而弄成三国鼎立。我需要原本给了他的资源全部向我倾斜。"方靖伟的声音带上一丝冷酷，"这只能由他提出，只有他把茂林托付给我，我才真正有与林茂源一战之力。我希望，你能说服他。"

"但他并不愿意，是吗？"

这一句问得没什么意义，否则方靖伟也不会来这里找她。

"金小姐，"方靖伟长叹了一声，"我今天找你过来说这些，不是很妥当。说到底，这件事不是你的责任。但是它毕竟因你而起，我想你应该也不希望看到茂林落入那样的境地。"

他说得非常客气,但语气中隐含压力。

"但是林少煜,他并不想放弃。"金雪言重复道。

"其实,他又何尝想回来呢?"方靖伟一笑,"他的眼前,本来天宽地阔,是我们错了,才让他陷入这个僵局。现在他有了这么一个机会,重新回去当个无忧无虑的人,又何尝不是一件好事?"

金雪言也笑了:"方先生,一件事情对某人是好事还是坏事,只有他自己说了算。"

方靖伟不以为然地摇摇头:"我再多说句不好听的话,金小姐。过去,林少煜一直没有参与集团事务,名下资产并不多。不过5000万现金,还是能够在短时间内筹齐的。只要茂林还在,他就是茂林的公子。哪怕执掌茂林的人是我,也一样。但一旦茂林大厦倾覆,他就什么都不是了。金小姐应该知道,什么才是最好的选择。"

"他是林少煜,这就够了。"金雪言站了起来,"非常非常感谢方先生今天告诉我这些,您说的,我会认真考虑。"

方靖伟深深看着她,没有说话。

金雪言欠了欠身,离开了这个房间。

方靖伟所说的,应当没有太大的水分。茂林的情况,哪怕是外人也都看得很清楚,他若是垂涎董事长之职,的确也不需要等什么机会。说到底,林少煜本来无意于商场,他的回归,一定是方靖伟全心支持的结果。

林少煜……此刻,金雪言想要见到那个人。她想不了太多别的,只知道,她必须见到他!

她给他打了电话,是他的助理小瑞接的,小瑞告诉她:"我们在浦川大桥……是的,金小姐,林先生不在,他说他想一个人散散心。"

金雪言很快找到了小瑞说的地方,他们的车停在桥的附近。小瑞看见她,只是无奈地耸了耸肩。

浦川大桥,日常的车流人流并不密集,何况到了这样的深夜。桥上偶尔驶过一两辆车子,车灯飘忽,像是倏忽而过的流星。金雪言在桥上走着,急切地寻找着,只想要找到那个人的身影。

终于,她看见了他。

他穿黑色长风衣,静静立在桥边,目视着一望无际的辽阔江面。四下无人,江面之上也一片黑暗,只有半空中落下来的一点微光,映着他修长的身影,显得清冷孤寂，仿佛出离于世的一道剪影。

金雪言慢慢走上前，和他并肩而立。

他感觉到她来到了自己身边，却没有转过头来。

她轻声问："在想什么？"

"我在想，我曾经以为，人生就像滔滔的江水，会一往无前地奔流入海。可是原来，有那么多的意外。不知从哪一刻起，你就涌上了岔道。目的地在哪里，都已经看不清了。"

"可是无论走了多少弯路，江流最终都会汇入大海，我们也会抵达自己的目的地，不是吗？"

他低头笑了笑。

"昨晚，为什么不告诉我？"

"只是想和你安宁快乐地多待一会儿。"他说，"你都知道了？"

"刚刚方靖伟找过我。"

"他这个人啊，总是这么多事。"

"林少煜，告诉我你的想法。"金雪言抓住他的手臂，"你不想放弃茂林，对不对？"

林少煜沉默了一下，低声说："是的，我不能违背对我爸爸的承诺。"

"很好。"她扳过他，让他正面朝着自己，"那么，我请你，放弃梦信。"

林少煜并不意外于她的这个态度，平静地回答："不，我不会。"

"你必须这么做。"她的声音比他的还要沉静，"一个小小的梦信，不能和茂林相提并论。虽然前者属于你，后者属于我。可是我知道，少煜，茂林对你，和梦信对我一样重要。所以，别再管梦信了，去做你要做的事，好不好？"

"你知不知道你在说什么？不再管梦信，你怎么撑过下个月？"林少煜握住她的双肩，声音冰冷，"平台出事，立即会有出借人报警，你被康瑞拖住了，就要自己承担责任。非法集资、诈骗……有无数的罪名等着你，你明不明白？"

"我不会。"金雪言看着他，笑着，"我会在那之前找到其他的钱，我可以继续高返放单，我可以去找陈家康……总之我不会死在这里，你一直都最相信我的。"

"不是这样的。"林少煜有一瞬间放开她，然而马上又握住她的双手，他尽量地让语气柔和，"言言，你听我说，梦信需要的资金，很快就会到位，你不要顾虑太多。那本来就是梦信应该得到的，这不是为了你，而是它值得，而是我不想让自己受制于一个可笑的指控。至于对外的声明，由茂林金融改成林少煜，应该也不会有太大的影响。"他自嘲地笑了一下，"毕竟我是林茂生的儿子，只要这样就……"

"够了！"金雪言打断了他，"那你要怎么办？你救活了梦信，就很伟大吗？你要怎么去夺回茂林？你要怎么去见你父亲？"

"我不知道方靖伟和你说了什么，但那是我的事，我会处理。"他冷淡下来，转身想要离开。

她猛地拉住他："林少煜！别犯傻了，行吗？你救不了我，你只能救你自己！"

她那样用力，使他几乎失去平衡，不得不扶住了她。而她紧紧抓住他的衣服，和他靠得那样紧。一双近在咫尺的眼睛，深如幽潭，就那么盯着他。

的确，林少煜救不了金雪言。在方靖伟那样对她说了之后，在她确认林少煜放不下茂林之后，就压根没有想过按照方靖伟的提议去做。

她不会说服他放弃自己的执着，一个字也不会。

因此她只能使用属于自己的方式。

林少煜在黑夜中凝视着她。从高处洒下的灯光，给她的脸庞镀上一层微微的白光，像个瓷器，那么坚硬又脆弱。他伸手覆上她的脸，抚摸着她的轮廓。冰凉的雾气腻在两人的肌肤之间，让他不敢移动，不想放手。

"金雪言，我一直都相信你。所以，你能相信我一次吗？相信我，能够救活梦信，也赢得茂林。"他说，"对于这个决定，我经过了慎重的考虑，不是心血来潮。"

不但是深思熟虑，还有激烈的挣扎。前一天晚上，他没有要她，他在黑暗中坐了一个晚上，正是不想被情欲左右。

他想他做出了足够理智的决定。

然而，金雪言在自己的脸旁，紧紧握住他的手，声音恢复了原初的冷静克制："那么，你相信方靖伟吗？"

"……当然。"

"好，我不知道你们茂林的股东到底是怎么想的，所以我只能相信方靖伟的判断。其实你也只能相信他，他那么对我说了，不是杞人忧天。"

林少煜感到一种怒意在翻腾，他冷冷道："为什么你宁愿相信他，也不相信我？不相信我能摆平一切？"

"不是不相信你，而是有些事情，我们是承受不了结果的。"金雪言的声音冰凉却有力，"少煜，让我告诉你，你之前的人生太过顺利，你没有失去过什么，所以你总以为可以两全。你不知道，为了得到一些什么，你总是必须得放弃些什么。"

"你呢？你又何曾放弃过什么？"

她的声音轻微如梦呓："林少煜，我现在，就要放弃你了。"

林少煜突然狠狠地抱住了她。他把她全力箍在了怀里，金雪言想要挣扎，可是却敌不过一个男人的力量。她感觉到两人之间隔着厚重的衣物，然而，他把她抱得那么紧，让她觉得自己就要融在他的身体里。

"休想！"他的声音响在耳旁，带着灼热的气息，令她无法回避，"你是我的，你没有权利放弃。"

金雪言仰起头，越过他的肩膀，看向遥远的夜空，灯光和星星都在随着眼前的水雾摇晃。

林少煜听见怀中的女人平静而又冷漠地一字字说："林少煜，那天在机场里，是你不要我的。"

他的身体一震，只感觉到她一点一点，缓慢而又坚决地从他的怀抱中挣脱出来。他收紧手掌，竟然留不住一点温暖。终于，她稍稍后退，站在了离他两步之遥的地方。

"你说，我太弱小了，没有资格站在你的身边。当时我气得要命，我想的是怎么会有你这么狂妄无礼的人？我迟早要让你知道你是错的。"金雪言的声音终于带上发自内心的悲伤，"可是今天，我才知道你说得没有错。我，金雪言，还没有资格站在林少煜身边。原来，错的人是我。"

林少煜近乎失神地看着面前这个半隐在黑暗中的女人。的确，他推拒过她。那个时候，他以为她只是自己生命中的一晌贪欢；他以为，一个女人没有什么大不了的；他以为，放弃她是一件容易的事情。

可是，是什么时候开始，她掳走了他的心，成为他生命中最柔软不可触碰的一部分？他想着。到了此时此刻他才发现，原来放弃她，会带给他剜心剔骨一样的痛楚。

然而金雪言就那样站在不远处冷冷道："所以，别再纠缠我。我这一生，绝对无法忍受的事，就是成为别人的负累。不管是生是死，我都不会接受这一点！"

她大声喊着，如同发泄，然后她转身奔跑起来。

而林少煜，似乎被她巨大的悲恸击中，他没有追上去，只是怔怔地看着她消失在夜色之中。

金雪言恍惚地走了不知多久。不想回家，不想停下，只在这没有尽头的雾雨中游荡下去。

汹涌的情绪已经渐渐冰冷，变成滞涩的郁结，无处释放。如果能够流泪，也许能够好过一些，可是她只感到眼眶干涩灼热，没有一点泪水。

她的生命中，从未遭受过如此惨烈的失败。也许这不能算作失败，却比一场彻底的失败更可怕。

她一直是最好的，就算没有显赫的家世，没有耀眼的背景，她也早早为自己争取到一个不算低的起点。留学、创业……不管在社交场上怎样放低身段，有求于人，那不过是她该做的事而已，她的内心始终骄傲。

她是最好的，也值得最好的。因此哪怕是对林少煜，她也从未自惭，从未退避。也许有一些事情，让两个人不能在一起，那也不过是人与人之间的不合适。他们可以各自前行，她从不比他更卑微。

然而，现实还是狠狠打了她一个耳光。不管她多么努力，也做到了很多人难以企及的事，但对她来说，林少煜和他的一切还是那么高不可攀。庞大资本的力量，最终把她狠狠踩在脚下，用嘲讽的嘶吼逼她臣服。

过了好久，金雪言发现自己站在梦信的前台。

大家都已经下班了。不过，往里看，风控部的办公室还亮着灯。金雪言走进去，看见桌上电脑还开着，陆升明靠在墙上抽烟。

他是一个很严谨的人，极少在办公室里抽烟。此时烟雾缭绕，让他看起来有些沧桑。

看见金雪言进来，他不意外。他看她失魂落魄的样子，笑了笑说："没有搞定他吗？"

林少煜和金雪言的关系，经安小仙一八卦，公司上层几个人都是知道的。这对公司发展当然是件好事，只是此刻陆升明问得却有些露骨。

"对不起。"金雪言说，"他要以个人名义投资梦信，但我没接受。"

陆升明看了她一眼，又吸了口烟，摇头笑道："没想到，金雪言，这不像你。"

这时候，金雪言好像从那种恍惚的状态中恢复过来了，她走到办公桌前坐下："那什么样才像我？"

"我以为你是逐利的。"陆升明沉默了一会儿，"我以为你永远会找一个性价比最高的方式解决问题。我以为，你不会放弃那么好的向上攀升的机会。"

"被你这么一说，我自己也觉得奇怪起来。"金雪言笑了起来，"可能他给我的，并不是我真正想要的吧。"

"你想要的是什么？"

"赚很多的钱？做到旁人做不到的事情？"她好像在问他，其实只是问着自

164

己，"不，也许都不是，我只是想任性地活着。"

"就像你执意要救回梦信一样吗？"

"是啊，我们想赚很多很多的钱，想追求很多很多的权力，为了得到这些不得不绞尽脑汁蝇营狗苟。可是得到这些，最终不过是为了有资本去任性而已。然而，如果遇到一件事，我愿意付出一切代价去任性为之，那么我会那么去做。因为终其一生，我也可能只有一次这样的机会。"

"所以任性需要的不是一种资格，而是一种勇气。"

说了这些，金雪言胸中的郁气似乎散去，露出爽朗的笑意："不说这些了，来说说接下去该怎么办吧。"

陆升明沉吟着："如果向茂林融资这条路完全断了的话……"

"升明，不知道你有没有渠道打听一些事情。"金雪言说，"你能打听到……哪里有新开业的赌船吗？"

"赌船？"

"嗯，我想我们要先找到陈家康才行。"

第七章 俄罗斯轮盘

要找陈家康，说难也难，说简单也简单。

吴航酒后吐真言，对陈家康的去向其实已经说得很明确。不过对于那个圈子，金雪言确实不太熟悉。她踌躇了一阵子，给方靖伟打了电话，方靖伟听了她的请求，只淡淡地说了声"知道了"。两天以后，他派人给她送来了"玛丽公主"号的船票。

"玛丽公主"号是一艘小型豪华游轮，自维多利亚港出海，往返于香港与雅加达。它不对外开放，航行速度也很缓慢，单程几乎能走上快二十天。只因为船上的游客不是为了观光，而是为了"耍钱"。

公海区域脱离各国法律监管，赌博的花样比陆上的赌场要多多了，也刺激多了。

这一程，"玛丽公主"行程差不多过半，正在新加坡附近。但不要紧，只要有票，就可以登船。

梦信向茂林融资中止的公告已经发了，在投资者中引起一片哗然。梦信公关部、客服部全力以赴，安抚人心。因为回款正常，虽然许多资金流出，但大面上没闹出什么事。

金雪言安排了公司的事务，叮嘱大家不可掉以轻心，之后起身飞往新加坡。

在机场，安小仙眼泪汪汪抱着金雪言不放手："让我跟你一起去！"

金雪言笑着低声说："乖，姐姐我很快就回来了，小仙替我看家，我才可以放心。"

其实其他人一样都忧心忡忡，尤其是陆升明，大致知道她的意图。可是对于她的打算，他们却毫无办法，只能把公司这头处理好，免除她的后顾之忧。

安抚好大家，她登了机。

刚刚坐好，一个戴墨镜的男人走过来，坐在了她的邻座。金雪言先前没在意，但马上反应过来，转过头："阿普？"

从来干练而寡言的司机兼保镖点了点头："是的，林先生让我来帮你，金小姐。"

金雪言沉默了一会儿，终于嫣然一笑："谢谢。"

"玛丽公主"号在太平洋上航行。

夜色深沉，瑰丽的灯火，让它仿佛是漂流在海上的一颗明星。虽然出港已经多日，但它并不急着前往目的地，因为它本就是飘零于外的一个小世界。

这个世界里，最繁华的是"游乐场"，每个深夜，人声鼎沸。

各式各样的赌桌和自动赌博机前都挤满了人。老虎机、押巨细、德州扑克、二十一点……虽然玩法和形式各不相同，但本质都是以小博大，沉迷其间的血脉偾张是一样的。除了这花样频出的大厅，二楼三楼的客舱，还隐藏着许多包间，不同的客人，各自厮杀。

但大厅里，气氛永远是最热烈的。从二楼回廊往下看去，大厅中央的台子旁，挤了最多的人。那是一桌最简单的"押巨细"，只不过今晚那个最大的客人，已经赢了好几轮，面前摆满了筹码。

他是来自大陆的一个企业家，姓陈，是此道老手。他最喜欢的就是在众人围观下无往不利，这比多赢的那点钱痛快多了。此刻，他满脸红光，把所有筹码往前一推，喊道："大！"

"我押小。"

一个清亮的声音划破喧杂，同时，一只白皙的手，把一枚粉色的筹码放在"小"的位置上。

陈家康抬起头，看见穿黑色风衣的女人站在自己对面，妆面浓烈，面容沉静。她丢下来的筹码，是1美金。在这桌上极其可笑的数字，却不知为什么，惹得桌旁所有人都抽了一口凉气，连荷官都不由得向旁退开一步。

女人就那么站着，陈家康却心里一紧。突然他乡遇债主，不是什么令人愉快的事，他咳嗽了一声："金总，好久不见啊。"

金雪言笑笑，毫不客气地在他对面坐下来："陈老板不要紧张，我不是来要债的。"

陈家康干笑了一声："我想也是，金总不至于那么扫大家的兴吧，哈哈。"

"不错，到了这里，自然要讲这里的规矩。"金雪言看着桌上的骰盅，高声，"开啊，怎么不开？"

荷官上前，骰子飞转，最后三枚骰子定在了十四。桌旁发出一阵此起彼伏的叹息声和欣喜声。押大赢，于是陈家康的面前堆上了比之前更多的筹码。

但陈家康并不像之前那样开怀大笑，而是点燃一支烟，静下来看着眼前的女人。

他是桌上最大的玩家，他不开口，没有人敢先下注，一时间这张桌旁倒陷入了一种停滞。

倒是金雪言先开口："陈老板，这么玩没意思，不如明天我们玩个大的。"

"怎么玩？"陈家康有点意外。

"你在这艘船上，有1356万的筹码，全部押上，我们才有的谈。"

陈家康说："行，我可以押上全部的现金，那金总押什么？"

金雪言说："我没有钱，陈老板看，我金雪言这个人，配不配得上这1356万？"

陈家康眉头一跳，眯起了眼睛。眼前的女人坐在两米开外，皓齿红唇，乌黑的眸子深不见底，一件紧身的外套衬托出她的曼妙身材。陈家康咽了口口水，想起自己确实曾对这个女人垂涎三尺。不过后来听说她是赵景昆的人，也就作罢，再后来……

陈家康打断自己的思绪，笑道："金小姐是说，你把自己当筹码，输了的话，就是我陈某的人了？"

"是的。"

陈家康身体慢慢前倾，向她凑近，故意压低的声音里充满暧昧："你知不知道，一个女人对一个男人说这个，意味着什么？"

金雪言看着中年男人贪婪的目光，神色不变："是的，我输了，你要我做什么都可以。"

"哈哈哈，好！"陈家康大笑，"你说吧，怎么赌？"

金雪言站了起来："怎么赌，听我的。明天这个时候，还是这张台子，敢吗？"

"听你的就听你的！"陈家康一拍桌子，也一脸豪迈。

"陈老板够爽快。"金雪言点点头，"那么，明天见。"

她转身离去。一时间，这张赌桌边上的人们面面相觑，过了一会儿，才发出兴奋的议论声。

二楼回廊上，一个男人目睹了金雪言出现又离开的整个过程。他掐灭烟蒂，陷入沉思。

不知过了多久，一名随从来到他身后，他回过神来，问："国内的情况怎么样？"

"老板，之前有人悄悄闯进了您的家里。"

男人微微一惊："什么？"

"没留下什么线索，但也没什么损失。不知道是什么人，也不知道是什么目的。"

男人沉吟着："和恒易的事有关？"

"茂林那边一直在查，还没有查到恒易头上，不过……"

男人心头泛上浓重的不安，下了决心似的："我们马上回去。"

随从说："老板，我们真的要走？"

"对，你马上安排快艇，我们今晚就离开这里。"

"可是……"随从似乎有点迟疑，"等了这么久，不就是为了等那位小姐吗？我们走了，和陈老板怎么交代？"

"那个女人，现在已经没有价值了。而陈家康现在肯定不想见到我。算了，由他去吧，便宜他了。"男人走出几步，又停下，露出一个冷淡的笑容，"说来不知道是福是祸，那女人的便宜，可不像他想的那么好占。"

金雪言匆匆走过客舱的走廊，她警惕看看，确定左右无人才拿出门卡，走进自己的房间。

房间里，有个男人已经在等着了。他规规矩矩地坐在舱室套间的木沙发上，见金雪言进来，便站了起来。

"阿普，你那边怎么样？"金雪言脱下风衣，走到饮水机前，给自己倒了杯水。

"挺顺利的，我们的要求，大副和保安队的队长都答应了，虽然还没有见到船长菲特，不过应该问题不大。"阿普低声回答道。

"很好。"金雪言想了想，"那么今天晚上我们的任务就是……"

"金小姐，你不该那样。"

对于男人突然抬高的声音，金雪言微微一愣。她抬起头，看向这个面容黝

169

黑、平日里沉默寡言的男人。

"阿普，你想说什么？"

"你不应该把自己当作下注的筹码，金小姐。不管最后的结果怎么样，你都不该这么说。"阿普的声音渐渐带上一股怒意，"你对陈家康说那样的话，把林先生置于何地？"

金雪言低头一笑，轻声道："阿普，你是来质问我的吗？"

阿普冷冷地哼了一声，这个女人总是这样无所顾忌，真不知道年轻的老板为什么对她着了迷。当然他本来也不会管这种事，但是老板既然让他来跟着她了，他出于对老板负责的态度，看不惯的事当然还是要说出来。

"可是我，什么都没有啊，阿普。"见他不说话，金雪言叹了口气，"什么都没有，除了我自己，你让我还能拿什么去下注呢？"

"本来你也不打算和陈家康赌什么。"阿普更生气了，"赌博，你玩得过他这样的老手？既然不是这样，你何必非要用这种方式？"

"这是一艘赌船，不是赢来的钱，是一分也带不走的。"金雪言的声音冷下来，"这还是你告诉我的。"

阿普觉得十分恼火："是，我是打听到这些，但是我们已经替你去搞定船长和大副了！你还这样，到底有没有把林先生放在心上？"

"你管得太多了吧，我和林少煜之间的事，还轮不到你插手！"金雪言到底还是被这人的顽固不化激怒了，"他是让你来帮我，不是让你来教训我的！"

阿普紧紧抿住唇，握紧拳，像是强忍着冲动。见他这个样子，金雪言只好又放缓了语气："阿普，你知道我为什么要来到这条船上吗？"

"不是陈家康欠你钱吗？"阿普一怔。

"陈家康的公司欠我们梦信2000万，他负有无限连带责任。但他带到这船上来玩的钱就至少有1000万，他是还不起钱吗？"金雪言开始在屋里踱步，"不是的，康瑞医疗出事，陈家康逃出来躲着，绝对不是为了逃那2000万，而是为了搞死梦信。"

阿普沉默了一下："为什么？"

"嗨，为什么……"金雪言停了下来，一向冷冽的眼眸里有了一丝疲惫，她低声说，"也许，当你成了另一个人的软肋，这件事本身就会惹来无穷无尽的麻烦。"

她说着，心中的想法也就更清晰。

如果说之前她说的一切、做的一切，更多的是出于本能，那么在向阿普解释的这段时间里，她把一切都想通透了。梦信为什么会遭遇这么大的危机？它本来只是一个不起眼的小企业，不应该惹来那么多的恶意。一切都是从向茂林融资开始的，不，一切都是从林少煜对她另眼相看开始的。

那些人，为了打败他，从她和梦信上面下手，手段是卑鄙了点，可是作为武器的确有效。那么她和林少煜缠得越紧，她这边就会越危险，只有她把自己再次变成一个没有根基的浮萍，才能消除来自四面八方的敌意。

这也是林少煜知道她要孤身来找陈家康，却没有动用自己的力量替她做出更多安排的原因。只不过他实在放心不下，才让阿普来。

她说过，她接受不了成为别人的负累，可是他那边同样给她造成了不小的困扰。

既然互为负担，就各自打好自己的一仗吧。

听她这么说，阿普不全明白，但至少已经了解了她的想法。他松开拳头，转开头，语气虽仍充满不快，但已经缓和："算了，等这船上的事了结，我再把一切说给林先生听好了。"

金雪言莞尔一笑："好，到时候你要怎么告状，都随你。我一定不争不辩，接受你们林先生的教训，这样好不好？"

"那还差不多……"阿普咕哝着，怒气终于消退了些，也不由自主露出一点点笑意。

"好了，现在，我们去会会船长菲特吧。"金雪言说。

阿普点了点头："不知道他会不会答应我们的要求。"

"我想会的，毕竟我们的要求很简单，一点也不过分。"金雪言露出狡黠一笑。

次日夜间，"玛丽公主"号游乐场大厅。

一向排列得满满当当的主厅，撤掉了大部分的赌桌和机器，只剩下中央的一张长桌，显得宽敞不少，人还是一样多。和往日不同的是，参与游戏的只有两个人，其他人都在兴奋而紧张地围观。

让他们兴奋的原因是，这一场不但赌钱，还赌命。

长桌两头，坐着陈家康和金雪言。她今天一袭艳红的长裙，妆容仍然浓烈，一双眼睛却平静到了极致。陈家康也一扫之前的江湖气，西装革履，正襟危坐。

桌上摆放着一个皮箱，里面是满满当当价值一千多万人民币的美金。

长桌横侧坐着一个穿制服的男人——"玛丽公主"号船长菲特，马来西亚人，此刻他脸上带着含义不明的微笑。

"玛丽公主"号属于澳门一家大型的博彩公司，菲特则是他们的雇员。菲特不但负责整个航行的安全，也负责避免船上闹出意外——涉赌的场合，情绪激烈引起摩擦纠纷，都是在所难免的。因此"玛丽公主"号的保安队和医疗团队都是最好的。

除此之外，菲特和他的团队当然还从赌资中进行提成，越大的金额，对他就有越大的吸引力。

"陈先生，金小姐，既然你们都要玩这危险的游戏，我就在这里做个见证。"菲特操着一口别扭的中文说道，"愿赌服输，生死自负。两位，还有其他问题吗？"

"亏，我亏大了啊。"陈家康大摇其头，"金小姐，你说要赌命，我可以奉陪。可是，我输了，不但命没了，还损失了一千多万。但我要是赢了，能得到什么？啥也没有啊。金小姐，你说你要把自己赔给我，要是赔一个脑袋被打穿的尸体，有什么用？"

金雪言含着淡淡的笑，安静地说："陈老板应该知道，一个男人想要征服金雪言，必须够胆魄，否则就算他赢了，我也会看不起他。"

"哈哈哈，好！"陈家康大笑，"就为你是金雪言，我舍命陪君子了！菲特，来吧。"

菲特示意了一下，一个侍者就将一个蒙着红绸的托盘交到他手里。菲特接过，掀开红绸，托盘里是一支左轮手枪。

在四周倒吸冷气的声音中，菲特拉开弹匣，示意里面只有一颗子弹。然后他合上弹匣，把手枪放到长桌的中间："诸位，最刺激最惊险的玩法，即将开始。俄罗斯轮盘，古老血腥的游戏，托陈和金两位的福，'玛丽公主'号带你们一睹这份狂野！"

菲特的声音，已经变得有些狂放。俄罗斯轮盘赌，起源于俄罗斯，却并没有一个真正的轮盘。赌具是一支左轮手枪，里面只装一颗子弹。参与者轮流转动弹匣，向自己的太阳穴开枪，死者出局。

无数的电影里有这样的情节，然而发生在现实中，目睹者还是不免胆战心惊。一旁围观的人群中，仍旧兴奋者有，也有很大一部分人露出了畏惧的神色。说到底，他们不是什么底层的亡命徒。每个人都有万贯家财，上这船上来，只为找点乐子。船上发生这样的事，刺激人们神经的同时，也给他们带来不安。

有些熟悉菲特的人更是不太理解，他为什么会允许这样的事发生。"玛丽公主"号是合法运营的游轮，出了人命，他又怎么向公司交代？

"我有个要求。"看着桌面中央的手枪，陈家康说，"咱们换个说法，别说什么死者出局了，最后一个对自己开枪的人赢，怎么样？"

"陈老板这么做，是为了让大家都有一个退路吗？"菲特问道。

"可不是吗？"陈家康宽容地摇了摇头，"也别弄得你死我活了，只要谁中间想退出，就可以认输。我可是怜香惜玉的人，还想真正赢下金小姐……这个人呢。"

他的语调中有挑逗的暧昧，金雪言没有理会，只是说："我同意。"

"我插个话。"菲特笑眯眯地说，"既然这样，不如你们也别磨叽了。谁也不转弹匣，六枪见分晓。"

"好！"陈家康爽快答应，他看着金雪言，"不知道金小姐怎么想。"

金雪言的表情平静："没问题。"

陈家康的笑容更深了些："谁先？金小姐定吧。"

金雪言也不说话，突然就伸手抓起手枪，打开弹匣狠狠一转，然后对准自己的太阳穴。保险早已打开，扳机扣动，弹匣转过一格，什么也没有发生。

她把枪丢到桌面上，目光灼灼地看着陈家康。陈家康也不说二话，拿起枪打向自己的头部。安然过关，他看着金雪言，神情挑衅。

金雪言开始打第三枪的时候，旁边看着的人有些已经退走了。有些女人捂住了自己的眼睛，害怕目睹血溅三尺的情形。

第三枪、第四枪……当金雪言预备对自己开第五枪的时候，陈家康微微动容："金雪言，你……"

"50%的概率，1300万，值。"金雪言说着，眼睛也不眨地扣动了扳机，然后，把枪再次推到了陈家康的面前。

胜负已分。

现在弹匣里还有一颗子弹，就在最后一格。陈家康没有其他选择了，只能认输。

围观者中有人长出一口气。那个陈老板人不错，姓金的小姐又我见犹怜，大概实际上谁也不希望真的发生死人的恶性事件。

"你输了。"金雪言站起来，手伸向桌上的钱。

但她的手被陈家康拦住了。

陈家康再次拿起枪，指向了自己的太阳穴。

众人哗然。

"喂，陈老板……"

"别冲动啊！"

已经有看不下去的人脱口而出，阻止陈家康。然而坐在一旁的菲特并没有阻拦这最后一枪的意思，而是饶有兴味地看着两人。

对于他人的劝阻，陈家康不为所动，手指仍然放在扳机上。他只是紧盯金雪言，"金小姐，希望你愿赌服输。"

"等等！"金雪言叫道。

陈家康露出笑容，枪口从自己的头侧微微垂下："怎么？"

金雪言没有回答，而是伸出手，张开手掌，她的手心里是一颗子弹。她又从衣袋里掏出另外一颗子弹，两颗并列，放在了桌面上。

可以看出，原先在她手心里那一颗，弹壳上有轻微的痕迹，而她从衣袋里取出的那一颗，崭新锃亮。

陈家康的脸色大变。

就连一直气定神闲的菲特都站了起来，如临大敌地看着金雪言。

陈家康持枪的手开始微微颤抖，然后就像被烫着了似的，把枪扔到了桌面上。

"陈老板，如果你还想对自己开这最后一枪，尽管开。"金雪言声音不大，却带着不容怀疑的气势，"菲特先生给这把枪里装的是哑弹，但现在，那颗哑弹在这里。"她点了点桌面上的子弹，"枪里装的是实弹。"

"你……你是什么时候换的？"陈家康脑海中掠过金雪言开第一枪之前，飞快拨动弹匣的手指，汗水涔涔而下。

"这点陈老板就不用管了。"金雪言说道，"你说过，愿赌服输。"

陈家康突然抓起桌上的手枪，枪口直指金雪言！

大厅里突然一片静默，围观者已经意识到这场赌局中有些玄机，但还不知其所以然。菲特沉声喝道："陈，冷静点！"

"金雪言，你换掉子弹，擅改赌具，这是出老千！"陈家康嘶声人喊。

面对枪口，金雪言面色不变："陈老板，你和船长先生串通，这所谓的俄罗斯轮盘，根本是假的，枪里的子弹从一开始就是哑弹。所以你说最后一枪活着的人赢，你以为能对自己开出第六枪。出老千的人，是你们！"

陈家康没有说话，菲特说："金小姐，我从来没有说过这把枪里的子弹是真的。在我这'玛丽公主'号上，我怎么能让真正的人命案发生？这赌局，考验的是参与者的勇气，这就够了。"

金雪言笑盈盈地点了点头："是的，现在陈老板，可以想想要不要继续发挥自己的勇气了。"

陈家康的枪口在颤抖着。忽然，他一摆头，他身后的两名保镖向金雪言冲了过来。但他们还没有来到金雪言身前，人群中便蹿出两个人，左右卡住了他们。陈家康的人自然不肯示弱，双方很快打作一团。

大厅里骚乱起来，人群向船舱外涌动。阿普带的人护住金雪言，陈家康则大叫着："给我抓住那个女人！"

砰！一声枪响，把所有人都震住了。

"够了！你们马上给我住手！"菲特手中举着一把枪，冷冷喝道。

这船上，其实是只有保安队才能持枪的。随着菲特的举动，保安队冲进大厅，很快制服了参与打架的双方。陈家康被按倒在一旁，不甘地挣扎着。

此刻，大厅里的围观者大都跑光了，只剩下他们几个人外加双方的人手。菲特走到金雪言身边，看着她说："金小姐，我劝你适可而止。"

金雪言微笑："船长先生，我只是想要拿回我赢下的筹码。"

菲特看着这张脸，有些五味杂陈。

他在一天之前，才第一次见到这个女人。

他不太了解她，因此以为是一单绝佳的生意。现在这局面，出乎意料是真的，但也不能说他全无心理准备。不过不管怎么想，陈家康都算是倒霉了。

金雪言是在前一天晚上找到菲特的。

阿普他们先行联络过大副等人，因此在她见到菲特的时候，气氛是相当轻松的。只不过在听到她的请求之后，菲特的第一反应是大肆摇头。

"俄罗斯轮盘？不，我的船上，不会出现这种危险的事。"菲特把一杯红酒放到金雪言面前，"金小姐，有什么事不能解决，非要这么玩命呢？"

"他欠我的2000万，对我来说确实性命攸关。"金雪言实话实说，"但我知道，在这船上，一切都得按菲特先生的规矩来。不管闹出什么事，菲特先生都会首先保证乘客安全，我也无法对陈先生做什么。所以，我唯一的办法，就是从陈老板那里把钱赢到手。这才是'玛丽公主'号的规则，对吗？"

菲特摇头："你可以用其他的方式去赌、去赢，但这么激进的做法，我是不可能答应的。不要说我了，陈家康也不会答应，他不是一个爱冒险的人。"

"如果手枪里没有子弹——不，如果子弹是假的，菲特先生会答应吗？"金雪言缓缓地问。

菲特挑了挑眉："假的？"

"是的，枪里的子弹是假的，不会伤人，出不了人命。"

"不，不。"菲特摇着手指，"这是作弊，我们'玛丽公主'号的基本准则是公平，绝不会帮助一个客人，去欺骗另一个客人……"

"不需要欺骗，菲特先生。"金雪言身体微微前倾，向他靠近，"你可以告诉陈家康，你会给枪里装上哑弹。这样，对他就没有什么不公平了吧？"

"你到底是什么意思?"

面对菲特锐利的目光,金雪言轻松地一笑:"菲特先生,你也说过,真要赌上性命,陈家康也不会答应。只有他知道,枪其实根本没有置人于死地的子弹,他才会参加这个游戏。而那把枪伤不了人,也是事实。"

菲特来回走了几步:"你的要求就这个?"

"就这个。"金雪言说道,"当然,我还希望菲特先生,能说服陈老板来玩这个游戏。"

菲特紧盯着她:"我为什么要帮你?"

金雪言笑了:"据我所知,'玛丽公主'号对赌客赢下的赌资的抽成是5%,我从这船上离开的时候,赢下的钱给你多加五个点,给到10%。"

菲特摇头:"30%。"

"20%。"

"成交。"

快速的讨价还价之后,一切敲定。金雪言举起红酒一饮而尽:"菲特先生,合作愉快。"

她离开了菲特的房间。

如她所想,菲特答应了她的要求。因为他没有拒绝的理由,枪支和子弹由他来安排,没有人命的风险。他可以把实情告诉陈家康,也不会失去信誉。而无论如何,这场豪赌过后,他的提成都会是一个诱人的数字。

至于菲特怎么去说服陈家康,就不是她需要操心的事了。

事实上,在金雪言递出"战书",向陈家康提出俄罗斯轮盘赌的建议的时候,陈家康的第一反应是拒绝的,但是他想到了菲特。

他找了菲特,虽然知道"玛丽公主"号不偏帮赌客的规矩,但他还是想要试探一下。没想到菲特那么好说话,一下子给他出了哑弹的主意。

"陈老板,要是你想玩,只有这个办法。"菲特随意地笑着,"我是不可能让船上闹出命案的,以后还要不要混了?但我们是老朋友,你这个忙我可以帮。只要讲清楚,六枪轮下来,谁对自己打了最后一枪,就算谁赢,你的胜率是100%。"

陈家康被他这么一说,确实心动。不管第一枪是谁打的,到了最后一枪,金雪言不会打出那颗子弹,而他可以。

胜算大,风险小。作为商人,这样的生意自然不能放过。

但他还有一点顾虑,迟疑着说:"菲特,这么做会不会让你为难?毕竟你这样帮我,坏了规矩……"

"老实跟你说吧，跑不了两趟，我也要离开'玛丽公主'号了。闲得无聊，不如陪那女人玩玩。"菲特大笑，"不过当然，陈老板要是没兴趣，这事也不用理会，把她回绝了就是了。"

"有兴趣有兴趣，怎么没兴趣了？菲特，谢了。"陈家康笑了，"事成之后，我定有重谢。"

"200万。"菲特伸出两个指头。

他这样开口，陈家康就更加放心："没问题。"

菲特用意味深长的眼光看着他："希望陈老板，享得上这艳福，哈哈哈。"

游乐厅里，一片狼藉。

"放开我！"陈家康挣扎着大喊。他的几名保镖已经被保安队的人制服了，菲特挥了挥手，保安把陈家康放开，他从地上爬了起来。

"菲特，她做了手脚，她是骗子！"

菲特走到长桌前，拿起之前他们用过的那把枪，走到陈家康面前，掂了掂："陈老板，如果你想赢，你还有最后一次机会。"

他把枪递给了陈家康。

陈家康盯着枪看了一会儿，突然崩溃："滚啊，什么鬼机会，我陈家康还能不要命了不成？"

菲特摇了摇头，"那你输了，陈老板。"

"不行！菲特，你和我可不是这样说的……"

"那我们是怎么说的？"菲特冷淡地道，"我说了要帮你的，已经帮了。搞成这样，是你自己没玩过别人，我也是爱莫能助。"

"你和那个女人是一伙的？"陈家康突然醒悟。

菲特一把抓住他的头发："一伙？陈老板，我已经为你坏过规矩了，不能再坏了第二次。现在，你可以把这颗子弹打进自己的脑袋瓜子里，那就算你赢。要是不敢，就给我闭嘴。"

菲特拿着那把枪，枪口一下一下点着陈家康的头。他眼神凶狠，吓得陈家康死死抱住自己的脑袋，跪倒在地。

菲特放开了陈家康，向金雪言走来。

整个过程中，金雪言只是静默地看着他们。此刻望着菲特，她欠了欠身："菲特先生，我现在可以拿走属于我的东西了吗？"

菲特深深看她："当然。"

金雪言示意了一下，阿普上前提起桌上装满现金的皮箱，重新回到她的身边。金雪言说："我现在马上就要离开，能帮忙安排快艇吗？"

"没有问题。"

此时"玛丽公主"号已经很接近印尼，但按照它的速度，一天后才会到岸，有离船需求可另行离开。它之前途经越南、新加坡等港口附近，不时会有上船和下船的人，都是通过专门的快艇往来。金雪言之前也是乘坐快艇从新加坡出发，才赶上了当时掠过的"玛丽公主"号。

她朝菲特点了点头："多谢。"

在她快要踏出这个舱室的时候，听见陈家康声嘶力竭地大喊："金雪言，臭丫头！给我等着，看我回头怎么收拾你！"

他狼狈地坐在地上，喊出这一声只为发泄。然而过了几秒钟，一双高跟鞋敲响地面，停在他的面前。

他愕然抬头，只见金雪言居高临下冷峻地看着他。女人的肌肤在灯光下白得近乎透明，红唇却艳丽夺目，犹如滴血，陈家康不由自主畏惧地咽了口唾沫。

"陈家康，是谁让你到这船上来躲着的？"她开口，轻声道，"是谁，让你害死梦信？是谁，把你推进这个旋涡，想让你当个替死鬼？你自己好好想想吧。"

她的话轻柔缓慢，却又在陈家康的耳畔萦绕不去。陈家康不禁想到，的确有人和他一起上了这船，号称要把金雪言搞到手。可是金雪言真上了船，那人却消失了。是自己太冲动，被这女人一激，还真以为能把她弄到手了……

陈家康想着这一切，张口结舌。等他回过神来，金雪言的身影已经消失了。

夜色中，海风徐徐。

小巧的快艇之上，灯光明亮。金雪言和阿普带着的人手都已经登船，即将出发。

快艇一头，站着菲特和他带的几名保安。保安队长手里提着一个箱子，那是金雪言从陈家康那里赢下的钱里面的抽成，算是分赃已毕。

菲特看上去十分愉悦："金小姐，下次有机会，请你再来'玛丽公主'号玩耍，'玛丽公主'号欢迎你！"

他很难不感到愉悦，短短一个小时，两百多万到手。虽然对枪里放的子弹做了点手脚，可是参赌的两个客人都知道，因此并没失了公允、坏了规矩。那边只有陈家康吃了个闷亏，却一个字都说不出来。

"多谢船长先生，那么再见。"金雪言伸手与菲特轻轻一握。

菲特和他带着的人转身离开，他们要回到"玛丽公主"号上去。而这艘快艇会全速前进，在几个小时之后到达印尼，然后金雪言从雅加达飞回国内。

在即将离开的那一刻，菲特忽然又回过头来，问了一句："金小姐，最后问个问题，你到底是在什么时候换掉子弹的？"

金雪言微笑："这点已经不重要了吧。"

菲特突然抬手，手中一把手枪直指金雪言。

阿普如临大敌地挡在了金雪言身前。他的脑中飞快地掠过许多念头，在这里，他们几个人不是菲特等人的对手。如果他就是要把金雪言留下，为了剩下的那1000万的话……

金雪言却神色不变，轻轻推开了阿普。

"如果我没有认错，您手里的就是用在赌局上的那把枪。"金雪言笑得更加轻松，海风吹散她的头发，空旷的海面上，她的声音显得特别爽朗，"我想您应该不需要我的答案。"

菲特轻抬手腕，同时扣动扳机。

枪口朝天，发出一声闷响，子弹是空的。

"果然，你根本没有换掉这颗哑弹。"菲特哈哈大笑，眼中带上激赏，"你竟然就这样蒙过了陈家康。"

"其实，菲特先生看出来了，又怎么知道陈老板没有看出来呢？"

菲特微微愕然。

金雪言继续道："不管他是不是怀疑枪里的子弹根本没有被换掉，哪怕我说的有1%的可能是真的，他也不敢拿这枪，往自己头上开上一枪。当一件事的风险足够大的时候，不管概率有多小，也会束缚住人的手脚。"

菲特点点头："只怪他自己胆子太小。"

金雪言平静地说："是啊，没有胆魄的人，注定了只能输。"

金雪言和阿普从雅加达返回国内。

为了把那一大笔现金转回去，颇费了一番工夫。不过还好，通过一些账户，这笔钱顺利转到了梦信的账户上。

她下了飞机就赶往公司，安小仙一下子扑上来抱住了她："雪言姐，你回来了！"

"不但回来了，而且旗开得胜，战果辉煌。"陆升明笑着说。

"老大厉害！"

"几天就是1000万，这样下去，我们就要发达啦！"

有人感叹，有人打趣。金雪言给大家鼓了鼓劲，大家心情都挺不错，很快也看出她累了，各自回到自己的岗位上去。

金雪言进了自己的办公室，她处理了几份积压的文件，喝着安小仙泡的咖啡，出了会儿神。

有人敲门，金雪言说："进来。"

进来的人是许云。

她拿着一沓报表和文件，走了进来，静静地看着金雪言。金雪言很清楚她想说什么，疲惫地笑了笑："坐吧。"

"我们的资金，还是不够。"许云咬着唇，说出这句话很艰难。可是，就算不说，眼前的人难道不知道吗？

金雪言点了点头。她当然非常清楚，他们之前通过高返利引流的月标，还差2000万兑付。她从陈家康那里赢了不到1100万，其实问题仅仅解决了一半。

她的办公桌上还有一份之前起草的康瑞的履约兑付协议。

那本来是给陈家康准备的。她远赴海上去找陈家康，本来的打算是想办法逼他签下兑付协议，然后回来去找康瑞实业要钱。然而，上了"玛丽公主"号后，她知道来硬的是没可能了。

菲特和船上的保安队，维持着"玛丽公主"号上的秩序，要对陈家康动手，他们一定会出手阻止。而陈家康也有自己的保镖，阿普带去的几个人未必能在交手中占什么上风。为了速战速决，她不得不改变主意，设下赌局。

她也想过利用赌注来使陈家康签字。然而，她手上没有现金或者其他筹码，不许以能马上兑现的重利，是没法说服菲特帮她的。所以最终，她拿回了一千来万，不算一无所获，但离真正解决问题还差之甚远。

公司里几个高层，对此都心知肚明。几个人互相推了半天，最后还是派出许云来和金雪言谈这事。她是财务，说这个也比较合适。

"我知道。不过上次那些月标，到期还有一些日子，我们可以继续想办法。"金雪言安慰许云，但多少显得苍白。

"如果……我是说如果，我们最后真的只有一半的兑付资金，我建议，就暂时按比例兑付。"许云犹豫了一会儿，还是把这话说出来了。

也许金雪言还会有其他办法，但作为公司财务，她不能不为下一阶段作打算。按比例兑付，是当前这个状况下相对较好的选择了。

但金雪言久久没有说话。如果说资金链断裂，无法兑付，相当于一个平台的死刑的话，按比例部分兑付，就是一种死缓，一旦如此实行，投资者马上就会知道公司资金出了大问题。想方设法抽资，再也没有新增资金进入……对一个互金平台来说，和死亡也没有什么两样。

"我再想想。"金雪言最后这么说，"许云，你放心，不管出了什么事，都不会牵扯到你的。这段时间，你辛苦了。"

许云点头，起身，默默退出了房间。

金雪言再次来到窗前。茂林大厦仍然屹立在不远处，她仍然能够看到那个窗口。可是她的心境和每一次都不相同。

不管怎么努力，还是没能把梦信从泥沼里拉上来。她押上了自己，押上了全部，到头来面对的还是类似的局面。

执拗地拒绝来自林少煜个人的资金，是一种一往无前的任性，还是幼稚天真的矫情，她不知道。她只知道命运要她低头，她必须坚持，直到最后一刻。

她走回桌前，拿出手机，翻开通讯录，开始重新审视在这个时间点上，可能一解燃眉之急的人脉，就像一个溺水的人在水面上搜寻着浮木。

　　但金雪言没有什么时间喘息，这天下午，公司里来了两位警察要见她，是因为王恒的事情。

　　"王恒涉毒的事，已经基本有了定论，但是他涉嫌敲诈勒索的事，还没掌握足够的证据。"自称姓徐的警官开门见山，"所以今天来找金总，是想了解些情况。"

　　"啊，好的，我知道的一定会全面客观地说出来。"

　　金雪言都快忘了王恒这回事了。她在优嘉遭到王恒的劫持，当晚曾到公安局配合调查。当时问起她和王恒的关系，她说了王恒曾勒索她的事情，但相比之下，劫持和毒品让警方更加关注。而金雪言后来忙个不停，也就没有再跟进这边的事。

　　听今天警察的说法，王恒被拘留之后，警方还接到一些他进行敲诈勒索的举报。大概各个互金平台听说了"捉妖人"被抓，不约而同加了把火，他们对王恒也是恨惨了。因为举报数量多，这也引起了警方的重视。

　　"我们现在在收集各方的证词和证据，随后才好送交检方。"徐警官说道，"之前金总这边似乎有一个比较强力的证据，能够提供吗？"

　　"对的，是有一份录音。"金雪言想了起来，"你们等等，我给你们找。"

　　那份在迪厅里的录音，她记得存在一个U盘里，因为是比较隐秘的信息，反而没有其他备份。可她在办公室里找了一圈，却没找到那个U盘。她只好叫安小仙进来，安小仙也帮着找了一会儿，快把办公室翻过来了，还是没有。

"会不会……你带回家了？"安小仙问。

金雪言想了想，只好对两位警察抱歉地笑笑："两位警官，可能是我把东西拿回家里了，你们跟我一起回去找？"

警察们当然同意，于是三个人就回了金雪言家。金雪言心里有些着急，最近发生了太多的事，她不止一次觉得自己脑子不够用了。U盘应该是带回家了，可是在哪里呢？她十分歉疚地让警官们稍候，自己在各处翻找着。

后来她在角落里看到了个包，那个包是在优嘉出事的当天她用过的。里面的东西被王恒碰过，她觉得恶心，后来就一直扔在一旁，没有再打开过。她想找的U盘应该不会在里面，但这时候，她有些气恼，一急，随手抓过那个包，底朝天一提，七七八八的东西就滚落了出来。

里面还真有一个U盘。

金雪言愣了愣。她捡起那个银色的U盘，觉得有点陌生，不过抱着试一试的心情，把它插上了电脑。

但这U盘里是空白的。

不知道为什么，她心里突然有些莫名的空洞。不过还好，就在她不知道再上哪儿寻找的时候，看见书桌下的小格子里有什么，一翻，一直在找的存有王恒录音的U盘出现在了眼前。她心里一喜，插上电脑，果然是那份录音，这才终于有办法向警察交差。

"谢谢金小姐，真是太麻烦你了。"警官十分客气，满意地拿着这U盘走了。

送走警察，金雪言回头看了一眼翻得乱七八糟的家，苦笑了一下。她走过去把乱丢的东西塞回原处，然后又一次看到了那个陌生的U盘。

银色，小巧，看不出品牌，她确定这真的不是她自己的东西。

她是从那个手包里倒出来的，那个手包曾经被带到优嘉维莎厅，后来被王恒打开，里面的东西也被他一件一件拿出来过。

她默默地把这个U盘重新插上自己的笔记本电脑，仔细看了看，确实是空的，没有任何文件。

那个包里的东西，在王恒匆忙离开后，就留在那个房间的桌面上。后来，何承光意外闯入，他失态之下把一堆东西都扫到了地上……

何承光。

"……何承光那边，没有确切的证据。据说他的U盘丢失，而且林茂源说，那个U盘里的数据早就被何承光的太太清空了。"方靖伟的话，不期然又响起在她耳边。

她的手指轻敲着鼠标，心跳有些加快。

然后她站起身来，退出U盘，带着它迅速回到公司。

她风一般卷进技术部，把这U盘放到了邵锦的桌面上。

"看看这个U盘之前的数据能不能恢复。"她说，"一定要仔细，小锦，全靠你了。"

十小时后。

邵锦从来没有让人失望，这个已被格式化的U盘中的数据被完全恢复，发到了金雪言的电脑上。

一个个文件，触目惊心，包含了数十家空壳公司的账目，所有的资金通过各种方式汇入一个叫恒易地产的企业。

恒易与华威地产，表面上没有关联，背后却有着千丝万缕的联系。

林茂源管理的茂林地产，则对华威地产的一个项目，提供了10亿的贷款担保……

金雪言用了好几个小时，才把这里面发生的一切理清。

当一切明了，她长出了一口气，重重地合上了电脑。

她首先给林少煜拨了一个电话，然而接电话的人却不是他。

他的助理小瑞在那头说道："金小姐？林先生不在国内，他为了接董事长回来，两天前飞去了美国。你有急事吗？"

"那么，他们什么时候回来？"

"不出意外的话，应该是明天晚上。"

金雪言沉默了一会儿，脑海里的各种念头在激烈地争执。直到小瑞觉得不对，又叫了她一声，她才回过神来。

"小瑞，帮我一个忙吧。"她说。

"什么？"

金雪言拿着手机站了起来，拉开了窗帘。这个下午，外面下着瓢泼大雨，扰乱人的心神。但她极力使自己的声音穿透雨声，在电话里显得清晰："请你帮我，去见一个人。"

淅淅沥沥的雨一直下着。经过十多个小时的飞行，属于林氏的私人客机，终于穿过雨云，降落在浦川机场。

这班飞机载有高危病人和医疗团队，因此十分特殊。停机坪上，地勤们紧张专注。随着专门设置的滑梯打开，林茂生的护理床落了下来。随着下来的是来自美方医院的医护人员，他们照看着林茂生，以防这样大幅度的移动让他有什么闪失。

林少煜挽着母亲萧静然下了飞机。

萧静然是个保养得极好的女人，只不过丈夫出事这么久，也不免有些憔悴。虽然一应事务都有人打点好，但只要经历了那种生离死别的揪心，很难不元气大伤。此刻她紧握着儿子的手，对经受了长途颠簸的丈夫有些担心，只盼着快点结束这一程，回到医院去。

自然有人在一旁替他们打好了伞，林少煜陪着母亲快步走着。他们穿过通道走进航站楼，那里有茂林的几个高管在等待着。

看到林少煜一行人出现，林茂源急切地迎了上来，伸出双手："哎呀，大嫂，你们可算到了。"

萧静然把手收回儿子的臂弯里，避开林茂源的热情相迎，淡淡地说："嗯，你们都来了。"

方靖伟等其他几人都向萧静然谦敬地点头。他们来接机，当然是出于对林茂生的尊敬，但也有一部分原因，是想来探清他的状况。此刻，他们看向护理车上的林茂生，方靖伟伏在床边叫了一声"董事长"便再也说不下去。

林茂生看上去，神志清醒，只是无法移动，嘴唇翕动着，说话却很困难，令人不忍目睹。

这里也不是说话的地方。一行人很快到了机场外，本市最好的致和医院的医护人员和救护车都等待已久，林茂生马上就会住进致和医院。

来自致和的医护人员接过林茂生的护理床，要推上车。突然一个一直等候在一边的护士踏上前一步，抓住了护理床的扶手。

"等等！"她叫道。

林少煜全身一震，看向这个人。她穿着白色的护士服，脸庞映着深夜户外的灯光，显得白皙而冰冷。她双手紧紧抓着护理床："林茂生先生，请您听我说几句话！"

林少煜伸手抓住她的胳膊，低声问："你怎么在这里？"

金雪言却一眼都没有看他，而是继续高声道："林茂生先生，各位茂林的高管，有人利用茂林，勾结其他企业进行利益输送，我手上有切实的证据。"

"金雪言？"方靖伟也认出她来，掩不住惊讶。

而林茂源的反应也不慢，他嚷嚷起来："哪里来的疯丫头？她不是致和的医护人员吧？怎么混进来的？快把她拖出去！"

林茂源的两名保镖冲上前来。今天为了迎接林茂生，现场的安保都是他安排的，林少煜顿时觉得自己有些疏忽，他朝着保镖喝了一声："让开！"

保镖们一时被震住，林少煜转身对金雪言低声说："你先离开这里。"

金雪言抬头，看见他的眸子里满是焦急的神色。他不知道她为什么来这里，要干什么，他只是想在这个有些混乱的局面中保护她。可是，她一直在辜负他，包括这一次。

金雪言挣开林少煜的手，只对着病床上的林茂生快速地道："林茂生先生，您的弟弟林茂源，仗着在董事会和茂林地产的职位，伙同华威地产华启国滥用担保，实际上给一个名不见经传的小地产公司，输送了几亿元资金……"

"胡说八道！"林茂源大怒，"带走那个女人！"

林茂源安排的保镖们拥了上去。高管和医护人员一时无措，高管们纷纷避让，医护人员则拦在林茂生的护理床前，只怕他被波及。林少煜身边虽然也有几名从美国跟回来的保镖，但他们的第一要务还是保护好林茂生和萧静然。而林茂源的人十分凶猛，林少煜挡住了两个人，对方对他的出手也毫无顾忌。

金雪言感觉到自己的胳膊被人拉扯着。她拼力挣扎，剧烈的疼痛还是从手腕处袭来。她呻吟着，脚狠狠向后踹去，后面的人吃痛，更加粗暴地拖住了她。

金雪言已经看不到林少煜了，余光中还能看到以方靖伟为首的高管站在不远处。他们似乎震惊，但谁也不会在这个境况下出手救她这么一个人。

半空中，强烈的闪光灯闪过。在场的人都一惊，抬起了头。

一旁的楼层上，有相机连续拍着这边的场景。

"怎么回事？"林茂源急问。

"记者已经在上面了，再这样下去，明天网上就会出现茂林集团高层殴打护士的新闻！"金雪言狠狠高喊。

林茂源示意外围的人手上去找那所谓的记者。金雪言心中一沉，她清楚上面根本没有什么记者，只是她安排了关振华和安小仙在上面转移视线而已。不过好在这个时候外围机场的保安和民警已经从远处跑来。毕竟是重病的林茂生经过，本来他们就如临大敌。

"究竟出了什么事？"一位民警急急地问，"林先生没事吧？"

"有个疯女人假扮护士，要对我大哥不利。"林茂源抢先回答，"警察先生，快把她带走。"

"不是这样的，事情没有那么简单。"林少煜的声音响起。

金雪言此时还被两个保安拖着，鞋子少了一只，护士服撕裂，狼狈不堪。她感觉有人走到她身边，推开了保安。他脱下自己的西装，把她裹在了怀里。

"少煜啊，你自己在外面拈花惹草，你爸爸现在什么样子你不知道吗？"林茂源急上前几步，喝道，"放开那女人，快陪你爸爸到医院去！"

赶来的警察有些迟疑，他们显然以为这是一件林氏这样的家庭不足道的情事。

"都住口！"一个女人的声音响起。

所有人循声看去。一直陪在林茂生的护理床边的萧静然又低头俯在丈夫耳边听了一会儿，直起身来："让那个女人把话说清楚。"

"哎呀，大嫂，她只是个发疯……"

萧静然打断林茂源的话："别说了！是你大哥要听她说清楚。"

林茂源狠狠地看了金雪言一眼。他的心里泛起恐惧，然而此刻他也没有其他办法，只好不安地咽了口唾沫，在心里祈祷她说不出什么所以然来。

金雪言蹬掉脚下的另一只鞋，使自己能站得更加笔直和平衡。然后她摆脱林少煜的搀扶，从衣袋里取出手机。

"我要说的很简单。半年之前，林茂源管理的茂林地产，为华威地产在海河的项目'海河明珠'提供了10亿的银行贷款担保。但没有人知道的是，'海河明珠'这个项目，华威地产早已把它以极低的价格抵押给了一家叫恒易地产的名不见经传的小公司，所有的贷款流向，通过一定的操作也随之转移。"金雪言的声音在突然沉寂下来的空气中流淌，"恒易地产是何方神圣？它在股权上和华威没有任何关联，但实际上，通过各种交叉股权的渗透，华威总裁华启国已经实现对它的控股。恒易本身是家空壳公司，没有其他任何的资金和项目。而海河那个项目，赌的是海河市政府的未来规划，风险极大。所以，如果项目成功，恒易，或者说华启国能够大赚一笔；如果失败，华威不会有任何损失，而大额贷款成为坏账，作为担保方的茂林就面临着相关连带责任……"

"血口喷人！"林茂源抬高声音，然后又稳了稳情绪，"那笔担保是有的，可是那是行业内的正常操作。你说的其他这些，我都不清楚……"

"不清楚吗？"金雪言晃了晃手机，"林茂源先生，看到这所有关于恒易的账目走向，你是不是能清楚点？看到你自己和华启国的邮件和录音，你是不是能想起很多事情？你忘了吗？恒易地产，你个人也拥有20%的股份！"

"给我拿来！"林茂源终于失去理智，向金雪言冲过去，似乎想要抢夺她的手机。

林少煜拦住了他："够了！林茂源，所有一切，你还不肯承认吗？"

"不，我没有，我没有！"林茂源突然抓住林少煜，"这一切都是这个女人编出来的。对了，方助理，李秘，你们要相信我！"

他向着站在一旁的几位高管投去求助的目光。李笑辰咳嗽了一下没有作声。方靖伟开口，却是向着金雪言："金小姐，你真的掌握了这些证据吗？"

"所有这些证据，我会通过邮箱一一发给在场各位。"金雪言环视着众人，"当然，我同样也会提供给警方。以上那些，已经不是对外勾结侵占集团利益的问题，而是涉及经济犯罪。涉案的每一个人，都应该得到严惩。"

金雪言把手机举了起来，上面滚动着文字和数字的列表。其他人倒还不一定看到什么，一旁的林茂源却再清楚不过，他明白自己完了。

他忽然扑到了林茂生的病床前："不，大哥，我不是故意的。我是被华启国骗了！他说配合他就可以给我10%的票数……"他哭丧着脸，眼泪鼻涕都下来了，"大哥你原谅我啊……"

"走开！"萧静然把他狠狠一推。

边上的人拉开了林茂源，他还在挣扎，但无济于事。在看到金雪言手上的东西之后，他就失去了反抗的可能。此时此地，他有多少人手都没有用了。

他以为何承光的信息已经被毁掉，他以为林少煜方面没有动静，一定是没有拿到这个证据……却没有想到它会以这种方式出现，让他毫无回旋的余地。

"先去医院吧。"萧静然吩咐。在这里闹得已经太久了，金雪言说的那些事，其实她并不关心。

"我还有一件事。"金雪言叫道。

"回头再说。"林少煜劝阻她，他也急于先离开这里。

"不，请让我说完。"她抬高声音，咬字清晰，"林茂生先生，我是梦信金融的总裁金雪言。之前林茂源为了争夺茂林集团董事长的一己私利，在董事会上对我们恶意中伤，致使茂林对梦信金融的投资案搁浅。我希望，在林茂源的真面目暴露之后，茂林能够重启对梦信的投资计划。"

她终于说了这句话。没有求林少煜，没有求方靖伟，只靠着自己，说出了这句话。

关于林茂源所做的一切，她并不在意，那只是她的筹码。而林茂生神志清醒，他对此会如何决断，说实在的，她没有把握。

可是，她必须要说出这些，只有说出这些，才算对自己、对梦信有个交代。

而她相信林茂生会有一个明智的判断。

然而，不知道是不是因为受了太多的刺激，护理床上的男人突然呼吸剧烈起伏起来。

"病人危险，准备急救！"随行医生叫道。

连林少煜都扔下她，上前失声叫道："爸爸！"

急救室的灯一直亮着。

致和集中了最好的力量对林茂生实施抢救，整个楼层一片肃静。林少煜陪着萧静然在急救室外的小隔间里等，一起陪同的还有李笑辰等人。不过林茂源已经不在了，他也许要抓紧时间去处理和华威、恒易之间那些勾当。

方靖伟也不在这里。之前林少煜和方靖伟短暂交换了意见之后，由方靖伟带着金雪言给的信息先去往茂林地产坐镇，以防林茂源毁灭证据。

但金雪言还在这里，大家忙乱地送林茂生来到致和，没人顾得上理她。她在隔间的外面，靠墙站着。她仍穿着白色的护士服，隔着虚掩的玻璃门，隔着许多人，林少煜的余光可以看到她的侧脸，苍白灯光下那么遥远，显得有点缥缈。她抿着唇，不知道在想什么。她总是做出出乎他意料的事情，让他无法把控。

急救室的门开了，专家快步走了出来，林少煜赶紧搀扶着母亲迎了上去。

"林先生各项体征都稳定下来了。"医生说，"没有大碍，大家放心。"

所有人都长出一口气。萧静然一下子放松下来，反倒晃了一晃，把手按在太阳穴上。

她说："我能进去看看吗？"

"林太太进来吧，其他人就不要进去了。"

于是萧静然进了病房。林少煜开始在外面的走廊上踱步。走廊上除了他的脚步声，几乎鸦雀无声。李笑辰等人也没有先行离开的意思。

金雪言不时向那边张望。其实她也不太明白，自己还留在这里，是为了什么。只是如果今晚因为她这么一闹，林茂生急怒之下真的出了什么事……

她会留下来承担后果，不会在这个时候离开林少煜的身边，哪怕隔着人群的距离。

萧静然没进去太久，便出来了，她问林少煜："刚才大闹的那个女孩呢？"

她的声音不大，所有人却都听到了，所有的视线都转向了金雪言。

金雪言也站直身子，看着萧静然，眼神中有一种她身上罕见的拘谨。

萧静然一步步走到她的面前，上下打量了她一番，含义不明地笑了一下，问道："你是一家小公司的负责人，想要茂林的投资？"

金雪言低声："是。"

"林董事长已经吩咐让茂林金融重启对你们的评估。"萧静然的声音平静。

"谢谢。"

金雪言一瞬间百感交集，想到了很多，心中涌动的情绪却又辨不明晰。

然而下一秒，啪一个耳光狠狠甩到了她脸上。

她一下子蒙了，脸颊的灼痛蔓延开，耳朵里被震出嗡嗡的鸣音。林少煜也万没想到母亲的举动，愣了一下才抓住她的手叫道："妈！"

萧静然挣脱儿子的手，指着金雪言的鼻子，指尖微微颤抖："这位小姐，今天也就是林茂生没事，如果他有什么三长两短，你恐怕承担不起这个责任！"

金雪言捂着脸颊，哑声说："对不起。"

"妈妈，她这么做也是事出有因……"

"事出有因？"萧静然冷冷地瞥了儿子一眼，"要举报林茂源做的事，有一百种办法。非要到机场去闹这一出是为什么？是为了拿到茂林的投资，还是为了别的？我不关心。这位小姐，我只想提醒你，为人处事，要有起码的分寸。为了自己的一点点小算盘，在一个重病的人面前大吵大闹，刺激他的神经，让他又一次犯病，你以为这叫勇气？这叫自私蛮横，这叫愚蠢至极！"

李笑辰赶紧上前："林太太，消消气，别和小孩子一般见识。"

萧静然平息着自己的呼吸，再次看了林少煜一眼，深吸了一口气："从今天开始，我希望不要让这个女人再出现在我面前。"

"对不起！"金雪言把手从脸颊上放下来，脸上的红印让她整个人显得狼狈而憔悴，她向萧静然深深鞠躬，"今天的事，我很抱歉！林太太，确实是我的不对。"

然而当她直起身来，面色平静，一双眼因盛着一点水光而显得更加亮："我只想达成自己的目的，很多方面有失考虑。但是我今天如果不来，我就不再是我。所以就算重来一次，今天我做的事也不会改变。林太太，这一耳光我受了，但从今往后，你最好也记住，不是所有人都能任你凌辱，这世上，总有一些人不会任你踩在脚下。"

"你！"

萧静然还想发作，金雪言却已经转身而去。

林茂生转进了贵宾病房，几乎和病房相连的，是一间很大的舒适的套间。萧静然不肯回家，就在那里住下。不管有多少专业的护理人员，她总是不放心，要亲自陪护。在美国期间，她也从没离开过他的身边。

她催林少煜回去，林少煜和医生又沟通了一番，确认父亲没问题，才终于离开。

在这之前，李笑辰等人都已经先走了。他独自走出病房，天光初明，晨曦从走廊窗口落了一点进来，散发着微微的暖意，应该是个好天。

整个贵宾楼层安静得仿佛空无一人。他平日进出，身边一向有人跟随，此刻，倒能一个人静一静。不过他没走几步，就看见小瑞和阿普等在不远处。

小瑞一副惴惴不安的样子，在走来走去，阿普则一如既往地沉稳，站在一旁。看见他过来，他们迎了上来。

林少煜看了小瑞一眼："是你把她安排在护士里面的？"

小瑞抓着头发："林先生，我真的不知道金小姐是要去爆那么大一个消息，不知道董事长会……"

一边的阿普不以为然地哼了一声。

金雪言会出现在机场的医护人员里面，正是因为得到了他们两个的帮忙。和小瑞的战战兢兢不同，阿普做这件事，不为别的，只为他觉得金雪言值得去帮。

"林先生，你不会解雇我吧？"小瑞还在胆战心惊地问，林少煜忍不住笑了笑。

阿普则说："金小姐还没走。"

林少煜有点意外，听他们这么说，他往前走。找了一会儿，终于在一个走廊的拐角处看到了金雪言。

她蜷缩着靠在墙角，双手抱膝，脸深埋在膝间，孤零零的，让人以为是个孩子。窗口一点渐渐明朗的阳光落在她身上，让她的轮廓蒙上一层薄薄的光晕。

那是他所爱的人，在他已经历过的生命里，没有一个女人让他觉得如此深入心魂，却又难以触及。

他在相隔几米的地方怔怔地看了她好一会儿，然后终于上前，在她面前蹲下。

金雪言觉察到了动静，抬起头来。

她的半边脸还是红的，有着轻微指印，唇角却肿得厉害。她的眼眶附近有浅浅的水迹，不注意的话，已经几不可见。看到他，她微微一愣，竟然笑了。

林少煜摸了摸她微肿的脸，皮肤发烫。他又碰了碰她的额头，还好不是发烧，他说："这儿就是医院，跟我去处理一下。"

"不用了。"金雪言用手背按了按自己的脸，"过几天自然会好。"

林少煜沉默了一会儿："为什么不先把事情告诉我？"

金雪言也沉默，片刻后才说："我不习惯等别人来救我。"

是的，她可以把有关林茂源的证据先给林少煜，这样除掉林茂源，他在选举时就再无对手。他真正掌管了茂林，自然可以重启对梦信的投资计划。

她在最初，其实也是这么打算的，可是她没有联系上他。

然后，把一切掌控在手的欲望再次占了上风。也许她决定不了结果，也许她的这番孤勇反而会酿成大错，可是她无法把自己的命运交到另一个人的手中。

"连我也不可以吗？"

"我不知道，少煜。"金雪言看着他，神情认真，"我只知道，今天的事，我必须这么做。对我来说，得到茂林的5000万是可以救命，可我要的不仅仅是这个！"

林少煜停了片刻："你要的是康瑞低头。"

"没错。"她点点头，"康瑞是为了什么违约的，你应该比我更清楚。只有林茂源和华启国自身难保，他们才不会再和梦信较劲。可是少煜，不要告诉我，今天我拿出的证据，你一点都没有掌握到。我不知道，你后续是怎么打算的；我不知道，你是不是要韬光养晦……我不知道还需要等多久。我要让林茂源的所作所为马上曝光在光天化日之下，我能抓住的只有属于我自己的机会！"

她看着林少煜，近乎观察，然后她就知道自己的判断是对的。他面临的局势是否错综复杂，他到底有怎样的计议筹谋，她不知道，就像一直以来让她无奈的那样。因此，她没有办法把希望寄托在他的身上。

"你不相信我。"

"我从来没有像相信你一样相信过其他人，少煜。可是那又怎样呢？我掌控不了你，反过来你也一样。"

"没有人能改变你吗？哪怕是一点点？"

"没有人愿意自己被外来的力量改变，我只是更坚持一点。"

"是吗？可你的心里，到底装着什么？你是什么时候拿到何承光的文件的？"

他伸手，紧紧握住她的肩膀，金雪言感觉到一阵疼痛。他终于问了这个问题，可是她又该怎么回答呢？她有点茫然地想。在她的手包里，一切都像从天而降。她和何承光的接触在很久以前，她怎么去说，那些文件是突然出现的？

"我得到那些文件，仅仅在一天之前。"她有些无力地说，"我没有藏着，没有瞒着你。"

他缓缓放开她，淡漠地说："好，我相信。"

然而他说话的语气，仿佛不是有一份信任，而只是有一个意愿。他表达的是他愿意相信她，其他事情不欲追究，仅此而已。这让金雪言胸中涌起一股莫名的怒意，她突然站了起来。

林少煜也站起，就在她的面前。她注视着他，林少煜的脸庞逆着光，只能看清楚一半的轮廓。他那样俊朗无匹，像她这一生能触碰到的最好的东西。可是他永远那样遥远，无论她怎样向上攀爬，却总是无法看清全貌。

她的脸颊还在隐隐作痛。几个小时之前的当众那一耳光，是她从未受过的羞辱。她知道，有些时候，有些事情必须忍耐。或许有时，她可以咬牙，在将来把自己受过的委屈成倍奉还。可是今天发生的一切，却让她毫无斗志，只有一片刻骨的心灰意冷。

她不喜欢这样的自己，于是她说："林少煜，我们就这样吧。"

林少煜很浅淡地笑着："就这样？这样是什么样？"

金雪言不想回答，抬脚就走，然而枯坐了太久，酸麻的腿突然发软，一个趔趄。林少煜伸手扶住她，往自己这边一扯。她跌进他的怀里，挣扎了一下，忽然又停住了，分不清自己是失去力气，还是突然还想要这最后一个拥抱。

然而只是短短的几秒钟，金雪言便猛然直起身体，挣脱了他的怀抱。

"是再无牵挂，是各自奋战！"她眼中清澈的水光终于化作一滴泪落下，同时却唇角带笑，退后，"林少煜，我希望，你只会是我的A轮融资人。"

林少煜看着她，不发一言，看不出悲喜。有一瞬间，他知道她说得无比正确。因为他的身边危机四伏，各自奋战，何尝不是最好的选择？然而一颗心慢慢龟裂的痛楚还是让他不得不深吸了一口气。

爱情像冰棱一样，折射出七色的彩光，然后在阳光下化为水汽。

好在这个叫金雪言的女人仍在，只要她在，他就会等待。

于是他笑了："看你有没有这个本事了。"

"你会看到，你会知道，我和你各有各的方向。"

她的目光隐去眷恋，从他身上离开，变回一贯的冷静，然后转身，头也不回，身影渐渐隐没在长廊深处。

你我相逢在黑夜的海上，

你有你的，我有我的方向。

你记得也好，最好你忘掉，

那交会时互放的光芒。

梦信金融在几天之后，收到茂林方面重启调研的联络，梦信当然全力配合。对于基础的情况，上一轮的尽调已经非常详细了，所以进度超快。没多久，尽调结束，金雪言重新提交了融资计划书。

这一次，梦信要求的融资金额，达到了一个亿。

得寸进尺，贪得无厌，这就是金雪言了。

茂林集团那边，有关人事变动的股东大会已经举行，林少煜顺利当选董事长，林茂源甚至没有出现在会上。金雪言不太清楚林茂源和华启国的那桩事情是怎么解决的，新闻报道未见片语，商界传闻中也是说林茂源主动放弃董事会席位。至于真实原因，议论纷纷却无人言中，可见这个消息被捂得滴水不漏。

这是林氏的丑闻，可能也牵涉更多方面的利益，不知道茂林和他们私下达成了什么样的君子协定。金雪言脑子空下来的时候也会猜一猜，但归根结底，那与她无关。

她很快就要前往茂林金融进行第二次的宣讲。

关于新一轮融资，梦信高层几个人各有担忧，在最后的会议上七嘴八舌。

"这个资金量，还是有点太大了。"许云用笔点着文件说，"我们这段时间一直在紧缩规模，待收几乎没有增加。按照业内大致的估值方法，平台作价应该在待收金额的20%-50%之间。1亿够收购我们一整个公司还绰绰有余，还用双层股权，对方怎么会通过？"

"茂林不缺这点钱嘛，5000万和1亿对他们来说区别不大，他们看中的是人，是人！"安小仙轻松欢快地说着，惹得其他几个人无奈又好笑地看着她。

"许云刚刚说的是最普遍的估值办法，只是一个很笼统的区间。"关振华说道，"其他的话，还要看品牌价值、发展势头这些软性的参考。"

"但是我们梦信在这方面也并不突出，能折得了那么多价吗？"就连一直只关心技术，基本上从不发言的邵锦，都忍不住说了这样一句。

"不要争了，我们为什么要增加这么多融资金额，大家应该也很清楚。既然如此，不如就那么做下去。"陆升明说。

"是啊。"金雪言这才开口，"大家担心归担心，但我们在这儿讨论，也没有什么用。老实说，我也不知道他们会不会答应。但我们是卖家，漫天要价，他们可以就地还钱。讨价还价，多正常啊。"

这个逻辑让所有人无言以对。邵锦哼了一声，说了他在这会上的第二句话："上亿的融资，你以为是卖白菜？"

会议气氛很轻松。越紧张的时候，越举重若轻，这是公司的惯例，何况大家都知道金雪言调整了融资金额是出于什么样的考虑。为了具体事务认真商议了一番之后，散会时天色将晚，大家嚷嚷着好饿，陆续离开，金雪言如常落在最后。

她重新收拾了一下文件，抬头，微微一怔。因为邵锦没有走，倚在会议室成排的书柜上。他微微低头，刘海垂下，看不清眼睛。

他的肩膀有点倾斜，那是长年使用假肢引起的。他此刻在等她，却不说话，显得十分落寞。

"小锦，怎么了？"她看着他。

邵锦笑了一下："安小仙跑掉了，和我一起吃饭？"

"好啊。"

他们去吃了冒菜，鲜香热辣，心满意足，出来的时候已经夜色阑珊。邵锦家就在不远处，两个人慢慢散着步，朝那边走去。邵锦走路多少有些跛，金雪言日常没有在意，或者总是匆匆想着别的事情，从未注意过他。此刻走在他身边，不禁心头一软，自然而然地轻轻扶住他。

邵锦只是笑了笑。

到了他家楼下，他住的是一个老公房，是他父母留下来的，金雪言并不愿意接触。于是她说："我就不上去了，自己小心。"

邵锦走了两步，犹豫了一下，又停下来，没有回头，只是问道："金雪言，你爱他吗？"

金雪言略有意外地抬起眼睛，微笑："你问的是谁？"

"还能有谁呢？林少煜，茂林集团的董事长，我们洽谈融资的对象。"邵锦平静地道，"外面都在传你和他的事情，你自己究竟怎么想？"

"总比传我和赵景昆好，不是吗？"金雪言神色清冷。

邵锦似乎被她的这句话激怒了，他回过头来，抓住她的胳膊，盯着她："别岔开，告诉我，你爱林少煜吗？"

金雪言沉默了。

邵锦等了很久，终于冷笑："你和他在一起，是为了梦信？你为了自己这份事业，究竟做了什么？"

"不是这样的！"金雪言冷冷抽回手，"做了什么？你以为我会为了事业去做什么？你觉得我会为了给梦信铺路，出卖感情，出卖我自己吗？"

邵锦看着她："我希望你不是那样。"

金雪言仿佛在思考，片刻，终于下定决心，直面长久以来自己在回避的问题。她缓缓说："林少煜，他在我心里，可是我不知道，他是不是我的良人。但这不会影响到我，我也不急着知道，我会等着，等到我自己的心拨开云雾的那一天。"

淤积已久的想法，化作言语说了出来，她心中畅快。

邵锦说："一直等吗？"

金雪言说："我不知道要等多久。不过邵锦，我可以告诉你，我会为了事业拼命，却绝不会拿感情去换。因为在我这里它们一样重要，因为我是一个贪婪到什么都想要的人。"

"好。"邵锦认真地点点头，"我会陪你等。"

"邵锦，你不必这样，就算……"

"你总让我不要插手你的事情，你也不用干涉我。"他笑了笑，"我会陪你直到你找到答案的那一天。"

说完，他不再停留，走进了楼道。

她不是他的，不适合他，更不会属于他，从一开始他就无比清楚。可是，不管他的一生终结在了什么人的身上，他都会在她的身旁，就那样默默地，仰望着，守护着。

梦信金融的第二次宣讲会定在了周二。

再一次走进茂林金融简约而极富科技感的会议室，金雪言的心情大不相同。

上一次，她信心满满，但走进来的那一刻，免不了还是有紧张和惶恐。可是发生了那么多事，今天，她心里只有千帆过尽的宁静和笃定。

投委会的人，基本还是上次那些。有所不同的是，方靖伟不再坐在中央，而是坐在左侧的位置上。坐在中央的那个人，是林少煜。

集团董事长驾临一次小小的投资宣讲会，让人意外，却也合乎情理。何况还有突然翻倍的融资额度，既然他们没有在一开始就拒绝，那么也应该有高层坐镇，以便定夺。

金雪言的目光扫过所有人，最后停下来，与他平静以对。

他的眼眸深沉，不见一丝情感，只是一个居高临下的审视者。

"各位下午好，我是金雪言。对于梦信金融的基本情况，不久以前，在座各位都已经听过我的详细介绍，所以，我今天不想再说太多。"金雪言今天的开场白格外简单，单刀直入，"今天我想说的是为什么突然大幅提升要求的融资金额，相应地，又能给茂林金融带来怎样的利益。"

她走到放映着PPT的大屏幕前。这一次的PPT与上一次的完全不同，已有的数据和总结非常之少，更多的是展望未来。

"在要开始陈述我们的规划之前，我想讲一下我对互金行业的理解，这也有助于大家对我们的判断。"她站定，"当今这个行业，仍是蓝海，所以有太多的人想要从中分一块蛋糕，这无可厚非。但也有太多的人，并没有想过要如何长久运营，而只看眼前利益，这致使平台从根基上就不稳定，迟早会垮塌。但从长远来讲，考虑运营或者说生存，的确是远远不够的。我们要谋求发展，需要的不仅是意愿，还有能力。

"曾经有人告诫过我，'不要养鱼'，短期来看，一个平台要获取最大的收益，当然要把获得的所有资金都掌握在自己手中。但就像鱼缸里的水线会波动一样，一旦形成了资金池，整个平台就会对资金的流动性产生巨大的依赖。这种依赖本身就是巨大的风险，在可能产生的意外面前，不管池中有多少资金都不值一提。所以不如在一开始就把它去掉，让出借人能够直面借款人本身的风险，这样

196

才反而能把整个公司的风险降到最低。"

有人抬了抬手："金小姐，你说得很有道理。可是，恕我直言，你刚刚说的，还是一个怎么生存的问题。实际上，你所说的去掉资金池，恰恰是会大大制约平台发展的关键。出借人绝不是足够理性的，你告诉他们你没有钱，他们的回款只能依靠借款人的还款，直面借贷市场上的血腥残酷。这样，你们怎么吸引更多的资金和资产，长足发展？"

"这正是我接下去想要说的问题，为什么我在这个时间点上，提出一个不合常理的融资额度？"金雪言微笑着，"首先，我要说明的是，一个月前我们梦信遭遇了一笔大额的债务违约。但是这笔借款的底层资产是没有问题的，所以绝对不会使用茂林投的资金进行兜底。关于一个亿的融资金额，我们会用来实现下面这几个目标，来对整个平台进行深入的改革。"

她演示着文稿，开始讲解。这段时间以来，整个梦信金融齐心协力从不同方向做出的计划一一呈现。那是一份全面的预算表，却在各个层面展现出一番堪称宏伟的面貌。

从资产评估方面，为了建立更加完善的模型，聘请来自美国FICO评分系统的研发团队，进行针对中国国情的调研和模型建立。

从资产获取方面，建立以长三角为中心向全国覆盖的获客网络，从不同的网站入口切入，覆盖有稳定收入的白领和有实体产业的中小业主。

从贷中、贷后的跟进方面，成立属于自己的专门团队，不管是后期的逾期催收，还是贷中的突发风险，都要以最高效合理的方式解决。当然，这一样需要资金的支持。

……

"总之梦信会以夯实基础为主，进行一个深化调整。我希望它是一个撮合小规模点对点交易的完整的体系，而不是一个孤岛。这个层次的改变，国内还没有平台真正做过。这种转身，在前期需要充足的资金支持，一年内完成改革，1亿的预算已经把每一分钱都花在了刀刃上。而这种转身一旦成功，梦信就会成为行业内第一个觉醒的先行者，或者说，中国网贷业发展道路上标志性的里程碑。到了那个时候，它的价值几何，我想不需要我多说。"

她停了下来，与会的人开始交头接耳，讨论得十分激烈。林少煜没有参与讨论，过了片刻，才开口道："金小姐画了一个美丽的大饼，改革当然是好的，你说的路线也不能说不对，但是为什么如今几千家平台都以这个模式活着？为什么就连银行都使用资金池？因为资金池会大大提升出借人的体验。他们出借资金，到期拿回本息，不需要操心其他事情。而取消了资金池，加上你的其他改革，出借人必须学习风险控制，这个学习成本是很高的。到时候你拿什么去吸引出借人和他们的资金？没有涌入的资金，不管你的资产端有多么大多么好，都只会是一片枯死的荒地。"

"我们不会去吸引出借人，我们只会去培养出借人。"金雪言的回答笃定而坚决，她指向PPT，"这就是我们最后一部分资金的用途，就是成立投资者教育专会。我们会分派专门的理财师，负责和每个出借人沟通，让他们更清楚地知道产品的根本逻辑。不仅如此，这个团队还会对用户进行多方面的理财指导。

"在中国，整个个人金融领域都是一片未开垦的良田。中国人没有太多的理财投资渠道，随经济红利提升的资产一直在贬值通道中。只要我们让出借人了解、理解真正的投资逻辑，他们不会放过高于银行存款数倍的安稳收益。而这一切的信任，将会源于我们稳定坚实的资产端。所以我们的资金端将带有强大的黏性，一旦建立，就不会流失……"

金雪言听着自己的声音在会场里回荡，的确也感到一种焦渴。她想的很多，想做的也很多。可是，做这一切需要钱，没有钱，她的确什么也干不成。和茂林的谈判如果失败，她会寻找新的融资方，直到找到为止。

"金小姐有理想，有抱负，但是我们想看的不仅仅是你描绘的图景。"林少煜的手指轻点着桌面，"我们要看到更实际的东西，规模预估、盈利期许等等。"

金雪言笑了："如果我现在说，一年之内规模翻番并实现盈利，茂林的各位专家会相信吗？空口白话说出来的数字，没有什么意义。但是关于这一点，我们确实有一个详细的内部研究报告，理想估算，一年之后的盈利能够达到千万级别。"

这的确是他们之前计算过的，目前盈利能力较好的几家头部平台，虽然规模比梦信大得多，但也差不多是这个水准。她说完这句，投委会就有人不自觉地点头。金雪言知道，他们的调研肯定也涉及这方面，想来是相似的结果。

"四年时间，10亿净利润，可以做到吗？"然而，林少煜平静地问。

金雪言愣住了，她的确没有想过他会问出这样一个问题。从明年算起，年均约3亿的净利润，这对目前仍然处于亏损状态的梦信是个不可想象的数字，毕竟它的待收都远没有这么多。她在这个场合下第一次迟疑了，她停了一下说道："这个问题……坦率地说，我没有想过。"

林少煜站了起来。

所有人都站了起来，知道他有了定论，要宣布一个结果。金雪言看着他，突然觉得时间过得很慢很慢。

"茂林可以接受梦信新一轮的融资金额，也就是一个亿的现金，可以由梦信自由支配，同时取消双层股权的计划。"林少煜顿了顿，"我们只要梦信30%的股权。"

　　如果说林少煜的前半句话是金雪言想得到的，后半句让她有些发蒙。投入1亿，只要30%的股权，这是做慈善吗？

　　林少煜双手撑住桌面，认真地看着她："我们签对赌协议，条款就是梦信的净利润必须在四年之内达到十个亿。如果没有达成，协议到期之时，茂林将得到梦信的全部股权。"

　　金雪言有一瞬间，说不出话来。

　　所谓对赌协议，就是在初期，投资方给予融资方较为优惠的投资政策，但约定未来的某种情况下，若融资方未能完成约定条款，投资方可行使某种惩罚性权利——比如得到大比例的股权。

　　按照林少煜提出的条件，如果四年之后，梦信完成了10亿净利润，那么它的估值将达到数十亿。茂林今天的1亿投资，将增值数倍甚至是数十倍；而倘若梦信无法完成，那么到时候，只要相比今天的估值略有提升，得到剩余股权的茂林，一样能够获得可观的利润。

　　相当于仅仅数千万的资金，撬动了数亿乃至数十亿的期权。

　　稳赚不赔的生意，攫取极致的利益，是他代表茂林做出的设计。

　　金雪言缓缓问道："林先生提出这个方案，现在我们梦信是否无法拒绝，无法选择？"

　　"可以拒绝，也没有人逼你们选择。"林少煜清冷一笑，"没有达成一致，不过是一桩生意的成与不成罢了。只不过我们这边的条件就是这样，金小姐可以考虑一下，要不要接受这样的挑战。"

　　他的团队做过极端测算，如果梦信的发展真的能够突飞猛进，有那么一些微小的可能，能够达到这样的盈利数字。但那需要整个行业大环境的配合，梦信自己更是一步都不能走错。

　　林少煜抬步准备离开，他说了让她好好考虑，她也需要时间去考虑。他非常忙，这次宣讲会可以到此为止了。

　　金雪言的声音从身后传来："我接受。"

　　他回过身，看到她的面庞沐浴在午后的阳光之下，显得平和坚定，似乎没有什么事情会使她犹疑。她要做的事，她永远清楚应该怎么去做。

　　"我接受茂林金融提出的对赌协议，在四年之内完成10亿的净利润。但我不但要茂林1亿的投资款，还要茂林其他的资源，声誉、人才资源、客户关系网……我需要整个茂林集团配合我们的发展和推进。"

"协议的细节，可以坐下来谈。"林少煜说道，"我们会在合理范围内，给予你们支持。"

"那么，合作愉快。"

金雪言走上前，向他伸出手来。

他握住了她的手，掌心中传来她的温热，视线中是她自信的面容和一往无前的目光。当她给出这个回答时，显露出的不是一种妥协的无奈，而是接受挑战之时，心中蠢蠢欲动的兴奋和激昂。

在这一刻，他深受感染，胸中不禁也涌动一股热流。

也许有一天，梦信会为这个行业打开一个全新的局面。而眼前掌控着一切的这个人，更是把最明亮美好的笑容深深印在他的心间。

你从不怨尤，从不退缩，从不畏惧。

你如同狂风，如同阳光，如同潮啸浪卷的海面上永不后退的船。

我的姑娘，如果你想要去往高处，让我为你打开向上的路。

无论怎样崎岖险峻，都可以到达你想要到达的最高最远处。

第九章 釜底抽薪

"所以，麻烦齐律师了。"

雅致的书房里，客人赔着笑，温文有礼地站了起来。

"我会尽力，放心。"齐海也站了起来，把客人送到门外，目送着车子离去。

作为圈内久负盛名的律师，齐海长于经济案件，多年来战果斐然。这和他的专业素养分不开，当然也和他在高层的关系网是分不开的。

眼下这宗案子，的确有些棘手。不过若是成了，不免又是他职业生涯上的亮眼一笔。当然，局势不是很妙，成为茂林的对手也有很大的风险，但干他们这行，难免要有所取舍。

他正思量着，看见一辆车又缓缓地驶进他这栋别墅前的小道。

齐海有点意外，下意识地快步迎上。车上下来的男人，更是令他微微吃了一惊。

"林少煜先生？"他说道，"没想到您会光临寒舍……"

林少煜微笑："打扰了，我想和齐律师谈谈。"

清茶幽香，热气氤氲。

还在先前接待客人的书房里，齐海给林少煜冲上了一杯好茶。但林少煜看上去并不想久留，只是开门见山地道："齐律师，我知道华启国和林茂源已经找到了你，我希望你不要插手这个案子。"

他这话说得强势，隐有命令的味道，令齐海感到不快。他见过多少风浪，面对茂林这样的企业的一个年轻人，他未必会输了气势，因此他只是淡淡地笑着："这个，我们做律师的，接什么案子总有自己的考量。林先生不会想要干涉我的正常工作吧？"

"不敢，我只想请齐律师看看这个。"

林少煜递过去一个小小的U盘，齐海有点意外。他把U盘插入电脑，里面是一小段视频。视频很短，不过几分钟，是华启国和林茂源的一段谈话。

齐海沉默了片刻，还是笑道："林先生给我看这个是什么意思？证据？据我所知，林先生手上有比这个更加强有力的证据吧。"

他当然知道华启国和林茂源被抓到了怎样的把柄，这种情况下，他还在考虑接下这桩案子，自然也不会被这么一个视频吓到。

"茂林并不想和华威打官司。"

齐海一怔。

林少煜接着说："我给齐律师看这个视频，不是要你看里面发生了什么。而是你应该注意到，这个场景的地点。"

齐海又看了屏幕上定格的视频一眼，脸色一变。

此时林少煜已经站起身来，微微一笑："不耽误齐律师的时间了，告辞。"

敲定细节后，梦信和茂林签约，这次总算没再出什么岔子。茂林金融财大气粗，1亿的款项一次性到账。就像打进一剂强心针，本来陷入困境、收缩蛰伏的梦信，像得到了源动力的机器一样迅速运转起来。

金雪言一边盯紧对康瑞实业的催收，一边梳理原有的存量业务。存量的小额信贷业务，总的来说态势良好，不过对接的是外包资产端，在金雪言的构想当中，也是需要改革的。康瑞那边则在金雪言意料之中，陈家康很快回国，本来一直对他们爱答不理的康瑞实业，一下子转了风向，很快进入责任担保兑付流程，都没走上诉讼这一步，顺利得令人不敢相信是真的。

多么合情合理，康瑞违约是为了通过梦信来打击林少煜，他那边尘埃落定，陈家康也不必再从中作怪，这才是釜底抽薪。

既然一切推进顺利，以金雪言的雷厉风行，梦信就开始了大规模的扩张。在扩大业务的同时，一方面成立专门的贷后贷中管理团队，包括回访跟进和催收；另一方面，资产端的开发需要一套全新的人力系统，同时也涉及风险控制部门的更多审核。这样一来，公司新招聘的员工，就一下子翻了一番不止。就算考虑成立分部，必须在总部办公的人，原来这个写字楼租下的办公室也容纳不下了。高层商议了一下，决定搬家。

沿江下游，有一片大的商业街区。茂林几年前拿了那块地，相关的商业地产开发一直在进行当中，最近，正好有一幢楼刚刚建成。那边租金不贵，环境好，所以金雪言几个人一拍即合，决定租下一整层，然后全部搬到那儿去。

为了看看那边的环境，金雪言和陆升明等几个人就一起去了那幢茂林的楼。还有些收尾工程没完成，但物业经理还是带他们四处参观了一遍，大家都挺满意的，这事就算基本定下来了。

"好大的露台，夏天在这儿吹风，冬天可以晒太阳！"安小仙站在露台外面惬意地伸着懒腰，好像这已经是自己的家一样。

许云也走了出来，她和安小仙想得当然不太一样。她若有所思地看着下面的江面，说："我刚刚问了那个童经理，他说茂林这幢楼，每个单元的产权可以出租也可以出售呢。"

看完这房子，他们一起去吃晚饭，饭桌上，许云才把自己的想法说出来。

"各位，我有个建议。"她的眼睛亮闪闪的，"我问过了，茂林那幢楼的产权也可以出售，我们现在有足够的现金，要么别租了，把其中想租的几个单元买下来吧。"

"咦？"其他人都生出一点兴趣。

"你们看，这个片区未来肯定大有发展，会有越来越多商业设施建起来。而且，我观察到想要入驻的公司，以互联网科技行业居多，这是未来会腾飞的一类企业。这几年，楼市年年小涨，我有做房地产的朋友说，一二线城市在酝酿一轮大行情。"

她的话说得很明白了，这确实是一个思路。陆升明沉吟了一下："你说得有道理，拿下办公用的产权，不但房产会升值，也可以省下一大笔我们用来租赁的费用，不过……"

"不过我们现在手上虽然有钱，但每一分都要花在刀刃上。"作为财务总监的许云当然对此十分清楚，她接着说，"但是购买房产，申请银行大额贷款是比较容易的。其实不必占用我们太多的资金，加上杠杆之后，只要房价上涨，我们的利润也会更可观呢。"

"你说得可以啊。"关振华也来了兴趣，"正好我要买房，是不是也买在这块比较好，上班近！"

"现在买房，确实是个好时机。"一直在听着他们说，笑而不语的金雪言开口道，"许云，你觉得这块地五年后可以升值多少？"

"要是我的判断没有错的话，保守估计100%，翻上两三番也不是不可能的呀。"听金雪言这么说，许云也就更加认真。

"可是我们要在这五年时间内把它的估值变成十倍，甚至几十倍。"金雪言笑着在桌上画了一个圈，"房产当然是一条投资之道，对普通中国人来说，可能是最简单、性价比最高的投资方式了，但同时也是最无能的。我们是一家有野心的企业，你们要记住，我们是要起飞的，别被地面上的一些蝇头小利蒙蔽了眼睛。"

她这一番话说得桌上的几人热血沸腾起来。提出这个建议的许云，一开始有些不快，但马上就释然了："好，那我们就赶超房地产，看看哪个行业才是中国最有投资价值的行业！"

这顿饭吃得大家都意气风发，公司上层好久没有这么轻松的气氛了。到了九点多，金雪言埋了单，大家总算意犹未尽地散了。金雪言不想打车，只沿江慢慢走着。

这一段江已快要延伸到郊外，自然不如接近市中心地段的江沿繁华。不过微风轻拂，别有一番沁爽。行人稀少，适合把内心并不清晰的一切梳理清楚。

是，她答应了林少煜的对赌协议。那谈不上一时冲动，但真的是在那天以前，她自己也没有想过这种可能性。

她的计划一直是稳扎稳打，一边尝试新的模式，一边谋求发展。可是这份对赌协议一出，就真的必须使用激进的策略。在新兴的互联网行业里，跑得快很重要，可是活得久更重要，更何况传统金融元素的加入，使得互金行业真的面临更大的风险。

那么如何在激进策略和平稳生存之间平衡？这种大方向的战略是必须在短期内想清楚并且定下来的。

她信步走着，脑子里有些乱，没太注意身旁的环境。所以当有人从右侧后方接近她时，她只以为是行人，下意识地往旁边避开。然而，那个人猛地向她冲了过来，用一块黑色的布状物罩住她的头部。

金雪言惊吓之中，猛地挣扎，剧烈的喘息中，奇怪的气味渗入肺腑。也许是麻醉剂，也许是什么别的东西，但总之，她很快就失去了知觉。

车子在颠簸。她醒来的时候，耳中充斥着引擎的轰鸣，心脏跳得像鼓点一样快。可是眼前却一片漆黑，眼睛被蒙住了。她定了定，确定自己在一辆行驶的车子上，只是不知道驶往哪里。

金雪言动了动，感觉自己的双手被绑住了，旁边马上传来一声低喝："老实点！"她不动了，显然是一场绑架无疑，但八成不是谋财害命。如果有人别有所图，那么不如安静下来等吧。

过了不知多久，她被带下了车。但头上蒙着的一层布没有被取下来，因此她分辨不出究竟到了哪儿，她感觉自己被带着往高处走去。终于，似乎是进了一栋建筑，往建筑更深处走去，进了一个房间。她眼前的黑罩被取掉了，带着她的人把她一推，她趔趄了一下跌到地板上。

她终于能看清周围的环境。这个房间面积不大，地板上铺着高级的长绒地毯，足见装潢豪华。屋里灯光不足，一切都笼罩在一种昏暗的朦胧中。一处醒目的光源是墙上的液晶屏幕，上面播放的内容让她脑子里一炸。但她没来得及叫出声来，马上发现一旁的沙发上有个男人。

男人点了一支烟，火星映出了他的脸部轮廓，一个金雪言意料之中的男人。

赵景昆。

金雪言慢慢从地上直起身来，瞪着他。

赵景昆走过来，在她的面前蹲下，看着她的眼神深不可测。

金雪言勉强笑了笑，低沉地说："赵总要见我，吩咐一声就是，何必用这种方式？"

赵景昆说："对于金小姐这样的人，不用这种方式，又怎么能在合作中拿到足够的筹码？"

金雪言转开了头，哪怕是用眼角余光望去，屏幕上的画面也极其醒目。那里面有她自己，王恒手中拿着一个注射器——发生在优嘉维莎馆的片段，在此时此刻证明了今天的事也注定无法善了。

她的眼神略微冷下来："也对，赵总已经不是第一次这样对我了，王恒就是你的人。"

虽然从一开始，发生在优嘉九楼的那些奇怪的事情，就让她怀疑过赵景昆，但后来接连发生了太多的事，她也无心去管赵景昆怎么想。实际上，王恒这样的小人物，就算和她有仇，若无人指使，也不敢做出那样的事来。

"那个王恒，胆小怕事。用那种人对付你，我倒觉得有点可惜了你了。"赵景昆凑近，几乎在她耳边吐着气。

金雪言的脑子在飞快地转动着："虽然我拒绝了优嘉入股的要求，可能惹赵总生气了，可是，我想赵总也不会仅仅因为这个就连一条生路都不给我吧？"她深吸了一口气，"你们还是为了林少煜，为了茂林！"

赵景昆在暗光下打量着她，觉得很有趣似的："哦？我为什么要和林公子作对？"

"因为你也是恒易地产的大股东之一。"

这一点在何承光的资料上就有所显示，赵景昆在这个圈子里虽然一直保持中立，但他和华启国暗中合作的程度从海河市的项目上就可见一斑。

"可是华启国为了避免被定性成经济案件，已经向茂林低头，愿意把海河市的项目无偿转让给茂林！"赵景昆的声音有些阴冷，"他们什么也没给我剩下，林少煜好手段啊。"

"可是你指使王恒那样做的时候，这一切还没有发生。"

"我赵某人看上的女人，没有能逃出我的手心的。"赵景昆眼神复杂，拍了拍她的脸，"只是和林公子抢女人，我还不想冒这么大的险，所以把她毁掉，才是最好的选择。何况，毁掉金雪言，林少煜没准还会方寸大乱，自乱阵脚也说不定啊。"

金雪言的背脊一阵发冷。那一天，她和林少煜一同在优嘉遭遇陷阱，并不是巧合。让林少煜遭遇麻烦，然后再撞上金雪言被毁灭的时刻，这出连环计足够狠毒。"可是你叫走了王恒，是为什么？"金雪言想起了那个改变命运的电话，只可能是赵景昆打来的。

赵景昆冷哼一声："他们想要一箭双雕，林茂源那边的事，却不让我知情。把警察引到优嘉十楼，华启国哪里把我放在眼里？知道他们乱来，我才喊走了王恒。当然，也不只是因为这个。"

他话说了一半，住口不说。他站起身来，在微光下俯视这个女人。她第一天隔得远远地叫他，第二天在他的办公室里慷慨陈词，后来她拖着一条快要下沉的船起死回生……再后来所有人都说她是他的，连他自己也快那么相信了。

他要得到一个金雪言这样的女人当然很容易，可是她决绝而去的时候，他才发现自己只不过是她的一个弃之如敝屣的跳板。

因为她"傍"上了林少煜。

不过那个年轻人，在华启国他们的算计下，也撑不了多久，不如把这女人当作武器给他致命一击。这是当时赵景昆的想法。

华启国和林茂源把警察引去十楼惹他不快是真的，可他当时打那个电话，真正的原因只是心头掠过三个字：不舍得。

所以像他们这样的人走在世上，一时心软往往会酿成大错。

他想弥补这个错误，跟随陈家康上了"玛丽公主"号。他想他足够了解金雪言，她一定会去找陈家康，而在赌船上，是收服她的最好时机。

只不过她似乎和林少煜闹翻了，失去了对付他的价值。另一方面，在国内，林少煜对恒易的事查得太紧了，使得赵景昆不得不迅速赶回国。

这是错上加错。

而今，这个女人毁了一切。他心头突然掠过一阵怒意，伸手紧紧扼住了她的咽喉！

金雪言一下子喘不过气来，她艰难地挣扎着："冷静点……你……绑我来不会只是为了杀了我吧……"

赵景昆一把推开了她，冷哼一声。

她当然还有用，金雪言心里清楚，赵景昆做出这样的举动，绝不仅仅是为了出气。她调整了一下自己的呼吸，试探地道："赵总，你何必把自己和华启国、林茂源捆在一起？说到底，恒易只是一个项目的损失，只要有优嘉，你就……"

"闭嘴！"赵景昆暴躁地走了几步，嘴角轻轻抽动，"没有优嘉了，没有了！"

他说这话时再没有半点往日的风度，显露出一种粗犷的狰狞。金雪言就算是发现自己被绑架的时候，也没有如此心惊。

门打开了，一个人走了进来，到赵景昆面前低声说："老板，林少煜已经在院子外面了，他要见您。"

"他来得够快。"赵景昆微微一惊，但马上又沉下脸色，"也好，记住，只能让他一个人进来。"

他走到金雪言面前，金雪言反应过来："你绑架我，就是为了引来林少煜？"

赵景昆俯身，捏住她的下巴，微笑："如果你不在我手上，他怎么会来和我谈呢？"

听到金雪言出事的消息，不能说是意料之中，林少煜却也不是完全没有心理准备。然而尽管如此，在一瞬间他还是心跳大大加快。

但他马上克制住自己，恢复了冷静。

在华威主导的这场没有硝烟的战争里，赵景昆始终是个重要的变数，他没有被彻底掌控。既然赵景昆要以金雪言来威胁自己，那么，也不失为一个好的切入点。

他们很容易就找到了赵景昆所在的山间别墅。

他没等多久，赵景昆的人来请他上去。虽然客气，但只允许他一个人去。他拦下了阿普，独自跟上引路的人。

华丽的地毯，水晶吊灯。当林少煜踏进这个豪华的房间，看见的是一个女人。她被绑在一把椅子上，发丝凌乱地垂在眼前，不过眼神仍然镇定。

他停步，凝望着她，没有上前。而她看见他，竟然淡然地笑了笑，仿佛被绑架的不是她自己。

目光瞬间交汇，他没有担忧，她也没有惊慌，有的只是一致的坚决。

一旁的屏风后转出含着烟的男人——赵景昆，一个在本市商圈内极其低调，却又人脉纵横、不容小觑的人。可是此刻，他双眼微红，透着些焦躁。

林少煜双手悠闲地插在衣兜里，淡淡笑道："赵总好久不见。"

"林公子……不，现在是林董事长，真是怜香惜玉。"赵景昆笑着，"果然只有这个方法，才能让你单独现身。"

"说吧，你想要什么。"

"只想要你的命。"

赵景昆突然抬手，一支手枪直指林少煜！而林少煜的身后，两个壮实的男人拦住了门，封死了退路。

这让金雪言大大出乎意料，她原以为赵景昆要见林少煜，一定是有所图。即使绑架了自己，也不过是为了拿到谈判的筹码。但是不对，如果他只是要和林少煜谈，本也不该用这种撕破脸的手段。

她第一次感到有些恐惧。

赵景昆为什么失去理智到这个程度？

但林少煜毫不动容，笑容仍是那么云淡风轻，只说道："商人逐利，我相信赵总没有那么意气用事。你杀了我，也得赔上一条命。而从我这里，你还有能得到的东西。"

"你毁了优嘉，毁了我的一切！林少煜，今天就让你看看你心爱的女人是怎么被毁掉的！"赵景昆退后一步，抓住了金雪言的肩膀。

林少煜眼神微微一动，终于叹了口气说："我既然来到这里，还是有足够的诚意的，赵总不如开个价吧。"

"无可挽回，你对优嘉做的事情已经无可挽回，还有什么可说的？"赵景昆激动地摇晃着手中的枪，似乎没有要谈的样子，"你散播了什么消息？啊？你不但毁了优嘉，还毁了我！"

"赵景昆，是你自己亲手毁了优嘉！"面对逐渐失控的赵景昆，林少煜喝了一声，"你为了牵制华启国，在优嘉十楼暗中录下了他和林茂源密谈的视频。另一方面，华启国在一开始不肯认输，为了保住恒易地产，你也运用自己的人脉在金融界和法律界活动。赵景昆，我早已经拿到了优嘉内部的视频，正是因为不愿意赶尽杀绝，才没有以此来指控华启国和林茂源，是你逼我把优嘉内部的视频公开的！"

这样一说，金雪言突然明白了大致的事件脉络。为了追查林茂源和华启国的勾结，林少煜通过自己的渠道，拿到了优嘉在暗中录下的视频。他并未在第一时间公开，但在华、林、赵三人的反扑中，为了消灭赵景昆这条线的力量，林少煜还是用这个视频切断了赵景昆和各界上层的关系。

赵景昆的人脉，一直依赖于优嘉十楼绝佳的声誉。这样一个视频，对他来说无异于致命打击。他能对华启国和林茂源动用视频录影，焉知不会对其他人也这样做？优嘉的安全性在众人心目中分崩离析。所有人都对赵景昆避之不及，甚至，有人欲对他除之而后快。

赵景昆苦心经营优嘉十五年，才获得这样的地位。如此一来，不管下面的优嘉健身馆经营如何，他都已失去了立足之本。所有一切一夕崩塌，这才是他几乎失去理智的原因。

"而且就算我没有公开那个视频，优嘉在你手上也活不长了。"林少煜开始在这屋子里缓缓踱着步，"你从几年前开始，就陆续向海外转移资产。先是在澳洲投资，却惨遭失败，然后跟着华启国的华威地产，开始在东南亚投资房产。华启国画了一个大饼，说要建一个海岸新城。在这个巨大的项目进行的过程中，为了投入足够的资金得到更多的股份，你把优嘉的股权和产权都质押出去，大量套现用以增资，指望东南亚那个项目给你带来高额的回报。然而，项目所在国政局动荡，大量的资金投了进去，却因为该国政策变化而无法推进，只能停摆。为了保住优嘉，你不得不四处筹集资金，会投资梦信，想吞下梦信，也是为了得到一个新的资金渠道。所以，华启国把海河市的那个项目分了一部分给你，反正对你们来说，都是空手套白狼。只有海河市项目成功，你才有可能真正保住优嘉。"

赵景昆的脸色惨白。他一路走来，一直甚为自负，可是在海外的投资就没有一项是顺利的。也许因为这种所谓的向海外转移的战略本来就是错的？这段时间，他不敢去想，自己是怎么一点一点把已经拥有的一切全部败坏掉的。

一旁听着的金雪言也有一种触目惊心的感觉。在她看不见的地方，原来有这么多繁杂惊人的背景状况。相比之下，她所接触到的，又是多么单纯。

不远处，身着黑色风衣的男人，虽然与她一样被困于此，神态却如掌控一切一般泰然自若。他低沉的嗓音直指要害，一向温润的眼神不再，整个人散发出一种凌厉的气势。

她心中一暖，觉得安全。

"所以，我现在什么也没有，什么也没有了！"赵景昆被刺激到了似的，一向沉稳的一个人，竟然发出类似呜咽的低吼。然后他突然直起身，再次把枪直指林少煜。

林少煜的目光仍然波澜不惊："优嘉不是我毁掉的，但现在，能救优嘉的只有我。"

"你，怎么救？"

绝望的赵景昆，做出一副歇斯底里的样了，自有其情绪发泄的因素在，但更有一层，是对林少煜的威慑。他这一切举动的最终目的，当然还是找一条生路。

"你在国内待不下去了，赵景昆。但是，茂林可以收购你在东南亚的那个盘子。"

林少煜说出来的方案，还是让赵景昆大吃一惊。

东南亚那个盘子，规模庞大，千头万绪，已经停摆快三年了。哪怕是茂林这种体量的企业，要一口吃下，也不是什么易事。

更何况，那已经是一潭死水，之前他和华启国只愁没人接手。

赵景昆缓缓问道："为什么你会提出这个方案？"

林少煜的目光投向了金雪言，静了片刻，开口道："因为金雪言是我唯一的弱点。"

赵景昆的脑海里飞快地思索着。

林少煜提出的方案比他预想的要好得多，如果东南亚项目的资金可以退出的话，他也许真的能保住优嘉……

"赵总想的是收回资金，保住优嘉。"林少煜却像看穿了他，"但恕我直言，你在优嘉搞出的小动作曝光之后，恐怕没有人能容得下你。拿着回笼的资金到澳洲去，澳洲是个好地方，你之前打下的基础，仍然可以用上。"

放弃优嘉，开辟一个新天地？赵景昆不甘。

可是，那是他唯一的出路了，是一文不名地在国内死去，还是拿回几亿资金，到国外去从头开始？不管情感上有多么难以接受，赵景昆这样的人，都知道怎样才是理智的选择。

赵景昆手中的枪慢慢垂下，林少煜说道："放了金雪言。"

"我怎么相信你？"赵景昆逼了一句。

"现在，你只能相信我。"

赵景昆看着眼前的年轻人。他们之前确实轻视了他，才导致了今天的一败涂地。现在，他不能一错再错。

"签意向书。"

"可以。"林少煜回答得干脆。

赵景昆迟疑了一会儿，终于点了点头。在他的示意下，有人上前替金雪言解开了绳子。金雪言站起身来，向林少煜走去。

她的双腿酸痛，但步子仍然很稳。他就站在离她十几步远的地方，看着她，那么沉静，又那么深不可测。

她终于来到他的身边，林少煜把她的手紧紧握在手中，安抚似的轻拍她的背。

过了片刻，赵景昆的人给林少煜送上了一份初步的意向书。

关于那个东南亚项目的基础协议，赵景昆提出的是以他自己所投的资金的全额进行收购。这个项目他占有 30% 的股份，华威则占 70%。整个项目体量巨大，这收购的全额，是个惊人的数字。

林少煜扬了扬手中的协议书："按照全额计算，茂林的资金量并不充足，必须折价。"

"林少煜，现在你们两个的命都在我的手里，你最好别和我要什么花招。"赵景昆抬高声音。

林少煜冷冷一笑："钱就那么多放在那里，谁也不可能凭空变出来。茂林的流动资金是有限的，哪怕是你的 30% 的份额，也不可能在朝夕之间就到位，我想赵总也不想夜长梦多。"

"那你想怎么样？折价多少？"赵景昆咬着牙问。

"为了赵总的利益，也可以不折价。"林少煜忽然又改了口风，"只要你把你手上持有的华威地产的 1% 股权转让给我。"

"这是什么意思？"赵景昆手上确实持有华威 1% 的股权，无论如何也就是 1% 而已。他凝神一想，忽然恍然大悟，"林少煜！你想吃掉华威？"

"赵总聪明人。"林少煜平静点头，"我的确已经收购了一部分华威地产的股份，加上你手上的 1%，就可以取得对华威的控股权。"

赵景昆突然像再次被激怒，举枪指向林少煜，而林少煜这一次不甘示弱，控制住了他的手臂。在场的赵景昆的人则向林少煜和金雪言举起武器，虎视眈眈，金雪言不禁再次感到紧张。

赵景昆完全明白了："你从一开始就是冲着华威的股权来的！"

"是又怎么样？"林少煜沉声喝道，"你现在拿着这 1% 的股权去找华启国，能换得到什么吗？你和华启国相互猜忌已久，否则你也不会备下一个视频。现在只要你把股权转让给茂林，茂林成为华威的控股股东，就可以调动华威的现金流，并且用这些现金流来收购你在东南亚的那个项目。该怎么选，你想清楚！"

赵景昆不用想，林少煜说得对。只不过如此一来，茂林收购东南亚的项目，只需要花 30% 的真金白银。只要那边对华威进行了控股，实际上整个盘子都已经落入他的手中，茂林才是最大的受益者。

但无论如何，他赵景昆没有其他选择了。

最终，赵景昆无力地垂下手，艰难地道："好，就依你的意思办吧，希望林公子言而有信。"

"君子一言，驷马难追。"

林少煜带着金雪言离开这个山间别墅，外面夜风习习，带着寒冬的凛然之意。他们牵着手，看见山下不远处的城市，辉煌的灯火在招摇。

回城的车子奔驰在山路上，穿过呼啸的寒风。

车内暖气充足，舒适如春。只不过后座的两人之间，气氛微妙。

林少煜说要送金雪言去医院，金雪言拒绝，说自己没事，林少煜也就不再坚持。之后两人之间便沉默下来，好长时间谁也没有说话。

直到渐渐到了城区，金雪言才终于开口，问道："你是什么时候拿到优嘉那个视频的？"

"你去赌船上找陈家康的时候。"

金雪岩笑了笑："所以，你果然是已经胜券在握，只是韬光养晦、隐而不发吗？"

"那时候我还没想好怎么做，后来你打乱了我的计划。不过无论如何，我对搞死华启国、赵景昆和林茂源都没有兴趣。"他的声音有些淡漠，"我想做的只是让茂林得到更大的利益。"

"所以你一直暗中在收购华威的股份？"

"是在这么做，尽管方靖伟并不赞同。我们计算了好多遍，所有有可能收到手的加起来也无法让我们得到华威的控股权，因为那个时候没有把赵景昆的1%算上。"林少煜说道，"优嘉的视频是意外收获，有了它，很多事情都不一样了。有了你提供的证据，它的作用就从指证华启国和林茂源，变成了打垮赵景昆的武器。但是就算华启国愿意转让恒易地产，我也不觉得满意，我们离吃掉华威还差一步。"

"所以你想从赵景昆那里得到最后的1%。"

"不，我最想得到的，还是东南亚那个项目。"

这话让金雪言有点意外，她转头看着他。

他的侧脸被车内的灯光映得泛着微光，显得疏离而冰冷。今天她看到的他的样子又多了一分，人人都以为他在为董事长一职焦头烂额的时候，他早已有了更大的布局。那样的深谋远虑、雷霆手段，虽然让人更难看穿，更难把控，却令她更加向往。

"东南亚的项目，不是已经是个烂摊子？"

林少煜露出一丝冰凉的笑意："既然它是因政策动荡而停滞，那么也会因政局改变而获得转机。很快，该国就要进行改选，把握最大的候选人是激进派。经过我们茂林和他私下的接触，我们相信他会把海岸线房产的开发权重新开放给外商的。华启国的眼光不错，那个地方真能开发起来，前景大为可期。"

金雪言想了一会儿，慢慢地说："你要完整地拿到那个项目，最省钱的方法，当然是通过控股华威的方式来拿到其中的70%，毕竟你们需要收购的华威股份只差一点点了。而另外30%，也在赵景昆那里，所以一切都要落到赵景昆身上。"

"但他对我恨之入骨，所以我不能主动去找他谈。"林少煜接着说道，"我更不能流露我想要东南亚那个项目的意图，那样他们就会知道，只要捂盘坚持，很快就可以翻身，或者仗着奇货可居，待价而沽，那我就不太好办了，我的目标是只用一半价值的资金吃下整个项目。我一直在等一个合适的能和他谈的机会。"

"所以赵景昆绑架我，你早就想到了？"从金雪言的声音里听不出一丝情绪，她被绑架之后，他来得太快了，不能不让人想到这一点。

林少煜垂下眼，疲倦地笑了一下，低声道："别这么想我，言言，我没有去预料那样的事情，只不过我一直在关注着你。是，你被绑架对我来说反而是一个机会，这可以让我有求于赵景昆，让他觉得对东南亚项目的收购是一件有利于他的事情。接下去，华威1%股权的事，更显得顺理成章，让他不会怀疑我真正的目的。"

他的声音渐渐消散在车厢里，两人之间又恢复了寂静。

他孤身深入险境，是为救她，也是为自己的利益。

他说着"金雪言是我唯一的弱点"，其实却只是，有着更深的图谋。

他的一切谋划，与她近在咫尺，她却一无所知。

她想着这些，内心泛上酸楚，然而奇怪的是对他却没有任何不悦。她只是深吸一口气，坐直了身体。

"林少煜，你利用了我。"

"是的，所以，金雪言，离我远一点。"

"不，我觉得这样很好。"她的声音很平静，"这样当我有一天需要利用你的时候，就不会觉得问心有愧。"

他一怔，转过头，向她看去。这个女人在这个时刻，仍带着倔强的笑容。他忍不住伸手，拂开她额前的发丝，轻轻笑了笑："好。"

话既说开，重新占据了车厢的静谧之中，不再有初时微妙的尴尬，取而代之的是无须言语的默契。而车窗外，随着飞驰的车子，整个城市的霓光都在飞快地向后流淌。

搬家是个麻烦事。

从梦信筹备搬家以来，过了快一个月，才算是完成了搬家的主体工程。过一两天，大部分员工都可以到那边去上班了。当然，那栋崭新的大楼，他们是第一批入住者。他们都搬得差不多了，它的落成典礼还没有举行呢。

年底，每个人的事都特别多。金雪言除了管着梦信的这摊子事之外，还要忙着开会——近一段时间，金融办方面对他们这些互金公司也特别关注，于是召集他们开了无数的会，当真是天昏地暗。

金雪言能感受到政策风向的一些变化。一方面监管有趋紧的态势，另一方面，正是因此也显露出了更理性的支持和呵护，这让她心里很踏实。

优嘉俱乐部易主，由茂林旗下的一家公司接手。但这一切在悄无声息间发生，在出入一层健身馆的客人眼中，一如往常，鲜有人知道背后曾有一番激烈的博弈。

二〇一四年的最后一天，金雪言终于也要搬到新的办公地点去了，她的办公室已经基本搬空。这里曾是余天所坐的位置，而她只是一个普通员工。这样一想，看着这有点凌乱的房间，她颇有点恍如隔世之感。

金雪言站在窗前，望向窗远处高大的茂林大厦。有多少个加班的深夜，望着窗外那栋高楼，就仿佛休息，使她心情宁静。现在要走了，不管怎样都生出一点不舍来。

她忍不住给林少煜打了个电话。

听到他熟悉的嗓音，她一时忽然又不知道该说什么，静了一瞬，她说："我要搬走了。"

"嗯，不开心？"

看不到茂林八十八层，有些不习惯，她这么想，却没有这么说，只是轻快地说："没什么，要搬走了，难免有点留恋。"

"不管搬到哪里，还不都是我的楼？"他的语气有点调侃，也带着淡淡的倨傲。

金雪言轻轻地哼了一声："我该走了，不跟你说了。"

"金雪言。"林少煜却又叫了她一声。

"嗯？"

"给你准备了礼物，相信你会喜欢。"

"咦？"金雪言想问问是什么礼物，这时候安小仙闯了进来。

"雪言姐！哎呀，快走快走！"这姑娘一进门就没命地催，"车在外面了，再不走我们就赶不上下午的活动了！"

金雪言只好匆匆挂了电话，和安小仙一起离开。

安小仙所说的活动，是今天会在新大楼举行的一个小规模庆典。据说下午时有大楼的落成典礼，到晚上正好迎新年，让他们这样的租户或者业主一起参加。茂林旗下的物业筹划起这些事，还是很专业高效的。

到了下午，大楼外面被布置得花团锦簇，一派热闹的气氛。虽然在茂林集团众多的商业地产当中，这栋大楼不太起眼，连来剪彩的都只是物业部门的老总，但他们这些看热闹的人还是挺兴奋的。反正即将到假期，人人无心上班。

大楼顶上煞有介事地蒙着一块巨大的红绸，一会儿它的名字应该会揭晓。没什么悬念，茂林的楼往往都以"茂林"两字来命名。但据说这次搞得特别神秘，是连夜处理好的，都没有人知道红绸底下的字是什么。

物业的老总在讲话，反正是喜气洋洋，一团和谐。具体说了些什么，金雪言没太去听，她脑子里还有一堆要琢磨的事。

然后高处的典礼台那儿开了香槟。与此同时，不知道他们用了什么方法，楼顶上的红绸落下，两个大字显露出来，在阳光底下闪闪发光。

梦信。

金雪言在刹那间被夺去了全部心神。

而安小仙在一瞬间的震惊过后，已经激动地叫了起来："啊，梦信大厦！这……这栋大楼是以我们梦信来命名的啊！"

安小仙抓着金雪言的胳膊又叫又跳，所有的梦信人也都被这一幕惊住，随之而来的是掩不住的喜悦和自豪。

连陆升明那样稳重的人都连声说："真是太好了！"

"梦信金融是我们茂林集团旗下的企业，为了更好地支持它发展，集团赠予它这座大厦的冠名权。"物业的老总微笑着，"希望梦信未来的路也能越走越顺！"

她真的没有想到是这样一份礼物。

在这新兴的商业中心，"梦信"两个字就这样傲立于醒目的高处。对于一个互金平台，这样的知名度提升比任何宣传都要有力，这的确是她当前最最需要的东西。

有好多人想和她说话，但她敷衍着，很快撇开了纷杂的人群，来到一个安静的地方，给林少煜拨了电话。

可是铃声却在不远处响起。

她回头，他就站在她身后不远处，微笑。

她走过去，在他面前停下来，为了掩饰心情，朝他打趣："集团董事长来了，他们要是知道了，不知道会乱成什么样子。"

"一直在开会，偷溜出来的，马上就要回去。"林少煜说。

两人静静站了一会儿，他没有太多时间，就要离开。

"少煜。"她叫了一声。

他回过身来，看见她凝视着自己，目光熠熠。

林少煜眼角的笑意很浅，声音却隐带激扬："金雪言，我知道，你想在这个荆棘密布的行业里杀出一条血路，那么做给我看。我不会把你庇护在羽翼下，但我会给你最好的，我会看着你走下去。"

不远处，庆典的礼花升起，绽放在梦信大厦的高空，绽放在两人身后，无比绚烂。

第十章 斗转星移

三年后。

一年一度的金融盛典会场，座无虚席。

聚光灯，巨型屏幕，会场上数千道目光聚焦在金雪言的身上。宝蓝色的丝绸礼服长裙，胸口恰到好处的碎钻点缀，衬得她的皮肤都闪闪发光。她站得笔直，光彩照人，意气风发。

"下面，恭喜梦信金融科技公司董事长金雪言女士获得本年度的'最有影响力金融人物'大奖！"

随着主持人的宣布，掌声如潮。金雪言接过水晶奖杯，优雅举起。闪光灯下，她的眼睛明亮如星辰。

"很高兴今天能够拿到这样一个沉甸甸的奖项，它是对我本人的认可，更是对我们梦信的认可。在这里我要感谢梦信的全体员工，以及所有支持我们的人。未来的日子里，我们会更加努力，让普惠金融，惠泽世界！"

说着听起来公式化的获奖致辞，金雪言有一瞬间的恍惚。可是，每一个字都无比清晰地被吐出，她的心潮也不禁翻涌。

这些，就是她努力为之奋斗的目标吗？

她的目光扫过场下，没有看到想要看到的人。虽然微微失望，但她目光平稳，丝毫不动声色。

接下去，大屏上开始播放介绍梦信的短片——梦信作为新兴的互联网金融平台，短短四年，就以多方位的强势出击，一跃成为行业第一集团的新贵。

二〇一四年，公司历经艰险，浴火涅槃；

二〇一五年，梦信理财平台成交额破百亿，成为年度最大黑马；

二〇一六年，在全国各地成立多家分公司，从单一的信贷业务到覆盖普惠金融的方方面面；

二〇一七年，预计年终财报净利润将高达5亿，在行业盈利能力排行榜名列前茅……

而最令媒体津津乐道的是，金雪言年仅二十七岁，出身平凡，没有金融业的背景，大概只有浪潮汹涌的互联网时代才能有这样迅速崛起杀出血路的神话。

金雪言从颁奖台上下来，还没走到梦信的贵宾台，她的助理安小仙就冲了过来。她体贴地把奖杯接过，同时把大衣披到金雪言背上，然后才一把搂住她，叫着："雪言姐！啊，快看我给你拍的照片，美呆了！"

她说着，举起手机。金雪言看着手机上的自己，不同角度不同的样子，让她自己都觉得有些陌生。安小仙顺势竖起剪刀手，咔嚓一声，心满意足地留下两人的合影。金雪言揉了揉她的头发，微微抬头，看向颁奖台。

颁奖台上的节目还在进行，这会儿大屏上的奖项是"最富创新力的金融科技企业"。

"有请云微金融CEO，孙见云先生！"

在主持人的呼唤中，身着深蓝西装的男人登上奖台，他看上去有三十七八岁的样子，头发梳得一丝不苟，整个人透出一种干练精明的气质。他接过奖杯，一开口，满面的笑容和温煦的语调令人如沐春风。

云微在线是近来颇受注目的一家互金平台，风头正盛。孙见云是创始人和CEO，外界评价他务实强干。这之前金雪言当然听说过他，不过没有过什么接触。此刻看来，这人倒是圆滑内敛，不露锋芒。

孙见云简单地致辞之后，便走下奖台。金雪言看到，在云微的贵宾席那边，有一位头发斑白的老者。互金行业从业者的平均年龄不超过三十二岁，在云微那满是年轻人的长桌旁，他就显得奇异而醒目。

不高的身材，穿西装，戴领结，举手投足间的风度如一个老派绅士。略带皱纹的面庞上，眼里带着笑意，却掩藏不住犀利。老者和孙见云说着话，看起来气氛融洽。孙见云作为云微的一把手，在他面前却一直微微低头，可称得上毕恭毕敬。

孟伯平，摩飞智能CEO，在这场典礼上，他是金雪言唯一想要结交的人。

曾经，为了打开局面，为了扩展人脉，她在这样的社交场合会主动出击，笼络人心。但此一时彼一时，如今梦信金融的总裁金雪言，不再是那个初入江湖立足未稳的新面孔，也很少再在社交场合刻意游走。风评中，她高傲冷艳，犹如雪岭之花。

因为不再能从中取得利益，她对社交并无兴趣，只是需要，便么去做。当梦信高速列车般把同行远远甩在身后，不再需要这个层次的助力，她便显露出冷淡的本性来。

不过不去接触孟伯平，并不是基于这样的原因，而是今天确实不是一个好时机。

既然如此，金雪言从云微贵宾席那边收回目光，把大衣重新丢给安小仙，潇洒转身："我去洗手间。"

和所有剧本中写的一样，洗手间里总是汇集流言。

女人们在化妆镜前洗了手，补了妆，就可以借着这一块清静地方，开启八卦模式。

"今年的最有影响力人物竟然是金雪言，她有什么本事嘛！"

"不奇怪吧，梦信的发展势头那么足，她这个人又会来事。"

"她算什么呀，还不是靠着林家公子才把梦信这么个小破盘子做起来。"

"茂林给了一个亿，当时梦信的资金链已经断裂。"

"真的啊？林少煜这算不算见色忘利？"

女人的嬉笑声落到金雪言耳中。洗手间的拐角之后，她的脚步却只是微微一顿，然后，既没有尴尬，也没有迟疑，更没有愤怒，就那么坦然自若地走了出去。

议论声戛然而止。一人睁大眼睛，一人倒吸了一口冷气，目光先是刺穿了她，马上又纷纷掩饰似的避开。

在场的两个人她从未见过。但以她看人的如炬目光，她还是认出一个是云微金融的孙见云的夫人，一个是欢城金融的何腾飞的太太。金雪言走到洗手台前，面无表情，取出包里的粉饼，她的眼角微微一扬。

"要在背后议论别人，最好找个隐秘的场合。"她淡淡地说，"云微的名声不错，真是替孙总可惜。"

"你……你教训我？"孙太太的脸红一阵白一阵的。

"不敢，不过我觉得，孙太太这样的人，还是留在家里打麻将、带小孩比较好。"

孙太太还想说什么，被那位何太太一使眼色，她强压下自己的怒火，两个人掩饰地咳嗽了一声，匆忙离去。

金雪言轻轻一笑。

只要知道自己在做什么，不管别人怎样说，都不需要尴尬。一个人有了这样的铠甲，就可以把恶意中伤的箭矢挡下，反而使对方无所适从。

金雪言看向镜中自己的脸，精致的妆容，优美的轮廓，眼神比三年前沉静许多，却仍然锐气逼人。

"刚极易折，言言，你这样要强，将来要受苦的。"她想起妈妈的叹息，可是妈妈没有看到她的今天。

如果不是这样，怎么在群狼环伺的森林里走下去？

这时，洗手间的门打开，又一个女人走了进来。

来人站到她的身边，从宽大的镜面中，两人都可以看到彼此。那个女人只停了一瞬，便转过身来，向她伸出手："金小姐，你好，久仰了。"

金雪言当然早已认出她是谁，一脸笑容转身相迎，握住了她的手："贺老师太客气了，幸会。"

虽然被称作"老师"，但眼前的姑娘一点也不像个老师。她一头细波浪的卷发，穿着玫瑰色的小洋裙，衬上一张精致的小圆脸，称得上娇俏可人。不知道的人，一定以为她还是未出象牙塔的学生。

然而，斯坦福大学经济学、心理学双料博士，金融研究院新任首席研究员……贺知微的头衔，闪耀着和她的外表截然不同的光芒。

金融研究院，是近年来依托政府和高校成立的一个半官方机构，主要从事新金融领域的咨询和研究工作，为企业服务，也为政府出谋划策。政府在制定和出台许多相关政策时，都会参考他们的专业意见。

新金融，囊括了梦信这类互联网金融创新产业。贺知微不久之前空降到这个高层职位上，引起一些非议。人们想的是，年轻的女孩不应该走到这样的领域、这样的位置——然而凭什么不能？

贺知微扑哧笑了，她欢快地说："我们也别绷着了，这么说话，像那些老头子似的。金小姐，梦信特别优秀，特别典型，已经是我们重点研究的案例，回头多联络啊。"

"好的。"金雪言倒也一下子对这个直爽的姑娘有了好感，"有什么需要我们的地方，我们一定提供最准确的信息。"

两个人又说了几句，但公共洗手间毕竟不是说话的地方，很快金雪言微笑着点头离开。

贺知微开始在洗手台前补妆，当金雪言和她错身而过时，忽然又听到她说道："金小姐今天拿到这个奖项，我想少煜一定会很开心的。"

金雪言的脚步停了一下，微微回头："你说的是林少煜先生吗？"

"不用说得那么正式和客气嘛。"贺知微笑了，"我想你和少煜应该很熟吧。"

金雪言缓缓笑道："听起来贺老师也和他很熟？"

"我们是一起长大的。"贺知微在镜中的面容恬淡而娇美，"只不过很多年没见了。"

浦川机场。

林少煜刚刚落地，踏上前来接机的车子，放松地在劳斯莱斯宽大的后座上舒展开身体。

十多个小时的飞行令人不免疲倦，但他的精神还是很好。他略略松开一点衬衫的领口，让眉宇间淡淡慵懒的神态都透着别样的性感。

"盛典结束了吗？"他问道。

"应该还没有。"助理小瑞心领神会，马上打开了车载无线电视。

领奖的金雪言出现在屏幕上，光彩夺目，惊艳无比。他凝神看着，许久没有看到她盛装的样子……不，很久没有见到她了，她却没有一点改变。她轻柔的声音响起，他的心上就像有一片羽毛拂过。这样微痒又温柔的感觉，在一直高密度的工作间隙，不期然间悄然而至，弥足珍贵。

小心观察着林少煜的表情，小瑞不失时机地感叹道："今天金小姐真是太漂亮了！"

金雪言的画面结束，林少煜轻轻一笑，说道："换台。"

晚间新闻走马观花似的掠过，播报着国内外大事。林少煜闭目养神，有意无意地听着。

"为有效防控金融风险，更好地服务于实体经济，日前，央行会同银保监会、外汇局等部门起草了《关于规范金融机构资产管理业务的指导意见》，正式向社会公开征求意见。"

果然，这两天金融界最热门的话题就是这个。新闻演播厅中，两个专家在分析着这份意见稿的核心导向，话题更慢慢发散到对中国金融行业未来发展的展望。

据他所知，这份文件酝酿已久，现在终于就要落地，虽然是针对整个金融资产管理领域，但对互联网金融这样的细分领域的运作，也将产生深远影响。

比如梦信……

他的思绪被手机的一阵振动打断，他一看，是贺知微发来一条消息。

一张她的自拍照。她站在富丽堂皇的会场中，摆出随意又俏皮的手势，灯光下粉红的妆容如桃花，当真是十分可爱又美丽。

"回来没？金融盛典很成功，茂林的筹办很不错。"

这场金融盛典是茂林旗下的会馆承办的。以贺知微的身份，会出现在那里，也是理所当然的事。看着她的照片，林少煜轻轻呵了口气，眼神中有一丝复杂的意味。

他不打算回这条信息，于是他把手机放在一旁。

但没过几分钟，手机又短促地响了一声。静音状态下的手机，只有一个人的消息提示音是特别的。

金雪言竟也给他发了一张照片。

她发来的照片上是一方星空。

没有其他的文字，只有一片深邃的黑色呈现在他面前，极细的亮点，渺小又璀璨，看下方应该是金融盛典的会场之外。拍照者极力避开了灯光污染，也就是今夜晴朗无云，这城市的空气质量又上佳，才能拍出这样一张照片。

他忍不住往车窗外看去。

目光直上天际，果然是一样的星空，万千星辰碎钻般闪耀。就那么一眼，他的心境突然开阔辽远，有了一种掌控一切的豪情和洞察一切的明净。

林少煜收回目光，目光重新落回手机上，慢慢地笑了。

无论对金雪言还是梦信来说，金融盛典的一个奖项都无足轻重。是，有太多的互金公司，拿了稍有分量的荣誉奖项，就借机大肆宣传，但对于梦信，这一切并不必要。

网站首页，干净低调，没有诱导性的言辞，占据最醒目位置的是风险性提示。理性淡然的姿态，在行业中极尽低调。

它却连续创下惊人的业绩神话。

当然了，其他人利用荣誉进行宣传，也无可厚非。毕竟大家都在竭尽全力，谋求发展。比如云微在线，获奖之后第二天就在网站首页打出了醒目的条幅，配上加息活动，估计成交量能上一个新高峰。

它是这周梦信例会的主要议题之一。

此刻这个首页，就出现在梦信例会现场的投影大屏上。关振华的声音回荡在会议室里："这个云微在线啊，最近已经无所不用其极，你们看看这个。"

他在面前的笔记本上飞快地打开一个网页，在搜索框里输入"梦信"两个字，点下搜索按钮，搜索出来的结果里，第一条标题是《稳稳收益，稳稳幸福》，点开这一条的页面，出来的是云微在线的官网。

"看见没？现在只要有人搜索我们梦信，很可能就会转到云微的官网。我们是《安稳收益，安稳幸福》，稍不注意就会上当。"关振华把页面切回去，又点了几条，其中只有一条是正确连接到梦信官网上的。

"哇，这也太恶劣了吧。"

"云微在线还要不要脸啊。"

参会者纷纷义愤填膺，关振华不参与讨论，只看着会议桌上首的金雪言。

金雪言说："这种李代桃僵的把戏，只针对梦信一家吗？"

"是的。"关振华点头，"这是他们在搜索引擎上买的广告，要是注意看，会发现右下有'广告'两个字，所以不算造假。我们试过了，这种手段只针对梦信。"

大屏上的画面在关振华的操作下不断变化，可以看到除了一些搜索引擎，其他梦信投放过广告的媒体上，也同样出现了云微在线的身影。而且画面设计与梦信特别相似，不熟悉的人难辨真假。

"这倒有点怪了。"金雪言笑着，但她手中缓缓敲着桌面的笔，可就叫人感觉不到一点轻松，"他们为什么只针对梦信？告诉我原因。"

关振华看了运营部的张琪一眼。他们发现这件事之后，当然就迅速地把相关的事查清楚了，否则也不敢拿到例会上来说。张琪清了清嗓子："是这样的，我们知道，云微在线是做企业贷出身的，过去他们的底层资产，大多数都是企业融资，借款金额比较大。但是去年的限额令出来后，他们的这条路就走不下去了，所以在往个人业务方面转型……"

金雪言打断他的话："说重点。"

"好的。"张琪忙说，"个人小额借款嘛，哪里有人比得上我们梦信？他们要抢夺投向这一块的出借资金，对我们发起攻击当然是最有效的。毕竟他们体量小，用这种手段借到点东风，就很可观。还有个原因，是我们一向低调，广告放得不多，需要下手的点也就不多，却能够形成强力的覆盖。如果是'爱琴海'那种广告投放量，他们跟也跟不起呀。"

他这么一说，大家就明白了。去年，监管层出了一项新规定，像梦信、云微这样的互联网金融平台，给个人的放款额度不能超过20万，给企业放款不能超过100万。这对动辄放贷上千万的云微在线来说，无异于上了一道紧箍咒。

自规定颁布起，新的大额标的当然不能再发放。已经存在的那些，也必须尽快清空。但公司业务不能中断，转向小额业务就是迫在眉睫的事，所以云微才频频出手。

"哼，他们就是这样创新的？不过我们也不用怕啊，我们的用户黏性强，他们就算使坏，估计也是白忙活。"

对于这样乐观的言论，金雪言不置一词，只是看向张琪："最近，我们的成交额受到影响了吗？"

张琪点点头："多少还是受了一些影响……"

"我们确实用户黏度强。"金雪言沉思着说，"这种黏度是基于优质的服务，如果有人进了云微的圈套，更好的服务也一样会留下他们。所以现在告诉我，云微相比梦信，有什么优势吗？"

"他们的年化利率比我们高。"

"这算什么？我们现在的年化利率9%，行业里比我们高的至少上千家，那又怎样？"

"如果这个不算，那还有什么？"有人轻笑着，"从综合服务来看，我不信他们能凭真实力对我们发起冲击。"

在会上一向沉默寡言的邵锦微微一笑。梦信人的自负不是无来由的，这是自金雪言而来的"企业精神"，当然，更源自永远追逐最好的信念。

"不，他们的风险控制比我们强。"坐在金雪言左手的副总兼风险控制总监陆升明开口说道。

他的声音不大，然而瞬间其他的杂音都被压下去了。

一时寂静。

连邵锦都微微吃了一惊，不由得转头看向陆升明。

风险控制？风险控制一直是梦信最引以为傲的环节，也是赖以生存的命脉。陆升明说云微的风险控制好过他们，怎么可能？

金雪言也看向了陆升明，不过她眼中没有太多惊讶之色，仍是如水般沉静："风险控制方面的事，陆总详细给我们说一说吧。"

"之前，云微对企业贷款的风险控制，已经没有价值，就不说了。"陆升明点点头，"他们转向个人信贷之后，虽然规模还没有做起来，但以我拿到的数据来看，个人信贷这块，他们的利率比我们高，坏账率却比我们低。"他的语气加重了点，"只有我们的二分之一。"

"他们是怎么做到的？"有声音低呼。

他的这个说法委实太过惊人。说白了，对金融企业来说，对资产进行定价的能力是核心竞争点。单看贷款的逾期率或坏账率是没有意义的，信用评价低的借款方，通过抬高对他们的放款利率来覆盖风险；信用评价高的，自然依赖自身的优质背景，能以更低的利率来获得贷款……在这两者的平衡点上，梦信一直是行业中的佼佼者。可是云微，怎么能在数据上甩开梦信这么多？

"他们在个人信贷这块的风险控制，用的是摩飞AI的一套系统。"陆升明说，"那是用人工智能加大数据来作信用评价的体系。从实际情况来看，要比我们这两年用的系统好很多。"

人工智能加大数据，是这两年引人瞩目的新风向。互金企业因自身的科技属性，少不了给自己套上这两顶光鲜亮丽的帽子。但其实谁都知道，那只是披了一层皮，并不能给它们的运作提供真正有效的助力。

可是现在不一样了。

"摩飞AI啊……"金雪言吸了口气，"看来我们最初的判断是对的。"

摩飞AI，是一年多以前进入国内的一家外资企业的。它从事人工智能技术的实用落地工作，和世界顶级的优歌技术公司有深入的合作，能够拿到人工智能领域最尖端的核心技术，然后，经过对具体应用场景的针对性开发，赋予相关行业无法想象的全新能量。

比如对于互金领域，它可以通过大数据，分析出更加精准的借款人画像。具体到每个人身上，可能只有很有限的信息，可是就如同根据一次蝶翼的煽动就分析出风暴的强度和位置一样，人工智能结合大数据，可以在看似低质的人群中挖掘出优质的资产——只依靠足够庞大的数据样本和其中看似平淡的细枝末节——这是任何传统技术都无法追赶的。

一年前，梦信和摩飞AI初步接触时，摩飞描绘了这样的蓝图。他们有一个适用于互金行业的项目框架，金雪言一度也是因此心潮激荡，这绝对是先人一步的发展方向，然而，摩飞提出的条件是技术入股。

因为与茂林金融的对赌协议的存在，梦信高管方的股权被全部锁定了，一切股权相关的事，都无法操作。入股一事，摩飞又绝不让步，于是此事只好搁浅。

"摩飞向云微提供了技术支持，并且拿了云微10%的股份。"陆升明说。

仅仅10%……在场的人大多知道前情，都感到一种强烈的不甘。

云微不管在规模还是口碑上，都远逊于梦信。可摩飞也仅仅要了10%……只是梦信却什么也做不了。

"哼，云微都拿到那么厉害的技术了，还和我们玩这种下三烂的手段，也不嫌丢人啊。"财务总监许云咕哝着，她的抱怨得到了大家的附和。

对于眼下这状况，金雪言倒比这一应人等平静得多。她只是吩咐说："关振

224

华，云微在后面使绊子的事，你先和他们旁敲侧击地沟通一下，看看他们是什么态度，再决定下一步怎么办。"

"知道了。"关振华点点头。

"好了，那就这样，散会吧。"

"哎，等等！"关振华又叫了起来，神情还有点神秘，"我还有一个小道八卦！"

他这人总是这样，金雪言笑了："卖什么关子？快说。"

大家看着他，翘首以盼。看到成功吸引了全部注意力，他才说："我们大家应该都知道，摩飞AI是摩飞资本在海外创立的。摩飞资本呢，是一个香港财阀创立的投资集团，只不过他们二十年前就把资产转移到海外了。"

安小仙说："知道知道。你要说的八卦不会就是这个吧？"

"当然不是！我打听到，摩飞老板的一个私生女最近回来了。你们知道是谁？"关振华故意压低了声音，"就是不久以前就任咱们金融院首席研究员的那个姑娘，贺知微！"

贺知微挽着萧静然的胳膊从林宅的三楼下来。

这里是远离市区的林氏别墅，说是别墅，不如说是一个庄园，占地极广，依山傍水，环境怡人。林茂生在国外疗养过一阵，起色不大，最后还是在这里长住下来。

贺知微刚刚看望了林茂生，他的状况不是很好。贺知微的眼眶有点红，声音里也带着哽咽："看见林叔叔那个样子，我心里真是难受……"

反倒是萧静然拍了拍她的手背："好几年了，我们都习惯了。"

两人到了客厅，当然早有用人准备了下午茶。吃着甜点，贺知微欢快起来，陪着萧静然聊了许多她有兴趣的话题。萧静然看着这姑娘就有些感慨，虽然许多年不曾见她，但是没有隔阂，这孩子还像过去一样俏皮可爱。

"你妈妈最近好吗？"萧静然后来问。

贺知微微笑："挺好的，萧阿姨，回头我把她接来，一定让她来看您。"

萧静然自然连连说好。

贺知微看了看时间，起身道："萧阿姨，我该走了。"

"吃完晚饭再走，我已经吩咐做你喜欢的菜了。"萧静然拉住了她。

"不了，我改天再来看您和林叔叔。"贺知微甜甜地说，语气却很坚决。

"我已经叫少煜回来吃饭了。"萧静然道，"你们也那么多年没见了，不等等他？"

贺知微犹豫了一下，还是说："不了，哪里急于这一时，我和他总有机会见的。"

就在她这么说的时候，门口那儿的玻璃门打开了，一个男人走了进来，只听萧静然叫道："正说着呢，你看少煜回来了。"

贺知微回头，只见一个逆着阳光的身影穿过这偌大的客厅向自己走来，男人的面容很熟悉又很陌生。虽然挺拔的姿态如旧，但他身上成熟而微冷的气息却是她从未感受过的。

她的心头微微一漾。

"微微，好久不见。"

贺知微瞬间恍惚，但马上恢复笑容："好久不见。"

林少煜来到她的面前，看着她和自己的母亲，带着笑："怎么，这就要走？"

"可不是吗？微微也不肯留下来吃饭。"萧静然嗔怪地说着。

贺知微一笑，俯下身子轻轻抱了萧静然，然后准备离开。

林少煜说："我送你出去。"

到了外面，是一大片草坪。冬日的暖阳洒落下来，伴随着一点微风，令人轻松愉悦。两个人走了一小段，贺知微有些感慨地道："唉，真的是好久好久了，没想到我还会回来。"

林少煜看着她，笑道："你长高了。"

贺知微一怔，然后就笑了。好像因为他这一句话，久别重逢之后的那一点点小拘谨、小尴尬就消融了，她活泼地说："是啊是啊，少煜，你知道吗，刚刚我看见你，都有点认不出来了。"

时间总是会轻易改变一些东西，虽然她的笑容轻松，但心里还是有点感慨。她十六岁以前，一直和母亲在这城市生活，也得到林家的诸般照顾。后来她患上重度抑郁症，为了换个环境，不得不远赴美国。幸好后来慢慢好转，这几年已经基本恢复正常。

"这次回来，不走了？"

"那可没准。"贺知微拂了拂被风吹乱的头发，"只不过答应了我父亲，为摩飞打开国内市场。只要局面良好，他就会给我更多份额的继承权。"

她坦然说着，倒不隐瞒。这与林少煜的推测也差不多，然而……

"既然这样，你不在摩飞AI，反倒进了金融院，我很意外。"

"我才不要管理一家公司呢，多烦啊。"贺知微笑，"孟伯平是职业经理人，二十年来为我父亲打理过七家企业，成就斐然。这次我父亲让我挑一个人、一家公司，我就挑了孟伯平和摩飞AI。"

"挑得好。"林少煜都不禁赞美了一句。摩飞的老板贺望洲，二十多年前在大陆遭遇过一次惨烈的失败，所以后来远走海外，不再涉足国内。但如今中国这块蛋糕越来越大，总不可能视而不见。只不过听贺知微的说法，摩飞显然不打算一开始就投入太多的资本和力量。

贺知微担任的角色，不过是投石问路的石子。

可就算是石子，也有自己的目的和意愿。

摩飞AI，确然是摩飞旗下众多的资产中最锋利的那柄锐刃。它不具备太多资产，却灵巧轻盈，能够和多个领域的行业深入契合。并且，AI的实际应用，具备不可取代的竞争力。

"少煜，你要帮我呀。"贺知微笑盈盈地看着他。

林少煜说："摩飞AI，我很有兴趣。"

他的眼神中闪过一道光，贺知微定睛一看，又消失了，仍是一片春水似的温润。

狼一样的目光，锐利又无情，她在她父亲的眼中见过，在华尔街那些老谋深算的男人眼中见过，却没有想到有朝一日眼前这人，也会如此。

随着心底泛起的一点警觉，少年时代残留的一缕遐思烟消云散。

但她的笑容还是那么天真无邪："好了，我先走了，来日方长。"

林少煜回到客厅里头，见母亲正在慢慢喝茶。

他在桌旁坐下来，陪母亲说了会儿话。他独自住在市区，不太经常回来，今天是萧静然特意打了电话让他回来吃饭。

"你现在见到了微微，她妈妈特意叮嘱，有些事千万别和她提了。"萧静然道，"你知道我说的是什么。"

林少煜点头："放心吧，我明白。"

"她和我们失去联系那么多年，这次见到，还是那么乖。"萧静然闲聊似的，看上去很开心，"这样我也就放心了。"

林少煜笑笑："你今天喊我回来，就是为了让我见她？"

"对啊。"萧静然很自然地说着，"你们小时候关系多好啊，她是不是叫你哥哥？在家里吃饭，总没有在工作场合碰面那么生分。"

"妈妈，有些事，你不清楚。"

林少煜说了一句，萧静然就不说话了。的确，商业上的事情她不清楚，可是看着儿子的眼睛从清澈到幽深，时而阴晴难辨，萧静然有些欣慰，又不免有些酸楚。

覆手为雨、杀伐果决的男人，在旁人眼里值得仰望，作为一个母亲，却觉得心惊。

过去，他一向阳光温润，也没有体察过世事如何多艰。如果不是他的父亲几年前出事，他也许不会是如今这样的……

萧静然的思绪被林少煜的声音打断："我去看看爸爸。"

林茂生住在二楼的大房间里。

这个巨大的卧室有将近一百平方米，包含了林茂生日常起居能用到的所有设备。从入口进去是可供随时体检的仪器，康复训练所需的器材，还有陪床护理的床位。一直往深处走去，林茂生的大床才出现在眼前。

大床对着弧形的落地窗，没拉窗帘的时候，瘫痪的病人就好像悬浮在窗外的一片虚空里。林少煜去看父亲的时候，总有这样的错觉。

不过床是可移动的。这会儿，床的正面对着的是巨大的显示屏，上百寸的LED屏，仿佛给这个房间开辟了另外一个空间。

每当林少煜走进这个房间，总有一种沉闷的压抑感。明明是宽敞明亮的空间，偏偏让人呼吸都不顺畅。望向床上的父亲，他总感到很大的压力。

因为父亲的目光总是阴冷底下带着隐约的癫狂。

林茂生的身体状况十分不佳。

几年前的脑出血让他处于生死一线，最好的医疗手段硬生生把他从鬼门关抢回来。他恢复意识，却几乎失去一切行为能力。三根手指，活动的眼球，基本是他能自主活动的全部。至于说话，费尽全力说出几个音节勉强可以，要流畅说话，只能靠电子音。

有赖于这个时代的好处，他的床前接满了电子设备，还有特制的电脑，靠着仅有的活动能力，他还可以操作机器，输入信息。

他的脾气很暴躁。然而，如果不是非常亲近的人，甚至都觉察不到他内心的狂躁。他不能嘶吼，不能摔东西，不能用一点点外在的表达方式来发泄痛苦。最多只有电子设备的尖啸声，传递出堪称诡谲的情绪。

也许是无法发泄的情绪的积压，让他变得越来越神经质。三年前回来后，他绝食过。尽管营养液持续输入，但长久下去不是个事。是萧静然陪了他四天四夜，才软化了他的求死之心。林少煜一直记得那一天，他就在这床前，母亲猛地一把拉住他，让他跪伏在床沿。

"茂生，你看一看，你为了茂林叫了少煜回来，现在他为茂林做了多少？你难道真能无牵无挂就去了？你不想看他娶妻生子吗？你抛下我们，你想过我会不会伤心吗？"

萧静然的声声质问，带着哽咽。非常难堪的回忆，林少煜总是刻意去忘却。这些年，他很少有那样彻底无能为力的感觉。

林茂生经过了长期的心理和生理上的疗养，这一年多来状态终于渐渐平稳。说起来，还得感谢一样东西。

那就是网络游戏。

虚拟的世界里，有直截了当的战斗和刺激神经的血腥，他可以假装自己又是一个生杀予夺的人。他很快成了每家游戏公司最追捧的大R（人民币玩家），毕竟现在市面上大多数游戏，真金白银砸下去，总能天下无敌。

此时屏幕上就是以假乱真的山巅，山顶站着一个侠客。

林少煜进来，二十四小时护理的人就出去了。林少煜在床前坐下，故作轻松地问："爸爸，你几段了啊？"

这是问他游戏人物的竞技场段位。最近他喜欢的游戏《论剑》，是个古装武侠游戏，他有许多个小号，站在那里都是一副独孤求败的样子。

"爸爸，我们来打一局啊。"林少煜笑着拿起旁边的手柄。

每当看见父亲玩着这类游戏，他心中极是不忍。可是正因此，他更特意地想要多陪伴父亲一些。为此，他也建了一个人物。在简单的操作下，大屏幕分成双屏显示，林少煜登录自己的人物，父子两人厮杀起来。

很快林少煜就输了，自然还是林茂生充值比较多的缘故。林少煜放下手柄，有些出神地说："爸爸，记得小时候，有一次我们也这样在一起打过游戏。"

"有吗？"电子音是冷的。

"那时候还不流行网游。"林少煜轻声说，"我特别沉迷一个游戏，你也陪我玩过一两次。但是我为了收集机甲不吃不睡，最后只剩下一个机甲还没拿到的时候，你生气了，拔了存储卡，把我的存档毁了。"

林茂生没说话。

林少煜接着说："我因为这个跑了出去，摔了一跤，好像昏迷了三天？从那时候起，你就再也不限制我做任何事情。你一直给我最大的自由，我想玩音乐，想玩赛车，你都随我，任何事上你都支持我。我知道，你也从来没有打算把茂林全交给我。在我们这样的家庭，为了给我这份自由，你需要下定什么样的决心，我都明白。"

只要他回来，就常常这样和林茂生说话，但是大多数时候是一种自言自语。林茂生给予的回应，往往是没来由的不耐烦或者是嘲讽，有时候甚至还会恶言相向，对此林少煜也不以为意。

他很清楚，父亲已经变成了一个与过去截然不同的人。那个叱咤风云、威严果敢的企业家永远不会再回来，但他作为儿子的责任却不会变。

出乎林少煜意料的是，这一次，林茂生竟问道："最近公司还好？"

他很久没有过问公司的事情了。虽然他的大脑还可以运转，但是做企业，有太多的信息瞬息万变，此一时彼一时。

林少煜很高兴："挺好的，爸爸，今年我们的战略调整已经有了成效，高端制造业的占比已经达到11%。我会带领茂林好好走下去的。"

"要小心。"

林少煜一怔。

仿佛是告诫，又仿佛只是随口的一声嘱咐。

"爸爸？"

但林茂生不再回应，而是闭上了眼睛。林少煜静了片刻，没有再问，只是给父亲掖了掖被角，眼底不由得流露出若有所思的神情。

梦信和云微在线沟通了几次，云微那边的态度十分强硬。不管用什么形式，暗着说，明着说，他们都不承认做了有害梦信的行为，当然更没有一点改过的意思，这就让人十分恼火了。

"是可忍孰不可忍啊，不能看着他们就这么嚣张下去了！"

于是就在金雪言的办公室里，陆升明、关振华、张琪、邵锦、安小仙几个人开了个小会，性急的关振华坐下就嚷嚷着。

"那你说怎么办？"安小仙斜眼看他。

"要不让邵锦去把他们的网站黑了吧！"

对于这种提议，邵锦连反驳一句都懒得，其他人都笑了起来。几年来，这种高层的小会，都是最轻松的。大家集思广益，天马行空，遇到一些重要的策划案还会脑洞大开。虽然现在一切都在正轨上，没什么事用得着他们这几个人同时出手，但这大概是唯一一个大家都很爱开的工作会议。

一向最口没遮拦的是关振华，果然今天又是。陆升明说："说正经的，教训云微也不太好办。"

毕竟那些广告是人家自己买的，跳到自己的网页去，别人哪能插得进手？再说设计上的"抄袭"，就算诉讼，也掰扯不清楚，成本又惊人。

"这个，其实云微只是小丑，他们跳一阵子也就过了。我们还是做好自己，加强一点宣传，把客户拉回来，不值得和他们计较。"张琪还不适应这小会的氛围，中规中矩地提议说。

其他人都一笑，张琪也是刚刚入职，负责运营部，所以并不了解他们这位总裁小姐的处事风格。云微都欺负到头上来了，她怎么可能"做好自己"，就此不理？果然金雪言开口："你们觉得云微在线最大的弱点是什么？"

　　大家都想了想，陆升明说："是那些还没消化掉的大额企业标。"

　　"不对。"金雪言举起一根手指摇了摇，"是孙见云此人的格局。"

　　"对啊。"安小仙点头，"他模仿我们，就算能拉去一点流量又怎么样？其实是把我们的形象推给了客户，他们自己的形象根本就没了。"

　　"你说他们好歹也是一个二线平台，这样有多蠢啊。"

　　其实以前也不是没人这么干过，只不过都是特别底层的小平台才会玩这手。云微是因为已经颇具规模，才引起了梦信的注意，他们这样做无异于自毁品牌。

　　"所以既然他们要打广告，我们就替他们打，一直打到他们满意为止。"金雪言笑吟吟地说，"张琪，明天开始，你就去那些小网站或者自媒体，给云微在线买两百个广告位。"

　　"啊？哦。"张琪还摸不着头脑，但剩下的人都十分兴奋地好奇起来，因为金雪言露出了那样的笑容，接下去肯定是有人要过得不太愉快了。

　　于是从第二天开始，梦信就帮助云微在形形色色的小网站上打广告。

　　那些广告成本很低，覆盖面却不低。可能是某个角落的一张图片，也可能就是一条文字链接，点进去，是云微在线。

　　当然那不是真的云微在线，而是和云微非常相似的界面，但又绝不一样。一打开，就会跳出提示"您的电脑/手机已被植入木马，若不充值，文件资料将被销毁"。

　　当然那也不是真的木马，只不过一个看上去非常真实的对话框，但已经足以令人大吃一惊。大多数人会在心里暗骂一声，关掉页面。有些人心里还会打鼓，不知道自己是不是真的中了病毒。

　　这样一来，"云微在线"就被贴上了木马的标签，成为千夫所指。

　　"救命，我点了个什么云微在线的链接，是不是中毒了？"

　　"千万别点那个图片！切记切记啊。"

　　"这就是最近流行的病毒，就叫作'云微'。带'云微'字样的，都小心点，赶紧杀毒去吧。"

　　真的假的，有的没的，都在告诫别人，别点击云微在线。邵锦那边检测到，短短一周，云微网站的访问量暴跌40%。

　　"这么搞，云微会不会告我们恶意诽谤啊？你说这和你黑了他们的网站有什么区别？"来到技术部看数据的关振华，明明心里爽得不得了，却故意做出一副忧心忡忡的样子。

"我们放的链接、图片、网页，没有一个写明是云微，就像他们对我们做的那样。"邵锦敲着键盘面无表情，"如果他们要告要吵，那最好，我们不是正等着这个？"

"是是是。"关振华也不是不知道这些，邵锦这么回答，他更是笑得眯起眼睛。

邵锦忍不住接着说："得了，别杵在这儿了。第二个阶段已经开始，你不去运营部看看？"

运营部新策划的活动已经上线。

梦信替云微买广告，无论如何投了钱。钱投下去，没回报的事，是绝对不能干的。云微木马的事发酵之后，梦信便推出了一档活动：新用户赠送价值329元的杀毒套装。

为了控制获客成本，几年来梦信的新手福利都不太高。杀毒套装的实际价格当然没有那么高，本来也不容易引起用户的兴趣，可是云微的事情一闹，大家忽然发现网络安全也十分重要。对梦信来说，这已经是难得的放水。再加上关于支付安全的问卷调查活动，完成后能随机抽奖，奖品有各种数额的红包和小礼品，一时间新老用户都玩得不亦乐乎。

"相比上个月，我们的网站流量翻番，新用户、成交额都有20%以上幅度的增长。"

"知道了。"

听到数据汇报，金雪言只是这样回了一句。这一系列行动，她定下策略后其实就没再过问。毕竟云微这么折腾，对于梦信只是日常运营中的一点小涟漪，连风浪都算不上。

"不知道孙见云现在是什么表情。"看着数据的安小仙高高兴兴地说。

金雪言笑着摇头。

不过，尽管她毫不在意，很快，她还真的看到了孙见云的"表情"。

那是在金融办的会议上，因为出台了新的监管文件，金融办便召集他们这些公司的管理层学习。对平台合规化进程，金雪言一向重视，总是亲自前往。

会场里，孙见云拨开人群过来，坐在了她的身边。

"金总您好，我是云微在线的孙见云，想认识您很久了。"孙见云向她伸出手，一脸恳切的笑容。

金雪言并没把手从大衣口袋里拿出来，只是看着主席台："会议马上就开始了。"

几秒钟后，孙见云收回了手，靠上椅背，倒也神色如常，不见尴尬。过了一会儿，他淡淡地道："那些事情，都是梦信做的吧？"

金雪言没回答。

孙见云又说："嗨，我进这圈子以来，就听说金小姐心狠手辣，果然如此。也罢，就当我们云微想沾光却找错了对象吧。"

"沾光？"金雪言忍不住笑了，"可能在孙先生那里，偷了别人的东西，倒是看得起人家？"

孙见云低笑一声。

这时主席台上金融办主任说道："关于最新的五十七号文件，我们请金融院的贺知微研究员给我们做一个详细的解读。"

金雪言看见贺知微从主席台上站了起来，她今天穿了一身深色套装，扎马尾辫，只略施粉黛，看上去老成许多。

她是新金融方面最核心的研究者、最权威的专家。

摩飞资本的千金。

和林少煜一起长大……

金雪言的眼神不觉有些复杂。

"今天这份文件，有上百条细则，但我们应该抓住的重点只有一个。"贺知微扬了扬手中的文件，声音清脆，"那就是针对互联网金融平台的备案即将开始。这是一场大考，适者才能生存。"

这个消息使所有人的心都提了起来。贺知微的讲话和金融办那些领导的照本宣科果然不同，她接下去详细讲解了文件的方方面面，通俗易懂，效率极高。

总而言之，对互金平台的实际备案操作已经落实。只有满足所有的规定法则，通过备案，才可以以合法经营者的身份开展相关业务。不能通过的那些，就会沦为非法企业，被清出这个行业。

虽然清退一定是个漫长的过程，但若不能在第一批通过备案，之后就会举步维艰。

文件中定下的最后时限，是明年六月。整整半年时间，这些企业需要明确自己信息中介的身份，把业务形态调整到完美符合标准的状态。说是生死攸关，毫不为过。

随着贺知微的讲解，金雪言飞快地在心里对照着梦信的实际情况。有很多标准都是之前预计到，也早已整改的，还有一些需要修正，接下去任重道远。

很多其他平台就不一样了，会场里低低的叹气声一片。

金雪言注意到，一旁的孙见云手紧紧抓着扶手，目光茫然，冷汗从他的额头上流淌下去。

不说别的，只说云微在线的那些大额企业标，就够他受的了。这个禁令颁布已久，要彻底转型，的确不是那么容易。可是之前只是违规，可以慢慢整顿。现在涉及备案，这就变成一道夺命的符咒。

会议结束，金雪言匆匆离开会场。会场门口，有几个其他公司的高管在议论着，孙见云也在其中。

"半年，要全部整改完毕，谁能办得到？"

"上面要防范金融风险，这也是没办法的事……"

"这也不准做，那也不准做，这是要把我们关进笼子里啊。"孙见云的声音恨恨的。

金雪言略略顿了一步，清冷地道："不，只是给风筝拴上了线。"

她就要与这群人擦身而过，孙见云却上前一步，拦住了她。

"我们的风控模型摩飞2.0就要上线了。"他有些阴沉地说，"别得意，看这一块，谁才是金字塔尖的那一个。"

"拭目以待。"金雪言冷冷地丢下一句，扬长而去。

既然备案开始进行，那么整顿自查，迎接大考，就是接下去工作的重中之重。梦信的全体会议开了好几次，更不要说各分公司分部门一次次的细分讨论了。金雪言立下了规定，每周各部门都要向她汇报自查进度。

上千人的企业，每个人都像精密的螺丝在运转。

相关工作紧锣密鼓地进行着，工作量增加许多，但没有人有怨言。梦信在别的方面都甚为合规，现在工作的核心，还是在债权转让的优化上。

所谓债权转让，就是指在借款人和出借人的期限不一致的情况下，出借期结束，借款期却未结束，这份借款就转让给下一个出借人。在行业初期，这种期限错配的债权会由理财公司本身来收购，然后再出售给下一个出借人。但那样，就让公司在其中扮演了出借人的角色，公司触碰到相关的债权和资金，这又突破了信息中介的职责，因此早被叫停。

现在的债权转让虽然也是严格地从上一个用户到下一个用户，但是小额高频的转让，如果承接转让的资金不够，容易引发挤兑风险，因此仍然被收紧了。

而延长债转周期，意味着延长出借期限，对出借体验影响很大，不是一朝一夕间就能改过来的事，

所以只能逐渐推进。

234

又一个排满会议的工作日之后，金雪言仍在加班。时间已经很晚，梦信大厦的外面万籁俱寂，连灯光都十分稀疏，只有安小仙还陪着她。

忽然，安小仙看到金雪言抬起头来，盯着窗外的夜空出神。

"小仙，我想要摩飞的风险控制服务。"她忽然说，"很想很想。"

安小仙一时没说话。

金雪言又说："云微不如我们，对模型的执行力一定也不如我们。我们得到了那样的风险控制体系，一定会做得更好。"

当然是这样的，梦信有自己的技术研发团队，可是技术上却无法与摩飞相比。摩飞的技术来自时代的最前沿。跟上这个车轮的人，优势日积月累，迟早会把其他人甩到身后。对于梦信，这是关键的岔道口。

"要不然，再想办法和摩飞AI谈谈？"

金雪言摇了摇头。之前陆升明和他们接触过，对于股权的问题，他们油盐不进。既然如此，金雪言不会仓促地再次去谈，她不做没把握的事。

再等一年，等到和茂林的对赌协议结束，股权解禁？太久了。现在有一个云微，之后不知道他们还会和谁合作。占不到先发优势，后面的路会很难走。

何况金雪言不是个善于忍耐的人。

"梦信会取得摩飞的风险控制服务，我一定要做到。"她站起身来，低声说。

她想要的东西，从来不可能放手。

第十一章 清除障碍……

今年茂林的元旦酒会，在茂林金辉大厦举行。

极尽奢华的会厅，灯火通明，巨大的落地窗映出一室盛景。茂林集团一年一度的大型晚宴，美食、美酒、服务，无一不是这城市的最高规格，当然还包括参会者的身份。

有茂林集团和旗下各大企业的高管，茂林参股企业的高层、相关合作商，甚至包括政要人士……能在这个层面上与茂林集团产生交集的，无不是一方诸侯。

作为这酒会上不起眼的小小一员，金雪言也年年收到邀请函。

"穿红的那件，还是黑的那件？"在前去赴会之前，她在全身镜前看着自己，认真谦虚地征求着安小仙的意见。

"红的好看，过新年嘛，喜庆。"安小仙笑眯眯的，她的眼光总是十分纯朴。

她自己今天穿了一件白色的蓬蓬裙，像一只活泼的鸽子。每年前往茂林的元旦酒会，金雪言都由她陪同。

本来参加这样的酒会，应该是男女伴同行。那些满面春风的老总会带上自己的夫人，或者小蜜。就算女性的高管，也会带上身份合适的男同伴。

像梦信这样的企业，最适合出席的应该是陆升明，尤其是在他升任副总之后。

但为什么女人身边一定要站着一个男人？她牵着安小仙的手站在灯火辉煌里，又有哪里逊色于他人？

她看着镜中的自己，是美丽的。这种美丽，会引来许多欣赏和觊觎。这种美丽，有时候也能成为武器。但那种博弈只能在不见光处，在这个世界上真正的正面搏杀中，唯有亲身化作长刃，锐意进取，才能决胜千里。不管是商界还是任何一个领域，都一样。

所以她的美丽早已不是武器，只是悦人悦己之物。

那么，他会喜欢哪一件？

浮起这个念头，金雪言心头一跳，像有什么想要破土而出。

她很久没见过林少煜了。实际上，他们本就不会有太多的机会见面。茂林投资梦信之后，果然对业务毫不插手，给了最大的自由。他们被一根若隐若现的绳索牵连，日常中却真的没有什么交集。偶尔会在新闻上看到他，偶尔会在这样的酒会上遇见他，仅此而已，一切如她所愿。

有关他的一切，在她这里，不曾驱逐，也不必辗转，只静静收藏。

她和安小仙一起到了茂林金辉，酒会还未开始，果然已经热闹非凡。人人锦衣华服，姿态优雅，等待投入一个觥筹交错却各有所图的夜晚。

金雪言和安小仙走进会厅，就有侍者送上热饮，服务周到。安小仙四周环顾着，又挽住金雪言的手，小声说："他还没来呢。"

金雪言好笑似的轻掐了一下她的脸。

安小仙和许云这两个人，对她和林少煜的关系，总是恨铁不成钢，无奈八卦缺乏素材，也就只能脑补了。

今天这样的酒会，林少煜自然会现身。只不过此刻，他还在会厅楼上的休息室里。

他在下棋。

修长的手指执起"王后"，把对方的"王"逼入死角，无处可逃。棋盘对面的男人沉思了五秒钟，便把棋盘一推，放松地靠上沙发，笑道："不下了，赢不了你。"

林少煜一笑："靖伟兄的棋力退步了。"

方靖伟无所谓地摊了下手："老了，不比年轻时了。"

林少煜喝了口茶："你那边，都好吗？"

"放心。"

简单的对答过后，两人沉默了一小会儿。

每年酒会之前的这段时间，两人都会对过去一年的集团总体状况和未来的发展交换意见，这已成习惯。然而，方靖伟非常清楚地感觉到的是，这种碰头已经越来越不必要。从他说、林少煜听，到林少煜说、他不时发表意见，再到似乎没有什么可说的内容……近一年，他对集团的很多事情，都只能从内部公文和通告中了解了。

自三年前东南亚的房产项目大有斩获之后，林少煜没有延续集团此前的发展路线，而是以一种稳定的步调，开始抛售地产类资产。茂林集团的资产负债率越来越低，取得了充足的现金流。而这些现金，逐步投入到了制造业，尤其是高端制造业中。

对于这种方略，很早的时候方靖伟就提出了质疑。制造业利润微薄，高端工业这一块，又需要投入难以计数的研发成本，本不是茂林的立身之本。可是林少煜力排众议，甚至是一意孤行，非常激进。

他是怎么想的，方靖伟当然清楚。在眼前这个年轻人逐渐掌控了茂林这艘巨舰之后，他希望它驶向自己眺望的方向。于是经过一些权衡之后，方靖伟决定放手。

董事局的席位还保留着，但他的影响力已经大不如前——尤其是在原来的高层核心都有了很大变动之后。他专注于茂林金融，茂林金融这几年的重心，放在了证券债券等传统领域中，也做一些风投。但金融业务，毕竟不是集团的核心。当年对互联网新金融的开发，也如蜻蜓点水，浅尝辄止。

他们投资的几家互金平台，都已经陆续退出，除了梦信金融。

"和梦信的对赌协议一年之后会结束。"果然林少煜提到这个话题，"到时候不管结果如何，我们都会有可观的收益。然后，就退出吧。"

方靖伟点点头，他已经很久没有反对过林少煜的意见。

"不过梦信，需要一个新的突破口。"方靖伟想了想，拿起一颗棋子，饶有兴味地说，"你对摩飞AI怎么看？"

"欲将取之，必先予之。"

"只不过梦信，恐怕等不了那么久啊。"

林少煜也拿起一颗棋子，笑了笑："三十年前，在国际象棋领域，电脑战胜了人脑；现在，就算在人脑引以为傲的围棋上，电脑也已经无人能敌。谁也不知道将来会发生什么，我们要抓住的东西太多。一个小小的风控模型，对梦信可能颇为重要，但在这场变革中，又算得了什么？"

方靖伟默然。

这时小瑞进来，说："林先生，方先生，时间差不多了，可以下去了。"

酒会即将开始的时候，林少煜终于现身。

从会厅中央宽阔的旋梯上，他缓步走下。这一瞬间，会场的主灯光落在他身上，衬托得他如同云端走下的神祇。黑色的正装，挺拔的姿态，给他带来一种高贵清冷的气质。

他的身后跟着数名茂林集团的核心高层人士，但所有视线为他一人所吸引。

他是这个金碧辉煌的大厦的主人，这个商业帝国的主人。

这群人在旋梯的中段停了下来，站在这里已经可以俯瞰全场。厅内的人，也得以看清这个男人俊美而深邃的面庞，他的嘴角此刻噙着笑。

"各位，很荣幸大家光临茂林集团今年的新年晚宴。"林少煜开口说，他的声音经由附近的扩音装置传开，十分清晰，"今天来到这里的，都是我们茂林的同事、同僚，或者相携相依的朋友。很高兴过去的一年，大家能和茂林一路同行，在未来，茂林也不会辜负大家的期望，将会与各界展开更加广泛深入的合作。"

掌声四起。他环视全场，笑着缓缓道："大家应该都可以看出，茂林集团处在一个转型阶段。今年，我们的新兴产业规模已经进入一个稳健发展的通道，其中高端制造业的比重更是达到了11%。虽然转型之中，难免有阵痛，但我们有信心带领茂林在各位同人、各位朋友的支持下，与大家共荣共赢，创造更辉煌的明天！"

掌声如潮，他有力的话音也给在场的人带来一股激情。

不过林少煜的这番话，虽然是笼统的套话，但也别有一番意味。

他提到了"转型"和"阵痛"。事实上，茂林这两年激进的转型策略，确实遭遇了不小的反对之声。而在这个过程中，集团财报也的确不尽如人意。只不过茂林根深叶茂，虽然遇到了一些困难，但仍能举重若轻。

整个酒会气氛热烈融洽，衣香鬓影，歌舞升平。有人忙着结交新人，挖掘新的资源，有人专注于巩固人脉，寻找来年的利益。

人人全情投入，金雪言却低调地站在窗边，没有加入人群。

自从她放任自我，显露出冷淡的性格，安小仙就不得不接过代表梦信对外社交的重任。她纯真可爱，大多数场合下都很受欢迎，这会儿已经不知道到哪儿去了。

金雪言注意到了孟伯平。

这个旅美多年的职业经理人，带着特有的阅尽沧桑的风度，正在不远处与人闲谈。他虽是华人，但在他戎马半生的职业生涯里，中国大陆是未涉及的战场。摩飞AI进入国内以后，欲合作者趋之若鹜，他对于合作对象的选择，却十分谨慎。

但贺望洲的女儿，在国内的摩飞事业上，到底有多少发言权？孟伯平又能对摩飞AI全盘掌控吗？

金雪言的目光扫过会厅，确认今夜贺知微并没有出现。也许是因为她有半官方的身份，毕竟不适合和某个企业走得太近。

然后她看到林少煜停在了不远处。

他也是应付了一拨又一拨的人，刚刚脱身。他的目光转动，也看到了她。

他朝她扬了扬手，示意她过去。

金雪言有点踌躇。

她并非不想到他的身边去，但这种招之即来的方式，让她觉得不舒服。

如果说三年前的他只是初掌大权，锋芒毕露，那么如今，便是居上位者，生杀予夺，弹指间灰飞烟灭。

有一瞬间他明明就在眼前，她却觉得他十分遥远。

但她马上收起自己这些无谓的念头，露出微笑，向他走去。

他低头，看她近在眼前，瞬间微露笑意。

然后他并不多说其他，只略略示意，便带着她朝孟伯平走去。

见到林少煜前来，孟伯平的笑容亲切而庄重。他举杯，笑呵呵地说："林董事长，早想和你喝一杯，可惜今晚你是大忙人，一时不敢叨扰。"

"孟先生说笑了，我是晚辈，当然应该我来敬您才是。"林少煜与孟伯平轻轻碰杯。

孟伯平的视线落在金雪言身上，林少煜自然而然地介绍道："这位是金雪言小姐，梦信金融的总裁，与我们茂林也有深入的合作关系。"

金雪言伸出手，诚挚而热烈地道："我一直非常非常仰慕孟先生，您执掌过各个行业不同类型的多家公司，全部走到了行业的顶端。"

孟伯平和她轻轻一握随即放开："梦信金融我们之前也接触过，金小姐年轻有为，希望日后能有机会合作。"

他的目光掠过林少煜和金雪言，意味深长。

金雪言心中，当然有一种迫切，但她还是按捺住了自己。她和孟伯平说上了话，还有林少煜的引导，但她可以感觉到，孟伯平的姿态仍然是滴水不漏。因此，这仍然不是一个走近摩飞的转机。

果然，孟伯平马上向他们次了欠身，转身离开。

实际上，这场酒会，孟伯平也只是在这里露了个面，很快退场，有许多想要结识他的人都惋惜错失良机。截至目前，摩飞AI仍然保持着它适度的高傲和神秘感。

之后，林少煜又应付了一阵子各方来客。金雪言则找到安小仙，陪着她言笑晏晏，不动声色地解决了一个执着地请她去酒吧玩的男人。等到脱身，安小仙不禁向她吐了吐舌头。

她有时候也有点心疼，她知道安小仙和她不一样，只是这是在这圈子中成长的必经之路。

酒会渐渐接近尾声，趁着安小仙上洗手间，金雪言拿着一杯香槟，来到了露台外面，这冬季的露台上仍然花团锦簇。冷风一吹，她觉得心情舒爽多了。正深呼吸时，林少煜来到她的身边。

她没说话，他也没说话，就那么静静地站着。他们身后人声喧杂的社交场都远去了，只有彼此的呼吸声，如此静好。

是林少煜先开口，他低声说："在股权锁定的情况下，要和摩飞达成风险控制方面的合作，恐怕不太容易。"

金雪言点点头，她当然知道这是个死结："车到山前必有路，再等等看吧。"

"茂林与摩飞，也在进行其他领域的合作洽谈，一样不太顺利。"林少煜道，"他们的野心，有些太大了。"

"我想知道，这种野心，是来自摩飞后面的资本，还是来自……"她似笑非笑地看着他，"你的老朋友贺知微？"

"这两者，其实没有什么区别。"他却不以为意地道，"她回来，一样是摩飞局中的一步棋而已。"

这证实了她的猜想。金融院作为高层次的半官方机构，能够由上而下地掌握到许多信息，在资本运作方面更容易有宏观的把握。同时在摩飞本身的运作之中，贺知微又可以置身事外，这不失为一着妙棋。

不知为什么，她不想再继续这个话题，而是露出爽利的笑容，说道："少煜，对于你带领茂林做的事情，我……"她似乎在思考着措辞，"很欣赏。"

林少煜忽然伸手，摸了摸她的头发："我要做的，不止这些，还会继续。"

是啊，他会继续，继续引导茂林这部巨大的机器，创造更大的价值。

将企业的重心从房产、证券这些务虚的行业上移开，将资金注入技术和创新领域，推进高端工业的研发和制造，打造一个更具硬性实力的商业帝国——这就是他的雄心。

在中国，呼吁振兴实体经济已经多年，只是多数人都难以突破困境。像茂林这样体量的企业选择的方向，能够影响甚至决定无数下游产业的发展走向。

当然，茂林不会放弃金融产业相关的资本工具，茂林金融也一直在欣欣向荣地运转，但金融只应该是工具，而不应该是目的。

它可以促进实体产业的发展，而不管它多光鲜亮丽，金融从业者都不该忘记金融服务实业的根本责任。

这也是她发展梦信的初心，她时时以此提醒自己。

想到这些，看着眼前的面容，她心里不禁百转千回。但这样不好，她掩饰地笑笑，把视线随意地转向屋中。

透过玻璃门，可以看到会厅里明亮的灯光和交错的人影，金雪言不禁"咦"了一声，她看见一个出乎意料的人。

云微的孙见云，他正和旁边的人热络地交谈。

"嗯？"林少煜探询地看着她，她便说了。以孙见云的层次，他应该不是会收到这场酒会的邀约的人，当然如果他削尖了脑袋想要来，也不是不可能的事。他出现在这里，是因为他千方百计地想来，还是出于云微和摩飞的关系？

林少煜不认识孙见云，更没留心过云微这么一家并不亮眼的互金平台。金雪言三言两语说了云微的背景和"事迹"，他沉吟了下，说："和摩飞无关，云微已经完了。"

语气笃定、冷酷，金雪言心中一惊，转头看他。

"茂林的酒会上，总有许多资源。"他笑笑，"一个平台，过不了备案，岌岌可危。这个时候老板出来找资源，会是为了什么？"

"云微……要卖身？"金雪言霎时间明白，看向孙见云的目光就有些复杂，"他的动作很快。"

这时她的手机响了，她放下手中的香槟一接，是安小仙，她不该再耽搁下去。

"我先走了。"她低声道，他点头。她略一迟疑，最终却只是低头与他错身而过。

看着金雪言离开的背影，林少煜深吸一口气，对自己笑了一声。

然后他独自在露台上，拿起栏杆上她放下的那杯残酒，慢慢饮尽了。

元旦三天假期过去，就是最为紧张忙碌的年末阶段。一年的工作要收尾，来年的挑战已经在路上……何况对于每个互金平台来说，非常时期，每个人都一刻也不敢放松。

所以安小仙最讨厌在工作时间接到私人电话，可惜有些电话不能不接，谁让打电话的人是生她养她的妈呢？

"妈，我知道了，知道了……"她歪头夹着电话，手指还在噼里啪啦地打字，"好，行，你说什么就是什么……哎，不对！"

她反应过来，赶紧改口："什么，相亲？不，我不要！刚才是我答应太快，没听清楚！不行，我不去！"

大概每个单身的人都体会过这种烦恼。安小仙每每拒绝，那头总是唉声叹气。这一回，安妈妈不太甘心地叫道："小仙，你不是总说和对方聊得不好，没什么共同语言吗？这回，你七舅妈介绍的这个男孩子和你是同行呢，你们一定很聊得来的！"

安小仙哭笑不得："同行就能谈恋爱啊？不说了，我挂了。"

"等等！小仙啊，人家也是高管，很有本事的，在云什么微。见个面试试，啊？"

"云微在线？"

"对对！"

"那就……见一下呗。"安小仙鬼使神差地说，"你把那人的联系方式发给我。"

她妈妈喜不自胜地把对方的电话号码发给了她。过了一两天，她抽空加了对方。那个人名叫杨浩，是云微在线的风险控制总监。他们聊了几次，平淡无奇，乏善可陈。

安小仙也不知道为什么听说他是云微在线的，就答应了先接触。这段时间，金雪言翻来覆去地看云微在线的资料。她想研究他们的风险控制，但从公开信息上毕竟只能看个皮毛。没准……从杨浩那里能打听到点什么？虽然安小仙知道这想法有些无稽，但她真的想为金雪言做点什么。

又过了几天，杨浩约她见面，她想了想就答应了。

约好的那天，她去找金雪言请假："雪言姐，我今晚得早点走……"

"哦，好的。"金雪言随口答，"干什么去？"

"那个……相亲。"

金雪言抬头看了她一眼，没说话。安小仙一阵心虚，退出了她的办公室。

看着她的背影，金雪言若有所思。这几年安小仙一直没再谈恋爱，也有人追她，家里介绍的人更是不断，但她一概是拒人千里的态度。虽然没明说，但金雪言知道，是余天给她的伤还没好。

那个男人三年来杳无音信。说起来，虽然也曾愤恨至极，但这么长时间过去，金雪言都已经忘记了他的样子，可安小仙却不是这样。

余天是她真心实意爱过的人，只是他留给了她世间最自私的恶意。如果不是遇到金雪言，她可能已经落入万丈深渊。不是抽筋化骨，她忘不了他。

安小仙没有告诉金雪言相亲对象是云微在线的人，金雪言知道了她的想法，一定会说她傻。她想，不如等真探听到什么有价值的信息，再和她说。

当晚他们约在一个商场里面的餐厅，她一个人去的，但对面除了杨浩，还有个中年女人。杨浩站起来给她介绍说："小仙，这是我的姑姑！"

女人挺热情地招呼："安小姐啊，坐，我们应该见过？"

安小仙迟疑地坐下来，然后就认出来了。对面这位，不就是云微老板孙见云的太太？两个月前在金融盛典上她们打过照面。原来风险控制总监是创始人太太的侄子，云微这裙带关系真是……

反过来看那个杨浩，眉清目秀，唇红齿白——就是有点白得过了头，不知道抹了多少粉。初次见面，带了姑姑，那意思是鉴定把关，还是压人一头？安小仙撇了撇嘴。

"姑姑，这里的牛排很好吃的。"杨浩率先给他姑姑倒上红酒，然后给安小仙倒酒，"小仙你也吃。"

"小仙家是在汉州？家里除了父母，还有其他人吗？父母是干什么工作的啊？"孙太太不紧不慢地问。

安小仙有时候可真恨自己，脸皮薄，干不出那种转身就走的事。在金雪言身边多久，也学不会她的气势。她只好压着不快，对一些露骨的盘问置之不理，只顾大吃。

杨浩和他的姑姑，对她的冷淡低落，倒也不在意，还是一口一个"小仙"叫得不知道多亲热，安小仙听得是烦不胜烦。有的没的说了好一会儿，孙太太笑眯眯地说："小仙这性子安静，我看着就喜欢。难得的是对你们这个行业有了解，浩浩，以后你工作上也有个好帮手。"

杨浩则含情脉脉地看着她说："对呀，以后小仙可以当我的助手，我们干什么都可以在一起，你说是不是小仙？"

什么情况！

安小仙放下刀叉，终于微微抬高声音："孙太太，杨先生，今天我们是初次见面，对我们之间的关系，你们可能有什么误会……"

"浩浩，你看你又乱说话。"孙太太还是笑着，然后对安小仙安慰似的说，"小仙别急，我知道你在梦信也待了很久了，和你们那位金总关系也很好吧？跳槽当然会舍不得。"

这根本不是重点好吗？安小仙想说什么，但杨浩又开了口："对不起，小仙，是我不对，毕竟就算你要跳槽，也得先把梦信那点股权拿到手再说。"

"股权？"安小仙被他说得愣了愣，然后她才想起来，自己持有梦信2%的股权。这是当时向茂林融资之时作的分配，当时梦信的五个高管，一共持10%的股权。

这时孙太太又发话了："不过呢，姑姑多说一句，小仙你也别不高兴。日后如果真要以一个人的事业发展为重，还是要以浩浩为中心。毕竟女人是要生孩子的呀，哪能老在外面打拼？而且你有梦信的2%，浩浩还有我们云微的10%呢！"

安小仙突然扑哧笑了出来，满心的怒气都消散了，只剩下看戏似的好笑。她想了起来，自己又不是来找什么如意郎君的，她本也有其他目的。

于是她甜甜地道："孙太太说得也是啊，杨……浩，你在云微负责风险控制，这是我们互金平台最重要的一个环节了。什么时候，我还想跟你学学呢。"

"什么时候都可以啊。"不知道是不是因为安小仙的脸色突然转晴，杨浩的神情有些惊喜，"我们的风险控制可是业内一流的。"

"那……能不能给我讲讲你们现在在个人信贷这块的风险控制逻辑？"

"呃，这个我也记不住，我得去问问下面的人……"

得，看来是个甩手掌柜。安小仙耐着性子，循循善诱地说："那，风险控制系统是摩飞提供给你们的？回头我看看吗？"

"回头再说。"杨浩把椅子向她这挪了挪，伸手去摸她的手。

安小仙收回手，掩饰地拿起一张纸巾。杨浩又凑过来点，把手放到了她的大腿上。

安小仙终于忍无可忍，腾地站了起来，她颤声把憋了半天的话说了出来："你们真让我觉得恶心！"

杨浩有点尴尬地站了起来，孙太太却拉长了脸："安小姐，翻脸真是比翻书还快啊。"

安小仙本也不想和他们再多说，扭头就走。但杨浩却抓住了她的手腕，他本就阴柔的脸上更带上一抹阴沉："怎么，这就想走？"

安小仙挣了一下挣不开，狠狠地道："放手！再不放我要喊人了啊！"

实际上也不需要她喊，他们这边的争执已经吸引了一些目光。看到异样的目光，孙太太站了起来，压低声音道："庄重点，女孩子这么不知收敛，像什么样子？"

安小仙重重一甩，甩开杨浩的手，目光里终于燃起斗志："孙太太，您的侄子，一个男人，只不过是他姑父手下的一个小小的风险控制总监。你说他有多少股份？10%？"她嘲讽地笑了笑，"我手里的梦信股份，虽然只有2%，但估值可是远超云微的10%。杨先生要当事业发展的中心，不如找个个人资产不如你的女人。"

孙太太和杨浩的脸都白了白。

安小仙顿时觉得十分爽快，没想到口不择言刺向对方的刀子，还挺像那么回事。

但孙太太很快就反应过来，呵呵笑了一声："我们云微，公司估值虽然比不上梦信，可是好歹东西都是自己的。小仙哪，你那2%，包括你们金总那一大堆股权，变不了现，也不知最后能归谁，不过是纸面富贵，你说是不是？"

安小仙被逼急了说出那一番话已经是难能可贵，再和孙太太这样的人吵，也是无以为继。她狠狠瞪了一眼，就要离开。

这时，片刻之前，从不远处的桌子边站起来的女人，走到了他们面前。

安小仙回头撞上金雪言的脸，目瞪口呆。

金雪言拉住安小仙的手，带着她自己常见的盛气凌人的笑容，面对着那姑侄两人："孙太太，没想到我们又见面了。"

孙太太有点瑟缩地咕哝着："呃，金总……真巧啊。"

"我好像听说什么股权的事，孙太太是不是觉得，梦信的2%比不上云微的10%？"

"我又没说错……"

"孙太太怎么想都好，不过安小姐是我的助理，会替我处理很多事情。"金雪言打量着杨浩，神情居高临下，"只怕有一天，杨总监还能不能保住他的工作，得看安小姐高兴了。"

"喂，你什么意思？云微是我老公的公司，还轮得到你插手？"孙太太耐不住了。

金雪言冷冷地说："梦信很快就会发起对云微在线的收购，只怕孙见云已经等不及了。"

金雪言拉着安小仙的手在大街上疾步走着。

"雪言姐你慢点……啊！"

金雪言突然停步，安小仙一时没刹住，差点撞上。然后她抬头，看见金雪言抱着双手冷冰冰地看着她。

"自找麻烦跑来和这种人相亲，现在开心了，嗯？"

安小仙抓了抓自己的头发，顾左右而言他："雪言姐，你怎么会来的？"

"我也在那里吃饭。"

安小仙吐了吐舌头，上前挽住她的手："才不是呢，你是担心我才跟来的。"

金雪言又好笑又无奈。

她的确是不放心安小仙才跟来的，自安小仙和她说了相亲的事，她就越想越不对，没想到是这么极品的一出。

"你是听了他是云微的风险控制总监才来的？"金雪言的面色缓和下来，"以后别做这种事了，知道吗？"

安小仙点点头，然后想起来："你刚才说我们要收购云微，是真的吗？"

金雪言吸了口气："当然。"

吃下云微在线，取得控股权，自然而然就能拿到梦寐以求的摩飞风控服务。无视一切阻碍，直取核心，就这么简单。

安小仙见她不时研究云微的资料，谋划的原来是这个。

但这个想法很快在梦信的高层会议上遭到了反对。

的确，近期孙见云暗地里正四处兜售云微在线。云微的待收金额在23亿左右，孙见云就他这一系的90%持股开出的价在8亿以上。而且他已经放出话，只要现金，不要资产，不要股权或者其他等价物。

他这是想彻底抽身了，虽然他一手创办云微，但一夕抛却，能保证下半辈子荣华富贵，也未必不好。

"我们的现金流是比较充足，但是能动用的也就只有5亿多而已，拿什么去吃掉云微？"许云从自己管理的财务方面发表看法。

"这倒也不是，他说8亿，还能真给他8亿不成？"陆升明说道，"但是云微实在不是个好的收购对象，他们的企业标要出清，会耗费大量的成本。稍有不慎，过不了备案，就是灭顶之灾。"

这话当然没错。实际上，孙见云如此果断要卖身，也正是出于这个理由。只不过他聪明，别人也不傻，接手的人必然会把这个因素考虑进去。

"企业贷，我们不是没做过。"金雪言说，"升明你尽快调研一下，处置他们的企业债权，究竟需要多少成本。"

"但是……"

"许云，告诉我，能够比较安全地调用的资金，我们现在有多少？"

"3.5亿吧。"

"好，再加一层安全垫，那么我们的目标，就是在3亿之内，收购云微。"

大家一时都默不作声。

这种话当然是金雪言会说出来的。定下一个最有利于自己的目标，然后全力争取，是她一贯的行事作风。然而，3亿？孙见云的报价是有还价的余地，但也不可能被压下如此之多。

如果他愿意3亿就出手，等着接盘的人一定趋之若鹜，根本无须费神。

梦信看中摩飞的风险控制服务，又何尝没有其他人看中？

"3亿？买个摩飞AI的技术都是划算的。"关振华若有所思地敲了敲自己的杯子，"问题是怎么做？"

金雪言说："第一步，清除外在的障碍。"

所谓的清除障碍，当然是指清除潜在的竞争对手。

孙见云把云微出手既然颇有诚意，加上还有摩飞风控这么个核心资源，那么感兴趣的买家也不少。只不过时间还短，大部分买方都处在初步接触的阶段。

潜在买方当中，大多数是一些主要做个人信贷的大平台，比如爱琴海、彩虹城堡……他们像梦信一样渴求着摩飞的风控技术，也只有他们，才会在这当口还想接手蕴藏了潜在风险的云微。

当然，所有这些公司，无不和梦信有着深入的合作，毕竟之前梦信的资产端是业界第一，于是……

"文总放心，我们给彩虹城堡提供的一定是最优质的借款人。"陆升明和彩虹城堡总裁文杰谈及上半年的合作时，就这样表态，"当然，我们梦信提供给大家的资产端如何，文总最清楚。来日我们把云微的风控整合进来，一定还会更强。"

"呵呵，你们也对云微在线感兴趣？"文杰笑道，"孙见云最近在四处笼络人心，看上云微的估计不少啊。"

他当然没说，暗地里和云微洽谈，最有意向的，彩虹城堡就是头一家，陆升明假作不知："当然，志在必得。"

"梦信一定会如虎添翼。"

文杰虽然觉得很可惜，但在心里立即做了决断。

他们是也很垂涎云微从摩飞那里搞来的风控系统，可是和梦信为敌，成本太高。别说金雪言眼里揉不得沙子，单说每年从梦信这里获取的外包资产，缺了这块都不太好办，还有一定范围的数据共享……罢了，为了一个云微，与梦信你死我活，大大不值。

圈子里渐渐传开了梦信对云微青眼有加的消息。有小道消息说，不管花多大的代价，梦信都会拿下云微。

这倒不难理解，以梦信的野心，得到摩飞的风控迫在眉睫。但众所周知，摩飞一定要合作方的股权，这恰恰梦信是给不了的。对于他们，从云微入手是唯一的法子，至于其他公司则不是这样。虽然对于合作，摩飞还没松口，但反正可以谈嘛！每个人的想法都和文杰一样。

孤注一掷的梦信，谁也不想撄其锋芒。

"老孙，听说梦信看上你们了，那架势是舍我其谁啊。"于是在酒局上，孙见云就听人这么跟他说，"其实梦信不错了，只要价格给到位，对云微也算个好归宿。"

孙见云笑着说："再谈谈，还要再谈谈。"

"哈哈，老孙就是沉得住气，拿了股权金，财务自由了别忘了兄弟们哪。"

孙见云苦笑了一下，随意地和身边的人碰杯。

对他的心情，大家当然也都心知肚明。孙见云不知使了什么神通，第一个和摩飞达成了AI风控上的合作，拿了创新大奖，估计正想大干一场。无奈形势比人强，转眼竟然落到要卖身的下场，心有不甘是在所难免。

孙见云心里确实像吃了团棉花似的堵得慌，但是因为另一件事。

因为，梦信根本没有找过他啊！

所有人都知道梦信下了决心收购云微，只有他不知道。这叫什么事？梦信和云微，他和金雪言，没在任何层面上有过任何沟通。一个多月过去，那些相关的消息满天飞，越传越真，他却没法说一个不字。

说梦信根本就是空口白话，摆了所有人一道？那么云微一样会跌入尘埃。一个卖家，不可能说那个最有权势的主顾其实对自己爱答不理，估价根本没有那么高。

这场戏他只能陪着金雪言演下去。

可是，就算他放低身段，主动约见金雪言，却被梦信方面挡了回来。

那个目空一切的女人！

这不要紧，重要的是，之前那些有意出手，甚至是追着他的买家，比如彩虹城堡之类，都已经销声匿迹。梦信这是想拖死他啊！梦信是能拖得起，可云微拖得起吗？

孙见云吞下一口红酒，只觉得十分苦涩。

但不管是焦虑重重的愁闷，还是步步为营的谋划，很快都不得不被一件事情打断。一只怪兽袭击了这座城市，导致工厂停工、企业停业、学校停课……人流一股脑往外冲，大街小巷都清静许多。

这就是中国年了。

有资料显示,在中国,经济越发达的城市,春节期间的"空城率"越高。它们吸纳了大量的外来人口,补充自己的血液,造就了自身的生机勃发。而春节像一个古老的咒语,召唤着每个来到大城市奋力拼搏的人,短暂地回归他们的来处。

梦信提前了两天放假,到最后一天,公司的人已经走了三分之二。安小仙、陆升明、关振华……他们都在这城市买了房安了家,但这个时间点上,还是如归巢的鸟,四散而去。

这几年,金雪言一般和邵锦一起过年。

土著的生活就简单多了,不用挤飞机、高铁,老老实实囤积食物,就可以准备辞旧迎新了。

年三十那天,邵锦下午就来了她家,带了包水饺用的皮和馅,金雪言准备了其他几样菜肴和水果。虽然只有两个人,但也可以热热闹闹地准备年夜饭了。

两年前,金雪言在梦信大厦附近买了一套房,九十多平方米的公寓,现成的精装,看起来温馨舒适——但也仅仅只是看起来而已。邵锦感觉得到,这屋子里缺少生活气息,连碗筷从柜子里取出来,都要先撕掉崭新的标签,这让他觉得微微酸楚。

他们的家人都已经消失在永恒的黑暗之中,可是他们必须得好好活下去。是否有一天,能够有一个人,靠近对方,让彼此温暖……若有那么一天,该有多么幸福。

"饺子煮好啦。"金雪言欢快的声音打断他的思绪,果然,她捧着一大碗饺子出来,汤面上还扑着沸腾的气泡。

两个人坐下来吃晚饭,旁边的电视里有文艺晚会的声音,窗外不时闪过一束礼花。邵锦不是爱说话的人,金雪言早年面对他曾觉得尴尬,但在公司里天长日久地相处,也就习以为常了,熟悉了他身上深入骨髓的那种孤寂。

她感到抱歉,却爱莫能助。

一起守岁,到了零点,电视里的声音掀起一阵高潮。人人似乎都为刚刚过去的钟声激动万分,回忆往日,展望来年。其实,冬日未远,春天还在来临的路上。

这种时候,他们难免想起各自父母,可是两个人都无法向对方提及自己心中牵念的人。本来金雪言的母亲是两人之间的纽带,可是她临终时的嘱托,反而给他们带来了一种微妙的隔阂。

与此同时,林家郊区别墅里,也洋溢着节日的气氛。

长长的餐桌上，满是菜肴，萧静然劝着贺知微多吃一点。她没有回到母亲身边，能受萧静然之邀来这里过年，让萧静然十分开心。

这个晚上，林茂生也被放在轮椅里推下楼来，他陷在柔软舒适的毛毯中，眼中带着少有的安然和宁静。林少煜在他的身边，亲自喂汤给他喝。

到处挂了年画和灯笼，还有许多随叫随到的用人，这个巨大的宅子不再显得冷清。

零点整，林少煜发了一条微博。

简单的恭贺新禧，不过是出于公众人物的职业素养，却惹得粉丝尖叫，连刷上千条回复，他稍稍出了下神。

贺知微走到他的身后，轻声问："在想什么？"

林少煜收起手机，站起来，笑："没什么。"

即将暗下去的手机屏幕上显示的是一条讯息的页面。

金雪言："新年快乐。"

虽然此前业界暗流涌动，但这个春节十分风平浪静，听说连孙见云都带着一家人到三亚过年去了。

金雪言也不想工作。

但她更不想在这长假变成"流动人口"，去挤那人山人海。可是忙的人突然闲下来，反而不知道能做什么。

她没有多少朋友，更不知"闺密"这种生物为何物。就算安小仙也只是一个她会去呵护的孩子，没有人能跟上她的步伐。

邵锦大学同学聚会，大年初一开始，连着三天，她就彻底是一个人了，好好休息了一天。初二下午，她开了车出去兜风。

她没什么目的地，只是想散散心。说着不想工作，心里还是转着工作的事。云微那一桩，悬而不决，前途未卜，她有时也有点怀疑自己做的是不是对的。

收购云微，虽然进展顺利，但不会那么简单。

心里诸般念头往复掠过，她有点焦躁。车子漫无目的地开着，忽然停住，她才发现自己来到了一个安静的高档社区外。

竟然是这里。

三年前，林少煜住在这里。现在他是否还在这儿住，她不知道，也无须知道。反正这儿没有门禁卡是不可能进得去的，她也不会联络他。

但她在社区外的公共泊车位旁静静地待了好久，自顾自出神。

不知过了多久，有人敲她的车窗。她回过神来摇下窗，外面是小瑞。

"金小姐怎么在这里？"小瑞认得她的车，话一出口便了然，"啊，快跟我上去吧，林先生在家呢。"

金雪言略一踌躇就下了车。

小瑞手里提着一个大袋子，轻车熟路地刷了门卡，还刷了脸，就带着金雪言上楼了。一路上，他解释说："林先生感冒了，我刚给他拿了药。"

小瑞一向知道，在什么人面前应该多说，在什么人面前应该少说。在金雪言这里，他就絮絮地说了不少，于是乘着电梯一路上去，金雪言就知道了，除夕林少煜在郊外别墅陪父母过年，然后突然推掉了正月假期中所有的活动和应酬，第二天就发起了高烧。

但他不愿看医生，小瑞只好去替他买了药。

小瑞按了指纹锁，带着金雪言进门。厚重的窗帘紧闭，屋中昏暗。小瑞挥了挥手，感应窗帘就开了。客厅里一下子明亮不少，不过空无一人。金雪言刚想说什么，他的手机响了。

小瑞看了眼手机，没接，转头看向金雪言，就带上了一脸笑容。

"金小姐，我能不能离开一会儿？不会太久，就两个，不，三个小时！"

金雪言呆了呆："你要去哪儿？"

"自从跟在林先生身边，就从来没有回家过过年。"小瑞一脸无辜，"我女朋友刚刚到机场了，所以……"

看来给资本家打工不是那么容易的，金雪言听了只好说："那你……去吧。"

"谢谢金小姐！那你照顾一下林先生！袋子里有药还有医嘱，我晚饭前回来！"

小瑞兴高采烈地把手里的袋子塞到她怀里，就飞快地冲出门去了。

金雪言为了接受这突如其来的任务，不得不定了定神。然后她环顾这个房间，比之三年前给人的感觉，更加简洁冷硬，没有任何其他人的痕迹。

她拿出袋子里的药物看了看，看不懂，当然医嘱还是能看懂的。她想想，拿了药，倒了水，走向卧室。

门没锁，她放轻手脚推门进去，里面也是一片昏暗。她看见他在睡着。

他的侧脸安静。上次见他睡着，是三年前还是四年前？她慢慢上前，见他的脸有些潮红，伸手摸了摸他的额头。

林少煜半梦半醒间，感觉到一双冰凉的手触到自己的皮肤，他下意识地抓住了它，然后微微睁眼，看见金雪言的脸近在咫尺。

这一定是梦，他想。他闭上眼睛，听她说："你烧得厉害，先吃药。"

他想起身，但实在困倦得厉害，而这声音让他觉得安全，他时时保持着的警醒竟然就那样消弭了。他听话地张开嘴，喝水，吞下药片，转头又睡了过去。

他做了个梦。

他梦见自己在黑夜中开着车，奔驰在盘山公路上，一侧是万丈深渊，稍有不慎就会粉身碎骨。四周是极致的黑暗，车里车外都看不到一点光，他只能凭借本能坚持着。

不知什么时候，远处出现了一点灯火，小小的，却那么明亮，喜悦填满了他的心。他想着，追上那盏灯就可以安全了。可是他一直开一直开，那盏灯却一直在前方不远处，无法靠近……

林少煜彻底清醒过来的时候，已经是晚上。他微微睁眼，看见金雪言在床前看手机。暖黄的壁灯下，她不再气场逼人，竟然显得温婉。

她的反应很快，他一睁眼，就知道他醒了。探手过来摸了摸他的额头，她开心地说："不烧了。"

他握住她的手，停了几秒说："我睡了多久？"

"四个小时。"

小瑞说他三个小时就回来，那显然是脱身之计。但林少煜根本没问起他，停了一会儿，他说："已经好多了，等我起来。"

等他穿了睡袍走到客厅，发现金雪言已经摆好了一碗银耳粥，他倒有些意外："你还会做这个？"

"你的冰箱里什么都有，网络上做什么的攻略都有，熬个粥还不是分分钟的事。"她有点期许地看着他说，"尝尝看。"

林少煜喝了一口，觉得可口，便很快把它喝完了。

金雪言说："美食攻略诚不欺我。"

林少煜放下碗勺，看了她片刻，终于说："说吧，有什么事？"

她说："来找你，一定要有事吗？"

"言言，这么久，你没有遇上想不通的事，怎么会来找我？"

"是吗？"

林少煜笑笑："上一次，还是因为梦信和银行对接的存管资金出问题，大笔资金被卡在路上。我当时还在澳洲，你飞到澳洲闯进我的酒店房间，还记得吗？"

她静静说："记得。"

"所以，你在犹豫？"他洞悉一切地说，"因为云微的事？"

金雪言点点头："这件事，风险非常大。"

"你觉得，拿下云微就可以得到摩飞的风控体系吗？"

"不一定。"

他满意地点头："为什么？"

"摩飞和云微的合作还不到一年，孙见云这么草率地要把云微整个出售，摩飞怎么会开心？"金雪言慢慢说，"摩飞给云微的风控系统，其实只开放了接入的端口，所有的核心逻辑和人工智能体系都还握在自己手里。如果摩飞也想要退出云微，只要停止服务，带走技术是分分钟的事。"

"是的，孟伯平很可能会这么做。梦信不付出任何股权，却得到技术服务，他不会让你如愿以偿。"

"所以我要想办法让摩飞留下来。"

"要怎么做？"

"要让他们知道，留下来的收益远远大于退出。"

林少煜看着她："即使是这样，也不想中止收购云微的计划吗？"

金雪言吸了口气："你看出来了，我在犹豫。我怕坚持下去，自己会后悔。"

"可是，你这个人啊，只会为一件没去做的事而后悔，却绝不会为做了什么事而后悔。"

她笑了："所以你觉得我还是应该去做——正巧我也这么觉得。"

"我只有一个消息能告诉你。"林少煜点了一下头，说道，"下个月，茂林和摩飞合作成立的'智能未来实验室'就会签约，这是双方初步合作的开始。"

金雪言心念一转，明白了什么，把手搭在他的手臂上："我知道了，少煜，谢谢。"

她冰雪聪明，一点就透，林少煜垂下眼睫。可是他呢？他能给她的就这么一点。茂林持有梦信的股份，以茂林的身份和资本，去争取摩飞的风控服务，不算什么难事。可是为了整个大局，他不能这么去做。

三年来，很多事情上都是如此。

他看着她独当一面，攻城略地。她有这个能力，可这一切的背后，有多少艰辛，他又怎会不知？

他只能轻描淡写地告诉她这样一个也许马上就要公开的消息，然而她就真心实意地对他说"谢谢"。

她清楚地知道他们之间的界线在哪里，而他心里的那条线，又在哪里？

金雪言起身告辞，看林少煜站了起来，她对他说："还病着呢，别送我了。"

"好。"

他送她到了玄关那里，金雪言低头换鞋。侧边一面宽大的镜子，映出两人的身影。

她站起来的时候，他忽然走到她的面前，伸手抱住了她。

她一惊，林少煜说："别动。"

用力、用心的一个拥抱，他让她贴在自己的胸口，他把她紧紧环抱在自己的双臂之间，就像不愿一只雏鸟飞走。

她感受到他的温暖、他的气息，瞬间涌上心头的竟然是淡淡的委屈。

这个拥抱持续了片刻，她听到林少煜的声音似乎在笑，可是语气却压抑，并无暖意。

他说："言言，如果我们能走到云开日出的那一天，你就嫁给我吧。"

如果我们能走到云开日出的那一天，你就嫁给我吧。

他怎么能这样！

玛莎拉蒂飞驰在霓光夜色之中，车中的女人心中却气血翻涌。

有蜜糖充溢舌尖的甜，也有砒霜入喉、五脏俱焚的痛楚。她从来不知道，自己会因为男人的一句话就如此心态失衡。

他这算什么？把小心翼翼保持的距离通通破坏，把三年来努力维持的平和心境轻描淡写地摧毁。云开日出的那一天？为什么要找这样的借口？是，三年前，他面对外面气势汹汹的觊觎，说她没资格站在他身边；三年过去，现在他面临的局面是企业转型、业绩下滑、各方质疑，其实要比当年复杂和凶险得多。

但她接受不了这样的说辞。

似乎是甜言蜜语，背后隐藏的却是进退自如。他怎么能用如此具有杀伤力的方式，牵引着她，但又推拒着她？也许他们想做的事太多，未来风雨之路还长。可是，如果因此就不能相爱，将此视作无法跨越的障碍，不能共同承担，那就有负于他们勇往直前的华美人生。

所以，那是他的一时冲动，是他玩的一场游戏。翻来覆去暧昧的戏码，在成年人之间上演，应该一笑置之，应该习以为常。可是，她是金雪言，她厌恶着如此俗不可耐的剧情，那不应该属于他们两个人。

"原来你不懂，我以为你懂得。"片刻之前，她离开他的怀抱，冷淡而平静，"少煜，如果有一天，我想要嫁给一个人，只会是因为我的心已经属于他。至于外头，是阴是晴，那与我无关。"

她这么说的时候，面对他的是一个广阔的灵魂，可是此刻被小小的车子困住的，是一个迷茫的脆弱的女人。她不喜欢这样奇怪的关系，然而，她的青春里最真诚的恋慕、最深刻的爱欲，毕竟给了他。她紧咬着唇，一时竟不知还能如何把心中的憋闷发泄出去。

长假结束，所有的事情回到正轨，以一种快节奏的步调向前推进。

"差不多应该找孙见云谈了啊，再拖下去，这出戏可就要崩了。"又一次高层小会上，关振华提醒道。

"云微有什么动向？"

"云微没什么动作，但摩飞已经和几个平台有了新一轮的洽谈。"陆升明说道，"其中最深入的是爱琴海，很有可能达成合作协议。"

"这么看来，摩飞确实是在酝酿着从云微退出，可能也要停止服务了？"张琪问道，"那我们……"

"云微也真是的啊，给了人家股权，却没有把服务期限写进合同里，这不是伸脖子待宰是什么？"

"这你就不知道了。摩飞强势，云微弱势，如果不是不平等条约，无数伸出橄榄枝的公司里，摩飞怎么会选中云微？"

"他们要不要从云微在线退出，我不知道。"邵锦开口，声音不大却很笃定，"但可以肯定，他们现在需要和更顶端的平台开展合作，因为他们需要更多的数据。"

他取出一份技术报告，那是他们技术部门根据少量、仅有的来自云微运营的公开信息所做的分析报告。专业的部分其他人看不太懂，但最后的结论他们还是看懂了。

"技术部的信息很重要，这样的话，就先和孙见云谈谈吧。"

看金雪言并没有放弃的意思，其他人也不再多说什么，只击了下掌，便各司其职。

是陆升明找孙见云谈的。经过几轮的拉锯，最后的价格谈到6亿，这个报价当然高于云微自身的价值——尤其是在摩飞可能对他们停止服务之后。但孙见云咬得很紧，他信誓旦旦地说，云微已经把摩飞的风控系统吃透了，掌握了核心。即使摩飞退出，风控也不会受到影响，但这当然是满嘴跑火车，根本不可能。

"那就6亿，我们和云微签意向协议。"

"好的，我去安排。"

所谓意向协议，是由梦信先期支付几百万的定金，然后云微对梦信开放底层资产的数据，以供梦信清查各种资产端状况。如果查出重大问题，梦信可以拒绝

256

履约，不负其他责任。

资产上的问题，难免是有的，这点双方都心知肚明。不过这样的正常交易流程，孙见云无法拒绝。尽管对于梦信接受6亿的价格，他的心里有点打鼓。但假设这是梦信设下的圈套，又有什么意义？哪怕他们真的拒绝履约，也只是拖上一段时间，还会白白损失定金。几百万的真金白银，让他无法不相信梦信的诚意。

也许真像外界传闻的那样，梦信已经饥渴难耐？谁知道呢！只是对此刻的孙见云来说，他没有其他选择。

于是圈内很快传开，梦信与云微签下高达六个亿的意向协议——在摩飞动作频频、去留难料的情况下。

都在传梦信是为了摩飞的风控系统，但各公司了解摩飞真实意向的高层都想不通，在这种情况下，金雪言还在坚持是不是意气用事。

每个人都隔岸观火，为梦信捏了一把汗。

这一天，市中心的高档男装店里，金雪言给邵锦挑了一身西装。

"太合适了，邵先生好帅。"导购小姐笑眯眯，虽是职业的笑容，但夸赞里带着真诚。

年轻男人镜子里的脸，清秀温和。邵锦从来不穿正装，只喜欢休闲装的自由。

但是明天不一样，他要与她一同战斗。

金雪言上前，整了整他的领带，看上去很满意："好，明天我们就可以去见见孟伯平了。"

兰湖高尔夫球场，位于兰湖镇。它以兰湖高尔夫球会为核心，覆盖酒店、温泉等全方位的休闲娱乐设施，来往者皆是名流贵胄。

孟伯平很喜欢打高尔夫，在繁忙的工作之余，到阳光草地上活动开来，就会觉得天地开阔。

而高尔夫讲究的是一个"度"字，既不能快，也不能慢，既不能击球无力，又不能发力过猛。一切都要恰到好处，球才可能听话地滚进那个窄小的球洞，与商场之中对人心的拿捏何其相似。

但今天孟伯平没有尽兴，很快就结束了这一场，因为他约了客人。

当他走进会馆内早已安排好的休息室，看到正等待着的两个人站了起来。

其中一个女人是梦信集团总裁，他见过她一次，此前，摩飞与梦信也早有过交锋。另外一个是年轻的男人，走上前来的两步，显示出他的腿有残疾，这让孟伯平略微意外。

"我是金雪言，这位是我们梦信的技术总监邵锦。今天冒昧来打扰孟先生，是想和您谈一谈有关云微在线的事。"

"我知道金小姐的来意。"孟伯平温和有礼地笑着，示意他们坐下，"不过你们只有二十分钟。"

他们已经等了整整一个早上，摩飞对梦信的态度，始终不咸不淡，金雪言不以为意地一笑："我们今天来，只是想给摩飞提一个建议。"

"金小姐请说。"

"梦信即将完成对云微的收购，希望在这之后，摩飞能够留下来继续在风控方面提供技术支持。"

简单、直接的女人，让孟伯平脸上笑纹更深。

"金小姐，这是梦信的请求，还是对摩飞的建议？"

"这对梦信有利，但对摩飞更是利益攸关，所以我认为这不失为一个好的建议。"

孟伯平淡淡道："摩飞的利益所在，恐怕金小姐不如我清楚。"

"请孟先生听我说完。摩飞要退出云微，这是很能理解的。实际控制人变化，公司会发生什么变化，谁也不能保证。"金雪言说道，"但是摩飞的10%股权，目前不可能退出，将来也没办法退出。"

"为什么？"

"目前来说，孙见云不可能让摩飞退出，摩飞也没有时间去找一个接手的下家了。而在梦信的收购完成后，如果摩飞停止对云微的技术支持，那么摩飞持有的10%股权，按收购作价六千多万，这个价格不可能有人接手。"金雪言的声音平和，"到时候云微10%的股权，合理价应该在3000万左右。这个价格远低于刚刚发生的收购价，梦信会以不正当竞争为名进行起诉。"

《反不正当竞争法》保护既有股东利益，对明显过低价格的股权转让进行处罚。梦信在之前的成交价将是最直接的参考，同时，云微股权大幅贬值的原因如果恰恰就是摩飞的服务中止，自然涉嫌利益输送。

作为一个刚刚站稳脚跟的外资企业，他们不能卷入这样的是非中。

"金小姐在威胁我？"孟伯平质问着，却毫无气恼之意，保持着他良好的涵养，"这就是你和云微签下6亿的意向协议的原因？我真没想到，梦信和金小姐的格调会这么低。你真觉得摩飞在乎那3000万或者是6000万？"

"摩飞当然不在乎，可是不退股权却强行中止服务，就算没有违反合同，摩飞这样的举动，下个客户会不会在乎？"金雪言笑了笑，"据我所知，爱琴海就十分在乎吧？"

"我不知道你们听说了什么。"孟伯平十分平静地说，"如果金小姐只是想说这些，我想你们可以离开了。"

"爱琴海会要求摩飞提供真正的技术核心。"对于逐客令，金雪言满不在乎，而是加重语气说，"爱琴海很清楚，不管签多长时间的服务协议，都不能保证这套风控系统的长久运行。对此越依赖，自己的命脉就被摩飞抓得越紧，又发生了云微的事，所以爱琴海一定会提出要这套系统的技术核心！"

"那又怎样？那是我们和爱琴海的事，和梦信、和金小姐有什么相干？"孟伯平终于也稍稍抬高声音，"这件事，没有什么好遮掩的，恕我不明白，金小姐到底想说什么？"

事实上，这也就是摩飞一直没有和各大公司谈妥的原因。大公司想要的总是更多，尤其是摩飞要求了价值可观的股权之后，他们一定要更多地抓住些什么。

"爱琴海是很好，可是给他们技术核心，值吗？"金雪言却放缓了语气，"如果我没有猜错，摩飞最看中的，应该是有价值的公司的控制权。给出技术核心之后，你们拿什么去掌控他们？"

孟伯平调整了一下姿态，他每每感到自己被他人的情绪影响之时，都会及时地做出调整，恢复自己如常的淡然随和。他说："说到底，这是我们摩飞的事，和爱琴海哪怕谈不成，又不是没有其他公司可以谈。"

但他马上后悔了，这句应答，带着他漫长的职业生涯中烙印的风格——淡化矛盾，转移重点。然而一直沉默的年轻男人开了口："你们已经没有其他人可以谈了，孟先生，现在是你们不得不依赖爱琴海。"

"这位总监说得太可笑了吧？"孟伯平一副哑然失笑的表情。

"抱歉，请看看这个。"

邵锦取出自己的手机，打开机身上携带的微型投影仪，沙发对面的白墙上就出现了画面，那是一份详尽的技术报告。孟伯平不是技术出身，并不能完全看懂，然而内心还是狠狠一跳。

"摩飞的风控模型需要成长，就必须吞食更多的数据。"邵锦的声音在一开始有些拘谨，但是谈到技术，慢慢就放开了，"你们的模型在云微那里，升级成了2.0，那正是因为得到了云微用将近一年的时间收集的借款人信息和相关反馈。但是云微的借款端，主要只覆盖了长三角地区。整个中国幅员广阔，经济结构差异大，相关的资产数据差异很大。你们的系统具有自学习能力，但首先要给它足够的真实的数据，它才能实现自我进化。"

孟伯平一时没有说话。这个技术人员此刻说的话，和不久之前摩飞自己的技术部呈给他的需求文档上的话是一样的。

"所以你们需要和资产端覆盖面足够广的大公司合作，你们需要来自整个中国的数据。"邵锦操作着手机，墙壁上的内容发生变化，一整张中国地图显示出来，上面有星标闪烁，"只有获取这些数据，摩飞的风控模型才能真正提升，臻于完美。AI在学习100万局围棋之时，只能战胜最初级的人类棋手；学习10亿局棋后，能够战胜顶级棋手。孟先生应该知道基础数据对AI进化的重要性，只有拿到整个中国的个人信贷真实流转情况，你们的这套模型才有可能适用于整个中国。而现在，有能力提供这个层次足量数据的，只有两家平台，就是爱琴海和梦信。"

摩飞和爱琴海的谈判能够最深入，也正是基于这个原因。

金雪言看着邵锦，确实从未听过他说如此之长的一段话。他在微微喘息，但他为了他们的梦信，正在突破自己，他在尽全力。

"你们要说的，就是这些？"孟伯平的声音终于冷下来，"我们要离开云微，是因为不想成为一个被玩弄的筹码。梦信想怎样？收购一个小小的云微，就想得到摩飞的技术？这是不是太天真了？"

"不，孟先生。相比云微，甚至相比梦信，我相信让AI进化才是你们的真正诉求。"邵锦有点冲动地脱口而出，"只有做到这一点，你们才有可能拿着这套完善的系统，进一步和银行合作，拿到银行资源！"

银行资源，那是每个企业梦寐以求的东西。这正是摩飞回到中国，以互金行业开局所作的规划。孟伯平没想到在此刻，猝不及防地让一个素不相识的年轻人说了出来。

"孟先生，现在这份技术报告还没有公开。如果爱琴海得知你们目前面对的状况，相信他们在获取技术核心一事上绝不会让步。这个时间节点上，如果你们排除梦信，爱琴海就会失去所有的竞争者，他们一定会坐地起价。"金雪言缓缓说道，"孟先生，留在云微，为梦信服务。梦信只要服务。摩飞能够获取足够的数据，还能享受到数千万的股权；离开云微，转投爱琴海，爱琴海捏住你们的命门，会提出什么样的条件，你可能估计得到？你们要付出技术核心，也很难取得令人满意的收益。"

金雪言说完了，房间里一时陷入了寂静。

邵锦从未经历过这样的场合，他紧张得心跳怦怦作响，不禁握住了拳头。他们能说的都已经说了，现在只看孟伯平的决策。

但同时他又充满了自信，摆在摩飞面前的两条路，哪个是更明智的选择，不言自明，孟伯平这样的人瞬间就会有准确的判断。何况他们已经做到了最好，获取了足够多的信息和筹码。

孟伯平一定会答应的。

不知为什么，他竟想到三年前，金雪言去找赵景昆的时候。那一次他不在场，但他知道那时的境况要比今天严峻得多，她没有什么可供交换的利益，可她还是做到了。那么今天，他们一样能够成功。

孟伯平站了起来。

这个老者的神情平静，似乎丝毫没有为他们所做的阐述所影响，嘴角的笑容中，甚至带着一丝长者的和蔼。

他说："金小姐这些年，是不是从没输过？"

金雪言目光微闪，与他对视。

"那是因为，金小姐面对的对手，格局一直都太小了。"他的眼神中隐然带着一丝怜悯，"所以你才会觉得，抓住对方的软肋威逼、利诱，就可以让对方牵着鼻子走，可是你错了。"他摇了摇手指，"如你们所说，摩飞AI确实需要来自爱琴海或者梦信的底层数据，可是，我们和爱琴海的对接，不是像金小姐想象的那样。"

"那是什么样？"邵锦下意识地问。

"我们是摩飞AI，我们身后是摩飞资本，云微的那点股权，我们不在乎。担心我们被爱琴海挟制？也大可不必。"孟伯平终于露出他鹰一样的目光，"因为我们会用技术和资本，得到爱琴海的控股地位。换言之，摩飞会出资收购爱琴海，把它纳入自己的体系。而梦信收购了云微，却什么都得不到。"

"话说老大是不是又把事情搞砸啦？"

"喂，你为什么要说'又'？"

看着已经很晚仍然亮着灯的总裁办公室，关振华带着一丝苦笑摸着下巴："这个……你入职时间不长不知道，她过去经常把事情搞成这样。"

张琪了然地点点头："金总……有时候是太激进了。"

太激进，就容易失误，事情就会陷入"搞砸"了的境地。

关振华一向飞快的语速此刻却有些舒缓："激进吗？如果不是这样，梦信又怎么能走到今天？"

10亿的净利润，等着他们完成。三年来，在每一点能获取利益的事情上，金雪言都无比激进。他们和银行抢过客户，和媒体打过架……然而在真正涉及业务核心的环节上，她又极其保守。

就像这次，收购云微，机关算尽，是很激进。可是在核心的风控上，取得基于人工智能的风控系统又何尝不是未来发展道路上最保守最坚实的一步？

邵锦走进总裁办公室，看到金雪言立在窗前。他走到她身后，低声道："对不起。"

"这怎么能怪你呢？"金雪言转过身来，一笑，"小锦，你带领技术部已经做到最好了。"

收集分散的少得可怜的公开信息，并以此推断出摩飞AI升级的关键，这已经不是寻常团队能够做到的了，可是……他还是无法改变结果。

摩飞放弃了云微，梦信面临着竹篮打水一场空。而对于可能给摩飞带来麻烦的爱琴海，摩飞的选择是，掌控不了，就吃掉它。资本为王，成王败寇。

陆升明匆匆进来，说："云微要求在下周签约。"

"清查他们的资产端，发现了什么问题吗？"

陆升明摇头："都是些预想之内的问题，全看我们要不要签。"

意向协议在法律上其实是非常灵活的。像云微这样的平台，揪出点他们的问题，以此来拒绝履约，易如反掌。只是损失定金不提，梦信在业界的信誉一定会大受影响。

如果云微发起狠，强行付诸起诉，梦信还会卷入漫长的合同纠纷。

但是6亿？如果没有摩飞，这6亿就像一个笑话。

金雪言还没说话，安小仙也走了进来，手里还拿着一沓文件："要发给爱琴海的内容已经整理好了。"

金雪言还是没说话，她在犹豫。

此刻，她的心理压力不能说不大。周旋在云微和摩飞之间，费尽心机，最后却可能赔了夫人又折兵，沦为业界笑柄，金雪言这个神话会被打上污点。

但那又如何？这种境况，在这三年中她不是没经历过。就算输，她也输得起，因此她想的是另一件事。

要不要把AI系统升级的关键告知爱琴海？

这本来是她的第二套方案。如果和摩飞的沟通失败，那么她会去找爱琴海。这个信息，可以让爱琴海在和摩飞的谈判中，取得完全的主动权。爱琴海有能力站在这个制高点上，得到风控系统的核心技术，而梦信则要求共享。

梦信会彻底退出对云微的收购，拒绝与摩飞任何形式的合作，全力帮助爱琴海来占据上风。

那不是她喜欢的方式，将命运更多地交到了别人手里。但是再难，他们也会竭尽全力。

只是她确实没有想到摩飞会是这样的手段。一旦摩飞对爱琴海控股，他们之间的交易是什么价码，对梦信都没有任何意义。

没有什么事是钱办不成的，如果10亿不够，那就上百亿。

爱琴海的体量和云微不是一个等级的，更接近梦信，估值百亿是不至于，不过……

"暂时不和爱琴海接触。"金雪言做出了决定。

"可是，我们不知道爱琴海和摩飞的洽谈进行到什么阶段了。"陆升明说，"如果在这段时间里他们签了合约，那我们做什么都太晚。"

"不，我不相信。"金雪言双手撑住桌面，"我不相信摩飞真的要收购爱琴海。"

人总是不愿意相信自己不想接受的事情，邵锦有点苦涩地想，如果下一步的判断再失误的话……

"如果摩飞和爱琴海谈的真的是收购协议，孟伯平不应该轻易就告诉我们这个消息。"就像猜到他在想什么一样，金雪言又说，"他应该拖住我们，暗中加快和爱琴海的谈判进程，让生米煮成熟饭。"

屋里的三个人眼睛一亮，但陆升明想了想说："但就算摩飞原本没有这个计划，现在也可能改变做法。不抓紧先机，真让他们达成了一致，就没法后悔了。"

"相信我的判断。"金雪言说，"可能有一部分出于直觉，现在，我们应该相信我的直觉。"

"那我们现在……"

"云微那边先拖着，其他的什么也不做，静观其变。"

孟伯平在兰湖逗留了两天。他是非常注重工作和休憩平衡的人，尽管与梦信来的那两个年轻人的谈话不太愉快，但他还是没有改变原定的休闲计划。

他走出兰湖酒店的套房，来到室外。波光粼粼的水池边，一处遮阳的罗马伞底下，年轻的女孩正喝着饮料。她身着白色T恤衫，戴着墨镜，看上去健康又活泼。

孟伯平走过去，在相邻的休闲椅上坐下。

"关于梦信的事，现在你怎么看？"

贺知微是之前陪孟伯平一起来兰湖的，只不过金雪言和邵锦来的时候，她回避了。但是相关的意见，孟伯平一定会询问她。

"孟叔叔，金雪言是个很有意思的女人，不是吗？"

"的确比我想象的有意思一点。"

"对爱琴海的策略，要改变吗？"

孟伯平有一瞬间的迟疑。对梦信的两人说出要收购爱琴海，当然只是出于一种谈判技巧。压倒对方的气势，放出刺激神经的信息，虚虚实实，这是一名商界名宿的本能。

　　可是现在，他们真实的底牌握在梦信手里。何去何从，他自然不能像自己所表现的那样坚决，需要费一番思量。

　　他问贺知微，但贺知微一向很倚赖他。她清醒地知道自己在商业经验上，远比不上孟伯平这样的老手，因此总是认真听取他的意见。

　　"总部说过，资金上会全力支持我们。"孟伯平这么说道。

　　"可是，如果愿意动用这么大笔的资金，我们有更重要的事要做。"贺知微轻轻摇了摇头，"我父亲既然从一开始就只给了我们有限的资源，那么我们向摩飞总部要的每一分钱，都会为我们减掉一个评分。"

　　孟伯平注视着眼前的女孩。这次他接手的项目，和以往的都有些不同。中国大陆的这盘棋很大，同时也是贺家父女间的一场博弈。贺知微的母亲叶岚，始终没有受到贺氏家族的认可。偏偏如此，贺知微要争得一席之地。

　　"这是为了我母亲，也不是。我只是要证明，我比我爸爸的其他子女都要强。"

　　最初对于这个掣肘甚多的项目，孟伯平是拒绝的，但这个女孩执着而真诚的自白打动了他。也许上了年纪，对全力以赴的孩子，难免会产生一种父亲般的怜惜吧……

　　另一方面，贺望洲对这个女儿一定也寄予厚望，能给她这么大的一个局，便是最好的证明。

　　孟伯平收回思绪："你的倾向是，向梦信低头？"

　　贺知微调皮地吐了吐舌头："哎呀，我说什么评分的，您别在意，我当然也不是出于那方面的考虑。不过您别忘了，我们在云微那里还留着一个小尾巴。综合大局考虑，选择梦信确实是最符合我们利益的方式。"

　　"未必。"

　　贺知微歪过头，看着孟伯平。

　　"他们说的是只要我们的服务端口，可是梦信的技术能力令人胆寒。"孟伯平沉吟着道，"我担心，他们会通过开放端口的行为反馈，摸清楚我们的AI的核心。"

　　虽然业界传说梦信的技术团队实力强悍，但没有比他们短短时间内就摸清风控AI的升级需求更直观的震撼。那天那个技术员带来的不是猜测，而是一份数据翔实的结论。从终端开放的信息中获取AI的核心，云微没有这能力，爱琴海没有，梦信却未必没有。

贺知微沉默了一下："他们需要多长时间？"

"这个没人能预计到，我们不知道他们的潜力。"

"只要能维持半年，我们就可以吃掉梦信。"

"嗯？"孟伯平略带意外地朝她探过身来。

"我们一直都想要梦信，不是吗？"贺知微莞尔一笑，"它是中国目前架构最完善、最具潜力的互金平台。从一开始，就是因为插不进手，又有一些其他考虑，我们才退而求其次选择云微的。孟叔叔，很快，互金行业的一场风暴就要来了。现在把一个充满变数的云微送给他们，拖沉他们的船。那时，会是我们收掉他们的最好时机。"

孟伯平沉默了几秒钟："那茂林呢？"

因为茂林的存在，梦信的股权才被锁定。他们想要梦信，注定绕不开茂林这一关。

"我已经和林茂生达成协议。"贺知微细细地叹了口气，"只要能打垮金雪言，让她翻不了身，他会驱动茂林，配合我们得到一切。"

"林茂生为什么要这么做？"

这是孟伯平对贺知微提的第一个问题。

回城的车子上，贺知微回忆着。当时林茂生说出的那句话，冰冷无情，她无法从电子音中揣测出他的一点情绪。

"林少煜和金雪言的关系虽然扑朔迷离，但他这么做仅仅是因为不喜欢一个接近自己儿子的女人？我想以林茂生的格局，不会这么可笑。"孟伯平直言说，"还有，林茂生怎么帮我们？"

这是孟伯平提的第二个问题。

三年过去，茂林已经完全在林少煜的掌控下。不管是股权还是威信，林茂生都如同旧时代翻过的残页，退出了历史，他还能做什么？

这两个问题，恰恰是当时在病床前的贺知微脑中同样掠过的。然而，在那个时刻，她没有像孟伯平一样诉诸于口，只是像哄小孩一样对林茂生柔声说："好的，我知道了，林叔叔。"

林茂生几乎已经失去了生而为人的所有，她没必要拿这些去逼问他。而事实上，他的意愿，他的能力，对贺知微都并不重要。

他的这个要求，对她的意义仅是，唤醒了她心中深深埋藏的一个欲望。

贺知微有一个秘密。

她自小一直随母亲生活在国内，与林家私交甚笃。她一度很喜欢林少煜，他们是最好的玩伴，她叫他"少煜哥哥"。

十二年前，她十六岁，看到林少煜在校园里吻一个姑娘。

似乎有一个声音在胸中炸响，她的世界有一扇大门轰然打开又轰然崩塌。她没让他察觉，转身离开。在那之后，她焦躁欲狂，日日沉默下去，不久被确诊为重度抑郁症。

抑郁症是一种疾病，说不准什么时候会找上你。后来据美国的医生判断，她的病症应该是来自母亲的遗传。然而她一直记得有关林少煜的那一幕，像一根引线把她精神世界中的恶魔引爆。接下去三年，她活在暗无天日的世界里，被困于一个看不见的囚笼。那段日子的记忆，现如今都没有了，消失了，只有林少煜的影子始终存在。

为了寻求更好的医疗条件，也为换个环境，叶岚辞去国内教职，带她去了美国，她们不得不回到叶岚本想远离的贺望洲身边。幸而经过精心治疗，三年之后，她渐渐恢复，重新过上一个正常人的生活，经年日久，最后她失去的似乎只有那三年的时光。甚至几年后，连断绝联系已久的林家都重新联系上了。没有人提起她的病，一切只当没发生过。

五年前，她飞回国看望林茂生。

当时林茂生突发急病，病情刚刚稳定。她知道，那一天，林少煜要第一次以茂林高层的身份出席集团的董事局会议。但在前一天，他飞去了地球另一端，为了见一个姑娘。

这让她想起十六岁撞见他的那个下午，除了母亲和医生，她没有告诉过其他人自己发病的源头。而且每每想到，就觉得丢脸，那是她人生的耻辱。

她喜欢过林少煜，但那只是少年的情愫。那不是爱，可若不是爱，是什么？

她不知道。

不知道，就无法放下。

五年前林少煜飞去见的姑娘叫金雪言，五年过去，她仍在他的心上。

而贺知微，要涤净自己的人生，就必须直面与林少煜有关的感情——不，她和他之间并无感情纠葛，他甚至从不知晓在她可怖的少年阴影中自己扮演的角色。这一切，是她贺知微一个人的救赎。

她可以看出林茂生想让她进入林家的渴求，商业联姻她既不排斥也不积极，但她对于嫁给林少煜这件事并无发自内心的兴趣。

她只是要给少年时候的怨恨补一个结尾。

十六岁那年，那个瞬间，她最强烈的冲动，是毁了他怀中的那个女孩，把他夺回来。

她已经找不到他十八岁时吻的那个姑娘，可是金雪言难道不是一个更好的代替品？

面容纯真的女人，长长的眼睫垂在阴影下，微微地笑了。

几天之后，在茂林集团与摩飞AI就"智能未来实验室"进行的最后一次沟通结束后，孟伯平和林少煜一同走出了会议室，他们身后还跟着双方的其他项目成员。气氛相当融洽，似乎双方之间从未有过刀光剑影，不过是一直拉着家常。

"对了，据说近期茂林旗下的梦信金融，即将入主我们摩飞一直提供风控支持的云微在线。"孟伯平像是随口说道，"看来未来茂林和摩飞在外围的合作也会更加紧密了。"

林少煜笑道："谢谢摩飞的大力支持。"

孟伯平挥了挥手，上车离去。

既然决定了不再撤出云微，那么不如拿来做个人情。

当然，在茂林和摩飞直接合作的层面上，这点让步起不到什么作用，因此孟伯平并未正式提及，只是随意地提了一句。

但梦信之于林少煜不太一样，因为背后的人不一样。果然林少煜也没遮掩，直接说了感谢，算是领了情。

望着孟伯平离去的背影，他双手拢在衣袋中，若有所思。

同一时间，金雪言在自己的办公室里，看着和云微相关的协议，略带焦躁。

她不得不尽快做出一个决定。

对云微的资产端清查已经结束了，结果在意想之内。孙见云很着急，提出正式签约。

拖下去对他没好处，对梦信也没好处。如果摩飞真要撤出，那么尽快公开撤开云微，和爱琴海结为同盟才是上策，但是……

她的电话响了。

是林少煜，她竟然生出一种怯意。

那一句令人恼火的情话——如果可以称之为情话的话——像一团低温的火苗，时时在她心头缭绕。但她太忙了，没有精力去思考感情上的事，因此，此刻也一点不想面对他。

但她马上平复了一下心绪，还是接起电话："喂。"

"摩飞，会继续留在云微，提供风控上的技术支持。"

孟伯平刻意地告知林少煜的事，不会是演技。

金雪言闻言精神一振，但她马上敏感地问："茂林做了什么？"

"我没有做什么。"林少煜静静地说，"是你们自己争得了摩飞的妥协，你找到了他们的弱点？"

"算是吧。"

"我不清楚这个弱点是什么，你也不用告诉我。不过我要提醒你的是，他们留在云微的服务协议，既然没有时间限制，接下去他们随时都可以撤出。"

"我知道，我们的技术部会抓紧时间研究他们的模型。"

"好。"

他说完了，如此简单，竟连再多一句话，再拖一点时间也不能。静默几秒钟后，他挂了电话。

金雪言却没有心思去想男人心里在想什么，她马上召集了相关的几个负责人："安排下去，我们下周和云微签约。"

陆升明听到这个决定，还是略感意外："就这样？不再和孙见云谈了？"

"对。"

陆升明看着她："那钱在哪里？"

财务部早就做过预估，他们的流动资金达不到这个数字。签意向协议时，梦信内部知道6亿只是欲擒故纵，但现在可是要正式签约了。

金雪言慢慢笑了："一个人就要够到他梦寐以求的苹果了，可是这颗苹果却被强行夺走，这个时候他会想什么？"

"他会震惊、惊慌、愤怒，想把苹果抢回来。"

"嗯，所以越是触手可及的东西，丢了就越痛心，也越让人失去理智。"金雪言声音平静，神情也没有任何波澜，"孙见云，他的苹果就要飞走了。"

这一天，孙见云的心情非常愉快。

西装革履，意气风发。三十八岁的年岁上实现财务自由，这时代，几个人能做到？

多亏互联网时代的红利。

今天，云微和梦信签约的会场布置得十分隆重。孙见云早早地就到了会场，看着满场的花篮、红毯、香槟……他满面笑容，缓步走着，提醒着走来走去的工作人员，一定不能有任何疏忽。

和梦信谈到现在，中间险象环生，结果总算不坏。最危险的事情是，中间摩飞AI一直折腾着要退出，还要停止技术服务。他求见孟伯平多次，打了无数的电话。是，他突然要卖掉云微，惹恼了摩飞，也是在所难免。但不管他如何道歉、说服，摩飞看上去都去意已决。

没有摩飞的技术服务，云微得折价一半，他只能顾左右而言他，指望能把梦信忽悠过去。

然而，出乎他意料的是，上周摩飞知会了云微，在大股东变更后，仍然会继续提供技术服务，随后梦信就答应了迟迟没有回复的正式签约的请求。

搞不清他们之间发生了什么，但这和他有什么关系？他只想张开双手拥抱天空，大笑三声。

定下了签约的日子，他便请了一些媒体记者。虽说吧，卖身不是什么荣耀的事，可这云微毕竟是他几年的心血，他的这段生涯故事该有个华丽光鲜的结尾。

不久，各家媒体陆续进场，会场里就热闹起来。孙见云招呼着记者们，谈笑风生。

签约仪式定在十点钟。九点半，金雪言没有现身。

孙见云让人去联系梦信，梦信的总裁办却说得模棱两可。

十点钟，梦信方面还是毫无音讯。孙见云打了无数的电话，冷汗开始从额角流下。

记者们也有些坐不住了，开始用自己的渠道打听着消息。孙见云一边安抚他们，一边吩咐人到梦信总部去找人。又过了半个多小时，他派去的人终于小跑着回来，在他耳边说了一句话：

"梦信拒绝签约，金雪言不会来了。"

这时，三三两两聚集的记者中间，传来一声轻轻的感叹："原来是这样。"

那名年轻的记者低头看着手机，他这么一说，其他人便围拢过去看。孙见云急上前一步，来到他身前，看见他的手机上播放着一条视频。

"今日，茂林集团与摩飞AI共同参与的神秘项目终于揭晓。双方共同创立'智能未来实验室'，这标志着世界尖端的人工智能技术在我国企业、工业界即将落地生根……"

"难道茂林从摩飞那里拿到了个人信贷风控系统的技术？"记者中不乏人精，他们来到这里之前也是做了功课的。

刚刚打听消息回来的云微的副总小声说："我找梦信那边的人私下打听了，他们也是这么说的。茂林旗下现在只有他们一家互金平台，那个风控系统肯定会为他们所用……"

所以，梦信不需要云微了。

"胡说八道！"孙见云满脸通红，"别在这里造谣生事！"

记者们吓坏了，有几个人纷纷起身："那个，既然签约不能举行，我们先告辞了。"

"喂，你们不能走！"副总急忙拦着记者们，但记者们还是陆续离开了。

孙见云没有阻拦他们，因为他们留下来，也没有什么用了。

他抓住副总的衣领，怒吼着："见到金雪言了吗？陆升明呢？"

副总畏惧地摇了摇头。

"浑蛋！"孙见云拉住长桌上的红绒布狠狠一扯，上面的鲜花、名牌、酒杯……通通滚落在地，摔得七零八落。

一个早晨都洋溢着欢乐气氛的会场，顷刻之间冷冷清清。花团锦簇的布置仍在，可是满地狼藉，寂静无声，这个会场仿佛已经死去。

孙见云有一刻想杀了金雪言。

但他毕竟不是完全没经过风浪的人，过了十几分钟，他定了定神，开始考虑接下去怎么办。

他先是打电话给摩飞AI，想确认他们是否真的会给茂林提供风控服务。他没找到孟伯平，摩飞事业部的答复是："和茂林集团的合作在推进中，具体展开的业务暂不能向第三方透露。"

孙见云忍住怒火，驱车亲自前往梦信总部。

他必须见到金雪言，那个可恶的女人！也许，自她从不亲自出面，只让陆升明来谈开始，他就应该意识到她的轻蔑。

当然，金雪言不在。

"我们董事长，下午会回来的。"前台小姐甜甜地说。

整个梦信，没有人理睬他，仿佛他只是一个无关紧要的路人。也许本来就是吧，孙见云冷冷地想。他也不以为意，去了楼外面等。

在外面可以看到大厦顶部硕大的"梦信"两个字。嫉妒和愤恨的交织，让他感到一种疲惫。他松了松领带，已经顾不上仪表，点了根烟，找个地方坐下。然后他拿出手机，开始机械地翻着网页。

网上充斥着云微被抛弃的消息。

两个小时之后，金雪言的车子驶来。

孙见云跳起来扑过去，却被门口的保安拦住了。

"金总！金雪言！"他挣扎着大叫着，"金董事长！"

车门打开，极细的高跟鞋落地，一身黑色西服套装的女人下车，优雅从容，气场逼人。

金雪言示意保安们放开了孙见云。

孙见云向她走近一步，沉声道："金雪言，给个说法。"

"说法？"金雪言笑笑，"孙总是要问收购的事？现在收购既然终止，按照意向协议划分责任就好。"

"你们怎么能这样？"孙见云握紧拳头，"出尔反尔！梦信这种毫无诚信的行径，我会让所有人知道，你等着！"

金雪言叹了口气："这件事我也很抱歉，相信孙总也看了新闻，既然云微失去了摩飞带来的附加价值，这次收购对梦信的意义就非常微小了，我也是不得已而为之。"

"就算这样，我们也还可以谈。"孙见云双眼通红，"条件不都是谈出来的？"

金雪言却像失去了和他商谈的兴趣，向前走去。孙见云想拉住她，却再次被保安们拦住了。他挣开，又追了几步，急切叫道："金小姐！"

金雪言停步，微微转过头来，语气温和："你们可以和其他公司再谈一谈。"

金雪言的态度，让孙见云隐隐看到一点希望。他压抑住了怒火。作为一个在商圈也摸爬滚打过多年的人，他很清楚什么才是最重要的。最重要的永远是利益。至于情绪？丢到一边去吧。

他苦涩地说："不，没有其他公司了，你们哪里还给过我们其他出路？"

自从梦信属意于云微，就切断了他们寻找其他买家的渠道。到现在，一切都太晚了。

此时他们已经来到了梦信大厦的大厅里，大厅上有一面大电视，正在报道今天茂林和摩飞的合作："摩飞AI表示，和茂林集团的签约只是一个开始。他们会以更开放的态度，在金融风控、智能物联方面，与众多国内机构展开合作……"

所以，摩飞表示会留在云微，只是因为他们已经打算把这套风控系统提供给更多的人吧？

不管这点是不是真的，许多人都会这样想。云微拥有的摩飞风控，不再是独一无二的了。

网上已经传出了今天在签约现场，云微被弃之如敝屣的消息。

还有谁会和他谈？

孙见云失神地望着大屏幕，心乱如麻。他只听金雪言道："现在，摩飞已经不是云微的救命稻草，但云微还有自身的价值。"

自身的价值？孙见云慢慢回过点神来，真正属于云微的不带水分的价值吗？

"梦信也不想把事情搞成今天这样。"金雪言似乎真有点抱歉之意，勉为其难地说道，"这样吧，如果孙总根据云微自身的价值重新报价，我们可以考虑收购案是不是继续进行。"

孙见云知道，这是自己最后一次机会。

没有摩飞风控，属于云微自身的价值——没有人比他更清楚地知道。狮子大开口，漫天要价，等着对方就地还钱……一贯的谈判模式在此刻失去了用武之地。他心中尔虞我诈的弯弯绕绕彻底被撕裂、被拔除，底下露出的，只有最赤裸的真实价格。

他试探地道："那……三个亿？"

金雪言不置可否地笑了一下，说道："这样，陆总会继续和你接洽。"

所以，世事就是这样。若梦信是因为摩飞撤出而放弃收购，只会信誉尽毁，遭人耻笑；而如果是为了争夺利益，来日又是被津津乐道的成功案例。

高跟鞋在地面敲出清脆的声音，金雪言走进总裁办公室，安小仙跟了进来。

"啊，那位孙总被我们放鸽子，看上去还是挺可怜的呢……"

金雪言坐下笑笑，没理会。安小仙又想起来那位孙太太和她的侄子，霎时觉得那位孙总也没那么可怜了，不过她想起来另一个问题："雪言姐，你怎么知道放了他的鸽子就能让他折价呀？"

"人心的掌控，是环环相扣的。答应签约，是要让事情快速运转起来，他才没有时间去想自己还有什么其他出路……"金雪言抬头看着自己的助理一脸懵懂的样子，决定放弃，"好了，你告诉陆升明，不要掉以轻心，这两天把事情尽快搞定。"

"是的，3亿，不然连3亿也没有！"

自己家的卧室里，孙见云对着电话突然抬高声音。然后对面似乎说了些什么安抚的话，他也收敛了自己的态度，又低下声来说："是的，好的，我会的，卢先生。"

他挂了电话。

他的太太推门进来，说："老公你看我买的这件衣服……"

孙见云把手机狠狠地往地上砸去，吼着："滚啊！"

孙太太吓坏了，慢慢捡起手机："这、这是怎么了……"

"你知不知道我们损失了多少钱？"孙见云指着他太太的鼻子喊道，"3000万，不是3000块，是3000万啊！"

"你们和梦信谈定了？"孙太太低声问。

"是啊。"孙见云点点头，"我和上面那人也说好了，他对价格还不满意，简直站着说话不腰疼！"

　　孙太太不以为然："就是，要不是他非要你把云微卖给梦信，你何苦去和那个难缠的女人斗？就为了她，你还让我和杨浩去勾搭她身边那小姑娘。"

　　"你懂什么？当时要卖掉云微，又不能直接找她。梦信是想要摩飞风控，可谁知道茂林会不会哪天就帮他们搞到手了？我们等不起。这个局里，还要加一点点火。金雪言是个性情中人，你们去招惹安小仙，激怒她，她一定会上钩的。"

　　孙见云恨恨地说着，在网站上假冒梦信、勾搭安小仙，都是为了这同一个目的。然而现在，果然是茂林出手，他早就料到了，只差一步啊。

　　他的太太对他说的似懂非懂，只觉得有些害怕："那……就这么着吧，谈妥了就过去了。"

　　"不这么着还能怎么办？"孙见云叹了口气，"算了，我也累了。这长年累月的操心，不知道折了多少寿。"

　　虽然他仔细一琢磨，也觉得报价的时候一时冲动，有点踩了坑。再等等，说不定能忽悠到比梦信出价更高的下家，但是风险太大了。尤其是今天的事情过后，他也真的是心力交瘁，所以他决定就此落定，不折腾了。

　　再说，从6亿变成3亿，他的提成也不过是少了3000万——想到这个还是难免肉疼——但损失最大的，可不是他，是那2.7亿。

　　不管是那个人，还是金雪言，他们还有的斗。至于他孙见云，只想早点离开这个泥潭。

（未完待续）

图书在版编目（CIP）数据

她的骄傲：全 2 册 / 因可觅著 . — 南京：江苏凤
凰文艺出版社，2019.9
ISBN 978-7-5594-4007-5

Ⅰ.①她… Ⅱ.①因… Ⅲ.①长篇小说 – 中国 – 当代
Ⅳ.① I247.5

中国版本图书馆 CIP 数据核字 (2019) 第 160172 号

她的骄傲（全2册）

因可觅 著

策　　划	北京记忆坊文化
出 版 人	张在健
特约策划	紫　木
特约编辑	单诗杰 赵　钥
责任编辑	白　涵 刘洲原
营销编辑	杨　迎
封面设计	80 零·小贾
封面绘图	三　乖
版式设计	天　缈
出版发行	江苏凤凰文艺出版社
	南京市中央路 165 号，邮编：210009
网　　址	http://www.jswenyi.com
印　　刷	环球东方 (北京) 印务有限公司
开　　本	670 毫米 ×970 毫米 1/16
印　　张	34.5
字　　数	655 千字
版　　次	2019 年 9 月第 1 版　2019 年 9 月第 1 次印刷
书　　号	ISBN 978-7-5594-4007-5
定　　价	72.00 元（全二册）

江苏凤凰文艺版图书凡印刷、装订错误可随时向承印厂调换

MEMORY
HOUSE

MEMORY HOUSE

记忆坊文化

因可觅 著

她的骄傲

下

HEIYIJN,
YIPU LULUO)

江苏凤凰文艺出版社
JIANGSU PHOENIX LITERATURE AND
ART PUBLISHING LTD

目录

三年前，梦信金融苦苦求生，为1亿融资，不得不签下极端苛刻的对赌协议。

三年后，它完成了自己的第一桩收购案，标志着已成为行业生态链的顶层。

梦信的飞速发展，是行业发展的一个缩影。过去几年，互金行业像一个吹起的气球，以惊人的速度膨胀。行业存量规模从千亿直逼万亿，从蓝海杀到红海。

这和中国经济的高速发展也是分不开的。

梦信与云微的签约完成后，工商股权变更也在进行之中，孙见云将在交接完成后卸任，据说他将携全家移民澳洲。至于云微内部，金雪言希望把动荡减到最小，没有主动进行过多的人事变动。当然，也有不少人主动离职，各谋前程。

比如那位孙太太的侄子，风控总监。

云微的风控和技术部是水乳交融的，梦信高层权衡了一番，由邵锦带人进驻。毕竟对摩飞风控的掌握和研究，是此次收购案真正的意义所在，也是当前工作的重中之重。

梦信的员工进驻云微的这天，金雪言也亲自前往云微总部。孙见云带人欢迎，他满脸堆笑，对金雪言一行人的照料无微不至。金雪言给云微的人简单讲了几句话，公司里一片欢声笑语。

其实对云微的其他职员来说，梦信的入主未必是一件好事，因此气氛一派和谐热络。

到了中午，他们去云微的食堂吃饭。

这当然是"亲民"活动的一种。孙见云安排了精致的菜肴，整个大厅里还有许多普通员工。对于金雪言，不少人还是感到好奇。

都听说她高傲冷艳，但在这个场合，她温和有度，令人心生好感，直怀疑传说的真实性。

她和自己的团队在一起向来是这样的，现在云微在线已经同样包括在内。

吃完午饭，金雪言一行人准备离开了。但食堂又送了一大堆餐后水果来，于是又耽搁了一会儿。金雪言站起身，随意地走到窗前。

云微总部在市中心，这个大厅处在高层，从窗口看出去，满目繁华。金雪言随口说："这里和梦信几年前租的地方很近呢，我记得……"

她说到这里忽然停住了，等了好一阵子，有个云微客服部的姑娘问："金总想到了什么？"

她回头笑笑："没什么。"

她再次看向窗外，茂林大厦在不远处屹立，威严而醒目。作为附近的标志性建筑之一，它总是会在第一时间吸引人的视线。她望向它的顶部。八十八楼的那个窗口，从这个角度看去并不清晰。可是她心头浮现的，是三年前夜夜陪伴自己的那一盏灯火，时过境迁，竟然是那么模糊又温柔。

她拎起自己的手包，向梦信和云微的一群人欠了欠身："各位，我先走了。"

众人意外，不明所以。安小仙赶紧也拿起自己的包跟上她，却被她阻止了。

金雪言柔声说："小仙，你回公司就好。"

然后她独自离开。

几分钟后，金雪言在茂林大厦外徘徊。

她简直不知道自己为什么要如此踌躇，在坚决地向这边走来的时候，她没有想自己要做什么。这段时间以来，为紧张的收购案所压制的情绪翻涌上来，主导了她的行为。片刻的闲暇，就让她忽然无法忍受。

林少煜，你不该撩乱一湖静水，令它无法平息。

也许因为那一句话而心潮难平，是太幼稚了，可那是属于金雪言的认真。也许不仅仅是因为那样一句话，被扰动的是蛰伏了整整三年的悸动的情绪。

他们曾经可以直来直往，赤诚以待，不需要任何的旁敲侧击。三年来，她以为在给自己机会放下，可事情为什么变成这样？

既然如此，那么就更汹涌些吧。

"林先生，不如我们谈个恋爱？"或者"林少煜，你究竟想怎样？"

轻佻的、强势的，怎么样的表达都好，不管靠近还是远离，金雪言需要一个答案。

来自林少煜，也来自她自己。

她不再去想自己应该怎么说，怎么做。她平静了一下，打了林少煜的电话。

那头是小瑞接的，小瑞告诉她，他们在公司总部，林少煜在忙。对于她竟然在楼下，他似乎微微一惊，然后他请她上去。

大概是小瑞打了招呼，没有人盘问她，她一鼓作气上了八十八楼。

这是她第一次来到八十八楼。电梯口，小瑞等着接她了。他把她引向林少煜的办公室，说："林先生有客人，金小姐可能得等一会儿。"

于是她就在办公室外的休息间等他。这个休息间宽大舒适，落地窗外阳光温暖，她坐在沙发上随意地翻着杂志，焦躁的心情已经慢慢平静下来了。

小瑞送过来一杯咖啡，在她身边坐下。

对于金雪言的到来，他有些不安，他问她有什么急事，她却说没有。小瑞在这个职位上，察言观色的能力早已经炉火纯青。看着她心不在焉的样子，他心里明白了几分。

他想了想，还是说道："金小姐，你是不是很讨厌暧昧？"

"嗯？"金雪言抬起头来，掩饰地笑了一下，"有那么明显吗？"

小瑞注视着她，有些事情在他职责之外，但人有时难免会有一种冲动，触及自己范围之外的东西。他也笑笑："这些年，金小姐有没有看到过林先生的绯闻？"

金雪言愣了一下，她发现自己还真没注意过。

"林先生是公众人物，有时候有些女星蹭热度，也会制造出一些和他的绯闻。不过石子落下，却从来没激起过什么水花，因为我们这边很迅速地处理掉了。"他的语气很平淡，"公众当然也不知道金小姐的存在，可是熟悉他的人都知道，和他走得近的只有金小姐。"

"走得近吗？"金雪言一时出神，"一年只见两次面，电讯联系不超过五次的人，算走得近吗？"

"不算，可是为什么大家都这么认为？"小瑞问道，"金小姐有没有想过，大年初二那天，如果是换一个人，其实我根本不敢把她独自留在家里。"

金雪言静静地问："小瑞，你想说什么？"

他笑得很坦诚："有时候暧昧确实不让人愉快，可是如果有人暧昧只为你一人，是不是可以忍住委屈，多等上一等呢？"

忍住委屈吗？她何曾为谁忍过什么委屈？

她的第一反应是拒绝。

然而为什么忽然又犹豫了？听了这么简单的一句劝，她那种戳破一切的劲头竟然就消失了，觉得未尝不能等一等。

林少煜送客人出来，然后那位满头斑白的客人离开了。

他目光一沉，快步走到她面前，金雪言站了起来。

"出什么事了吗？"他似乎担忧。

"没有。"

他蹙眉看着她："真的没有？"

她从未独自来到公司找他，这个时候梦信应该还在上班，她这样，他不能放心。

"没有。"金雪言忽然潇洒一笑，"我走了。"

他不再留她，任她离去。

看他若有所思了半天，小瑞只好说："今天金小姐突然就来了，也不知道有什么事，好奇怪啊。"

林少煜只淡淡说："如果再多嘴和她说什么，小心你下个月的薪水。"

把云微接管过来之后，梦信把自己的数据接入了摩飞风控的开放端口，获取优质资产的能力大幅提升。相应地，摩飞也获得来自梦信的真实信贷数据。没有人知道需要多少数据量，这套AI才能升级，梦信的技术团队夜以继日，希望能在这之前破解这套系统的技术核心。

因为一旦摩飞取走了自己想要的东西，随时可能离开。

随之而来的是，云微也给梦信带来了额外的巨大工作量。云微在线的资产，目前主要有两个方面的风险——一个是它在刚刚开始转型做小额借贷的时候，涉足过车辆质押业务，导致现下有许多车辆需要管理和保存；另外一个，自然是历史遗留的企业大标的问题。

那些大额的企业借款，蕴藏巨大风险。在备案驱使下，必须尽快出清，大致分两种情况，有不同的处置。

一种是借款即将到期，那么就督促借款人尽快将欠款结清；另一种是远未到借款期限，那么平台就要和第三方资产处置公司接洽，将这些企业债权转让给他们。总之，不能将这种借款人单一的大额债权留在平台内部。

但还有一种介于两者之间的情况，就是此前平台出于自身运营考虑，与借款人签订较短的借款期限，但私下里给出允诺，到期后可以续借，也就是预期的借款期限实际上要长得多。

针对这种情况，梦信这边定下的策略还是——尽快促进还款，不予续借。因为把债权打包给第三方资产，可能需要一定的折价，成本很高。

其中最近将要到期也是额度最大的一家公司，叫风范汽车。他们的借款额达到一个亿，但经过沟通，他们拒绝还款。

"当时和孙总谈好的，这笔钱要借三年！你们不能出尔反尔！"

"陈先生，合同确实是一年的，即将到期，你们当时只有口头协议。"

"口头协议？我当时也是迫于无奈，现在你们梦信不能收了云微就翻脸不认账！"风范汽车的负责人陈贤极其气愤。

迫于无奈可能是真的，毕竟那么大一笔款项，长期合同也不太好找。但这又能怪谁？好在风范汽车虽然不大，但资产还是足够覆盖借款的，梦信预备启动催收程序。

但很快，一个下午，安小仙匆匆走进金雪言的办公室："风范汽车的陈贤来了，陪着他的还有邵锦。"

金雪言意外地挑了挑眉。

当他们两个人坐在她的办公桌前，她看到的陈贤是个胡子拉碴的年轻人，看上去很有艺术家的气质，和一旁坐着的清冷寡淡的邵锦形成鲜明对比。

"今天来找金总，实在是没办法了。"陈贤的语气很急，"不得不拉着邵锦一起来，对了，我们是大学时的同学。"

邵锦闷闷地"嗯"了一声。

金雪言说："如果陈先生是想谈借款续期的事，我恐怕爱莫能助。"

"我们的无人驾驶研发还差一点点，成功之后，前景不可估量！"陈贤更急了，"金总你们不能把一切扼杀在摇篮里！"

金雪言看着两人，终于说："说说你们的情况吧。"

风范汽车，不是传统车企，它进行的是无人驾驶系统的研发。

陈贤和邵锦当年在专业上是"绝代双骄"，与邵锦留在国内读研不同，陈贤先是出国深造，之后回国创立了风范汽车。

他们并不进行汽车制造，主要精力就放在无人驾驶系统上，几年过去颇有成果，申请了很多专利，而且经过对现有各品牌车辆的改装和测试，已经近乎达到了投入使用的标准。

风范汽车进行过一轮融资，但初期的技术研发纯属烧钱的行为，他们仍然资金紧张，因此一年前向云微在线借款1亿元。但现在，他们还远未到可以把技术变现的时候。这笔钱至少需要三年来还清，之前和云微谈的也是可以续借。如今，如果强行抽走上亿资金，整个风范汽车的研发都要停摆。

"孙见云当时说的是，反正续借不是什么难事，合同时间短点，万一想要提前还款，也不用支付太多提前还款的违约金。"陈贤看上去十分懊悔，"谁知就成了现在这样。"

"无人驾驶，的确是当下很有前景的一个发展方向。"

听金雪言这么说，陈贤眼前一亮，赶紧道："对的！金总，你一定得拉我们一把！我们的系统怎么样，可以提供详细的技术文档给你们看。对了，你可以问邵锦！"

"这样吧，我们再研究，晚些给你答复。"

陈贤千恩万谢地离去。

送走了陈贤，她转过头来，问邵锦："他说的他们的那个系统，真的那么有潜力吗？"

无人驾驶也依赖人工智能，不过梦信技术部只专注于信贷服务这块，拿着技术文档也未必能进行什么准确评估。只有邵锦对相关技术一直涉猎甚广，因此她只问邵锦。

"可以这么说。"邵锦点点头，"这两天我看过他们的东西了。"

如果不是风范汽车真的有潜力，他也不会陪着陈贤过来。

金雪言沉吟着："这件事，你怎么看？"

邵锦想了想说："企业大标要出清，当然是为了防范风险，无可厚非。可是你也说过，我们这个行业存在的最大意义，其实是服务实体、支持创新。就算我们现在主要做的个人信贷，风险分散也可以促进消费升级，那又怎么样呢？难道对风范汽车这样的企业就不应该支持了吗？"

"嗯，你说的我明白了。"金雪言叹了口气，"让他们续借，然后把标的转给第三方，也许是个好的选择吧。"

然而，就算金雪言心里有了倾向，事态还是向着谁也没想到的方向发展。

就在陈贤来访的两天以后，云微在线信贷部接待了一位奇怪的访客。

那是一个四五十岁的男人，高大壮实，穿一身黑色的薄呢西装，整个人看上去认真而严谨。他坐下来，说明了来意，整个信贷部如临大敌，他们赶紧去找了云微的CEO。

此时，孙见云已经离职，CEO由云微在线的原副总代职。他一看就知道了事情棘手，更不敢擅自做主，一脸凝重地打了电话给金雪言，请她过来。

来访的男人就在云微信贷部喝着茶等待，看上去很有耐心。

一个小时之后，金雪言走进云微信贷部。访客站了起来，向她伸出手来。

金雪言和陌生男人轻轻一握手："我听他们说您姓连？"

"连建恒。"

"现在，您有什么要求，对我说吧。"

男人打开自己随身携带的可称巨大的公文包，从中取出不止一个皮夹。皮夹打开，里面数十个隔层整整齐齐，每一层正面一张身份证，背面一张银行卡。他把携带的皮夹一一打开，呈现出来的是同样的内容。他此前显然已经给信贷部的工作人员展示过了，但此刻毫不见厌烦，虽然做着重复的事情，但仍然不辞烦琐，一丝不苟。

最后展现在金雪言眼前的，就是几百张的身份证和银行卡，她的瞳孔不禁微微一缩。

"这些，是所有持有风范汽车债权的出借人，我是他们的代理人。"名叫连建恒的男人说道。他的笑容朴实甚至有些憨厚，说出来的话却令人不寒而栗："我们拒绝进行债权转让，要求风范汽车按照合同要求，马上还款。"

按照互金平台的正常流程，每一笔借款，都是分散给许许多多的出借人的。

尤其是早年的大额标的，每个出借人可能只出了整笔借款的千分之一甚至万分之一。这个过程是由平台的匹配系统自动完成，理论上是完全随机的。

出借期限到了，借款未到期，匹配系统会自动进行债权转让，把剩余期限的债权转给下一个出借人。这个过程，本也应该是随机的。

可是在风范汽车的借款交易中却完全不是这样！

风范汽车的债权全部捏在一个叫连建恒的人手里。

那几百张身份证和银行卡，全部是傀儡。有了这两样东西，平台就必须承认出借人的身份。至于他和这些身份证、银行卡的主人是什么关系，有什么协议，就没有人知道了。最大的可能是，所有这些卡和信息都是他买来的。

早年，黑市一套身份证和银行卡价格不到200元。实名制趋严之后，日益见涨，但仍是一个低廉的价格。

用这些买来的信息，他收了所有风范汽车的债权，相当于放出了1亿款项给风范汽车。这不是一个出借人能做到的事，一定是得到了云微在线内部的配合。

"是……是一年以前，孙总让下面暗中把风范的债权都转移的。"专为此事召开的会议上，云微副总的冷汗涔涔而下，"当时我也不明白为什么。"

"我们在资产清查的时候也没有查出这件事。"金雪言冷冷地说。

"我们的清查重点一直在借款方，弄清楚资金流向了哪里，没有太关注出借方。"负责清查小组的许云有些委屈地说，"而且出借人都是在网上注册的，既然银行卡和身份证齐全，怎么可能挨个去查？"

她说得没错，金雪言也知道："但是这几百个人，没有签债权转让委托协议。"

每个出借人都应该签署该协议，授权平台进行自动的债转。但到了这些人这里，债转就无法进行了。

连建恒的目的是什么？

既然刻意去查，其实很容易就能查清楚——连建恒是孟伯平的人。

"摩飞AI？"听到这个消息的陈贤，一开始似乎没反应过来，然后他突然叫了起来，"摩飞AI！又是他们，这是个阴谋！"

"你慢慢说，说清楚。"金雪言的声音低而沉稳。

电话里，陈贤整理了一下思路，才说："是这样的，一年多以前，我们的无人驾驶系统刚刚具有雏形，摩飞AI就找到我们，表达了全资收购的意向。"

"那还是他们刚刚进入国内的时间点。"

"是啊。"陈贤说道，"他们的出价不算低，但是全资收购我们是不愿意的。"创业者自然都不愿意失去自己的立足点，"而且更苛刻的是，他们要拿走我们整个系统。他们说我们的系统有很多缺陷，只有在他们摩飞的整合下，才能具备实用价值，他们要把我们变成他们的一部分。"

"你们没答应是吗？"

"可不是吗！后来我们就慢慢摸清楚了，他们想发展无人驾驶，但是他们的优势是对接优歌技术公司，推进人工智能在各个行业的应用。但像无人驾驶这种价值无限的技术，优歌技术公司也没有把目前的研究进度开放给他们。所以他们看上了我们风范，想要把一切据为己有，最后我们就谈崩了。"

"但是，你们还是面临资金短缺，所以通过云微在线筹集了上亿借款。"

"是的。"

金雪言说："你们的进度可以跟得上优歌技术公司？"

陈贤带点自负地笑了一声："我就不自吹自擂了，摩飞AI的态度是最好的佐证，一年前，他们对我们的系统评估就是AAA级。"

"所以一年过去，你们的进度迅猛，他们就更迫切了。"金雪言冷冷地笑了一下，轻声道，"陈贤，你的债权人要求你们立即还款，现在你打算怎么办呢？"

陈贤沉默下去，金雪言挂了电话。

现在事情其实已经非常清晰了。偌大的办公室里，她来回踱了几圈，然后下了决心，设法联系上了孟伯平。

在电话里，她向孟伯平说道："孟先生，连建恒已经找过我们了。"

"哦？连建恒找你？他和你们梦信有什么业务往来吗？"孟伯平一副事不关己的态度。

"孟先生，能不能请摩飞在风范的事情上高抬贵手？"

似乎没想到她竟然如此直白，孟伯平停了一下，才笑道："金小姐这是代表谁？梦信还是云微？"

"我代表风范。"

"这我就不明白了。"孟伯平似乎觉得很有意思，"风范只是云微的一个普通的借款人，你有什么立场代表他们？"

"既然这样，我也想问一句，连建恒，或者说代表了摩飞的您，有什么资格代表风范的所有债权人呢？"

"一切以合同为准。"孟伯平冷淡地道，"我希望梦信照章办事，也相信梦信的效率。"

按照连建恒"代理"的出借人的意愿，梦信应该立即启动对风范汽车的催收，以多种手段监控他们的资金流向，直至发起诉讼，控制他们的股东，查封他们的资产。以梦信这些年来在贷后催收的惊人效率，这个过程不会太长。

这样，风范汽车只有死路一条。

"摩飞AI，一直在觊觎风范汽车。一年前收购不成，你们就'另辟蹊径'。得知他们通过云微在线借款，你们联了云微。你们有着每个互金平台梦寐以求的风控技术，对云微占尽优势，很容易就得到了和风范有关的所有债权。"金雪言吸了口气，"我想，这部分是云微无偿赠送给你们的吧？你们拿走的不止云微的10%股权，还有一个亿的债权。外界都在奇怪，为什么摩飞选择合作的第一个公司竟然是当时声名平平的云微。其实，对摩飞来说，真正的目标是风范汽车！"

"以金小姐的聪慧，现在也该想到这些了。"孟伯平语气淡然，不再否认，"这件事和梦信无关，甚至和云微也无关，你们只需要履行自己的职责，金小姐大可不必如此激动。"

"有一件事情，我一直想感谢孟先生。"金雪言忽然放缓了声气。

孟伯平怔了一怔。

"之前您对我说过，我没有遇见过可敬的对手。我一直在反省，是不是我的局限性，使我在面对摩飞公司和孟先生这样的人的时候，会因为视野有限而错失良机？"金雪言说，"今天我才知道不是的。你们摩飞，照样为了抢夺一家名不见经传的小公司的技术，不惜暗箭伤人，不择手段。也许你们没有违法，却仍是令人不齿，不管是对手还是朋友，都恕我无法尊重，再见。"

和摩飞的沟通结果一定会是这样的。摩飞处心积虑布局已久，不管她说什么，都改变不了摩飞的决定。

那么这个电话意味着的，不如说是一种决裂。

摩飞拿着1亿的债权，想把风范汽车逼到死角，现在他们快要做到了。

因为对借款的错误预估，实质上，风范的资金链已经断裂。

梦信帮不了他们。摩飞要的根本不是钱，因此拒绝来自任何方面的债权收购或逾期垫付。梦信或者说云微，只能按照正常流程进行协助催收。可以拖一段时间，但几个月后，必然要走到法律程序。

梦信不能把自有资金借给风范，那是资金池的一种，早已被叫停；梦信不能重新为风范筹集上亿的借款，大额标的只许减少不许增加，是监管的红线。这两条，哪一条都不能逾越，不能触碰，否则导致备案无法通过，才是万劫不复。另外，风范也不太可能找到其他提供借款的金融机构，因为除了互金平台，其他机构的资质审核和流程要复杂和漫长得多，何况他们的额度如此之大……

置身事外，让风范汽车自生自灭吗？

陈贤知道这样的事之后，又来梦信，找到金雪言。金雪言直接告诉他："现在你来找我，没有用了。梦信提供不了资金支持。"

"那我们应该怎么办？"

"你应该马上去寻找风投。"

寻找外来投资，是现在风范唯一的出路，可是陈贤皱着眉考虑了一会儿："恐怕有点难。"

他这么说，金雪言也明白。经过她对风范汽车的了解，他们确实是一家技术型企业。陈贤的社交能力当然比邵锦强不少，可他们本质上是同一种人。要他在这个时间点上迅速找到风投，这太难了。

金雪言注视着陈贤："问个问题，陈贤，你为什么要创业？"

"呃……"他似乎没有考虑过这个问题。不错，以他的专业能力，不管在什么地方，都能站稳脚跟，过上衣食无忧的生活，而创业失败则会一无所有。为什么要夜以继日，承担那样巨大的风险？

"想做出自己心目中理想的东西。"陈贤想了一会儿，带着点桀骜的目光，说道，"想让我的东西被所有人知道，想让它改变世界。"

片刻的停顿后，金雪言平静地说道："好，陈贤，我会以我个人的名义，把风范汽车推介给茂林金融。也许他们会对你们感兴趣。"

这个下午，茂林金融由方靖伟主持了开年工作会议。

未来一年，由于将开展和摩飞AI的全面合作，整个集团的发展战略还是会有一个调整。茂林金融将在资金上对集团旗下企业提供更大的支持，也需要全面的统筹，因此林少煜也到了现场。

会议进行得很顺利，结束后，方靖伟请林少煜到自己的办公室小坐。没等他们开始谈正事，方靖伟的助理就过来说："方总，梦信金融的金雪言小姐已经等了很久。"

林少煜端着咖啡的手微微一顿，然后轻抿一口咖啡，面无表情地道："让我留下来就是为了这个？"

方靖伟摸摸鼻子，笑道："金雪言很难搞定，不过她不是最重要的。风范汽车有点特殊，既然你来了，不如也听一听。"

林少煜说："我们不能接手风范汽车。"

"你确定？"

"不能因为半路杀出来的一个风范，就打乱我们的计划。"

方靖伟点点头："我知道了。"

林少煜放下咖啡杯："你和她谈吧，该怎么谈就怎么谈。"

金雪言踏进茂林金融的总裁办公室时，见方靖伟正坐在宽大的办公桌后。她在桌前坐了下来，开门见山："方总，预约的时候就说过来意，今天我来是为了风范汽车的事。"

方靖伟注视着眼前的女人。这两年，他们算是比较熟悉了。茂林金融是梦信的重要股东，梦信的年度工作总结会议，他都会抽空参加。看着她势如破竹，把一家没有根基的小企业带上行业顶端，有时他脑中会掠过七个字：美人如玉剑如虹。

可是刹那剑光，绝代风华，若有人一时为其所迷，难免一世为其所累。

想到这里，他在心底轻轻叹息一声。

"风范的事，我辗转听说了一些。"方靖伟当然随她直入主题，"它和摩飞、梦信都有牵连，我们前不久就对它进行了简单的调研。"

"有什么结论？"

"风范汽车在无人驾驶系统这块确实颇有建树，在国内领先。"方靖伟说道，"假以时日，也许会是一面旗帜。"

"这样很好。"金雪言慢慢笑着，"我想这是茂林金融最感兴趣的那类公司吧。"

茂林金融一直在做创投，这些年投资了大大小小数十家创业型公司。高风险，高回报，以风范汽车的资质，它应该早已是他们的猎物才对。

方靖伟笑了笑："金小姐今天来，就是想劝说我们投资风范汽车吗？"

金雪言点点头："我想茂林金融不应该放过这个好时机。现在风范汽车有难，拉他们一把，他们会感激涕零。"

"我们需要的，从来不是感激。"方靖伟的语气仍然很闲适，"金小姐应该也知道，我们不愿意染指风范汽车的原因是什么，否则你不用亲自来说服我。"

果然。她的预料是对的。

"是因为摩飞？"她说道，"因为你们和摩飞的全面合作关系，你们不愿意在这件事上得罪摩飞。"

方靖伟点点头："所以你都清楚了。"

"可是，这不是林少煜的作风，他不会拘泥于此。"金雪言声音里有一丝波动，"这是茂林金融对集团的揣测？还是你们沟通过的结果？"

"这重要吗？"

"是，茂林集团和摩飞是处于深入合作当中，但那和风范汽车应该是两回事！"金雪言身体前倾，逼近方靖伟，"摩飞为了得到风范做了什么？他们和云微狼狈为奸，要逼死风范汽车，再坐享其成。风范既然是我们国内的技术巅峰，难道在这种情况下，茂林还要拱手让给他人？"

"那是因为你不知道茂林和摩飞争夺的是什么，这个战场有多大。"方靖伟忽然沉声，"让我告诉你，茂林和摩飞的合作一直不顺利。因为茂林想要得到的，是深入覆盖相关制造业的人工智能技术，但摩飞想要的，是大量的实体资产。举个例子，我们只想要一套简单的通过模糊算法来进行产品质检的技术，他们就提出要我们的所有相关工厂的股权。这是掠夺，但这就是现实。"

金雪言安静下来，不再说话。

方靖伟继续道："经过漫长的谈判，最后我们和摩飞一同组建了智能未来实验室，希望能够从核心研发上获取资源，提升我们自己的技术实力，而不是仅仅用实业交换技术服务。但是现在，也只有少量的项目在推进中。摩飞吝啬、苛刻，把一切都把控得很紧。所以现在，从整个集团的层面考虑，我们绝不希望因为风范汽车的事，节外生枝。"

方靖伟的声音在偌大的办公室里，残留下微弱的余音。金雪言一时有点头疼，可能她又一次地冲动了吧。那个庞然巨兽一样的茂林集团，对她来说只可远观，而有人正驱动着它前往更广阔的未来，她不能扰乱他们。

"我知道了。"于是她说，要放弃的时候，她也很干脆，"那先告辞了。"

"金小姐，"方靖伟却叫住了她，"那么风范汽车的事，你准备怎办呢？"

他很清楚，以她的个性，不会那么轻易放过这件事。

金雪言一笑："世界上，又不止茂林金融一家做风投的公司。"

既然茂林有自己的难处，那么她会替风范去寻找其他的风投。梦信和金雪言毕竟在金融圈中有一席之地，这方面的路子并不少。

"估计很难。"方靖伟却直言相告。

"你是说现在的局面下，风范不适合发起融资？"金雪言蹙起眉，"的确，现在他们面临着债务危机，不管和谁谈都有些气短，不过……"

"不是你想的这样的原因。"方靖伟摇了摇头，"风范已经存在了不短的时间，除了创业初期的小额天使轮，一直没有拉到其他投资，尤其是在他们的技术已经取得很大突破的前提下。正常来说，早有嗅觉灵敏的创投公司扑上去了，实际上却没有，为什么？"

"你的意思是？"

他说的这些，金雪言也有隐约的感觉。但她一直认为，那是因为陈贤和他的团队专注于技术，并不擅长资本运作而已，此刻方靖伟点得她心中一凛。

"无人驾驶，是一个前景极其开阔的产业，可是回报周期注定极其漫长。"方靖伟缓缓说道，"因为无人驾驶的瓶颈，不完全在技术上，而在伦理上。多么完美的系统，也不可能把事故率降为零。出了事，谁的责任？厂家还是车主，还是系统提供方？还有整个交通网络的调整……就算有了相对成熟的技术，无人驾驶汽车离真正投入使用，还有非常非常长的距离。你怎么让人相信，他们的无人驾驶汽车能够跑在马路上？"

"所以，风范的路线是有问题的。"金雪言已然明白过来。

"单纯理论方面的开发，一定不是无人驾驶领域的方向。从这个意义上来说，摩飞说得没有错，他们才能真正唤醒风范技术的价值，虽然那也需要很长的时间。当然，摩飞有的是耐心，这只是他们产业布局的一部分。这个你也应该想到了，像风范一样被他们觊觎着、伺机掠夺的企业不止这一个。如果你只是出于正义感想要拯救风范，我劝你收手。在商业的领域，正义感没有意义。"

方靖伟的话说完了，金雪言似乎在心头咀嚼了一会儿，然后由衷地说："谢谢方总告诉我这些，我心中有数了。"

她点头，离开了这个房间。

"你提醒了她很多。"

片刻之后，身处隔壁套间的林少煜走出来，似笑非笑地说。

"不应该吗？"方靖伟神情轻松，"你说她会怎么做？"

"不清楚。"林少煜的神色沉静，"我对她一直很好奇，这么多年过去还是一样。"

好奇她会做什么，好奇她有怎样的力量，也许这就是致命的吸引。

听了方靖伟那一席话，金雪言就打消了直接去找其他创投公司的念头。但风范汽车的事，她还不想放手。

她不愿放手，只因为它足够好。

当时，方靖伟说："你怎么让人相信，他们的无人驾驶汽车能够跑在马路上？"

那就让他们相信，风范的汽车可以跑在马路上。

遵照金雪言的吩咐，梦信的市场部到风范去做了一番调研，又和他们开了几天会，就拿出了一个企划案，这在陈贤等人看来简直效率惊人。

梦信给他们策划了一场大型"路演"。

那可真是"路"演。先是铺天盖地的新闻和宣传：无人驾驶，你触手可及的出行方式；无人汽车，明日就将与你擦身而过……林林总总，大量的媒体和自媒体都在描绘无人驾驶带来的美好图景，让人感觉它近在身边。

然后，风范汽车预告召开产品发布会。

较真起来，他们的产品离应用的确还有一定距离。不过应付一个发布会的演示，还是绰绰有余，哪怕这场发布会相当特别。

发布会的场所定在崇远体育场。

崇远体育场可容纳五万人，那里地处郊区，是一处新开发的场地。虽然暂时有点荒凉，但这正是风范所需要的。

崇远体育场所在处，叫崇远镇。那里本无居民，周边都是专为这处大型场馆而配套建设的。那里有一些商业设施，但如果不是体育场举办活动，就人迹稀少。

因为是这样的环境，和当地政府谈就容易些。

梦信很快和相关部门谈妥，在风范的发布会那天，把整个崇远镇当作试车场，模拟实用场景，向大众展示风范无人驾驶汽车的运行。

他们的无人汽车，会在体育场中先环绕一圈，然后开出体育场，在崇远镇中行驶。镇中路况被清理过，行人和其他车辆也得到了安排，可以确保安全——当然，这些不会向媒体公开。公众们看到的，会是一个小城的日常生活场景中，无人汽车自动驶过，与普通的车流融为一体，几无区别。

而车内，会有记者和科技界的网红进行直播，确认没有人进行任何操作，他们会在车里和观众聊天、听音乐、刷手机，甚至写稿、睡觉。

"你的时间，由你掌握；你的行程，交付于我。"

这样的广告语深深戳中永远色匆匆的都市人的神经。

不过，这种造势并不意味着风范的无人驾驶系统要投放市场。事实上，如方靖伟所说，这项技术要想真正落地，还困难重重。这场发布会，主要目的还是吸引风投。

"可是我们就算说得再好，技术暂时还是不能变现，那些风投公司人精似的，能被忽悠吗？"筹备的时候，陈贤还是充满担忧和困惑。

"不，是你把他们想得太简单了，风投看中的不一定是技术，而是公众认可度。"金雪言解释道，"我们忽悠不了任何人，他们做出的判断，会基于我们展现的价值。"

在这个流量为王的时代，有价值的不止是技术，话题性、噱头都是最好的筹码，梦信要为风范建立的就是这些。

虽然在那之后，风范从一个低调的技术型企业变成一个"网红"企业，会有什么改变，流量对他们会不会反而是负累，没有人能知道，但至少他们能过了眼前这一关。

发布会的日子定下，邀请名单定下。被邀请的，有各大媒体、各家创投、自媒体网红，为了贴近大众，他们还会邀请一些普通人一起参与。

名单里面没有茂林金融。

很快一切敲定，风范专注进行到时候要使用的汽车的改装和调试，梦信则承担这场发布会的会务和外联相关事务。双方紧密配合，只等发布会的来临。

梦信和风范紧锣密鼓地筹备着的这一切，引起了不小的关注。

这本来就不是什么秘密。事实上，在有关无人驾驶的新闻密集出现之后，如孟伯平这样的人，就清楚地知道了梦信想要做什么。

是的，这一切举措，无关风范，全由梦信筹划。不需要查，孟伯平就可以确认这一点。

找到其他风投，还上连建恒的债务，彻底甩开摩飞。哪怕同样要被稀释股权，也决不向摩飞低头，他们决绝至此。

想当初，贺知微说过他们有一条小尾巴留在云微，因此最好不要和梦信搞僵。他们最终决定留下为梦信提供服务，不能不说这也是一小部分理由。可是现在呢？梦信对此事又何曾留了半分情面？

孟伯平不禁苦笑。

回想金雪言在电话中的声声质问，他感到非常不快，但这样的情绪在他这里当然只是一瞬间。他沉思了一会儿，拿起电话，把一些事情吩咐了下去。

两周后，风范发布会的前两天，下面给他呈上来的方案已经非常完善了。

这一天，贺知微在他的办公室里。

贺知微在金融研究院工作，不经常过来。不过，孟伯平知道，可能也是因为风范发布会的事，她有些按捺不住。如果真让风范或者说梦信如愿以偿，那么他们之前在这件事上的苦心经营都要付之东流。

"别担心，都安排好了。"孟伯平安抚她道，"你可以看看这些方案。"

贺知微却一副轻松的样子："我才没有担心呢。"

不过她还是在孟伯平办公室的大屏上打开那几个文档看了起来。

针对风范这场发布会的狙击，摩飞内部做了这样几套方案。

第一，他们已经调查清楚当日可能会作为体验者跟车的媒体人，并且攻下了其中的一部分。只要到时候在直播中，稍微搞出一点小岔子，再经传播的夸张放大，就够风范头疼了。

第二，在这之后，摩飞会发布《无人驾驶白皮书》，从人工智能角度出发阐述这项技术当前面临的困境和前景，以风范作为反面案例，呼吁社会对技术理性对待，避免过度浮躁的宣传。这不但可以打击风范，更可以突显摩飞的社会责任感，提高自己的行业影响力。

第三，风范汽车没有能力生产汽车，他们的试驾车是改装的，当天的改装车辆集中在几个品牌。已经和这些车企沟通，发布会结束后他们会发表声明，对这种改装进行抗议。如果第一个方案造成了什么负面影响，这些车企还会以侵犯名誉权来起诉风范。

这套组合拳打下来，深入泥潭的风范，不会有人敢于接手。

利用这场发布会，彻底打垮风范，反而有助于推动摩飞实现自己的最终目的。

"确实是很好的方案，步步推进啊。"贺知微赞美道。

孟伯平露出笑容："我们的团队，用现在的话说，是很给力的嘛，这些事都不用我费神。"

"可是孟叔叔，"贺知微说，"我今天来，是特意想让你停止一切的方案。"

"你说什么？"

贺知微笑着道："对于风范的这场发布会，我们什么也不做。"

孟伯平缓缓问："为什么？"

"我母亲说，我应该当一只孔雀。"贺知微提起母亲，有点出神，"她说孔雀是最爱惜自己的羽毛的。用这些事，弄掉了自己的羽毛，不好。"

"嗬，微微，你当你的孔雀，就让我老头子来当秃了毛的鹰也无妨。"

孟伯平脸上还带着笑，语气却明显充满了不快，这种不快和听到金雪言的质问时的感觉相似。有些事，说出来是手腕权谋，甚至令人自得，可当有人指责你龌龊时，你又会感觉到真切的恼怒。

"我不是这个意思，孟叔叔。"贺知微赶紧挽住他的胳膊，"我说错话了，该打。不过发布白皮书，一定也会暴露我们未来布局的一些真实意图。请那些车企帮忙，总得搭上人情，不利于以后的其他合作。而且关键是，"她微微一笑，"我们不做的事，会有人替我们做的。"

"你知道什么？"

"我什么都不知道，真的。"贺知微笑得很开心，"孟叔叔，我只知道，我们等着看戏就好了。"

她是真的什么都不知道，可不是吗？有时候如果知道得太清楚，羽毛未免就不完美了。

对于风范汽车发布会的宣传，在发布会的前两天进入了高潮。每个网站都会飞出他们标志性的带眼睛的卡通汽车图案，电视上也有发布会的倒计时广告。

林少煜随手关掉了一个网页，在日常工作的间隙，关注最近风范的动向，对他不失为一种有趣的娱乐。

她的意图非常清晰，他想着，不过执行起来的结果，是否能尽如人意……

小瑞匆匆进来："林先生，这边有消息了。"

"嗯，你说。"

"确实有人暗中找过好几个会参加风范试驾的媒体人，这是名单。"他把一张纸递到林少煜面前，"这些人我都打点好了，到时候他们不会乱来的。不过……有点奇怪的是，有人反馈，说摩飞刚刚又通知他们，不要有什么举动。"

"嗯？"

小瑞接着说："这点从车企那端也可以得到证实，好像摩飞停止了行动，不知道发生了什么。从摩飞那边探到的消息呢，好像是贺小姐去找了孟总之后，他们就改了主意，不过我不知道这两者到底有没有关系。"

"知道了。"林少煜说道，"不管他们想做什么，做或者不做，别让他们给风范惹出麻烦。"

他不知道金雪言对摩飞这些背地里的手段知道多少，以他的了解，她这个人，善于主动出击，正面迎战，却并不擅长阴谋的交锋。但有些事，与其等暴露出来再解决，不如把苗头直接扼杀。

"好的。"小瑞点点头。

林少煜把那张薄纸随意一丢，忽然靠上椅背，放松地道："好了，小瑞，这周我想休个假。"

"啊，您想去哪儿？我马上安排。"

"崇远镇。"

崇远镇距市区不算特别近，在规划开发进行之前几乎是一片荒地。这几年建了体育场，随后商业设施纷纷落地，倒也有了一片生气。

但那里没有长住居民，如果不是体育场举办大型活动，一向十分冷清。当然，在风范汽车的发布会预定之后，这里就日益热闹起来。到了发布会前一天，镇上唯一的五星级酒店几乎人满为患。

来参加发布会的记者、创投公司、自媒体人……住满了这家茂林旗下的酒店。

但就在这种紧张的状况下，行政楼层二十楼，还是几乎空置了所有房间。这样，整个楼层就显得空旷寂寥，静默无声。

集团董事长不喜欢喧杂，喜欢安静。

这年头，"微服私访"什么的，是万万不可能了。他本不想惊动太多人，不过这样也好，独占一整层，也就没有人知道他来了。

夜幕渐浓，林少煜在落地窗前往外看去，远处巨大的体育场，隐约亮着灯。梦信和风范的人早就到了崇远镇，这会儿应该还在调试明天的设备和进行最后的检查工作吧。她也在忙吗？

她不愿意风范落到摩飞手里，其实他何尝就愿意了？

只不过他要争夺的太多，掣肘太多，反倒无法像她那样敢作敢为。有时候，他觉得她就像一面镜子，能够映出那个有着真实欲望的自己。

竟然有人敲门。

林少煜以为是小瑞，门打开，却是贺知微。

她看见他，笑得露出酒窝："哈哈，林董事长真在这里，要上来找你好难啊。"

林少煜几不可察地犹豫了一下，然后微笑着请她进来。

在套房窗前的沙发上闲适地坐下，林少煜给她倒了一小杯葡萄酒，笑道："微微，你怎么也来了这里？"

"看热闹呗。"贺知微活泼地说，"最近风范汽车闹出多大的动静啊，就看明天能不能一战成名了。怎么能不来看看？你不是也来了？"

林少煜笑着说："恐怕没有那么简单吧。"

"你说得对。"贺知微静了一下，"从个人来说，摩飞之前一直把风范视作猎物，我的心情有点复杂。另一方面，如果风范汽车真的以这种方式获得融资，不失为新金融这一块的一个经典案例，我要好好写个研究报告的。"

她毕竟在金融研究院就职，这样的话说出来，褪去了一个小女孩的单纯，终于显露出一个学者的风度。

林少煜看向窗外："那我们就拭目以待。"

"少煜啊，摩飞和茂林的合作，仍然不顺利吗？"停了一下，贺知微轻声问。

"还好。"林少煜轻描淡写地笑道，"具体的你可以去向孟伯平了解。"

"我们摩飞，当然很注重自己的利益。"贺知微道，"不过对于茂林，摩飞内部其实有更高的期许。我们可以走得更近，一起做更多的事情。"

林少煜注视着贺知微，他知道她一直不管摩飞的具体事务，一切事务都只和孟伯平谈。对于国内的摩飞，她究竟扮演什么角色？他有时也分辨不清。只是此刻，她说出来的话，的确令他的心头微微触动。

摩飞那里，更多的技术资源，是他想要的东西。

"我对于摩飞，当然是开放的态度。"他说出来的话，却是不咸不淡，就是在谈纯粹的公事，"希望基于实验室的项目能有更多的推进。"

"我知道，你想把人工智能和制造业融合，开启一个面向未来的新模式。你想建一个工业互联网平台，打破不同类型制造业之间共享信息的壁垒。"贺知微的语速略微急了一些，也隐含着一种情绪，"其实我也想，茂林和摩飞只要形成合力，这个世界会属于我们的。"

她说着，仿佛真心流露，伸手轻轻覆在他的手背上。

林少煜则不动声色地抬起被她握住的手，拿起酒杯，向她举杯："希望有那么一天。"

贺知微笑笑，神情不变，举杯与他轻碰。

又坐了一会儿，贺知微起身告辞。

把她送出门去，回来之后，林少煜不禁回想了一下她的话。

贺知微，作为摩飞AI的幕后控制人——或者至少是一个举足轻重的决策者，跑来他的房间说了那么一番话，情真意切，却没有丝毫实质性的意向，她的用意何在？

他冷冷地笑了一下。毕竟她已经不是当年那个天真无邪的女孩子了，他确也曾如看待妹妹一样看她，可是时间改变了太多东西，尤其是人心。

他忽然想给金雪言打个电话。

没什么事情，也没什么来由，他忽然想念她。其实他并不太经常想起她，或者每每想起，他总是习惯性地克制和遗忘，最后便仿佛真的不曾有过那样的情绪一般。

但此刻的想念竟然无法抑制，他也就不再勉强自己，拨通了金雪言的电话。

电话响了很久，就在他打算放弃的时候，接通了。

电话那头传来一些奇怪的声音，好像是嘈杂的引擎声，他不安地叫了一声："言言？"

金雪言的声音传来，带着呻吟，更带着她身上绝少出现的恐惧。

"少煜？天啊，这车子……好像出了问题。"

发布会前一天下午，金雪言和风范的全体员工一起待在崇远体育场。当然，梦信方面一直跟这个企划案的负责团队也都过来了。大家各司其职，现场一派忙碌景象。

整场发布会最重要的，用于演示的五辆车子，都已经调试完毕了。此刻正排在一旁，由几名技术员在进行最后阶段的调试和检查。

它们由正常车辆改装，来自三个不同品牌。在更换了风范的整套驾驶系统之后，它们在外观上与一般车辆无二，但电子系统内部起了翻天覆地的变化。

它可以根据地图制定路线，然后根据扫描的实时路况进行自动的智能化操作。不管是正常的交通规则，还是突发的事件，都能够很好处理，确保安全。

不过它同时也保留了传统的行驶系统，如果有必要，车上的人可以切回手动操作。

它也许还不够完美，但应付这一场发布会还是足以胜任。假以时日，也一定能更加完善，直至投入使用。

整个现场，最紧张的人要数陈贤。不过他可不是为了车子，而是为了另一件事。

"哎哎，领带别那么紧嘛，老婆，替我拉一下。"陈贤在那边嚷嚷着。

准确地说，最紧张的是陈贤一家人，他带了他太太和两岁的小女儿过来。他心里清楚，这一场发布会，风范不成功便成仁，事关他的全部身家。不管是出尽风头，还是铩羽而归，最爱的家人都应该在一起，目睹他的成功或失败。

"女士们、先生们，欢迎大家的光临，今天是对风范汽车至关重要的日子……"

这会儿他在主席台那里练习演讲，他太太不时给他提意见，他的女儿则不时刮着脸笑话他："爸爸笨。"

"一家人在一起，真的很幸福。"金雪言发现邵锦不知什么时候来到她的身边，感慨着。

两个人就那么站着看陈贤一家，就算各有隐痛，也不免被这种天伦之乐感染。

"你去那边坐会儿。"金雪言体贴地对他说。他的腿不好，今天却早早过来了。陈贤是他的同学，他当然也为这场发布会悬着心。

邵锦摇了摇头："摩飞……会让我们一切顺遂吗？"

金雪言安静了一下，说道："不知道，不关心。"

兵来将挡，水来土掩，对方未展露獠牙前，绝不揣测他人的恶意。这是她的性格，也是她的自负。

这一天，金雪言和大家一起待到了很晚。

陈贤夫妇很早就带着孩子回酒店了。安小仙吹了风连连打喷嚏，也让金雪言打发回了酒店。

后来她就和负责会务以及技术的同事一起忙碌。终于大家都收工了，有人去吃消夜，有人直接回去休息。

金雪言想一个人静一静。

深夜的体育场微风习习，她独自向外走去。每当即将面临大考，前一天，她都会不自觉地兴奋起来。其实这两年，梦信走得顺，她已经很久没有这种感觉了。

她看到一个男人迎面走了过来。

那人低着头，行色匆匆，看到了她，他停了下来。

"金、金总好。"他有些拘谨地打了一声招呼。

四周夜色深重，金雪言辨认了一会儿才认出来，这是风范汽车的一名技术员，名叫朱胜力。他平时沉默寡言，没有什么存在感。金雪言有点奇怪地问道："朱胜力，你要去哪儿？"

"我有个打火机不见了，不知道是不是落在哪辆车的发动机舱里了。"他的语气有点着急，"万一是，要出大事的。"

他们之前是打开过发动机舱做过调试，如果真是丢了异物在里面，明天就很危险。

金雪言说："你确定吗？"

"不确定，我去找。"朱胜力低声说，"金总，别告诉别人。"

“我和你一起去找。”金雪言立即决定。

不怪朱胜力如此紧张，明天的最后检查时间并不多。如果因为他的原因出了事故，他承担不起。

两个人匆匆来到试驾用车前，体育场此时已没有其他人了。车棚下的灯光明亮苍白，朱胜力打开各个车子的发动机舱，金雪言则上车到车内去找。

“你看，是不是这个？”她上了一辆由奔驰改装的车，在驾驶座下，终于找到一个红色的打火机。她捡起来，叫着朱胜力。

没有人回答她。

她推了下车门，却发现门被锁住了，她心里一沉，又叫了一声：“朱胜力？”

随着她的呼吸，忽然一阵气息袭来，她在瞬间失去了知觉。

黑色的奔驰在体育场中缓缓开动起来。

夜凉如水，月光隐于云层之后，偌大的场馆空无一人。只有黑色的车子从车棚中驶出，在低沉的引擎声中，轰轰向前奔行。

车中的女人在沉睡。

没有人操作，车子具有自我意识一般，绕着体育场环行。一圈之后，它向场馆门口驶去。

场馆大门已经被人打开，车辆通行无阻。片刻之后，它便离开了场馆，行驶在崇远镇的街道上。

金雪言是被电话声唤醒的。

她一时迷糊，只觉头重脚轻。接起电话之后，听见林少煜的声音。可是她的声音好像卡在喉中，吐不出来。她呻吟了一下，逼迫自己清醒。几秒钟后，当她真的彻底醒过来，不禁睁大眼睛，注视着车外暗夜下的道路。

“少煜？天啊，这车子……好像出了问题。”

金雪言发现自己在驾驶座上，却无法操作这辆汽车，之前的事情飞掠过脑海。本来也是，它经过风范的改装，完全听从智能电子系统的行为逻辑，无须人类干涉。然而此刻窗外景物掠过，还是透出极度的诡异。

“我什么都做不了。”在林少煜的询问下，她简略快速地跟他说了自己的情况，然后她说，“那个朱胜力不见了，我立即联系陈贤。”

陈贤是从睡梦中被叫起来的。

他一时不敢相信发生了什么，当他终于听清楚金雪言的话，他的第一反应是：“金总，切回手动操作系统。”

金雪言按照他说的操作之后，告诉他说："陈贤，方向盘可以用了。可是车停不下来，也变不了速，它的时速已经上了一百二十公里！"

"怎么会这样！"

陈贤几乎是连滚带爬地下了床，他披了衣服趿着鞋，冲出了房门。

片刻之后，风范的所有技术人员都被叫醒。不，还包括梦信的所有员工。酒店的大堂里，聚满了迷茫而惊恐的人们。陈贤和风范的人围在电脑前，试图通过远程操作将那辆车子停下来。

已经有嗅觉灵敏的记者来到大堂，询问着，拍摄着。但陈贤他们没空理会。邵锦盯着陈贤，眼神吓人，一字一句："陈贤，你必须保证她的安全。"

陈贤快速地操作着系统，片刻之后，却哭丧地一拍键盘："连不上系统，我们也没法让那车子停下来！"

几个黑衣的男人闯了进来，他们分开围绕着陈贤的人群。在他们之后，一个男人风一样卷到陈贤的身边。他面色沉郁，语气却仍冷静："现在是什么情况？"

"茂林集团林少煜？"边上响起窃窃私语，如果他不在此时现身，还真没有人知道他来了。

"金总可以控制方向了，但还控制不了车速，也没法刹车。"陈贤咽了口唾沫，"我们，我们继续试！"

这句回答如此苍白无力，林少煜只注视着屏幕上的地图。车辆位置在监控之中，它正驶向一条道路的尽头。

金雪言的电话仍然连着线，此时传来她的声音："很快，我就要到终点了。"

她说的终点，是指他们这次演示活动的既定目的地。那里已经布置了许多鲜花和拱门，还有高大的典礼台和铁栅栏。本来车辆应该缓缓驶入打开的铁栅栏中，接受人群的赞美。然而，如果它停不下来……

林少煜看着屏幕果断抓起电话："金雪言，上高速。"

她即将到达G212高速的路口，不想在"终点"车毁人亡，必须马上绕开，她此时只有这一个选择了。

而深夜的高速公路，空旷开阔，车辆稀少，路况要比这个小镇的马路好得多，这不失为更安全的去向。

"知道了。"金雪言听从了他的吩咐。

所有人看着屏幕上的红点驶过了高速路口，大堂里却一时鸦雀无声。

金雪言暂时是避过了障碍。可是，她仍然身在一辆高速行驶的失控的车子上，车子时速一百二十公里，一直没有改变过，接下去怎么办？

林少煜的大脑在飞速运转。他很清楚，指望风范这边使用技术手段解决问题，看来希望是很渺茫了。

他问道："这辆车子还有多少油？"

陈贤身边的一个技术员战战兢兢地答道："刚加满了油，可以跑七百公里。"

六个小时？林少煜冰冷地笑了一笑。

"有可以无线实时监控她的位置的设备吗？"

一个人指着桌上的一个Pad："这个可以。"

小瑞马上把这个Pad拿了过来，而林少煜没有心情理会任何人，向小瑞道："带上它，马上通知交警部门，告诉他们，让前面的收费站清道，让她通过。"

然后他扭头就走，然而一个年轻的男人拦住了他，焦急地问："你打算怎么办？"

林少煜并不认识这个人，但不知为什么，从瞬间的目光交汇中，他竟然体察到对方的心情和自己是一样的。于是本来不会回答的他，竟点了一下头，道："拦下她。"

然后他带着自己的人离去了。

邵锦失神地望着他的背影，心中一片彷徨。

金雪言感觉自己浸没在无限的深蓝色的海水里，高速的气流在车窗外掠过，车内的她却感到窒息。

时间其实过去不太久。从她发现自己在自动驾驶的车上，到她联络陈贤，再到转换手动操作，然而发现车速被锁定，最终上了高速，前后不过一个小时。

可她觉得很久很久了，紧紧握着方向盘，整个人又酸又麻。

刚刚摆脱自动驾驶系统的时候，她有一瞬间的惊慌失措。中间按照陈贤的指示，做过一些刹车的尝试，一一失败后，她心头也有过绝望。但是时至此刻，她明白，只有自己可以操控得了自己的方向，一如她的人生。

所以她的手很稳。

放在中控台上的手机拨入了新的电话，她瞥了一眼，是林少煜。

她的手机本来一直在和陈贤连着线，可是现在，那边乱成一团的声音让她知道，他们帮不了她了。片刻之前，在那一片嘈杂的声响中，唯一穿透惊慌抵达她耳边的声音，也是他。

她断了和陈贤的电话，接入了林少煜的电话。

他的声音从免提的扬声器中传来，低沉而悠远："你还好吗？"

她说："还好。"

他说："大约三十分钟后，你会经过第一个收费站。我们已经通知了交警方面，前面的收费站会打开，让你通过。"

"好。"

他在那头静了一下，似乎笑了："言言，你知道吗？年轻的时候，我玩过不少的车。不管是哪种类型的车，开的时候，忘掉一切沿途风景，心中只有前路，前路就会是一片坦途。"

她也不由得笑了："我记得你说过，十八岁的时候你想当一名赛车手。"

这话五年前他说过，只不过他身上兴之所至的事太多了，不值一提。然而此时这种无关紧要的对白，多少让她的心情放松了一点。

"别怕，我很快就到。"

金雪言没有问他，到了又能怎么样？她受困于失控的车辆，像一条被急流裹挟的小舟，身不由己地向前疾冲。手中紧握的方向盘和耳中低沉的嗓音，仿佛是她此刻仅有的依凭。

而此刻在飞驰的法拉利FF上，林少煜的面容沉静如水。

因为是来"休假"，阿普随意选了这辆车。这倒好了，以三百公里以上的极端时速，全力追赶，二十分钟左右应该就可以追上她。

然后呢？

那辆车子，看来是不可能自己停下了。如果是四十公里以下时速的车子，可以选择剐蹭路沿或者其他障碍物进行减速，但她的车速太高了，稍有差池，后果不堪设想，因此不可能选择这个方案。等油料耗尽，时间太长。夜长梦多，必须在最短的时间内让她停下来，这才是最安全的。那么，他需要一个决断。

"小瑞，你马上在金雪言前面的高速路段上找一辆卡车，载重量足够的就可以，让它停下来待命。"

"好的。"前座的小瑞心头一凛。

"让人准备气囊，安装在卡车尾部。"他又继续说道。

他的意图很明显了。小瑞紧张地打着电话，阿普全神贯注开着车。林少煜的目光落在从风范那里带来的监控屏幕上，小小的红点正在高速公路上缓慢移动，忽然他的嘴角浮起一丝浅笑。

他想起自己做过的那个梦。

无法停下也无法回头的车辆，他的梦中，有一盏灯是她。那么，如此真实的夜，她前方的那一盏灯，会是他。

十几分钟之后，小瑞告诉他，他们要的卡车找到了。

"载重三吨左右的轻卡，在收费站后十公里外，可以吗？"

十公里，也就是金雪言在通过收费站五分钟后会遇上。那个时候，法拉利应该早已超越了奔驰，林少煜点头说："可以。"

之前他不想让金雪言听到这边的信息而分神，断了电话。此时，他再次拨通了她的电话。

在法拉利追逐着奔驰的时候，整个崇远镇参加风范发布会的人，像一锅蚂蚁般混乱。

梦信总裁被无人驾驶的汽车劫持？风范汽车的员工涉嫌作案？茂林集团董事长乍然现身又不知去向？消息一个比一个劲爆，有极度兴奋的神经，也有惴惴不安的身影，人们的心情不尽相同。

梦信公司已经报警，但朱胜力早已消失，当下谁也没有心情理会他。

陈贤和风范汽车的几个人失魂落魄地坐在大堂沙发上，像是在等候审判。邵锦不断地在和交警部门沟通，交警方面非常积极地配合，告诉他已经出动巡逻车去跟随那辆奔驰。他们还透露，有一辆法拉利也紧追其后。

"我们和收费站都与金小姐联络过，这个环节应该没有问题。"这话让邵锦心头微微一松。

但金雪言的心情却丝毫无法放松。

交警和收费站都安抚过她，收费站附近已经清出一条通道。但条件所限，通道十分狭窄，需要她保持稳定，才能安然通过。

她的驾龄才几年，平时都没怎么开过百公里以上的时速。

还有几分钟，她就要面临这路上的第一个考验。至于后面怎么办，她还没有去想。

这时林少煜再次联络了她。她接通电话，听见他说："继续保持下去就可以，我就在你附近。"

一种难以言述的情绪在她心头漫开，瞬间又被那种极度的紧张感掩盖，她忽然静静笑道："少煜，明晚陪我吃饭好不好？"

她只是为了舒缓自己的心情找个话题，语气却柔软得不像是她，有点恳切，有点脆弱，仿佛剥开了所有防备后的真实。他轻声说："好，现在什么都不要想，专心通过收费站。言言，你没问题的。"

这时候，空旷的高速公路上，法拉利和奔驰擦身而过。

那一刻，金雪言看不到林少煜。时速接近三百公里的法拉利，飞快地超过了定速的奔驰。她不知道他到前面去做什么，却无比笃定他会安排好一切。

同样的一瞬间，林少煜也向车窗外张望。没有她，只有一闪而过的影子，让他在心底勾画出她的轮廓。

目视前方，一往无前，是他欣赏的样子。

他深深地呼吸。

她即将穿过收费站，那只能靠她自己，他有更重要的事要做。

法拉利FF率先通过了收费站，找到了小瑞之前辗转联系到的那辆卡车，它就停在路边，旁边有几个人等着。卡车身后真的挂上了不知哪里找来的临时气囊，看着还不错。

法拉利FF停了下来，三个人下车。

守着的几个人是小瑞找的，问他还有什么事需要他们去做。

林少煜伸出手："钥匙。"

钥匙被递到林少煜手里。他走到卡车前，拉开车门正要上车，一只手挡在了他面前。

"林先生，让我去。"阿普低声说。

林少煜说："让开。"

"太危险了！"阿普话音急促，"林先生，我开过卡车，不管怎么样，都会保证金小姐的安全。"

林少煜平静地说："阿普，你应该知道，我真正想做的事情，绝不假手他人。"

阿普低下了头，不再说话，但他仍旧死拦着林少煜不肯退让。

"放开！"林少煜厉声喝道。

阿普没有见过他这个样子，畏惧地放手，林少煜推开了他。

林少煜不假思索地上了车。

这类的轻卡，他不是没玩过。可是，确实很久很久没有接触过了，此时伸手，有种陌生。但调整了一下，熟悉的感觉又回来了。他把监控金雪言位置的iPad放在了驾驶台上，静下心来看了几秒钟。

然后他发动了卡车。

车厢里有之前的司机留下的烟味，仪表台也显得陈旧。但这一切没有分散他一丝注意力，他只是直视前方。

没太去想接下去会发生什么，他在这个晚上所做的一切出自本能，他已经被这件事夺取了全部心神。眼前这条幽暗的长路，他看不见尽头，只能与她共度。

几分钟后，金雪言冲过了收费站。

畅通无阻，没有意外，她仿佛自然而然地做到了。虽然背上沁出一层冷汗，但事到如今，她反而有了一种豁出一切、放开手脚的轻松感。

"大概过五分钟左右，你会看到前面有一辆卡车。"电话里，林少煜低声道，"我在车上，和你保持相对速度四十公里左右，你很快就会追上我。"

最后一次的电话一直没有断，在他和阿普争执的时候她就猜到了，只不过此时才完全确认。

"一定要这样吗？"

"不要挂断电话，看到我的时候告诉我。"他的语气坚决，却温柔，"听话。"

电话里只有两个人的呼吸声，有点急促，交织在一起，像窗外呼啸的夜风。

奔驰的附近，不知什么时候多了两辆巡逻车，那应该来自交警大队。金雪言的电话持续被呼入，她不知道是谁。可是她一点都不想理会这些外界的变化，她的心胸被那个男人的面容占满，再也容不下其他。

她的人生，一向天高地阔。然而此刻，被禁锢在这小小的车厢里，她只有他。

她看到了他说的那辆卡车。尾灯恰好能映出它自己的样子，看不出牌子的轻卡，后面还有黄色的气垫样的物体。

而他就在上面。

"我看见你了。"

"好，现在我们调整到一条直线上。我会保持和你差不多的速度，然后你撞上来。"他说。

然后你撞上来。

那么简单的一句话。

保持车速，调整位置，他不能有一丝差错。两辆高速行驶的车子，维持着一定的相对速度，只要一个环节掌控不好，就是玉石俱焚。

有太多的可能性在此时此刻无法去想。他在前面的卡车里，她在后面的奔驰上。谁也没有意识到，这样的选择意味着已经把生死交予对方。

电话还连着线，他一直报着自己的速度，来到了她的正前方。

"我要来了，别怕。"

不能再拖下去，林少煜把这辆轻卡的车速拉到一百以上已经是极限，维持不了太久，他们需要马上结束这一切。

金雪言也清楚这个事实，只不过她无法变速，能控制的只有紧随他的方向而已。何时相撞，要依赖于他的操作。

前面带着黄色气垫的目标越来越近，她的心跳也越来越快，如同擂鼓。然而在她自己极为急促的心跳声中，她却听到林少煜的嗓音，又静又低，他坚定地说：

"爱你。"

下一瞬间，两辆车子轰然相撞。

那两个字的余音淹没在巨大的撞击声中，飞速弹出的安全气囊遮挡了她的视线，让她不知一切是真是幻。她低头，感觉到破碎的玻璃飞射而过，然而狂烈的心跳转瞬间竟然平静，她也没有了一点恐慌。

在撞击产生的那一瞬，林少煜开始减速。他感觉到后面那辆车高速冲击的力量，紧握方向盘，伴随着尖锐的嘶鸣声，把刹车踩到了底。

两辆车一起滑出了两百多米，终于都停了下来。

金雪言双手离开方向盘，感觉手臂还在痉挛。她大口喘息着，从裂开的气囊残骸中抬起头来，一时失神。

林少煜的声音从电话里传来："做得很好。"

他的声音湖水一般平静，她看了看自己，没有受伤，打起精神，下车。

他已经从卡车上下来了，就站在不远处，高大的身影在夜色中，缥缈又真实。卡车上亮着灯，奔驰一头撞到了气垫里面，轻卡用自身的重量硬生生卡住了奔驰。林少煜把速度控制得很好，不过剧烈的震动，还是让两辆车有了不同程度的损伤。

他们隔着夜幕对视着，她竟然一步也无法上前。

他一步步向她走过来，伸出长长的手臂，把她拥进怀里。

温暖的气息中，她闻到了血腥味，她反应过来："少煜，你受伤了？"

飞溅的玻璃嵌入他的领口处，让白衬衫沁出鲜红的血迹。她没来得及想要怎么处理，突然间，灯光大亮。交警方面、公司方面，甚至还有媒体，众多的车和人向他们涌了过来。

第十三章

决不妥协……

第一时间，他们去了附近的医院。金雪言没怎么受伤，又很快去了公安局配合调查。警方已经开始缉捕朱胜力，但一时还没有下落。

陈贤在一旁苦着脸录着口供："朱胜力，就是宅，特别宅，不怎么和人交往。平时？平时就爱打电脑游戏。他为什么会这么做，我真的不知道……"

最没存在感的东西，往往会成为最锋利的武器，因为它不引人注目。

不用多想，很大概率上，朱胜力是受人指使。受谁指使？是什么目的？一时谁也无法下结论。

但今夜需要考虑的显然不是这些，离开公安局，外面有大量的记者等着采访她，但她并不理会，被保护着上车离去。

林少煜的锁骨处受了伤，不过只是被玻璃蹭了一下，并不严重，之前她才能放心离开。可是现在，她急切地要回到他的身边去。

医院门口也有一些等着采访的人，正由关振华应付。她避开了人群，上了林少煜所在的那一层。

那里倒是清静了，小瑞和其他几个工作人员在他的病房外。看见她过来，小瑞迎了上来。

"金小姐，你不去休息吗？"

"我去看看他。"

小瑞似乎犹豫了一下，想拦住她。但满心的热切让她没有注意到这点，她只是绕开他向前走去，小瑞也就没有再坚持。

金雪言深吸一口气，推开病房门。

在伸手去推那扇门的时候，她的心中涌动着一股热潮。他是爱她的，她不能相信他不爱自己。如果说，过去一次次有意无意的出手相助，可能出于机缘巧合，或者一个男人的责任心和正义感，那么今天，她不能相信他做这一切，不是出于爱。

不是暧昧或冲动，不是其他任何利益相关的理由，没有人能做到那样。

而她也是爱他的。从茂林八十八楼离开，她带着微微的酸楚决定继续等待。对于他人也许是容易的决定，可是对于金雪言，这已经太过艰难。她付出了不符合她个性的隐忍，同样，也只能是出于爱。

她嘴角带着温柔的笑意，走进了病房。

林少煜坐在沙发上，微合着眼，显然疲倦。

他的身前，一个女人跪伏着。她近距离地挨着他，似乎在查看他的伤势，脸几乎贴在了他的胸口上。女人低声啜泣着，带着无尽的心疼。

金雪言顿住脚步，看着他们。

贺知微觉察到什么，从林少煜身前站了起来，转过身，抹了一下微红的眼眶，似乎抱歉地掩饰了一下自己的失态。

金雪言感觉到自己胸中的热潮已经悄然退去，但微笑却仍在，她缓缓笑道："贺老师也在这里。"

"是啊，听说少煜受伤，我就赶紧过来了。真想不到会出这样的事。"贺知微似乎后怕地感慨着，眼神中却有一丝锐利，"金小姐安然无恙就好。"

金雪言看着林少煜，他已经恢复了一贯的冷硬和镇定，显露出拒人千里的气场。他睁开了眼，却没有看她。他眼中有什么？一如过去的三年，她不知道。

"把我骗上车的朱胜力，没有背景，没有动机。"金雪言听见自己说道，"应该是有人买通了他。"

贺知微略微吃惊："那会是谁做的？"

"不是摩飞做的吗？"

贺知微的神情忽然冷了下来："金小姐，有些话说出来是要负责的。"

金雪言无所谓地笑笑，她能感觉到，自己心口一团冷意强烈地奔突着，她知道自己此时提这个，是太沉不住气了。但她需要一个出口来使自己的狂躁能够转移开去，否则她不能保证自己会做出什么事情来，于是她说："现在，风范的发布会泡汤了，这应该是摩飞乐于看到的吧？"

"以动机来推定，不管其他的证据，金小姐就是这样随意揣度他人的？"贺知微指责的语气里，仿佛还带着点好奇。

金雪言没有证据，甚至没有根据，仅凭的是她此时无所顾忌的情绪。她说："朱胜力是跑不掉的，找到他，就会真相大白。"

"我想不是摩飞做的。"林少煜忽然开口，"如果摩飞要毁了风范的发布会，应该选择在明天试驾时闹事，不应该选在今晚。"

他分析得理性客观，无可置疑。贺知微笑了笑，率先开口道："那么做这一切的人是想杀了你，金小姐。"

"也不是，如果只是想杀了她，不需要搞得这么复杂。"林少煜瞥了贺知微一眼，声音里没有任何感情色彩，"做这件事的人，会从两个方面受益——毁了风范和杀了金雪言。"

两个女人暂时地沉默了，林少煜忽地笑了一笑，又说："不过不管是谁，都会死无葬身之地。"

他说得轻描淡写，贺知微却下意识地收紧了自己的手指。

这时小瑞推门进来。

他走到林少煜身边："记者和媒体，我们都已经交代清楚了，会多报道今晚您这边的情况，对风范的车子失控的事，尽量压下去。"

对于今夜发生的事，现在网上已有零散的消息，明天才会爆发大面积的报道。发布会是不可能进行了，但是舆论还可以引导。

事实上，从茂林的林少煜深夜驱车救美的角度去写新闻，要比报道一个发布会的取消吸引眼球多了。风范的失利，现在已无可避免。但引导大众从另一个角度关注新闻，能够使梦信和风范的压力小很多。

贺知微意识到什么，咬了一下牙："事到如今，难道你还想救下风范？"

"风范现在应该谨慎低调，不要被卷入那些论战里去。先从负面舆论中脱身，谋定而后动。至于摩飞，在这个节点上，也暂时不会愿意把负面新闻揽上身，和其他风投还有一些可谈的空间。"

他这话，就是对着金雪言说的了。他提到摩飞，压根不顾及贺知微在场，对她视若无睹，贺知微的脸白了白。

金雪言看见他终于直视自己，目光深不可测。几个小时前的生死时速，在她心头，是惊心动魄，是心旌摇曳，可是在他这里，一切却仿佛不曾发生，没有留下丝毫的痕迹。这让人不禁去想，两个他，哪一个才是真实的？

她低下头，微弱地唤了一声："少煜……"

那是她在这个场合下，能表现出的最最卑微的姿态了。可是他却没有任何表示，如同没有听见，明确无误地传达了他公事公办的冷漠和疏离。

在尴尬蔓延开前，小瑞赶紧咳嗽了一声，说："好的，我马上就交代下去，另外……"

"不必了。"金雪言打断了他的话，"你们不用再操心。"

既然是这样，她也在瞬间恢复了自己的冷静决然："风范的事，我会解决。"

她转身离开了这个房间。

林少煜再次闭上眼睛，看起来是真的累了。

金雪言回到自己的酒店房间时，天刚露出鱼肚白。在晨曦之中，远处的体育场轮廓可辨，但是没有发布会了。这个清晨，那里只会有一片萧瑟。

这个夜晚太过漫长。安小仙给她热了一杯牛奶，她喝了几口却到洗手间吐了出来。之前的短效气体迷药是什么，医院也说不太清楚。不知道是不是因为这个原因，到了这会儿她还一阵阵反胃，但她不愿意留在医院里。

有人敲门，安小仙开门，见是陈贤，便挡了一下："等晚点吧，金总需要休息。"

"让他进来。"金雪言的声音却传来。

陈贤到了屋子里，看见金雪言，却一片沉默。

他的头发凌乱，脸色铁青。一个人从意气风发到落拓萧索，太快了。短短几个小时，发生的事却足以把一个人击垮，让他苍老二十岁。房间里安静了一会儿，陈贤终于开口说："金总，对不起……相信我，那是朱胜力一个人干的，和我们风范汽车没有关系。"

金雪言点点头，这方面倒不用多说，风范和陈贤，本来也是受害者。发布会的收场，自然有下面的人去做，他们应该商量一下接下去怎么办。

"暂时不要对外界进行任何回应。有几家风投在之前就表示过兴趣，就算现在，也要再努力看看能不能接触……"金雪言说了两句，很快又停住。因为她发现，怎么说也不过是对之前林少煜的话的重复，这让她觉得不快。陈贤则低头坐在一旁，仍旧沉默。

实际上两个人都知道这么说不过是死马当作活马医而已，发布会夭折，先期投入的几百万已经付之东流，摩飞那边想要攻击他们有一百种方法。卡住风范汽车的喉咙的那只手，还在继续加大力道，他们期望打开的通路又一次被堵死。

没有了，不会有人在这个时候愿意接手风范。

"也许，还有最后一个办法。"陈贤深深叹了口气，开口说。

金雪言看着他。

陈贤咽了口口水，等了好一阵，才艰难地把话说出口来："向摩飞认输，请他们收购我们。"

金雪言腾地站了起来。

太久了，太压抑了，一整个晚上，她都被一种憋闷的感觉压得喘不过气来。一切被理性压制的火气被陈贤的这句话激得猛然蹿起，无法克制，她冷冷地问道："这就是你想了半天说出来的'办法'？"

"金总，现在我们没有办法了。"陈贤定了定神，"梦信为我们做到这样，我已经非常非常感激了。现在，我们接受摩飞的条件，问题就都可以解决。风范的研发还能继续进行下去，这总比我们这么些年的心血全部毁于一旦要强……"

他说得十分苦涩，研发可以继续进行，可是成果却不再属于他们，也有可能摩飞会对他们进行大换血，或许他还是要离开。

"我们努力了这么久，你现在想放弃？"金雪言踏上前一步，抓住仍然坐着的陈贤的衣领，喝道，"陈贤，我告诉你，你要放弃风范，不可能。现在，一切必须听我的！"

陈贤有些畏惧地看着眼前愤怒的女人，她此刻没有化妆，平日精致的五官显得有些寡淡，而眼神中的光芒却越发凌厉。她褪去了平时镇定自若的优雅，像一只被激怒的天鹅。

陈贤心惊胆战，但有一瞬间想到的却是另一件完全无关的事：邵锦这小子可真是不容易啊……

"雪言姐！"安小仙赶紧上前，轻拍她的背。金雪言稍稍镇静下来，放开陈贤，退后一步。

"金、金总，风范全听您的。"陈贤咳嗽着，"好，现在，我们该怎么办呢？"

说了这么多，还不是都因为苦无对策？听谁的又有什么两样？

他摇头腹诽着，然后只听见金雪言冰冷的声音："接下去，梦信会以财务投资的方式，投资风范。"

作为互金平台，梦信是不能把资金以借贷的方式给风范的。但是财务投资不同，不触及监管底线。

投资风范的事，在梦信的高层会议上引起了强烈的反对。这种反对，比当初要收购云微的时候的异议激烈得多。

其实在最初，需要替风范寻找风投的时候，许多人脑中不是没有掠过这样的念头，不过往往只是一闪而逝。因为只要了解梦信的人，就知道如今绝不是大举扩张的好时机。

"我不同意。"会上陆升明旗帜鲜明地表态，"我们这些年不是没有过很好的做创投的机会，可是都放弃了。为什么？因为术业有专攻，我们在互联网信贷这一块投入了全部的资源和精力，根本没有专业创投的团队，怎么做？"

"陆总说得对，这么大笔的投资，不是把钱投出去就万事大吉的，而且风范现在的状况确实太糟了。投入资金，相当于为他们偿还债务而已。"

"是啊，对于那些创投公司来说，他们的每个项目高风险、高回报。风范的技术极有前景，正是他们的理想投资对象。可是对我们来说不是这样，我们的资金统筹和运营收入都是稳健型的，承担不起那么大的风险。"

"既然说到资金，金总一定知道，我们收购云微，已经花费了大量的现金。据我们财务部的数据，目前的现金流维持运营不成问题，但再行抽资就有很大压力了。"

大家七嘴八舌，反对之声不绝于耳，金雪言静静听着。这些质疑，她不是没有想过。实在要说，和收购云微时理性的坚决不同，要投资风范，确实是迫于无奈。不但如此，之所以会做出这个决定，不得不承认她也受到了当时情绪的影响，但就算如此，她也不想改变主意。

她淡淡地笑着："很好，大家畅所欲言，把所有的顾虑都说出来。"

听她这么说了，其他人就不再有忌惮，陆升明又说："是的，说到现金流，接下去我们的需求预估要更高一点。因为可以肯定，六月份有一拨雷潮。"

他这话说得大家心头一凛。雷潮是这个行业难言的痛楚，平均下来，几乎每年都会发生这种集中性的风险释放。不过，经过这些年的发展，中上层平台已经获得了良好的抗风险能力。暴雷大多集中在规模小、合规性差的低层平台，如梦信这样的头部，受到的雷潮的影响应该已经很小很小。

然而，这一风险毕竟是随机的，作为平台必须留出足够的资金量来应对。

梦信早在两年前就根据合规标准，接入了银行存管，取消了风险准备金，以这种形式消除了资金池。他们转而和第三方担保公司合作，逾期和坏账产生后，由担保公司来对出借人进行赔付。但担保公司的能力是有限的，一旦大面积逾期出现，公司这边必须要追加保证金和相关款项。

对于互金平台，风险尚未转移，且无法完全转移出去，仍旧需要预留资金应对，这在当下是个无解的问题。

雷潮的爆发，通常难以预料。但此时陆升明说得十分肯定，因为今年有些不同，备案的时间点截至六月三十号。在那之前，注定无法备案的小平台，将会成片倒下，更会有人狠狠捞完最后一把，主动跑路。

这个话题让大家都有一点沉重，略微沉寂了一下，许云又提醒道："另外别忘了，我们还有对赌协议。"

他们和茂林的对赌协议，将在今年年底结算后结束。

整整四年的奋斗，如今他们将完成当初的10亿指标，今年下半年的净利润只要达到8000万，就可以赢下协议。以目前梦信的态势来看，应该是十拿九稳的。

但首先不能发生亏损。

和收购云微不同，那3亿购买的，是符合其价值的资产，不影响对净利的计算。对风范的投资，却很可能是要计入亏损的——至少在年底结算的那个时间点上。

"金总，所以我建议，对风范的投资还是放弃为好。"陆升明坚决而郑重地说。

其他人纷纷点头附和，他们相信金雪言会给出一个合理的决策。

她虽然果决强势，但绝不是独断专行的人。内部会议上的众口一词，她会认真慎重地考虑。

"大家听我说。"她终于缓缓开口，"其实早在我们决定帮助风范的时候，就有人问过我，为了一个风范，投入那么多人力和金钱，更要和摩飞在明面上为敌，是否值得？"

一直没有说话的邵锦微微垂下眼，那是他问她的，是否值得。

"有什么值得不值得？当时我说，摩飞是一家外企，它正用它领先于我们的技术，掠夺我们的资产。不管是基于AI的风控系统，还是这次对风范的所作所为，都可以证明他们想要的，是远超合理水准的交易回报。他们贪婪、卑劣，可是在技术压制下，我们能怎么办？我们只能苦苦周旋。现在，风范是我们的，是中国人的技术，难道要眼睁睁地看着它被抢走吗？"

会场上一时沉默。金雪言环视着全场："的确，我们现在投资风范，是冒险的举动。在最初，我也没有这种打算，否则不会投入我们的钱和团队去筹划那场发布会，但是现在，能留下风范的只有我们。也许将来，它会给我们带来好的回报；也许，它最后不会成功。可是此时此刻，我想我们应该留住它。如果不在冬天留住一颗种子，春天哪里会有花开。"

会场上，许多人低下了头，显然被这番话打动，但仍旧有不同的声音，此时响起。张琪像是鼓起莫大的勇气，问道："金总，你说得对。可是这是整个国内大环境的问题，我们在互金业有一席之地，放眼全国，却真的只是家小小的不起眼的企业。我们能改变什么呢？只有我们自己面临的风险和困难是实实在在的。"

金雪言笑了笑:"我也想过这个问题,留住一个风范真的是我们应负的责任吗?可是,什么样的责任,才是理所应当的?如果每个人都只愿意承担最低限度的责任,没有人愿意更进一步,我想这个群体一定不会有好的未来。是,我们投资风范,也许要承受许多风险,可是不止我们,有不少比我们更强大、地位更高的企业——比如茂林集团,在做和我们相似的事。也许我们的能力不能相提并论,可是只有有了我们这样微薄的力量,在这场旷日持久的战争中,才能有更多的胜算。你所说的大环境,才能有更好的改善,你说对吗?"

张琪不再说话。看会场中的其他人也并无再发表异议的意思,金雪言继续说道:"好了,我希望大家能够认可我执意投资风范的理由,不要把这看作一种单纯的对摩飞行径的对抗。这是梦信作为一个企业,超人一步的决心。"

又一轮短暂的沉默过后,陆升明缓缓开口道:"我同意对风范汽车进行投资。"

他这么说了之后,其他参会者陆续点头表态。会议桌上,三三两两的低声私语开始响起,大家很快开始讨论这笔投资的具体得失和运作。金雪言说道:"那么现在,就来讨论一下我们的风险和困难吧。"

所有人再次看向她。

"第一个是现金储备的问题,我相信就算爆发雷潮也不会太过波及我们。当然这段时间需要大家齐心协力,尤其是财务部门要辛苦一些。至于对赌协议……"金雪言说,"为了做高风范的估值,我们立即推动风范汽车的境外上市计划。"

她这么一说,每个人都忽然兴奋起来,之前时间太短,没有人想到这个。是的,投资风范,迅速提升它的估值,境外上市是最好的方法,这样就可以保证梦信这笔投资的利润。

实际上筹备上市本来就是梦信已在进行的一部分工作,只是要等对赌协议结束才可以推进。但他们已和美国、中国香港等地的律所、券商都有深入的关系,推一个风范未尝不可。

时间太紧,顾虑无益,唯有去做。

"好的,那我们先把风范的材料做起来。"

"嗯。"金雪言站了起来,她的声音一如既往,沉稳而隐含激情,"好了,投资风范是我们的机遇和挑战,为此,我们还要快速完成它的IPO,以便赢下和茂林的对赌协议。"

梦信金融投资风范汽车的确切消息传开以后，贺知微在自己的办公室里摔碎了一个杯子。

"啊，贺老师，您没事吗？"院里专为她配的秘书听见声音，跑进来关切地问。

"没事，失手而已。"贺知微笑道，"请帮我收拾一下吧，谢谢。"

她可以不露声色，可以云淡风轻，不在外人面前显露出一点真实心情。但当她低头重新开始工作，眼中不禁闪过一道不甘的目光。

同样的消息传到林少煜那里的时候，他只笑笑，没说什么。

小瑞却一副很忧愁很担心的样子："啊，话说金小姐是不是生气了？"

林少煜看了他一眼："她为什么要生气？"

"那天晚上她一定生气了。"小瑞咕哝着，"你看，她说了不用我们操心，而梦信显然不适合在这个时候投资风范，但是……"

"你觉得她在意气用事？"

小瑞吐了下舌头："不知道……我只知道，女人生起气来很可怕！"

"只是为了一点和我们一样的理想吧。"林少煜平静地说道，"至于梦信要付出什么，想要得到什么，我想她比我们更清楚。"

金雪言给自己点了一份烛光晚餐。

临江的餐厅，透过弧形的落地窗，可以看到灯火下的波光粼粼。精致的刺绣桌布，奢华的镜面墙，带来甜蜜、浪漫的氛围，这里是无数情侣向往的求婚圣地。

此刻位置最好的那一桌上，却只有一个女人。

摇曳的烛光，魅惑的红酒，衬上她简单优雅的礼服和美丽的妆容，展现出来的是一幅完美的画面。

极尽孤寂的完美感。

酒液入喉，微微刺激，微微苦涩，她却在用心享受着这一份孤寂和苦涩。

太快的工作节奏，太忙碌的生活，让金雪言没有时间去揣摩一份感情的走向，去患得患失。然而，当暗涌般的情绪，无可阻挡地波及日常的心境时，她还是为自己安排出时间，静静沉淀着这份心情。

"明晚陪我吃饭好不好？"当时在疾速行驶的车辆中，她这样问他。

他说好。

当然，后来没人记得这一次约会。他受了伤，她却决然而去。此后她打过一次电话，却是小瑞接的，说他没时间，问她有什么事需要转达，她挂了电话，就再无联络。

事实上，各种媒体都大篇幅报道了当夜的事故。对于那一场公路危情，林少煜救的是谁，有人好奇，但不太有人真正去关心，可以看出所有报道对金雪言的隐私保护得很好。不过也不奇怪，让公众崇拜的只是林少煜的神技。被救下的若只是个名不见经传的普通女人，花痴的少女们见了未免不快。

金雪言将杯中的红酒一饮而尽。

对于他，她没有太多的不满，也没有太多的不快，三年过去，仍然如此。她有过那样旖旎的心动，也有过暗自挣扎的迷惘，只不过这一切都与他无关。

那是她自己应该为自己解决的事情。

戳破一切也好，就此远离也罢，她也有过那样的冲动，可是事到临头，竟然退缩。

她给自己又添上一杯，摇头自嘲地笑了笑。

一双手在餐桌的另一头拍了一下，清脆的声音响起："哎，你在这里，可叫我好找！"

金雪言看见安小仙毫不客气地在桌对面坐下来，一副气呼呼的样子，不禁扑哧一笑。她是没有如平日一般告诉她自己的去向，此时想起来倒有点歉疚。金雪言微笑说："没吃饭吧，想吃什么？"

"要吃牛排、芝士明虾、咖喱螃蟹……"安小仙掰着指头数。

她很快点了一桌子丰盛的菜，等着菜上来的时候，她们一起看着窗外迷离的夜色。

"在想他吗？"安小仙轻声问。

金雪言想了一会儿，说："小仙，你知道吗？我还在上学的时候，老是幻想这么一种男朋友。他无所不能，总在我需要的关键时刻出现，出手替我解决问题。可是啊，他平日里可千万别缠着我，我那么忙，要做的事情那么多，实在抽不出时间和兴致卿卿我我。那时候我觉得这样的人永远不可能出现，可是后来我才知道，那只不过是因为他还没出现。如果爱了，还是会想要看到他、听到他，把时间都给他。"

安小仙沉默了一会儿："那你打算怎么办？"

"我不清楚。"金雪言说，"我最近一直在想，三年前我们是为了什么而分开的。后来我终于承认，我们从来就没有在一起过。小仙，我从来没有这么长时间为一件事迟疑过，不知该怎么办。不管怎么做，都觉得不舍得，所以我觉得我还不够强。"她坐直了身体，浅笑淡淡，"因为不够强，才无法做出决定。我想我只能设法，让自己变得更强大——即使是在感情这件事上。"

在她的逻辑中，解决一切问题的方法，皆出同源，那就是更强大的灵魂。也许她在某个时间点还不够强，可是没关系，她会坦然面对，继续成长。

安小仙鼻腔酸楚，却强忍住，展露笑意："那现在，我们还是大吃一顿吧！"

菜品渐渐上来，两个人一扫伤感和忧愁，在烛光中享用美食。

看着她重展笑颜，安小仙心里漫开一种暖意。来找她，是不忍心她独自疗伤，可她毕竟没有什么要别人为她去做的。她总是会好好地对待自己，掌控自己，让旁人只能在一旁等待，等到她更加强大的那一天。

朱胜力很快就被警方找到了。他的供词和他们之前猜测的差不多，他是被人收买。对方要求他做那件事，给了他50万的酬金。

他清楚这么做的后果，被抓到公安局里，看上去愿赌服输。

但他不肯告诉警方指使他的人是谁，他说这是契约的一部分，并且称对方为"兄弟"。他们没有过电话联系，在他们常用的聊天工具里，也没有查到任何信息。不过这不是最奇怪的，最怪异的事情是，朱胜力也没收到过钱。

他拿到了50万——这是他在审讯中说的，可是他的银行账号、支付宝账号，甚至他的家人、亲友的账号，都没有这么大笔的资金进入。

有一个可能——他拿的是现金，马上花掉了。不过他在逃时间短，其间也完全没有过大额消费。再或者钱藏起来了、丢掉了、送人了……总之这笔赃款不知去向。因为他的守口如瓶，一时也没有更多进展。

"找不到资金，更找不到来源？"林少煜感到有些有趣，看来事情比他想的要更复杂。

"我问警官，有没有可能朱胜力用的是比特币钱包一类的东西。"小瑞说，"警方说有可能啊，但是朱胜力什么也不说，也查不到，就没办法确定了。"

"多留心这件事。"林少煜说道。

朱胜力背后的人，不应该是摩飞AI，他想着。他防范了摩飞，却无法消除所有的威胁，只能是这世上的恶意太多了吧。

但这不是值得他费神的事，他近期最关注的，还是和摩飞合作共建的智能化工厂网络的进展。

依赖人工智能与云数据，全球制造业正走在一条转型之路上。和二十世纪追求的工业自动化不同，工业智能化不再追求机器从事生产的单一高效率，而旨在追求人机协同，由AI协助人类作决策，从事调配，进而极大地缩减成本，提高生产质量。而让所有的信息和智能化工具在同一庞大体系中协同运转，实现共享和协作，这便被称为工业互联网平台。

国内外众多大型企业都在搭建属于自己的工业互联网平台，只有这样才不会被时代抛弃。而茂林想做的，还包括贯通从"数字"到"物质"的整个流程，使数字技术与制造业深入融合。为此，当下的"光点计划"，就是建设上百家基于新的生产模式的新型工厂，作为产业终端。

在这个巨大的项目中，摩飞会提供人工智能方面全面的技术支持。基于此，初步的意向是他们出资10%，但得到这个项目30%的股份，其中20%，由技术折价而来。但合作在进一步推进时，摩飞突然又提出，他们愿意额外增资10%，也就是15亿，并由此得到茂林持有的梦信金融的30%股权，以及这背后的不确定期权。

摩飞AI想要梦信金融的股权，这一点也不奇怪。但是把它和"光点计划"混为一谈，未免令人极其不快。不过另一方面，这又反而说明了他们对事态的深入洞明。因为如果不以"光点计划"为契机，还能以什么角度切入，去和茂林谈这件事呢？

林少煜此刻能认真地思考此事，而不是一笑置之，就是最好的证明。

摩飞提出的要求，相当于以15亿的价格收购梦信金融的30%股权，笼统地看，这也算个公道价。他们在一年前和梦信接触时，因为梦信管理层的股权被锁定而止步。不过金雪言和高管们的持股是锁定了，茂林的持股并未锁定。现在想要从茂林这边入手，倒也是个自然而然的想法。

但林少煜仍然不愿意考虑这一提案。

这个方案里有个令他在意的点，就是摩飞从未进行过如此巨额的出资，哪怕是原定的"光点计划"，也只有15亿而已。他们进入国内，主要的竞争力是技术。虽然背后有摩飞资本的支持，但一直锱铢必较，不是那种会豪掷千金的企业。

额外的15亿，对摩飞AI一定是个不小的负担。摩飞AI的触手伸及众多行业，落子可说星罗棋布。以他对孟伯平的了解，多出来的钱，理应对已有布局进行深耕为好。

是什么促使他们要在互金业上孤注一掷？

诚然，以这个形式收购梦信的一部分股权，不是一件不划算的事。因为项目资金一定是分期投入的，15亿可以用很长时间才付清。可是就算他们拿到梦信30%的股权，又怎样？一点分红收入或者估值提升对他们根本毫无意义。要取得对梦信的控股地位，除非对赌协议以梦信的失败告终……

他的心里一跳，然后基本否定了这个方案，他不想让任何人染指梦信。至于摩飞，反正和他们的拉锯谈判，也不止在这一件事上。

这一天，他早已命小瑞推掉了所有的应酬，因为父亲唤他回家。

母亲不时会想念他，喊他回去，但父亲很少如此。

他到了家，萧静然就急切地迎了上来。桌上有早准备好的汤，她让他先喝了，然后问道："伤全好了吗？"

林少煜知道她说的是他在高速公路事故中受的伤，出事后她曾追来了无数的电话。他微笑："妈妈，只是一点小伤，早就好了。"

萧静然看着他，又是心疼又是嗔怪地叹气："要做危险的事情前，能不能想想妈妈，想想你爸爸？如果你出事，我们……"

"我知道了，妈妈。"

看着儿子平静的面容，萧静然心头一阵无奈。不知什么时候起，不管他回答什么，她听来都像是一种礼貌。

林少煜上楼去看父亲。

父亲的床前，坐着一个男人。听到他的脚步声，男人站起来转过身，是方靖伟。

他说："少煜来了。"

林茂生病倒，后来身体状况稳定后，再没有插手过公司的事，更从来没有同时叫来方靖伟和林少煜。此刻，他的儿子和曾经最得力的助手，同时站在了他的床前。

就在同一天，梦信金融接到了存管银行兴瑞银行的通知，兴瑞银行称为了合规自查，将暂时停止对梦信的存管服务，时间暂定一周。

这是从未有过的事。所谓银行存管，就是出借人和借款人都会由平台代理，在银行系统内开设账户。此后所有在此平台的资金流转，都通过银行通道进行，以避免资金被平台接触，这是梦信早在两年前就建立的模式。因此如果银行说暂停服务，梦信金融平台上的充值、提现、投标……几乎所有业务都要停摆。

一周时间，这对一家日交易量上亿元的平台来说，是难以估量的损失。

金雪言打了电话给兴瑞银行，银行方面的负责人说，自查只针对互金平台的业务。而没过多久，梦信这边也就打听清楚了，这种自查，起源于前不久来自金融研究院的一份内参报告。

在这份名为《互金平台银行存管，只存不管，路在何方？》的报道中，作者对现下银行在互金平台存管业务上的弊端直陈利害，指出目前的存管模式有形式主义之嫌。尤其是个别平台，本身仍旧掌握着平台内资金调拨的最高权限，银行端和平台端都应反思。文章观点犀利，数据翔实，作者署名为金融院首席研究员贺知微。

文章在一定程度上引起了监管方面的关注。为了响应上层精神，一些银行内部发起了存管业务的自查，这并非上层要求，纯粹是银行的自发行为。

只不过根据听到的消息，其他银行，甚至是兴瑞银行对接的其他平台，服务暂停的时间最长都只有两天而已，唯有梦信得到了一周时长的"殊遇"。

"不管你用什么办法，后天早上之前我必须见到程平。"总裁办公室里，金雪言对关振华说。

程平即兴瑞银行现任一把手，既然是银行内部行为，他一定是说了算的。

"我的姐姐，我们已经找了他一整天，都没有找到，人家是躲着我们呢！"关振华愁眉苦脸地说，"明天又是周末，上哪儿去找人？"

"这我不管，后天就要出暂停服务的公告了，别的平台存管银行自查都只需要两天，梦信为什么要七天？梦信出了什么问题？必须在那之前找到程平把事情定下来，不然对用户心态造成的影响太大了。"

关振华也知道，这不仅仅是流量损失的问题，人心浮动也是很可怕的，于是他只好不遗余力去寻找能面见程大行长的机会。

到了晚上很晚的时候，金雪言终于收到关振华的讯息。

"报告老大，找到明天程平会参加的一个饭局了！"

"小关给力。"发出去一个大大笑脸的同时，金雪言心里却有一个念头一闪而过：只怕找程平还未必能解决问题……

结果，就像知道她在想什么一样，关振华又发过来一句："据可靠消息，贺知微也会在场。"

当林少煜和方靖伟离开林茂生的房间，夜已深沉。

他们从别墅的偏门走出去，得走一段路才到车库。晚春的夜风吹在身上还有点寒意，两个人都有些沉默。

"转让梦信股权的事，你会考虑吗？"方靖伟试探地道。

林少煜平静地说："会考虑。"

事实上，林茂生找他们来，没有提到任何和梦信有关的内容，他告诉他们的是另一件事：摩飞资本要携资金大举进入国内了。

林茂生会找他们说这方面的事，林少煜觉得很意外。父亲已经久不问世事，忽然如此郑重，让他不禁也感到一丝紧张。

他相信父亲有他自己的消息渠道。

就算父亲已经什么都做不了，却仍能得知一些自己和方靖伟也打听不到的信息，尤其是贺望洲这种老家伙的动向。

这就解释了摩飞那15亿的来源。而且假设真如林茂生所说，贺望洲对当前的摩飞AI并不满意，想要自己占据各个项目的主导地位的话，也可能会逐步投入资金，撇开茂林，所有硬件端都由自己建设。

那么"光点计划"必然搁浅。

林茂生没有再说更多，然而他把两人同时叫过来，已经表明事情的严重性。此事若出变故，茂林近年整体的规划都会大受影响。

"我们有一个团队在和优歌技术公司接触，不过还没有大的进展。"林少煜当时说道。

其实摩飞只是一个桥梁，他们的技术资源有赖于长年和技术上游的专业合作。林少煜一直试图直接对接优歌技术公司，但优歌技术公司只注重理论研究，至少目前，没有兴趣和茂林这样原本没有研发基础的公司合作。

按照目前的情势，立即答应摩飞AI的条件，签下合作协议，应该是最保险的选择，这也可能是他们的最后一次开价。

无所顾忌，才如此随意。如果茂林拒绝，后面的一拍两散，他们更有充足理由，林茂生为他们拼出来的就是这样一个现实。

"其实，你一直都打算退出梦信的。"方靖伟点点头，"摩飞未必不是一个好的下家。"

林少煜笑了一下。元旦酒会的时候，他还告诉方靖伟等对赌协议结束就退出梦信，关于摩飞，他说了"欲将取之，必先予之"，如果当下做出这样的决定，倒与当时说的暗合。

为什么他还在犹豫？

当然，他不需要急着在今晚做出决定，他说："不是把梦信转让给谁的问题，而是这个时间点……"

"你是指对赌协议尚未结束？"方靖伟笑道，"不管是你还是我，应该都不会相信金雪言赢不了吧。"

林少煜说："能不能赢和有没有风险是两回事。"

"我能理解你的心情，但是你想退出，到时候又放心把它交给谁？"方靖伟说道，"金雪言把每分钱都算好了怎么花，肯定不会拿出15亿回购股权。等他们上市不知要多久，上市后我们的股份解禁还得一到三年，你……"他又探究地看了林少煜一眼，"应该等不了吧？"

"倒不必想那么多。"林少煜微笑道，"我也说了，转让给摩飞，我会考虑。"

这时他们到了方靖伟的车子前，方靖伟不再多说，上车，准备离去。

从车上他又看了林少煜一眼，这样的夜色中，年轻男人显得有些落寞。

方靖伟不由得感慨道："想想三年前，我劝你放弃梦信，我们差点打了一架。还好，今天是不用打架了，一切你都自己决定吧。"

林少煜忽然深吸了一口气："其实我爸爸有一句话没说错。"

"嗯？"

"摩飞，毕竟是干净的。"

在金雪言闯入那个饭局的时候，饭局已将结束。

富丽堂皇的会所里，并不能通行无阻。他们是三个人一起来的，但关振华和安小仙被挡在了外面。他们想了许多说辞，终于有一名服务生来请金雪言进去。

那个房间里，飘着淡淡的酒味，满桌的残羹，却不显得杂乱，到处是一种文质彬彬的气氛。桌旁围坐着八九个男人，兴瑞银行的程平也在其中。正对门口的位置上，坐着唯一一个女人贺知微。

有短暂的一瞬间，金雪言想起了几年前的自己。那时候，她也经常参加这种觥筹交错的饭局，并且是场中唯一一个女人。

但是不一样，眼前的贺知微和她是完全不同的。当初的金雪言，为了保持良好的人际关系，不得不笑语奉迎。她必须讨好别人，又必须保护自己。但贺知微却不是这样，此刻，她两侧的男客都和她保持半个身位的距离，那些看向她的目光里面没有半点猥琐，只有尊敬。

即使是金雪言，在心底也不禁惆怅地叹了口气。在相似的场合下，人和人的不同，会展现得越发明显。毕竟她的父亲、她的师承、她的背景……不容忽视。

毕竟她的一篇文章就引起了高层关注。

因此在现场这些银行和金融机构的头头脑脑中间，她仍旧拥有超然的地位。

"各位领导，我不请自来，真是冒昧了。"金雪言微微欠身笑道。

男人们看了她一眼，有人似乎认出她来。就在她要接着介绍自己的时候，贺知微站了起来："梦信金融的金小姐？哎呀，快过来坐。"

她这么一说，她身边马上就让出了一个位置。金雪言走过去，不知道是不是早已安排好的，她的右手边是贺知微，左手边就是她想找的程平。

"今天呢，本是我们私下小聚。金小姐来了，我们的大银行家们中间，可就有了一道来自互联网的亮丽的风景线啊。"贺知微言笑晏晏，"我敬金小姐一杯。"

她这样说了，席上的人们便很给面子地纷纷举杯。

"梦信在普惠金融上做得很好，这块也是我们银行一直在努力做的。"

"互金业生机勃发，有赖于金小姐这样年轻有为的人才啊。"

"个人信贷业务上，我们传统金融还有要向梦信学习的地方，以后多多交流。"

众多的寒暄和奉迎过后，金雪言找到了和程平说话的机会。她轻声说："程行长，我今天来，是想和您商量一下对梦信暂停服务的时间的事……"

"梦信这边的时间是比别家要长，"程平对她要说什么心知肚明，"因为梦信的体量大，数据多，所以呢……"

金雪言正想说什么，只听贺知微说："自查是好事，不过影响了用户服务就不好了。程行长，我听说兴瑞的效率是最高的，不如给梦信加个班？"

她微笑着，伸手轻轻与程平碰杯。程平笑了一下，赶忙说道："啊，贺老师这样说了，我们一定尽力，一定尽力。"

最后他答应了对梦信暂停服务的时间和其他平台一样定为两天，金雪言除了道谢，什么也没再多说。

没多久，饭局结束，大家陆续离开。金雪言到了会所的大厅外面，压抑的空气终于轻快了些，她看到前面有两个银行的人在边走边低声谈着什么。

"摩飞的东西，怎么样？"

"难讲，我们这边评估，还需要看他们的完整方案。"

看来贺知微来这里和银行界人士吃饭，是为了摩飞AI。这些银行没理由排斥和摩飞的合作，何况贺知微的地位非同一般。

金雪言还在想着，身后传来清脆的高跟鞋敲击地面的声音，有人走到了她的身边。

她转过头，欠身说："之前和程行长的事，谢谢贺老师了。"

"不算什么。"贺知微淡淡说着，向前走去。

"贺老师为什么要帮我们？"

听到她这么问，贺知微转过身来，十分随意地一笑："举手之劳而已，毕竟报告是我写的，我不想让金小姐觉得我小肚鸡肠，何况……"她似乎犹豫了一下，"我真心希望梦信蒸蒸日上，万一摩飞拿到了梦信的股权，我们还不是一家人？"

"这是什么意思？"

"原来金小姐不知道，是我多言了。"贺知微有些失言的模样，转身欲走。

金雪言却抬高声音："贺老师，请说清楚！"

贺知微看了她一眼，嘴角慢慢弯起："摩飞和茂林在谈将茂林持有的梦信的股权转让过来的事。"她的声音略放轻了一点，"而且我想，少煜会答应的，只要他的理智不让人失望的话。"

她不再管金雪言的反应，转身离去。

淡淡的愉悦感在贺知微的心头晃动，不太强烈，却可堪回味。

面对有些敌人，不需要将对方打倒在地。全面的压制会有更强的杀伤力，这也更符合一只孔雀的优雅。

"少煜会答应的，只要他的理智不让人失望的话。"回想着这句来自林茂生的话，她的笑意更浓。既然摩飞提出这个要求，是出自林茂生的授意，那么，就相信他对他儿子的影响力吧。

林少煜想找金雪言谈一谈股权的事，然而他还没安排过来，她却率先找上门来，于是他和她约在茂林楼下的一间小休息室。

这里布置得时尚亲和，甚至有种居家的温馨。金雪言走进去的时候，见林少煜已经闲适地坐在沙发上。

他在等她。

崇远镇一别，似乎有什么不同了，又似乎没有什么不同。

看着她放下手包，在自己的侧座坐下，林少煜微低着头，笑了一笑。平静无波的面容，在这一刻终究有了一点异样。

卡车上的那句告白，是他冲动了。

其实他在理智上相信，以自己的安排和能力，两个人都能平安无事。可是当时生死之间的紧张感，还是让他把埋藏最深的情感脱口而出。

在那之后，他对再次见到她一直有点畏惧，他从来没有想到自己在感情中会有这样的情绪。那天的情形，却在他心头不断辗转。

他抬起眼，金雪言坐好，平静与他对视。

没有哀怨，也没有不悦，他看到她清亮的眸子里一片坦然。好长时间了，她面对他的时候，眼中总有一点拘谨的委屈，或朦胧的迟疑。可是现在，那种模糊不清的东西消失了，只有她身上最常见的自信和坦荡。

在他满心焦灼的时间，她却似乎已经想清楚了什么，不再彷徨。

就像一切都没有发生过。他松了口气，为着能继续保持的若即若离，又感觉到一阵隐隐的钝痛，当他尚且踌躇不安的时候，她却已经释然。

可是这就是金雪言，几年前，那个无情地说着"我要放弃你了"的金雪言，何尝不是这样？

崇远镇的病房中，刻意表现出的冷若冰霜，令他求仁得仁。他又有什么资格不满或者不快？

"少煜，听说你们最近在和摩飞谈转让梦信股权的事。"金雪言开口说。

林少煜压下自己瞬间的情绪，心头的一点痛楚都仿佛可笑。听她开口，他点头道："是的，我正想和你谈谈这件事。"

他跟她说了自己这边的情况，包括他父亲的信息。对于她，他没有什么可隐瞒的，把一切摆上台面进行选择，会是她喜欢的方式。

"所以，你怎么看？"最后他问她说。

"既然摩飞如此执着于梦信的30%股权，那就给他们好了。"金雪言几乎没思考，就那么平静地说。

林少煜看着她，笑道："这样？我以为以你的性格，不会乐意。"

"为什么不乐意？"金雪言也笑了，"是，因为云微和风范的事，梦信和摩飞闹得是不太愉快。但那又怎么样？在商言商，现在那部分股权和之后不确定期权的归属是茂林，既然转让出去对茂林是好的选择，为什么不？"

他一时沉默，她说得理性平和，并无一丝不快。她就是这样的人，他本来更应该欣然接受。难道放不开的人，终究是他吗？

"摩飞并不是一个好的合作伙伴。"见他不语，金雪言又接着说，"他们拿到股权，可以参与到公司的经营里来，我会有一些麻烦。但是我们摆脱不了摩飞，不管是茂林还是梦信，都需要它让我们变得更好。所以，摩飞参与进来之后的事，我会处理好的。"

林少煜缓缓说："我也可以和摩飞谈，转让现有股权，保留对赌协议之后的那部分不确定期权。"

"你觉得可能吗，少煜？"金雪言呵了一声，"你我都清楚，摩飞打的算盘，就是梦信对赌协议失败后的收割。如果不是这样，他们根本不会提出这个条件，你担心的不也是这点？"

"风范汽车需要在年底以前上市，才能够确保梦信赢下对赌协议。"他当然十分了然。

"是，这个时间有点紧了，但也不是唯一一条路。只要梦信本身的经营不出问题，业务量保持增长，哪怕风范不上市也仍然可以。"金雪言笑盈盈地看着他，"而且如果到时候梦信有困难，难道你不管我？"

她很少说这样的话，但此刻说来也并无扭捏。对梦信来说，如果对赌协议的对家是茂林，自然只能凭一己之力。而如果对家变成了摩飞，需要助力的时候，她相信他不会见死不救。

当然，这不是什么值得称道的事情，她希望这根保险绳不要用到。

林少煜了解她的想法，此时却也无须说破，他只淡淡一笑："那这件事就这样决定吧。"

把茂林持有的梦信股权及之后的不确定期权全部转让给摩飞，让摩飞进入梦信的经营体系，有一瞬间，金雪言还是感觉到一种苦涩。然而，她已经不是四年前因为不满赵景昆而甩开优嘉的那个初生牛犊了。她明白什么是利益至上、大局为重。

"听你刚才说的，摩飞的资金流如果充足，对茂林的影响很大？"她想了想说，"你知道他们在和各家银行接触的事吗？"

林少煜沉吟了一下："嗯，他们和银行的合作是建立在一个全新的风控体系上，依靠业务上的深入合作，他们能额外多拿到一些优惠的贷款。"

"不管摩飞资本是否有大笔资金要进入国内，"金雪言慢慢说，"我想银行给他们提供的资金流，都至关重要。"

她说完站起身来，准备离开。两个人都很忙，事情敲定，也无须多停留。然而她看到林少煜坐着，一副郁郁寡欢的样子，不由得问道："怎么了？你还是不开心？"

林少煜忽而低声一笑："你知道吗？我一直希望能有一天，把梦信这部分股权好好地交回你手里，现在竟然无法做到。"

金雪言沉默了好一会儿，不知在想什么，然后才开口："是，你不开心，我也不开心，少煜。我讨厌摩飞，讨厌贺知微。我在心里，不愿意把哪怕一点点的梦信给他们！" 她第一次在这个房间里带上了一种激烈的语气，"可是你能怎么做？我又能怎么做？做出决策的时候情绪不重要，我们出于是非的爱憎也不重要，四年来我只学会了这个！"

林少煜注视着她，他不是没见过她被激怒的样子，然而，"我可以拒绝摩飞"这么一句简单的话，他可以说出来，也并非不能做到，他却不会说出口，那不是她想要的。

于是他只是站起来，微微俯视着她，道："所以，用你的勇气做出决定。"

"我会的。"

她的回答中，带上了她一贯的冷静傲然。说出这句话的时候，她忽然清楚地意识到，诚然，她已经不是四年前的金雪言了，可是，她仍旧是金雪言，悄无声息的妥协不是她的作风，她会说的只有：来战吧。

金雪言拉技术部开了个会。

只有技术部的人，包括邵锦和几个核心骨干。

"现在，摩飞的风控3.0是不是还没有完成？"金雪言问。

"我想没有。"邵锦沉吟了一下答，"但是最近他们向我们调用数据的行为极其频繁，也许正在升级的关键阶段。"

当时，正是因为需要梦信或者爱琴海的大数据用以AI升级，摩飞把服务留了下来，然后双方开始进行一场分秒必争的赛跑。梦信需要尽快破解摩飞风控的核心技术，而摩飞的风控系统，则需要在梦信提供的数据支持下，才可以升级成3.0。之后，他们可以给银行提供服务，一旦接入银行系统，自然也就不再需要梦信的数据。

现在他们的服务既然还在进行，从这个逻辑上说，就可以推测升级尚未完成。

"那我们什么时候可以破解他们的核心技术？"

"现在还不行。"见邵锦不说话，一名技术员说道，"我们研究透了他们AI的底层逻辑，但是复制不了它的行为，至少还得几个月时间。"

金雪言深吸一口气："那么你们之前设计的新系统怎么样？能投入使用吗？"

她说的新系统，是技术部这边基于摩飞的系统，或者说受到他们的启发，自行设计的一套风控系统。这项工作在暗中进行，十分保密。但是当然，它仍是雏形。

"我们的系统当然比不上摩飞现在的，自学习的水准还非常之低，但是和我们自己原来的比起来，还是有很大提升的。"邵锦说道，"实用的话……可以是可以，但还需要做一套交互界面。"

"需要多长时间？"

"这个几天就可以完成。"

金雪言似乎在犹豫，然后她下定了决心，凝重地说："好的，那就在最短的时间内，切换成我们自己的风控系统，切断对摩飞的数据输送。"

"什么？"一屋子人大大震惊，"为什么？"

"为了在这个时间点上切断他们从银行得到的资源。"

是的，就算贺知微地位超然，替摩飞和银行打过交道，但银行真正看重的，一定还是摩飞最新的风控系统。摩飞提供给银行的服务，自然是专门定制过的。虽然个人信贷的底层数据是从梦信获取的，但银行与互金业的风险偏好截然不同，两套系统必然不能通用，这是之前从侧面都了解过的。因此，摩飞如果无法升级到3.0，那么他们和银行的关系一定会大受影响。

不管摩飞资本的钱有多少，是否进入国内，摩飞AI从各家银行那里能够拿到的贷款大幅度减少，对他们就会造成压力。

摩飞的资金流越紧张，茂林和他们可以谈判的余地就越大。

"但是，我们为了摩飞的风控系统才以3亿的价格收购了云微，现在还什么也没有得到……"邵锦对于背后复杂的局势不完全了解，他只是觉得事情有些不妥。

"3亿的云微不算贵，而且我们并不是什么都没得到，不是吗？如果没有接入摩飞，我们的新系统恐怕也不会这么快诞生吧。"金雪言笑了笑，"另外，其实大家心中最想要的，还是使用自主研发的产品，否则技术部也不会额外付出工作量来做这件事。"

邵锦和几名技术骨干都有点感慨地看着她。的确，摩飞的系统是很好，可是，它永远是别人的。就算有朝一日把技术核心破解，他们拥有的也只是一套似是而非的东西，之后的调整、维护、进化，都将困难重重。而如果是自主设计，一切都会不一样。

这是邵锦带领技术部另辟战场研发新系统的原因，只是他们没想到要这么快派上用场。

"如果是这样，我们会尽快做好界面。"邵锦郑重地说，"你放心，虽然现在它还比不上摩飞的智能化，但我们会一直努力，让它更完美。"

是的，他们和摩飞提供的那套服务，还有很大的差距。但在努力追赶下，一年，两年，总有追上的一天。就算对方也仍在进步，只要不放弃，那个目标他们一定可以达到。

"时间不多，那么立即开始吧。"

这件事就这样决定下来，更换风控系统是大事，各部门间不免又是一番沟通协调。

这下子算是和摩飞彻底撕破脸了，只是那又如何？他们本来也早已兵戎相向。金雪言不知道摩飞对此会怎么做，她只等着看。

也许，她预料得对，摩飞用于收购梦信股权的资金来自银行，此举若真能造成银行贷款额度的缩减，他们可能就无力收购梦信的股权。

也许，他们的资金确实来自摩飞资本，如原本计划收购梦信，那么也不过是一切照旧。

也许，此举激怒了摩飞，或者摩飞认为背后的授意者是茂林，进而终止合作，退出"光点计划"。如果是这样，只能说明他们本无诚意，该走的总留不住，她相信林少煜能做好应对。再进一步说，这种注定了的破裂，来得早一点，也未必不是一件好事。

这一切，她相信他都能明白。

在切断和摩飞的数据联系的同时，梦信金融上线了自主研发的"安星"风控系统，并且还做出一项惊人的举措。

那就是把这个风控系统共享给业内所有与梦信有合作的同行，而且是完全开源。

爱琴海、彩虹城堡、安安贷……所有涉及个人小微金融的平台，都迅速地开始了对这套系统的评估，以便决定是否要采用。

"这样做，不怕他们和梦信形成竞争吗？"之前的会议上也有人质疑。

"梦信要争的，永远是金字塔尖的那个位置。现在这套系统不是最好的，又何须顾虑？"金雪言这样回答，"而且我们的技术力量是有限的，如果有更多的平台以此为基础来进行研究，它的完善也会更快。"

"那么，摩飞的市场可就不容乐观了。"

摩飞没有了梦信的数据，除非再降尊纡贵地去找爱琴海，否则试图推广给各家银行的3.0系统，必然要暂时搁浅。可是现在，摩飞连和爱琴海谈判的筹码都失去了。

摩飞的风控系统，之前人人垂涎，但是在"安星"出现之后，它的顶尖地位虽然没有动摇，对互金企业的吸引力却要小得多了。是付出巨大的代价去争取一个摩飞的顶级风控，还是用稍次一档但免费的"安星"？对很多人来说，答案不言自明。

这两套系统，虽然在技术水准上有差距，但落实到实用中，可能也不过是坏账率的小数点几位之后的差别而已。

得知这一消息时，林少煜在办公桌前久久没有说话。

金雪言总是出乎所有人的意料，即使是他也没有想到，她费尽心机，也耗费了不小的代价才得到的摩飞的风控服务，竟这样说放弃就放弃了。

她要放弃什么，和她要争取什么的时候一样决绝。他仿佛看见她和她的梦信，在这个险象环生的沙场上，化身长戟，以攻为守，为他们探明前路。

他深深叹了口气，露出微笑。

"催促一下摩飞的意见。"他吩咐小瑞说。

几天之前，他已经口头答应了摩飞方面提出的条件，包括出让梦信的股权部分。那么现在，他们究竟有怎样的资金来源，15亿的收购金额，他们是否还能干脆利落地答应下来，很快就可以知道了。

这一天一大早，贺知微收到了摩飞AI公司方面回传的文件。

那是一个多月前，她让他们去调查十几家规模不一的互金平台的背景资料。当时她在进行数据调研时，看到那十多家平台的资产信息，不知为什么，内心泛起一点不安。因此，她让公司方面对它们进行了一些调查。

现在详细的信息传了回来，她对照着仔细查看，渐渐地，一丝寒意在心头漫过。随着视线扫过的一行行文字，一个金融研究者的敏锐，让她似乎抓住了隐在暗中的某些线索，然后一个难以置信的可能性在她心头渐渐成型。

她双手离开键盘，自语着："太可怕了……"

这时屏幕上出现了一个行业新闻的弹出框：梦信金融"安星"风控系统上线，重建自主技术服务的行业逻辑……

她迅速浏览了一遍新闻，不由自主猛地站了起来。

片刻之前令人震惊的可能性还没有消化，这个新闻又像一个重锤砸进了她的心胸。她比谁都清楚，这个消息意味着什么，又会给摩飞带来怎样的影响。

金雪言，她怎么能这样做！

贺知微极力使自己冷静下来。刚刚的两个信息，交织在脑海里，她需要梳理，然后，今天的第三个重要信息出现了。

她的秘书拿着一份文件走了进来："贺老师，有关互金平台备案的内部会议纪要已经发来了。"

这个文件里的消息，虽然同样让人意外，但相比于之前的两个消息，它带给贺知微的冲击并没有那么剧烈。她翻了翻会议纪要，又放下了。

这样一来，她的心没有之前那么慌乱了，她必须先和孟伯平碰一下。正在她这么想的时候，孟伯平的电话打了进来，她深吸一口气，接起。

"微微，你太让人失望了！"第一句话，孟伯平就毫不掩饰自己的不满。

"孟叔叔……"

孟伯平的声音里带着罕见的愤怒："梦信的数据断了，这你应该知道了吧？你知不知道这意味着什么？我们已经承诺了五家银行，两个月内把完整的风控3.0系统提交给他们做最终评估。现在怎么办？这不但意味着我们的服务无法进入银行体系，损失业务收入，更意味着我们在银行界的地位被瓦解，大额贷款会很难谈下来。后续的哪一桩事情不需要钱？我们的处境会非常艰难！"

"孟叔叔，你先冷静一下，你说的这些我都清楚！但你指责我又有什么用处吗？"

孟伯平克制了一下情绪，缓缓说："是你让这一切节外生枝的，微微。如果不是你让摩飞找茂林要梦信的那部分股权，这种局面不会出现。我不知道你和什么人达成了什么样的协议，总之，从云微的事情开始，你干扰我的决策，然后我们失去了风范汽车，现在又失去了至关重要的信贷数据，造成的损失难以估量。微微，我之前信任你，认为你的谋划一定有可取之处，可是你没有证明自己。所以，之后摩飞的事，你可以不用插手了。"

"不，摩飞AI是我父亲交给我的！"

"首先，我是摩飞AI的直接管理者；其次，我是贺望洲先生的职业经理人，我必须对公司负责。"孟伯平的声音，冷淡中带上一丝喟叹，"之前的错误，在于你总想利用别人的力量。但我们摩飞AI，有技术，有资本，无须惧怕任何人。我们可以和梦信，和茂林，打堂堂之阵。"

贺知微的心感到了深深的刺痛，但是良好的教养让她克制住了自己。她吸了口气，说道："是的，之前的事，我的确有失误。但是趁梦信还对赢下对赌协议信心满满的时候，拿下那部分不确定期权，之后再伺机促使他们输掉协议，进而拿到全部股权，这不也得到了您的赞同？只不过这个时间点没有掌握好，因为我们都低估了金雪言。"

其实，说低估是不准确的，贺知微想着。应该说他们都是真的没往这方面想过。哪怕是林茂生，始终揣摩的也是他儿子的想法。他认为在这个时间点上，由他给出摩飞资金进入的消息，林少煜会相信，那么他就会答应。

其实他们都想到了林少煜可能会拒绝，金雪言可能会拒绝，却没有想到他们干脆地答应之后，金雪言会玩了这样一手。

太轻敌了吗？他们甚至连梦信暗中研发了一套备用的风控系统都不知道。在这件事上，金雪言不必做到这样，她疯了吗？她为什么要这样做！

"金雪言，她足够狠辣。"孟伯平慢慢地说道，"这种人，不应该把她看成纯粹的敌人。商场交锋，并非非友即敌。只有利用对方的价值，才是正途。"

贺知微突然轻声道："我想问一件事，你说林氏平掉茂林集团的那笔亏空了吗？"

终于，她说破了这件事，贺知微想，这是茂林集团不为人知的秘密。孟伯平停了一下，说道："他们的对外债务，去年已经全部结清了。至于他们内部的账目，我们还在尽力调查。"

"我不相信到林少煜手上之后，茂林集团的账目没有问题。"

孟伯平说："这只是你的猜测，茂林是否受过重创，连贺先生也不确定。对于合作伙伴，我们当然会摸清情况，但如果过于疑神疑鬼，不免反而受其所害。"

贺知微叹了口气。虽然旗下有大量的上市公司，但茂林集团本身并未上市，要查清集团的账目并不容易。

"好，那么其他的我不说了。"在这场艰难的对话中，贺知微的大脑一直在运转。她拉回思绪，感到自己模糊的想法已经渐渐清晰。她心平气和地说："孟叔叔，不管我之前做了什么错误的判断，我现在要说的只有一件事，当前这个时间点上，绝对不能收购梦信的那30%的股权。"

"为什么？"

贺知微一字一句道："因为中国这个市场，比我们想象的复杂得多，它太可怕了。"

孟伯平停顿了一下："你又知道了什么？这次，我必须知道全部的细节和详情。"

"好的，我下午过去见您。"贺知微说道，"另外，数据的事您不用担心，我有办法拿到可用的新数据，让两个月后的升级能顺利进行。"

孟伯平下意识问道："去找爱琴海吗？"

"不，既不是梦信，也不是爱琴海，见面说吧。"她挂了电话。

她又看了一下之前的那几份文件，超乎想象的局面让她的心跳加速，久久不能平复。她想，在巨浪袭来的时候，只有在危机中找到机遇，才能活下去。

而金雪言的世界，在滔天的巨浪尚未现身之前，先被一场滔天的大火袭击。

在这一天深夜，沉睡中的她被一通电话吵醒。当她接起，电话那头的声音令她骤然清醒："金、金总，不好了！正华的车库，起了大火，不，不，是发生了连环爆炸！"

电话里所说的正华的车库，位于距市区三十公里的郊区，隶属于正华商贸集团，是一间大型商用车库。该车库由云微在线网络科技公司租赁，用于存放他们保管的质押车辆。

云微在线在刚刚停止大额企业借贷，转向个人小额信贷的时候，做过一段时间的车辆质押业务，并且以车辆质押为主。后来摩飞AI介入，他们才转而发展无抵押的个人信用贷款。

所谓车辆抵押，是借款人以汽车作为抵押物，来获取相应额度的借款。在车管所办理车辆抵押手续，但整个借款期间，车辆仍由原车主正常使用。但质押则有所不同，可能并不在相关部门对车辆进行登记，借款、出借双方之间只有一纸质押合同。不过，借款期间车辆交由出借方保管，原车主不能使用和接触。

由于网络借贷的特殊性，质押车辆在质押期间当然是由平台代为保管。相比之下，抵押业务中车辆的物权归属明确，法律风险小。而质押业务相对风险略大，平台方面还需承担保管期间的管理费用和保证安全性。

这是云微在线业务中的一个隐患，但是存量规模不算很大，当时梦信也无法过多计较。

两千零七十五辆车，总价值在2.5亿左右，在那个夜晚，被火海淹没。

火是半夜里烧起来的。等到人们发现火势渐起，一切已无法挽回。据目睹了第一现场的人描述，大火蹿起之后，时隔几分钟到十几分钟，还接连发生了数次剧烈的爆炸，爆炸引起的火光映得那处郊野如同鬼域。

唯一的好消息是，由于周边没有其他建筑，火势并未继续蔓延。在消防部门的积极抢险之下，这场大火在燃烧七个多小时后即被扑灭，可以说已经把损失降到最低。

金雪言赶到现场时，看见一片废墟。

有被彻底焚毁的车辆，扭曲不堪。也有只受到波及的车辆，看上去算是完整，但车身上也一片焦黑。火灾的范围一眼望不到边，呈现在他们眼前的一切，就仿佛一个已经覆灭的世界留下的遗迹。

现场还有消防人员在进行收尾工作，也有警察。在初步的调查之后，认定这是一场人为纵火案。嫌疑人很容易就抓到了，那名年轻人自述，他往车库里倒了一桶十多公升的汽油，然后点燃了它。

"你们的车库管理也有很大的问题！"负责此案的警官对他们非常不满，"这么大的车库，啊？没有人看管，只有电子监控系统。我告诉你，电子的东西靠不住啊，你看，一被黑掉就抓瞎了，出事了吧？"

金雪言说："是我们的疏忽，这些车都是长期放置的，所以管理员是几天巡查一次。"

"那油呢？这么多车在这里存放，应该把所有油量都排光，这也是常识吧？你们呢，这里面至少有几十辆车是还有存油的，不然也不会引起后续的几次爆炸。"

按照嫌疑人的供述，十多公升的汽油，确实不应该引起这么大的火灾。真正的引爆物，是某些车辆被烧毁后又泄露出来的大量汽油。

金雪言只感觉一股怒意涌上心头，回头叫道："之前清查车贷资产是谁负责的？"

一个满头大汗的男人上前一步，金雪言认出他是当时云微资产清查小组的副组长。他极力镇定地说："是我。"

"你怎么解释？"

"我们查的时候，汽油绝对都排光了！"他急声道，"当时孙见云亲自带我们查的这些车，每个合同和机动车号都一一对应。我们五个人查了一整周，每辆车都检查过，当时绝对没有存油！这个可以和当时查标的几个人核对，也有书面记录可查！"

他说得斩钉截铁，不由得人不信，金雪言自语道："那就是说，在我们清查之后，有人特意给几十辆车又加了油吗……"

这个推测委实太过可怕，那名副组长干巴巴地说："我只能保证我说的是真的。"

"孙见云亲自带你们来查车。"金雪言的笑容十分冷冽，"他真是亲赴一线，鞠躬尽瘁啊。"

她立即转头向那位警官道："警官，我怀疑这不是一场简单的纵火案，它是有预谋有策划的！我要求立即传唤云微在线的前任CEO孙见云。"

警官听她说得郑重，说道："这样，那你跟我们回所里一趟，详细说一下情况吧。"

金雪言点头，在上车之前，她吩咐了跟随而来的陆升明，无论如何先找到孙见云，但别惊动他。

在车上，她往车窗外看去，那个焦黑的废墟正渐渐远离。可她觉得它没有远离，而是像个巨大的阴影沉沉压在她的心上。可是那个阴影里有什么，她却一点也辨不分明。

到了附近的一个派出所里，金雪言还没站定，一个年轻人从一个隔间里冲了出来。他暴烈地向前冲着，差点撞上了金雪言，安小仙忙拦在了金雪言前面。

几个警察从屋内追出来，在门口按住了那人。

"好小子，放了火还想逃？老实点！"警察嚷嚷着。

年轻人挣扎着，他看上去只有十八九岁的模样，还带着一种青涩。金雪言转过身来，走到他面前："是你放火烧了正华车库？为什么？"

"你谁啊？"

"这是梦信金融的总裁，你烧的就是人家的财产，你知不知道影响这么恶劣的纵火案要判几年啊？"警察狠狠地说。

那年轻的男人突然哈哈大笑起来。

"梦信？金雪言？哈哈哈哈哈，烧的就是你们！烧，我烧死你们！"他突然癫狂，似乎想冲过去，但又被警察死死按住了。

金雪言问："为什么恨我？"

"为什么？"他撕心裂肺地喊着，"我爸把我妈打死了，我妈死了，他们都死了，呜呜呜。"

这个人看上去是无法对话了，金雪言蹙眉，旁边一个警察就说："我们刚刚问了，他说他爸爸是个赌徒，过去常常输了就回去找他妈妈要钱。他妈妈不给呢，他爸就打他妈。这两年啊，他爸居然不回家要钱了，他们都以为他是改邪归正了，他妈就把她攒的一些存款啊，存到你们梦信金融的平台。结果前几天，他爸说自己欠了你们梦信几十万的借款。他妈突然就疯了，她说，我辛辛苦苦攒的钱拿一年9%的利息，你借利率18%的钱，我图啥啊？他爸说，要不是你不把钱给老子，我能去借吗？他爸一时失手，就……然后他爸也跳河了。"

又是借款人和出借人的故事，似乎每天都在上演。可奇怪的是，演出者总责怪演出环境祸害了他们的戏剧人生，从未反省过自己。

金雪言在他身前蹲下，拉住他的衣领，轻声道："他们是死了，可你还有钱，不是吗？"

年轻人瞪大眼睛盯着她。

"你以为，没有梦信，你爸就不会害死你妈？你以为，一个赌徒输红了眼，就不会失手杀人？没有梦信，他掏空了你们的家底，你也照样家破人亡。现在你至少还有你妈留下的钱，不好吗！不好吗！不好吗！"

她猛烈地拽着那年轻人摇晃，警察都吓到了，赶紧拉住她。金雪言站了起来，克制住了自己。是，曾经她听到这样充满血泪的控诉和指责，就会悲伤，就会惶恐。可是现在不了，早就不了。每个人都把自己的悲剧归咎于他人，归咎于金钱，却不肯承认一切源于人性，源于贪婪和懦弱。

从未诱导借款和出借，梦信问心无愧，而他们得不到她的同情。

她平息了一下自己，仍盯着那青年，冷冷地问："是谁，挑唆你去烧车库的？他们给了你什么好处？"

那人呆呆地说不出话来。

警察说："有时候人出于报复心理而犯罪也是……"

"不是报复！"金雪言打断警察的话，"那个车库是属于云微在线的，他恨的是梦信金融。他要报复，去烧云微的车库干什么？还有，车里的油量不对，这件事绝对是蓄谋的。"

警察让她坐下把详情说清楚，于是她说了有关孙见云的信息。末了，警察说："金小姐，我们可以去询问孙见云，让他配合调查。但是以你目前说的这些信息，还不能达到拘传的条件。"

金雪言还想说什么，她的手机响了。

她听完电话，放下手机，对警察说："我们去找孙见云的人传回消息了，孙见云现在在机场。他搭乘的前往澳洲的飞机，两个小时以后起飞。"

孙见云在浦川机场的贵宾室里。

太太和儿子都已经先行前往澳洲，他给国内的一些事务收尾之后，也在今天出发。接下去，应该可以在澳洲好好休息一阵子，有很长时间不用回国了。

他不时看表，抑制着内心的不安。

一大早，他看到了正华车库那场大火的报道。他不是不震惊的，那个人……竟然做出这种事情。而他自己，必将首先受到怀疑，他只祈祷自己能顺利离开。

他最后看了一次表，时间差不多了，他提起行李箱，预备前往登机口。

在贵宾室门外，金雪言和梦信的人朝他走来，和他们一起的还有两名警察。

来了。

孙见云心里咯噔一下，但既然如此，他心里一直悬着的石头反而落了下来，他故作镇定地整了整自己的领带，挤出笑容。

"孙总，恐怕今天你暂时是走不了了。"来到他面前的金雪言，站定了注视着他。

"咦？金总。"孙见云忙迎上，装作一无所知，"这是出什么事了吗？"

"正华车库遭人纵火的事，我想你需要给我们一个解释。"

"这事啊，我在新闻上刚刚看到了，我都惊呆了。"他满怀遗憾地说，"怎么？是人为纵火吗？嫌犯抓到了没？"

"孙见云，不要装糊涂！"金雪言踏近一步，"这件事你一定知情，你到底想要做什么！"

"喂，不要血口喷人。"孙见云略略后退，"金小姐，车贷资产我已经完全交给你们，我现在和云微在线没有一点点关系，你说的什么，我更是莫名其妙。好了，我要赶飞机，请让开。"

他绕过人群，想要离开，两名警察拦在了他面前。

"孙先生，这桩纵火案的直接嫌疑人虽然已经抓获，但确实有些事需要您配合调查，希望您跟我们回去。"

孙见云冷冷地说："嫌疑人指证我了吗？"

"那倒没有。"

"那你们有拘传我的手续吗？"

两名警察对视一眼，一人说道："只是询问调查。"

孙见云的语气更强硬一点："限制我出境了吗？如果没有，我的飞机马上就要起飞了，请恕无法奉陪。"

一个多小时之前，在派出所里，金雪言说了孙见云的动向。但不管拘传手续还是限制出境，都需要时间去申请。而且以当前的信息，能不能申请得下来还是两说。

但金雪言说服了两名警察跟他们过来，就算是此刻，他们也可以对孙见云进行口头传唤。可是，把居民作为犯罪嫌疑人进行传唤，是需要承担责任的，他们不愿担责也是在所难免。

两名警察迟疑了一下，竟让孙见云过去了。

金雪言摇了一下头，她是有准备的。她吩咐了梦信的几名保安到机场来，此时他们上前拉住了孙见云。

"喂喂，你们想干什么？"孙见云挣扎大叫，"这是限制人身自由，警官还在这里，你们别太过分了！"

"这个，金小姐，这样真的不好……"警察真的头疼起来。

孙见云在贵宾厅门口大喊大叫，也引来了不少人的观望。机场的保安和民警也快步向这边走来，场面越来越混乱。

但金雪言不说话，只是冷冷站在一旁，她不能让孙见云就此走掉。他到了澳洲，再控制和询问就麻烦多了。她既然来了，就不可能让他逃脱。

现在这个局面，孙见云也意识到自己是走不掉了。

于是他挣开了抓住自己的手，极力显得冷静，高声道："金小姐！别再纠缠我了，所有一切真的与我无关。你可以看看这个！"

"什么？"

孙见云把行李箱放下，打开，从中取出一个大的牛皮纸袋，然后他从牛皮纸袋里取出一份厚厚的文件。

他把文件递到金雪言手里，脸色阴沉："你看看吧。"

金雪言接过打开，心头猛地一跳。

这是一份股权代持协议。

金雪言的目光飞快地扫过文字，然后难以置信地抬起头："孙见云，你……两年前你就已经卖掉了云微在线？"

孙见云肃然地点点头："是的。"

准确地说，金雪言手上的，是一份已经失效的股权代持协议，协议签订于两年前。文件显示，孙见云把自己持有的100%的云微在线股权，以一个极低的价格全部转让给了一个名叫卢硕的男人。然后，他作为代理人，替卢硕持有这些股权。

没有进行任何的股权变更，在外人看来，那个时间点上云微在线的股权没有任何变动。然而实质上，孙见云收了几百万的股权金，已经在实质上失去了对云微在线的全部权利。这两年来，他只是这名叫卢硕的男子的雇员而已。

卢硕是这段时间云微在线的实际控制人，但不管是给摩飞的10%股权，还是给梦信的90%股权，都经由孙见云进行转让操作。

代持协议是一般不拿到台面上来的抽屉协议，但只要协议主体双方认可，其形式合法合理，就受法律保护。

金雪言脑中掀起一阵狂风。所有这些信息嘶鸣着，摇晃着，她第一次感觉到自己有些理不清楚了。但是她唯一能知道的就是，不能放走孙见云。

"那又怎么样？我不认识什么卢硕。孙见云，云微的所有事务都是和你谈的，你必须跟我们回去！"

"我只是个傀儡，金小姐，你还没有明白吗？我在云微做的一切，都是听从了那个人的吩咐。"孙见云的声音低沉，"包括和梦信的谈判，股权出售的获利，我也只拿了10%的抽成。云微日常的经营、正华车库的看管、之前的钥匙，一切一切都在他的手里。你怀疑什么应该找他去问，找我一点用也没有，只会白白浪费时间。"

"我们会去找那个人，但你也别想逃脱责任。"

"我两年前只收了几百万，那时候我以为一个小平台能卖那么多已经不错了。这两年我拿的都是死工资，我得到什么了，啊？"孙见云低吼起来，"去找卢硕吧，放过我，好不好？对了，他正好也来本市了。你等着，你们等着我给他打电话。"

孙见云焦虑不已地说着，飞快地拨了个电话，然后赔着笑："卢先生？可不是吗？我被金雪言拦住了。什么，您已经落地了？那太好了！我们在三号贵宾厅门口，对，快来救救我，求您了。"

他打完了电话，对金雪言说："等一等，卢先生的飞机也刚刚抵达，他马上就过来了。"

于是，金雪言不再坚持要带走孙见云，孙见云也不再要求离开，一群人就在贵宾厅外等着孙见云所说的那个人。

金雪言踱着步。不知为什么，她心里有一种隐隐的恐惧。她看见安小仙同样担忧的眼神，不禁停在她身旁，轻拍了拍她的背。

十分钟后，孙见云看向一个方向，大叫："卢先生！"

顺着他的视线看去，一行人走了过来。为首的那个穿褐色的皮质风衣，戴着墨镜，看上去相当高大。他的身边还有数名随从，他们踏着大步走过来，看起来十分拉风。

孙见云迎上去："卢总您来了……"

名叫卢硕的男人停下步子，站在金雪言和安小仙的面前，自然而然地摘下墨镜。

他的面庞在阳光下呈古铜色，眼神跳脱而凌厉，带着一种探究似的浮夸的笑容看着她们。

金雪言听见安小仙倒吸一口冷气，而她自己的心脏也狂跳起来。

不知过了多久，她听见自己的唇齿中迸出两个字："余天？！"

"两位姐姐干吗这么看着我？因为我太帅了吗？"面前的男人笑嘻嘻地问她们。

还是那种轻佻的语调，带着江浙口音的咬字，她们对此非常熟悉。

但是并不是全无改变，眼前这个人，虽然仍具当初那副轮廓，但他蓄了胡子，左眉上还多了一道疤，看上去沧桑许多。

没有想到，在这个时间点上，他如同从天而降，就那么看着她们。一向反应灵敏的金雪言，竟都一时失语。没有其他人说话，整个场面陷入了一种诡异的静滞。

"啊！"突然，安小仙冲了上去。

"安小仙！"

金雪言想拉住她，却没能办到，只看着她朝那个男人撞了过去，像是要拼命。但男人猛地攥住了她的手腕，冷笑道："怎么搞的，国内的美女也太热情了吧？"

"放开她！"金雪言急了。之前拉住孙见云的保安们有点迷茫，但还是涌了过去。余天，不，卢硕带着的人则朝他们逼过来。

场面一时混乱。

"余天，你、你……浑蛋！"安小仙泪眼蒙眬，她要说的很多，要问的很多，要骂的很多，可是冲口说出来的，还是只有这么单薄的一句。

但这句话已经包含了她全部复杂而激烈的情绪，金雪言意识到她陷入了一种克制不了的狂乱，她上前抱住安小仙："小仙，冷静点！"

叫卢硕的男人就在一步之遥的地方冷冷地打量她们，金雪言抬头，冷不丁撞上他咧开嘴的笑容。

他看着她，带着嘲讽。

这趟机场之行实在是太过混乱。主要是安小仙的反应过于激烈，让金雪言没办法考虑其他，只能先带她回去再说。孙见云趁乱跑掉了，金雪言当时顾不上他。不过她也清楚，他确实已经无足轻重，没有什么价值了。

在机场和那个男人擦肩而过时，金雪言咬紧了牙。

回到公司，安小仙仍然没有缓过神来，扑在自己的座位上痛哭。金雪言却没法照料她了，只好找了许云过来陪她，许云一脸茫然："怎么回事？她这到底见了谁啊？"

不但是她这样没去机场的人摸不着头脑，去了机场的人也是一路困惑。

"那个人叫余天，是安小仙的前男友。"金雪言的笑很冷，"梦信金融真正的创始人，卷款跑路的，我们的前老板。"

她现在有太多的事情要处理。

车库那边，具体的损失要进行清算，现场后续的残骸和一些可能发生的问题都要进行处置。两千多辆车，工作量巨大，她安排了专人跟进。警察那边，她又进行了一番沟通。

纵火人是抓到了，可是谁重新给车加了油？谁又是幕后黑手？那个名叫卢硕的人，到底和这一切有什么关系？

卢硕，就是余天，然而警方却无法确认两者的身份。

应该说警方已经非常积极配合了，他们甚至马上调取了当年的银行取款录像——安小仙曾以余天盗刷她的银行卡为由而报警。但当时的取款者分了好几个营业点取出了一百多万，又戴了帽子，刻意遮挡过，什么都看不清楚。至于余天的户籍记录，那上面的照片，从发型、特征到五官，和卢硕护照上的照片都大不相同。两张照片上的两个人看上去似是而非，无法确认他们是同一个人。

这也是合情合理的，他既然如此张扬高调地回来，一定都处理好了，不至于被抓到什么把柄。

而纵火案背后的内幕，还需要时间去查。

终于夜深，金雪言在办公桌前疲惫地按了一下太阳穴，然后她起身去隔壁屋子看安小仙。

休息室的小床上，她安静躺着，睁着眼睛，不知道在想什么。她这会儿总算好了点，看见金雪言，便坐了起来。

金雪言摸了摸她的脸："没事吧？"

安小仙摇摇头："对不起，我在机场太失态了，给大家添了好多麻烦。"

金雪言叹了口气。但又怎么能怪她呢？余天给她留下的伤痕太深。

她曾用一个少女最真诚的情感爱过他，把他看成自己的阳光。然后，骄阳崩逝，黑夜笼罩，可能面临的牢狱之灾更是让她胆战心惊。金雪言知道，就算是梦信迈上正轨很久以后，她还是会在半夜惊醒，想起余天时愤恨又悲伤。

她曾经也想离开梦信，也许是为了离开伤心地。可是她是那么软绵绵的一个人，金雪言都不用开口挽留，只要一个眼神，她就又乖乖地留了下来。

只是她伤重难愈，这些年难以接受新的恋情，虽然日常总是开开心心的，但又有谁知道她的内伤。

何况今天这个碰面的场景，太令人猝不及防了。

"他想干什么？"安小仙也思考过一些事情，"正华车库的火灾，真的是他指使的吗？"

"我不知道啊，小仙。"金雪言长叹了口气，"现在我们什么也不知道，他这次用这种方式回来，也许是为了报复吧。"

"报复？"安小仙难以置信，"难道是我们对不起他吗？"

金雪言笑了一声。是，在四年前的事件中，余天罪大恶极，她们两个才是受害者。然而谁知道呢？人心有时候就是那么诡谲难测。

"小仙，我们不知道他想做什么。我们要防着他，找机会戳穿他。但是我们自己有太多的事要做，千万不能反而被他牵着鼻子走，知道吗？"

她认真地看着安小仙说。安小仙点了点头。

"好了，现在我们回家吧。"

金雪言不放心，把安小仙送了回去。等她回到自己的家里，静了下来，白天发生的事仍旧纠缠得她心神不宁。犹豫了一会儿，她还是给林少煜打了电话。

"少煜，帮我个忙。"

"你说。"

"帮我查一查，一个叫卢硕的人。"

她给他说了前情，他听了没说别的，只是说："我知道了。"

她不知道他有什么样的渠道，但他能够获知的背后的消息一定会更准确些。打完这个电话，她终于安心睡了。

第二天早上，正常上班，正在忙碌的小瑞，接到一个电话。

"啊，方总，您要找林先生吗？我给您接。"

"不，不用。"方靖伟在那头说。

"哦，那您有什么吩咐？"

"吴炳瑞，"方靖伟叫了他的全名，语速缓慢，"你知道一个名叫卢硕的人刚刚来到本市吗？"

小瑞神色不变，回答："知道，林先生刚刚吩咐我查一查他的来历和背景。"

方靖伟沉默了一会儿，小瑞也没有催促他。过了几乎有两分钟，他忽然笑了："那我们是不是应该做点什么？"

小瑞的声音仍然平静："我听您的吩咐，方总。"

几天后，质押车辆初步的损失统计出来了。其实也不需要怎么统计，基本上目测就可以知道，车辆几乎全军覆没。但这并不是最可怕的，这场大火被媒体报道后引起了很大的关注。而云微在线的声誉更是节节下跌，甚至做车贷业务的一些同类公司都受到了影响。

云微的客服热线被打爆了，大多是涉事车辆的出质人。理论上说，在他们的还款结束之后，车辆就应该解除质押，进行归还。他们大多是等额本息分期还款，已经归还了一部分资金。现在车没了，平台方会怎样赔偿，车主们忧心如焚。

"我已经还了五个月，这钱都还一半了，你们必须赔我的车！"

"事情发生得太突然，具体的赔偿方案公司还在研究，还要等保险公司方面的调查，请您耐心等待一下。"

客服只能极力安抚焦躁的客户。正常来说，车辆都是有意外保险的，然而因为质押物权的不明晰，很大一部分保险是由出质人购买的。不要说保险公司的漫长调查，就算之后保险赔偿发放，也是归原车主所有。既然如此，原车主就有可能不再对平台的出借人还款。除了合同之外，出借方完全失去了对他们的约束。

作无抵押的信用贷款时，公司往往对借款人的还款能力和意愿有详细的评估。但质押车贷因有质押物存在，这方面的审核反而宽松，失去了质押物，回款率十分堪忧。

但这都是后期的事了。经过预估，云微在线的实际损失应该在2亿左右，而它自己是无论如何填不上这个坑的。作为持股90%的大股东梦信金融，必然要负责解决这个问题。

好在这2亿并不需要马上支付，因为这笔钱本来也是陆续分期归还的。假设车辆报废的原车主全部不再进行还款，接下去的几个月，每个月的资金需求量应该在3000万左右。考虑到会有小部分人继续还款，这个数字会更低，对梦信来说尚可接受。

警方、保险、报废车辆后续处置、催收……每个方面都需要专人跟进，这个事件对云微和梦信的影响，不是这几天密集处理一下就能过去的，它会是一个不断延续的漫长的过程。

在云微在线开了一整天的会之后，金雪言回到了自己在梦信的办公室。桌上堆满了大量有关备案的材料和报告，她不得不打起精神来看。

在她出手收购云微、投资风范的这段时间里，备案冲刺实际上一直在进行。好在梦信本部一直状况良好，负责的团队也都是她一手带出来的。她不用费太多神，一切顺利推进。

"我们这一轮自查的材料都在这里，应该问题不大。"安小仙已经恢复了工作状态，"不过云微就……"

梦信在冲备案，云微当然也在做。本来它的状况也是乐观的，只要等大额标的顺利出清，但现在嘛……

金雪言看了安小仙一眼，她们这些天，没有再提起余天此人。安小仙一切如常，只不过沉寂许多。

金雪言决定暂时不去思考云微备案这一庞大而复杂的议题。她想休息一会儿，但很快电话响了，是林少煜。

他说："我在你们公司楼下，下来见我。"

他应该知道她近日面临的极大压力，还是这么说，应该是有事。

她下了楼，找到他的车。

她很久没有坐过他的车了，此刻还是那么舒适宜人。淡淡的薄荷气息，让她更清醒了些。

林少煜注视着她，她今晚显得有些憔悴。不奇怪，正华车库的火灾，对她实际控制的两个平台都造成了不可估量的影响。可是，也就是他今天见着她了，要是没见着呢？过去她又有多少个困境是他不曾目睹的？

"有事吗？"她直接问。

林少煜点了点头："卢硕是不是你所说的余天，我不清楚，但你可以看看这个。"

他递了一份文件给她，上面显示，卢硕近年来居留泰国，在当地有一家公司。除此之外，再无更多信息，除了……他实控的十四家国内互金平台。

云微在线不是孤例，这个叫卢硕的男人，用类似于对云微控股的手法，当前成为十四家互金平台的实际控制人。而被他控制的平台当中，不乏一些和云微的档次差不多，口碑和规模都属于中上的平台。

金雪言喃喃着："他为什么要这么做？"

为了补充业务，或者整合资产端，互金业会发生一些收购或者并购案，如梦信收购了云微。但是，同一人控制十多家平台，这些平台业务重合度高，在表面上还毫无关联……

"为了赚钱。"林少煜平静地说，"这只是他目前持有的平台数量而已。三年来，他低价收购平台或者直接注册'壳子'，然后做大规模，再行出售，获取暴利。这种操作他分多线同时进行，半年就能完成一轮交易。"

"做大规模？"金雪言气得发抖，"他的资产端从哪里来？他都做了什么！"

资产端，即借款人的质量，一直是梦信这样的平台深耕的领域。为了更好地风控，他们不惜代价，竭尽全力。可是借款人不是凭空冒出来的，资产端的形成需要漫长专注的开发。半年？只有一个可能——卢硕他们根本没有真实的资产端。

没有真实借款人，资金被平台控制者直接拿走，这是他们的第一项收益。流量上升的态势下，用借新还旧来覆盖前期本息，待规模足够卖掉平台，是第二项收益。

几年前他对梦信也是这样做的，只不过玩脱了只好跑路，看来后来的经验倒越来越丰富了。

"怎么会这样？"金雪言看着那十四家平台的名称，只觉得发冷，"它们都有银行存管，都有详细的借款人信息披露……"

"钱是从银行走的，借款人也真实存在。"林少煜看着她，语如利刃，"你能说买来的身份证和银行卡不是真的吗？你能说那些空壳公司不是真的吗？它们都不是假的，只不过都由平台方控制而已。"

金雪言深深地吸了口气，平静下来，他说的这些，她并非一无所知。可是一个人在阳光底下走得久了，就不愿意再去深究周围的黑暗里面有什么。她停了一下，说："如果他一直是这么干的，这次回来是为了什么？"

"最后的收割。"

金雪言沉默。

林少煜又说："我这边查了，最初，他应该是受到了赵景昆的资助。后来他买卖了许多平台，目前剩下的这些应该是从中挑选的精品了。之前他一直藏着掖着，但这次回来，他已经走到了前台，这些天他一直在各机构和部门间走动。"

"为了备案吗？"

"也许。"

金雪言低下头，又仔细看了一下那份平台名单，发现一个熟悉的名字："安然理财？这曾是茂林旗下的平台。"

和梦信同期，茂林金融投资了几家平台，但在二〇一六年就全部退出了。

"我们退出后，它已经被转了好几手。"

金雪言想了想，抬起头望向林少煜："有一个问题其实我一直想问，当初茂林在互金领域布局，信心满满，为什么那么快就撤出得一干二净？"

林少煜深深地凝望她，他的眼眸里有一道火焰，闪烁不休。

片刻，他微笑着缓缓开口："言言，二〇一六年初，正常经营的平台有两千八百多家，到今天，据统计还有两千一百家左右。你觉得，到最后，我是说五年十年后，这个行业彻底完成规范化经营之后，大概会剩下多少家？"

金雪言感觉到一种沉重的无法排遣的痛苦，她停了很久很久，才终于艰难地说："一百家。"

两个人的视线不约而同地投向窗外，夜色中的城市壮丽辉煌，只是一道看不见的黑暗裂隙正在这个背景上无声地蔓延。

"贺小姐今天能够帮忙，卢某真是感激不尽。"

幽静优雅的日式料理包间里，卢硕双手将一杯清酒递给面前的贺知微。贺知微单手接了，却只是随意地放在一旁。

"卢先生，我劝过你，就算见了翟主任，也没什么用处。"贺知微不以为意地说，"我说得没错吧。"

"对，翟主任当然是大公无私，不过嘛，见还是要见的。"

他们说的翟主任，是目前的金融办主任翟丹峰，他不但身居要职，在金融领域更有足够的话语权。卢硕既然在各处走动，当然想要见他。但在互金平台备案进行到紧锣密鼓的阶段时，他自不愿接触卢硕这样的人。

卢硕苦于渠道的时候，贺知微不动声色地帮了他一把。

今天他见过了翟丹峰，虽然翟丹峰的态度是完全的公事公办，油盐不进，但他并不觉得没有收获。

这半年来轰轰烈烈进行的互金平台备案工作，最终的验收方是各地区的金融专项办公室。他手上的十多个平台，大多属于长三角地区。想要备案，那么本市金融办的关系是一定要走通的。

而贺知微并非政府官员，却有着举足轻重的微妙地位，能和她搭上关系，对于他当然是大有助益。

他所控制的云微在线，一年多前和摩飞AI有过接触。摩飞想要的，他都让孙见云积极配合了。不过哪怕是这样，贺知微会主动对自己示好，也令他没有想到。

"卢先生，明人不说暗话，我找到你其实是有事相求。"好在贺知微也不是个迂回的人，很快便切入重点。

"贺小姐有什么事，尽管吩咐。"卢硕微笑道。

"我要你手上十四家涉及个人信贷业务的平台的详细的实时数据。"

她这个说法，让卢硕一怔。贺知微的目的，他有些不懂，他说："贺小姐能说得清楚些吗？"

贺知微轻轻叹了口气。她并不想和卢硕谈，但她不能不谈，不但要谈，她还必须把真实的诉求告诉他。否则像他这种人，不免疑心生暗鬼。有些时候要得到他人的东西，还是开诚布公的好。

"摩飞AI，需要进行风控系统的升级。"她从头开始说。

升级需要一个大量的，更重要的是覆盖整个中国的信贷数据。以单个机构而论，目前能提供的只有梦信金融和爱琴海。但是卢硕手上能够参与进来提供数据相互补充的，有十四家平台。

当初，摩飞当然也可以和多家平台去洽谈，但是当时他们的风控系统奇货可居，自然不愿轻易对那么多的对象开放服务。而且接洽多家平台，也是需要时间的。但是现在不一样，他们急需最后的一部分数据。只要和卢硕谈妥，难题立刻就可以解决。

"我还以为是什么事，能在这一块帮上摩飞，是我的荣幸。"卢硕笑道，"我保证，我们这边提供的数据会是绝对真实的！"

贺知微感到非常非常不舒服。

卢硕手上的那十多家平台并不干净。

她当然知道，这个人之前干的是怎样的勾当。但同时她可以确认的是，他们当前的资产端，绝大部分一定都是真实的个人借款。因为他既然想要备案，就必须把一切外在内在都包装完美，经得起深入的清查验收。

而只要备案通过，这些平台的身价就会陡然上升，此时他脱手离场，将获得巨额收益。

贺知微不想知道自己面前的合作对象有着怎样的历史，又是如何败絮其中。她只需要一两个月的短暂合作，拿到想要的东西而已，于是她便浅浅笑道："那就谢谢卢先生了。"

"但是摩飞至少也得有点表示吧。"但卢硕并不是什么省油的灯，贺知微也料到了，她只听他说，"我也有一些想从贺小姐这里得到的东西。"

"你想要什么？"

"梦信金融的股权，5%。"

贺知微眯起眼睛："卢先生胃口不小，你知道这5%价值多少？"

卢硕不以为意地笑笑："贺小姐应该知道，我卢某也不一定看得上这两三个亿。3%还是5%，我们可以谈。只是我听说，摩飞AI即将从茂林金融那里得到梦信金融的30%股权，这点代价对贺小姐来说也不算什么吧。"

"你很执着于梦信的股权，为什么？"

卢硕没有说话，只是拿起酒盏，仿佛细品。

见他如此，贺知微微笑着，以极轻的声音说道："因为梦信曾经属于你，对吗？"

卢硕不置可否地笑了笑。

看来是真的了，贺知微轻易地明白了。她注视着眼前这男人，梦信金融真正的创始人，把金雪言推上互金之路的人……她忽然感到，人生真是充满乐趣。

但是，生意归生意。她停了一下，淡淡说道："可惜卢先生的消息滞后了，我们已经取消了向茂林购买梦信股权的计划。"

卢硕有些意外，但他的反应很快："因为和银行的关系受到了影响？贺小姐，既然你找到了我，那么我一定能让你们拿到满意的数据。你们向银行贷款的计划可以照旧进行，哪还用怕收不了梦信呢？"

"不是这样的原因。"

"那是为什么？"

贺知微也拿起桌上的清酒，慢慢啜饮着。然后，她才露出一点怜悯的笑容："卢硕，不要以为我真是来求你，或者与你合作的。你最好知道，我是来救你的命的。"

她这样的姿态令卢硕极其不快。他夹起一片生鱼片，并不看向贺知微，只看着那微微颤抖的鱼片，皮笑肉不笑地道："是吗？贺小姐自视太高了吧？是，您比我高贵，那您大可走您的阳光道，用不着要上我的独木桥。"

贺知微摇摇头："我只有一个消息要告诉你。"

"请说。"卢硕满不在乎地笑着，把蘸了芥末的鱼片往嘴里送去。

"互金平台的备案要延期了。"贺知微的声音冰凉而清晰，"无限期地，延期。"

就快到口中的鱼片从筷中落下，卢硕张大了嘴，举着空空的筷子，用一种惊怒交集的表情瞪着眼前的女人，而后者的笑容仍旧是波澜不惊的美丽。

备案延期的消息是在金融办召开的集体会议上公布的。

这场会议召集了本市主要互金平台的负责人，数百人的会场中座无虚席，而在明确宣布这个消息之后，整个会场掀起了一种奇怪的化学反应。

先是如释重负舒了口气的声音，一些奋力疾跑、冲刺备案的平台负责人心中一松，毕竟时间太紧了。有些平台，纵然有信心通过备案，但总有些不完美的细节，现在多出时间来，更可以争取尽善尽美。就连金雪言也感到有些高兴，梦信的备案没问题，松弛下来的时间，云微也可以多一分回旋余地。

然而，这种喜悦的气氛只持续了很短的时间。会场里渐渐弥漫开了一种凄惶的情绪，交头接耳的议论中，充斥着焦虑的迷茫。

"怎么办？为了备案，钱都花掉了。"

"我们也是，现在这……天啊。"

金雪言一开始有些困惑，但她马上就明白了。

的确，为了备案，有一些平台做出了极大的调整。银行存管、律所审计，哪一样不需要钱？更不要说为了即将到来的合规检查，这半年多来，太多人壮士断腕，砍掉了原先可能属于擦边球的业务。再比如，像云微那样大额标的众多的，单是出清这一块，就要消耗大量的资金。所以很多人说"把钱花光了"，是再正常不过的事。

他们如此义无反顾，竭尽全力，是为什么？为了抓住第一批备案的红利。

互金平台，一直都没有一个真正界定"好"与"坏"的标准。出借人往往只能通过规模大小、股东背景、信息披露等几个方面来判断它们的质地。而在这个信息无法对等的环境下，这一切更接近一种口耳相传的口碑，并不能触及真实核心，出借人急需绝对可信的载体提供背书。

二〇一五年的新规推行了银行存管，当时就掀起了"存管至上"论，率先接入存管的平台受到了出借人极大的追捧。然而好景不长，当年便陆续发生了存管平台也爆雷的事件。公众这才醒悟，银行只是对资金的第一道流向进行把关，后续事务与其无涉，钱经过银行，并不能保证安全。

但是今年的备案不同，这是政府监管机构第一次正面对互金平台进行规范性的认证，拿到认证的公司，如同鲤鱼跳龙门，马上闪闪发光。而通过备案之后，再也不必担心资金端不足，这个光环足以吸引出借资金源源不断地涌入。

今天，备案中止的理由是全国工作量过大，无法在预计时间内完成。这点大家不是没有心理准备，但业内一向认为，备案会是个持续进行的过程。第一批备案平台数量可能不会太多，剩余的那些也不可能在一夜之间退出，应该会有第二批、第三批。但只有通过备案才能生存和发展，这是所有人的共识。

但是现在一切都重新充满了变数。

熬过这一阵，拿了备案就有好日子过了，这是很多全力冲击备案的平台的真实想法。他们不惜一切代价，消耗了自身的全部资源来实现这个目标，可是这个目标突然消失了。

目标消失了，迷茫、惶惑是正常的，但这些情绪不重要，重要的是如何活下去，在耗尽全部资源的情况下如何活下去。

金雪言不禁抬头扫视整个会场，气氛沉闷压抑，忧心忡忡的人却无法说出自己的困境，忽然她看到了一个人。

卢硕，不，她还是愿意称他为余天，正坐在远处，面无表情地盯着主席台。他回来之后，已经高调认领了旗下的几家互金平台，所以今天也出现在这里。

顺着她的目光，陪同她来的安小仙也看见了那人，只是沉默。

这场令人抑郁不已的会终于结束，金雪言和安小仙匆匆走在出会场的通道上时，又一次看到了他。

他站在她们的正面不远处，整个人像个巨大的阴影，只是沉默地看着她们。她们停下脚步，看见他的目光，在嘴上叼着的忽明忽暗的烟头火光中，显得野兽般凶狠。

金雪言从这种神情中清晰地意识到，他已经完了。

显而易见，他此次回归，目的是让手上的平台备案后再行出售。它们的底子肯定是有问题的，但他经过了极力包装，一定很有把握。如果他也为备案"花光了钱",那么无法备案的局面,他如何承受?

明明身旁还有旁人来来往往,双方却都感到时间仿佛静止。在这个节点上,他的眼中遗留下来的竟只有,怨恨。

最终,余天,或者说卢硕,把烟蒂往地上一扔,又踩上一脚之后,转身离去。

备案延期,并且是无限期拖延,这一事实正像投入水中的酵母,激出翻腾的水沫。

先是许多公司争先恐后寻求卖身,难以坚持的时候,大多数人想的是如何抽身,一时间小道消息满天飞。

然后,在不久之后的六月十日这天,唐朝平台爆雷,标志着这一拨雷潮的开始。

唐朝是一家规模庞大的平台,历史成交金额达到800亿,在那一天被发现回款停止,几个办公地点都人去楼空。

但唐朝的覆灭,在理性的投资者眼中并不奇怪。毕竟它一直以高返利而闻名,没有一种实体能够支撑那么高的收益,它只能是越滚越大的资金盘。由于信息披露的模糊,它在这轮备案中本来也不可能通过。

但它毕竟牵涉面广泛,一时之间,与它相似或者在资金上与它有来往的小平台也相继出事。当然,它们都是本身就有很大问题的公司。在之后的时间里,以每天三到五家的速度倒闭,这就是陆升明早就预言过的六月必然发生的雷潮。

虽然高返社群鬼哭狼嚎,但理智的投资者受到的影响较小。而在避险情绪的驱使下,大部分人宁可放弃一部分收益,转而求稳。如梦信一般的头部平台,资金流入反而上升,由于借款端的有限,还出现了一标难求的局面。

这种情况在预料之内。就算暂时不备案,梦信仍按原来的步调健康运营。本质上说,那些需要消耗大量资源去"强行"备案的平台,只能说它们原本的业务就不合规,强扭过来,难免大伤元气。对梦信来说,合规备案只是顺势而为,如果云微在线不出新问题的话。

车贷的事,由梦信这边负责垫付,暂时压了下去。然而,还款状况一直良好的企业标部分,陆续出现了较大规模的逾期。

云微的贷后催收,梦信本部已经收过来做了。在走访了数家逾期企业之后,贷后管理部的主任吴然向金雪言汇报说:"金总,他们不愿意向我们还款主要有两个原因。一是他们优先还了安然理财的款项,安然理财本来是答应还款后马上再给予续借的——就算是超额的借款,他们也承诺通过拆分的形式出借。但是,他们还了之后，从安然那边就借不出来了，这样他们短期内确实没有钱可以还我们。"

大多数借款人，不管是企业还是个人，可能向不止一家平台借款以便周转。其中一个环节出现问题，另外的方面就会受到波及。

"还有一个原因呢？"金雪言问。

"还有就是，很多人在传，在这个大环境下，云微要死了，有部分借款人想拖死云微。"

"云微就算死了，他们的钱一分也别想少还。"

话是这么说，但平台只是信息的中介方，每一份合同都是借款人与出借人签订的。可是平台一旦倒闭，想要逃废债的借款人，难免会越来越多，出借人毕竟是分散的弱势群体。

而云微不能死，云微的存亡，作为控股股东的梦信负有不可避免的责任。

"知道了，我会和第三方担保谈一谈，这段时间辛苦你们了。"金雪言最后说。

吴然离开办公室，金雪言在窗前沉思。安小仙走上前，收拾着桌上散乱的文件。过了一会儿，她只听金雪言说："余天从一开始就计算好了，云微的还款期，安然的还款期，都由他一手安排妥当。还记得四年前的康瑞医疗吗？你的尽调没问题，对方的资质也没问题，但只要有人心存歹意，所有的东西都可以成为置人于死地的武器。"

安小仙痛苦地捂住眼睛："为什么，他为什么要这样？"

"他恨我们，至少，他恨我。"金雪言的声音冷冽如冰，"现在，他已经把云微这样一个定时炸弹扔到了我们的身边。我们除了一战，又能怎么办呢？"

不管是什么样的困局，身在其中的人，都只能去全力抗争。

云微在线确实和两家第三方担保公司合作，在逾期发生后能得到一些赔付。但当前的金额太大了，担保公司也无力承担。要赔付可以，追加保证金，而保证金的比例也是一个惊人的数字。

简而言之，只有梦信这边源源不断地进行输血，云微才不会倒下。

事实上梦信当前也只能这么做，以保证云微对出借人的正常回款。在这个风声鹤唳的节点上，云微出了任何问题，梦信都难逃干系，只能先撑下去。

梦信的资金流非常紧张，略微抬高的交易量所产生的服务费只能维持自身日常运转，而现金储备几乎被云微吸干了。但梦信本身的资产是健康的，只要交易在不断产生，有充足的资金接受前面的人转出的债权，出借资金就可以正常退出，它可以像一台被水流不断冲刷的水车一样持久运行。

虽然艰难，但仍从容。

而行业的清洗仍在继续，在唐朝之后，又有数个颇具体量的平台爆雷，引起了一些关注。有生怕无事的媒体打出《半月不到，网贷业蒸发2000亿》这种耸人听闻的标题。实际上这是夸大其词了，只是为博眼球，他们有意计算了历史交易量，如交易额为800亿的唐朝，实际待收也不到50亿。不过虽然如此，这个领域内，不管是用户还是从业者，人人自危的情绪确实还在蔓延。

但互金业的这种动荡，在宏观经济的海洋中只是一圈小小的涟漪，不值一提。大多中国人在涉及投资理财时，关注的也多是股市、楼市，更不要说遍布各行各业的众多企业，都在自己的领域内谋求利益。

茂林集团的"光点计划"仍在推进，无奈作为重要的参与方，摩飞AI的幺蛾子非常多。

在他们要求收购梦信股权，茂林方面表示同意之后，他们又拒绝了这种形式的交换。继而他们提出在每个工厂的感应线上，投放多一倍的传感器，以便使整个系统的信息更加精确，追踪到的数据可以辅助AI做出更加深入细致的决策。

据说这是美国方面推进的一项新的尝试，传感器是人工智能的眼耳口鼻，越来越精细化的信息传递，必然是未来的发展方向，那么不如一步到位。

"我们初步评估，摩飞提出的这个方案，确实能够保证我们在世界范围内领先。"

"就算预算增加30%多，也很值得。毕竟硬件要是在后期升级，成本更高。"

茂林的技术团队很快也拿出了一个结论，送到了林少煜的面前。

看来追加这项投入，势在必行。只不过，额外增加的这笔预算，将在项目前期就投入，哪怕对于茂林集团的资金链，也是不小的考验。

茂林持有的地产类资产已经不能再紧缩，制造业那一线，简单地说，就是不赚钱。"光点计划"会是制造业实现盈利的重要突破口，投入多少都值得。

茂林的股权质押率已经较高，不过，再进行一部分质押和拆借，来应付过一期投入，下半年有几个重要楼盘开售，也就周转过来了。

似乎没有什么可犹豫了，但他心里还是有些不踏实。林少煜随意翻了一下电脑页面，互金业动荡的新闻层出不穷，难道这是他不安的来源吗？

不应该是，归根结底，这个行业的一切波动，都应该和茂林无关。

当前来看，梦信不一定会受到实质性影响。只是他的直觉是，冰面下有暗潮汹涌……

他决定找一下贺知微，一样也出于直觉。

他先让小瑞给贺知微的办公室先打了个电话，却得知她已经两天没有上班。

他略感意外，想了想，终于自己拨打了她的手机。

"咦，怎么想起给我打电话？"贺知微的声音，听起来很开心。

"有空一起吃个饭吗？"

"今晚？"贺知微犹豫了一下，然后说，"抱歉，我非常忙，今晚实在出不来。"

林少煜确实听到她那端许多人忙碌的声音，他不知她在做什么，却也只说了句"没事"就要挂了电话。这时候他听见贺知微那边旁人零落的句子："银元宝的数据……"

放下电话，略一思索，林少煜忽然醒悟。

银元宝，卢硕持股的平台。

有一个他一直想要知道的问题，茂林对"光点计划"追加投入，摩飞AI同样也要追加资金。他们的资金从摩飞资本来，还是从……国内银行来？

他忽然生出一股冲动，站起身来，对小瑞说："走吧，去摩飞数控中心。"

摩飞数控中心大厅，紧张而忙碌。

之前被所有互金平台渴望的风控服务就源自这里，这里的数据也会直接对接摩飞AI的研发中心，协助他们进行AI升级。

此刻，满墙的数十个屏幕上，闪烁着十四家不同平台的信贷数据和资金流入流出情况，贺知微在大厅中央专注地审视着。

门口忽然传来一点争执："不，林先生您不能进去……"

贺知微霍然回头，只见林少煜已经就那么无视所有阻拦，一步步走了进来。

她心中一紧，不过马上恢复坦然自若。

林少煜停在大厅中央，环顾着四壁闪烁不停的大屏，上面果然分布着卢硕那十几家平台的名称。他的猜测得到了证实，他缓缓笑道："干得漂亮，拿到卢硕那些平台的数据，就可以顺利完成AI升级了，是吗？"

贺知微说："看来你知道得很清楚。"

"贺知微，你知不知道你在做什么？你知不知道你在和什么样的人合作？"林少煜忽然喝道。

大厅里忙碌的人们都停下来，有些惧怕地望着突然闯入且被激怒的男人。贺知微没有回答，只简单道："走吧，出去说。"

她带他到了她在数控中心内的专属休息室内。停下脚步，贺知微站定，回头看着林少煜："少煜，你已经看清楚了，我也不用瞒你。我们拿了卢硕的数据，为了我们的风控AI升级，你有什么要说的？"

林少煜此刻已经没有了之前的激烈情绪，恢复了惯常的冷静。他看着贺知微："卢硕是这个行业的毒瘤，你不会不知道。"

他能查到的事，贺知微不可能不清楚，但她只是点头说："是，他经手过或者说制造过许多假标自融的平台。那又怎么样呢？为了备案，眼前的这十多家，卢硕把它们包装得很完美，现在它们的信贷数据基本是真实的。我需要，便拿来用了，有什么问题？"

"恐怕不只是用了数据吧？"林少煜冷冷道，"你们摩飞还给它们注入了资金。"

"对，你说得没错。"贺知微满不在乎地说，"卢硕没有钱了，为了让这些台子活着，能够向我们提供数据，我们投了点钱，维持它们的资金链。相比升级成功的收益，这不算什么。"

"你这是助纣为虐。"林少煜上前一步，抓住她的肩膀，"它们本来要死了，卢硕已经支撑不下去。它们多活一天，就会有多一批的出借人踏进这个泥潭，你明不明白！"

"可摩飞不也用自己的资金填补了一部分回款的缺口吗？而且和卢硕这种渣滓合作，是我愿意的吗？"贺知微挣开他的手，尖声道，"是金雪言！如果不是金雪言切断了数据，我需要低声下气地去找卢硕那样的人吗？林少煜，我不知道在梦信攻击摩飞这件事里茂林到底扮演什么样的角色。我不想深究，也不希望和你反目成仇。所以，现在别指责我了，离开这儿吧！"

林少煜退后一步，凝视着面前激愤的女人，她确实不是他记忆中那个小女孩了。他虽有预料，却仍有一丝惆怅。

他平静地说："那么告诉我，你给了卢硕什么？"

卢硕愿意把这些平台的内部系统，甚至包括还款资金的调配，完全开放给摩飞，必有所图。

这个问题让气急败坏的贺知微突然笑了起来。

一下子，她对自己刚刚的失态感到有些恼恨。她轻咳了一声，收拾自己的心情，拉了拉裙子在沙发上坐了下来。

"让他的平台都能活着，不要死，这还不够吗？"她淡淡地道。

"摩飞投入的资金既然用于保证回款，卢硕一分钱也拿不到。"林少煜在她面前俯下身，重复道，"所以，你还给了他什么？"

男人的眼神幽深，让贺知微感到极大的压力，但有时候她喜欢这种能给她带来挑战的压力感。她绽开一个微笑："你知道卢硕在听说备案无法进行，自己即将一无所有后，说了什么吗？"

"什么？"

"他说，毁了梦信。"

林少煜直起身来，居高临下冷冷看着她。

"你想知道我是怎么回答的吗？"贺知微却以一种不以为意的语气继续淡然地说着，"我当时想了想说，我没有兴趣做这种事情，除非有时候顺手而为，也就罢了。"

她回忆着当时与卢硕的对话。卢硕说："我把云微在线塞给了她，我毁了车贷资产，我卡住了企业贷还款，这一切都让梦信步步下沉。可是这个拼图还差一块，就是茂林集团，那个男人总会救她的，这可太没意思了。现在，如果你能拖住茂林，我会让梦信死无葬身之地。"

这些话她没有对林少煜说出来，但他显然已经洞明，因为他问："你说的顺手，就是为'光点计划'追加投资吗？"

"随便你怎么想，少煜。"贺知微重新站了起来，"别高看了梦信，它还左右不了这个层面上的决定。追加投资的事，你的团队一定也有论断，是否值得，不需要我多说。如果你不想追加，这笔钱摩飞来投入也可以，但茂林就不会是这个项目的主导。一切，你可以自由决定。其他的事情，真的不是我有兴致考虑的。"

"但如果客观上，能拖住我，满足卢硕的诉求，你也不会反对，是吗？"

"那又怎样？"

林少煜朝她逼近一步，轻声道："微微，我劝你不要挑战我的底线，如果你不想让你自己的人生毁掉的话。"

他的声音近乎轻柔，甚至带着微笑，可是眼底的凶狠，却是贺知微前所未见的。她声音颤抖："你威胁我？"

林少煜忽然对她产生怜悯，这姑娘对自己的人生一无所知。他不屑地笑了一下，转身打算离开。

"林少煜，别一副正义凛然的样子！"贺知微再次被激怒了。他质问也好，威胁也罢，她都无所谓，但她不能忍受他的轻蔑。她脱口道："你自己对茂林做了什么？六年前那个海外的项目，你以为失败了、结束了，就能当它不存在吗？"

林少煜猛地回身，盯着她："你知道些什么？"

贺知微意识到自己有些冲动，但是她并不后悔。林少煜的反应令她满意，她挨近了他，同样轻声道："那个项目在国内可以遮掩过去，可是巨额的亏损呢？全国楼市鲜花着锦，你接手之后茂林集团却几乎没有盈利，钱呢？你以为打着投入技术研发的幌子就可以瞒天过海？你以为转型投身制造业就可以解释所有事情？要不要查查集团的账面，看你们的股东会是什么表情？"

　　林少煜低声道："这就是你想要说的？"

　　"当然，这只是'猜测'。"贺知微继续微笑着，"可是你不会忘了你自己回到国内接手一切，就是为了给这个烂摊子善后吧？你以为你做了什么真的没有人知道吗？你父亲不该碰那么危险的生意，可惜。"

　　林少煜一时沉默。

　　"你们林氏的事，不管是我还是摩飞，都不在乎。"贺知微放缓语气，"我们回到中国，不是来惹事的。但是林少煜，别因为感情用事，让事情无可挽回。"

　　林少煜缓缓说："微微，以后你会知道，洞悉世事没有那么容易。"

　　离开摩飞数控中心，夜色已深。

　　林少煜让小瑞和阿普先走，自己打了个车，跟司机报了梦信大厦的地址。

　　逼仄的出租车上，充满烟草的味道。当这种不适感刺激了他的神经，他才发现自己全身都在微微颤抖。

　　他不知道自己为什么要到梦信去，明明一切与金雪言无关。可是当内心冰封的海面裂开一道缝隙，汹涌而出的竟然是想要看见她的欲望。

　　或许，这种欲望和那种如临深渊的恐惧，正是他平日里压抑最深的两种情绪。他小心克制，几乎不让自己觉察到它们的存在，却在这个夜晚，心口的防线突然决堤。

　　不是因为贺知微的威胁，实际上，她的猜测南辕北辙。

　　车窗外吹进冷风，让他的脑子清醒了些。

　　是的，贺知微知道那件事，这不奇怪。毕竟当年的事发生在海外，贺望洲有所觉察也在所难免。所以父亲才对他说了"要小心"。但国内的事，贺知微判断错误，形成不了对他的威胁。

　　他没有什么可担心的。

　　然而贺知微还是提醒了他，没有尽头的深渊，就在眼前。

　　一个一直隐藏在黑暗里的人，假装忘记那个深渊，也可以每日笑以待人，无懈可击。

可是他也会有支撑不了的时候，不管多么短暂，都想要一个能使自己平静的港湾。

到了梦信大厦的外面，下车，他却裹足不前。他近乎焦渴地徘徊着、张望着。没多久，他真的看见金雪言走了出来。

她穿着黑色长裙，在风中步履匆匆，却依旧美丽飘逸。隔着人群，她没有发现他，向另一个方向走去。

他以为自己可以，可以走上前去拥抱她、亲吻她，他也许再也不能忍受，要向她诉说自己的心。然而另一个更加清晰的事实是，他来到这里，压根没想让她看见自己。

他以为自己有一瞬间失去了理智，然而其实从来没有，他甚至知道自己的车太惹眼而选择了打车。

他不敢，不能，不可以走到她的面前去，这一刻，他卑微得不像林少煜。

终于他看着她一点点远离，只觉得一颗心渐渐沉寂，瞬间的冲动过去。对他来说，短暂的放纵已经结束了。

他在路边疲惫地坐下，不知过了多久，下起了小雨。

他初时没察觉，直到一把伞遮在了他头顶上。

他抬头，是小瑞。

"林先生，回去吧。"

林少煜放了他下班，他还是感觉到了他的异样，不放心地跟了过来。

不管在这个夜晚之前，还是之后，小瑞都没有见过他这个样子。微雨之下，他像一个失去了戏服的人偶，在无人可见处露出真实而脆弱的躯壳。只有那夜，只有那短暂的一刻，只有他知道他也曾彷徨。

小瑞的出现，让林少煜很快地拾回了自己的从容和冷静，他站起身来。

"最近，如果有人暗中想探查茂林集团的账目，放开信息，让他们查。"他微哑的声音落在沙沙雨水中，像是吩咐，又仿佛是自语。

小瑞不免失惊："出什么事了吗？"

"没有。"林少煜唇边浮现一丝冰冷的笑意，"我相信，在国内，摩飞想正经做生意。想要兴风作浪的人，只有一个卢硕而已。"

这时候，他已经恢复了正常，快步走着，问小瑞："我们的钱包里还有多少钱？"

小瑞没回答，他知道他听见了，只是装着没听见。林少煜有点无奈地笑笑，也没再追问，而是转而道："接着查卢硕这个人，他一定还有一些东西是我们没挖出来的。"

小瑞沉默了一下才问："为什么？"

"在失去一切之后，卢硕没有离开这座城市。他留在这里，绝不仅仅是因为想看到梦信覆灭。"林少煜说道，"他还有其他想要得到的东西。"

时间在日复一日地流逝，近一个月过去，雷潮一时没有平息的样子。有直接跑路被立案调查的，有宣布清盘但实际上根本不予兑付的，有强制使用不等价实物来抵现的……平台的爆雷形式不一而足。而还活着的人，也各自在用不同的方式挣扎求生。

行业状况不太好，整体资金不断流出，梦信的成交额慢慢也受到了一些影响。最明显的一个变化是，梦信的债权转让速度也变慢了。原本到期当天就可以匹配到承接资金的退出标的，现在可能需要花费一到两天时间。好在出借人了解这种运作机制，也都很理解。

金雪言常常被金融办召去开会。因为当前的非常态势，监管层很重视，密切关注他们这些有影响力的大型平台，稳定军心。有的会规格还特别高，只让一把手参加。这天这个会又是这样，安小仙送金雪言去了会场之后，估摸着会议得三四个小时才能结束，就一个人出来了。

她开着玛莎拉蒂漫无目的地兜风，最近公司太压抑了，每个人都心事重重的样子。为了士气，她每天都表现得元气满满，可是谁又知道她也常常被苦涩和疲倦淹没。

她开了一阵，停在了一个不算新的社区门口。她无意识地抬头看了看，发现这是自己住过的小区。

对她来说，这里简直是个不祥之地。她和余天在此同居，余天变身诈骗犯推她进深渊；她在这里有个室友叫欧娜娜，后来她跳楼而死。他们都是为了钱。

她不想在这里待着，回过神就想离开。突然，有人敲窗。

她摇下窗看见两个吊儿郎当的男人，其中一个对另一个说："哟，这不是在机场缠着老大的那个美女吗？"

安小仙得心一跳，不理会，就要点火，听见旁边传来一个声音："干什么？赶紧滚！"

那两个男人缩了缩头退开，后来声音的主人出现在她的车窗外。安小仙看了他一眼，男人的面容和她记忆中一样，但又全然不一样了。

她点了火想要离开，对方却把手按在车窗上，说："不一起喝一杯吗？"

安小仙说："你为什么会在这里？"

卢硕咧嘴一笑："住在这儿啊，上去坐坐吧。"

安小仙知道自己不该答应，她不该和眼前这个人产生一丝一毫的关系，然而她心头有一种难以抑制的冲动。她想，在这个局面下，她应该做点什么，又或者，她和他之间也需要一个了结。

她犹豫了好几秒，下车。

卢硕带着她进了电梯，之前的两个人是他的保镖或者随从，早被他打发走了。她越跟着他走，周围就越熟悉，最后安小仙与他一起站在他们曾经租住的那个单元前。

卢硕打开门，安小仙随他走了进去。屋子里的陈设毕竟和她搬走的时候不一样了，地板上铺着昂贵的地毯，客厅里是美式的真皮沙发，顶上是欧式吊灯，一切都是他一贯喜欢的不伦不类的土豪风。

"为什么要住在这里？"她盯着他问。

"啊？哦，这里便宜啊，性价比高。你看，我把整层都租下来了，给那些小弟们住，哪一间住烦了，我就换一间。"男人随口胡扯着。

安小仙无言以对。

她在沙发上坐下来。片刻之后，卢硕拿着一瓶葡萄酒和两个杯子过来，倒了一杯放在她的面前。安小仙警惕地看着他，他笑道："看什么？没下药，放心吧。"

他也不管她喝是不喝，拿起自己的一杯和她的杯子碰了碰，就一饮而尽。

"这些年，过得好吗？"他问。

安小仙只觉得一股血涌上头顶，她冷冷地说："本来很好，你出现了就不好了。"

卢硕突然伸手夺过她的包，安小仙一惊："干什么？"

卢硕把她的包藏在身后，笑嘻嘻地说："怕录音，包和手机先放我这儿。"

"不行！包还我！我要走了！"安小仙急着要把包抢回来。

卢硕伸出另一只胳膊环住她的腰，把她搂进怀里。安小仙气坏了，拼命挣扎。卢硕见势，倒也不强求，只是挑逗地在她左耳根处呵了口气。然后他就放开了她，任她惊恐地捂着耳朵缩到了对面的沙发上。

他知道她那里是敏感部位，此刻她整张脸都红了："余天，你、你……"

"我什么？扭扭捏捏的，你不是来和我叙旧的吗？"卢硕忽然一副索然无味的样子，靠着沙发，有点嫌弃地上下打量了她几眼，"安小仙，我说你啊，怎么还是穿这种没牌子的衣服？过去没钱舍不得买，现在你持有梦信那点股权，怎么说身价也有上亿了吧？还穿地摊货？"

他教训起她来，一向痛心疾首、义正词严。可是安小仙突然醒了，她猛地想起，五年的时光过去了，再怎么模拟着曾经，也不过是个笑话。

她坐直身体，让自己冷静下来，她说："真的那么恨梦信吗？"

卢硕不屑地笑笑。

"你到底是一个人还是禽兽？"她的声音里是一种恨到极致的平静，"余天，你抛下了我们，抛下了我，只给梦信留下500万的债务，把我推到了悬崖边上。如果不是金雪言，我早已经死了！可是到了今天，你居然还……"

"是吗？"他突然抬头，冷冷打断她。

安小仙被那种眼神慑住了，她不知该怎样形容。然而，那种眼神只是一闪而逝。眼前男人的眼中，转瞬又只剩下满不在乎的冷漠。

"当时，我妈要换肾，刚好在黑市找到了合适的肾源。"他沉默了一会儿开口说，"你是我的女人，但你什么都不知道吧？你知道了又有什么用呢？到了那时候，我知道梦信完蛋了。早一步走人，我还可以救我妈，所以我卷了那一百多万。"

安小仙恨恨地瞪着他，他点了一支烟："我想啊，我留下来也没什么用，平台挂了，无非是多搭上一个人而已。可是安小仙，我每天晚上都梦见你，我梦见你掉到河里冲我又哭又叫。那些日子，我每一天都刷着梦信的网站。终于有一天，网站和APP都打不开了，我知道梦信雷掉了。直到那一刻，我才知道我有多后悔。我想，梦信死了，安小仙也要完了，怎么会这样？我做了什么？我受不了了。我想挽回一切，于是在安排好了我妈的手术之后，我就出去找钱了。"

他深吸了一口烟，摇头笑笑："别问我怎么找的，你想象不了。我知道以梦信的回款情况，救你至少得有500万。赌、骗、抢、地下钱庄、黑帮赌场……和那些人打交道，只要你够狠，就有搞到钱的机会。你看。"他向她伸出一只手晃了晃，安小仙这才注意到，他的小指和无名指都缺了一节，然后他指着自己左眉上的疤痕，"喏，还有这个，这只眼睛也基本废了，看不出来吧？"

安小仙震惊地看着他："你……"

"我凑了五百多万，然后我回来了。"卢硕缩回手，继续着那种淡淡的语气，"我想的是，有500万应付过第一个月，警察看你有钱，就会把你放出来筹钱还债。后面我们还有一些真实的还款，可以一起想办法。我一天都不想耽搁，于是一个月以后，我带着500万回来了。我想你会恨我，但你一定会原谅我的，可是我看到了什么？"

他的语气终于趋于冰冷："我看到了你陪着金雪言在给你们的新员工面试。"

他闭上了眼睛，似乎仍然因为回忆自己人生中的那一时刻而感到痛苦："我在外面，看见总裁办公室里，你和金雪言光鲜亮丽。她坐在我的位置上，一脸春风得意。然后我看到玻璃门上的反光，映出我自己的倒影，叠加在你们的身影上。我眼睛上、手上，包着带血的纱布，蓬头垢面，穿着一身肮脏的破烂。是，金雪言是个女王，而我是个浑蛋，是个乞丐。我被魔住了，我站在你们门外止不住地发抖。"

然后他平静了一些："有一个保安还是什么人问我是干吗的，我才好像醒了过来。我转身就跑，我当时的唯一念头就是逃。我害怕极了，我不知道我在害怕什么，可我就是受不了，受不了！那些黑社会追杀的时候，老子都没跑得这么快过。我只知道不能让你们看见我，不能！"

"余天……其实你不必那样……"安小仙哭了。

他恨恨地把烟蒂往烟灰缸里一摁，然后突然又笑了："很快我就知道，你把梦信转给了金雪言，它属于她了。当然，我立马识趣地滚蛋了。我回去的时候，我妈已经死了，因为肾移植后的排异反应，我没赶上见她最后一面。有一阵子我觉得我已经一无所有了，不过我很快就想起来，我还有500万啊。多好，500万够干很多事情，足够拉起一个台子。梦信虽然没了，可我余天一定还会赢。"

他的叙述接近尾声："后来偶然我在泰国遇见了赵景昆，哈哈，他好像比我还恨金雪言。他给了我点钱，我就更容易施展拳脚。当然，到我们一拍两散的时候他也没亏，我还让他赚了不少呢。"

房间里陷入了沉默，偶尔只有安小仙抽泣的声音，卢硕只自顾自地喝着酒。好久，他听见安小仙说："所以，为了这些，你就一定要害死梦信吗？金雪言她没有做错什么……"

"我不在乎是谁的错！"然而卢硕突然暴怒，站起来，抓起酒杯狠狠往地上砸去，"我要梦信死，我是要让金雪言明白，这个行业里谁的玩法才是对的！这行业，就是吸金的机器，就是只要给钱就能上的婊子！她立什么贞节牌坊？她凭什么？凭什么我们在黑暗的旋涡里挣扎，她在云端上当她的白莲花？难道只凭她勾搭上林少煜吗？那我就要让她知道，梦信会死，林少煜也救不了她！"

"可是不是这样的！梦信的一切靠的是所有人砥砺前行……"

"闭嘴！"卢硕冷冷喝道，"我不想说服你，你也不用给我洗脑。安小仙，你回去告诉金雪言，我们之间只能你死我活。"

"可你现在已经输了，不是吗？"安小仙的声音沉静下来，"没有了备案，你什么都没有了。"

卢硕坐了下来，重新变得平心静气。过了一会儿，他才又笑了笑说："安小仙，有时候我会想，如果没有金雪言，我带着那500万，是不是能把你救出来，我们之间是不是能有一个不一样的结局。"他深吸了口气，"可惜人生没有如果。"

安小仙抓起桌上的酒一饮而尽。

这一天的会议结束之后，金雪言没有见到来接自己的安小仙。

就算她中途离开，会议结束时她也一定会准时出现的。但她打安小仙的电话，没人接。

很快一个不知名的电话打进来，那头一个声音，熟悉又陌生，对她说道："安小仙在我这里，她喝醉了，来接她吧。"

"余天？"金雪言一愣，"你对她做了什么？"

"没什么，放心吧。"男人轻声笑着，"我在原来的住处。"

他挂了电话。

金雪言知道他租住在原来那个房子里，他一到，她就查过他的住处，只不过她没告诉安小仙。

她抬头看向黄昏的街市，莫名地百感交集。

发现安小仙喝醉了的时候，卢硕感到一阵头大。

他知道她酒量不太好，但没想到她轻易就倒了。还好她不发酒疯，就趴在桌上睡得香甜。

他想了想，只好把她抱到房间里的床上去。几年过去，她倒没胖，搂在怀里的重量感还和过去一样。

他把她在床上放好，默默地看了她一会儿。

听话、贤惠的姑娘，他妈妈喜欢，他也觉得没什么不好，那时他也想过带她回家。

可现在他对她没兴趣了，不管哪个方面都是。他不爱她，也不恨她，他只恨金雪言。

他给她掖好毯子，起身回了客厅。

他拿出手机，按了一串号码，却没有立刻拨出。他看着屏幕，伸出自己残缺的小指，轻轻摩挲着那个号码。

金雪言的号码，多年来一直没有变，他回来之后确认过。这个号码，他第一次看到是在求职简历上，当时他没记住，然而倏忽这么多年，它却像刻进他的心间，再也无法抹去。

他给金雪言打了电话，告诉她安小仙在这里，金雪言很紧张。

然后他吸了两支烟，烟雾中，他什么也没有想。一步步，一年年，有太多的事根本无法去想，他只能沿着自己的路走下去。

他抽完了烟，回到卧室里，看见安小仙已经起来了，在快速地翻着床头柜的抽屉。觉察到他进来了，她受到惊吓似的缩回手。

卢硕一愣，然后他就明白了："装醉？可以啊。"

安小仙咬唇看着他。

"这是想找什么？我的犯罪证据？我搞假标台子的资料？还是我是余天的证明？"他冷笑着问。

"你还有什么针对梦信的东西？"安小仙直视他的眼睛。

梦信现在远未到决定生死存亡的时候，以他的态度和个性，他不会就此罢手。

"看来你跟我上楼来，一开始打的就是这个主意？"他靠在门边，像闲聊似的，"跟了金雪言这么多年，心机见长啊，找到有用的东西了吗？"

安小仙不说话，他忽然感到一种深深的倦怠，在他告诉她那样的往事之后，她仍旧想要对他插上一刀。他并不生气，只觉得无趣，于是他平静地说："滚吧。"

但他还是跟着安小仙下了楼，他看见金雪言已经急匆匆地赶来了，安小仙向她飞跑过去。金雪言揽住她，低声询问着什么。他看见金雪言身后站着两三个男人，不知是保镖还是什么。他知道她提防着自己，没有孤身前来。她不知道，他无意进行什么人身伤害，只想看她的理想死去。

确认安小仙没事，金雪言看了他一眼，准备离去。

他却踏上一步，来到她的面前。

"金雪言，梦信活不了多久了。"他说，"只要茂林签下'光点计划'的协议，开始推进项目，你就会失去最后一根保险绳，等着你的最后一战吧。"

不管金雪言有什么反应，他转身离去。告诉她这个事实，他觉得无所谓，若是她因此去求林少煜，他也不在乎，那就说明她已经认输。他期待着这个结果，他也期待着她的绝望和挣扎。总之，他只想赢。

"所以，你不记得我是怎么交代你的吗？"驾驶座上的金雪言，冷冰冰地说。

副驾驶座上的安小仙，只好低着头："我记得，但是……"

"那就是故意不听我的了？"

"也不是……"安小仙又要哭了，但强力忍住。

金雪言又看了她一眼，眼神终于缓和下来："真的没问题吗？他真的没做什么？"

安小仙摇了摇头。

"他对你说了什么？"

安小仙看向窗外："没什么。"

金雪言停了停，不想显得唠叨，但又没忍住："小仙，我希望你能谨慎行事，保护好自己，不要做一些无意义的事情。你说你进他的门是想找证据？他能让你找到什么？"

她说着，还带着火气，准备发动车子，然而安小仙怯生生的声音响起："我找到了这个。"

她把一个小物件交给金雪言，金雪言接过一看，是一个汽车钥匙上常见的配套皮圈。她翻了一下，皮圈上印着"财富家"的名称和标志。

金雪言忽然下意识地收紧了手指。

财富家，是业内一家有着特殊意义和超然地位的平台。

它是业内最大的第三方评级网站财富之家旗下的平台，财富之家每个月会以严格的多项打分，评出当前最好的前一百名平台榜单，人人以上此榜单为荣。

行业中很多人都在试图做一套评价互金平台的量化体系，在普通出借人能接触到的范围内，财富之家无疑是做得最好的那个，有些从业者和研究者也会将其当作参考。不但如此，作为一家互金门户网站，它的信息专业、迅速、准确，在广大投资者心中有着不可替代的地位。

财富家，由财富之家的创始团队创立。依赖财富之家完善的信息评估体系，它有一套属于自己的独特风控系统，很受赞誉，梦信都学习和研究过。

财富家上线三年，十分低调。为避嫌，财富之家的榜单上从不把它统计在内。即使如此，在许多出借人心目中，它比许多上了榜单的平台地位还要高得多。几个月前，它更是获得上市公司山伟股份总额数亿元的B轮融资，被山伟股份控股，背景更添成色。

在这轮雷潮中，它如梦信一类的高端平台一般，成为许多想要避险的出借人涌入的港湾。

只是一个车钥匙圈，再平常不过的东西。

金雪言把它握在手里，低声说："不，这说明不了什么的，真的。"

以茂林集团和摩飞AI为主要参与方的"光点计划"终于在这一天正式签约。这标志着计划的真正开启，智能制造业，一个宏伟的蓝图在等待他们的谱写。

项目由摩飞持有30%的份额，茂林持有70%，但注资上，茂林则承担了90%的体量。由于最后预算的追加，茂林集团和下属几个公司进行了一些股权质押的操作，资金到位，就可快速推进。

可见，茂林还是取得了摩飞的信任。

林少煜与贺知微的争执仿佛没有发生过，贺知微也没有出现在签约仪式上。签约结束，参加完之后的一些应酬，林少煜回到自己的办公室里。而小瑞也收到了一些消息，他犹豫了一会儿，知道林少煜很关心这件事，终于还是推门进来。

"关于卢硕，"他有些迟疑地说道，"我们查到，他实际控制的应该不止十四家平台，而是十五家。但这件事情暂时还确认不了。而且最后一家具体是什么，我们也还没有查到什么线索。"

"隐藏得很深的另外一家平台吗？"林少煜若有所思地说，"和那十四家会有本质上的不同。"

他的电话响了，小瑞瞥见来电人是金雪言。

林少煜接了电话，听见金雪言开门见山地说："少煜，再查一查财富家和卢硕的关系。"

林少煜也不多问，只说："好。"

放下电话，他对小瑞说："从财富家开始查，既然从卢硕那一端查不到，就从平台那端入手。"

有一瞬间，吴炳瑞觉得，自己真的应该相信这世界上有宿命这种东西存在。当然，他只有半秒钟的恍惚，然后点点头，匆匆离开了办公室。

有了具体的目标，查起来就容易得多了。仅仅两天后，小瑞就把财富家真实的股权关系图摆到了林少煜的桌面上，那是一张蛛网般的图谱。财富之家，早已把财富家脱手。经过中间多个自然人和企业的多重股权相互渗透，卢硕和山伟股份这两个看似毫无关联的个体被联系到了一起。本质上，山伟代持了卢硕的股权，只不过极其隐蔽，卢硕是当前财富家的实控人。

"据说，山伟的老板乔力霖欠卢硕手下台子的钱，数目不小。为了抹掉这笔账，他不得不替卢硕站到前台来，用自己的背景给财富家增信。"小瑞面无表情地说着。

当林少煜把这个信息告诉金雪言，静了一下，他听她在电话那端说道："财富家上线后一直低调平稳，业务扎实，并不盲目扩张，体量只算中等，但这几个月来，它的成交和待收急剧增加。目前公开数据是成交261亿，待收29亿，但从它那里获得借款却越来越难，这说明什么？"

"它已经变成卢硕的取款机。"

"是啊，这也是他用来对付梦信的最大武器。"金雪言似乎笑了笑，"可惜我们就算找到了它，却还是没法解决掉它。"

"因为它攻击的不止梦信，"林少煜低声说，"而是这整个行业。"

"卢硕把它作为最后的底牌。"金雪言冷冷地道，"如果整体备案态势良好，他可以留着财富家，甚至可能来日靠着它上岸。就算态势不好，它的吸金能力也会比他手上的其他平台强得多。就像现在这样，备案没有了，它也会是他最后的资金来源。少煜，我们应该怎么办呢？"

她问他怎么办，她很少这么问。可是他知道，她不是在询问，而只是希望从他这儿得到更多一点勇气，于是他只是说："戳破泡沫的时候，一定会很有快感吧。"

不能让财富家再这么在卢硕手上运营下去，每拖一天，就有更多的资金进入，更多的资金覆灭。而就算它留下去也没有什么意义，只要是泡沫，终究会破灭。

"也很痛苦的。"金雪言想了一下，静静说道，"有时候，我的手也会抖，可我们不得不那么做。"

"之后会发生什么，都想过了吗？还是想这么做吗？"

"没有。"金雪言在那头老老实实地说，"少煜，我真的不知道之后会发生什么，我也不能保证我真的不会后悔。可是在当下的每一个时间点上，我们都有一定要去做的事。只能去做，没有别的选择。"

他抬头看向窗外，轻轻笑着说："好，那就交给我吧。"

放下电话之后，他静静思考了一会儿，然后下了决心，重新拿起电话。一直在一旁默默看着他的小瑞突然上前一步，按住他的手："林先生！你想没想过这么做会有什么后果？"

林少煜抬头，看向自己的助手，笑道："你应该听见了，我也问了金雪言这个问题。"

"我没有听到她怎么说。"

"她说，有时候我们看上去可以选择，实际上却别无选择。"林少煜淡淡地说，"放手吧。"

小瑞离开办公室后，给方靖伟打了个电话。

"方总，我劝不住他。"

"当年我都劝不住他，何况你了。"方靖伟却是意料之内的语气，"小瑞，你知道那个人知道些什么吗？"

"不，我不知道他知道些什么。"

方靖伟说："正是因为我们不知道他知道些什么，所以他才更加可怕，不是吗？"

山伟股份的严正声明是在两天之后发布的。在那份后来被称为"甩锅范文"的声明中，山伟表示之前从未投资过财富家，财富家的股权全部来自对某个名叫卢硕的人的代持，平台的一应运营和其他事务都与山伟无关。

在两个小时之内，财富家现任CEO发文，称自己早被架空。自去年开始，所有资产端的发包，都来自山伟团队的指令，他们甚至没有权力去检查借款方的基本情况。

一片哗然。

这是夜里十二点的事，到了第二天，人们发现财富家的各个办公地点空无一人，甚至连电脑都已经搬空。

这一天是七月十三日。晚间，愤怒的出借人结伴报警。由于财富家名声在外，牵涉面广，对社会的影响力大，警方非常重视，次日便以集资诈骗给予立案，至此财富家宣告爆雷。

警方很快拘传了平台高管，包括仍旧持股5%的财富家的创始人，即财富之家的创始人黄福文。据他交代，他并不知晓山伟和卢硕的关系。但山伟在和他们谈的时候，谈的是对赌协议——必须在一年之内将财富家的待收从13亿做到30亿，才会付清全部的8亿股权金，在那之前，他们只支付了前期款1.5亿。为了达成这个目标，他们只能接受由山伟专门提供的一个团队来负责运作资产端。这个团队实际上当然归属于卢硕，后来他发觉不对，已经回天无力。

就这样，卢硕以手上的债权威胁利诱乔力霖，然后利用山伟上市公司的资质和声誉，瞒天过海，仅用1.5亿就把财富家这样一个标志性的平台收入囊中。

是他的手段太高明吗？不，只是人类的弱点太多。如果山伟的乔力霖没有授人以柄，就不会成为被利用的工具；如果黄福文不是预感互金业山雨欲来想要套现离场，却又贪图山伟较高的报价，轻信上市公司的信誉，事情也不会是现在这样。

警方控制了黄福文和相关高管，但财富家的真正实控人卢硕，已经不知去向。

几天后，山伟股份收到交易所问询函，问询相关事态。

山伟股份答问询函，自相矛盾之处比比皆是，继而被停牌接受调查。

而对乔力霖来说，这不能不说已经是最好的结果。有一些人，把他们和卢硕的来龙去脉都摸得很清楚，不止如此，他们还告诉了他一些卢硕方面的事情。他意识到，再和卢硕待在一条船上，早晚会死得很难看，趁还能跳船的时候，不如先跳为妙。

迫使他揭穿卢硕的力量，是什么来历，他不太清楚，他有点怀疑背后是茂林集团，但他不明白卢硕是怎么惹上茂林了，但就从这个角度说，他也不该和茂林对着干。当然是不是茂林，对他已经不重要，他还不如多想想，调查之后怎么少吃点罚款。

摩飞数控中心。

贺知微与孟伯平看着仍在跳动的平台数据，内心是一样的焦虑。

这些理论上归属于卢硕的平台，在卢硕畏罪潜逃后，就显得十分尴尬。他是把数据端口甩给了他们摩飞，一日日烧的也是摩飞的钱，可是……

"现在我们怎么办？"

"我们的投入已经太多，停不了了，微微。"孟伯平几乎是肃然地说，"现在放弃，你不会甘心。"

"但是卢硕已经跑了，如果有一天爆料出来，他的这些平台曾经由我们掌握……"

"那又怎样？我们一直进行的是资金输送，没有拿过它们一分钱。"孟伯平转过身来，"你不会没考虑过现在这个境况，我们还没撤出，卢硕就逃之夭夭。你一定设想过，你会怎么做。"

贺知微深吸一口气："是的，我会坚持下去。"

"很好，技术部说过，只差十五到二十天的数据量，那么，坚持下去吧。"孟伯平转身离开了这个大厅。

财富家的覆灭像是一场巨大的风暴，几乎摧毁了本就风雨飘摇的互金生态圈。

它在前期有一些真实债权，现在还剩下多少，需要漫长的清算。蒸发的金额应该没有29亿那么多，但数字不重要。财富家的消亡，打击的是所有投资者的行业信心。

"财富家也能挂？别开玩笑了。"

"肯定是造谣，我在财富家有25万呢，别咒我。"

"财富家要是都挂了，那财富之家榜单上那些，还不全得玩完啊。"

事件刚发生的时候，完全不相信的人太多了。直到警方出了公告，人们才意识到伊甸园已经分崩离析。与此前数量众多的爆雷平台不同，财富家如同这个行业的一个精神象征。这也意味着，雷潮从行业的中下层，开始往上层蔓延。

当避险的港湾也被冲垮，人们惊慌失措，只能疯狂出逃。

行业资金开始以一种惊人的速度流出，如果说此前的资金只是像水流沿着管道外流，那么现在堤坝已经决口。人们无法再对任何一个平台存有信任感，因为资质看上去再好，谁又知它会不会和财富家有相同的下场？到期资金疯狂取现，投资行为几乎不再产生，整个行业面对的是相同的困境。更多的平台，不论大小优劣，都倒在这种踩踏之下。

平和时期熙熙攘攘的羊毛群，会帮助缺钱的平台通过高返利吸引资金。然而就在这短短的时间内，连返利社群都成片地消失，它们或解散，或成为一片片荒地。终于在瘟疫般的恐惧中，任何收益都变得毫无意义。

财富之家网站还在运营，但原本在人们心中指南针一样的榜单已成了一个笑话。数据？研究报告？每个帖子下面都有无数愤怒的投资者在哭号、谩骂。数以万计的家庭和个人，经历着这场浩劫，经历着痛苦和绝望。

梦信金融也无法在这样的环境下独善其身。

"昨天的交易总额，只有175万。"

"那昨天的应退出债权，有多少？"

"11150万，实际借款人回款3725万，也就是缺口7250万。"

一日之内，锁定期结束但无法退出的金额达到了7250万。无人承接，这些债权只能堵在路上。可以参与明天的重新匹配，可是明天？明天新增的堵塞金额，可能会更多。

相比之下当前云微的状态还算可以，为了能够把它塞给梦信，卢硕确实是精心挑选过真实的资产端。企业贷的回款有相当一部分直接对应底层资产，受债转影响较小。

"两年前，我们就知道债转计划的危险性。"金雪言说道，"可是那对用户体验影响太大了，因为对赌协议，我们没法下决心去整改，这是我们犯下的错。所以，到今天，什么样的惩罚，我们都应该承受。"

卢硕在小卖部买了一包烟。

这是方圆十几里，唯一能买到烟的地方，放眼望去，真是极尽荒凉。

他在逃避警察的追捕，这已经不是第一次了。他相信自己聪明、狡猾，在什么样的境况下，都能够逃出生天。

四年前，警察没有追到他，他拿着500万，又回到他们眼皮子底下。不过到了如今去回忆，仍旧有一种无法消除的痛苦。

这些年，安静下来的时候，他会常常去回想，自己失去手指和眼睛，被殴打、折磨得伤痕累累的一个个瞬间。他为了那500万，已经不惜付出生命。可在那个女人的光芒下，终究成了一个惹人厌恶的笑话。

而她的样子也在这无数次的反复描摹中，变成他心底驱逐不去的一条毒蛇。

他慢慢走回他住的小旅馆。

在这条郊野的小路上，他想，人生真是太寂寞了。

为了躲避追踪，他没用手机，每天只有在旅馆房间破旧的电脑上才能看见消息。财富家的破坏力，比他想象的还要大。这是他给梦信，也是给这个行业的大礼。

是他们逼他的。

最初，他收了财富家，是为了养活另外的十四家平台。备案成本太高，需要备案的那些平台上的资金是不能挪用了，可他还需要一个资金源。财富家吸金能力强，第一轮备案就算没通过，也不会马上被取缔，正是他攫取大笔资金的好渠道。他用拿到的钱，去包装另外那些台子。只要它们中有一个能备案并卖掉，这种操作就能一轮轮重复进行下去。

最初他也想过备案会延期，就算这样，依靠财富家的资金，他也能撑上两三个月，他给自己预留出了缓冲期。

然而备案彻底没有了，好在贺知微又像天使从天而降，那么把其他那些台子甩给她，他只需要从财富家那里继续吸纳资金，并且转移资产。

财富家是一枚深水炸弹，进行的是无差别攻击，所以发现安小仙拿走那个钥匙圈，他并没阻拦。金雪言知道也好，不知道也罢，都无法阻止财富家的爆炸。他反而想看一看，预知了那样可怖的前景之后，她会是什么反应。

她和茂林的那个人，直接伸手引爆了它。

他不意外，毕竟他们都是一样的人。

现在他可以欣赏自己的杰作了，这个他为之雀跃、为之痛苦、为之疯狂的行业，如果他能毁了它，有多好。

本来，如果备案顺利，也许他也会上岸离场，可是现在说这些已经没有意义了。

在四年前，他放弃梦信的时候就反省过。他的梦信会死，只是因为他在最初想做所谓的真实业务。可那些出借人贪得无厌，只追求高收益，真实的业务又怎么能满足得了他们的胃口？只有假的，只有幻梦，才能造就金光闪烁的童话世界。

可是金雪言的梦信，还有其他的一些同样理想化的平台，他们为什么能够那样执着地追求真实的同时还光彩照人地活着？他想不通，它们一定也是假的，一定是！

不管真假，它们都该死，金雪言，她该死。

如果真的逼急了他，不止一个财富家，他还会让他们死得更难看……

他回到了旅馆，大堂里面很昏暗，他会在这里再住一天。资金已经转移出境，但是他怎么走，还不太好办。毕竟他现在是通缉犯，安检什么的又太严了。

他走进自己的房间，突然觉得不对劲。

他出来，带了两个身手了得的保镖。今天他是想一个人透透气，才让他们留在房间里，反正小卖部离旅馆也就几步远，可是现在他们不见了。

他马上转身要跑，但房门已经紧闭，旁边伸过来的一只手卡住了他的脖子。

他几乎没有挣扎的余地，就被两个黑衣的男人按倒在地。

"是谁？"他喊着，对方却一言不发。

警察？他的第一反应。但马上他就知道不是，警察不会如此行事，他的两个保镖看来已经被他们解决掉了。

财富家的出借人？有一些出借人想要私下找爆雷平台要回自己的钱，也会干出一些过激的事。但他们是怎么找到他的？他的冷汗下来了。

"大哥，别这样，啊，我有钱，我赔你们钱！"他赶紧说。

对方还是无动于衷，只是下手力道更重。

他们一定也不是什么出借人，卢硕的脑子飞快地转着。恨他的人很多，可是在这当口找上来的是谁，他一时真无法确定，不过有一招肯定是有用的。

"两位大哥！你们要多少钱？我有很多钱，好几亿，行行好，饶了我吧。"

这两个人却没有因为他的这种许诺而有什么变化。其中一人拿出了一把银色的小刀，慢慢放在他脖颈的动脉上。

这是两名杀人的老手，他们对其他都没有什么兴趣，自始至终也没说一句话，这才是最可怕的。卢硕忽然清楚地知道，他们唯一的目的是杀了他。

他感觉到死亡近在咫尺。

拿刀的人的手机响了。

他接起了手机，听了几秒钟之后，把手机放在了卢硕的耳朵上。

卢硕听见听筒里传出一个男人的声音，对方问道："卢硕，你想死还是想活？"

他的牙齿打着战："想、想活。"

电话中的男人发出了一声长长的叹息，仿佛是一个看见秋叶被狂风卷落的诗人，充满了无尽的感伤。

十多天过去，财富家爆炸激起的连锁反应还在持续，倒下的多米诺骨牌，已经延伸到了行业中上层。在财富家之后，接二连三地，一些大众眼中的"安全"平台也陆续出事。在往日看来，它们都业务正规、形式完美，爆掉之后，才知道内里各有各的腐烂。

虽然公认的十多家头部平台还没有受到波及，但谁也不知道这场不断向上蔓延的雷潮会在何处止步。投资者彻底无所适从，越来越多的投资者离场观望，互金业的流动性彻底枯竭，不少媒体已经喊出"网贷已死"这样的声音。

在这些所谓头部平台当中，梦信的状态是比较差的，已经多日无法正常回款。若在往日，早已经闹出大事。但现在这个特殊时间，人们的容忍度提高了许多，而梦信的行业地位和口碑也让大家对它还抱有希望。

但这种希望也正在日益消亡，十五天无法正常回款后，梦信退出资金的堰塞湖已经达到了11.75亿。

"昨天的成交额是……33万。"

"不能再这么下去了，必须拿出钱来收购那些债权！哪怕是一部分也可以啊。"

"钱在哪儿？"

就算公司自己收购债权是违规的，但到了这份上谁也顾不了那么多了。爱琴海、彩虹城堡……都拿出了大量的资金来清理这种堰塞湖，引导资金有序退出，但是梦信自己没有钱。

如果不收购云微，不投资风范，情况不会这么糟，尤其是云微，消耗了梦信太多的现金。这也是导致梦信前期就未能做好疏通工作，状况恶化得过快的直接原因。

"和第三方资产谈得怎么样？"高层会议上，气氛很紧张。

"没什么进展，现在谁也不想蹚这浑水。"

"不管怎么样，必须给出借人一个正式的说法，不然就要控制不住了。这两天已经有人报警，警方来询问过，不过我们的资产真实，所以没有立案。"

"现在他们那边案子太多了，管不过来。但如果我们迟迟不肯发声，也不给出后续处理方案，警方一定也会……"

"好了！"穿透惊慌的言论，陆升明抬高了声音，"那么今天的会，就这一个目的，讨论出一个后续方案。"

所有人看向了金雪言。

无法再等下去，他们必须自救，可是她却很久没有说一个字了。一向强势果决的她，就那样安静地坐在那里，一言不发。她看上去非常疲倦，可是谁的内心没有深深的倦怠呢？

他们兢兢业业，栉风沐雨，有过风光，创过辉煌，可是到头来，在这里讨论的、担忧的，是如何苟活，如何避免成为经济案犯。

金雪言的这个状态让人很担心。看她不说话，为了防止人心涣散，陆升明只好接着说："要解决问题，只有一个办法，就是弄到钱。"

这个当然谁都知道，可是近12亿，上哪里去找？互金行业已成一个孤岛，岛上的人想逃出去，岛外的人都在同情地旁观。

梦信的借款人是优质的，绝大部分可以按时还款。可是12亿，并不是临时周转那么简单。这些钱需要一个漫长的还款期才能够回收，最长的可能达到三年。而且，截至今天是12亿，明天后天呢？

"贷款不可能，只有拆借。"许云说，"12亿不可能，但是能找一点算一点。哪怕只有两三个亿，按比例兑付，也可以稳定下人心。"

大家精神稍微一振，她说得没错，现在人心是最重要的。部分解决至少可以避免警方介入，两三个亿很难，但至少不是那么遥不可及。

"茂林金融是我们的股东，可以向他们借款吗？"

许云摇头："早就开过口了，没用，他们近期一直在资金上支持集团的'光点计划'。"

"那茂林集团呢？我们怎么也是他们的投资企业，他们总不能见死不救吧？"

"如果去求林少煜呢？"

终于有人说了这样一句。其实金雪言和林少煜的私人关系，大家多少也知道，尤其是崇远镇车辆失控事件，引起过不少私下的议论。是，他们怎么回事，没人明白。她保持着自尊骄傲，也没人会反对。可是生死攸关之际，也许结果只在她的一念之间。

他们看到金雪言站了起来。

漫长的沉默过后，她重新开口，声音有些沙哑："我们确实已经到了最艰难的时刻。"但她的语气，仍带着一种坚定的平静，"现在让我告诉你们，我的决定。"

摩飞数控中心。

墙上所有的屏幕都还挂着那十多家互金平台的数据和图表，然而却是一片死寂。

几乎过上好几分钟，上面的实时数据才会有一个变动，水已经流干了。

贺知微把脸深深地埋在自己的双手之中，失败了，他们失败了。自财富家出事之后，这十四家平台的交易量也如整个大环境一样急速下滑。相应的数据量越来越少，终于到了某个时刻，彻底停滞了。

偌大的大厅里只有她一个人。今天是周末，她安抚了一直坚守在这一潭死水前的员工，让他们先回去。她独自坐在这里，面对着这个残破的战场。

为了这次升级，投入了多少，她现在已经不太清楚了。到了后来，这已经不太重要，她眼中看到的只有即将成功的希望。

但还是失败了。

她在金雪言的步步紧逼下，不得不放下骄傲去找卢硕那样的人，可是终究没有改变一个结果。

不知过了多久，有人走了进来，轻轻拍了拍她的背。

她抬起头，看见孟伯平和蔼的面容，他轻声道："微微，回去吧。"

"不，我不甘心。"她喃喃地说，"我们输了，为什么？我不明白。为什么我回到国内，就一直在失败？我们到底做错了什么？"

"我们没有失败。"孟伯平看着她，语气不像安慰，倒像一种宣告。

贺知微仰起头。她听见孟伯平认真地说："微微，你说我们想得到的是什么？"

"真实的个人信贷数据。"

"那么眼前这些，不是真实的信贷数据吗？"

贺知微心中一凛："孟叔叔……"

"没有交易，没有数据，这就是当前极端市场环境下最赤裸的真实。"孟伯平的目光，慢慢扫过屏幕上那些已如死者心电图一般的平滑曲线，"我们的AI，会看到这种真实，将来面对极端市场，会进行更准确的决策。"

不管是不是只是宽慰的说辞，贺知微都觉得自己紧缩的心，渐渐舒展开了一些。

"另外，不管眼前的事结果如何，我们在中国市场已经取得了很多成功。"孟伯平继续道，"不提和茂林的'光点计划'，我们的产品在医疗、安防等很多行业都形成了突破，金融只是我们的一个领域而已。"

贺知微点了点头，她慢慢平静下来了，之前的情绪，还是自己不够稳重所致。在这场动荡中，有无数的人倾家荡产、身败名裂，而对她来说，不过是某个领域中遭遇的小挫折。

"谢谢孟叔叔。"她抹了下眼睛，由衷地说。孟伯平则看着她微笑。

贺知微的手机响了。

是院里的秘书，秘书对她说："贺老师，您在哪儿？翟主任急着要见您。"

"知道是什么事吗？"

"翟主任有一些事要咨询您的专业意见，梦信金融的金雪言总裁在他那里。"

从金融办的大楼里出来，午后的阳光洒满天地。

金雪言放轻步子，极目远眺。盛夏接近尾声，水泥路面还是散发出一种炙热的力量，让人感受到这个世界真实得令人灼痛的温度。

金雪言上了车，安小仙问她："顺利吗？"

"顺利。"

吹了会儿空调，她好多了。当林少煜的电话响起，她有片刻的恍惚，然后微笑着接起。

林少煜应该不知道她的想法，但他知道梦信近日一定要给出一个后续还款的方案。

很奇怪地，他们扯了一些无关紧要的事。有的没的，低声碎语，说着倒也不觉得尴尬。他们一向有事说事，不知道多久没有这么闲聊过了，她竟觉得世事静好。

最后没什么可说的，静了下来，他终于问："需要钱吗？"

金雪言说："我知道，茂林也很紧张。"

林少煜说："梦信要化解目前全部的退出资金需要12亿左右，加上后续的处置，预估需要20亿。这笔钱不会消失，只是需要一个回款周期。"

"是啊，很长的周期。"

"我会想办法。"

金雪言想，也许茂林的体量，就算有"光点计划"的牵制，只要他全力以赴，调集20亿并不是不可能的任务。然而她清楚，茂林并不是他一个人的，也不是他身为董事长的一言堂。他会想办法，他会尽全力，但他要付出很大很大的代价。

可是无论如何，他这么说，让她觉得安全。

"少煜啊，我想我错了。"静静停了一会儿，金雪言说，"我犯下了一个大错。我早知债权计划类的模式会发生挤兑的风险，却因为它带来的利益而迟迟没能决心动手整改。现在，我不得不吞下这枚期限错配的苦果。我想了很久很久，我觉得我收购云微没有错，投资风范也没有错，我错在太狂妄太自负了。今年年初，我们创下的历史最高单日交易额是1.9亿。一个月前，我还完全无法想象梦信一天成交33万是怎样的景象。只是这个世界太脆弱，我的梦信，也比我想象的脆弱，它是真实的，可它还远远不够坚固。每一个道理我都懂得，可我还是……干我们这一行，一点点侥幸的心理都不能有，我现在才知道。"

林少煜微微动容："没有人能永远不犯错，所以，言言，给自己一个机会。"

"今晚八点，我们要召开全体员工大会。作为参股股东，你能来吗？"她问。

林少煜一静："已经做出决定了吗？"

"嗯，本来我想联络茂林金融方靖伟过来的。"她微笑起来，"可我还是很希望，有你在我的身边。"

全体员工大会定在八点钟举行，参加者应有近四百人，包括总部的所有员工，也有意识到局面不妙，在几天前就来到总部打听消息的分公司负责人。不到七点，就陆续有人进入会场，大家都在焦急地等待着。

对于眼前这轮危机，高层会在今晚拿出一个处置方案，是怎样的方案？令人揪心。最好的情况，当然是高层找到了充足的资金可以注入，那么压力就会得到极大的缓解，出借人的信心也能得到提升；而最糟的结果，可能就是清盘。

清盘意味着平台的死亡，不管后续有什么样的兑付方案，新增业务停止，后续只会有一部分人留下来进行资产清算和接洽出借人的工作。那太可怕，也太艰难了。然而梦信如今的境况，让每个员工的心头，都不止一次地掠过这个念头。

他们到了会场之后，沉重的心情忽然舒缓了一些，变得稍微乐观起来。因为他们看到主席台上，放着林少煜的席卡。

那就是说，他会参加今天的会。既然他来了，茂林总不可能完全不施援手吧。不管他能许诺多少资金，总是多一分希望。

七点半，林少煜抵达了梦信大厦，他先被安排到了总裁办公室里。金雪言自己却不在，只吩咐了安小仙来跟在他的身边。

现在看来金雪言应该很忙。他环视着这间办公室，黑白色的装修中，带着她简洁的个人风格。办公桌上此刻放满了文件，显得有点凌乱。他伸手抚过仍在闪烁的电脑键盘，指尖仿佛还能感受到她的温度。

四年来，他没来过这里，他也不必来，虽然这是她每天长久停留的地方，但为了保持距离，他从未涉足，也从没想过要来看看。

这宁静的片刻，他坐在她的桌前，却仿佛是上天无意间的赠予。

差五分八点整，林少煜走进了会场，人已经基本到齐了。他的到来，吸引了所有的目光，让议论纷纷的会场静了几秒钟。

金雪言在主席台上走来走去，手里还拿着纸不时写着什么。林少煜走过去，在自己的位置上坐了下来。

她见他来了，转头向他笑了笑。

大会开始了，所有人都安静了下来。

这种规模的员工大会，一年只有一次，一般是年末总结。金雪言会给他们讲话，有激励有警醒，但一般气氛都很轻松。因为这些年，他们走得太顺了。

而今天，他们面临的是决定生死存亡的时刻。

"相信大家都知道梦信眼下面临的危机。"金雪言开始说话，她沉稳的声音回荡在会场中，"目前，我们的退出资金形成的堰塞湖已经高达12亿。要用钱来解决当前的问题，二十个亿只是一个起步。"

她这番话引起了一些骚乱。其实这个具体的数据，下面的普通员工并不知道，此刻倒抽冷气的声音此起彼伏。

"为什么我们会走到今天这一步？的确，是由于整个行业的动荡。"金雪言继续道，"但是今天，我不想把责任推给这个行业。这个局面，是我们自己造成的。我们希望用更好的体验和服务来留住用户，扩大规模，让自己能赚到更多的利润。我们以为，梦信已经足够强大，它可以依靠自己的力量持续运转下去。可是错了，我们忽视了大环境的风险，也高估了自己。只要底层的积木被抽空，这座大楼就会轰然倒塌。我想，做出了这样的误判，是我的问题，我没有引导好梦信，对不起大家。"

她说着，向全场的员工深深鞠躬。没有人说话，只是听着她的道歉。

"其实早在四年前，茂林集团的林少煜先生，就对我有过类似的告诫。"她微微侧身，抬手示意，林少煜看见她直视着自己，他眼前也浮现出当时的那个情景，"林少煜先生告诉我，只有借款和出借一一对应，作为信息中介的我们，才可能长久立于不败之地。我一直记着，可是我后来才知道，'一一对应'，不只是金额上的对应，还应该是期限上的对应。借贷交易是个包含了金额和时间的立体的整体，我们拆散了时间线，才让自己落到如此境地。我知道这背后的风险，监管层也一次又一次地提示这个风险，但我们的调整只是降低债转频率，治标不治本，所以在行业环境的恶化下，整体风险才集中爆发出来。

"我又走到了这一步。"金雪言笑了笑，"为什么说又呢？因为我，或者说梦信，不止一次经历过类似的危机。需要钱，只要有钱就能解决问题，所以用尽一切力量去找钱。几年前，是200万，2000万，到了今天，是十二个亿。数字并不重要，重要的是，我发现我们一直走在同一根岌岌可危的钢索上。四年前，我下了决心不再重复这样的故事，可我没有做到，我失败了。那么到今天，我真的不想再重蹈覆辙。20亿，就算摆在我们面前，也不过是饮鸩止渴。我们是信息中介，能从根本上解决问题的方法，绝不应该仅仅是钱！"

她的声音在会场中回荡，激情中隐含着一种冷冽："能救我们的不是钱，而应该是我们引以为傲的真实优质的资产。所以梦信接下去要做的事情就是，拆标，去刚兑。"

会场中一片死静。

刚性兑付，一个甜美的魔咒。

出借人把出借资金交给金融机构，机构承诺约定期限结束，连本带利归还。不管中途出现什么情况，机构必须保证出借人的资金不受任何损失，这就是刚性兑付。

银行存款，是真正的刚性兑付。最坏的情况，银行破产，50万以内的个人存款，也将由政府主导的其他金融机构进行偿付。银行理财和信托产品，曾经也实行刚性兑付。但在此前出台的资金管理规定中，已经明确要求，理财合同不允许出现保本保息字样，也就是不允许承诺刚性兑付。银行理财尚且如此，更不要说广大的高风险互金平台，更应该摒除刚兑承诺。

为什么？因为没有一种理财产品是绝对无风险的。银行存款以其极低的收益可以对冲风险，但那些收益较高的产品，资金投向市场，在追逐收益的同时，必然也面临着亏损的可能。如果资金返回到投资者手里时，机构必须用自有资金对损失部分进行垫付，那么相当于机构承担了这部分风险。这部分风险会留在机构的内部，日益积累，有朝一日集中释放，将爆发出破坏性极强的能量。

体量越大的机构，这种风险的积蓄越不容小觑。如果整个金融行业都实行刚兑，这种无处不在的风险，就如同不断酝酿中的风暴，可能引发系统性的危机。

这就是监管层反对刚性兑付的原因。中国的金融市场还很年轻，但随着经济红利而不断膨胀的市场规模，使得刚兑带来的潜在风险已经不容忽视。

虽然政策上不断引导去刚兑，但实际操作中，却没有一家机构敢真正实行。不管是银行还是信托，都在不折不扣地履行着保本保息的服务。因为打破刚兑，是当前的投资者绝对无法接受的事情，这突破了他们的心理底线。如果我借出去的钱，你不能保证足额归还，还有什么安全性可言？我为什么不去购买基金或者股票？打破刚兑，无异于驱逐大批期望稳定收益的投资者。

隐性刚兑，是互金业乃至整个金融业的现状。哪怕合同上已经明确表示不予保本保息，投资者的心理期许却仍然很高。他们保持着对刚兑的热望，因为他们压根不相信还想生存的机构敢于挑战这个底线。

监管层不会禁止或引导具体的机构主体去除隐性刚兑，因为没有人能够承担挑战市场的责任。

想要打破这个魔咒，只看一个机构自己的决心，之后是死是活，也只取决于它与市场的博弈。

"去刚兑？那些出借人还不闹翻天啊。"

"没有人会给一家不予刚兑的平台投资！"

"银行理财都不敢做的事，我们为什么要做？这是自我放逐，是彻底地放弃市场！"

"金总，你们高层是疯了吗？"

最初的寂静过后，会场中的三四百号人如同沸腾一般，激动地议论起来，不断有质疑的声音。主席台上，因为高层早已知道这个决议，因此显得很安静。没有人去制止那种质疑，他们在静默地等待。

过不多久，人们渐渐冷静下来。

"就算有20亿，能解决我们当前的问题吗？"

"去刚兑可能会死，可是我们现在不这样做，又怎么活呢？"

"你我心里都清楚，看整个大环境，去刚兑势在必行，大家都等着有人走出第一步。我们是梦信，当这个第一，又何妨？"

"不不，金总说了拆标啊，这个和去刚兑无关的！"

直到这个时候，金雪言才再次拿起话筒，抬高声音："大家静一下！听我说，拆标和去刚兑是两件事，但在当前这个时间点上，我们必须同时进行。因为它们同样困难，而我们没有余地去应付两轮困难了，现在我们只能置之死地而后生。"

人群的理性终于恢复了。之前被打破刚兑这一惊雷般的信息吸引了全部注意力的人，开始思考"拆标"的意义。他们发现，这两件逻辑上看似无关的事情，在这个时间点上，竟然如此相互契合。

拆标，即停止原本的债权转让，让所有出借人一直持有底层资产，到借款期结束。这意味着，当前因债转而产生的堰塞湖被完全疏通，梦信危机化解。但也同样意味着，出借人在出借锁定期结束后，无法拿到自己的本息，必须一直持有，直到不同时限的借款期结束，甚至需要两到三年。

拿不回钱，这和去刚兑带给出借人的心理冲击是一样的。它们是如此可怕，就算叠加在一起，也无法造成更大的杀伤力了。可是他们最终能够拿回钱，这又是梦信以优秀的风控和坚实的资产，对每个人做出的保障。

底层资产中有与保险公司合作，购买了履约险的标的；有担保公司承担了代偿的资产。当然还有数量众多的无担保信用标，这些资产的质地，决定了后续的还款和运营情况。

"我知道，这很艰难，会给每个梦信人带来非常大的压力。可是当下，这是我们最好的选择。具体的实施细节，稍后会发到各位的邮箱。公告发出之后，我们需要面对的困难和质疑都会很多。但这一切完成之后，借款和出借的期限真正一一对应，梦信拥有的会是最完美的业务形态。我们要活下去，但我们要的不是苟延残喘，而是昂首阔步地往前走。往前走，虽然还会有阻碍，但不会再有顾虑。所以我希望，大家能坚守岗位，风雨同舟，带给梦信一个属于未来的新生！"

几秒的沉寂。

然后，竟然有掌声。

先是稀稀拉拉的掌声，小声的，像春日里零落打在嫩叶上的小雨，然后渐渐地，热烈的掌声如汇聚而来的潮水，席卷了整个会场。

每个人心中，竟都涌起乘风破浪的豪迈之情，仿佛这不是一场悲壮的自救，而是一场破茧成蝶的旅程。

林少煜抬手，缓缓击掌。他看着她的侧颜，又一次领略到一个人无可比拟的光芒。

她终于迈出了这一步，自他四年前对她说"不要养鱼"开始，她有过失误，走了弯路，也因为自负和贪婪而造成眼前这个触目惊心的困境。可那本只是理想化的期许，到了今天，在这条没有人敢于打破的界线上，她要把它变为触手可及的现实。

这一步踏出去之后命途如何，他不知道，他相信她也不知道。

可是这一刻的勇气是如此真实。不惧风雪，追求极致的人生，这就是她，他的金雪言。

这场会持续的时间不太长，林少煜直到离开的时候，都没有时间和金雪言说上一句话。

他当场表态，支持梦信高层的决议，除此之外，他就看着她为后续事宜进行种种安排。

当他离开梦信大厦，上了自己的车，沉思了片刻，露出一丝复杂的笑容。

"小瑞，你知道，拆标会带来什么吗？"

"什么？"

"这个行业的逻辑，将会不一样了。对我们来说，是一个可遇不可求的机会。"

小瑞还在思索着，听他又问："钱包里还有多少钱？"

"110亿左右。"

"在不扰乱市场的前提下，尽快全部退出。"

小瑞很意外："可是现在梦信不需要钱了……"

"梦信是不需要钱了。"林少煜没有任何表情，"这些钱，也不是给梦信准备的。"

拆标，去刚兑，内部会议上说说容易，接下去的操作，却必须步步为营。

先是客服部要增派多名人手，并且紧急培训，以便能够应付接下去投资者必然源源不断的问题和质疑。

另一面，技术部会把标的数据全部打散，重新匹配。按照原先完全随机的匹配模式，同一个人可能持有的债权期限完全不同，有些回款可能是几个月，有些可能是几年。拆散之后，按照出借人原本的到期日期，会匹配给他们尽量相近的期限的标的。虽然平均时间还是会长于原本的出借期限，但至少在力所能及的情况下，平台会帮助出借人缩短等待时间。

但这一切，都要等所有信息公开之后进行。

周一，梦信金融向全体用户发布拆标及去刚兑的公告。

公告是早晨七点钟发出的，那是一个许多人尚在睡梦中的时间。但自媒体的反应足够快，不到二十分钟，就已经出现"梦信终于爆雷，一线平台沦陷"的文章。这不奇怪，员工大会后，难免就有一些消息走漏出去，只不过外界一直在等梦信公司的官方消息。现在靴子落地，各方的反应也会很迅速。

七点多的时候，贺知微就来了。

那天，在金融办，金雪言就去刚兑的事征询他们的意见，翟丹峰把贺知微喊了过去。她意识到，这是中国新金融的一个标志性节点，她即将见证一个也许不会有人关注的，却是历史性的时刻，她要求这一天到梦信来做一个记录者。

那一天，就去刚兑之后的具体细节和应对方式，她从专业方面提了很多建议。金雪言询问着，记录着，她们低声快速地商议。没有太多的芥蒂，有的只是公私分明的敬业。直到商谈结束，贺知微心头才泛起一丝异样的感觉。

她对金雪言的感觉，很复杂——想要打败她，也会痛恨她，但并不讨厌她。

她到金雪言办公室的时候，看见金雪言今天的装扮极其朴素，没有化妆，大波浪的长发被束起了马尾，穿一身甚至有些陈旧的运动服。整个梦信公司里的人进进出出，每个人都一脸肃穆。

贺知微和她的秘书在总裁办公室的沙发上坐下来，对于今天梦信公司里发生的一切，她们不会参与，只会旁观。

金雪言对她很客气，百忙之中还抽空对她说："贺老师一会儿最好就待在这里，注意安全。"

贺知微说："放心。"

快八点的时候，关振华就冲了进来，说："好了，出借人的代表已经准备过来了，有五六十人的样子。"

他飞快地拉着桌上的电脑屏幕，上面是出借人的维权群，上限两千人的群都加满了。本地的一个群，上面刷着有哪些人一起到梦信总部看看情况的消息，可以看出人数已经不少。

金雪言说："一会儿只要没有发生真正的极端事件，不要报警。"

大家都点头。近期有出借人报警的事件，也有出借人到平台闹事，平台报警的情况。非常时期，双方弄得针锋相对，对谁都没有好处，最好还是能柔性解决。

"让我一个人先应付。"

"不行。"

"为什么？"

一屋子的反对之声。金雪言笑笑："因为我是个女人。"

面对可能情绪冲动的出借人，要化解他们的敌意，单个柔弱的女性，要比他们一群人去解释什么容易一些。

她要再次利用自己的性别优势，竟然是因为这样的事。

果然，没过太久，结伴的出借人就拥了进来，他们忧心忡忡、心急如焚，因为他们的钱在这里。他们气势汹汹地来到了前台，前台小姐急急地叫："哎，大家冷静一点……"

"去刚兑，梦信是什么意思？"

"按你们的说法，借出的钱不一定能还给我们，这不是赖账是什么？"

"梦信也玩这种套路？不行，快让你们领导出来！"

也不怪他们如此激愤，近日也有不少平台打着去刚兑的旗号，实则欲金蝉脱壳，掩盖自己的资产空洞。他们爆出来的逾期率会高达80%-90%，几乎没有任何价值，他们显然担心梦信也会这样。

金雪言出现了，她现身的时候出借人们静了一下，马上就围拢上去，几十号人把她围在中间。

"金总！梦信必须按时足额给我们还款！"

"您一向是最讲信用的，我们都是老投资人了，我相信梦信不会让我们失望……"

金雪言高声道："各位，听我说，我知道大家现在都很着急。大家害怕真正实施去刚兑之后，会拿不回自己的钱。在这里，作为梦信总裁，我确实不能给大家保证什么。但作为金雪言，我想告诉大家的是，梦信的资产端是真实的，不但真实而且优质。我们的贷款一直小额分散，并且拥有业内最好的风控技术，四年来我们的坏账率一直是业界最低的。我知道，公司做出拆标去刚兑的决定，对大家都是不小的伤害。可是在这个前提下，我相信梦信能为大家坚守不发生亏损的底线！"

"骗人！"有女声尖叫起来，"如果不是相信你们，我怎么会投了那么多钱？"

"对，空口无凭，哪个有套路的台子不是说得比唱得还好听？"

"先把我们这些人的钱全部兑付了，我们才能相信你的诚意！"

吵嚷中，金雪言抬高声音："不可能的！我们是有合同的，没有无视合同个别提前兑付的道理。请你们认真看一下今天的公告，公告上说得很清楚，会有对你们进行赔偿的方案。"

"好，就算我相信你们最终能还钱，那拆标的事怎么说？我的钱马上要到期了，有急用的！"

"对！你们梦信不能说一出是一出，按时足额还款是我们的要求！梦信马上给我拿出钱来解决我们的问题！不然你看着吧，马上就有人再次报警！"

"够了！我说过了，我们是有合同的。不予保本保息，合同上白纸黑字，如果梦信要跟你们玩套路，哪里需要公告？债转成功之后才可以回款，也是合同上写明的。现在，梦信的状况是什么样，人家都清楚。你们是要等待无限期的债转，还是愿意标的陆续回款？梦信没有兜底的义务！报警，梦信的一切数据都经得起查，警方也不会立案！"

她这样说，让大厅转角处如临大敌的陆升明等人连连摇头。她想用个柔弱的女性形象去博取出借人的同情，这是没错。可她能吗？她一急起来只会强硬地讲道理，这让出借人们更加激愤。

其实金雪言也知道自己又冲动了。她在社交场上可以装成个小女人进退自如，可到了这份儿上，她竟然无法伪装下去，她的心里充满了同样的激愤。她压抑着自己，突然觉得迷惘，不知道自己该以怎样的姿态继续面对这些出借人。

他们果然更凶残地朝她逼了过来。她退后，被前台的台子挡住，有人指尖快点上她的鼻子，有人推了她一把。她的肩胛骨不知道被什么撞了一下，沉闷地痛。闯进梦信大厅的人已经越来越多，保安们已经难以控制人群的骚乱了。人群朝着金雪言叫嚷，她觉得自己快要被淹没。

陆升明等人就要出去分担压力的时候，从梦信大厅外又进来一行人。

他们明显和混乱的出借人不同，看上去像是保镖的几个黑衣男人就停留在门口，维持着外围的秩序。只有一个人，分开人群向内走去。

他只是孤身一人，挡在他前面的人群，却都是一怔，然后下意识地让开了路。他散发出一种具有压迫力的气场，那不是强横，不是攻击性，而是与生俱来的气度，令围拢着的人们都不由自主地退避开来。

金雪言看见纷杂的人群略略分散开，人群之后，他一步步向自己走来。她看见他逆光的身影渐渐靠近，如同梦幻，又真实到了极致。终于，他在她的身边站定，转身面向人群，微笑道："各位，我是茂林集团的林少煜。"

贺知微一直在二楼的楼梯转角处俯瞰着。

站在那里，可以看到整个一楼大厅，甚至是大门外的一些情况。今天，这栋楼里的其他公司销声匿迹，只有梦信要面临着一场动乱，她冷静地观察着。

她的秘书听从她的吩咐在拿着相机录影，她也不时用手机拍照。

她不是记者，但作为研究金融也研究社会的学者，这些第一手资料弥足珍贵。在中国市场上，刚性兑付被打破，直接受到冲击的投资人群，会做什么？有什么样的反应？这对她撰写相关研究报告很有参考价值。

涌动的人潮把金雪言围在了中间。那个女人以为自己能独当一面、处置一切，可她并不是一个完美得面面俱到的人，她的要强并不适合在这个场合展现。

然后林少煜到了。

对此，贺知微并不惊讶，他是能做出这件事的人。

但她拍照的手还是停了下来，把手机放进兜里，默默地凝视着人潮混乱的场地。

"对，茂林集团也是梦信的股东，应该替梦信金融还我们的钱！"

"茂林是大企业，一定会有担当吧！"

"各位兄弟姐妹，梦信的这项举措，让大家心里一时很难接受，这点我非常非常理解……"

林少煜开始说话，他的声音不疾不徐，恳切真诚，带着一种安抚人心的力量。贺知微没有太在意他说了什么，只是有些被震惊了。

兄弟姐妹？如此放低身段，哪里像他。扪心自问，她贺知微是不可能对着这样的人群说出这四个字的。而林少煜，她了解年少轻狂的他，也一直在关注近年来呼风唤雨的他，却真的有些不敢相信他会做到这一步。

然而这对眼下的人群确实是最有效的。他们遭受打击，惊慌无措，不需要听道理，最需要的是被安抚。他这样的人，在这一刻褪去高高在上的光环，和他们站在一起，从他们的角度考虑问题，轻易就带给人一种安全感。

"……茂林，确实是梦信的股东之一，也会承担一切责任，但是茂林没有从梦信获取资金。诸位，如果梦信是做假标自融的公司，如果梦信没有真实的借款，钱都流向了茂林，你们会开心吗？既然每个人都憎恶虚假的交易，一直赞赏梦信的真实，为什么不期许一下，来自真实借款人的还款？去刚兑，绝对不是不还钱，作为合同主体的借款人是有还款义务的。而作为中介的梦信，虽然不能承诺刚性兑付，但我相信它的风控不会让大家失望。"

人群安静地听他说，但仍旧有人咕哝着："茂林有钱啊，为什么不能还我们？"

林少煜含笑的目光缓缓扫过带着期许的人群："我知道，大家的每一分钱，都是辛苦赚来的，可能要熬夜，要加班，只想要多赚一点点。茂林虽然没有把钱直接给到大家手上，可是茂林做的事情，一直是让大家的生活更好一点点。今年，茂林有上百家新型工厂投入建造，很快大家就会看到更好的工作机会，更多的商机……"

"我老公就接了那个新型工厂的项目……"

竟然有人这么说，并且马上得到了一些附和。也不奇怪，能在这么短时间内赶来的都是本地人，来自茂林的下游企业再正常不过，人群激动的情绪渐渐平稳下来。

"大家可以放心，拆标后续的回款工作一定会好好进行。如果大家认真看了公告就会知道，本来年化9%的收益率，此次去刚兑后将直接提升到18%，以便用更高的利率来覆盖可能的逾期。给梦信一些时间，梦信会让大家看到一个网贷资产端值得信赖的本质。"金雪言一鼓作气道。

"就算接受新规则，我需要钱急用怎么办？"

"金总、林总，我认为公告里的规则还是应该制定得更保护我们出借人的权益……"

出借人们还有很多异议，还有很多问题，但是整体情绪缓和了过来。许多人似乎已经开始认真思考"去刚兑"这件事带来的影响和意义，而思考背后，是慢慢接受的倾向。

梦信的其他高管也从各处走出，开始为出借人解答问题。

贺知微看到，他们两人的手始终相握。

不管是不是分别应对着不同的人，两只手一直没有松开过。

贺知微有一种奇怪的感觉，自己的心里似乎有一面镜子悄然崩碎。它原本映着她的幻梦——那个男人既是她的美梦，也是她的噩梦。这种破碎在令她感到撕裂般的痛楚的同时，却又隐隐有一种轻松。

这种感觉太复杂，令人太无措，她一时无法辨析自己的心，只能冷漠地转身离开。

接近中午的时候第一批出借人终于离开。说第一批，是因为实际上后面还有一些人陆陆续续地来探听情况，但是没有那样成群结队的来访者了，压力小很多。

当天后续的零散来访者，由客服部派了几个专人接待。客服电话当然是被打爆了，周末专门做过针对性训练的客服们兢兢业业安抚着来电者。

这一天，林少煜一直没有离开。消息都被汇总到梦信的小会议室。梦信已经暂时停止服务，由技术部进行借款数据的重新匹配。技术部加班加点，这项工作会在三天内完成。媒体方面，各式各样的言论太多了，有哀号，有叹息，当然也有客观的局面分析。公关部在和外界沟通，旨在让舆论冷却。也有一些事需要金雪言决定。客服部门一直在劝导外地的出借人，让他们不要来总部，一切进展都会在网站上公布……

有太多的信息纷至沓来。金雪言一直在进行多方的处置。看她犹豫时，林少煜会给出一些建议。有的她采纳了，有的没有采纳，他也不以为意，只是继续如常与她商议。

"所以市场部说……"

然而，五点多钟，安小仙拿着文件进来的时候，发现金雪言竟然睡着了。

她趴在会议桌上，看上去睡得深沉。空调的冷风下，她的身上披着林少煜的西装。林少煜穿着白衬衫坐在一旁，翻看着另外的资料，小瑞则十分淡定且毫无存在感地在角落里看手机。

安小仙放轻了步子，林少煜抬头见是她，一笑，轻声道："让她睡一会儿吧。"

她竟然能够睡着，在这个兵荒马乱的关键时刻。也许是太累了，自做出决定之后，她就绷紧了神经。也许是，终于有人能够替她分担一些，抵挡一些，她才能安心睡去，哪怕一会儿也是好的。

安小仙点点头，用极低的声音说："林先生，那您看这件事……"

"支持市场部的处理，告诉他们不要有顾虑。"

时不时有人进来，对于来询问的事，林少煜都给出了回复。其实他对于梦信内部的事务并不是很了解，但梦信的团队需要的其实也不是真正有指导性的意见，更多地是一种心理上的依靠。

此时此刻，能在这个位置上，替她做到这一点的，独他一人而已。

贺知微离开梦信大厦的时候，天色阴沉，将雨未雨。

她离开时，没和任何人打招呼。下午人已经少多了，大厦门口只有零散几个人。她和秘书一起走到外面，就把小姑娘打发走了，她说她想一个人走走。

她需要一个人静一静。回到国内之后，她十分清楚自己想要做什么，有着明确的目的和计划。可是到了这天下午，不知是什么样的情绪作祟，她竟然有些茫然了。

来到梦信的人群，多少给她的心理带来了冲击。虽然没有发生群体性事件，但那种群情激奋的氛围，真的是让她心惊。不过这是正常的，完全能够预料到的事情，不需要太过在意……

她用一个学者的姿态剖析着自己的心态，试图给发闷的情绪找一个出口。但是仍旧有隐隐约约的不甘和难过，在她心头徘徊着，压不下去。

她抬头叹了口气，忽然，路边的一个女人吸引了她的注意。

那个女人怀里抱着一个一两岁大的孩子，孩子在咳嗽，她不住拍着孩子的背，一副惊慌的样子。

"宝宝别哭了，妈妈带你回家。"女人哄着孩子别哭，自己的眼泪却流个不停。

贺知微实在看不下去，走上前去："怎么了？孩子是不是病了？快上医院吧。"

女人摇头说："不行，我身上没钱，我们的钱还没要回来。"

"孩子的爸爸呢？"贺知微感到不快。她往四周看了看，心里也知道如果男人靠得住，这母子俩不会这样。

"我老公……我老公去别的市要钱了。"女人抽泣着说，"他让我们先到新合家来，他们还没跑，一定得要到钱……可是孩子突然病了。"

她说得颠三倒四，贺知微却一下子涨红了脸。这原来也是个出借人，投资平台叫新合家。新合家，她很熟悉，就在那十四家平台里面。自摩飞彻底放弃它们之后，它们显然无法支撑，陆续爆雷。

可是这和她无关，贺知微想。她和摩飞在这个悲剧里更没有一点点责任，相反，他们为了数据，投入了不少钱，也挽救了一部分平台出借人的资金。

她平静了一下，说道："孩子的病重要，其他事再说，我送你们去医院。"

女人迟疑着，忽然两个男人朝她跑了过来："刘姐你怎么在这里？新合家的徐总愿意和我们谈了！你快过去！"

贺知微这才想起来，新合家的办公地点，就在隔壁街区。这一片，近几年驻扎了太多的互金公司。在这轮雷潮开始之后，这一带可以说是哀鸿遍野，聚集了大量意图挽回损失的出借人。

附近的廉价酒店已经住满，有数千人只能在附近的体育馆中搭起帐篷。太多倾家荡产的人，不愿意放弃最后一丝希望。这一切，她是知道的，可是从来没有像这一刻这样苦涩。

抱着孩子的女人迟疑着，孩子还在哭，过来喊她的两个人却催促着她。贺知微忍受不了了，大声道："有用吗？新合家早已经不是他们的高层掌管了！和你们谈的人，都是拖延时间而已。孩子不知道怎么了，能先让孩子去看医生吗！"

"你谁啊？"两个男人转头瞪着她。

贺知微并不想理会他们，只是拉住女人的胳膊，近乎恳求地说："我们先带孩子去医院好吗？"

"刘姐你不能跟她走。"

"你到底是什么人？"

两个男人同时开口，一人拉住了贺知微，一人拉住了刘姐。

"放手！"贺知微猛地挣脱。

"小妹妹，你怎么知道新合家高层的事？你和新合家上面的人是什么关系？"

"你是不是知道他们的幕后老板是谁？"

贺知微缓缓退后，她从眼前的男人脸上看到了戾气。

她转身想走，却猛然撞到了另一个挡住退路的人。那人一把攥住了她的手腕，这回男人下了力气，她再挣不脱了。

"你们想干什么？"贺知微尖叫起来。

这是在大街上，虽然在渐落的小雨里，附近没什么过往的行人，可是中国的城市街道，一向很安全。

她不相信有人敢把她怎么样，然而在两个面色阴沉的男人的前后围堵下，她还是忍不住地颤抖起来。

小会议室里终于长久地安静下来。

大概是诸般事宜都暂告一个段落，也可能大家都知道金雪言睡着了，让她安静休息，总之已经好一阵子没有人进来打扰了。

整个梦信总部还在紧张忙碌地运转，然而这个会议室里是真正宁静的，桌上的女人在安睡。

小瑞已经出去了，林少煜看着金雪言的侧脸，久久没有移开目光。

他接触过许多倾国倾城的女人，她绝不是其中之一。可是他心中的倾城，除却她，还能有谁？

此刻，她歪着头，凌乱的发丝下，更显得有几分憔悴。他笑了笑，伸出手，极轻地将她的刘海拨到耳后。

想轻轻抚摸她的眉，她的眼，想要描摹她的轮廓，而他却犹豫。

他的手在空中停留了一会儿，终于收了回来。因为她动了动，醒了。

刚刚睡醒的她，眼中有种孩子般的朦胧："啊，我睡着了吗……"

"睡了一会儿。"

她清醒过来，看了眼墙上的时钟，发现自己竟然睡了两个小时。然后她看见他独坐一旁，屋子里没有别人，而自己肩上的西装，还带着一丝温暖。

"你一直在这里吗？"

林少煜点点头："嗯，我该走了。"

金雪言默不作声。

就这样一句，他总是如此，而她仿佛也已经习惯了。她默默地站了起来，取下衣服还给他。林少煜也只是起身，接过衣服搭在手上。

就在他还想说点什么的时候，突然一个人闯进了会议室，大叫着："不好了，听说金融院的贺老师出事了！"

当林少煜和金雪言赶到那个所谓的现场的时候，警察已经把贺知微带了出来。

在那个破旧的小仓库外面，警察抓到了两个慌慌张张的男人。他们此刻在一旁哭丧着脸哆哆嗦嗦，而一名女警察陪着贺知微坐在一旁的长椅上。

"我们是那位小姐的朋友，究竟发生了什么？"林少煜问着负责的警官。

"她被绑架了，不过嫌犯已经抓到，她也没受到什么伤害，放心。"警官指着一旁抱头哭丧着脸的两个男人。

他们并不是惯犯，临时起意的"绑架"，更像是一场闹剧。

"知道具体是怎么回事吗？"金雪言问。

"好像这两个人是一个什么倒闭的理财平台的受害人。他们怀疑这姑娘和那个平台的老板是一伙的，就想绑了她去谈判，要人家还钱。你说说这叫什么事啊！"

林少煜和金雪言对视了一眼，原来又是因为这样的事。

"这些人呢，可恨是可恨，不过也挺可怜的，好多人家底都没了……"警官似乎挺爱说话，不过他也意识到自己说多了，马上打住，转而道，"还好这位刘姐报了警。"

一侧还有一个抱着孩子的女人，拘谨地朝他们笑了笑。

金雪言转过身，看见长椅上的贺知微蜷着肩膀不住颤抖着，她似乎是吓坏了。边上的女警和她说着什么，却好像毫无用处。金雪言看了林少煜一眼，林少煜也在注视着贺知微，然而他丝毫没有上前的意思。金雪言犹豫了一下，只好自己走了过去。

"贺老师，你还好吗？"她轻挽她的手。

贺知微没有反应，她只好又说："我们送你去医院吧。"

贺知微抬起了头。

她的脸上有残留的泪痕，头发垂散下来，显得有些狼狈。她的眼睛有一瞬间的失焦，不过很快，她的状态至少在表面上恢复了正常。

她取过女警手中的纸巾，矜持地抹了下眼睛，说道："林少煜，麻烦你替我安排一下，那孩子病了，送他上医院去，谢谢。"

"好。"

林少煜只是点头示意，小瑞等人就过去安排刘姐母子的事。警察处置着现场，一时陷入暂时的平静。不知过了多久，贺知微忽然又发出一声低沉的呜咽。

她之前的镇静让他们以为她好了，可是原来没有。

金雪言轻抚着她的背，然而她猛地将自己的手从金雪言的搀扶中抽出。她没有看向金雪言，只仿佛自语般说道："金小姐，你有没有见过魔鬼？"

金雪言扬眉看着她。

"看来你没有发现，其实你每天面对的都是一群魔鬼。"贺知微低下头，她极力维持着表面的平静，眼底却藏着一种狂乱，"他们都是魔鬼，有人为了捞钱，把毒药套上了糖衣，引诱你，欺骗你。有人被引诱，被欺骗，却总想从别的无辜者身上把自己失去的夺回来。每一个人都疯了，没有底线，不知廉耻！太可怕了，你和他们接着玩吧，我要走了。"

贺知微说着，果然站了起来。她往前走去，眼神空洞，可是极力维持着自己姿态的挺拔。金雪言叫了一声："贺知微！"

贺知微停步，却没有回头。

金雪言一步步走到了她的面前，凝视着她的眼睛，一字一句说："贺知微，你知道吗？有时候我也非常非常痛苦。"

"你？痛苦？"贺知微笑了一声，"你只会和他们一样，你只想从这个腐烂的行业里挖出一点腐烂的肉来，别说这种笑话了。"

"够了！"金雪言突然怒喝，她抓住贺知微的双肩，如此用力，令她疼痛得皱起了眉，"让我告诉你，你说得没错，这个行业里充满了魔鬼！不管是用户还是从业者，他们都一样贪婪、势利、愚蠢，眼里只有钱。那些假标自融的平台，只想圈钱；借款人借了钱，恨不得永远不要还；出借人为了多那么2%、3%的利息，就什么也不管地买入全部身家，然后在倾家荡产之后发疯。可是，这就是我们的用户、我们的环境、我们的市场！"

她这话说得所有人都神情复杂。

"是，我看不起他们，我看不起很多人。可是在看着一个个投资者、一个个家庭因为平台倒闭陷入绝望的时候，我还是会非常非常痛苦，为什么？贺知微，不是每个人都是魔鬼，他们中有很多，只是想要攒一点点钱，追赶一下通胀，追求一点更好的生活的人。"金雪言情绪激昂，声音却是万分冷静，"就算在遭受惨重损失之后，他们甚至可能也不敢发声，只选择自己疗伤。你今天是被丧失理智的维权者伤害了，你看到的、听说的，有多少人？数千人的体育馆就让人心惊，他们尚且都是为自己争取权益的合法公民。可是这场浩劫里的受害者有数十万、上百万！他们许多人并没有做错什么，却失去了毕生积蓄，失去了未来的保障。"

她略舒一口气："贺知微，我不知道你说离开是什么意思，当然也许你本来就不属于这里。可是我属于这里，我会痛苦、迷茫、彷徨，这一路，我就是这样走过来的，我想要更多地做点什么。我不知道你回到中国最重要的目的是什么，也许是为摩飞打开市场，无所谓。只是在这个互联网金融的圈子里，你作为高屋建瓴的学者，能看到些什么，能给我们带来一些什么，我一直期许着，直到今天还是。"

"不，不，是你太天真了。"贺知微痛苦地摇头，"我也曾经那样想，可是这个市场太可怕了……"

"是啊，我太天真了。"金雪言的声音真正平静下来，"我一直天真地以为，这个行业，走了这么多年，面临的主要是经营性的风险，所以梦信一心想要提升风控。可是现在我才知道，时至今日，最大的风险，还是道德性的风险。我以为，就算行业规模要不断缩减，也会是个漫长的过程，我真的没有预想过如今这样的局面。可是我们能怎么办？我们能做的仅仅只是认清现实，然后在这种残酷的真相里寻找一个未来而已。贺老师，你可以离开，但也有很多人会留下来。那里面包括我，却不仅仅有我。"

她没有想过要说这些，是被贺知微刺激了，但又不是。淤积太久的情绪，一定有一个爆发的节点，愤怒、不甘、绝望……这段时间里纠缠着她的感觉，她要把它们清除一空。而随着这些说出来的话，坚定的力量也更加清晰。

贺知微没有回答，她只是转身，独自向前走去。

周围的人不少，却一片静谧。不远处，林少煜神色深沉地看着她们，同样沉默。

梦信金融在三天以后恢复服务，出借人可以看到，自己的出借资金不再进行到期后的债权转让，而是匹配到了每个借款人的真实期限上。每笔债权的信息披露更加透明，出现逾期的标的也一一详细标出。

梦信金融在很短的时间内开放了查标服务。每个出借人都可以通过现场或者线上的形式，查询自己持有的债权的借款流向，以及更细致的信息，包括借款人的签约视频等。

为了提高出借人的资金的流动性，梦信还开设了手动的打折债转。出借人急需回笼资金的情况下，如果愿意出让一些利益，可以吸引更多的人接手自己的债权。

为了避免踩踏，打折下限设为本金的九折。

第一天，有许多九折的债权标蜂拥出现。很多人宁愿发生一点亏损，也想尽快逃离这个是非之地，但承接的人也很多。因为凭空多出的10%的收益，还是有不小的吸引力的，何况梦信的回款率良好。

从拆标的第一天开始，根据借款人的还款，出借人就陆续收到数额不等的回款。虽然和过去一次性的收回出借款不同，但这样的方式，还是让人看到了新的希望。

"我的按照目前回款算，利率比原来的还高呢！"

"那是你运气好，我就不如原来的，不过本金还没亏。"

十余天之后，愁云惨淡的维权群里已经开始活跃地讨论各自的回款情况，而平台上主动打九折转让的标的也越来越少。很快，九七折、九八折的债转标都不一定能收到了，这意味着出借人信心的恢复，想要逃离的人已经越来越少。

这是个好的苗头，但问题还远远没有解决。

"我们这个月的逾期率已经上升到了10%，还有继续上升的态势，催收压力非常大。"

这是一个最不好的消息。去刚兑的前提下，想要持续运营，最重要的指标就是自然还款，这是当前梦信的命脉所在。"现在这个大环境下，想要逃废债的人太多了。本来具有还款意愿的人也开始观望，这不是我们一家的问题。"

确实不是，可是整个行业大环境的问题，具体需要每个机构来承担压力，把责任推给行业没有任何意义。

"我们的借款端已经暂时停止放款了，但是这样下去，资产端的流失也是很可怕的。"

因为没有新进资金，借款的停止确实已经持续一段时间了，而且现在还无法恢复。但作为中介，只有两端通畅才能存活。只要借款端一天无法恢复，他们就仍然处在缓慢落进深渊的滑道上。

"没有新的交易，我们的日常运营，现金也很紧张，维护、人力，都需要钱，不过茂林金融已经答应提供援助。"

这个程度上的帮助，茂林当然还是能做到的。不过他们还是必须紧缩阵线，降薪和裁员的决定很艰难，但从上到下，都没有异议。

"所以，金总，我们能挺过去吗？"一次会议已经结束了，不知是谁小声问了这么一句。

其实问这个没有什么意义，只是不安的阴云还是笼罩在每个人的心头。等了一会儿，金雪言说："我们已经做了我们能做的，我们只能等下去。不管多久都要等，一直坚持到最后。"

是的，他们已经做到了一棵冬天里的树能做到的一切。这个凛冬究竟什么时候过去，甚至是否会过去，需要拭目以待，更需要许许多多人共同努力去决定。

贺知微在自己的办公室里准备开会用的材料。

梦信拆标去刚兑的举措，受到了监管层密切的关注。今天则是金融研究院内部希望由她来进行一次相关内容的汇报。

她整理着相关的资料，又看到了那天在梦信大厦中的照片。

人群之中，男人和女人并肩而立，光芒万丈。

她默默地把照片收进文件袋。

秘书走了进来，拿了一杯水和一大把药片："贺老师，你的药。"

"谢谢。"贺知微笑了一下，接过药一下子吃掉了。

秘书有一点担忧地看着她。

贺知微已经很多年没有吃药了，但是最近，当失眠、幻听……再次侵袭了她，她很果断地找到医生，恢复了抗抑郁的治疗。

不过只是定期的复查，工作这边，她还不能放手。

贺知微的电话响了，她接起，说道："啊，妈妈……这么晚了，你还没睡？"

她的母亲叶岚，身在美国。虽然贺知微没有对她说太多，但母女连心，最近她给女儿打的电话频繁了很多。

"……我还不想回去，不是的。"

既是私人电话，秘书便悄悄退了出去。不过她刚刚坐下来，忽然发现给贺知微的药片里少了一样。她吐了吐舌头，赶紧又拿了水，要再送进去。

"……妈妈，我不知道我是怎么想的，我觉得轻松和开心，可是我真的不能甘心。"

贺知微从门里传出的声音却让她愣住了。

悲伤、茫然，全然不像平日里优雅的贺老师。女孩子突然发现，门里那个自己一直仰望的人，原来不是永远淡然有度、处变不惊。原来她也不过二十多岁，是和自己一样年轻的女孩。

"妈妈，你是懂我的。我并不想要拥有他，我也不需要他爱上我。我只是想和我的噩梦道别，我只想能够一点点撕开他的心，让他也能够因为我而难过而已。可是为什么？我看不到一点点的机会？没有一点点希望？他怎么可以那样！"贺知微的声音，让门外的女孩心惊，"怎么有人能这样对我，怎么有人能这样对我视而不见！不，可是这不是让我最生气的。更可怕的事情是，我看到他们的时候，有一个瞬间竟然发自内心地希望他们相爱、安好，为什么会这样？我好像已经失去了我自己！"

门外的秘书默默地退开了，她知道自己听到了一个不该听见的秘密。她并不清楚贺知微说的是什么，却从中感受到一种巨大的悲伤，她只是知道自己应该守住这个秘密。

二十分钟后，贺知微拿着文件夹走了出来。她已经收拾好了心情，恢复了那种平静和优雅。

"贺老师，这里还有一片药。"秘书赶紧把药递给她，"需要我陪你过去吗？"

贺知微摇头，吃了药，交代了一下下午的工作，就离开了。

半个小时后，她出现在金融研究院高层会议的现场。这是一个学术会议，与政府部门无关，但会对相关监管政策的制定提供参考性的意见。

贺知微的脸上，曾经的那种颓然已经一扫而光，没有人能看出她有过怎样的内心挣扎。轮到她发言时，她站起身来，目光奕奕。

"各位老师，在梦信金融去刚兑的改革之下，我认为网贷行业的刮骨疗毒，已经进入了下半场。"她不疾不徐地说着，"之后，为了促进行业正本清源、健康发展，关于如何进行规范化的引导，我个人有以下几个建议……"

她也曾想要逃离。

可是金雪言能够面对的，她为什么不能？

她会比那个女人做得更好，提供更大的影响力，为了这个行将荒芜的领域，有一日能重新焕发生机。

梦信去刚兑的改革，对行业内部造成了两种截然不同的影响。

一方面是带来了更大的压力，爱琴海、彩虹城堡这类仍然用自有资金保证全面及时回款的公司，本来是很得投资者信任的，大家相信它们无论如何不会爆雷。但是梦信的行为，带来了另一种可能性——会不会哪天，这些大型平台也来一手拆标去刚兑？

它们的净流出骤然增加。它们要坚持下去，只能拼尽全力，严防死守。

梦信带来的另一个影响，就是使得众多平台跟风。毕竟和梦信一样为债转所累的平台太多了，它们好像看见一扇新打开的窗。其实这件事，大家都想做，只是谁也不敢。现在有了吃螃蟹的人，后来者的压力就大大减小。经过梦信这一遭，投资者接受这种模式也容易许多。

而在拆标去刚兑的平台当中，又出现了不同的情形。有一部分确实逾期率低，如梦信一般，能够比较良好地运营下去；另一部分的逾期率就处在相当危险的水平上。这就是风控的缺陷带来的恶果，如果回款水平确实过低，它们也撑不了太久。

终于，真正具有良性竞争力的平台，在这种渐渐产生的分层中凸显出来。

不过不管是哪一种，大家都在用自己的方式谋求生存。到了这个时候，只要仍在坚持，已经殊为可敬。

经侦方面一直在抓紧调查各个爆雷平台的实际资产，以求更多地为出借人挽回损失。许多潜逃的非法吸纳资金的实控人也被陆续捉拿归案，但这里面并不包括财富家的实控人卢硕。

卢硕站在闪烁的霓灯下，默默看着眼前的大厦。

在荒郊野岭躲了一个多月之后，他终于又回到了这座城市里。繁华的都市有一种独特的魅力，让人不由自主地沉沦。他知道自己不应该来到这里，哪怕这儿离机场很近。

他现在是个通缉犯。

他即将真正地离开这里。可是这个深夜，他却在最危险的地方，仰视着面前的大厦顶端，那两个明亮的大字。

梦信，它还活着。

他处心积虑三年多，用尽心机，不过是想要毁了它，毁了那个女人。现在，它伤痕累累、摇摇欲坠，而他只要逃出生天，还有大量可挥霍的财富。他一直觉得，自己也不算输。可是在真正看到它的那一瞬间，他才觉得自己彻底地一败涂地。

这是一种令人愉悦的痛感。

也许是无望的颓然，也许是心服口服，总之他对这一切感到很平静。他有一刻忽然明白，自己只是想在这场与金雪言的生死博弈中，看到一个结果。

现在他看到了，可以了，结束了。

他又想抽支烟。

不远处有一家二十四小时便利店。他犹豫了一会儿，确信它没有安装监控装置，终于拉低了帽檐，走了进去。

他拿了烟，丢下零钱就走。

转身之时，却猛地撞上了一个刚刚买了东西同样过来结账的女人。

真的是冤家路窄。

"对不起……"安小仙撞到了人，正道着歉，突然睁圆了眼睛。而还没有等她反应过来，眼前的男人就一把捂住她的嘴，猛地把她推出了门外。

安小仙是到便利店来买牛奶的。

她下班准备走的时候，发现金雪言车上备的盒装牛奶喝完了。明天买也不是不行，就怕她一大早要去哪儿，她想了想决定到旁边的便利店买两盒应急。

她撞上卢硕的时候，第一反应是震惊，然而，她没有在第一时间喊叫。

为什么，她自己也说不太清楚。也许他在那一天讲的故事，毕竟还是打动了她。她就迟疑了那么一下，再反应过来，已经来不及了。

卢硕把她推到店外没有灯光的角落里，她的背抵上砖墙，他用胳膊卡住了她的脖子，让她无法呼吸，她的眼泪下来了。

120

"别吭声。"男人灼热的呼吸喷在耳旁，她不得不点点头。

卢硕把她放开了一点，安小仙从他的肩膀上方看出去，一片黑暗。她大口喘息，一个字也说不出来。

但就算她能发出声音，她也知道没用了。现在毕竟是深夜，卢硕把她拉到了不知道是哪里的僻静角落。在她把人喊来之前，他有足够的时间把她杀了。

"你、你想怎么样？"所以她只能这么小声，害怕地问。

她这一句问得卢硕也头疼了起来。

他想怎么样？平心而论，他只想尽快离开，会在那个时刻迎面撞上安小仙，他是万万没有想到的，简直是倒了大霉，安小仙常常让他头疼得要命。现在面对着这女人瑟瑟发抖的样子，他能怎么办？

他绝不能就此放了她，他很快就要离开这座城市，在那之前，绝对不能让她暴露自己的行踪，可是……

就在他还考虑着的时候，安小仙突然猛地一推，就要从他的钳制中逃走。他火了，把她一把拽了回来。她没命地踢打着，抓挠着，但是她又怎么能敌得过他？

于是最终，安小仙被卢硕绑在了附近一个隐蔽的桥墩下面。他不知上哪儿找了一大块破布，塞住了她的嘴，让她完全没法呼救。

做完这一切，他在稀薄的月光下面看着她。

安小仙在痛苦地扭动，流着泪，楚楚可怜。他抓住她的头发，说："别动了，天亮了就好了。"

她睁大眼睛看着他。

他无奈地挠了挠头："唉，你说我也没办法不是？我要走了。乖乖待在这儿，别逼我找个砖头把你拍晕啊。"

安小仙不动了。

卢硕挨近了，又看了她一小会儿，然后轻声说："我保证，你是最后一次见到我了。安小仙，忘了我，就当我已经死了吧。"

他靠近她，似乎想要亲吻她，然而没有。最后他只是伸手，近乎爱抚地摸了摸她的脸，然后起身离去。

安小仙一动都动不了，只能看着他的背影慢慢消失在眼前这个幽暗的长夜中。

安小仙是被清晨干活的环卫工人发现的。

他们发现她的时候吓坏了，赶紧把她解开，连声说要送她去医院。她虽然不住地在发抖，但拒绝了他们的好意。她借了电话，打给了金雪言。

这个地方就在梦信附近。金雪言赶过来的时候，看起来气疯了。但是她也没有什么办法，能做的也还是送安小仙去医院。

卢硕再次失去了踪迹。她在医院里一通忙，总算安顿好了安小仙。还好，安小仙也没受什么伤，估计不用住院。只不过她的心伤，又怎么治？

金雪言回头想要去倒点水的时候，安小仙忽然拉住了她的衣袖。

她回头，安小仙把一张皱巴巴的纸条塞到了她手里。

"我和卢硕扭打的时候，从他的衣服里抓出来的。"安小仙说。她称那个人为卢硕。

金雪言打开纸条，看见上面写"B7474001019"。

"这是什么意思？"

"不清楚。"

金雪言捏着纸条走了几步："你说，他说过他就要离开？"

安小仙点点头。

她真的不清楚这张纸条上写的是什么意思，但她将它拿出来，却仍然犹豫了好一会儿。她不知道自己为什么要犹豫，也许这串字母和数字根本毫无意义，也许……

"我去找邵锦。"金雪言想了想说。

一串含义不明的数字，一个在逃的通缉犯，它们之间能有什么联系？她想不出，但破解密码一样的东西，她第一个想到的当然是邵锦。

结果这件事比他们想象的要简单很多很多。以邵锦的效率，不到二十分钟，他就给了详尽的答案："B747-400是一架大型货运飞机的型号，今天十点十九分，浦川机场有一班B747-400要飞往欧洲。上面的货物属于昌顺物流，对了，昌顺物流的控股股东是茂林集团。"

欧洲，货运飞机，卢硕是否会通过这种方式离开？

金雪言马上给经侦方面打了电话。警方听了她说的，很重视，但也很直率地告诉她："金小姐，我们会马上和机场方面联络。但是，你说卢硕会通过这班飞机逃离，这确实还是一种猜测。要强行留住这班飞机，我们需要审批。不过你放心，我们会尽力。"

可她实在不能放心。

现在是上午九点零五分，离那班飞机的起飞还有一个多小时，以警方的这个态度和效率，恐怕……

她一定还要做点什么。

她想了一会儿，还是拨了电话给林少煜。

此刻，林少煜刚刚离开茂林大厦，和小瑞坐在奔驰的车子上，他们要去"光点计划"新投建的工厂视察。听了金雪言的电话，他有点意外。

"你是说，卢硕要乘那班货运飞机离境？"

"我不知道，少煜，现在一切都只是猜测。"金雪言说，"可是如果这是真的，让他就这么跑了，以后再想找到他，会很难。"

其实虽然只是猜测，但林少煜迅速判断，也认为这具有很大的可能性。一个通缉犯，在如今严格的安检下，想要通过正常渠道签证、出境，无疑是天方夜谭。货运飞机……虽然不知道他用的是什么手段，但未必不是一条有可能的途径。

"我会联络昌顺物流方面。"他很快就说。

"麻烦你了，我会立即去机场。"

"我也会过去。"

他没有问她到机场干什么，她这样的人，这种时候怎么可能还等在家里？而他到机场去，是很有必要的。要在短时间内拦截下旗下企业的一班飞机，并不是想象中那么简单的事。

他是没权力代表昌顺方面和机场沟通的，只能通过一层层传达。他让小瑞查了昌顺老总的电话，小瑞突然说："要做什么？这个电话我来打吧。"

林少煜没有回答。

车厢里陷入一种压抑。前排开着车的阿普不知道原因，只是感到莫名不安。过了片刻，林少煜说："把号码给我。"

这个电话由他打，还是由小瑞来打，效果当然不一样。

在这瞬间，他感到一阵无力。他知道小瑞看穿了他。他拒绝不了金雪言的要求，忘记这会带来什么后果，要付出什么代价。和金雪言共同做一件事，他不由得失去那种谋定后动的持重，也变得充满血气。

就算意识到这点，他也只能接受，只能付出决心。

他不再犹豫，亲自给昌顺物流的郑总打了电话。果然，对方非常惊讶，第一反应也是："林董，这个事情确定吗？是警方的要求吗？"

"不是，警方还在走流程。"

"可是我们的这批货是鲜品，耽搁一天，要损失好几十万的。"

"我知道，但这个人确实很重要。发生的经济损失，集团这边会酌情补偿。郑总，拜托了。"

他这么说了，郑总终于答应下来。

这个电话如果是小瑞打的，对方就未必能够帮忙。不过郑总需要把事情吩咐给这次货运的负责人，再由负责人和机场沟通……他们之间电话沟通的效率，也并不是林少煜能够控制的。

只有他亲自去机场，不管用什么身份，不管用什么手段，才有可能用最直接的方式，强行把这班飞机截留下来。

他把信息反馈给了金雪言，她已经在赶赴机场的车上。她当然了然现在的情况，警方和昌顺，都不一定能靠得住。他们能做的就是争分夺秒，赶到机场。

和她打完电话，林少煜把目光转向了窗外。

车子当然已经改换路线，奔驰在前往机场的道路上。他不再说话，只是看着窗外的景物无声地飞掠而过。

因此他并没有看见，前座的小瑞，默不作声地看着自己的手机，把刚刚发生的几条聊天记录删除了。

林少煜和金雪言几乎是同时到达机场的。他们在机场大厅碰头，但从公开的信息上看不到货运机的情况，林少煜决定马上去调度中心。

这个时候已经超过了十点十九分，但如果昌顺物流方面态度坚决、处理得及时，飞机有可能暂时还没有起飞。

他们就那样闯入了机场调度中心，里面一片忙碌。他们找到了人，问及B747-400货运班机，对方告诉他们："五分钟前已经起飞了。"

金雪言感到一阵失望。

林少煜拍拍她的肩，正想对她说点什么，边上一个男人突然看见他，说道："林董事长？你……怎么你们……哦，我是昌顺物流的。"

林少煜会被下属企业的员工认出来并不奇怪。这个自称是昌顺物流的员工的人显然非常困惑："郑总说您吩咐要我们拦住那批货，我是特意赶过来的，可是……"

在他迟疑的话音中，顺着他的视线，林少煜和金雪言看见不远处背向他们的一个男人终于转过身来。他儒雅雍容的风度，令这个调度室的忙碌背景瞬间失色。

金雪言倒抽了一口冷气。

方靖伟微笑着，缓缓道："少煜，金小姐，你们也来了？真是巧啊。"

方靖伟，茂林金融总裁，茂林集团董事会成员，集团高层中曾经举足轻重的决策者。

昌顺物流，虽是茂林的控股企业，但是一向和茂林金融并无业务往来，方靖

124

伟更没有道理插手昌顺物流的内部事务。

然而今天，昌顺物流的负责人，在得到上层指示，赶至机场想要截留那班飞机的时候，却遭到了同时到场的方靖伟的激烈反对。茂林金融的地位在集团内部当然远胜昌顺物流，方靖伟的气场更不是昌顺那名负责人可比的。因此，在方靖伟的一力坚持下，飞机准点起飞。

这就是今天在机场发生的事情。

金雪言感觉到一种黑云压城的恐怖。

茂林八十八楼，林少煜办公室外的休息间里，金雪言焦虑不安地走来走去。一旁，小瑞坐在沙发上，沉默地看着她。

也许，这批货和方靖伟有关，是他的什么朋友的？为了避免损失，他才执意不愿让飞机滞留。毕竟他们的猜测太无根据了嘛……可他根本不该出现在那里！

金雪言在心中极力为方靖伟开脱，寻找着合理的可能性，然而一切都是徒劳的。他们看到的一切，只能指向唯一的那个结论。

方靖伟和林少煜两个人，已经在办公室里谈了整整两个小时。

从机场回来的一路上，林少煜一言不发，脸色阴沉得吓人。

金雪言一直在外面等着，可是太久了。这两个小时里，她什么也无法知道，她感到非常难熬。她不是特别有耐心的人，有一刻，她忍不住想到那扇紧闭的门前，敲响它。

"金小姐，可以坐下来等吗？"小瑞的声音有些木然。

金雪言深吸一口气，重新坐了下来。

没多久，办公室里传来巨大的破碎声，她和小瑞同时站了起来。

在他们还没来得及反应的时候，门打开了，方靖伟走了出来。

他的脸色铁青，再没有了平日的儒雅风度，一双眼睛布满血丝，整个人都带上了一种狠戾。

他快步走着，不想有任何停留，只想离开这里。

他看见金雪言挡在了他的身前。

"为什么？"她问道。

他看着眼前的女人，说道："你没有资格问我。"

他推开了她，往前走去。他听见金雪言在他身后抬高了声音："为什么要帮卢硕离境？你和他到底是什么关系！"

他停下了脚步，慢慢回头。他看见金雪言瞪着他，她是那样难以置信。忽然，他的心头漫过了一种众生皆苦的哀戚。然而就在这样的心境下，他反而笑了起来，开口说："金雪言，看见钱的时候，你心动过吗？"

"你想说什么？"

"看见一个亿、十个亿、一百个亿的时候，你心动过吗？"方靖伟缓缓地问着，但他并不需要她的回答，"我曾经以为，一个普通的高校毕业生，用十八年的时间，坐到了茂林高层的位置上，我已经无欲无求。可是那些钱在我眼前流过的时候，还是太有诱惑力了。因为伸手够到它们，实在太容易了。"

"拿走出借人的钱，就是你所说的容易吗？"

"是啊，难道不是吗？没有人监视你，没有人管理你，甚至那些出借人，他们自己也不关心钱到底到了谁的手里。他们只需要在约定的时候，顺利拿回自己的本金和利息。我们可以用后来的资金，偿还前面的利息，真的来得太容易了。你不觉得不拿这些钱，就像是一个傻瓜吗？"

"方靖伟！所以你做了和卢硕一样的事？"

"没有，怎么可能呢？别把我和卢硕那样的人相提并论。"方靖伟似乎已经不在意她说了什么，而是陷入了回忆，"最开始的时候，是房地产的项目需要钱。集团遭遇了一些困难，我就忍不住伸手了。这种事，有了一次，就停不下来。茂林收了五家互金平台，除了梦信，我们对其他几家都有绝对的控制权。它们的资金，可以相互挪用，非常方便。别那么看着我，我的操作手法才不像卢硕那么拙劣，我们真假混杂，做得比他高明多了。"

方靖伟看见一向无惧无畏的女人往后退了半步，似乎胆寒，他继续微笑着："我没有接触过卢硕，不过呢，他毕竟是这个圈子里手伸得最长的人。金雪言，你知道'这个圈子'是什么意思吗？可怜你混了四年互金业，压根不知道'这圈子'是什么，你甚至不知道它的存在，对不对？这圈子里，不止一个卢硕。只不过，只有他知道得太多，太危险了。"

金雪言感到有一种难以下咽的苦涩，她知道他说的是对的。在这两个多月的雷潮当中，类似卢硕的人并不少。只不过他们控制的平台没有卢硕那么多，影响没有那么大。她艰难地说道："所以，除了梦信之外，茂林旗下曾经的那些平台，全都被你掏空了，是吗？"

"不然你以为林少煜为什么要逼着我把它们全都剥离出去？"方靖伟冷冷地道，"是，一开始我是为了集团，后来也不全是。他发现了，让我悬崖勒马，他让我把一切全吐回去！是，填上了那些坑之后，公司卖掉了那些平台，还赚了一笔。可是，他怎么能那么道貌岸然、自以为是？他以为逼着我这么做之后，茂林就干净了，他自己就干净了？"

金雪言喃喃着："我问过他。"

是的，她问过林少煜，为什么茂林那么快撤出了互金业。当时他没有正面回答，原来有这样一个真相。

"林少煜，他拿走了集团的所有权力。他不记得，是谁让他坐稳这个位子的。知道那些事情之后，他甚至连茂林金融都想从我手上夺走！"方靖伟的声音，带上了一种漠然的恨意，"而且，他非要放弃房产、金融这样稳赚不赔的行业，要去发展根本不赚钱的制造业。他太狂妄，太任性，他以为逼我抽身退出是救我？他以为我就真能像对他父亲一样，对他也怀着忠诚？他不知道，茂林迟早要毁在他手上。我是管不了茂林的事了，可我还要为自己打算。"

"方靖伟，够了！"金雪言终于从震惊中回过神来，她恢复了自己的凌厉，"那么，在茂林金融剥离了那几家平台后，你还做了什么？现在，你手上还掌握着什么？"

方靖伟看了她一眼，终于不再回答，迈步就要离开。

金雪言却冲上前拉住了他："回答我，卢硕会在哪里落脚？"

"你在说什么，我不清楚。"方靖伟看着她，神情平静，然而却慢慢抓紧了她的手臂，神情隐现狰狞，"你说我放走了一个通缉犯？证据呢？你想要查我的底子，那你去查好了。金雪言，我告诉你，你今天所有的锋刀利刃，总有一天，会报应到你自己的身上。"

他说完，重重地推了她一下，然后冷酷又优雅地整了整自己的衣领，终于头也不回地离开了这个地方。

林少煜的办公室里一片狼藉。

有人上来，似乎想问需不需要收拾，却让小瑞摇摇手打发走了。但他自己也站在门外，畏惧一般不敢进去。

一个巨大的立式花瓶被打碎了，那应该是林茂生喜欢的东西。办公桌前，给客人坐的转椅被掀翻在地。金雪言走进去，不禁深深吸了一口气。

林少煜站在窗前，双手扶着窗框，深深垂着头。她走过去，在他身旁站定。

有一瞬间，她想挨过去，把他搂进怀里。她见过意气风发的他，俯视众生的他，或者逆境下仍旧坚定有力的他，但从没见过他的身上散发出这样一种颓然之意。

也许他也经历过困境，也失败过，却没有遭受过如此惨烈的背叛。

觉察到她来到身边，林少煜抬起头来，低声说："对不起。"

"不用对我这么说的，少煜。"

"方靖伟，他……"

他停了下来，金雪言说："他都对我说了。"

林少煜点点头，将目光投向远处，许久才说："方靖伟，他像我的兄长。没有他，我今天不会站在这里。他……和我有过不少的争执，可是，他教会了我很多事情，他曾经一心一意为茂林着想。他做的一切，我……"

他竟然有些说不下去。

金雪言轻轻握住他的手，缓慢而轻柔地抱住他，抚慰地说："我明白。"

她明白。尽管显而易见，方靖伟一手策划了卢硕的逃离；尽管他曾做出那样的事情，可他对于林少煜的影响，仍旧无法取代。林少煜，也许在很多时候，已经习惯了生杀予夺，但他终究不是一个冷血的人。

"所以，抱歉。"林少煜轻轻推开了她，说道，"方靖伟的事，我希望不再追究。"

他虽然口中道歉，但并没有丝毫商量的意思，语气冷硬，不容置疑。金雪言这一刻感到不快、不甘、愤然……可是在他深深压抑的面容下，她发现自己竟无法摇头。

现在卢硕已经逃离，说方靖伟是包庇、协助卢硕逃跑的人，他们没有证据。他手上是否还有尚未暴露的平台，她也不清楚。这些的确可以去查，照她的性子也一定会去查。可是怎么查？她突然发现自己之前得到了他的太多助力，而在这件事上，她能逼他去查吗？

如果说就此揭过才是他希望的，那么，她就做出这样的退让吧。那不是出于妥协，而是出于……一种疼惜。

哪怕是在他强势冷硬的措辞下，仍然存在的一种疼惜。

她在短暂的挣扎后打定了主意。

"好，一切由你来处置吧，放心吧。"于是她平静地说。

林少煜深深凝望她，许久，终于疲惫似的垂下眼，说了一声："谢谢。"

方靖伟在一周之内就完成了离职和一系列交接工作，同时退出了茂林集团董事会，这在茂林内部造成了不小的动荡。但这毕竟只是一次人事调整，他声称要退休，也没有人有权阻拦。

方靖伟的妻女两年前就在美国定居了，这样一来，他们可以共享天伦之乐，他觉得轻松许多。

他动身之前，再次来到了茂林大厦。他来到八十八楼的办公室，林少煜不在。小瑞陪着他在会客室里，两人却只是相对无言。他等了一会儿，忽然发觉自己的无聊。到这份儿上，他还想对他说点什么，他竟还想对这个公司的未来交代点什么，这太可笑了。于是他起身离开。

林少煜回来之后，小瑞垂着眼对他说："方总刚刚来过。"

"他说什么了吗？"

"他说，希望你……好自为之。"

林少煜抬起头看了他一眼，年轻的助理的脸上，带着少见的忧郁。林少煜忽然露出疲倦的笑意。

"小瑞，是方靖伟把你招进茂林，让你留在我身边的。他对我说，你值得信任。"

"是的。"

"去机场的路上，你做了什么，你心里清楚。我只能容忍这一次，下不为例。"

而金雪言，自那天在八十八楼答应了林少煜之后，也不再关注方靖伟这个人。卢硕跑了，她是很生气。但她已学会了接受，并不是所有的事都会如她所愿，何况她自己也太忙了。

每一天，梦信都需要她投入全部的精力。不但如此，在梦信的状况稳定之后，他们对云微在线也实行了相似的操作。到了这个时间点，随梦信的步伐进行变革的平台已经太多了，云微的变化已被视为理所应当。

雷潮似乎渐渐平息，从之前每天都有多家平台出问题，到后来只有零星的雷声，看似好转的态势之下，更深层的创伤显露出来。

这次和往年集中在小型平台的雷潮不同。过去的风险爆发往往如野火过境，春风又生。雷潮平息，很快行业整体又欣欣向荣。然而这一次，猛烈地清洗过后，只留下满目的疮痍。

从二〇一六年到二〇一八年上半年，行业内共有七百余家平台消亡。可二〇一八年六月到八月，不到三个月的时间里，正常运营的平台数量急剧减少了五百家以上，其中不乏一些素有名望的公司。这种深刻的伤痕需要漫长的时间来平复。

逐渐沉寂下来的平静，不是真的平静。恶意跑路、假性清盘的平台虽然渐渐少了，但还有很多平台回款率不佳，仍在苦苦支撑，这是早期盲目扩张，未能掌握良好资产端所带来的后果。行业内部的风险，要完全消化，仍需时日。

雪崩已经过了，能不能从悬崖下爬上来，要看各人的造化。

在这种如履薄冰的局面下，梦信重新开始发布借款标的，那是因债转停滞而停止发布借款之后的第一个新标。

那一天，金雪言在运营部，在操作人处理好发标的一切信息之后，她亲手点了"确认"。

大家开心地鼓掌,这意味着,作为信息中介,梦信重新打通了进出的渠道。

金雪言想起,余天刚刚跑路的时候,自己手足无措地发出过几个新标。今天的心情与那时竟然有几分相似,却恍如隔世。

"你们说多长时间能满标啊?"有人兴致勃勃地问。

"两天?"有人满怀期待。

"算了吧,一周能满不错了。"冷水泼上来也是毫不留情。

想到曾经三分钟满标的盛况,那确实是上一个时代的事了。

金雪言看着大家,摇头笑了。

虽然行业整体的资金仍在外流,但奇迹般地,梦信的资金慢慢呈现出净流入的态势。

没有刚兑的平台,竟然没有被市场抛弃,在这个严酷的环境中生存下来,这不能不说超出大部分人的意料。

只能说这场大环境的动荡,极大降低了投资者的期许值。梦信选择的时机又恰如其分,事后还引得跟风者众,算是把握住了天时地利。

当然也不止梦信一家,此前一直在用各种方式极力维持的头部平台,都有了资金回流的迹象。希望回暖是复苏的开始,希望微弱的绿意不是昙花一现,所有经历了寒冬的人都如此期盼。

与从业者的努力相呼应的,是监管层面的好消息。

银保监会出台新一轮的全国性验收细则,人称"一百零八条",通过更细致的标准,制定出一个专业规范的平台应该遵守的底线。每个平台积极进行自查的同时,都谨慎低调。所有人都明白,这不是一种形式上的检查,而是更加深入核心、直指实质的整肃和重塑。

另一方面,得到多方的推进和支持,互金平台加快了接入央行征信的步伐。此前,平台借款人资质较差,逾期率高,的确和缺乏足够的威慑力是分不开的。当涉及购房、就业、出行等方方面面的银行征信也接入了来自互金方面的数据,借款人的还款意愿将会得到极大提升。同时,打击逃废债、惩戒失信人的行动也在加大力度,彰显了上层的决心。

紧接着,四大AMC共同确认,将介入互金平台的资产处置工作,AMC(Asset Management Companies)是专门对不良资产进行处置的资产管理机构。他们将对接内部资产出现恶化的一些平台,进行收购或者转股等操作,以便更好地保护出借人的利益。

130

130

多方出手，形成合力，在不同角度的呵护下，互金业渐渐脱离了一个孤岛的困境。尽管与传统金融相比，它还太稚嫩太渺小，但它同样是属于这个社会的鲜活而真实的一部分，是这个社会健康运转不可或缺的环节。

"所以，我们院内的意见就是这样，翟老师可以参考一下。"

翟丹峰的办公室里，贺知微带去了近期金融院内部的研究报告。虽然金融办也不是政策的直接制定者，但本市作为网贷重镇，传达上去的建议，必然会受到高层的重视。

就像她之前提的很多建议，不知不觉也一一落实了。也许那也不一定就因为是她提出的，只是一种不谋而合，但看到一切慢慢发生，她的内心还是有种淡淡的骄傲。

翟丹峰翻看了一下材料，问道："小贺，你觉得目前互金业局面如何？"

他这么问，是要撇开那些措辞严谨的报告，听她真正的心里话。贺知微斟酌了一下，说道："表面上看，整个大局已经逐渐平稳。但我认为，'斗争'已经转到了另外一个层面上。"

翟丹峰点点头："你和我想到一块儿去了，我也感觉到，迟早有妖风要起啊。"

"您担心的是折让债转的事吧？"

贺知微十分了然。在拆标的操作推行开之后，为了债权和资金的流动性，大多数平台都放开了打折债转。如梦信一般有自信的平台，会把折扣率设置一个上限，比如九折，以避免出借人情绪波动带来的非理性踩踏，但小一些的二三线平台，不设上限者也大有人在。

出借人之间相互的踩踏实际上时时都在发生，这后面又有各方利益牵扯。

"是啊，总有人想要趁火打劫。"翟丹峰冷笑了一下，"他们最好懂得见好就收。"

"不过，这是完全市场化的行为，不是我们应该插手的。"贺知微小心地道。

"希望是我们多虑了吧，现在也顾不上这个。"

贺知微沉思着："我想，现在最重要的还是要对整个行业的实控人进行全面的梳理。"

她说得没错，这次极端的雷潮之中，以卢硕为代表的"玩家"才是罪魁祸首。他们都不能算是从业者，而只是把这行业当作摇钱树的蛀虫。只是，很多卢硕暴露了出来，却一定也有还没暴露出来的。

"对，这件事牵一发而动全身，很难，不能缓，但也不能急。"翟丹峰说道。

梳理实控人并不是金融监管机构就可以完成的事，涉及全国范围内工商、税务方面的大排查，的确不是朝夕可为。贺知微点了点头，站起身来。

她打算离开，然而在这一刻，她突然生出一股冲动："翟老师，有一个问题，很久了，我一直想问。"

"你说。"

"平台备案，从紧迫推进到后来中止，都是一开始就设计好的吗？"

翟丹峰慢慢抬头看她："为什么这么问？"

"金融业需要打破刚兑，这两年，在各类债务违约的压力下，也需要一个风险释放的窗口。互金业正处在风险传导链条的最前端，也是对整体杀伤力最小的。事实上，备案停止之后的走向，正是沿着上层所希望的方向……"

"小贺。"翟丹峰打断了她的话。

贺知微知道自己说多了，这些话，轮不到她来说。但她并不是一个缺乏勇气的人，她只是执拗地与翟丹峰对视。

看着她的神情，翟丹峰笑了起来。他做了一个安抚的手势，说道："小贺，你觉得治理一个行业，像下棋吗？"

贺知微一时没说话。

翟丹峰也并不等她回答，接着道："也许有人会觉得像下棋。你走出一步，就会收到相应的合乎情理的反馈，如果你够聪明，还能算到后面的很多步。可是啊，很多时候，我们并不是在下棋，我们是在走迷宫。互金业太年轻，我们面临的整个市场环境，又超乎寻常地复杂，我们没有经验可以借鉴。从下而上，从你我到每个平台的管理者，谁不是摸索着往前走？高层做出的每一个决策，只能说，在当时的那个时间点上，都是为了保护更多的人更长远的利益。把事情想得太复杂，并不是一个好的思路。我这么说你明白吗？"

贺知微顿了一下："明白了，谢谢翟老师。"

她点头，告辞离开。

也许，翟丹峰说得对，每个人都只是在这条崎岖的道路上不断前行。金雪言何尝不是这样说的？想得太多并没有什么助益，但无论如何，今天的话问出来，她心里还是轻松多了。

走出翟丹峰的办公室没几步，贺知微的电话响了。她停下来，接起，是孟伯平。

"微微，最近好吗？"

"挺好，医生说我没有太大的问题，就是有点忙，摩飞一切都好吗？"

她去看心理医生的事，没有瞒着孟伯平。经过这么多年，她已经坦然面对自己曾经患病的事实，也不会为此而有什么自卑或者顾虑。

而近日，她因为金融院这边工作上的事，确实很少关心摩飞的情况。

"一切都好，放心吧。"孟伯平的声音还是那么温和，"微微，本来不想打扰你的，不过有一件事，有些有趣，我想还是要告诉你。"

"什么事？"

"风范汽车的IPO出问题了，我想，他们很快会来找我们。"

第十六章

向你告白……

　　风范汽车的目标市场是纳斯达克，而它的IPO出现变数，受影响最大的将会是梦信金融科技公司。

　　梦信和茂林有对赌协议，他们会在三个月之后结算。而在经历了那样一场浩劫之后，梦信下半年可以预计将发生大额亏损，主营业务必然无力达成协议中约定的净利润指标。

　　本来是冒险为之地对风范汽车的投资，如今竟变成一根救命稻草。上市成功，它的市值会帮助梦信赢得对赌协议；一旦失败，梦信输掉协议，金雪言和其他高管将失去所有股权。

　　简单、直接、清晰、明了的局面。

　　"我们主要是受到了一些竞争对手的攻击。"电话里，陈贤愤愤不平，"他们说我们的制动系统有重大缺陷，会发生不可复制的随机性致命故障！"

　　他给金雪言解释了半个小时那个技术是什么，故障又是什么，金雪言是没法完全搞懂的。但她听懂的是，在这个注册审核的关键时刻，这种负面消息会给评估带来很大影响。

　　"虽然招股书审查未通过需要反复修改的事情很常见，但是我们没有时间了，金总。"一直在跟进此事的负责人也来自梦信的团队，对情况很了解，"风范可以等，梦信等不了啊，我们必须尽快让风范上市，所以我们需要优歌技术公司的报告。"

"为什么是优歌技术公司？"

"他们在美国本土非常受认可。如果他们能够出具对风范核心技术的研究报告，那些攻击都会不攻自破。"负责人说道，"对，金总您说得没错，证监会主要看的是财务数据和报表。但这不是我们的核心竞争力，我们的竞争力是未来技术上的无限潜力。所以为了提高一次性通过审批的概率，辅导团队建议我们赶快搞定优歌技术公司。"

"但是你们碰了钉子？"

"是啊，陈总对调查报告的结果非常有信心，但是优歌技术公司……怎么说呢，他们不提供这类的'服务'。他们非常傲慢，我们需要一个能很好地与他们沟通的媒介。不知道我们在国内有没有这方面的关系。"

有当然是有的。金雪言冷笑了一下，然后说："我知道了，你们等消息吧。"

这件事情放在他们几个人的高层小会上，感觉就令人特别紧张。说到底，他们能找到的解决问题的途径，只有摩飞AI。负责风范的团队回头来求助，目标也很明确。

可是摩飞……他们和摩飞的恩怨，不是一两句话能说得清的，现在又怎么求助？

"摩飞和茂林有着紧密的合作，理论上说，他们不应该侵害茂林的利益。"

"关键是，我们没有可供交换的筹码了。"

他们说得都对，摩飞的AI升级计划，就是因梦信的阻挠而夭折。而现在，梦信刚刚缓过一口气，信贷方面的数据还完全不正常，更不可能对摩飞提供什么有价值的帮助。而另一方面，梦信、摩飞、茂林三者之间呈现出一种微妙的关系。

"但是，如果摩飞想要从茂林那里得到更多的东西，这未必不是一个可以利用的机会。梦信70%的股权，就算近期估值下降，价值仍然在20亿以上。"金雪言露出一点锐利的笑容，"如果我们让摩飞有一个冠冕堂皇帮我们的理由，他们未必不会考虑。"

其他几个人都沉默。过了一会儿陆升明说："比如向摩飞许诺，我们赢下对赌协议后的一部分股权，或者哪怕是优先购买权，摩飞会怎么选择？"

每个人都在心里咀嚼着他这句话。如果摩飞帮助梦信，会让自己大有获益，它当然应该这么做。然而，与此同时，如果茂林为了得到这价值20亿的股权，被迫向摩飞出让其他方面的利益，"光点计划"、实验室……摩飞的选项就太多了。无论如何，这三方的博弈中，它会是最占据主动权的那个。

如果梦信想办法借助茂林的力量呢？

金雪言这么一想，当即自嘲地笑了起来。事实上，想要借助茂林的力量，遇到难题想要和他商量，是她的第一反应。她已经悚然意识到自己产生了这种危险的习惯，只是无论如何，这件事不能。

当前的局面之下，梦信和茂林就是正面对立的两端，没有回旋余地。

20亿，梦信最困难的时候，林少煜曾经问她，是否需要20亿，他说他会想办法。

那么现在，她是否要为了这价值二十多亿的股权，把双方推到一个兵刃相见的境地？

可是，股权不止意味着它的经济价值，还意味着梦信的管理权和控制权……

"只要在我们最终不失去控股权的前提下，与摩飞的交换都是有利的。"关振华难得认真严肃地说，"所以我们能向摩飞出让的股权，最多达19%。"

金雪言从自己的沉思中醒过神来。

他们还在讨论，但她已经不想再犹豫，她说："好了，我会去找孟伯平。"她的态度平和而坚决，"但我们和茂林之间的博弈应该是明面上的，我不会让它由摩飞来主导。"

在金雪言做出决定的时候，摩飞的两名直接决策者，孟伯平和贺知微在之前的商议下已经达成一致。

"看金雪言怎么开价吧。"贺知微当时说，"如果她能给我们足够大的蛋糕，我们当然可以考虑。"

"以梦信的作风，对我们能出让的股权最多不会超过19%。"孟伯平从一开始就做出了判断，"考虑到高管持股情况，也许不会超过9%。"

显而易见，如果梦信已经忍痛付出那么巨大的代价，一定不会让控股权旁落。高管层持股51%，或者金雪言自己持股51%，会是他们的底线。

"那就要看茂林会不会给我们更大块的蛋糕了。"贺知微笑着说。

"有一个问题。"孟伯平忽然说，"现在这个时刻，适合在一家国内的互金平台参股吗？"

贺知微沉默了一会儿："梦信，还是有自身的价值。"

曾经，他们试图用15亿收购梦信30%的股权，但贺知微预知了山雨欲来，紧急叫停了这个计划。如果在之前的危机中梦信不得不清盘，他们不但面临血本无归，还可能需要承担参股股东的责任，至少名誉受累。不过今天来看，如果当时完成了股权收购，今天就算梦信的估值有极大的下降，他们还是有可能取得更大的收益。只不过这个过程中出现了太多黑天鹅事件，谁也无法强求自己能预测准确。

"好的，我知道了，我会酌情行事。"既然贺知微和自己看法一致，孟伯平就没有再说太多。

然而，就在孟伯平对此事已经拿定了主意的时候，他接到了一个意外的电话。

"叶女士？您好，请说。"来电者的身份，本就出乎他的意料。

在对方礼貌而恳切地说清了自己的请求之后，孟伯平摇头说："叶女士，关于知微，很多事我会尽力，但也有些事，恕我无法答应。公私分明，是我们从业者的基本准则。把私人感情和公司的行为混为一谈，我想知微本人也不可能开心。"

"孟先生，我知道这是一个不情之请。"电话中的女人叹息着，"但知微的情况真的有些特殊，而且我是因为知道您对她的关怀才冒昧来找您的。"

"那是两码事。"

"孟先生，知微她有一个心结。"

孟伯平并不是很想继续这个电话，他对自己的立场当然是很清楚的。但叶岚的话，还是有些吸引了他的注意力。

究其原因，他回到中国，并不完全是为了掌控这个局。对那孩子出于长辈的怜惜，不得不说也是一部分原因。

因此在听叶岚说完她的理由之后，他迟疑了一会儿，说道："我了解您的意思了，我会考虑的。"

"谢谢。"

结束这个电话，孟伯平陷入了沉思，最后他摇头苦笑了一下。他从业四十年，可以说从未遇到这么奇怪的权衡。只能说一件事一旦从最初就掺杂了感情因素，事态就难免会向着不那么理性的轨道滑动吧。

不过无论如何，他得先等金雪言。

当然金雪言也没有让他等太久。

很快，预约了时间，金雪言便来到他的办公室里。

距他们上次在兰湖相见，已经半年有余。

"金小姐的来意，我已经很清楚。"面对这个挑衅过自己，甚至攻击过自己的女性，孟伯平的笑容还是很温和，"那么我想知道的就是，金小姐的梦信，会给我们带来什么样的回报？"

金雪言一时没有说话。

"不知道梦信会给摩飞开出什么条件。"

林少煜的办公室里，小瑞忍不住说，说了之后又在心里大骂自己多嘴。

这天下午他们相对没那么忙，因此林少煜倒也有些心思去思考这个问题。对赌协议的胜负，最终竟然要着落到摩飞身上，也是造化弄人。

"希望她别做傻事。"

他轻轻丢下手中的笔。

感情上，他并不希望掠夺梦信的股权。但具体到实际中，为茂林争夺利益，更是他的职责所在。

他希望金雪言不要做出令他不得不反击的事。

但她那样的人，在涉及梦信控股权的问题上，会做何选择？他不禁也有一分忐忑。

"风范汽车一直以领先的技术为核心竞争力，这点相信孟先生了解得比我更清楚。摩飞一直想在无人驾驶领域介入国内市场，风范会是一个最好的合作者。之前，因为一些不太理想的原因，两家企业有了一些误会。何不趁这次的时机解开呢？毕竟开放合作才是双赢的事。"

金雪言停了下来，孟伯平以为她还会继续，然而却没有。他等了一会儿，不禁问："金小姐说完了？"

"我说完了。"

孟伯平忽然哑然失笑："金小姐字字句句都是替风范说话。可是你今天来，为的是梦信。延后上市，对如今的风范来说并不是什么性命攸关的事，但对梦信却是。"

"是这样的。"

"所以金小姐对我说这样一番大道理，又有什么意义呢？"孟伯平有些不解，"在我眼里，金小姐应该是一个很擅长利益交换的人。今天看起来，似乎金小姐没有什么诚意。"

金雪言垂下眼睛笑了笑，片刻，她才抬起头："孟先生看得很准，可能，我确实没有什么诚意吧。"

孟伯平扬了扬眉，但金雪言说完这句已然站了起来，她诚挚地说："我知道，在没有实质利益的前提下来找孟先生，实在是太冒昧了，摩飞确实没有什么理由帮我们。所以，今天耽误孟先生时间了，非常抱歉。"

她竟就这样要放弃了，孟伯平感到意外。

他随着金雪言站了起来："今天金小姐花了宝贵的时间到这里来，难道只是想对我说那样几句无关痛痒的话吗？"

"很多事情，我不得不做，却也有失败的心理准备。"金雪言思考了一下，"孟先生，我给不出您想要的东西，所以我想我们真的没有太多可说的了，告辞了。"

她欠了欠身，向门口走去，孟伯平忍不住问道："你不和我谈，那么梦信的对赌协议，你又想怎么办呢？"

金雪言回过头来："我现在还不知道。"她微笑着，"找其他的渠道再接触优歌技术公司，或者……让风范用其他的方式证明自己。世上的道路有千百条，我们总可以去试试其他的办法。"

孟伯平又感到一种不快，似乎金雪言天生就会给人带来这种让人感到自己无足轻重的、微妙的不快。他竟又脱口而出道："梦信就没有想过在赢下协议后出让一部分股权吗？毕竟付出一部分，如果可以避免失去全部，未必不是一件划算的事情。"

孟伯平话一出口，微微后悔。他不该主动提及此事，交锋中的主导权相当重要。

但每一个人对此事，都是和他一样的想法。

然而金雪言马上答道："不，我不会。"

只要摩飞从梦信这里拿到了实实在在的筹码，孟伯平就可以拿着这些筹码去和茂林要求更多的交换，这就是她面临的困境。然而她从一开始就下了决心，绝不让梦信和茂林两败俱伤。今天来找孟伯平，只是尽一份人事，确认一条走不通的路，这样才能更容易知道其他的路该怎么走。

但她这样的回答，却真的有些激怒了孟伯平，不，也不能说是激怒。准确地说，是激起了他的某种兴趣。

"如果金小姐能够答应一个条件，也许我可以以个人的身份，替风范和优歌技术公司进行一些接洽。"于是他再次叫住了金雪言。

"嗯？"

"请金小姐和林少煜先生断绝私人关系。"

"你说什么？"这回是金雪言怀疑自己听错了。

"只要金小姐答应，和林先生不再有私人交往，我愿意在风范的事情上，略尽绵薄之力。"孟伯平重复道。

金雪言万万没有想到孟伯平这样的人，会抛出如此一个条件，她难以置信地问："为什么？"

孟伯平微笑着，不作回答。

她试探地问："是为了……贺知微？"

"是，也不是。"

金雪言努力地梳理了一下自己的思路："这太可笑了。我不知道贺小姐到底对林先生抱有怎样的感情。但是，我想大家都是成年人，我实在不知道，这件事和我与林先生的关系又有什么关系……"

"你不需要知道。"孟伯平摇头发出一声叹息，"金小姐，我也没有想到，我有一天会对人提出这种……失礼的要求。但你理解也好，不理解也罢，这只不过是一个母亲的嘱托。"

贺知微感到非常非常非常生气！

"孟叔叔，你做了什么？你对她说了什么？不，我母亲对你说了什么！"

在孟伯平告诉她，他与金雪言的沟通之后，她简直难以自控，失态地站起来大声叫了出来。

孟伯平抬手往下压了压，示意她少安毋躁。贺知微极力克制着自己，重新在沙发上坐下，但是她的怒意没有消退："你和金雪言那样说，你让她怎么想我？让他们怎么想我？难道你们真要让我变成一个暗恋林少煜、不得不用这种无耻的手段来抢男人的可怜虫吗？"

"微微，你爱林少煜吗？"

对于这样直截了当的一句，贺知微愣了一下。

但她马上就反应过来："问这个有什么意义？你那样去威胁金雪言，和我爱不爱林少煜无关！"

"不，只有回答了这个问题，才能知道我所做的，意义何在。"

贺知微有点失神地看着眼前这位长辈，后者用温和而又睿智的目光注视着她。她很快回过神来，激烈的情绪也慢慢平复了些。她似乎开始认真思考，过了片刻说："我……我一度觉得林少煜是个让人欣赏的男人，即便我们有一些利益冲突。"她缓慢地说，"但是，这个世界上并不是只有他一个值得欣赏的人。不久之前我才真正确信，我不爱他，我想我从来没有爱过他。"

她竟然在此刻把这话说出来，忽然一阵畅快。

孟伯平点点头："很好，但是你一直没有走出来。"

"对，我想我需要一个契机，所以我想要靠近他，走近他……"

"是啊，如果不是你妈妈告诉我，我不会知道你有那样一段黑暗的过往。"孟伯平轻轻拍了拍她的手，"别怪你妈妈，她最近对你很担心。但是她的想法，我是能理解的。"

"不，我不怪她告诉你那些。"贺知微烦躁地说，"孟叔叔，这件事我可以面对，时隔这么久，我也不会害怕让你知道。但是你对金雪言说那些是为什么？恕我真的无法理解！"

"你妈妈说，需要有人破开你的心。"

"……什么意思？"

"你是一个理性的学者，微微，你知道该如何拯救你自己。但是很多时候，你太专注于自我的调节了。对于外界，你总是在等。比如对于和林少煜的关系，你总在观察，总在审视，除非他人主动，否则不会推进。"

贺知微沉默了下来，她知道这些是她母亲说的。母亲了解她，劝了她很多次，她却仍然改变不了自己。

"我想，对你来说，那个心结虽然埋藏很深，但其实你早已让它不那么可怕了，不是吗？无论是你母亲还是我，你已经不再耻于面对。"孟伯平接着道，"所以听你母亲那么说之后，我也并不怕你气我把金雪言拉了进来。我想这是一次好的机会，因为金雪言会是一个破局者。"

"破局者？"贺知微已经完全冷静下来。

"破开你心里的困局。"

孟伯平只说到这里，没有接着往下说，而是静静地看着眼前的孩子。以她的聪颖，说到这份上，足够了。

而贺知微，自然也渐渐体味到他和母亲做这一切的良苦用心，他们希望她能走出年少的林少煜带给他的阴影。而至少孟伯平认为，以金雪言的个性，她会破开冰层，能够让贺知微心中那股沉寂的、只顾自我消化的暗流，涌上水面，在阳光下化作浪花，海阔天空。

尽管她对孟伯平所做的事仍然十分恼怒，但她至少理解了他的想法和一颗心。

"孟叔叔，你不该不和我商量就做了这件事。"她最终平静地说，"是的，我承认，因为我对金雪言和林少煜的事产生了心态上的失衡，导致一些决策有了失误。我也承认，最近这段时间为了这些事我又陷入了迷惘，整个状态都有点危险。但是你今天这么做，还是伤害到我了。所以我会证明你说的是错的，我不会让金雪言成为我的破局者，我自己才是。"

"如果那样，就更好了。"孟伯平欣慰地说。

"当然，这件事里还是有一个让我感兴趣的点。"她恢复了她优越超然的姿态，露出一点笑容，"那就是看看她会怎么做，也看看他会怎么做。"

金雪言从来没有想过，自己会为这么一件事情心神不宁。

断绝私人关系？这种毫无原则也毫无逻辑的话，怎么会从孟伯平嘴里说出来？什么叫断绝？口头承诺一下就算？还是要她和林少煜大打出手、反目成仇才算？

她为什么要思考这个？

她从摩飞回来，大家都知道没有收获——这也是意料之中的事，她不必为那样一句无厘头的提议而纠结。

她纠结的是她的对赌协议。

"上市辅导团队建议我们尽快搞定优歌技术公司。"

"只要在我们最终不失去控股权的前提下，与摩飞的交换都是有利的。"

"我可以以个人的身份，替风范和优歌技术公司进行一些接洽。"

……

纷杂的词句，竟然在她的胸中挥之不去，她讨厌这种感觉。

当她终于忍受不了，站起来，走出办公室，安小仙问："雪言姐，你要去哪儿？要我陪你去吗？"

她说："不用。"

她独自开车去了茂林总部。

她不知道林少煜在不在公司，但她也不在意，她必须见他一面，在这个奇怪的状况之下。对赌协议涉及双方利益，微妙而敏感，她本不想和他谈。但是到了现在，促使她走出这一步的，已经不仅仅是梦信和她自己的切身利益。她只是想要，见他一面。

到了茂林总部，她打了电话，是小瑞接的，他像上次她来时一样吃惊。但她不想顾及太多，直接上了八十八楼。

结果，小瑞见到了她，才迟疑地说："林先生不在……"

"我可以等他回来。"

小瑞说："不，他也没出去，贺小姐约了他在楼下喝咖啡。"

已经坐下的金雪言重新站了起来，她笑着说："我去楼下找他们。"

茂林大厦二楼有一家宽敞、雅致的咖啡厅，她去过。

她没有理会小瑞有没有跟上来，只是再次上了电梯，然后等着电梯到达。出了电梯，她快步走着。

她的高跟鞋在大理石地面上敲出令她心烦意乱的回响。

终于，她看见了他们。

远远地，靠近窗边的位置上，林少煜和贺知微相对而坐。宽大的落地玻璃，映出他们的身影，是那样缥缈而又美好。

贺知微低着头，似乎低声说着什么，林少煜的手覆在她的手背上，目光沉静而温柔。

金雪言停下脚步，忽然不想再上前。

她有些累了，片刻之前还急切的心情仿佛烟消云散。她转过身，靠上了墙，肩上的皮包也滑落下去。

她仰头看向这个大厅高悬的穹顶，上面的玻璃装饰折射出刀锋似的棱光，刺痛人的神经。然而在这种刺痛的感觉中，她却慢慢地笑了。

和她每次做出重大决定时的笑容一样，清晰，同时锐利惊人。

"微微，对不起，我确实从来不知道这些。"

窗前的桌边，在听完贺知微讲述的心路之后，林少煜有些动容。不管他们之前为了各自的立场是否针锋相对，贺知微向他说出这一切，某种角度上，代表了极大的信任，他不禁伸手安抚似的轻拍她的手背。

"你当然不知道。"贺知微自嘲似的笑了笑，她注视着林少煜，"现在你知道了，我亲口对你说出了这些，我想，我可以骄傲地说，我痊愈了。"

"辛苦了。"

林少煜对她回以理解而赞赏的目光，此刻的贺知微，终于和他记忆中的那个天真少女再次拼接起来，构成了一个完整的形象。只不过她经历了阴暗疯狂的挣扎，成熟豁达了许多。

而贺知微，在这一刻有一点出神。她等了太久，努力了太久，长达十二年的枷锁，彻底地解开，原来没有她想象的那么难。也许因为，她在内心深处早已放下，只不过需要一个外在的推力，让她下定决心，直面眼前的这个男人。

他不是爱情，只是一个象征了青春的告别。

"如果不是因为孟叔叔，也许我做不到这一点。"她坦然地说，"所以，虽然他对金小姐说的话很不恰当，但我还是感谢他做的一切。只不过金小姐那边，实在是太抱歉了，我……感觉我去找她道歉不太合适，想请少煜你替我向她解释一下。"

"我会处理。"

"至于说到风范汽车上市相关的事，我还想问问你的意见。"之前情绪上的一些波动，贺知微已经慢慢压了下去，此刻谈到公事，她声音平静，"如果没有这个插曲，可能只是摩飞和梦信之间的事。但是现在毕竟有了一些不同，你希望摩飞怎么做呢？"

她有点好奇地打量他，是否从金雪言手上夺取全部的梦信股权，终于变成他一念之间的事。他的责任和情感，或许总是不能两全。

　　林少煜同样平静地回答："现在仍然没有什么不同，摩飞和梦信的往来，与茂林无关。"

　　"我明白了。"贺知微点头，"那么，在梦信不肯出让任何实际权益的前提下，作为茂林的合作伙伴，摩飞不会插手此事。"

　　林少煜犹豫了一下："但你们对茂林，还是不放心。"

　　摩飞对茂林财务上的调查，有明有暗，虽然浅尝辄止，他当然还是有所觉察。不过摩飞与他预计的一样，并没有太强的攻击性，唯一不能确定的是，暗中的调查是否还在继续。

　　贺知微说："不放心也不会签下'光点计划'。过去的事毕竟过去了，我想茂林值得信赖，我们要看的，还是未来。"

　　"谢谢。"

　　两个人之间静了下来。

　　应该说的，都已经说完，但没有人去打破这份属于两个人的静谧。在贺知微对他说出那样的往事之后，林少煜也不忍主动离去，只是淡然地陪她坐着。

　　她这样认为，未必不是一种幸运，他想。

　　不知过了多久，贺知微看着窗外，轻声问："你真的，很喜欢她吗？"

　　林少煜低头笑笑："是啊。"

　　"为什么？"

　　林少煜想了想："金雪言那样的人，只要你接近了、了解了，如果不是害怕她、痛恨她，就一定会喜欢她、爱上她。"

　　"那为什么不和她在一起呢？"

　　林少煜没有马上回答，而是同样把目光投向玻璃之外雨幕下的远方。

　　"她太贪婪，侵略性太强。和她在一起，她一定会要求你的全部，要分享你生命中的所有，直至你真正属于她。"最终他缓缓笑着说，"这一切，我给不起。"

　　这一天晚上回到家里，金雪言决定给五个人打电话。

　　哦，并不是五个人，她和安小仙分开得晚，她当面就问了："小仙，如果我……因为我的个人原因，导致大家失去了梦信的股权，你能原谅我吗？"

　　"啊？"安小仙一开始没有明白她的意思，等她反应过来了，只是用温柔的眼神看着金雪言，"什么叫原谅？其实股权不是我们特定某一个人的，不是吗？

你做出什么决定，去做就好了。"

　　他们几个，每人2%的梦信股权，时至今日，也价值6000万以上。协议期结束，有可能解除锁定，可供套现；也有可能输掉协议，一无所有。她不能不顾及每个人的想法。

　　她打给许云，问了相同的问题。许云说："当然会觉得很可惜了，不过好像也……就那么回事了。四年前我就说过，可以放弃股权，到今天，你想怎么做，也只会按自己的想法去做，所以别顾虑了，那不像你啊。"她说着，那边传来幼儿哇哇大哭的声音，十分兵荒马乱，她嚷嚷着，"妈妈来了，妈妈来了，啊，不跟你说了，我挂了。"

　　金雪言打给关振华，他那边人声喧杂，仿佛是夜店。他似乎微醺，声音中却是一派笑意："股权吗？小意思啦，不管是什么原因，只要老大你觉得是好的是对的，我难道还在乎那点股权吗？什么？还有别的事？周一上班再说！我忙着呢。"

　　到了和陆升明通话时，终于安静了。他听了她说的，笑着说："你问我啊，其实如果前一段时间的危机中，我们不得不清盘，不是也一样要失去所有？可是没有人抱怨，更没有人要离场，你就应该知道我们的答案。"

　　她感谢他们。

　　也许，她不会因他们的态度改变决定；也许，他们同样知道这点，才选择顺水推舟给她一份安心。可是无论如何，在她想要寻找勇气的时候，他们没有拖住她，而是给了她力量，告诉她，凭心而为吧。

　　他们如此宠爱她，上天如此宠爱她。

　　她最后把电话打给了邵锦。不知为什么，接通之后，她忽然不愿意问那个相同的问题，仿佛既然预知了他的答案，再那么问，反而是对他的一种冒犯。

　　于是她只是对邵锦说："小锦，你还记得，四年前你对我说要陪着我一起等待吗？"

　　邵锦顿了一下，低声道："记得。"

　　"谢谢你，一直陪我等到了今天。"金雪言站在阳台上，看着黑夜中的灯火，笑得坦然而绚烂，"现在，我终于不想再等下去了。"

　　这个周日夜晚，林少煜根据三个月前就预定好的行程，前往明珠电视台。

　　他将出席一档预约了很久的节目，担任特邀嘉宾。《闪金人生》是一档专业性很强的直播访谈节目，邀请各界成功人士分享自己从事业到生活的心路历程。因为嘉宾都很年轻，贴合时代，又是网台联播，收视率非常不错。

这个普通的晚上，下着小雨，城市却仍是一片熙熙攘攘。车窗外，不同颜色的雨伞绽放在灯光下，有人行色匆匆，有人闲庭信步，他看见一个不是梦境胜似梦境的平凡人间。

五年心路，无人可诉。

好在电视节目不过也就是展现公众想看到的那一面，如此而已。

他提前四十分钟到了演播厅，依照他们的安排，做了一些准备工作。演播厅里调着灯光、音响设备。他最重要的工作，还是和编导、主持人做一些节目前的沟通。主持人名叫小戴，一个反应特别快的年轻人，他们就先随意地聊着。本来双方应该先聊几次，好让直播时谈话更易契合，林少煜此前和他通过两次电话，此时聊起来确实也不显陌生。

"林先生你看看这个。"

小戴给了他一份事先准备的访谈的模板，毕竟直播节目出点岔子不好找补，还是让嘉宾心中有数，谨慎为上。

这场一小时的访谈分了几个部分，大概就是一开始问他五年前父亲病重，临危受命，是不是有过挣扎，又遇到过什么困难；然后这几年，茂林集团的企业改革走在时代前沿，但也引起了一些争议，他是怎么想的，未来又有什么规划；接下去，以此切入一些更大的话题，比如他对商业运作和社会责任的认知。

最后部分是一些涉及他个人的八卦，他的家庭，尤其是他的父亲给他带来了哪些影响；他是不是如外界看到的一样，真的还单身；理想伴侣是什么样的……

非常按部就班的访谈稿，很安全。林少煜对几个细节提了些建议，小戴一一记了。时间过去，节目也将开始。

"大家好，我们又见面了。欢迎大家收看这一期的《闪金人生》，我是小戴。今天呢，我们邀请到的嘉宾是茂林集团的董事长，林少煜先生。"

镜头先是对准小戴，然后缓缓拉开，林少煜出现在屏幕当中。今天他穿了休闲的衬衫，平易近人，更显得年轻活泼。他笑着和观众打招呼，访谈就算开始了。

演播环境布置得非常时尚轻松，两个人坐在沙发上，背景是木质的书架，轻松中又不失严谨。

他妙语连珠，谈笑风生。

小戴的提问和说话方式让人很舒服，他也就很放松，仿佛真就只是一场日常的闲聊。刚回国那阵子，他常常参加这类节目，应该说驾轻就熟。几年过去，它们的形式和套路也没变。

节目渐渐进行到尾声，林少煜记得还有最后一个部分的内容，然而……

"非常感谢林少煜先生为我们带来在智能未来和制造业发展方面的解读，以及他作为一个企业领导者的一些心路历程。我们这一期的《闪金人生》呢，做了一点变化。在最后，新加了一个小小的环节，会邀请一名神秘嘉宾，上台来和林先生做一个互动。林先生，有没有期待一个惊喜？"

他非常意外。

"之前没有听说这个安排。"他笑道，"不知道会是惊喜还是惊吓。"

"那您觉得这个人会是谁呢？"

林少煜说："我想会是一个对我很重要的人。"

"好，那么现在，让我们有请这位神秘嘉宾上场！"

灯光暗了下来，演播厅入口走进一个身影。那显然是个身材袅娜的女人，背光之下，她就像一道剪影朝着他缓缓靠近。他当然在第一时间就认出她来，不禁垂下目光，无奈地一笑。

意料之外，却也是意料之中，只不过他没想到《闪金人生》这么一档挺正经的节目也这么八卦。

灯光大亮，金雪言出现在镜头面前，小戴迎上前："介绍一下，这位是梦信金融科技有限公司的总裁金雪言小姐。金小姐，欢迎到我们的节目中来。"

林少煜站起身，轻轻击掌，看着她微笑。

她今天穿一身米色的斗篷加长裙，端庄优雅。专业打理过的精致妆容使她容光焕发，是他记忆中最美的样子。

"今天之所以请金小姐来呢，是因为梦信金融是茂林集团参股的企业，也是现在茂林旗下唯一一家互联网金融企业……"

小戴努力地把话题往行业上带，林少煜觉得十分有趣。茂林参股的企业何止百家，为什么要找梦信？找金雪言来，挖掘八卦的意图简直昭然若揭，他倒想看看小戴到底怎么圆这话题。

但金雪言却丝毫不想作伪，微笑着直接说："戴老师，并不是栏目组请我过来的，是我求着栏目组让我来参加今天的节目的。你看，我们还是实话实说，观众朋友们也会觉得更有意思，你说是不是？"

林少煜再次意外，静下神来看着她。

小戴的冷汗下来了，他赶紧说："是的是的，可以看出金小姐是个非常率直的人。其实我们栏目组刚刚听到金小姐这个要求的时候，也觉得很意外，毕竟我们没有过这个先例。那么在这里我就要问一下，金小姐今天为什么一定要来到我们《闪金人生》呢？"

他果断把皮球踢给了金雪言。

"因为我想在节目上，对林少煜先生说几句话。"她笑着说，"不知道这么说，戴老师能不能理解？有时候人在做一些事情的时候，需要一种环境，需要一种氛围，才能让自己更有勇气，更加坚定。"

"完全理解。"小戴拍着手，"那很高兴，我们的《闪金人生》会成为金小姐给自己找到的一个舞台。那么我们听听，金小姐想对林先生说些什么。"

主持人已经完全放弃了节目的主导权。林少煜感到很神奇，这样一档原来属于他的节目，在她出现之后，似乎她就成了主角，他们则失去了掌控它的能力。

"我和林少煜先生，相识于国外的一所学校。当时，我们一起遭遇了一场持枪劫持案，在危险的境地下，他保护了我。"金雪言向着镜头。林少煜眼前，不禁浮现了当年那一幕，他把她压在身下，子弹从他们肩头掠过。当年那个眉目淡淡的女生，和今天眼前这个惊艳无方的女人重合在了一起。她娓娓道来："从开始，我就非常非常感谢他，把他看作我的幸运之神。后来回到国内，我全心经营梦信金融，想要做到行业最好。在这个过程中，林先生一直在指点我、引领我，可以说梦信金融在行业内有今天的地位，和他的帮助是分不开的。就在不久之前，梦信金融去刚兑的风波当中，他再次站出来，和我在一起，和全体梦信人站在一起，和我们共渡难关。这种感激，无以言表，真的非常非常感谢。"

她停下来看着他，他终于开口说："都是应该的，我也希望你能更好地带领梦信走下去。"

"但我今天到这里来，绝不仅仅是想说一句感谢。"金雪言直视着他的眼睛，"我今天来，也不是作为梦信金融的金雪言，而是作为一个女人的金雪言。林少煜，我的生命里，有很多很多美好的东西，它们有的来自这个世界，有的来自我自己，可是其中最好的那一部分，却来自你。这种感情，并不是出于感谢，更不是出于依赖，而是美好的我向往着更美好的你。所以，我今天来到这里，可能不够矜持，可能不够恰当，但我要用我最诚挚的姿态站在这里，来面对你。"

林少煜从未感觉如此不知所措，他的镇定和持重随着急剧的心跳仿佛都失去了。他不由自主地声音低哑："为什么？"

"因为，想让全世界知道我爱你，想要全世界看到我的爱情。"她的声音和缓、轻柔，又坚定，如若风吟，"林少煜，记得你说过，如果有云破日出的一天，让我嫁给你。我不知道，对你来说，到了今天，是不是已经足够阳光普照。我更不知道，你心里的时机在多远的未来。我只能清楚我自己的心——我想和你在一起，我想要嫁给你。所以，林少煜，请让我嫁给你，好吗？"

请让我嫁给你，让我一生和你一起走下去。

如果你是一棵树，我会做一株藤蔓，奋力向上生长，而绝不会做背阴处的藻类，在无光处依附你生存。

他看见她，勇敢无畏，在爱情里，同样充满力量。

"这……真的是非常非常浪漫动人的告白。啊，现在金小姐已经提出了求婚，不知道林先生会不会答应？"小戴声音激动，已经完全不在乎自己是不是抢了做相亲节目的同事的台词。

林少煜不再说话，走到金雪言的面前，扣住她的双手，在镜头前低下头吻了她。

这下金雪言算是出了名。

《闪金人生》的栏目电话已经被打爆了，网播节目的弹幕留言更是疯狂。林少煜的访谈本来就吸引了一些迷妹，这下子好奇的有，祝福的有，哀号的、攻击的、吃了酸葡萄的……也不少。

好多痴痴少女虽然难以接受，但是联想半年前的车辆失控事件，大家也都觉得合情合理、顺理成章。

但这一切和金雪言无关。

那样一场热烈的告白甚至是求婚之后，她并不雀跃，更无甜蜜，她心头有一团冷意郁结，她了解林少煜。

那个时刻，他握住她的手，吻住她的唇，都是冷的。

明珠电视台，后台休息室。

门外，不久前无所畏惧的女人不见了，她踌躇、迟疑，心中满是怯意。

最后她下了个决心，推开了门。

林少煜在里面坐着休息。

那是一种她熟悉的冷淡和疏离。

她走过去，在他的沙发侧座上坐下来。他抬头看了她一眼，淡淡地说："抱歉，让你失望了。"

金雪言一怔。

"孟伯平说的那些话，你别当真。"停了一会儿他又说，"贺知微已经托我向你道歉。因为她少年时代的一个心结，与我有关，所以孟伯平才对你提出那么失礼的要求。现在忘了它吧，你也不必为了它做到这样。"

金雪言在心里琢磨了一会儿，慢慢有点明白过来："你是说，我为了满足孟伯平的要求，为了断绝和你的私人关系，才到大庭广众下来向你求婚？你觉得，我期望的是你拒绝我，这样才可以用让自己被羞辱的方式，向旁人证明我已经和你情断义绝了？"

"我知道梦信对你很重要，关于对赌协议，如果你想的话……"

"林少煜，你在想什么？"

他沉默了下来，神情没有什么变化，还是那么冰凉而落寞。金雪言压着心中狂涨的怒意，点了点头，笑道："是啊，你说我想的这个法子有多高明、多两全其美？你要是拒绝了我呢，孟伯平就会按照许诺帮助风范汽车上市，我可以留下梦信。如果你答应我，当了林太太，不是更好？你得到了梦信，我也有一半。哦，那个时候梦信算得了什么？还有茂林……"

"别说了！"

"是你非要这样的！"

房间里再次安静下来。不知过了多久，金雪言心中的怒气渐渐消散了，取而代之的是一种无可言述的悲凉。即使是她，做今天的事也付出了莫大的勇气。而对于眼前的结果，她不是没有心理准备，只不过一直不愿意去想。

现在，他的态度明了了。清晰的现实，需要她来面对，然而她发现自己的欲望也更清楚了。

"少煜，我不跟你生气。"她心平气和地说，"我们说那些没有意思，我知道，你只是想给自己找一个理由，其实不必。你接受我或者拒绝我，和你在那个现场怎么做，其实没有关系。我们别再故意吵这种幼稚的架了，好不好？"

他说："好。"

"你总是觉得，我在接近你的时候，是为了工作，为了利益。"她带着一点感慨似的，"很多时候是，但有时候也不是。你还记得有一年你在澳洲，我突然闯进你酒店的房间里。你的第一反应，是我在银行的资金流转出问题了，你紧张地派人去处理。可你不知道，其实那个时候，我已经把问题解决了。我到了澳洲，只是想见你，那天是你的生日。"

他记得，后来他还陪着她随意逛了逛附近的景点，却谁也没有说破，为了一次单纯的见面。

"有时候，我觉得你是在装傻。有时候，我觉得你的心里真的是冷的，我不知道。"她来到他的面前，在他的身前蹲下，微微仰头凝视着他，"你太莫测，我不敢靠近，不敢触碰。可是后来我想通了，我们一定要有一个人走向对方。所以不管有多难，我都会走到你面前来，说清楚。我爱你，你爱我吗？"

一开始，林少煜近乎失神地看着她，有一瞬间，他想伸手把她搂进怀里，想要放纵自己，去拥有她。可是在对自己死死地压制之下，他一动不动，只有抓住扶手的指节发白。

她静静地等待，终于，他的理智再次占了上风。他慢慢握住她的双手，用了最大的努力，注视她的眼睛，决定不再回避。

"言言，我承认，我对你很有感情。"他成功了，他说出的话，带着属于他的一贯的冷静，"所以，有些话，我不愿意对你说。你要知道，我的婚姻是很有价值的。到今天，我还单身，就还可以挑选很多潜在的机会。茂林太庞大，我走得太累，我需要这种机会，可是你从来不是这种机会之一。你和梦信给我带来的往往都是麻烦，今天你的告白，何尝不也是麻烦？我不怪你。可是，既然一定要戳破，我只能说，你应该更清醒一点。所以你能懂得我的意思吗？在这方面，你的价值，甚至不如贺知微。"

金雪言站了起来，忽然笑了。

那不是惊怒之下勉强刻意的冷笑，而是一种平静而笃定的笑容。

林少煜又一次感到惊讶，他觉得自己对她，再也没有把握。

"林少煜，你这番话和我们初次分开时在机场里你对我说的有多像。"金雪言俯视着他，带着一种压迫力，"那时候，你想用这种方式来赶走我，这么多年过去了，你怎么都不变一变？每一次，你想告诉我的无非就是一个意思：我配不上你。是啊，你有一个商业帝国，我有什么呢？梦信的股权，随时可能被夺走。我，处在金融业的最底层，被谩骂，被攻击，被很多人看不起。未来我还不知道要怎么艰难地走下去。可是那又怎么样？我和你，是两个一样好的人，我们有一样爱对方的一颗心。为什么要我放手？我虽然放弃过你很多次，但我今天既然走到了这里，就不会再多一次。"

"金雪言，你到底想怎样？"

林少煜忽然忍无可忍，站起来断然喝道。

金雪言就那么看着他，眼神深邃，面容沉静。于是他发现，她不再是机场里那个容易被激怒的小女生。对于爱情，她同样成长了，成熟了，展现出超乎他想象的自信和能力。

"如果刚刚，你回答我的是一个'不'字，我会马上就走。"她宿命一般向他微笑着，"现在你说什么，也来不及了。"

林少煜的心头漫过一阵深刻的痛楚，他看着她，一步步后退，最后终于扭头离开了这个房间。

他快步走到外面，雨已经越下越大。

他上了车。他没说话，于是车子也没开，只有猛烈的大雨冲刷着车窗。

没过多久，他看见金雪言出来了。她撑着伞快步走向自己的车位，雨太大，打湿了她的衣服和头发。

可她还是那么美，动人心魄。

坐在前座的阿普忽然说："林先生，你实在是太狠心了。"

很少发言的司机，气呼呼的，似乎很是愤慨。

他说："走吧。"

车子发动，离开。

在这大雨飘泼的一路上，他一直在想她最后说的那句话："如果你说'不'，我会马上就走。"

是他的失误吗？他费尽心机找出那些尖锐、刺激的理由，不惜伤害她的自尊和骄傲，只为了推开她。可他也许忘了，她要的只是一句爱或不爱。

可是就算一切重来一遍，那一句"我不爱你，金雪言"，他能说得出口吗？他反复自省自问着，却始终给不出一个肯定的答案。

金雪言去上班，公司的每个人都朝她暧昧地微笑。

因为镜头下的那一幕，大家仿佛认定她一往无前，修成正果。有看了那档节目的人，没看的也被旁人抓着看了。没有太多的人敢在她面前议论，但整个公司私底下，已经津津乐道，这事被传为佳话。

只有安小仙，还有特意来探听八卦的许云，看着她久久落寞的样子，才相信她所做的终成一场空。

午后的办公室里，洒满秋日的阳光，明亮温暖。

许云难过地坐着，不知说什么。金雪言仿佛出了好一会儿神，忽然问："许云，你知道怎么追男人吗？"

"虽说吧，我老公是我倒追到手的，但是你那位估计不太好办……"

"算了，讨论一下下个月的运营预算吧。"

对金雪言来说，怎么追求一个男人确实是她从未涉足过的庞大的课题。但她也确实没有精力去进行这方面的钻研……有时候她会想，是不是这个时代过分忙碌的工作，极度匮乏的时间，真的会使相爱的男女相互错过。

梦信在这拨动荡之后基本恢复了正常运营，但她每天还是有一堆事情要处理，还有问题需要解决。其实当前摆在眼前最迫在眉睫的，还是风范上市的事。梦信实在是没有其他的渠道去完成那项净利指标了——风范是唯一的可能性。

她让陈贤和美国方面再去与优歌技术公司方面联络，或者找其他的可证明自己的方法，再或者能否和竞争对手和解……但她也只是和他们泛泛地进行电话沟通，并未调动自己的全部精力去解决这件事情，这件本应该是她绝对不能放手的事情。

她想她应该到美国去，直接找到优歌技术公司方面，或者从其他途径入手去想办法，过去的她一定会干出这些事。

但现在她没有太大的兴致。

归根结底，风范是一家独立的公司，他们有自己的能力和命运，她总是努力把每样自己能控制的东西都抓在手中，忽然她也反省过来这是不是对的。

稍有点闲暇的时候，她心里想到的是林少煜。她从未如此频繁地思念他，她觉得自己很不对劲，因此十分虚心地向许云请教："为什么？做什么事都会不期而然地想到他。做什么事，都像没有什么兴趣，只想要看见他？"

许云盯着她，肯定地说："我告诉你，这叫恋爱脑。"

"啊？"

"金雪言都恋爱脑了，世界怕不是快毁灭了吧。"许云无法接受似的哀叫而去。

可是并没有一场恋爱等着金雪言去谈。

日子一天天过去，她慢慢也就明白了。每个人的人生，都有不同的阶段，在每一个阶段，她都会有全身心想要、全身心为之奋斗的东西，曾经是一份国外学校的录取通知，曾经是一个无与伦比的梦信；到了今时今日，是一个名叫林少煜的男人，而已。

可这一次，她没有很多的手段，没有很多的办法。她甚至记不住许云教给她的那一套套小心机，只是笨拙地给他发讯息。

拍路边的猫给他看。

告诉他今天的江面上有彩虹。

对他说，晚安。

他一般不回。

除了发讯息，她偶尔也给他打电话。大多数时候是小瑞接的，他告诉她，林先生很忙，在开会，问她有什么事情需要转达。

在这一天下午，仍然是这样，金雪言笑笑说："我晚点再打。"

她正要挂掉电话，那头的电话似乎被人夺去了，林少煜的声音传来："有事吗？"

"有空一起吃饭吗？"

"没时间。"

"那改天再说。"

"既然没有重要的事，为什么总是给我打电话？"

她想了一下："不是因为我在追你吗？"

他说："金雪言，别这样。"

"好，我挂了。"

她放下电话，心头既没有恼怒，也没有悲伤，虽然有一点点空，但很快就可以用足够的工作去填满。

而在她门外，邵锦听到了她的最后两句话。

他是拿着拆标之后重新设计的后台数据模板去给她看的，事情不是很重要，于是他也就不想进去了。

他在外面走廊里的一张长椅上坐下来，有些寂寞。

他的生活挺不错的，工资不低，有分红，哪怕不算那价值几千万的股权，也可以半生衣食无忧。可是他的人生，终归是那么寂寞。

不知过了多久，关振华走过，看他坐在这里，不禁道："咦，怎么不进去？"

可是看邵锦一派萧索的样子，他心里也就明白了。

他陪他坐了下来。

几年下来，公司里也只有他和邵锦走得稍微近一点。

虽然他总觉得无法触及邵锦的内心深处，但至少他们表面上像一对能互相倾听的朋友。他父母的车祸，他和金雪言家里的恩怨，听起来就让人唏嘘，而他对金雪言的心……也许外人没有资格置评。关振华有时候也想，尽朋友所能，让他过得好一点。

"还在替她担心？"他知道回避没用，不如直接点。

邵锦笑笑。

金雪言告白的那档节目，公司里都传遍了。至于她当前的感情状况，别人不知道，他们几个经许云、安小仙一说，自然都很清楚。

"她的事情，谁能搞懂呢？还是多想想你自己吧。"关振华拍拍他的肩，"上次那个珊珊对你印象不错，要不要再约？"

邵锦笑着推他："走开。"

关振华看向远处，过了一会儿，劝道："邵锦，算了吧。"

"嗯？"

"放下吧，对你自己好一点。"关振华说，"不是我说，金雪言这种女人，正常人谁受得了啊。"

"嗯。"他没想到邵锦这回倒真的点了点头，"我会放下，在我尽到了我的责任之后。”

这一天下午，在林少煜离开茂林大厦的时候，小瑞接到了一个电话，然后对他说："梦信金融的技术总监邵锦想要见您，他说他是金小姐的朋友。"

林少煜略一迟疑："让他过来吧。"

邵锦就在附近，他们在车里等了一会儿。透过车窗看见他从远处走来，林少煜才想起来自己见过这个人。崇远镇的酒店大堂，混乱一片，但他倒还记住了他。也是到了此时，他才发现，邵锦的腿略有一些不便。

邵锦上了他的车，一时没说话，林少煜问道："有事吗？"

"我……是金雪言的朋友。"邵锦的声音有点紧张，"她母亲临终的时候，我在场，她母亲让我照顾她。因为最近的一些事，所以我想见你。"

原来以为有点难，说出来倒也不怎么难。

林少煜一怔，然后说："现在你见到了。"

是见到了。

邵锦不太清楚，自己在见到这个人之后，想要达成什么样的目的。要说了解，通过媒体，通过这么多年的观察，他对他至少可以称得上有了表面上的全面了解了。可是，现在他见到他了，又怎样呢？

林少煜用余光可以看到这个清秀、单薄的男人，此刻他看上去还是有些无措。几乎是第一时间，他就知道了他对金雪言的心意。恋慕着金雪言的人，却对自己没有一点敌意，巧的是，他对他也没有。

他们仿佛因为拥有同一种心绪，反而拉近了距离。

"可以去你家里看看吗？"邵锦说。

"什么？"

"梁阿姨——就是金雪言的妈妈，她说过，要看清一个人，最好到他住的地方去看看。"邵锦笑了，"是有些冒昧，如果不方便的话，也没关系……"

林少煜略一犹豫，然后对前面的阿普说："回家吧。"

邵锦跟着林少煜进了他那套复式公寓。

明亮、宽敞、优雅、整洁……没有邵锦想象中的富丽堂皇，更多的是一种微冷的、清寂的气息，这让邵锦觉得很舒服。林少煜脱了外套，随意地说："坐吧。"

邵锦坐下来，打量着这个环境。这个空间里的每一处布置，都恰到好处，无懈可击。他问林少煜说："你一直住在这里吗？"

"大多数时候是，我父母住在郊区，我偶尔回去。"

"谁给你打扫的卫生？"

林少煜一滞："……不清楚，很久没见过他们了。"

邵锦忽然笑了，林少煜也笑了。

他基本不带外人到这房子里来，可不知为什么，今天的这个男人让他觉得有些不同。尽管对方提出了一些无厘头的问题，但他并不感到不快。

"你想要她的，不然你不会带我到这里来。"然后邵锦说出这么一句。

最一开始，他想说的是"如果不爱她，就放了她"之类的话。可是话真的说出口，却变成了这样。

林少煜笑着说："想喝点什么？"

他显然不想将这个话题进行下去，邵锦轻轻叹了口气。就是如此，不过如此。他又有什么资格和对方谈论什么，抑或是提出什么要求呢？对这一切，他心知肚明。他到这里，只是需要完成一份自己的责任，以便让自己放下。其他更多，并不是他能掌控的，也与他无关。

"都行。"

林少煜决定去煮个咖啡。

而邵锦也不再纠缠，只是站起来，随意地走动着。到了开放式的书房前面，他看见一整面的书架上有许多原版书，生出了点兴趣。他走到书架前，微微抬高声音说："可以看看吗？"

不远处，林少煜应道："随意。"

邵锦拿下几本书翻了翻，不管怎么说，有些心不在焉。过了一会儿，他把书放了回去，然后随手抽出了一本画册。

那是一本印刷和装帧都很精美的汽车画册，上面有不同类型的汽车的图片和详细介绍。画册上没有杂志或公开发行物的标识，看上去是私人藏品。

他漫无目的地翻看着。在某一页上，他看到了一辆兰博基尼Gallardo。

银紫色的Gallardo，从不同角度拍的图片，看上去都那么华丽耀目、独一无二。

巨大的轰响之后，嘈嘈切切的杂音，令人疯狂，如同幻觉。

林少煜端着咖啡过来的时候，看见邵锦静立在书架前，手中是一本汽车的画册。

他一只手捧着画册，另一只手紧紧握着他自己的手机，手背上青筋突出。

林少煜不禁有些在意地看了他一眼。

似乎是觉察到他的目光，邵锦合上了画册，说："这里面的车，都挺特别的。"

"年轻的时候，有一阵子是挺喜欢车，收了不少。"林少煜笑着主动解释说，"就给它们做了这样一本册子。"

"这里面的，都是你自己的车吗？"

"哦，是啊。"

邵锦不再说话。

林少煜有种奇怪的感觉，虽然之前，眼前的这个男人，也是低调沉默，但他们的对话是可以进行下去的。可是从前面那几句结束后，他们之间的话题终结了，再也没有接续上的可能。

他不太明白，但果然，邵锦很快就说："不打扰了，我走了。"

他丢下画册，往门口走去。林少煜看到他的身影有些摇晃，不知道是不是因为腿脚不方便，又走得特别快，他几乎是跌跌撞撞地走出去的。林少煜陪他走到门口，邵锦没有再说一句话，只是很快地消失在了电梯口。

林少煜有些疑惑地走了回来。他把那本邵锦翻过的画册，拿起来看了看，里面没有什么特别的。他把它随手放回书架里，也就不再关注。

而邵锦，在黄昏阴沉的天空下快步走着，最后几乎演变成了奔跑。

但他跑不了太快，钢制的假肢拖累了他，快速地移动让他的假肢连接处一阵疼痛。他很快跑出了那个高档的社区，来到车水马龙的街市上。

站在十字路口前，他看向车流喧嚣的背景后低垂而灰暗的天空，慢慢吐出胸中憋住的一口气，终于捂住嘴大口喘息。

邵锦四天都没有上班的消息，金雪言是听关振华说的。

虽然在同一栋楼上班，但是金雪言和邵锦不太经常打照面。他在公司一直有种超然地位，不用考勤。这么多年，大家也都习惯了。不过他一向勤勉，实际上很少出现迟到早退旷工一类的事情。

因此听关振华这么一说，金雪言也觉得有点严重。

关振华在电话里的声音带着点不安："他大概病了，声音听着就不太对头。我过去看了一次，他只告诉我没事，连门都没让我进。"他有点迟疑，"你要是有空，能不能问问？"

"好，我会和他联系。"

金雪言拨了邵锦的电话，响了很久，他才接。他的声音倒不像关振华说的"不对头"，只是确实比平日更淡漠。金雪言说："小锦，听说你几天没上班，是身体不舒服吗？"

"嗯。"他说，"假肢发炎了，有点发烧。"

"去医院了吗？"

"去过了。"

"我下班后过去看你。"

"好。"

158

下班之后，金雪言到邵锦家里去。一路上，她想到他，微微赧然。她妈妈临终的时候，其实想说的何尝不是让他们互相照顾。这几年，他始终在她的视野之内，但她视野中的焦点，始终不是他。

虽然梦信给他提供了不错的工作待遇，甚至还有价值不菲的期权，可她一直记得，在最初，他是如何放弃一切更好的可能性，留在梦信这样一家看上去朝不保夕的公司的。

她记得他说，我会陪你一起等。

她总觉得每个人都有为自己负责的能力，因此任何人的选择，他人都无权干涉。但在这个夜晚，她心里还是对他生出一点愧疚。

金雪言去买了一份煲好的汤和几样水果。

邵锦的家，还在原来的老地方。前两年大家纷纷买房的时候，他也买了，但一直没搬走，因为总是刻意避开，这里她几乎不曾来。陈旧的小区，在夜晚寂寥安静。她好不容易到了他的门前，敲了好一会儿，也没人来开。

她不得不又给他打电话，邵锦说："哦，没听见，你进来吧。"

说着眼前的防盗门就无声地打开了，金雪言吓了一跳。

门里一片黑暗，她迟疑了一阵子，走了进去。

她走过的地方，应该是有感应装置，灯光就亮了。她听关振华说过，邵锦家里许多黑科技，大概包括遥控开启的门和这些自动开关的灯吧。

小小的客厅里纤尘不染，却没有人。金雪言放下东西往卧室走去，卧室的门和灯也自动地开了。她看见邵锦躺在床上，看上去十分虚弱。她担忧地上前，摸了摸他的额头："好像还烧着，怎么办，吃药了吗？"

"吃过了。"

"我吵到你了吗？"

"没有。"

金雪言有点不太自在。似乎多年来，和眼前这个人在一起时的尴尬和压力忽然又放大了。她在床前待了一会儿，也许邵锦也不喜欢这种氛围，他挣扎着坐起身来。

"我想起来活动一下。"

金雪言给他拿了外衣披上，当他坐在床前，她忽然发现他少了一条腿。

空落落的裤脚垂在床下，轻轻地晃动，而顺着他的视线，她才看到他的假肢正靠在不远处，裸露的钢架使它看上去并不像一条腿。邵锦说："帮我一下，谢谢。"

金雪言过去，把假肢拿过来。她看见他已经拉起了裤管，露出一个光秃秃的膝盖，令人触目惊心。他无声地看着她，金雪言只好在他身前蹲下，试图帮助他把这个假肢装回去。

她没有见过他这么脆弱的样子，他总是很小心，很有自尊，既不愿意袒露自己，也不愿意伤及别人。可是此刻，他的断肢上微微红肿，像是永远不会痊愈的伤。

"去换一个假肢吧。"她说，"我看到现在有很好的仿生型的，看上去和真的没什么两样呢。"

他这个，是刚刚出事的时候就安装的，十多年没有更换过，其实已经不太合适。因为这个，他走起路来的姿态，还是能让人觉察到他有些不便，金雪言想说这件事很久了。

"不用，习惯了。"

可他却一直执着地固守着属于过往的东西，比如假肢，比如这套房子，比如……金雪言不再想下去。

邵锦看着她俯在自己身前不时询问应该怎么做。她不熟悉他的假肢，更不熟悉他的身体，她一直没法弄好，脖颈上都沁出细汗。他的心头掠过不忍，然而又带着一种快感。

终于他说："我自己来吧。"

金雪言仿佛松了口气。

她站起来，等他装好了，扶着他到客厅去。她拿出自己之前买的汤，到厨房里去热，然后又洗了水果，装在盘子里端出来。邵锦看着她为了照顾自己而忙碌，不阻止，也不说话，只希望这是一个永远不会醒来的梦。

汤热好了，金雪言盛在小碗里装上来，放在他面前，但是她突然想起来："你是不是还没吃晚饭？"

"嗯。"

金雪言对自己感到无奈。

她以为她已经十分努力地体贴周到，竟然记得去买了汤和水果。可是她不是个会照顾他人生活的人，完全没想过他还需要吃饭。

"想吃什么？我叫外卖。"她翻着自己的手机。

邵锦按住她的手："不用了。"

金雪言感受到他的力度。她抬起头，看向他。他的眼神里蕴藏着一些什么，让她没有办法再回避。于是她说："小锦，有什么事想要对我说吗？"

邵锦的目光从她脸上移开，盯着桌上那碗汤上尚且蒸腾的热气，过了一会儿终于说："放弃他吧。"

"什么？"

"放弃林少煜吧，你会过得更好，你也值得更好。"

金雪言没料到他会说这个。

她说："我自己能够决定。"

"决定什么呢？决定要嫁给他吗？你决定了有用吗？他不想接受你，难道你还看不清楚，非要自作多情吗？"

"够了！"

金雪言不知道一向谨慎内敛的邵锦为什么突然如此激烈。她有些生气地站了起来，平静了一下说道："小锦，我不知道你怎么了，但我的事情，不需要你管，你也管不了我。这种话我以为早就不需要对你说了。我清楚自己在做什么，想要什么，你不是一直最支持我的吗？"

她有些疑惑地看着他，而他猛地站了起来，转过身来，向她逼近。

金雪言惊讶地看着男人的脸靠近。他周身散发出一种幽冷而凶狠的气息，与平日的他判若两人，真的把她惊住了。她没有防备，被他一把抱住。

他箍住她的头，低头吻她的唇。金雪言在短暂的吃惊中感觉到他灼热的气息，几乎灼痛她的肌肤。然后她反应过来，挣扎，可是他抓着她那么紧，她挣不脱。她不得不猛地用手肘击向他的肋骨，剧痛使他双手一松，终于被她狠狠推开。

"邵锦！你疯了吗？你到底是怎么回事？"

"我是疯了！我再也不想忍受。我不想失去你，不想让你嫁给林少煜！因为我爱着你，这个理由可以吗？"

他狠狠的低吼刺痛她的耳膜，让她一时失语。

他说他爱她，她知道，她怎么会不知道呢？只不过她习惯了，或者说忘记了。

他跌向餐桌的震动，使桌面上的汤碗打翻在地，摔得粉碎。他伏在餐桌上，忍受着由肋骨辐射到心脏的剧痛，几乎是克制不住地发出了一声呜咽。

"邵锦，对不起。"金雪言说。

邵锦强迫着自己，似乎想要露出一点笑容。

金雪言慢慢走到他身前，扳过他的脸，看着他。男人的眼角有一点泪痕，看上去是那么倔强又脆弱。

她说："邵锦，对不起。我知道你爱我，很久很久了，对不对？可是，我可以像朋友一样去爱你，却无法像一个女人那样去爱你。我以为，让一个人能自由地保存着属于他的爱，总是好的，所以我从没阻止你，我没有看见你的辛苦。我以为，哪怕有一份朋友的爱，也总是好的。我没想到也许这是一种负担，是我太想当然了，所以对不起。如果你真的觉得困扰，我们可以当普通同事，或者是陌生人。只要你能觉得好一点，怎么样都可以。只不过，我什么也给不了你。"

她的微笑，带着一种悲凉的冷冽。邵锦看着她，知道她会这样，她永远是这样，无所顾忌地表达自我，也从不顾忌，会不会给别人的心插上一刀。

他却无法反抗。

因此他只能透过眼前模糊的水光，眼睁睁地看着她转身决绝地离去。

金雪言在邵锦的楼下等关振华。

她是快速地出来了，一时半会儿，她没法再面对邵锦，可是他当前的状态，也没法让她放心。

她给关振华打了电话，让他过来。

在他过来之前，她就在那里焦躁地走来走去。

关振华很快到了，一开始有些摸不着头脑，金雪言说："你去陪陪他，看着他，别让他出什么事。"

她声音很低，低头盯着自己的鞋尖，似乎很沮丧，关振华也就明白了。

"怎么还是搞成这样？"他挠挠头，"他前几天还好好的，你们……"

金雪言摇了摇头。老实说，她也不清楚到底是为什么，后来的事态，根本就像脱离了控制，她只知道邵锦的状态确实让人不安，于是她又叮嘱了一句："小关，多辛苦一下，拜托了。"

"知道了。"

他要上去，金雪言忽然又叫了他一句："小关。"

他转过头来，看见金雪言的神情一片落寞，还带着点茫然。她好像思考了一会儿，才说："我在想，是我做得不对吗？一直以来，是不是我……没有好好谨守和他之间的界线，才给了他不应该有的奢望？是我太随意，给了他太多吗？"

可以看出她非常懊恼，关振华走到她身边，点了一支烟。

"能看看你的手机吗？"

金雪言不解，拿出手机解了锁，递给他。

关振华飞快地拉了一下她和邵锦的聊天记录，然后把手机还给她。

"你和他之间一年只来往过七条消息。你和他在公司里说的话，还不如你和我说的一半多吧。"他笑了笑，"如果这能带来奢望，是他的问题。"

"不，不是。"金雪言摇着头，却不知道该怎么说，"他不应该是这样的。"

"老大，你是一个非常冷酷无情的女人。"关振华看着她说，"你给不了一个你不爱的人太多的温情，所以，我想你也没法给邵锦什么超乎寻常的希望，别自以为是了。"

他拍了拍她的肩膀，转身上楼去了。

虽然金雪言已经很当心，也嘱咐了关振华，但关振华毕竟不可能二十四小时都跟着邵锦。三天以后，邵锦还是失踪了。

"找不到人，也打不通电话。"关振华说，"他家里我倒是进去了，一团乱，不知道到底发生了什么。"

金雪言赶到邵锦家里，看到确实如关振华所说一片混乱。其实邵锦消失的时间不长，如果不是因为家里乱成这个样子，电话又打不通，他们也不会这么急。金雪言看着一地的碎玻璃，里面有两个黑边的相框，她捡起来，照片已经被取走了，空洞的黑框让人感觉到深深的不祥。

"怎么办？要报警吗？只是时间还不够长……"关振华问，"他应该是今天早上才走的。"

"这两天，你们都聊了什么？"

关振华摇了摇头："他什么也没说。"

邵锦的卧室里，笔记本电脑还留在床上。金雪言上前，打开需要密码，她想了想，敲了自己的生日，进了系统。

电脑上倒没有其他什么重要信息，只不过在网页浏览记录里，他们看到邵锦买了一张前往灵心市的高铁车票。

"他去灵心市干什么？灵心市有什么啊？"关振华嘀咕着。

"有灵心寺啊。"

灵心寺是很受重视的一处佛教圣地，灵心市本身也因此闻名。

"可他不信佛啊。"

金雪言站了起来："但我知道，林少煜今天到了灵心寺。"

林少煜前往灵心寺，是为了陪母亲还愿。

这段时间，林茂生的身体状况有所好转。在良好的康复护理下，他甚至可以抬起一只手臂，也可以不再借助电子设备，较为连贯地说话了，林少煜和萧静然都很高兴。

"五年前，我许愿，希望你爸爸能活过来，他真的活过来了。后来我许愿，希望他能说话，现在又应验了。"萧静然很感慨地说，"菩萨真的会显灵，少煜，你一定要陪妈妈去一趟灵心寺，我许的是我们两个人的愿。"

"我会安排。"

萧静然是虔诚的佛教徒，既然她这么说了，林少煜也不想拖延。正好近日工作也算告一段落，他就真的安排出三天时间，陪着母亲到了灵心寺。

他们住在山上的度假酒店里。酒店是由古建筑修缮而成，错落的房屋和庭院沿山间小径分布，不知道的游人看上去只以为是民居，实际上这里却有着严格的安保和完善的服务。

到寺中进香完毕，用了简单的午饭之后，林少煜陪着萧静然回到客房里，那是专门为她静修准备的一个房间，以青竹修成，古色古香，禅意盎然。房间里有精美的佛龛，供着观音像，萧静然在蒲团上跪坐下来。

"少煜，陪妈妈坐一会儿吧。"她说。

"好。"林少煜专程过来，自然就是为了陪她，他点头在她身边坐了下来。

萧静然数着佛珠开始诵经，林少煜安静陪伴。对他来说，的确也很难得有这么清闲的一阵，可以什么都不做，任由大脑放空。

萧静然诵完经，问他："最近你都好吗？"

"都挺好的，妈妈。"

萧静然明显感觉到儿子和自己之间礼貌的疏离，其实这种疏离，由来已久。他们这样的家庭，他才十几岁就到处去玩，很少待在她的身边。她也忙于享受生活，更不会像寻常母亲那样每天关心他的衣食住行，直到林茂生出事，他们之间的联系才紧密了些。

但这么说其实也不对，过去虽然母子之间不是特别亲近，但萧静然始终觉得儿子就是个孩子，淘气了还可以管管。可是随着他日益独当一面，她觉察到他已经很难再为他人所左右。

但有些话，作为母亲，她还是要说。

"少煜啊，所以，那个女孩，你打算怎么办？"

"您是说金雪言吗？"

她会说这个，林少煜是预料到的了。那一期的《闪金人生》，简直如同昭告天下，只不过母亲很沉得住气，一直也没有来问他。

"是啊。"萧静然微笑道，"我看你一直也没有来和我们说，肯定是没当真。媒体起哄嘛，也是常事。不过过了这阵子，我始终觉，你心里也不是全没当一回事，所以就想问问你。"

"妈妈，您了解我。"林少煜笑着说，"我，还没考虑好。"

"那位金小姐呢，我谈不上了解。只说以一个女孩来看，妈妈不是很喜欢。"萧静然坦然说道，"不过这点也不要紧，你喜欢的，我们都可以让自己慢慢去喜欢。你只要好好考虑，考虑清楚。"

"好，我知道了。"

"说到你的婚姻，当然是能带来很多的东西。"萧静然又说，"可是妈妈，包括你爸爸，并不希望你为了茂林牺牲太多。说到底，茂林只是一家公司而已。你爸爸打拼了一生，做出了这样的成就，不也是希望他的儿子更幸福吗？如果你连婚姻都不能像普通人那样选择自己喜欢的，要为了利益顾虑重重，事业再大，钱赚得再多又算得上什么成功？妈妈眼里，你是这世上最好的，你也应该拥有你认为最好的东西。"

"我知道，我不会那么想的。"林少煜轻声说，"我一向想要什么就有什么，我选的，一定都是我真心想要的。"

萧静然点了点头："只是什么样的对你才是最好的，妈妈也不清楚，这只有你自己才明白。妈妈只希望你别冲动，别看错人。"

什么样的才是对他最好的？他想要的又是什么？他有一瞬间的茫然，微微抬头，看见墙壁前高大的佛像投下的目光满是悲悯。

"那位金小姐，我不知道你对她的感情究竟怎样，到了什么份儿上，只是我总是觉得不安。几年前，她在机场闹得你爸爸差点过去。前段时间，高速公路上你又为了她，把自己置身于那样的险境。"母亲的声音还在低低地流淌，"妈妈不是说她真的做错了什么，只是女人如果太强势，总会带来一些麻烦。你参加的那档节目我看了，她啊，真的是勇敢又美丽，令人心动，可如果一时的心动……"

"好了，妈妈。"林少煜打断了她的话，显然不想听下去。

萧静然很懂得适可而止，她看出儿子的焦躁，包容地笑了笑，不再说下去，只是默默数着佛珠。

这时林少煜的手机响了，他一看，是邵锦。

邵锦又找了他。当时他已经在前来灵心市的车上了，那头低沉的声音很急迫，说有重要的事要见他。他一时奇怪，但还是告诉了对方自己的行程，邵锦说会来灵心寺见他。

他不知道有什么事这么急，有点不安，但也只能见了他再说。

此刻，邵锦对他说："我已经到了，能出来见一面吗？"

"你在哪里？"

"灵心寺后面的风生岩。"

"知道了。"

林少煜放下电话，对萧静然说："我出去一下。"

萧静然有点意外，但没说什么，只说："嗯，去吧。"

因为买不到当天的高铁票了，金雪言和关振华决定自己驱车到灵心市去。乘高铁到那儿需要三个小时，但如果汽车不进市区，直接上灵心寺，可能更快。

高速公路上关振华开车十分狂放，车速飞快。

"邵锦真的要去灵心寺？他要去找林少煜？"他一边开车一边念叨着，"也许是巧合呢？"

金雪言坐在他身旁，紧抿着唇，一言不发。

她从小瑞那里得知林少煜去了灵心寺，她感觉到邵锦动身去那里，也是为了他。可是她迟迟不愿意联系林少煜。

她要对他说什么？梦信的技术总监失踪了，我们怀疑他会去找你？一个爱我的人，他情绪失控了，我们怀疑他会去找你？她想象不了他听到这些话的表情。如今，她在他面前已经够卑微了，她无法开口去说出这样羞耻的麻烦，而且都只是猜测。

"先到了再说吧。"

她一路上不停地给邵锦打电话，都是空寂的忙音。

然而，到了灵心寺，确实也没有什么用处。他们上山来，寺外只是游人如织。她和关振华两个人，就像漫无目的的鱼淹没在人海里。

她没办法，终于还是给小瑞打了电话。

毕竟这是她能想到的唯一线索。灵心巾那么大，就说灵心寺周边，漫山遍野，上哪里找一个邵锦？她问了小瑞，小瑞也有点惊讶："啊，我们是住在山上，是的，林先生不在酒店里。"

"有人来找过他吗？"

"他是接到一个电话出去了，说是见一个朋友……嗯，他一个人，没让人跟着。"

金雪言和关振华对视一眼，找他的人会是邵锦吗？

"不知道他去了哪里吗？"

"不知道。"金雪言的态度让小瑞也有些担心起来，"金小姐，有什么事吗？"

"不，没什么。"

"那，你们到酒店来等林先生回来？"

"……也好。"

166

金雪言还是决定去他们住的酒店里等，毕竟也没有其他的线索，他们住的实际上是一个小小的庭院。她和关振华到了，小瑞把他两带了进去，说："这样，我给林先生打个电话，他应该就在附近。"

这时候萧静然看见了他们。

萧静然是到院子里散步的，这儿的环境她还是很喜欢的，忽然迎面就看到了金雪言和一名陌生男子在那里和小瑞说话。

"小瑞，是谁在那里啊？"她在他们身后停步，抬高声音说。

"啊，这位是金雪言小姐……"小瑞说着，忽然想起来，这两人过去并不是没见过，在浦川机场和致和医院里……他心惊胆战，也只好硬着头皮说，"她是来找林先生的，这位是林先生的母亲萧女士。"

"少煜也真是的，有客人自己也不知道等一等。"萧静然微笑，"不过他才离开一天，金小姐都受不了，也真是够心急的。"

金雪言现在没心情和她玩明枪暗箭，只是点点头："有些事情，打扰了。"

"那这位呢？"萧静然打量着一旁的关振华。

"我叫关振华，萧女士下午好！"关振华赶紧解释，"我是梦信金融的员工，金总是我的老板！"

"哦，是吗？"萧静然却故作疑惑，目光在他和金雪言之间移动着。

关振华心里暗暗叫苦。林少煜的妈，碰见金雪言和他这么一个英俊帅气的适龄男青年单独出行，会怎么想，他可控制不了。关键是一看对方这眼神一看就知道不是善茬，这个……

"我们是来找人的。"金雪言说。

"跟着少煜过来，倒也没什么。"萧静然宽容地笑了笑，"不过逼他太紧，他很容易烦。他身边好些女孩子，都是这么不聪明。"

她这么说，金雪言终于想起来致和医院里的那一个耳光。但她实在懒得争执什么，只是平静地对小瑞说："给林少煜打个电话吧，就说我在这里等他。"

萧静然冷哼了一声。

小瑞冒着冷汗打电话给林少煜，十分机智地开了免提。林少煜接了，金雪言看着萧静然，忽然就把电话从小瑞的手里拿了过来，她柔声道："少煜，我在你住的酒店里，在和你妈妈聊天呢。"

林少煜的声音很缓慢："哦，我正和邵锦在一起。"

果然。

这下金雪言才急问："你们在哪里？"

"在风生岩……"

他这一句没有说完，那边传来巨大的声响，好像是手机猛地跌落在地。随之而来的是杂乱的撞击声，似乎也有人声，但听不真切，然后电话断了。

在场的人一下子都紧张起来，风生岩，金雪言的心跳加快，突然转身就跑。

风生岩在灵心寺后面的一处悬崖上，距这里应有十分钟的路程，因为路不好走，上去的游客不多。金雪言丝毫不停地一路跑上去，最后还用上了攀爬。她站在那个最高处，焦急地寻找着林少煜和邵锦，然后她看到了令人心胆俱裂的一幕。

陡峭的悬崖旁，林少煜半个身子悬空在外，似乎在拼命地拉着什么。

"少煜！"金雪言狂奔过去。

她终于奔至他身边，探出头，看见在悬崖外悬挂着一个人，被林少煜死死攥住——邵锦。

一脚踏空，急速坠落，在那一刻，邵锦心头竟然闪过一种强烈的快意。

他可以不再挣扎、无所牵挂地离去……

然而，忽然出现一只猛地抓住他的手，他下意识地也抓住了对方。

林少煜的声音响在头顶："坚持住！"

坚持住？怎么坚持，又该怎么面对呢？他仰起头，看见那个男人的脸就在自己的不远处，焦急但又沉着。炽烈的阳光从他的身后洒落，晃得邵锦睁不开眼。

身体已经完全悬空，下面就是万丈深渊。他被对方紧紧抓住，从而静滞在了空中。

"旁边有突起的石块，看一下能不能借力。"

林少煜说着，邵锦却没有任何的行动。他知道林少煜说的那个位置，在左边，但他没有左腿。

他也……并不想挣扎，只是抬着头，怔怔地看着奋力拉住自己的男人。他看上去年轻、英俊、冷酷，但抓住自己的手，却那样坚定有力。

他应该放开他的，那样他们两个人都不会再有什么烦恼。林少煜此刻已经把半个身体伸出了悬崖，如果再往前一步，他们两人都面临着粉身碎骨的结局。这样的念头把邵锦魔住了，他只要往外一拽的话……

他以为那一刻很漫长，其实却很短暂，然后女人的声音响起了。

"邵锦！"金雪言的脸出现在林少煜的身边，她伸出手来，"抓住我的手！"

邵锦向她伸出了另一只手。

他们两个人，用尽全力把他拽了上去。他整个人重新回到山崖上的那一刻，他们三个人因为巨大惯性往一旁的斜坡下滚落。

还好只是一小段。斜坡下，金雪言奋力爬起来。她看见邵锦蜷缩在一旁，似乎有着巨大的痛苦，她赶紧查看他："小锦，怎么样，哪里受伤了？"

这时候关振华也到了，冲过来扶起邵锦："邵锦！你还好吗？"

邵锦紧紧闭着眼睛，捂着腹部，脸上不知是汗水还是泪水，一言不发。关振华把他抱在怀里，查看他的伤势。

一旁，林少煜已经站了起来，在稍高的位置上静默地看着他们。

金雪言抬头，看见他目光深沉，带着某种凛冽的意味。她不由得放下邵锦，站起来，向他走去。

她看见他的衣服凌乱，领口和袖口都被扯开，有点狼狈。他的手掌上现出血痕，应该是之前为了借力，紧紧抓着粗粝的岩石造成的。

"少煜，你……"

"没事。"他平静地说。

这时，许多人急匆匆地出现了，大多数是保安保镖什么的，金雪言不认识。她只看到脸色发白的小瑞，过了一会儿，还有后面气喘吁吁的萧静然。

"少煜！你怎么样？"她看到儿子这个样子，不禁失声，"有医生吗？快找医生！"

"酒店里有，我这就联系。"小瑞赶紧说。

林少煜说："我没事的，妈妈。"

"没事？你刚才是不是在那个悬崖边上？"萧静然指着一边的山崖，"你知不知道我看着心脏病都快犯了！"

他们在下面，是能看到远处他和邵锦那一幕的。说着，萧静然回过头来，看向地上被关振华抱住的邵锦："这个人是谁？"

金雪言说："是我的朋友。"

萧静然转过头来看着她。

"金小姐，"她似乎考虑了一下才开口，"又是你，怎么你每次出现，好像总是带来危险的事情？我不知道你到底惹出过多少麻烦，又有多少是要少煜替你解决的。可我真的希望，你能离他远一点，能离我们家远一点。"

金雪言默不作声，她不想辩解，似乎也没有什么可辩解的。

"金小姐，我以为，四年前我已经讲得很清楚了。"萧静然决定不再对这个处心积虑接近她儿子的女人听之任之，"我以为你会知难而退，没想到你反而变本加厉。少煜的事，我从来不想管，可是今天，我再说一遍，你最好从此别再出现在他身边，我再也不想看见你！否则……"

"怎么可能呢，妈妈？"林少煜上前一步，站在金雪言的身前，向母亲微笑着，"别这么说她了。"

"少煜，你就是被……"

"您会常常见到她的。"他笑容淡然，声音平和，却足够让在场的人都听见，"毕竟很快，她就会成为您的儿媳。"

不知什么时候，风云突变，竟然下起了雨。

蒙蒙的小雨，笼罩着这个古朴的庭院。从客房的窗口望出去，远山近景都好像笼罩在一层薄雾之中。

金雪言站在窗前，对着电话说："小关，你们真的可以吗？"

"没问题的，我照看着邵锦呢，林先生给我们派了司机。"关振华说，"放心，处理好你自己的事情吧。"

他挂了电话。

经过酒店里的医务组的简单检查，邵锦有几处扭伤和擦伤，不过并不严重，只是他的精神好像受到了什么重大打击，一副丢失了魂魄的样子。看见他的样子，金雪言心里郁结不已，她一时不想面对有关他的事情，考虑了一番还是请关振华带他回去。

关振华十分了然地请她放心。

林少煜让人带她到这个房间里来休息，他自己也受了一些轻伤，需要处理，还有母亲需要安抚。她在等他，又不知道为什么要等。

情绪中细微的涟漪，如同窗外腻人的小雨，令人焦躁。

不久，林少煜进来了。

她看见他手掌上包了白色的纱布，换了新的衬衣，整个人恢复了平日的清冽和优雅。

她问他："伤得不严重吧？"

他说："只是手上擦破了皮，没事的。"

金雪言点了点头，不再看他，转开视线："邵锦……为什么来找你？"

他笑了笑，说："一个爱着你的男人来找我，会为了什么？"

她咬住唇，但还是接着问："你们之间发生了什么？"

"打了一架，后来他就滑了下去，再后来你都看到了。"

金雪言心中一窒，看着他说："我很抱歉。"

她在内心真的感到很抱歉，因为她没有处理好自己身边的事，给他人带来了困扰，这是她的问题。

林少煜抬起手，指尖轻触她的脸颊，低笑道："和我有什么可道歉的呢？"

他挨得太近了，金雪言几乎是下意识地后退了一步，抬头道："既然没事，我先走了。"

"去哪里？"

"我要回去了。"

他自然而然地握住她的手："留下来，过两天和我一起回去。"

"公司还有很多事情。"

"公司的事情，可以回头处理。"他淡然地说，"难道我不重要吗？"

金雪言抽出自己的手，微微偏开头，忽然笑了："你当然很重要，林先生，所以怎么好意思留下来给你添麻烦呢？"

"生气了吗？"林少煜还是那样一副从容的姿态，"我母亲说的，你不要在意，她以后也不会再多说什么了。我不会让你受委屈，放心。"

"放心？"金雪言盯住了他，"放心什么？难道你觉得你母亲的话我会放在心上，其他人的态度会对我产生影响吗？我在意的只有你，再也没有别人了啊。可是你是怎么对我的？你想过吗？"

林少煜轻轻握住她的双肩，注视着她："对不起，是我不好。从今天开始，我会和你在一起。金雪言，你会是我的女朋友，还会是……我的妻子。"

"放手！"

她却仿佛怒气更盛，一把甩开了他的手。

然后，她的脸上渐渐浮现一种悲伤——那是维持了多日的淡定从容的面具渐渐碎裂的痕迹。她说："林少煜，这么久了，你一直撩拨我，却又什么都不肯给我。你不要我，我就应该离开。现在你想要了，我就应该留下来。是这样吗？在你心里，我们的关系就是这样的？是，我一直不肯放手，我纠缠着你，也不在乎是不是把自己变得更卑微。因为我不想失败，我不想承认我付出整颗心去做的事，就那么失败了，我逃避着这个结果。可是就在刚刚，我觉得累了，我觉得已经没什么意思。所以之前的事，就算是我不懂事，把它忘了吧。"

她推开他的手，不再看他，向门口走去。

可是他猛地上前，从身后紧紧抱住了她。

强势的拥抱，却又极尽温柔。她挣了一下，他却将她抱得更紧，她感到男人柔软的唇轻触着自己的耳垂。

"别离开我。"他低声道，"言言，不管我做错什么，都原谅我一次，别离开我，好不好？"

他的声音，终于撕下那种笃定，带上了一点软弱。金雪言的心一软，却到底还是意难平。她转过身来，重新面对着他。

"少煜啊，"她喃喃着，"你知道吗？我一直看不清楚你，但我想看清你。在《闪金人生》的舞台上，我想的是如果在原有的距离上看不清你，那就靠近你，总有一个距离，让我能够看清楚，我尽最大的努力去做这件事情。我渴望你，追求你，但就算现在，你回应了我，我还是什么把握也没有，我不知道你是怎么想的。接近你，拥有你，会怎么样？我是不是真的可以？"

她的语气褪去了锐利，轻声的，只是带着困扰。她仰视着他的眼睛，仿佛真的想穿过这么些年的光阴，看清楚什么。

"听我说，言言，我很爱很爱你。"林少煜轻轻捧起她的脸，"有多久了，我自己也不知道。可是与你交往得越深入，我就越清楚，我征服不了你，这世上没有人能征服你。只是我不知道，该怎么和一个我无法征服的女人在一起，也许是因为在我之前的生命里，征服是太容易的事情，我习惯了，觉得那是理所应当，我不知道该怎么适应，怎么改变。可是我爱你，我也害怕不抓紧你，你就会离我而去。所以我总想要圈住你，用假装漫不经心的方式。"他说着，嘴角有笑意舒展，"多怯懦，多幼稚，是不是？这就是我对你真实的心。那节目之后，我还在想方设法地逃避。可是又有什么用呢？你的每一条信息，每一个声音，都让我无法抗拒。"

"可是，"金雪言看着他说，"你还是在努力拒绝我，不是吗？"

"是，是我软弱，我想我错了，言言。"他低声说，"你知道，今天邵锦说要我放弃你的时候，我在想什么？你知道，山崖边，我以为我要粉身碎骨的时候，我在想什么？我想我竟然对你说过那么言不由衷的话，我质问自己为什么不敢直面自己的心。我终于知道，其实早已被征服的人是我。我认输了，言言，让我来爱你，让我来朝拜你，好不好？"

他的语气，开始时也有艰涩，很快便很坦然，没有丝毫的矫饰或不甘，清澈的眸子凝视着她，终于再没有了曾经的朦胧和莫测。

金雪言梗住的心结，渐渐柔软，渐渐融化。她情不自禁，拥住了他，把脸轻轻贴住他的脸。

"我金雪言，想要征服很多东西。"她似乎在考虑着怎么说，"可是这里面，唯独不包括你，因为你对我而言是独一无二的。林少煜……我们可不可以，不要互相征服，也不要做对方的软肋，而是成为对方的铠甲，永远守护彼此？"

"我们会的。"

他更加用力，更加温柔地拥抱着她，令她觉得从此刻的身心到漫长的人生，都那样充实又欢愉。

终于打破一切隔阂，拥有她，林少煜一样觉得幸福。那是一种认命了一般放纵的快意。

当天夜里，他安抚好了母亲和恋人，独自静下时，房门被悄无声息地推开，他的助手走了进来。

小瑞来到他身前，递上手中的一份文件。

林少煜打开文件，里面只有几页薄薄的纸，上面有一些人名，包括网络ID和这些人的"履历"。

他仔细看了一遍，然后陷入了漫长的沉默。

然而当他再次开口，所有激烈的挣扎和痛苦都已经敛去，只剩下不容置疑的果决："很好，想办法，去和这些人接触。"

"价格呢？"

"当然是分别定价，具体的之后再谈。"

"好的。"

小瑞似乎并不意外，轻声回答之后，如来时一般安静地离开了这个房间。

在轻伤基本痊愈之后，邵锦向梦信提交了辞呈。

金雪言没有挽留，直接签了字。

梦信在这个时间点上，当然需要他，只是她不想干涉他的任何选择。

在金雪言的办公室里，邵锦安静地坐着。几天不见，他身上已经褪去了彼时那种狂乱，只是带上了比往日更甚的沉寂。

他似乎变了一个人，充满了沧桑。

"技术部的事，我会交接好。我的职位，接替的人选，有几个建议，我都写在邮件里了。"但他还是这样尽心尽职，她的心也不禁一痛。

"知道，我会安排的。"

只说到这里，就再无什么可说。关于那天风生岩的事，金雪言没有问，他也就没有再提一个字。随着一纸辞呈，他们之间多年的羁绊似乎彻底中断，彻底消弭了。

金雪言陪他走出了梦信大厦。

深秋的风吹动他的风衣，显得他整个人越发单薄。两个人默默地走了一段路，邵锦终于说："好了，我走了。"

"接下来，你……有什么打算？"最后她还是忍不住关切道。

"想到处去看看。"他平静地说。

其实，那也很好。他可以不用再拘于钢筋水泥森林中，去发现更丰富的世界，金雪言觉得心情好了一点。

"你的股权，等有了定论，我再通知你处理。"

"好。"

"小锦，照顾好自己。"

她终于与他告别，当她转身想要离去，听到他又叫了她一声："雪言。"

她回头，听见他问："你真的觉得，他值得你托付终身吗？"

原来是这样一个问题，金雪言想了想，微笑："邵锦，我并不需要向什么人托付我的人生。我只知道，他是我想要一路同行的人，这就够了。"

他点了点头，像是认可了这个说法，然后转身，渐渐消失在了人海中。

忽然开始谈恋爱，实在令人不太习惯。

想时刻看见对方，时刻触摸到对方，想满足这种真实的渴求，毕竟是种奢望。虽然可以任性放纵，可以不用看任何人的脸色，但就算是许云说的"恋爱脑"，也无法改变这两个人的勤勉。照常上班，各自处理纷至沓来的事务，可能工作状态没有任何的不同。

不同的是中途偶然空闲时的一两个电话，哪怕两三分钟，听到对方的声音也好。不同的是总是盼望着一天的事情能早一点处理完，有更多属于彼此的时间，但很多时候见面也很难。从灵心寺回来后，林少煜很快飞去了美国，据说是和优歌技术公司方面的接触有了新进展，至关重要。于是隔着十二小时的时差，电话里最动情的，也只是一句"我很想你"。

林少煜回来，不许她去机场接自己，晚上自己开了车来接她。

他带她去吃饭，还是她不认识的私家菜馆，鲜美的饮食总是令人身心满足。时间晚了，他送她回家。

车子停在她家楼下，两个人却都没动没说话。

"你……"然后却异口同声，又同时停下来，相视而笑。

看她不开口，林少煜说："不让我上去坐坐吗？"

金雪言看着他笑："上去坐坐吧。"

他跟着她上了楼。几年前，她的老房子他是去过的，但这套新房他却从未来过。房子装修得简洁清爽，是她的个人风格。他的视线转过，在客厅转角看到了一台钢琴。

他停了一下，走了过去。拉开白色的布艺巾，掀开琴盖，他的手指划过琴键，轻声说："是那台钢琴。"

金雪言这时才想起来这件事，看着他，笑道："是啊，你认出来了。"

那台他在大学里用来教她的钢琴，此刻静卧在她家的客厅里。他忽然情动，百感交集。

看他不说话，她解释说："前两年，房子刚装修好的时候，那儿有点空，大家都说适合放一台钢琴。有一天我忽然冲动，飞回了学校，它还在那个琴房里。"她笑笑，"可是学院管理处不好说话，说这是学院资产，不予出售。我找了好多人，最后找到吉尔莎院长，给她讲了我们的故事，最后他们才把这琴卖给了我。"

他们的故事，有过休止符，却永远不会结束。

他在钢琴前坐下来，伸出双手，开始弹奏。

李斯特的《追雪》，气势磅礴的超技练习曲，带着纷落的凉意，充满了这个客厅。他已经很久没有弹了，但出自本能的技巧，还是让旋律激扬而流畅。金雪言站在他的身后，仿佛回到了那个夏天。她从校园的树荫小道上走过，空旷的琴房里，只有这如雪的琴音和背对着她的男人的身影。她一步步向他走去，一步步沉落，直到不愿逃脱。

一曲终了，林少煜伸出手，拉着她在自己身边坐下来。她伸出左手，他伸出右手。当她落下第一个音，他知道是《欢乐颂》。简单悠扬的旋律，扫去《追雪》的沉郁，充满了单纯的幸福。他配合着她的弹奏，温柔用心。她弹得不算好，可是他们足够默契，完成了这完美的一曲。

最后一个音符结束，他转过身来，伸手轻抚她的脸。他一直想要这么做，曾经却一直畏缩，此刻，终于可以没有顾忌，没有迟疑。他轻吻她的唇，当她给予热烈的回应，他突然再也无法克制，开始张狂地侵略着她的身体。当她的肌肤一寸寸被他恣肆地吻过，他把她整个抱起，来到卧室的床上。

湿润纠缠的唇舌，步步深入的侵袭，他一点一点索取她的所有，也想要向她付出全部的自己。她承受，也反击，同样强烈，是想要沉溺于他，让自己完全被他占据。

他们不是第一次。

曾经在曼哈顿的酒店中，他纽约的住所里……他们有过翻云覆雨的缠绵，可是没有一次像今天这样深入骨髓。那时候，他们矜持洒脱，只觉得对方是自己人生的过客。那时候，他们领略到彼此的美好，却尚不知对方无可替代的珍贵。终于，当又一次彻底、真正地拥有彼此，巨大的震颤的快感之下，金雪言发出一声幸福的低吟。

金雪言不是一个专情的、守贞的人。

她凉薄、开放、随心，然而仿佛命中注定一般，她却自然而然拥有她生命中

175

的唯一，因为她所拥有的他，始终无人可及。

当一切平息，她轻轻吻他的脸。

"林少煜，这一路我们走得太久。"

"未来的路会更长。"

当他这样许诺，她就相信。

两个人决定搬到一起住，林少煜让金雪言去挑套房子，她却说要住在他的家里。

"那里离梦信远，不怕上班不方便吗？"

"不，想住很久了！"

他笑着环住她的腰："多久？"

"嗯，从第一次来开始。"

她惦记的东西，总会得到，不管多久。

既然说定了，他就安排下去，金雪言自己都没怎么操心。看到自己的衣服整整齐齐地占据了他那个巨大的衣帽间，她觉得身心愉悦，有小小的得意。

不管谁先下班，都会先到对方的公司里去，等着另一个人一起回家。明明一起走过的时光已经很漫长，两个人却都投入了初恋一般的热情。

但接下去的日子，还是聚少离多。

林少煜频繁地飞往美国，和优歌技术公司方面进行深入的沟通，长久的努力总算有了实质性的进展。

"他们答应了派驻专人到我们的智能未来实验室，以后技术方面的支持力度会更大。"这一天美国时间的晚上，打电话的时候林少煜的心情很好，"这是连摩飞都一直没有做到的事。"

"太好了，这样可以脱离摩飞的牵制了吗？"

他笑："要依赖摩飞做的事还有很多，这种合作未必不好。不过至少，不会再被他们卡住命门。"

她的心中豪情与柔情交织，看到他和他的世界都如此广阔。

"明天晚上会和优歌技术公司的技术总监林德一起吃饭。"他随意地说着日程安排，"完全私人的晚餐，他现在和我的关系不错。"

林德是一个技术狂人，一向恃才傲物。除了自己真正欣赏的人，旁人他鲜少理会。能够和他攀上私交，不知林少煜做了多少功课。

金雪言心中忽然一动，说："林德看重技术，中国也有一些企业，做了很多技术革新。介绍给他，也许他会感兴趣，或者还能拉近和他的距离，你说是

176

不是？"

林少煜微微一怔，马上笑了起来："也许是的。"

"所以，能帮个忙吗？"

他只说一个字，声音却满是温柔："好。"

金雪言放下电话，马上打给了陈贤，她对陈贤说："现在放下所有的事情，马上和我一起到美国去。"

幸亏签证还没过期，她就是这么雷厉风行。买了当天的机票，她和陈贤飞了十几个小时，到了洛杉矶。林少煜派人来接他们，然后他们去了他下榻的酒店。

听说是比较简单随意的私人晚餐，地点也就在这个酒店里，但陈贤还是很紧张，不停地问："金总，你真的不和我一起去吗？"

"我不和你一起去，陈贤。"金雪言注视着他，"你的英语流利，能精确表达你的意思；你对技术深入了解，知道你们的系统最独到的亮点是什么；你对这段时间来发生了什么，风范最需要什么，了解得一清二楚。所以，你应该有自信，从林德那里争取到我们想要的东西。"

陈贤被她说得一颗心安定下来，说："我会的。"

"所以，拜托了。"

拜托了。梦信曾经救过风范一命，现在梦信的命运将由风范来改写。

陈贤知道自己责任重大，也绝不想辜负这份信任，他点头，说："放心吧。"

金雪言自然被带到林少煜的房间里，她就在他的房间里等着。这次的事，她没有通知在这边筹划风范上市的团队，因为都只是个人行为。

林少煜会在和林德的晚餐上，作为朋友，向他介绍中国无人驾驶行业的创新者、风范汽车的CEO陈贤。陈贤能从林德那里取得什么，就看他自己了。

酒店的服务很完善，她在房间里简单地吃了晚饭，却完全不想倒时差，看着这个同样繁华的国际大都市，渐渐灯火阑珊。

没太晚，林少煜回来了。

一看见她，他就把她轻轻拥住，在她脸上吻了吻，低声笑道："我以为你会跟陈贤一起去，没想到你竟然没出现。"

"嗯。"金雪言笑着看他，"我去了未必有什么帮助。风范是属于陈贤的，成败就看他吧。"

林少煜看着她，笑了笑："言言，你有一些改变。"

她更多地给予他人信任，把应该交付的事情交付出去，不再那么执着地把所有一切都紧抓不放。不知为什么，和他在一起之后，她对这个世界更信赖，格局也变得更开阔。

"他们谈得好吗？"当然她对这件事仍然关心，有些急切地问。

"我离开的时候，他们还在吵架。"

"啊？"

"吵技术上的事，双方听得都不是很明白。"他说，"林德大概棋逢对手。"

金雪言蹙着眉想了一会儿，决定不管这回事了，只是勾住他的脖子，开心地说："谢谢。"

无论如何，她想要留下梦信，用这种大家都能接受的方式。给风范和梦信一个机会，是他对她的宠爱。在与朋友共进晚餐的时候，他暂时不是茂林集团林少煜，只是一个宠爱她的男人。

她曾经不愿接受一点馈赠，可是现在，享受这种宠爱并不觉得丢脸。

他在沙发上坐下来，把她抱在怀里。两个人腻了一会儿，林少煜忽然说："这次回去，跟我回家，见见我父亲。"

"然后呢？"

他看了她片刻，终于说："然后，婚期你来定。"

"下个月，不对，最好下周，好不好？"

他有些哭笑不得："哪里有姑娘家像你这么急？"

"你知道我没什么耐心。"她蹭着他的衬衣领口，轻咬他的锁骨，口齿含混着，"你的姑娘和别人怎么会一样？"

他哪里还能忍得住？反过来的掠夺也就更激烈。儿大没见，相互间的渴望早已经无法抑制，只有刻骨的温柔，刻骨的缠绵，由身体交融开始，浸润了整个生命。

不过销魂的一夜过后，他却不能和她一起回去，他马上要飞德国。慕尼黑的GDM，是一家研制精密机床的公司，有一些业务等着他去谈。精密机床是制造业的根基，是他必须攻下的领地。

"和我一起去德国？"他也这样低声提议。

她犹豫了一会儿，还是抱歉地摇头，他也不勉强。

公司方面她还是有点走不开，症结不在梦信而在云微。虽然舍不得分开、舍不得别离，可是他们仍旧有属于自己的天地，所以还是只能在机场用一个深吻寄托汹涌的情意。

整个互金行业，伤痛的复原并不顺利，行业呈现出一种"头重脚轻"的态势。

顶部平台的资金虽然回流，但整个行业还是持续在流出，待收规模以可见的速度减小。如果说之前像个渐渐膨胀的气球，那么现在气球就在不断漏气中，没有人知道这个过程什么时候停止。

另一个迹象是行业整体逾期率的上升。这一点没有过多地影响梦信，但对云微在线产生了直接的冲击。大额的企业标的出清，因为几个月来的动荡，还有不少的遗留。100万以下的企业标本身合规，之前没有进行处理，也占了很大一部分比例。

"我们的M2逾期率已经达到20%，没办法预计还会不会继续上升。"

这是一个极其危险的数字。无法还款的人越来越多，原因是多方面的。共债现象的大规模暴露，经济下行的大环境，使小微企业倒闭，大型企业的债务违约几乎已经见怪不怪……作为风险释放的前沿，互金行业承受了最直接的压力。

为了更深入地掌握信息，便于催收，金雪言派出了一些走访团队，深入各个城市甚至是乡镇，了解借款企业的情况，很多地方她自己也亲自前往。于是林少煜回来了，她又出去了，在一起的时间还是不多。

去见他父母的事，也就一拖再拖，她没时间，他也没有催促。

这一天，金雪言从外地回来，又直接回了公司，拉云微的团队开会。为了节约成本，云微的办公地点已经搬到了梦信大厦，云微的团队也不乏从梦信抽调过来的人。

"这样下去不行，出借人是很敏感的，已经有人在群里嚷嚷自己的逾期金额上升了。"

"我们这个月的真实逾期率还没有公布，M2超过20%，公开还是不公开？"

"公开信息是我们的基本责任！何况瞒又能瞒多久？"

"可是公开一定会引起大恐慌。"

"那又怎么样？资产端就是这个样子，我们已经尽力了。风险自负，否则难道去刚兑是一句空话？"

"现在不是我们应负多少责任的问题，而是出借人如果群情激愤，这种恐慌一定也会蔓延到梦信。梦信多么艰难才稳定下来，不能功亏一篑！"

……

持续的争执，像永无休止，金雪言的头一阵阵胀痛。

今天的局面，和梦信拆标之前相似，但本质上却又完全不同。梦信的流动性丧失，看似走投无路，其实并非致命。退一万步说，当时真走到清盘的地步，至少绝大多数本金是可以保住的。可是今天的云微，已被掐住了命门。

借款方无力还款，如多年前的康瑞。可是现在不止一个康瑞，上百笔金额从数十万到数百万的借款，有些连利息都无力偿还，作为借款中介的云微，又该何去何从？

这一切不是她造成的，可自他们收购云微在线起，这份责任就需要她来承担。

"好了，信息是不是公开，公开到什么程度，明天再议。"金雪言定了定神，回到自己的思路上，"今天晚上，我们对每家逾期企业做个大致判断，先把恶意违约和的确遭遇困难而无力还款的借款方分离开来。"

于是大家便把这次出行获取的相关信息一一整理。大致理清的时候，已经是晚上十点多钟了，可以看出，在打击失信人的措施下，恶意违约的借款方已经为数不多。大部分发生违约的小微企业，确有难处。

他们遍布各行各业，遭遇的困难也各不相同，但归根结底就一条——经营不善，没钱。

负债累累，艰难运转，破产倒闭近在咫尺……就是许多小微企业的现状。哪怕债务上有企业主的无限担保、资产抵押，也无助于真正解决还款问题。

终于散会。

所有人陆续离开，金雪言疲倦地伏在桌面上，想让自己休息一会儿。

林少煜进来了。

她抬头向他抱歉地笑了笑。

她知道他已经在外面等了好久，为了等她一起回家。她再不能无所顾忌地彻夜工作，情感关系总归是束缚，只是有时候却让人甘之如饴。

尽管已经三天没见，他很想她，可是林少煜看她的状态，就知道她此刻需要的不是什么温柔的宽慰。

于是他在她身边坐下来，说道："云微的情况，我大概清楚。"他揉了揉她的头发，"现在我建议你，放开折价债转。"

金雪言坐直了身子，看着他。

当前云微的自发债转规则和梦信一样，最大折扣是九折。林少煜说的意思，是不再设置最大折扣上限。这个方案，她不是没想过，不只是她，团队其他人的脑中又何尝没有转过这念头？只是谁也没有宣之于口。

"不行。"她的第一反应还是拒绝。

林少煜耐心地说："现在云微的要务，是避免出借人情绪的激化。拆标，导致回款周期延长，他们忍了；发生一部分损失，在当前这环境下，他们可能也就接受了。20%的逾期并不可怕，可怕的是不断攀升的百分比，是让人产生可能血本无归的恐惧。你很清楚，现在这个局面，任何方法都稳不住舆论。放开折价债转，只要他们的债权打的折足够多，自然有人愿意接手。新进的资金是低价入场，割肉的人已经出局，积攒的过激情绪自然化解……"

"我知道！"金雪言有点暴躁地说，"你说的这当然是理想情况。可是一旦放开折价，所有人蜂拥而出，接手资金不足，出借人的开价只能一低再低。当这种践踏发生，万一价格压到了二折三折，造成的心理打击只会更大！"

"不会的。"林少煜淡然道，"我承诺，由茂林金融收购云微五折以下的所有债权。"

金雪言有点震惊地看着他，她张了张嘴，却又什么都没说。

他说的的确是最好的方案，五折应该是绝大多数出借人可以接受的底线。他们如同惊弓之鸟，拿回一半的钱，总比分文不剩强。而对债权收购方来说，日后回款高于五折的部分，就是利润。

事实上很多资产恶化的平台早已走上这条路，第三方的收购者会操纵公开信息，打击出借人信心，以便收到更低价的筹码。平台方和收购方甚至会互相勾结，用各种方式逼出借人离场。这种灰色的操作方式背后隐藏暴利。

暴利，这个行业不管处在哪个阶段，总有人能想出暴利手段进行收割，出借人就像待宰的羔羊。

"不，我们这么做，和那些'收割机'有什么区别？"金雪言终于开口，质问道，"云微的资产是在恶化，可是远远没有到五折的程度！难道你要吃这种带血的馒头？"

"对于茂林金融，这是一笔生意。"林少煜声音冷静，"我的动机不是赚钱，而是解除云微的困局。只不过我是个商人，天生厌恶风险，追逐利益。你应该知道，对于云微，五折是个公道价。"

他的话深深刺伤了她，她抬高声音："公道价？引发践踏，低价收割——谁给那些出借人公道？"

"没有人逼迫他们做任何事，你只是给他们更大的选择权！"林少煜站起来，俯身看着她，"愿买愿卖，愿打愿挨，你有什么对不起他们的？你做好了信息公开的工作，就已经尽到了自己的责任。他们愿意几成债转，和你有关系吗？言言，你知道自己是信息中介，就应该明确自己的责任，而不是执着地想要保护每一个人。醒一醒，别那么天真。"

金雪言腾地站起来："我不会，我不要这么做！"

也许从某种程度上，林少煜提供了一个切实可行，甚至相当完美的方案，可是她在感情上无法接受。

她好像不想继续说下去，转身要走，他却一把攥住她的手腕。

林少煜的目光沉了沉："好，现在不说这些，我们先回家。"

金雪言发现，自己再没有生起气来一走了之的权利，这真是令人不快。

可是她真的对他说出这样的话，感到很生气，于是一路上她一个字也没说。

回到家，洗了澡准备休息。当她坐在床前，林少煜把一杯牛奶递到她手上，她默不作声只接过喝了。然后他在她面前蹲下，握住她的双手。

"言言，我们之间不谈工作，也许不太可能，也没有那样刻意回避的必要。"他说，"可是，工作是工作，答应我，我们永远不要因为工作和对方生气，好吗？"

"嗯。"

金雪言点了点头，她也知道他说得对。其实，如果他们不是恋人，她绝不会因他提出那个方案而生气，毕竟他的初衷完全是为了帮她。只因为是他，所以她期许更多。

"好了，你累了好些天了，好好睡吧。"

"给我七折。"金雪言突然说。

林少煜怔了一下，然后笑了。

他微微仰头，可以看清她的脸，灯光下，轮廓朦胧，神情执着。在这个时刻，他如此温柔，她却在和他讨价还价。可她就是这样的人，他又不是才知道。

"好。"林少煜轻声说，"别说七折，八折、九折、全额都可以，回头敲定吧。"

可是金雪言仍然不觉得开心。

她能够感觉到，他说这话的时候，不再是和她谈论一桩工作上的事务，而只是不愿与她争执。"你想要的，我都可以给。"这个态度，同样令她烦闷和焦躁。

她的确觉得七折的保底收购对云微来说是个较为理想的方案。可是在这件事上，那个说着"我是个商人，天生厌恶风险，追逐利益"的他，才是真的他。她想要看到的，并不是为了自己而丧失原则的林少煜。

她一时也对自己感到无奈。

"算了，五折就五折。"她又冲口而出。

林少煜马上了然她的内心所想，他温言道："你可以睡一觉再做决定。"

"不，我决定了，就按你说的做。"金雪言冷静下来，如果话刚出口时确实有赌气的成分，那么现在她已经理清自己的想法，"五折还是七折，没有什么大不了。我只需要短时间的缓冲，关于后面的债权，我不会坐视那么低的价格一直保持下去。"

云微在线放开了无限制折让债转。

最初，这确实使得恐慌的情绪找到了出口。对逾期率和各个借款企业困境的详细公开，让出借人急于出逃，忍痛割肉者不在少数。

很快人们发现，云微在线的债转，五折以下标的往往很快就被扫空，显然是有第三方在进行托底。接着，有小规模的自然资金入场，在比五折略高一点的位置收购债权，云微的债转区稳定在六折左右的价格。

本来做到这里，云微和梦信面临的风险都很小了。可是毕竟人心不足，不愿折价的人，要求足额收购，也在各个公开或不公开的场合叫嚣。

"云微的背后是谁？是梦信啊。梦信和茂林两家的头头是什么关系，你们不会不知道吧？这就是联手收割。"

"算了，总比那些打到了二三折的平台好吧……"

"这就错了，那些二三折的平台可能是真没钱，闹也没用。云微这个背景，能是没钱吗？要逼他们把钱吐出来。"

对这些言论，金雪言一笑置之。

愿意五六折走掉的人，她不能拦着。留下来的那些人，她不在乎他们出于什么心态，是不是对她有所误解，她有自己的打算。

他们分析了借款企业的具体状况之后，锁定几家重点企业，开始了第二轮走访。

享生食品饮料有限公司，生产快消饮料，一向因果汁含量高而拥有良好口碑，可是营销失当，加上近年快消产品价格战的影响，销售每况愈下。如果不降低产品中果汁的含量，成本居高不下；哪怕降低含量，也未必能够扭转局面。

一年前通过云微募集的300万借款，等额本息还款，已经逾期三期。老板苏享每天都在为下个月的员工工资奔忙，谁都知道，应该降低成本，开拓市场。可真正做起来，谈何容易？

金雪言联系了兴农水果种植基地，专门抽时间陪着苏享去拜访了基地创始人梁兴农。

兴农果园本是当地果农私人承包的果园，几年过去已经发展成规模化的水果种植基地。几年前它刚开始扩张时，梦信提供了第一笔融资。时至今日，梁兴农还心存感激。

"金总的朋友，我们一定会给最大的优惠。"梁兴农一直是个憨厚爽朗的人，很快就表态。

金雪言没有再说太多。苏享和梁兴农初步谈成的意向，能够使享生的原料水果进价降低三分之一。按兴农一贯的做法，它本不会走享生这么小的量，还给这么低的价格。

　　"如果成本真能降低这么多，我们和那些低价的饮料可以一战——我们的果汁含量会更高。"出来之后，苏享眼中生出久违的希望。

　　"还是要打开销路，想要有竞争力，营销也很重要。"金雪言提醒他。

　　"是的，我们一定会努力的，谢谢金总！"

　　这只是梦信团队走访的一个缩影。还有维明玻璃加工厂，传统玻璃市场饱和，他们举步维艰。在梦信团队的推介下，他们接洽了明方玻璃研发中心，达成合作，拿到新型玻璃的生产技术，开始迈入一个新领域。桑雅服装公司，走高端设计路线失败，导致高档毛呢面料积压。梦信团队帮助他们联系了几家做得不错的电商——自然也是曾经在梦信进行过募资的客户，希望能够找到出货的渠道。还有三金模具……

　　梦信对发生问题的公司初步分析之后，从上游或者下游找到可能合作的对象，帮助他们打通路径。虽然后续具体的操作，还需要他们自己一步步去谈，梦信并没有介入太多，但所有人心中都生出了新的目标、新的期待。

　　"我们现在可真是变成信息中介了啊，"这天一大早的会上陆升明笑着说，"我看我们，改行开个咨询公司好了。"

　　大家都笑了起来，金雪言道："这确实不是我们的业务范围了，也不是长久之计。这一块的工作，其实都做得差不多了，到底有没有成效，能不能为我们自己带来更高的回款率，要几个月之后才能知道。好了，现在还是想想今天怎么和出借人委员会的代表谈吧。"

　　自云微拆标以来，平台方面便配合出借人群体成立了委员会，专门进行沟通，否则，面对数千人的出借人群体，沟通起来效率低下。投票产生的十几名代表，充当了高效的沟通渠道，也能把平台的意思更好地传达给整个群体。

　　今天，他们约见了出借人委员会的十二名代表，希望让他们了解更多情况，从而劝说广大出借人不要过于悲观地把债权低价转让。

　　云微的资产端是有恶化的趋势，可是梦信作为控股方，已经竭尽全力保住这些债权背后的实际资产了。对恶意的逃债，以法律程序追讨；对真的遭遇困难的企业，帮助他们疏通经络。他们相信，等待下去，情形一定会有所好转。

　　但又如何让出借人也相信？

　　"有点难啊，我们的努力，说到底还太渺小，一时半会儿没有钱进来，不会有实质上的改观的。"许云最了解这件事的本质，"其实我们自己都不确定有多少成效，怎么有办法说服他们再等几个月？"

"只是尽到我们的责任。"金雪言不禁也叹了口气。

其实她也知道，劝说出借人留下来，在很多人眼里是多此一举了。他们作为平台方，何苦操心这些？可是她又不得不这么做。

把最真实的情况传递给出借人，引导他们做出理性选择，不要因为单纯的恐慌而扩大损失，这和如今许多平台的做法截然相反。不过，他们也只能做到这一步而已。如林少煜所说，信息中介的责任到此为止。

她今天早上匆匆忙忙出门，都没来得及和他说上一句话。

金雪言忽然有点走神。自从答应了不因为工作而生气的那晚开始，她确实就没再和林少煜闹过别扭，她心里对他，也真的没有什么怨尤。除了忙碌导致在一起的时间不够之外，他们的关系从未降温。但是，不知为什么，她没有再和他提工作上的事，他也默契地没有询问。

也许是出于自尊心，也许是为了保护这份感情，她不再对他说自己这边的细节。她为了自己的目标怎样去努力，有着怎样的忧虑，都小心翼翼不让他看到，她宁愿让他看到一个粉饰了的从容的自己，尽管偶尔也觉得有点遗憾。

"如果有切实的逾期回款就好了，说服力会更强一点。"关振华的声音把她的心神拉了回来。

"别想那么多了，好好准备吧。"金雪言笑着说，"他们就快来了。"

但就在他们打算就此上阵的时候，一下子来了个好消息。

财务部的小姑娘兴奋地直接闯了进来，叫着："好消息好消息！享生食品和桑雅服饰都还款了！所有逾期本息和违约罚款，加起来快200万！"

大家都精神大振，200万不多，可是这是已逾期项目的还款，他们这轮重点帮助的对象终于见成效了。

"享生怎么会有钱？和兴农只谈了原料水果供应，还没变成果汁呢吧？还有桑雅也是，面料积压的问题解决了吗？"大家议论起来。

"我们问清情况，对提振出借人信心一定会有好处。"

金雪言让大家少安毋躁，她亲自打了电话给苏享，并且打开了免提，让大家一起听。

"啊，金总，你是问我们的回款来源吗？忙得没和你提。我们和茂林旗下的酒店签了一笔大单子，他们要让我们成为酒店的专属供应商，一年内，他们会采购大量的果汁，而我们不能再卖给别人。但如果利用茂林酒店专有品牌这个身份取得认可，一年后我们回到公开市场，一定能够定位高端，大有市场。哦，他们为这一年品牌独占支付了一笔授权金，我们当然会先还上逾期款项。"

金雪言几乎是有预感的，桑雅服饰也是类似的情况："茂林旗下的几家企业找我们定了工作制服，他们付了预付款。我们的样品正是用库存的面料制作的，他们很满意，这样面料这一块就不需要占用资金了。对了，金总，这是你们帮我们接洽的吗？不然他们怎么会找到我们？"

金雪言笑着说："不，不是，加油，好好干吧。"

挂掉电话，一屋子的人心领神会地看着她微笑，她也笑着，竟然前所未有地有些羞涩。她并没有去解释，自己什么都没做。他们得到的消息是如此之好，因何而发生又有什么重要呢？

出借人会怎么想，他们不知道。每个人的想法也都不一样，只要把这些信息传达给他们，相信他们会做出自己认为最好的决定。

这一天，林少煜打算离开公司的时候，知道金雪言在二楼咖啡厅等着自己。他走过去，她已经站了起来，他握住她的手："等我下班？"

"嗯。"

她有一阵子没有过来了，或者说，因为云微带来的压力，她总是工作到太晚。可是今天，尽管仍旧有许多的事务要处理，她还是早早离开公司，来这儿等他。

茂林对享生和桑雅的青睐源自他，自不必说。享生和桑雅的回款，是振奋人心，但要说扭转大局也不至于。可是，在今天整整一天接待出借人代表的时间里，她都不再感到焦虑，只有安定，只有分离短短十几个小时后对他的渴望和思念。

然而此刻看着他，她却百感交集，觉得再说什么都是多余。

林少煜握着她的手往公司外面走去。金雪言说不想坐车，想要走走，林少煜当然说好。于是两个人牵手走着，华灯初上的夜晚，繁华中带着凉意。

街市上，似乎有一丝节日的气息，金雪言说："怎么那么热闹？"

林少煜看到路边挂着南瓜灯，才想起来："今天是万圣节。"

又走了一小段，他们来到一个小型的广场上。树上挂了不少的骷髅气球和假面，满满的万圣节气氛。两个人在长椅上坐下，不远处，有不少六七岁的孩子在兴奋地跑来跑去。

看着他们，林少煜问："喜欢小孩吗？"

金雪言果断地说："不喜欢。"

也是，她这样的人，哪里有耐心对待小孩。

结果她看了他一眼，又说："自己生的，又不一样。"

他觉得好玩，笑得开心，抓起她的手，放在自己腿上轻轻揉捏着。

她在心里辗转了一会儿，还是说："今天我们收到享生和桑雅的回款了，帮了大忙，我很开心。"

"很好。"

"少煜，有时候我不知该怎么说。一声谢谢，一定不够，可我心里对你真的很感激。"

他低声笑道："晚上，回报我的机会有很多。"

金雪言咬着唇哼了一声。

林少煜却慢慢收紧了手指，侧过身看着她，认真地说："言言，也许我做了些什么，让梦信或者云微有所受益。可是，你不必因此感谢我，也不必因此更爱我，因为需要感激你的人，是我。"

"嗯？"

"不管是享生，还是桑雅，都是有价值的企业。茂林给了他们合约，当然和你有关。可是，帮他们一把，却完全不是为了你。"林少煜的目光投向远方，"这些小微企业，是我们整个商业网络中的毛细血管，让它们保持通畅，多方共赢有什么不好？何况在给出去的业务中，茂林一样有所受益。是你，让我能够看到他们。是梦信的团队，替我们做了前期的调研……当然，不止享生和桑雅，还有一些有潜力的公司，下面的人还在接洽，茂林金融也在考虑进行一些投资。慢慢来吧，这些不仅是你想看到的，也是我想要做的事。"

他的话，在她的心中掀起一圈圈的涟漪，比再动听的情话都更打动她的心。她不禁轻轻依偎在他肩头："不，我当然会更爱你，不是因为你为我做了什么，而是，你是那么广阔的一个人啊，少煜。"

他笑笑，只是看着远处欢快的孩子们，心头也有了一分久违的安宁。

静静待了一会儿，金雪言低声道："这周末，带我去见你父母，好吗？"

"好。"

之前一直拖着没有去，是因为忙。归根结底，忙又只是最无关紧要的一个理由。只有真正地再无隔阂，他才能彻底拥有她的心。可是到了如今，他已经很少去想自己能够得到些什么，只有一点一点，向她付出自己，敞开自己，渐成习惯。

就是这样无可挽回。最后，他一定会把那个真实的、挣扎的、甚至残缺的自己，也捧到她的眼前，他想。

"可是，你妈妈不喜欢我怎么办？"没过一会儿，她忽然抬起脸对他说。

他看着她。她的目光充满了十分单纯的忧愁，没有了一贯的强势，仿佛变成一个不知世事的小女孩。这两种样子他都爱，每每让他欲罢不能。

"慢慢就好了。"他说，"我爸爸一定会喜欢你的。"

他提到了他父亲。其实她知道，他父亲对他的影响可谓深刻，这从他五年前能够回来接手茂林就可见一斑。

"不过，你喜欢我就好了。"金雪言最后洒脱一笑。

其实她，除了他，又怎么会在意其他人。能想到他父母的态度，可以说是十分重视了。

林少煜把她的手收进自己的衣袋里，与她十指相扣。他眼眸深沉，嘴角却浮出笑意。

"嗯，很喜欢很喜欢。"

第十八章 ⋯⋯⋯
终至诀别

　　周末一大早，金雪言在厨房里对付一只鸡。

　　已经杀好的鸡，放在案台上。但是要斩骨切块，还是得花不小的力气。林少煜站在厨房门口无奈地看着她，问她："你干过这个吗？"

　　"没。"

　　"那怎么办？"

　　"凡事都有第一次，又不难。"她持刀盯着鸡说，"你快点出去，你看着我紧张。"

　　他没办法，只好摇头离开厨房。

　　会出现这个局面，主要是因为她突然想起来去他家应该带点礼物。她对此毫无经验，问林少煜，他也十分迷茫。她只好打电话问许云，许云说："你那个公公婆婆什么都不缺吧。"

　　"大概吧。"

　　"这样，为了显示你贤惠、宜家宜室、能洗手做羹汤，你亲手做一份汤带过去好了。"

　　"⋯⋯能去买吗？"

　　"不能！"许云气不打一处来，"这是为了诚意，诚意你懂吗？必须自己做！"

"哦……"

因此，她去订了一只据说绿色、有机、品质特别好的鸡，一晚上研究了三十个菜谱，最后定下来做一种很是复杂的汤，第二天一大早就开始在厨房里忙碌。

两个人实在是不会做饭。金雪言一向吃外卖，有时候安小仙会给她做点吃的。茂林有一个小厨房，专门负责林少煜的饮食。虽然在他越来越喜欢回家之后，家里厨房偶尔开火，但做的也都是极其简单的东西，做这种复杂的菜简直是开天辟地头一遭了。

据说得四个小时，林少煜也就不去厨房，任她自己忙。他在书桌旁坐下来，竟然觉得有些无所事事。

下午就要带她回家，他和父母都说好了。最初在灵心寺时，母亲虽然十分不快，但后来看到他展现出的意志，也就很快妥协。现在她对金雪言，已经是一个恰如其分的接纳的态度。他和父亲说了他们的事，父亲没说什么，他也就放心了。

这会儿他不想工作，也不想看任何有关工作的内容，漫无目的地看了一眼电脑，发现家里这台电脑上有的唯一一款游戏，是个网游，叫《论剑》。是他为了陪父亲玩才下载的，不过实际上也好久都没上线了。

他随手打开游戏，登录了自己的角色，那个世界也有了不小的变化，过了这么些日子，过去的一套顶级装备已经落后。

他正在游戏里随便逛着，金雪言进来了，坐在他身边。她大概总算拾掇好了她的鸡，只要等着就行了。她见他在玩游戏，很惊奇，说："咦，原来你还玩这个。"

"我爸爸去年很喜欢这个，我就陪他玩了几次，不知道他现在还玩不玩了。"

她接过他的人物玩了会儿，兴致勃勃，他在一边，觉得看着她更好玩。

"哎呀，为什么打不过那个人？"她和人打架输了，虚心地请教着。

"装备不好吧。"

"为什么我的装备不如他们呀，装备是哪儿来的？"

"花钱买的，过去我买了不少，现在过时了。"

他给她介绍着网络游戏，没一会儿，金雪言的手机响了。

她接完电话告诉他："警方的电话，他们说，朱胜力要转交公诉了，需要我过去签字。"

朱胜力，这个名字让林少煜稍微一怔，他都有点把这个人忘了。

汽车失控事件的罪魁祸首，早已被逮捕，但他身上还有一些疑点。他曾让小瑞留心，不过后来也没把这件事放在心上。

朱胜力，当时他们不知道他的动机，也不知道他的幕后指使者是谁。在卢硕出现后，警方其实也把朱胜力和正华车库纵火的案子联系了起来，怀疑都和卢硕有关。

但此刻金雪言说："警方说，指使朱胜力的幕后黑手已经找到了，是一个和风范竞争的也做无人驾驶的车企，为了破坏第二天风范的发布会。"

"哦？"林少煜有点意外，淡淡笑着，"看得起风范的人不少啊，不过和我想的倒不太一样。"

是不太一样。他说过，如果是为了干扰风范的发布会，应该在第二天的现场闹出事来才对。而无人驾驶，说到底不过个概念，谈不上多大的竞争关系。是怎样的竞争对手，才会干出这种事来？

"谁知道呢？"金雪言却不在乎。

林少煜想着，另外朱胜力身上还有一个疑点，就是他没收到钱。

50万的酬金，查不到他收了一分钱。

他的心头掠过一丝不安，很细微，他不知原因，却又无法忽视。他看着电脑屏幕，他自己的人物正停在一个悬崖边，衣袂随着特效猎猎飘动。

他说："走吧，我陪你去公安局。"

金雪言意外："啊？我已经和他们说今天去不了了，我们不是要去你爸妈那儿吗？还有锅里的鸡汤……"

"不，我们现在就去。"林少煜已经站了起来。

不知道他为什么这么坚持，甚至有点急切，这种态度竟让金雪言感到无法拒绝。她只好关了火，换了衣服与他一起出门。

在车上，他开着车，如常笑着与她说话，但金雪言敏感地察觉到一点说不清道不明的异样。

联络了之前给金雪言打电话的警官，他说他等他们过去。到了那里，对方已经把相关的资料都准备好了，只等金雪言签字。她签了字，林少煜自然问起："拘捕幕后的指使者了吗？"

"是的，放心。但这个朱胜力也够神的，我们都震惊了。"王警官感叹着，好像不知道该怎么形容似的。

林少煜笑道："怎么了？"

"他陷害金小姐，自己也犯了大罪。但你知道他是为了什么吗？简直让人无法理解。"王警官给他们讲着，"大概他自己也觉得丢脸，一直也不肯说出这回事。还是我们同事有办法，审了这么久才审出来。朱胜力沉迷于一个网络游戏，一心想当全服第一，他把自己的薪水收入全都扔进去了还不够，为了抢到一个什么顶级的武器，他缺50万——不是金币，是人民币。就这么着，后来游戏里头有人给了他价值50万人民币的金币，他就答应了去害人，然后他真的就把游戏里那个第一打倒了。这叫什么事？电脑游戏害人啊。"

林少煜的笑容犹在："他玩的是哪个游戏呢？"

王警官翻找着案卷，终于看到："就是这个，叫《论剑》。买凶的人在游戏里的名字叫和风细雨，背后的人我们查了，是个和风范汽车有竞争关系的车企的员工。"

"员工？"林少煜的声音很冷，"被朱胜力打倒的玩家，叫什么？"

王警官翻着纸页："我看看啊。"

"叫'鬼剑'，是吗？"

这个时候，金雪言终于回头，凝神看他。他的神情，已经不仅仅是冰冷，而是一种强烈到颤抖的痛楚，她惊住了。

"是的，就是叫鬼剑。"王警官说道。

林少煜猛地站了起来。

他扭头就走，金雪言拉住他的手，却被他狠狠甩开。她叫着："少煜！"他却对她全不理睬，只是快速地朝前走去。

金雪言什么也顾不上了，只是快步追上去，她从来没有这样担心过他。两人这样子弄得那位王警官摸不着头脑。

金雪言追出了公安局外，正看到他的车飞速驶过。她没办法，只好快速地打了个车，对司机说："跟上前面那辆保时捷。"

这有点难为人家了，到了大路上，计程车很快被他甩掉了。金雪言看了一下方向，停了停，说："去衍山。"

衍山是林茂生夫妇居住的地方。

计程车开了一个多小时才终于到了目的地。金雪言其实没来过这儿，只是听说过。她找到了那儿，说了自己的身份，只问门口的用人："林少煜来过吗？"

"来了。"那个阿姨迟疑地说，"可是……"

金雪言急步往房子里走去，有人告诉她说："太太在楼上……"她就不管不顾又往楼上去了。

三楼，萧静然在林茂生房间前焦急地敲着门："少煜！开门啊，你到底怎么了？"

房门紧闭，门口还围着几名护理人员，看上去都是被赶出来的，面面相觑，一副受到惊吓的样子。金雪言放慢了步子，萧静然却一把抓住她："怎么回事？你们出什么事了？少煜像疯了一样，我从没见过他那样！"

金雪言只好说："我也不清楚。"

萧静然冷眼看着这个女人，心里实在堵得慌。又是这样，好像有金雪言出现的场合，总是有很多的冲突。但她什么也不说，只是拍着自己的胸口。

但金雪言反而像是忍不了了，对她说："给我房间的钥匙。"

"他不许人进去……"

"他已经生气了，还怕什么？"金雪言看着她说，"钥匙给我。"

钥匙在边上一个医生模样的人的手上，他迟疑地递了给她。

金雪言开始开门的时候，屋里传出什么东西摔落的巨大声响，还有一声狂怒的嘶喊："林茂生，你该死！"

金雪言快速地冲了进去，萧静然和其他人跟在后面。

林茂生的大床边，器械和支架七零八落，被推翻在地，但他对面的墙上是亮的。金雪言看到上面是一个游戏的画面，中心立着的那个人物头顶标着昵称：鬼剑。

林少煜急速地喘息着，双眼布满血丝，近乎仇恨地盯着床上的父亲。瞬间的失控过后，他整个人充满了愤恨和绝望，令金雪言都不敢靠近。

床上的林茂生咳嗽了起来，旁边的护理赶紧上前，帮助他调整身体的姿态。

没有人说话。诡谲的氛围中，林少煜的神情慢慢从愤怒变成了凄凉，带着极致的失望。他张开嘴，试图开口，但努力了很多次，才终于发出声音："断掉网络。"

他的声音完全哑了，让人几乎听不清，旁边的医生小声问："什么？"

"这个房间从今天开始，不允许出现任何能联上外网的信号。"他的声音大了一点，缓慢而带着凶狠，"如果做不到，我会解雇你们。"

萧静然抓住儿子："你怎么能这么对你爸爸？你失心疯了吗！"

林少煜的目光渐渐转到母亲脸上，他说："你问问他做了什么。"他的声音是那么脆弱又冷酷，"你问问林茂生，他是怎么对我的！"

他甩开母亲的手，转身冲出了这个房间。

"少煜！"金雪言管不了其他人，只能再次追了上去。

但林少煜对她也极其暴躁。当她拉住他，他回身，重重推她。她真有些被吓到了，忘记了动弹，只看着他一步步离开她的视线。

后来金雪言是在车库里找到林少煜的。

昏暗的车库里，几辆车排列着，她以为他不在里面，但最终看到他蜷缩在一个角落里。

他也许是想取车离开，却最终支撑不住，无力地跌坐在地，把脸深埋在双手之间，一动不动。

金雪言在他身边蹲了下来，过了好久，才颤抖着摸了摸他的头发。

他抬起头来。

他的头发凌乱，眼眶通红，神情一片死寂："你走吧。"

"为什么？"

"还没看出来吗？你看出来了吧。"他以为自己会难以开口，实际上话说出来却漠然而平静，"在崇远镇，要杀你的人是我父亲。汽车失控的事，是他策划的。"

"为什么……"金雪言喃喃着。

她并不是没想到，可听他说出来这样的话，却还是怎么也不愿意相信。

"是误会吗？少煜，也许只是个误会。那个什么游戏，能说明什么呢？"

"不是误会，听清楚了。"林少煜一字一句对她说，"我父亲林茂生，作为鬼剑，在那个游戏里认识了风范汽车的员工朱胜力。他想要杀了金雪言，为了隐藏自己，他找了另一个人出面来做这件事情。朱胜力是只爱游戏的人，对打败鬼剑有一种执念。他做所有事，无非就是为了这个。可是鬼剑林茂生，怎么可能被50万打败，如果不是他故意配合要达成这个结果的话……"

他的解释很详尽，因为他也想用这样清晰的一字字，如一刀刀刺痛自己。他问了林茂生，他一一承认了，还有他说摩飞资本要进入国内，促使茂林转让梦信股权的事……都只出于一个目的，就是让林少煜身边，再没有金雪言的存在。

"为什么？"

金雪言感到一种痛苦。她一直知道，有很多人恨着自己、讨厌自己，她并不在意。可是为什么，那么一个全无行动能力的老人，在病床上处心积虑想的是怎么杀了她，她到底做错了什么？

而当她问出这一句，林少煜的面容变得越加幽冷——她见过他冷若冰霜的样子，却从未见过他如此颓然，近乎扭曲。他的嘴唇颤抖着，她以为他就要说出什么可怖的话来，然而……

"我不知道！"他低声吼道，"我父亲是一个非常极端的人，也许多年的卧床让他疯了，他精神扭曲。他希望帮助摩飞，他也许还希望我和贺知微……别问我了，我不知道！"

林少煜奋力挣扎着站了起来，冷冷地看着她，金雪言站在他面前："少煜……"

"走吧。"他说，"离开我，别再缠着我了。"

"为什么？"她问了第四次。

他仿佛有点被问住了，说："金雪言，我父亲想杀了你，并且他已经那样做了，你……"

"那和你有什么关系？"

林少煜沉默地看着她，她就是这样，总是这样，似乎……不会受到任何打击，也不会因任何事而退缩。他不得不继续说："你看清楚，你要和我在一起，受到的伤害有这一回，却一定不止这一回，我早就说过……"

"说过什么？不要我吗？"金雪言抓住他的双臂，目光同样锐利而冰冷，"我为什么要走？你父亲想杀了我，是为了夺回你。可是现在你是属于我的，不是吗？他什么都没有，而我还有你。输掉的人是他，我只会同情他、怜悯他。你要我退让？想都别想！"

她那么紧地抓着他，让他无法逃脱。其实他不是早就已经毫无办法了吗？他们的对视持续了很久，他终于说："你知道吗？我们在一起，是一场不知生死的冒险。"

他这句说得那么平静，又那么凄凉。她不禁想到，的确，在短短的他接近她的时间里，他失去了方靖伟，失去了他父亲，而她失去了邵锦……他们拥有了彼此，却也在不停地失去。她感觉到命运深处针对他们的恶意，似乎真的有一种诅咒在运转。然而，暗中潜藏的恶意怎么能够阻碍到她？她的斗志只会更昂扬。

"我知道，我不会离开。"于是金雪言平静地说，"那么，你会和我一起走下去吗？"

她竟这么问，她竟敢这么问他。他在理智上想要退缩，可激烈、癫狂的情绪让他无法退缩。他终于克制不住地说道："好，金雪言，我会和你一起走下去。就算有一天要死，我也会死在和你一起冒险向前的路上。谁也别想分开我们。"

这一句冷静深沉，又虔诚得如同誓言，然后他紧紧地抱住她，执着凶狠地吻住她。这一个吻，没有了一点温柔，微微泛起的血腥味，令她感受到他无以倾吐的绝望。

可她只是用心地回应着。她的确不安，但他给的爱与痛，她都不惧承担。

出了这样的事，金雪言坚持不把此事透露给警方。

以林茂生的身体状况，若他被卷入调查，也许还需要承担责任，对任何人来说都是节外生枝，将引发非常多的麻烦。既然她还想和林少煜在一起，最好的选择还是息事宁人。林少煜就那么听着她说，没表示反对。

不过至于林少煜想如何处理和他父母的关系，她不会干涉。自那天从衍山回来，他们就没再提起这个话题。这确实成为他们之间的一个雷区，金雪言也不敢触碰。对于林茂生，她还有一些疑惑，但是目前，也真的不适合再去追问什么了。

林少煜情绪低落地过了几天，看上去慢慢也就恢复了正常。不过金雪言感觉到，他变得更沉静更内敛，更令人捉摸不透。

就像回到尚未确定关系的那会儿，他令她感到难以把握。然而不同的是，他对她的眷恋更多，这两种感觉交错在一起，令她隐隐有些难过，出自本能地对他更加温柔。

"所以，快和我结婚吧。"有一天金雪言就这样对他说。

他想了一会儿说："好。"

在去看他的父母前，他是打算近期结婚的，但是事情后来却成了这样。

对金雪言来说，之前她倒没有真的着急过。现在的急切，还是由于那种对他不确定的感觉，她没有想到自己有一天也会产生用婚姻来稳固一段关系的念头。大概爱到了患得患失的地步，人总归是不能免俗。

林少煜既然说了，事情就开始推进。他约了婚礼策划的团队来谈，最后婚礼地点定在了邻市的国际博览中心。除此之外，有什么样的布置和要求，婚纱、珠宝……两个人都表露了意向。但无数具体事务和细节，还是交给策划团队去操心，因为两个人都没有太多的精力。

婚礼定在了二〇一九年的一月份，凛冽的深冬，不知这座城市会不会有雪。

相比繁琐的婚礼，金雪言更感兴趣的是拍婚纱照。

"欧洲也想去，南美也想去，还有非洲、南极……"她看着画报和介绍，又向往又头疼，"你说我们去哪里好？"

"想拍遍全世界吗？"

"是啊。"

"那就都去。"

"啊？"听他这么说，她想了想勉强摇头，"哪有那么多时间？"

"规划好路线，两三周应该就够。"他说，"把时间安排出来，嗯？"

虽然两周也是奢侈，但金雪言答应下来。

于是他安排了一架小型私人客机，还有从化妆、服装到摄影的整个团队。他们把时间算得很紧，但在一切都提前安排妥当、不计成本的情况下，很多事情就变得简单高效了。

巴黎、开罗、布拉格……这些耳熟能详的城市自不必说，还有世界上那么多独一无二的壮美风景。

阿塔卡玛沙漠的月亮谷，苍凉华丽，月球一般的风貌，让人以为自己置身于地球之外。

阿根廷湖的冰河交汇奔流，冰川时时崩裂，如末世灾难，却又令人心醉神迷。

昆士兰的白天堂沙滩，白沙碧浪，纯洁温柔，像一片无人涉足的净土。传说只要看到了心形礁，恋人们就可以永世不渝，白头偕老……

每一处都留下他和她的身影，对望，牵手，拥吻，无数瑰丽的背景之下，他和她让整个世界见证爱情，整个世界也将他们温柔地拥入怀中。

在这十多天时间里，虽然人在外面，但他们还是得到不少消息。之前重点帮扶的借款企业，陆续有一些反馈。有些拿到了茂林旗下企业的项目，也有更多的通过其他渠道争取到合约，甚至有一家软件公司，负责了摩飞为一所学校设计的智能课堂的系统搭建……

云微本月的逾期率不再恶化，假以时日，相信可以渐渐收拢。

当然，在所有事情里，最重要的一件，还是风范汽车成功上市。

陈贤和林德成了知交之后，优歌技术公司方面为风范汽车出具了研究报告，之后所有的事便顺风顺水。

风范敲钟的那天，金雪言和林少煜在芬兰的极光之下看到直播。陈贤意气风发，满面笑容，上市之后，他的身价达到一个惊人的数字。而以梦信的占股比例来看，以风范当前的股价结算，梦信足以覆盖对赌协议中的净利指标。

"你赢了。"看着手机屏幕上交易所现场一片欢腾，林少煜低声笑道。

"嗯，我赢下了对赌协议。"金雪言嫣然一笑，"可是你也赢了呀。"

"嗯？"

"你赢得了金雪言，还不够吗？"

"看来这四年，最大的赢家是我。"

他们自然而然地拥抱轻吻，闪光灯闪过。不远处，摄影师向他们比了个胜利的手势："抓拍到了，效果不错啊！"

极光之下的身影和笑颜，那么甜蜜美丽。

不久之后结束旅程回国，金雪言回到公司里。不管是梦信还是云微，状况都算是稳定。

和出借人委员会多次沟通之后，云微的债转申请减少，价格也回到了八折以上。然而，近期越来越多不堪负荷的平台，债转区的价格一路下行。那和明面上的爆雷不一样，是钝刀割肉的血洗，却不知是否会酝酿新的风暴。

她还是觉得不安。

她回来之后，陆升明就来到她的办公室，递给她一个文件袋。

"这是你之前让我去查的事。"

她打开文件袋，里面只有几页薄薄的纸，上面有一些人名，包括网络ID和这些人的"履历"。

金雪言读完，点头道："这些人，眼熟的可不算少。"

"是的，这就是现在一直在收割债转的几拨人。"陆升明一笑，"他们很专业，从控制出借人情绪到资产定价，再到低价收掉债权……他们的触手遍布上百家回款率不佳的平台，运作非常快速直接。"

"那是当然，他们本来就是干这个的。"金雪言冷笑，"只不过早前攻击各个平台，是为了勒索，现在倒不必。债权价格下来之后，利润自然到手。"

她说眼熟的那些名字，都曾是这个圈子里的"黑子"。多年前，他们和其中最嚣张的"捉妖人"王恒打过交道，后来王恒涉毒入狱。但和王恒做一样的事的人，不止一个。这些年梦信作为一线平台很少受到类似的威胁，但金雪言仍然知道其中一些人的"事迹"。

"很奇怪，他们几乎是同一时间冒出来的。"陆升明若有所思地说，"按理说，这些人在这业务上应该是互相竞争的关系，可是看起来却井水不犯河水，就连涉及的平台都没有交集。"

"真是有趣。"金雪言用手指点着桌面，"想办法去和那些人接触。"

陆升明微微皱眉："目的呢？"

"我暂时也说不清。"金雪言思索着道，"但那些本来手段低劣、小打小闹的家伙，突然有了这么强的资金流和行动力，我觉得背后一定大有文章。"

不管被多少事务牵绊，随着婚礼的日期一天天临近，金雪言还是多花了一些精力到筹备的事情上，这才知道事无巨细有多可怕，不过渐渐从烦乱变成乐在其中。林少煜一直很忙，不过只要有空，也会陪她讨论种种细节。

这一天，贺知微约他们吃饭。

她对他们两个，已经完全释然，带着朋友般的由衷祝福。他们两个，也把她这段时间为了规范行业做的种种努力看在眼里。她有时候写研究报告，具体到平台细节会征询金雪言的意见。两个人的关系谈不上亲密，却也算是惺惺相惜。

"其实，业内的情况要比我们想象的复杂。"吃饭时还是说到这样的话题，贺知微道，"尤其是那些打折债转的平台，看似求生，其实谁知道又有什么人在背后想捞一笔？"

这就是金雪言一直在担忧的事情。其实之前的雷潮中，虽然覆灭的平台为数众多，但都不过是清除病灶。虽然令人痛苦，但未必不是好事。可是，通过债转来收割出借人，却完全是市场化的行为，市场如果混乱，后患无穷。

这件事，是监管方面也无能为力的，但金雪言说："我已经设法去和那些人接触。"

林少煜转过头看着她。

贺知微也问："你想做什么？"

"弄清楚那些平台的资产是不是真实的，有盈利的空间，我们也参与进去，用市场的手段解决市场的问题。"金雪言直截了当地说，"如果不是……"

贺知微笑了笑："你何苦给自己找这样的麻烦。"

是的，麻烦。在梦信和云微一时无恙之后，她没有选择偏安一隅，而是继续出击。林少煜想，她觉得不对劲的事，她总要去努力、去看清，永远没法停下来。

"只是想那么做而已。"

"好，我也可以告诉你，最近针对各个平台实控人的排查正在进行。"贺知微也目光熠熠，"不过平台数量太多，折让债转热度高的平台，反而没有被列入排查。如果你有什么收获，我们的信息也可以互相印证。"

"好的。"她们两个竟然生出一种奇妙的默契。

债转热度高，有人愿意收购债权，至少具有真实资产的可能性更大，它不是空壳平台。在这个人力不足的当口，它们不是优先检查的对象，这符合逻辑。

林少煜突然不想在这里待下去，他站起身笑笑，"我去洗手间。"

当林少煜离开，金雪言和贺知微之间安静下来。

行业的事，说到这里为止。她们之间，没有太多共同话题。单独面对金雪言的时候，贺知微的心情，终究有点复杂。

她迟疑了一会儿，还是说道："前两天，我去衍山看了看林茂生。"

金雪言拿吸管搅着饮料，不说话。

"我不知道你们之间发生了什么事，"贺知微斟酌地说道，"不过他们看上去不太好。"

她看着金雪言。其实，那场汽车失控事件中林茂生所做的事，她不知道情节，却也能猜出大概。

"谢谢告诉我这些。"金雪言微笑，"我会处理好的。"

贺知微最后这番话，给她的心带来一些波动。归根结底，林少煜父母的事，一直缠绕在她的心头。于是一直到当天晚上，她还在心里考虑着这回事。

和每个夜晚一样，极尽温柔的缠绵过后，两个人还会依偎在一起说说话，今天金雪言说的是："喂，什么时候和我去领证？"

这不是她第一次催这件事。婚礼日期越来越近，应该在那之前把证领了，但前段时间林少煜说，需要让律师拟一份婚前协议。

对此，金雪言很赞同。他们的资产的确有些庞杂，尤其是林少煜名下那些股权，还是一开始就划分清楚了好。幸而如今对赌协议已经结束，不久前林少煜已经签字，梦信股权解除锁定，不然他们面临的情况可能就更复杂了。不过，和律师那边这么一说，竟然就久久没动静了。

林少煜说："我会催一下陈律师。"

"嗯，然后，少煜啊，我还是想再见见你的父母。"

林少煜闭着的眼睛睁开了："是吗？"

"我不清楚你现在和他们是怎么说的，但他们终归是你的父母，我会请他们参加我们的婚礼。"

"是不是贺知微对你说了什么？"

"是，也不是。"金雪言微微抬头，"其实我想了很久了，金雪言的婚礼，不能缺少这么重要的两个人。他们喜欢我也好，厌恶我也罢，我都不想你因为我和父母反目成仇。我会与他们和平共处，这也许不是你的需求，却是我的需求。"

她这么说了，他还能说什么？

于是第二天，他们再次去了衍山别墅。

那里本来就冷清，不知为什么现在显得越发萧索。看见他们来，萧静然一下子很生气："林少煜，你还回来干什么？"

金雪言说："我想看看林茂生先生。"

"出去！你还有脸来，是怕气不死他吗？"

林少煜平静地说："妈妈，您要我们走，我们可以马上就走。但是那样的话，以后就不要想让我再踏进这个家一步了。"

萧静然不说话了。

三个人一起上了楼，走进那间宽大的卧室，在萧静然的示意下，其他的护理人员默默退了出去。林茂生躺在床上，安静而虚弱，但看见金雪言，他的眼睛突然亮了一下，瞬间的光竟掩去了浑浊。

他盯着她。

金雪言看到他看向自己的目光非常复杂。其实她的心情又何尝不复杂？她第一次能够近距离观察这个老人。虽然经过疾病的侵袭，他看上去已经失去了所有的心气，但此刻面对她，竟还是显露出一种镇定的威严。

这是造就了林少煜的人，他赋予他生命，养育他成长，给他的人生刻下深刻烙印，五年前找了他回来接手茂林，再次改变他的人生轨迹。因此，无论眼前这人做过什么，她都感谢他。

她在林茂生的床前俯下身来。

"林先生，我是金雪言。"她说，"我不清楚我做了什么，才引发您那么大的敌意。几年前，我确实在机场冲撞了您，或者，您认为我不适合成为林少煜的妻子。我不想辩解什么，但是事到如今，我们对立，实在是没有任何意义了，我们注定会是一家人。既然如此，我希望我们能抱着真诚和善意与对方相处，您看可以吗？"

她轻声说着，语气平和，措辞却带着公事化的味道。因为她也不知道，怎样能够和一个曾经想杀了自己的人真正消除隔阂、尽释前嫌，她只能做到这样。

床上的林茂生粗重地喘息着，似乎想要说什么。萧静然见状，忙坐到床边，把他的背托起。他艰难地吐出几个字来："你，真心爱少煜吗？"

"是的，我很爱他。"

"爱他什么？"

"一切。"

"不管，他是什么样的，也不会改变吗？"林茂生声音低哑，语速缓慢。

"我想是的。"

林茂生笑了，他沟壑遍布的脸上展现出了笑容，似乎欣然，却又似乎带着一种嘲讽。那种莫可名状的意味，让金雪言一阵心悸。

她直起身来。

"所以，林伯伯，萧伯母，请你们去参加我和少煜的婚礼，可以吗？"

萧静然抬起头来："金小姐……"

"请叫我雪言。"

"婚礼，我们会去。雪言，我不知道你认为你的生活中什么才是最重要的。"萧静然缓缓说，"之前的事，我都不想提了。我只希望，从今往后，你能像你自己说的那样好好爱他，别让他总是冒险，总是操心，也别让他受伤。这是我们作为父母，对你最大的期望。至于其他的，我不想指望什么。现在，你们可以走了。"

她实在是不喜欢她。

可是儿子的意志和丈夫的态度，让她不得不有所妥协。她需要处理好这件事，但她真的不愿意和金雪言过多接触，甚至是让她和丈夫接触。

"谢谢，我会的。"金雪言沉默了一下开口，笑容里带着她一贯的气势，"林伯伯，萧伯母，不但如此，我还会常来。我会尊敬你们、照顾你们，尽可能尊重你们的意愿，尽到我最大的责任，作为林家未来的女主人。"

整个过程中，林少煜就站在入口处看着他们，一句话也没有说。

别墅之外的花园里，阳光明媚。

两个人牵手走着，林少煜却仍旧沉默。

金雪言停下来，想了想，问他："少煜，你觉得……我太凶了吗？"

他很惊奇："为什么这么说？"

"其实我一直在想，那一天你妈妈说得好像没错。"她看着远方，"我太坚持，太尖锐，总是惹出一些麻烦。如果是一个人磕磕碰碰往前走，也就算了，成功的、失败的，我都可以自己承担、面对。可是我有了你在身边，那么好的你，总是不遗余力地为我解决问题。我也不知道我紧抓着你，是不是真的自私。很多时候我不愿意去想，我到底无意间都伤害了谁，会不会也伤害到你。可我也不知道，要怎么改变我自己。"

"可是，我爱的金雪言，就是这个样子的啊。"他扳过她的肩，让她面对自己，"我爱的，包含这些，又不止这些。如果改变了，又哪里还是完整的金雪言呢？"

"我想给你更多一点，可我不知道该怎么做。"

林少煜凝视着她。她这么说的时候，有热流一点一点渗入他的内心深处。她这么爱他，也许她会原谅他，就算有一天，他对不起全世界，她也会站在他的身边，他前所未有地坚信。

"言言，你不喜欢退让，不喜欢妥协。"他说，"可是你已经为我做出了不少的妥协，不少的改变。我心里都清楚，已经够了，不是吗？"

金雪言轻轻抱住了他，这突如其来的伤感，让她不像她。

她不缺少爱，也不是很在乎是否被爱。可是拥有他的爱，毕竟是她生命中最大的幸运。

林少煜突然生出一种冲动："其实，有一件事，我想我必须……"

他不该在这个时候说，他没有计划在这个时候说，可是瞬间的情绪让他真的想要说出口来，如果不是金雪言的手机响了的话。

他停住，看她接了电话，情绪似乎有了一丝波动："好的，我知道了，回头联系。"

她转过头："你刚才想说什么？"

"没什么。"他探究地看着她，"这个电话……"

金雪言点点头："警方说，已经找到了卢硕，在加拿大，他们希望我能去见他一面。"

林少煜笑容不变，可是刹那之间凝聚的决心却已经无声地土崩瓦解。

想见金雪言一面——这个要求，是卢硕提出的。

加拿大和中国之间没有引渡条约，经侦千里追逃找到了人，却拿他没有什么办法。

可以尝试走一些其他渠道把他捉拿归案，但非常麻烦，也不能保证走通。这种情况下，劝返是必须做的工作，能够成功，再好不过。

结果卢硕表示，只要能在当地见金雪言一面，他就跟他们回国。

"情况就是这样，金小姐。不过这完全取决于你个人的意愿，如果有任何为难，你都可以不参与。"警方如此表示。

她个人的意愿？她当然希望尽快把卢硕绳之以法。

但这件事遭到了林少煜的反对。

"去加拿大见一个逃犯？这怎么可以？"他一开始态度就十分激烈，"警方竟然对一个普通公民提出了这种要求，他们在想什么？"

"不会有危险的，全程都有警方陪护。"金雪言试图说服他，"他们也没说我不能拒绝。"

"那就拒绝。"他说，"言言，你看，过两周就要办婚礼了，你怎么能这个时候走开？"

"是有很多事情要处理，不过卢硕是今年夏天的雷潮中至关重要的一个人，他知道的事情太多了。我去一趟，不管是什么结果，都马上回来。"

林少煜停了一会儿："他为什么想见你？"他慢慢说，"为什么唯独要见你？"

"我不清楚。"金雪言直视着他，"但是方靖伟放走了卢硕，我想我们有责任在力所能及的范围内帮助警方把他缉拿归案。"

他笑了笑，柔声说："言言，我不想你去。你刚刚不是说想要给我更多一点吗？比如这件事，不就是吗？"

"可你刚刚也说过，不愿意看我改变。"

他不说话了。

一直到晚上，他都没有再和她说一句话，这是前所未有的事情。其实两个人在一起之后，争执常有，因为两个人都太强势。可是不管谁说服谁，总能很快地达成一致，从来没有冷战过。

夜里，她洗澡上床，看见他背对着自己，似乎已经睡着了。

她叹口气关了灯。

可黑暗中，谁都知道对方没睡着。过了好一阵子，不知为什么，金雪言渐渐心软。她把脸依偎在他身后，手搭上他的腰，在他腰腹间轻轻摩挲。

他的确受不了她这样，很快转过身，搂紧了她。

"你不开心，要么我就不去了。"金雪言想了想说，"或者……等婚礼结束再去，好不好？"

这是句很没意义的话。卢硕在境外，很难管控，夜长梦多，要劝返他当然越快越好，这本来也是她不可能放弃的事。可她不知自己怎么了，看到他不开心，就只想安抚，不惜失去原则。她有些克制不了，但同时这个事实，也令她非常难受。

"你去吧。"林少煜在黑暗中睁着眼睛，安静地说，"你说得对，我不想看你改变。"

她已经柔软的心，愈加化成了水，那种失去自我的难过也随着他的话散去了些。

"那我很快就回来。"

"我想，卢硕或者说余天，是这场梦的开始，也应该是这场梦的结束。"

"嗯？"

"你不觉得，你踏进互金行业，像一场梦吗？"林少煜淡淡笑着，"是他把你推到这条路上的，如果不是这样，你也不会再次出现在我的身边。所以，由你亲手终结他，这样这场梦才会醒。"

"嗯，然后梦信和我们，会有更好的未来。"

话只说到这里，她就被吻住，没有了其他的念头。

既然决定了，金雪言很快联系了警方，警方也马上做出了安排。两天以后，她就动身。

那天是一大早的飞机，她起来的时候，林少煜还没有醒。她轻手轻脚地下床穿衣，然后给他掖好了被子，又轻轻一吻，才不舍地离开。

她本打算自己去机场的，下了楼才看到阿普已经开着车在等了。虽然前一晚上林少煜只字未提，但已为她安排好一切。

在这个清晨，她虽有不得不去做的事，但心中充满甜蜜。

在他们的卧室里，林少煜已经清醒，其实他何尝不是已经清醒了很久很久。只不过他一动不动，只是看着天花板，眼眸深沉，深不见底。

加拿大，温哥华。

中国警察境外执法，有诸多不便，不过他们把卢硕看得很紧，而卢硕至少在金雪言抵达的时候，还没有改变主意。

见她一面，他就回国，他是这样说的。

见面被安排在酒店的房间里。两名警察陪着金雪言，不久另外两个警察带着卢硕到了。但应卢硕的要求，警察们退出了这个房间，只在门外守候："金小姐，有事随时叫我们。"

金雪言点头。

警察离开，她便看着眼前的卢硕。

他坐在她的对面，整个人靠在椅背上，还是那么吊儿郎当。他手上夹着一根烟，看上去比半年前憔悴了些。

也难怪，那时候他志得意满，就算没了备案，他还有财富家。他还满怀恶意和斗志，想要毁了她和整个行业。

但现在，经过了累月的奔逃，他从中国到了欧洲，又到了北美。虽然处在一个貌似安全的环境下，但已经决定认输了。

金雪言忽然注意到他拿烟的手，少了两个手指。她确定五年前他的手指没有缺，却不确定半年前怎么样。

但这和她无关。

"听说你想见我。"良久的沉默过后，金雪言开口，"想说点什么吗？"

卢硕看着她笑："你觉得我还能说什么？"

"为什么愿意回去？"

"没钱了呗。"他轻轻松松地说，"转移出来的账户，都被冻结得差不多了。要我打黑工？我也懒得打工。再说这外头的菜啊，简直太难吃。"

金雪言笑了起来。

"其实，就算走到了这一步，卢硕……"

"叫我余天。"

时隔五年，他再一次接受这个名字。他一度想抛弃它，抛弃原来的身份，抛弃自己的记忆……可是到头来，他还是希望自己能以余天的身份来终结一切。

"余天，"金雪言说，"到现在，已经没有必要说是非对错。你回去，的确面临着牢狱之灾，但是，总有一天一切都会过去。不管多久，你还能等待一个新

205

的人生。"

"我知道，说起来不过十几年嘛。或者我骗的钱特别多，二十几年，无期？还能减刑，是吧？对你来说没区别，对不对？"

金雪言沉默了一会儿："为什么想见我？"

"想叙叙旧，不行吗？"

金雪言不再说话。而余天只透过烟雾看着她。

她和他想象中的并不一样。

这次回去，其实他只匆匆见了她三次。但是漫长的时光中，他关注了很多关于她的媒体报道，不时看到她新的照片。每一次的她，都不尽相同，但相同的是眼中那股势不可挡的锐气。

可是此刻，她坐在他面前，带着一种成熟的沉静。她对周围的掌控力仍在，只是更加内敛。

鬼使神差地，余天问道："快结婚了吗？"

"哦，是啊。"

他笑了起来。

自从他们走上截然不同的两条路，自从余天决定了摧毁一切，能够维系他们的，就只剩下了仇恨。此刻他心里的百感交集，在他自己看来也是那么可笑。

可是不知为什么，他还是听见自己问："我的事，安小仙和你说过吗？"

"没有，什么事？"

"她竟然没说？其实我……"他又停住。

他一直不敢对她说出那些。

他敢对安小仙说。实际上他对安小仙说，内心隐隐盼望的就是她对金雪言说，他没有勇气对金雪言说出那些。他想象不了她的同情、怜悯、鄙夷……可是他又想要她知道自己曾经的伤痛和付出，想得要命。

"所以我……"他又努力了一次，却仍旧无法破除自己内心的魔障，到了最后，他恼火地把烟蒂往桌上一摁，"所以老子就是屎！没用！"

金雪言静静看着他，知道他在和他自己较劲，不知道为什么，她也并不想追问。

"无论如何，我都感谢你，余天。"她说，"感谢你把梦信带给了我。"

余天有点怔忡地看着她，然后他说："梦信啊，我曾经也想好好地运营它、打磨它；我曾经也为了调查一个借款企业够不够好，在太阳底下硬是走了三十里路；我曾经也一个通宵一个通宵地看报表，看不懂，我边看边学……尤其在你来了以后，业务蒸蒸日上。我想我一定要好好干，总有一天让你看到我不但是你的老板，还是让你金雪言也欣赏的男人！"

金雪言说："都过去了。"

他却像陷入某种情绪之中："可是我没有做到。我不知道是从什么时候开始，窟窿越来越大，我不知道该怎么办，不敢跟任何人说。金雪言，其实我好几次想要和你说，我想和你商量商量也许会有办法。可是我不敢，因为我不想让你看低我。你不知道，也许你从来都不知道，我的心里是怎么想的。金雪言，从你一进公司开始，不，从你骗我打碎那个杯子开始，其实我就已经对你……"

"余天！"金雪言突然喝了一声，"别说出来，为了你自己。"

他闭上了嘴。

他有些茫然地看了看四周，终于意识到，这已经不是梦信金融那间属于他的办公室，眼前的也不再是刚刚留学归来就来到他的公司工作的女员工了。他们之间隔着太过漫长的距离，已经连视线都无法相触。

他牵动嘴角露出一个笑容，轻声道："如果，我一定要说呢？"

"那你说吧，我听着。"

他久久看着金雪言，她的目光平静而清澈，没有一丝波澜。他终于相信，她说的那一句"为了你自己"是真心的，为了他着想，因为她并不惧怕他说出什么。他说出任何话，都无法触动她或者影响到她的心，只能是自取其辱。

他终究没有说出来。

警察进来问他们能否结束了，余天没反对。

片刻之前的用尽全力之后，他终于不再留恋。

但在跟随警察离去之前，他还是又回过头来，问了金雪言最后一个问题：

"金雪言，如果，如果当初我没有卷款跑路，梦信遇到危机，你会和我一起扛过去吗？"

金雪言深吸一口气，回答了他意料之中，也在心中千回百转的答案：

"人生没有如果。"

美国，田纳西州，天气晴好。

美丽的私家花园里，一个优雅雍容的华裔中年妇人，在专心剪着花枝。

这里位于郊外，宅邸间相隔遥远，因此每一处都相当安静，邻居之间也不怎么来往。住得久了，难免觉得孤独。

但她已经习惯了这种孤独，并不觉得适应它是什么难事。她的日子很平静，最大的爱好就是侍弄这些花草，她的花园是附近最美的。

但在这个清晨，这里却出现了一个访客。

她跑到花园的栅栏前，看见外面站着的是一个清秀的年轻男人。他穿着黑色的风衣，在寒风中显得单薄，但她还是警惕地看着他。

"女士，能让我进去说几句话吗？"他用英语说，不过她马上就知道他是一个中国人。

"你是……"

男人静了一下，似乎在思考怎么介绍自己的身份，然后他上前一步，说道："有一些事情，想向你打听一下。请放心，这是我的护照。"

他往前走的这一步，让女人发现他的左腿有残疾。她迟疑地接过他的护照，看了一眼，忽然有些震惊地抬头望向他。

年轻男人的面容温和，甚至还带着一丝羞涩，但一双眼睛中透出的目光却无比坚决。

金雪言马上就回国了。余天遵照承诺，也跟随警方归国，但这和她已经没有什么关系了。

林少煜亲自到机场接她，之前有过的不快已经烟消云散，他只是如常，温柔地与她说话。

她回来之后，安小仙追来了好几个电话，催着她去试穿定制的几套礼服。因为她自己离开，林少煜繁忙，所有和婚礼筹备有关的事务都交给了安小仙，她和她一一确认。

挂断电话之前，金雪言说："小仙，卢硕已经回国，算是自首。"

"哦。"安小仙知道她此行的目的地，因此并不意外。

"他说……对你说了一些事情，以为你会告诉我。"金雪言问，"是什么事？"

安小仙静默了一下："雪言姐，别问了。"

"嗯？"

"有些事情，其实你没必要知道。"安小仙平静地说，"雪言姐，你要爱要恨，就一往无前地去爱去恨吧。有些事，对你来说没什么意义。"

她挂了电话。

安小仙从来没有违拗过她的意思。她这么说，金雪言也就不愿意再追问。

而对安小仙来说，余天倾诉的那些过往，她无法确证。那么不管它是真是假，在只有她一个人知道的时候，至少她可以让自己去相信。

过了一两天，金雪言和林少煜一起去了婚礼场地。上万平方米的无立柱展厅即将完成装饰，洁白大理石把这个场地修饰得如同雪国，完成鲜花的摆放后一定繁盛华丽，只不过现在暂时还有些冷清。

金雪言去试了婚纱，林少煜也换了正装，在台阶的最高处等着她。尚未布置完毕的灯光，只有小小的一束，从雪白的台阶上流淌下去，落在她的身上。轻盈华美的白纱，衬得她如同天使。他看着她一步步向自己走来，她是这世上最遥不可及的美丽。

当她来到面前，他几乎想要流泪。为了掩饰自己，他只好低头，轻轻触碰她的面颊。

"不然，你把婚假休了？"他低声提议。

"嗯。"

金雪言也想给自己一些时间。现在梦信和云微都好，她可以放心。让陆升明去调查的事没有新的消息，她只是叮嘱了他有进展随时告诉她。除此之外，她不再去公司，她想着婚礼应该还有许多事要操心，然而竟然没有，或许是有了安小仙，策划团队再也没有找她，她乐得清闲。

她很久没有休过假。无事地待着，一开始不习惯，然后就感觉到人生喜乐起来，有一种她从未体验过的懒洋洋的愉悦。她想婚礼后能和林少煜一起待几天，就在家里什么也不干。可是建议她休假的人，估计还是没有什么时间。

茂林的转型，越来越接近本质。"光点计划"的推进和更多先进技术的引进，使它越来越具备一个新工业帝国的雏形。在这个严冬，楼市下行，众多的地产企业，甚至把注册名称中的"地产"二字都去掉，力求转型，但茂林已经先人一步处在正确的快车道上。

科技制造和高端工业的宏伟图卷在渐渐展现。

林少煜照常上班，但往往很早回家来陪她。

他对她的欲求更狂热，索取更多。

他不知疲倦地一次次占有她，像要把她揉碎了融进自己的生命里，在家里不同的地方、不同的时间，有时候让她猝不及防又无法抗拒，更不要说这些天夜里，他总是不肯放过她，折腾得她筋疲力尽。

在床上，他一向强势，一直以来，她都尽量配合，满足他的要求。因为她一直记得他说的，他习惯了征服。既然其他的事情上，她无法被征服，那么至少这一桩，不事反抗的臣服，也算她付出的爱和温柔。何况在他的引导下，渐渐打开自己，也让她感到更多快乐。

但不管多强势，过去的他都充满了怜惜，而最近却带上了某种肆无忌惮的残忍，这就令她有些难过了，不但身体上有压力，心里也有了一种不安。

某一次，在他的喘息渐渐平息之后，她问道："少煜，最近公司出了什么事吗？"

他说："没有。"

"我觉得，你心里有很大的压力。"

他笑了笑："是不喜欢吗？"

"没有，只是……"

他却再次覆住她的唇，不允许她说下去。

如果说之前的每一次是欲仙欲死，现在就变成了不死不休。有时候金雪言简直不能坚持，但林少煜仍旧每个早晨精力充沛地去上班。

清晨，她在床上看见他在卧室的套间外一丝不苟地穿衣服，衬衫、领带、西裤、袜子……一举一动，严谨、优雅，镜子里的身影英俊中带着一丝冷锐。

不知为什么，完全不想下床的金雪言，不由自主地起来，拿过他最后要穿的西装，为他穿上。

她为他调整好领带，看着镜子里的他，完美无缺，令她沉醉。

这一天，距婚礼还有三天。

他说："我走了。"

她轻吻他的脸颊："嗯，等你回来。"

林少煜看着镜子里的她，似乎还想说点什么，然而最终却没有，只是转身离开。

懒散地磨蹭到下午，金雪言调整了一下身体状态，决定出个门。

她想到超市买点东西，也许还可以研究研究菜谱，晚上看能不能做两个菜。

她渐渐也想把和他的日子，过成个家的样子。

她在超市买了不少的东西，心满意足，活动开来的身体，也觉得舒服多了。

当她回家，停好车子，下车，准备上楼，却看到一个人站在自己的车前。

他看起来等她很久了。

金雪言停步，听见对方对她说："一起出去喝杯咖啡吧。"

她不可谓不惊讶，这时才叫道："邵锦？"

窗外下着冷雨，雅致舒适的咖啡馆里，飘着可可的香气，有一丝暖意。

对于邵锦的回来，金雪言很高兴。她问他最近去了哪里，他说去过美国，走了不少的地方。看着他虽然眉目淡淡，但谈吐间到底多了几分自信，她很欣慰。

"我的婚礼，在三天以后。"直到一时没什么可说了，金雪言才小心翼翼试探道，"能来参加吗？当然如果不想也没什么。"

"雪言，"邵锦看着自己杯中的咖啡，"我这次回来，是有事想和你说。"

"嗯，你说。"

她看出来他确实有事，认真专注地听着。

邵锦似乎一直在迟疑，一直在思考，应该怎么开口。最后他拿起自己的手机，调出一张照片，放在了她面前。

金雪言拿起手机，看到照片上是一本画册。这一页上的照片上，是一辆炫目的兰博基尼，银紫色。她不太懂，以探究的目光看向邵锦。

"在我去风生岩找林少煜之前，其实已经去过他的家里。"

"是吗？我不知道。"

邵锦说："这本图册，是在他家里拍到的。这上面的车，都是他的，他说他有一阵子喜欢车，所以玩了不少。"

金雪言点点头："哦，然后呢？"

"这是一辆兰博基尼Gallardo，你知道吗？Gallardo原厂，没有紫色的。这台银紫色的，是车主出于喜好，重做的车漆。所以世界上，仅此一台，独一无二。"

"所以？"

金雪言还是不懂，但是奇怪的不安，爬虫一样从脊梁骨往上爬。她掩饰地喝了口咖啡，仍旧带着笑容看着邵锦。

但邵锦却停了下来，不再说话，这让她很着急。

邵锦停顿了好长时间，后来他决定换一个方向开始说，也许只为了把整个拼图呈现在她面前的时间，能够再晚一点。

"前些年，你是不是一直很奇怪，我为什么接近你母亲，为什么要走进你的家里？在你父亲撞死了我父母，让我失去了一条腿之后。"他说，"我现在可以告诉你，因为那场车祸，你父亲金康，并不是肇事者。"

"什么？"金雪言猛地站了起来。

邵锦抬起头，示意她坐下。她定了定神，慢慢坐下："是怎么回事？你说清楚。"

"事情发生之后，有人告诉我，撞了我们的是一辆卡车，司机名叫金康。可我知道不是，因为我看见了。我对他们说，事情弄错了，找错人了，但没有人相信我。他们说，我因为受打击太大，精神出了问题。我很快明白了，是有人不希望我说出真相，虽然我也不知道真相是什么，但没有人相信我，没有人帮助我。我为了保护自己，接受了他们给我的结果，承认了金康才是肇事者。"

金雪言一时没有说话，她在消化这个令人震惊的消息。

"但是我想找到真凶，碰巧你妈妈也想。"邵锦接着说道，"她知道你爸

211

爸是主动替人顶罪，但你爸爸死也不肯告诉她是替谁。我不知道他是受到了怎样的威胁或者利诱，总之他到死都没有说出哪怕一点线索。你们家收到过一笔来历不明的大额款项，包括基本的赔偿在内，你妈妈把钱全给了我，她也许希望能够多弥补我一点。可是她忘了，其实她的丈夫、她的整个家庭也是受害者。总之那几年，我和她，就像两个人的同盟，产生了深厚的感情。我们也进行过一些努力，但没有太大的进展。直到你爸爸金康去世，关于这件事的线索，就像是完全断了。"

"不，你们没有告诉我。"金雪言喃喃着，"这件事，你们一个字也没有告诉过我！"

"我们不能告诉你。我们怎么能告诉你呢？"邵锦笑了笑，"以你的性子，知道了这事，会怎么做？你会调查、寻找，不惩治真凶誓不罢休，不说这种调查有多难，那个真正的肇事者，必然有强大的能量，才可以这样一手遮天，才让你爸爸连一个字都不敢说出口。让你陷入这个泥潭，你的一生就完了。所以你妈妈再三恳求我，绝不要告诉你真实情况。"

"妈妈……"金雪言回想着母亲，一阵心痛，然而，这一刻她希望这种心痛更强烈一点，好抓住她的注意力，以便使她不要问出一句"然后呢"。

但邵锦还要继续说下去："我和你不一样，我没有那么强烈的意志。时间过去，希望越来越渺茫，我也就渐渐地放弃了。这些年，我想我真的认命了。不认命，又能怎么办？早年，我也找了很多渠道，想要查到那肇事车辆的来历，都没有线索。对了，之所以想通过车来找，是因为我看到的那肇事车辆非常特别。虽然事故发生的时候，我只看到了它一瞬间，但是经过我事后的一次次回想和查找的各种资料，我可以确定它是什么。"他终于讲到这个故事最为残忍的部分，"它是一辆银紫色的兰博基尼Gallardo。"

他说完这一句，两个人之间陷入一种寂静。邵锦不禁回忆起自己乍然间看到那幅图片时的情景。巨大的轰响，嘈嘈切切的杂音，令人疯狂，如同幻觉。等待了那么久的结果，割裂了他人生的利刃，就那么迎面撞进他的脑海。可是他太软弱了，那个情形之下，他想的竟然是逃，逃离那个男人的视野。

"邵锦，你想说什么？不，我知道你想说什么。"金雪言说道，"但是事情一定不是你想的那样，是他的车又怎么样？具体的情况，我们可以去问他，我现在就可以和你一起去。"

"不用了。"邵锦木然地说，"我一定会去确认这件事，所以在风生岩，我见了林少煜。"

金雪言盯着他，等着他说出后面的话，像是一个被判死刑者，期待着斩刀不要落下。

那天在风生岩，邵锦见了林少煜。

他那么保守，那么怯懦。尽管心里有无尽的愤恨，到了见到林少煜的时候，却还生怕因为自己搞错而冒犯了对方。所以他说清了前因后果，所有的措辞都很客气。

"所以是你干的吗？"这大概是唯一一句质问。

林少煜久久没有说话。

不知道为什么，邵锦希望他能够否认，他不希望是他，一点也不希望。但渐渐地，沉默击碎了他的希望，他又喊了一句："你说话啊！"

"你不是已经看得很清楚了吗？"对方却朝他笑了笑，"还想听我说什么？"

轻描淡写的语气，仿佛承认自己踩死过一只蚂蚁。

邵锦不知哪来的力气，朝他猛地一推，把他推到了那块巨大的岩石上。他狠狠地盯着对方，像要把人一口吞下去。

林少煜说："想杀了我吗？恐怕有点难。"

他仍然镇定，没有一点慌乱。他的这种姿态，激怒了邵锦，却也令邵锦忽然清醒。他放开了他，退开一步。

不应该只有他一个人失态、痛苦、绝望，而敌人仍然泰然自若。邵锦吸了口气，使自己平静一点："好，你等着。"

他只说这一句，转身就想离开这里，但林少煜一把抓住了他，轻缓地问："你想怎么做？"

邵锦这才发现，眼前的男人在阳光下那样苍白。也许他的冷静，只是他一贯拥有的面具，此刻，面具上终究出现了一道裂痕，邵锦一字一句说："法律，舆论，总有人可以制裁你。"

"交通事故的追诉期，本来就不好界定，何况你没有证据。什么方法，什么手段，你想试就尽管去试。"林少煜的嘴角，仍旧带着一丝笑，"不过，你想要金雪言怎么办？"

他提到了金雪言。

邵锦这才想起她。他看着林少煜，忽然笑了，仿佛一场战斗中，无懈可击的对手终于暴露出他的弱点。邵锦说："你想起来了？你不但杀了我父母，还杀了她的父亲！你想要她怎么办？"

"别告诉她。"

邵锦几乎震惊地看着他，别告诉她？这意味着他要继续瞒下这件事，不予公开，他不知道怎么会有人提得出这种要求。他甩开对方的手，就要往前走。

"金雪言，她爱我。"

那个男人的声音不大，响在身后，阻拦了他的步伐。

不知出于什么样的原因，邵锦转过头去。他看见林少煜站在岩石之前，优雅又冷漠。是的，邵锦想起来，金雪言说过她爱这个人。

她说他是自己生命中最美好的东西。

邵锦看过那段视频很多遍，每一次，心里有酸楚，却从来没有嫉恨。

尽管那不是她对自己说的，可他还是觉得那个时候的她那样美丽。

现在，她生命中最美好的东西，她最深刻的爱情，就要毁灭，她要怎么办呢？

他为什么要考虑这些问题，这太可怕了。然而更可怕的是，邵锦听见自己说道："放弃她。"

放弃她，只要林少煜能放弃她，他也许可以真的隐瞒下这件事情。那样的话，她失去了她的爱情，她心中的美好却不会破灭，只是她不能再和林少煜在一起。不能！那短暂的一瞬间，邵锦辨析不清自己狂乱的想法，可他内心深处一闪而过的念头，却真的是这样的。

毫无道理的想法，可怖到让他无法原谅自己，可在那一瞬间却是如此真实。

"我不会放弃。"然而林少煜竟然这么回答他。

在邵锦透露出一个或许可以不再追究的可能性之后，他竟然仍旧如此狂妄。邵锦再次被震惊，并且感到极度可笑。

"不会放弃？你在想什么？"邵锦真的就大笑了起来，"哈哈哈，我会告诉她！她会恨你，想要杀了你，你会失去她！"

"随意，你有权利做任何事情。"林少煜冷冷地道，"如果你愿意看金雪言孤独一生的话。"

"你太看轻她了。"邵锦猛地直视林少煜的眼睛，混乱的脑子突然澄明，"金雪言她有勇气接受一切，她不会为了一份所谓的爱情自暴自弃，别自作多情了！"

林少煜点了点头，上前一步，抓住了邵锦的手臂："是，她不会消沉，不会自暴自弃，她会等待和寻找其他的伴侣。可是邵锦你告诉我，"他的声音极其轻，极其冷，"这个世界上，除了林少煜，还有人能配得上金雪言吗？"

眼前的男人在阳光下，脸色惨白，笑容冷酷，如同鬼魅，邵锦忽然感到一种巨大的绝望。他告诉自己不应该被对方的气势压制，然而他的心里抑制不住地回响着一个声音：

没有了，没有了，没有了。

他被魔住了，他不知道自己当时是什么表情，然后林少煜的手机响了。

是金雪言。

他说："哦，我正和邵锦在一起。"

林少煜他怎么能？他怎么能如此坦然，一点也不想隐藏什么？他算定了他不会伤害金雪言吗？为什么只有他邵锦，作为一个受害者，却要考虑避免伤害他人的可能性！

他一拳狠狠地打了过去！

手机跌落，电话中断。邵锦再也无法控制自己，拼命地打向林少煜。他没什么章法，只有满腔燃烧的仇恨，林少煜并不还手，只是冷静格挡着。

有一个瞬间，邵锦看到林少煜踩在了悬崖边上。

事后，他也不知道自己把林少煜约在这样一个悬崖旁，是不是潜意识中就存了那样的念头。在当时，那个念头是那么清晰和强烈：杀了他，把他推下去。

他真的那么做了，对方闪开，他一脚踏空，滑落出去。

对方的手紧紧拉住了他。

他想要置之死地的人，拼尽全力，拖拽着他，不愿意放弃他的生命。

当他仰头与林少煜的视线相触，清楚地知道，他对自己要杀了他的意图心知肚明。

这却没有影响林少煜的选择，他仍旧坚定有力、奋不顾身，以至于后来几乎又给了邵锦一个机会，让他拖着两个人同归于尽。

如果金雪言没有出现，邵锦不知道结局会是什么样的。

当她出现，他终于放弃。

也许经历过生死之后人的想法总会有所变化。

邵锦不知道自己暂时按下那场车祸的真相，是不是过于软弱。

他不知道多年前父母的两条命和悬崖上的救命之恩，能不能在一定程度上相抵。

他不知道，拼死救下一个试图杀了自己的人，这样做的那个人是不是愚蠢。

他需要时间想清楚，于是他独自远离。

杯子里的咖啡，彻底冷了。

风生岩发生的事，他看到的、听到的，包括自己内心想到的一切，都说得非常详尽。金雪言一直在听，他却不确定她有没有听进去。

"为什么要告诉我？"当她开口，仿佛只有吐气声。

邵锦鼓起勇气注视着她："因为我想，你还是应该知道，在你的婚礼之前。"

"为什么要在这个时候……如果能早一点……你怎么不早一点说啊，邵锦！"

早一点，也许她可以脱身，她还没有沉沦。

"我想你有勇气，在任何时候，面对任何事情。"邵锦的声音平静无波，"因为你是金雪言，不是吗？"

"是，我有勇气，我有勇气。"金雪言点着头，嘴角竟然牵起一丝笑，然而下一秒，她捂住脸，"可是，为什么要让我面对这个？"

"其实我……"

她猛地站了起来。

"邵锦，你不想说的时候就瞒着我，一个字都不说。然后你想说了，你也不管我愿不愿意知道，你就这样，无情地毁掉一切。你以为你是为了我着想吗？你知道对我最残忍的人是谁？是你啊！"

她尖锐的叫声吸引了咖啡厅里所有人的目光，然后她转身就走。她被椅子绊了一下，差点摔倒，邵锦下意识地上前，她却狠狠甩开了他的手，只是快速地消失了。

他看着暮色，默然不语。

她指责他，她也许会恨他，他却永远只是心甘情愿地默默承受。

推开家门的时候，金雪言的脑海里什么也没有。

压抑着，克制着，驱逐掉一切的念头，是人出于本能的自我保护。只有这样，她才可以正常地行动。

这个家林少煜住了几年，有了她，愈加温暖生动。

她没想到进门看到的是这样的景象。

偌大的客厅里，摆满了照片。他们的婚纱照，有大幅玻璃镜框镶嵌的，小一点用于摆放的，还有打开的一本本相册，单张的散落的相纸……凌乱地铺满了整个房间的地板、沙发，甚至墙壁。满眼望去，她看到了那么多，幸福甜蜜的金雪言和林少煜。

他们真的拍了好多。

城市、海滩、沙漠、冰川……每一个角落都印着他们的身影，他清贵俊逸，她美艳端丽。不管人还是风景，在这世上都无可比拟。

林少煜已经回来了。

他穿了一身睡衣，光着脚，站在这铺天盖地的照片中间，背影傲岸而挺拔。

她问他说："你在干什么？"

林少煜笑着转过身来，说："照片那么多，我想全部拿出来看看，可以挑一些挂出来。"

这个房子，没有因婚礼而进行过什么装饰。他和她都觉得没什么必要，不过挑出几张照片装点一下是计划好的。

他牵过她的手："你看你喜欢哪些。"

她默默地抽出了手，看着他说："少煜啊，邵锦回来了，他找到了我。"

林少煜看了她一眼，淡淡说："哦，是吗？他怎么又回来了？"

"他……对我说了一些事情。"金雪言转开头，终究逃避不了太久，压制下去的那些信息，重新翻涌。

林少煜垂下眼睛，转身，想要离开客厅。

金雪言来到他面前，拦住他，注视着他："所以，他对我说的那些事，是真的吗？"

林少煜说："什么事？"

"他说，十二年前，你驾驶一辆银紫色的兰博基尼Gallardo，撞死了他的父母，让他失去了一条腿。然后为了保护你，你们找了我父亲金康来为你顶罪，让他成为这场事故的肇事者，是这样吗？"

她费尽了力气，可是一字一句，逻辑和过程都说得清晰完整。她害怕有一点点的不清楚造成误解，酿成什么不可挽回的错误。

可是他默默推开她，只想走开。

金雪言攥紧了他，喝道："回答我！"

林少煜停下来，终于直视着她的眼睛，说："是的，就是这样。"

最后一丝希望，破灭了。

她攥住他的手，慢慢松开了。她好像在努力地考虑，自己应该有一个什么样的反应，然后她说："你是什么时候知道的？"

"邵锦在风生岩找到我之前，我什么也不知道。"他说，"我也没有想到。"

"你知道了，然后你向我告白。"

"是啊。"他摸了摸她的头发，笑道，"那时候我意识到，我会失去你，我想我没法失去你。"

她退后，低声说："林少煜，你怎么可以这样？"

她的声音那么低，没有一点力量，真正的金雪言还没有回来，他想。

"我很抱歉。"他说，"那场车祸是个意外，我不是故意的。至于后续的事情，都是我家里处理的。他们没让我管，我也并不知道后来他们找的司机就是你父亲。直到邵锦和我说了之后，我才去确认了这件事。"

"可是你的父亲早就知道。"她的声音还是平静的，只想找个法子，把一切尽量延后一点，"他怕我知道，怕我报复，所以想杀了我？"

他倒没想到她会往这上头想，但他只是点点头："哦，可能吧。"

"林少煜，你怎么可以这样！"

她终于爆发出一声嘶喊，撕裂的嗓音变了调，锯齿一般划过他的心。她扑上来，双手掐住他的脖颈，怒目瞪着他，指甲都陷入他的皮肉里去。

他感觉到皮肤一阵疼痛，轻声道："那你想要我怎么样？"

"你怎么可以，知道了一切，却还一步步侵占我、瓦解我，让我陷下去？你怎么可以，自己犯了罪，却要别人替你去死？林少煜，这么多年，你怎么还可以这样光鲜亮丽、意气风发地活着！"

她奋力摇晃着他，像要把他摇碎。他握住她的手腕，硬是把她的手拽了下来，他说："是你想要我的，言言，是你先爱上了我，但是这不重要，我爱你也是真的。"他看着四周，似乎努力寻找一个让自己也能接受的理由，"你看，我们这么好，你怎么忍心破坏这一切？当作一切没有发生过，和我一起继续幸福下去，好不好？"

他们的四周，如他所说，满是幸福的定格，排山倒海，直要把人的一颗心碾碎。

"当作没有发生过？"金雪言不可思议地问。她退后，想要看清他的全貌。

如果说之前她的情绪是一种激愤，现在看他，却只有一种彻底的陌生。

"事情已经过去十二年了。你还想要我怎么样呢？"林少煜的声音冷静，"我已经道过歉了，言言。难道你还想让我认罪、坐牢、身败名裂吗？他们已经死了，你改变不了任何事情，我也不能。而且，你清醒点，不管是当年还是现在，只要事故发生，就没办法挽回了。金康，或者其他人，他们的个人价值，有没有我的1%？我能带给这世界多少，他们能吗？理性的人都应该知道怎么选择。"

金雪言不知道应该如何发泄内心的愤怒，突然，她抢起斜靠在沙发上的一个巨大的相框，向他狠狠砸去！

"林少煜，你浑蛋！"

他的反应很快，伸手格住了这个相框，然后他猛地夺过这个玻璃相框，把它重重地摔在两人之间的地板上。

镜框轰然碎裂，玻璃四溅。

"金雪言，够了！"林少煜怒喝了一声，朝她一步步逼过去，"你搞清楚，现在你是我的未婚妻。为了一场陈年的车祸，你质问我、指责我、朝我发脾气，都算了，但你最好适可而止！"

她哭了。

他不是没见过她的眼泪，总是盛在眼眶里的一点水光，就算落下，也是矜持而珍贵。他没见过她的眼泪断了线的珠子一般，倾泻而下，如同大雨。

眼泪很快浸湿了她的衣服，在她的胸口染出一片水渍。他就在她的面前，定定看着她。她一开始没有发出声音，然后慢慢地，发出低沉的呜咽和抽泣。自她胸腔里滚出的声音，伴随着剧烈的喘息，让他害怕她一不小心就会断气。那声音已经不像来自她，仿佛来自被困于猎网、身受重伤的什么动物。

他无意识地伸手，想要抹去她的泪水。

在他的指节触到她的脸颊的一瞬间，她突然惊醒，抬头。

她环顾了一下四周，看见许多的他们，许多的笑颜，却像无数的幢幢鬼影，发出嘲笑，令人发狂。

她的眼神一片空洞，一眼都没有看向他，也没再说一句话，只是转身走到门口，开门，走了出去。

她离开了这个家。

他呆呆地站了一会儿，等到心脏最为剧烈的那一阵痛楚过去，才回身在沙发上坐了下来。

这时候他才发现，之前他走向她，光脚踩到了玻璃渣子，脚底全是血。奇怪的是他不感觉痛，只有涌流出的鲜血告诉他这个事实。

他想了想，为了避免感染，找出了一个药箱，开始为自己处理伤口。

随着一块块碎玻璃从皮肤中被拔出，更多的血流了出来。附近的照片上，他们的身影，全都沾染了他的血迹。

一张金雪言的特写上，她笑颜如花，他的血在她的脸上滴落，溅开，干涸，如同花朵。

止血，包扎，冷静地做完一切，他忍不住捡起了这张照片，看了一会儿，在她被染红的面容上，用颤抖的唇落下一吻。

第十九章 倾尽所有……

金雪言突然发现，自己在此前的人生中，从未体验过什么是痛苦。

她有过悲伤，有过困境，有过绝望，但不管多难熬，她都觉得自己可以撑过去，但从来没有感受到如此强烈、近乎致命的痛楚，仿佛除了一死，难以痊愈。

由心脏辐射开来的痛，使得整个胸腔都要炸裂。

她回了自己家。

这个房子她离开了三个多月，已经满是尘埃。她走进去，扑起的灰尘就让她呛到了，她拼命地咳嗽起来。随着咳嗽，喉头的紧室又让她一阵反胃，她冲进了卫生间。

三个多月，太短暂了。

她的爱情像是悬在云端一样美好。整整五年，她犹疑过，畏缩过。她不太容易动情，更不止一次地洒脱放弃。她知道他的危险，可是真的有一阵，她以为自己可以把握。

却还是一败涂地。

她在水池边呕吐，没有太多可吐的，只有一些苦涩的咖啡。但是一拨又一拨的恶心欲呕，弄得她心烦意乱，没办法直起身来，到了后来，她心里倒闪过一个无稽的念头。

怀孕了吗?

没有，不会有。

不管多么疯狂，他的防护措施总是做得很好。

她抬头看向镜子里的自己，惨淡地笑了。

他还是给她留了一条生路。

他真的，非常非常美好，非常非常温柔，也非常非常残忍。

这个夜晚，金雪言完全无法冷静，无数狂乱的念头，撕扯着她的神经。她一会儿想，这一切都是假的，是一个愚人节的玩笑，是一场梦；一会儿又想，也许如他说的假装一切没发生，他们还可以继续幸福下去；还有，或者，她可以嫁给他，作为一个复仇者，夺走他的一切……

但无论她怎么想，她都清楚地看到，有另一个冷静的、无情的金雪言在冷冷地打量着自己。

她对她说，金雪言，认输吧。

金雪言，你错在以为爱情值得你付出，你放低了自我，刻意温柔，甚至尝试为一个男人改变自己，这不该是你。

所以，错了就认输，找回你应该有的样子。

清醒，凌厉，一往无前，无所畏惧。

这样你就可以活下去。

那个理智的她，在劝说着自己。然而，那个软弱的她，一时半会儿还没有死。她还会一遍遍去想，他的笑颜，他的声音，他的身体。

整整一夜，她一边在水池边不时呕吐，一边在用尽全力，把那个不应该存在的自己，一点一点地掐死。

到了后来，筋疲力尽地跌坐在地上，她有一刻，失去了意识，有了一种幻觉。

可能是梦吧，她看见了她父亲。

十多年来，她一直为父亲犯下的错误而耿耿于怀，甚至不愿意回想起他。到了今天，终于他的面目重新清晰了，他慈爱地对她笑着，她变成了一个五六岁的小姑娘，飞奔扑向他的怀抱。

他对她说："言言，如果不知道怎么走，只要去走，沿着同一个方向一定可以走出去。"

当她睁开眼睛，天色初明。

她以为自己需要几天时间来疗伤。她动了念头，想找安小仙来陪她，然而终究不愿意让任何人看到一个如此狼狈的自己。

于是她只能奋力站起来，好在她发现镜子里惨白的女人，眼睛已经恢复了深邃和冷锐。

但她还是不敢让自己一个人留在家里，她无法预测自己是否会在某个时刻突然垮掉。

于是她，洗了脸，收拾了头发。家里还有留下来的衣服，换了一身，等到上好腮红和唇彩，已经连苍白的脸色都看不出来了。

她打车去了公司。

大家看到她都很惊奇。可是他们能看到的，也就只有一副无懈可击的躯壳，除了微肿的眼皮之外，她的一切一如往日，没有什么区别。

她休假的时候把工作都安排好了，但既然来上班，自然还是有很多东西送上来需要她处理。

只有安小仙担忧地看着她。

到了下午，她临时召集了一个会，三四十人的规模，算是公司的中高层会议。

例行的汇报结束后，大家都在等着她说点什么，毕竟这会召开得这么急。

"今天，开这么个会，主要是想告诉大家一个我的决定。"她终于开口，环视全场，嘴角带笑，"从今天开始，梦信金融所有的运营方针，都只为了一个最终目标，那就是打败茂林集团。"

所有人面面相觑，她也不需要他们的反应。

"打倒茂林，瓦解他们，让他们永世不得翻身，这就是未来梦信要做的事情，大家是不是觉得很可笑？的确，对梦信来说，茂林是个庞然大物，这无异于蜉蝣撼树。但大家也不用太担心，对这件事，我们会从长计议，不会贸然牺牲公司的利益，只不过从今往后，这个最终的目标绝不会改变。"她坦然自若而不容置疑，"当然，以上是我的个人决策，如果有人不赞同、不支持、不理解，可以在三天之内提出辞职，我个人将会按照公司违约来给各位支付赔偿金。"

一开始没有声音，后来有了一些窃窃私语，但没有一个人敢问她一句"为什么"。

也许他们没当真，也许他们怀疑她的决心，也许他们觉得她在赌气，在任性。

她不在意他们的反应，只是把视线投向微雨的窗外。

她一向任性，然而这一次不是。

她只是需要为自己找到一个可以全身心为之奋斗的目标，这样她就可以活下去。

对林少煜来说，这个早晨更与往日没有什么不同。

他准时到了公司。虽然脚上有伤，但他仍旧步履稳健，连小瑞都没有看出来。他快速地处理了必须处理的文件，然后停下来，看向了小瑞。

"林先生，还有什么吩咐吗？"

林少煜说："小瑞啊，你是不是有一个女朋友在国外？"

小瑞点头："是啊。"

"多久了？"

"两年多。"

"异地很辛苦的。"林少煜笑道，"去找她吧，陪在她身边。"

"啊？"

"明天你就可以不用来上班了。"

小瑞沉默了一下，平静道："您要找谁接替我的工作，我会好好交接，有些您的喜好或者习惯，需要交代。"

"不，不用了。"林少煜说，"快点离开吧。"

小瑞只是在桌前执拗地站着，过了一会儿，他问："你这样真的值得吗？"

林少煜笑了："有什么值不值得，走到这里了，我其实从来都没的选。"

"不，不是的！只要再坚持一段时间，半年，一年……结果就会不一样，为什么？"向来顺从的年轻助理，终于发出不甘的质问，"我们的计划没有问题，一切都在控制之中，你为什么要把这些努力毁掉？你为什么要任由她把一切毁掉！"

林少煜微微出神，似乎在回想着几年来的一步一步，一点一滴，他终于说："是，都是我的错。这几年，我知道应该远离她，一旦接近她，事情就难免失控，可是我做不到。其实要远离她，有多么容易！别总想着保护她，反正她懂得保护自己。去和一个又一个的女人交往，就像我认识她之前一样。那样，也许我们都可以躲在安全的距离内。"他还是笑了起来，"可是归根结底，我不愿意勉强我自己。"

事到如今，他已经接受了。在他这处境，对自己不够狠，就是最大的失败。

小瑞牵了下嘴角，也想要笑，最终却捂住嘴，极力克制着自己的颤抖。

林少煜站起身来，走到他身后，宽慰似的轻拍他的肩。过了一会儿，见小瑞仍然不走，也不说话，他不得不说："这样吧，小瑞，为我做最后一件事吧。"

"什么？"

他说："替我通知所有的来宾，后天的婚礼取消了。"

当天晚上，他独自开车，去了父母那里。

母亲见他来，有点意外，只是淡淡的，没太热情，但眼底还是有关切的暖意。只不过她什么都不知道，直到她问了婚礼的事，他才说："妈妈，抱歉，恐怕很长时间都不能来看您了。"

萧静然惊诧地看着他，不知是不是预感到什么，竟没追问。

他上了楼，林茂生应该已经等他很久了。

林少煜在他床前坐下来，说："爸爸，对不起。"

"还是走到这一步了吗？"

"是啊。"林少煜笑笑，"您料事如神，一切就像您想的一样。"

林茂生叹了口气，却很平静："少煜啊，是我，对不起你。"

"是我自己的问题，一切选择，都是我自己做出的。"林少煜说，"不管你要求过我什么，向我期许过什么，都从来没有逼迫过我。我犯下的错，应该由我自己承担。"

"如果没有她，会不一样吗？"

"也许是因为她，也许不是。我不知道，爸爸。"他慢慢地说，"就像我当年答应你，也许受了你的影响，可是归根结底，是我自己愿意。也许你觉得，她推动了一切，但要不是我不够坚决，不想坚持，其实也不一定会是这样。"

林茂生没有说话，只是眼神悲凉。

"但是我承认，爱情是太过可怕的东西。"林少煜接着说，"我后来一直在想，也许当年你出事再晚一点，我也就对她失去兴趣了。也许她要是没走上这一行，也不会像一道光芒，落进我心里，藏得那么深。谁知道呢？只是我太渺小了，终究还是没有办法逃脱这个命运。"

似乎已经接受现实的林茂生突然又激动起来："所以我想杀了她！你会痛苦，但你不会毁了一切！"

林茂生知道金雪言的危险。那女人在她所在的行业里，想要看清真相，做到完美。也许她只是一点荧荧的烛火，可只要她还留在林少煜的身边，难免有一天会席卷一切。

林少煜冷冷笑着："爸爸，你做的一切，我都不怪你。只有这一桩不行，我永远不会原谅你。"

"儿子，我只是不想看你飞蛾扑火。"

"可是，你知道吗？对一只扑火的飞蛾来说，最可怕的事情不是在火中化成灰烬，而是，火焰消失，它的眼前再也没有光明。"

林茂生发出痛苦的呜咽，却因为自己的虚弱，而只有低微的一声。

林少煜站了起来，他似乎在想，还应该说些什么，最后他说："爸爸，我让你失望了，对不起。但是金雪言，我像一个男人爱一个女人那样爱着她，也像一个溺水的人向往驶过的浮舟那样向往着她，她不让我沉没。所以，我也会送她渡过黑夜的大海，去有灯塔的彼岸。"

一周以后，当林少煜知道警察正往八十八楼来的时候，心里感觉一阵轻松。他的个人物品都收拾过了，只有桌面上的照片还没有收起来。他最后看了一眼他们两个的合影，把它放进了抽屉的最底层。

警察的到来引起了一阵惊慌和骚乱，但他已经安排好了后续的工作，以及接替自己主持大局的副总。动荡当然会有，但他也无法再做更多。

"林少煜先生，你涉嫌操纵多家互联网金融平台，从事非法吸收公众存款及诈骗活动，请跟我们走一趟，这是拘留通知书。"哪怕在这样的情势下，警方仍然很客气。

他点头说："走吧。"

美国，西雅图。

平凡安宁的清晨，儒雅的中年男人在餐桌旁边吃着早餐，拿起手机打算浏览新闻，然后他看到了那个爆炸性的消息。

他的好多个群都乱了套了，茂林林少煜被捕的事掀起了一阵震惊和混乱的狂潮。但就算是业内，也没有人知道发生了什么。没有官方消息，都在猜测，有的离谱，有的擦边。他拿手机的手微微颤抖。

是这样，几乎是注定的结局。他早已预料，本该毫无意外地平静接受，可为什么还是感到一种不甘和痛苦？

"爸爸，我去上学了。"女儿的声音他都没有听见，他脸色发黑地盯着手机，另一只手里的牛奶洒了满桌。

他放下杯子，翻了一下近期的新闻，果然在一个角落里，找到了财富家实控人卢硕被缉拿归案的消息。他离开后，很少关注互金圈的新闻，直到这时才看到。

他本来可以改变这个结局，因为他曾打算杀了卢硕。

那个人在那圈子里浸淫太深，知道得太多。虽然他不至于接触到他们这边实质性的信息，但他的关系网，难免会碰触到一些蛛丝马迹，他的敏锐也会让他抓住这种蛛丝马迹。

隐藏了问题的平台，表面也可能光鲜亮丽，这在卢硕的世界中再正常不过。

然而他却会像黑暗中的一只蜘蛛，从另一个面看到它们隐隐透出的腐坏。

杀了卢硕，是治标之法。方靖伟并不知道这世上还有没有其他的卢硕，但在当时的境况下，想要掩藏一切，没有更好的选择。

但最后关头他放弃了。

何苦呢？他何苦要替林少煜做这些？何苦让自己的手沾染血腥，为了一个根本不在乎自己会不会沉落深渊的人？

林少煜，他太任性。

从戳穿财富家开始，他就毫不在意卢硕对他自己能有怎样的杀伤力。他甚至去了机场，想要阻止卢硕逃离，方靖伟对此非常愤怒。

"林少煜！已经到了这个地步，你还不醒悟？我告诉你，你再跟着金雪言乱来，会死无葬身之地！"从机场返回的那天，他恨不得把对方一拳打醒。

"你又怎么知道不是我自己想这么做呢？"

对方冷淡平静的回答，反而令方靖伟猛地清醒。

林少煜，他只是太任性。

那么，就让他承受他想要的一切，旁人无须也不必再为他操什么心。方靖伟当时庆幸，自己没有真的为他杀了卢硕，根本不值得。

放走卢硕，就算他为他做的最后一件事。

至于他后来承担下一切，离开茂林，已经是不值一提的事情。事实上，这对方靖伟来说也是一种解脱，他可以安全离开。

但任性的人，会受到惩罚，这是天经地义的。他等着，有时候，他简直抱着一种恶毒的心态在等着。那么天真任性的林少煜和金雪言，什么时候会遭到报应？

然而尽管如此，不知为什么，当这一切真的发生的时候，他的心头还是掠过一阵巨大的悲恸。

林少煜被捕的事情，金雪言很快听说。但是她和所有外围的人一样，除了震惊，再不知道其他。

原因、细节、当下的情况……她什么也不知道，而且，从她接触的正常的渠道也打听不到任何详情。

但她还是感觉到了一些什么，她去找了贺知微。

贺知微把她约到了自己家里。

"隔了几天你才来找我，这么慢，真不像你。"贺知微看着她说。

"我和他之间，发生了一些事。"金雪言说，"不在一起了。"

贺知微点点头，自从婚礼取消，他们之间出现问题就是不言自明的事情。她问过林少煜，不过他什么也没告诉她，此刻更不是问这个的时候。

"你真的什么都不知道吗？"她问金雪言。

金雪言摇头。

"据调查和他自己的供述，目前他能够实际操纵的互金平台，多达四十三家。"贺知微的声音有些冷酷，"有一部分是通过复杂的股权关系隐藏在他名下的，有一部分他能够完全控制它们的实控人。很明显，它们都是隐藏了诸多假标的平台，这几年他一直在通过这个渠道吸纳资金。"

"怎么会这样？"金雪言失声道。

贺知微笑笑："仔细想想，很合理，不是吗？"

金雪言的大脑飞速转动着。合理？她还是接受不了这件事是合理的！她看着贺知微："请告诉我详情。"

贺知微好像犹豫了一下："既然你们现在已经不在一起了，我劝你还是不要插手这件事，知道得越少越好，否则对你、对梦信都不好。"

"怎么可能？"金雪言抓住她的手，"不可能的！"

贺知微也知道，以她的性格，无论怎样都无法置之不理。她又犹豫了几秒钟，才下了决心："有一份资料，可以回答你的大部分问题。但是，这件事现在没有公开，你必须保密。"

金雪言点了点头。

其实贺知微不应该给金雪言看什么，甚至她自己本也不应该得到那么多消息，是她找了关系，才拿到了内部材料。

她把一份纸质文件递给了金雪言，金雪言看到，那是一份审讯记录。

第一次审讯：

审讯人：姓名？

林少煜：林少煜。

审讯人：工作单位和职务？

林少煜：茂林商业集团有限公司，董事长兼总经理。

审讯人：知道是因为什么事被调查的吗？

林少煜：涉嫌非法吸收公众存款及集资诈骗。

审讯人：说说详情吧。

林少煜：长期以来，我利用互联网金融平台，吸纳大量公众资金。目前我的名下，以及实际操纵的平台，一共有四十三家。我已经清理了一部分，最多的时候是七十六家。这些平台有少量的真实资产，大部分是自融的假标，这部分的待收金额应该在190亿左右。具体的平台名称和资产状况，我已经提交了书面资料。

审讯人：茂林集团体量庞大，你本人也拥有高额的资产，为什么要做这种事？

林少煜：二〇一三年，茂林集团设立的总额为600亿的私募债和类信托计划面临崩盘的危险，我做的一切，都是为了偿还这方面的债务。

审讯人：这个私募债和类信托计划是怎么回事？说清楚些。

林少煜：这是二〇一一到二〇一二年间，和各地金融机构合作，以多种形式募集完成的数十个融资计划。大部分由茂林集团作为募资主体，我父亲林茂生作为担保人，承担无限连带责任。这笔资金，被我父亲用于一个项目的投资，项目失败，血本无归。这笔钱完全蒸发，留下了一个深坑。

审讯人：如果是用于项目投资，这应该属于企业行为。为什么你们父子两人试图独力承担这笔亏损？

林少煜：第一，对于当时的茂林集团，600亿不是一个小数字，很可能会使它元气大伤，根基动荡；第二，我父亲投入的项目，不能摆上台面，或者说，位于境外，也并不合法。

审讯人：到底是什么项目？

林少煜：我国的国防和军工相关技术，距离世界顶尖水平还有一定的距离。当时，我父亲看到了一个机会，可以参与到境外的相关高新技术研发和产品制造当中。如果成功，不但有巨大的经济价值，也可以为国内的相关产业做出很大的贡献。这本来绝不应该是民营企业涉足的领域，但我父亲是个很极端的人，他决定孤注一掷。后来究竟发生了什么，是技术上失败了，还是本来就是一个骗局，我也不是很清楚，具体的你们可以去查。

审讯人：我们会找有权限的部门配合调查，说说你自己做的事情吧。

林少煜：二〇一三年，这个项目垮塌之后，我父亲受到打击突发脑出血。在他生命垂危之际，希望我能接手茂林集团，来承担相关的后果。当时知道这个项目前因后果的，只有集团最核心的几个高层人员。但我父亲认为，这个决策失败是他自己的一意孤行造成的，只有我，作为他的儿子，能够代替他承担责任。出于多方面的原因，我接受了这件事。在方靖伟的协助下，我开始管理茂林集团。当时的情况是，要保住茂林集团，就不能暴露那个项目，不能暴露相关产品真实的资金流向。但这600亿的本金和它的利息需要在二〇一六到二〇一七年间结清。以茂林集团的审计制度，不可能在掩人耳目的前提下挪用如此巨大的款项去结清债务，这就是我们当时面临的困境。

　　审讯人：于是你们瞄上了互金平台这一资金渠道？

　　林少煜：是的，我先是成立了茂林金融，然后由茂林金融来收购互金平台，并且用于自我融资。但我很快发现，只要经过茂林这个通道，我们做一切都难免束手束脚，我们不得不拿出相当的资源去包装旗下平台，其实吸金效率很低。通过对收购平台的运营的摸索，我们很快找到一套高效又安全的吸金方式，我很快把那几家平台出手，同时大规模地在暗中持有更多的平台，有的是收购，有的是新建。由于我们投入的先期资金充足，往往很快就能把一家平台养起来，让它源源不断地为我们输送资金。

　　审讯人：但是茂林金融旗下还留下一家互金平台，叫梦信金融。

　　林少煜：是的，梦信有些特殊，我们完全没有参与到他们的运营和管理当中。

　　审讯人：为什么？

　　林少煜：最初我缺乏经验，还试图把茂林旗下的平台群粉饰完美。基于梦信金融纯粹的专业精神和实干能力，我期待它成为一家真正合乎信贷逻辑的头部平台，以便为"茂林系"增色，所以我们没有要他们的控股权。又由于投资涉及对赌协议，所以他们就一直持有控股权了。但你知道，后来茂林金融实际上中断了这个方向的操作，所有一切都转由我个人名义进行。

　　审讯人：最近这三个月来，你做了什么？

　　林少煜：你们说的是债权收购的事吧，雷潮发生之后，在梦信金融引导的拆标去刚兑的举措下，我发现了一些可乘之机，未知的风险下，有很大一部分资金将会盲目出逃。果然，业内诞生了债转收割这样一种模式，如果能够以低价回收之前放出的债权，我清理掉所有债务所需的资金就可以大量减少。于是在十月初，我开始实际的操作。

　　审讯人：具体是怎么做的？

　　林少煜：我通过一些途径，接触了之前在业内从事平台分析的一些个人和媒体，通过他们放出相关平台的负面消息，也由他们来负责债权的直接收购。但他们并不知道真正的控制者来自哪里，如果一直维持这种操作，我预计在一到两年内可以清空待收。当然这是个动态的过程，实际上很难预计。

　　审讯人：但两三周之前，你就停止了这种操作，为什么？

　　林少煜：这个过程中我一直小心维持平衡，以免引起关注，但还是引起了一些警觉。甚至有人想要深入这个链条之中进行调查，所以我决定不再继续。

　　审讯人：再说说茂林集团吧。茂林与你这边庞大的引资渠道，有资金上的往来吗？

林少煜：如果说除了那600亿以外，没有。我把它们完全分隔开来了。当年的融资计划，已经在二〇一七年全部结清。之后茂林就没有拿那边一分钱，也没有给过那边一分钱。

审讯人：这是你有意安排的？

林少煜：是的，后来我意识到，想要保住茂林集团，这是唯一的方法。我不知道能不能成功，也许这是一种奢求。我接手集团之后，一直在问自己，我想尽办法保住茂林集团，到底有什么意义？我想，只有它创造更大的价值，我付出的一切才值得。因此，后来我通过茂林做出的布局，都是为了我个人对企业的理想，我个人还是希望茂林集团能够独立于这个事件之外。

审讯人：你操纵的平台上获取的资金，全部用于偿还茂林集团的债务了吗？

林少煜：严格地说，不完全是。二〇一四年，我入了币市。用在互金平台上融到的钱，我组建专门的团队，投入了数字虚拟货币市场的炒作。以比特币为主，也持有一些其他的虚拟币甚至是空气币。抱着赌徒的心态，我以泡沫供养泡沫。不过这个市场还是给我带来了丰厚的回报。那些互金平台为了引流，必须付出高昂的利息，平均下来年化成本非常惊人。如果没有数字币带来的盈利，到今天不可能只有200亿的缺口。

审讯人：你认识一个叫卢硕的人吗？

林少煜：听说过，不认识。

审讯人：他名下的某几个平台，和你曾经持有的平台有交集。他对你名下一些平台的事也比较了解，你们真的没有过接触吗？

林少煜：没有。

审讯人：你确定？

林少煜：其实我并不太接触那个圈子，我这么说，不知道你们能不能相信。我们的操作和模式，会被卢硕那样的人觉察在所难免，但为了隐藏自己，我并不接触他们圈子里的任何人。

审讯人：但卢硕被捕后，看起来你已经做好了心理准备。

林少煜：这几年，我感到非常疲倦，就像一个吸毒者为了活下去，需要竭尽全力寻找新的毒品。二〇一八年上半年，互金平台推进备案，我就想了很多办法保住自己。后来备案无限延期，雷潮开始，我是有准备的，我从币市抽取了大量资金来应付平台资金的出逃。再后来，梦信金融实行去刚兑，再次引发大额的资金流出……我熬过了一次又一次，一直在疲于奔命，我不知道哪一次会再也坚持不下去。虽然低价回购债权，让我看到一线生机，但那还是太漫长太渺茫了。

同时，它会扰乱整个市场，带来另一重隐患。就算挣扎着，想要逃避，也无济于事，我想我唯一的选择只能是剪除我自己。但我始终没有坦陈一切的勇气，所以卢硕就算是一个推动力吧，他带来的伤害，说实话我不是很在乎。

审讯人：好了，谢谢你今天的配合，这个案子我们会继续调查。

她看完了。

金雪言感觉到一种震撼，也知道了贺知微说的"合理"是什么意思。

五年前无忧无虑的那个人，突然回归，把自己抛进一个泥潭。

这个泥潭，他陷得太深。她不知道他为什么要这么做，或许是为了他父亲，或许和她当初要寻找救下梦信的那500万，异曲同工。

原来她真的不了解他。

"其实我早就知道，茂林暗中参与过一个海外的庞大项目。但我一直以为，林少煜把茂林的资产用于偿还之前的募资计划，会在集团内部留下亏空，为此我们还对茂林集团的财务进行过一番调查。"贺知微的声音近乎叹息，"在确认没有问题之后，我应该想到他有其他的资金来源的。可是我没有去想，真的没有去怀疑他……"

没有去怀疑，眼中有阳光的人，竟然早已身在深渊。

"卢硕为什么会知道他的事？"金雪言问。

"你知道最近针对各个平台实控人的摸底排查，一直在进行。"贺知微说，"这个任务非常艰难，非常复杂，只能从最可能有问题的那些平台开始查起。林少煜的那些，怎么说呢，都很漂亮。而且恰恰是折让债转的平台，不会被列入调查的重点。"

"是啊，本来一时半会儿查不到他。"

"但是卢硕知道这些'漂亮'的平台下面的暗涌。在他提供的信息下，从平台端切入的调查，直接触及了核心……"

"所以，我亲手带回了卢硕。"金雪言竟突然笑了，"也就是我把他推到这个境地的？他为什么不阻止我……"

不，她想起来，他阻止过她的。

只是到了最后，他说的是："我不想看你改变。"

"你倒也不用这么想。"贺知微看着她，"实际上都是他自己的选择，与你也无关。"

金雪言摇了一下头，即使没有卢硕，她也已经逼得他停下了收购债权的操作，她也早晚会看到他的真相。

金雪言想了一会儿："那现在呢？要怎么办？"

"现在，经侦、金融办，甚至市政府都已经介入，他们在一遍遍地开会。"贺知微握住金雪言的双肩，"你做不了什么，我也做不了什么了，现在我们只能等待，林少煜也只能等待他的命运。"

"有新的信息立即告诉我。"

贺知微答应了。

等待，对金雪言来说是太难熬的事情。就在不久之前，她曾经说，要打败茂林集团，再去回想，竟然那么可笑。茂林集团内部必然也经受了调查，只不过一般的业务还在正常进行。

林少煜毁了，茂林可能也会垮掉，她为什么还是不开心？

两周后，贺知微打电话给了她新的消息。

"有一种意见是压下这件事。"贺知微说道，"其实也可以看得出来，已经两周多了，各方面还是对林少煜涉及的案件详情讳莫如深，市政府还是想要保住茂林。清查小组作了初步的清算，林氏所有的资产变现，茂林集团能够拿出的所有资金，理论上恰好可以覆盖全部的待收。所以有人提出，给那四十三家平台进行清盘，将待收本息一次性兑付，这样引起的社会动荡最小，同时相关情况不向公众公开，互金业也不会再次受到太强的舆论冲击。"

"听起来是个很好的方案，但是……有困难？"

"是的，这只计算了现有待收，别忘了，他之前收购了一部分折让债权。那部分被收割的出借人，同样也是这起案件中的受害者。如果把他们的利益剔除在外，强行按下此事，有一天这些出借人发起控诉，谁也担待不起，所以这个方案也遭到了反对——而只要有反对的声音，谁都不敢坚持。"

这也是自然，要化解此事，更不能留下后患，每个参与决策的人都不想承担这样的风险。金雪言略一沉吟："已回购部分的债权被折让的金额有多少？"

"接近17亿。"

"有可能填上这部分资金缺口吗？"

贺知微笑了："林少煜的资产有几个部分，数字币他前一阵子已经退出了，其他股权和实体资产类也有一部分，不过要命的是，他个人持有的茂林股权，为了'光点计划'几乎全部质押了。当前有能力以现金的方式接手'光点计划'份额的收购方，只给出一个很低的价格。17亿，对200亿来说不算很多，但到这份上，林氏已经山穷水尽。"

"如果不能采取这个方案呢？"

"要采取这个方案，必须保证尽快资金到位速战速决，如果拖下去，纸也包不住火。"贺知微停了一下，"但谁愿意承担这个责任？最大的可能，还是正常走法律程序，他或许会面临二十年以上的刑期，甚至无期。"

贺知微沉默了，从类似案件的角度来说，他的确符合金额特别巨大、影响特别恶劣的标准，无期徒刑的判罚并不是没有先例。

贺知微轻声道："还有一个消息，茂林方面要为他聘请最擅长经济案件的律师齐海，但是他拒绝了。"

"他放弃了吗？"

"他难道不是从一开始就放弃了吗？"

"好，我知道了。"金雪言最后这么说。

金雪言放下电话，踱步思考着。

按照贺知微的说法，决策者来自各个方面。去交涉，去沟通，说服他们？她的第一个想法是去见一见翟丹峰，然而她马上打消了这个念头。

这不是什么商业谈判，就算主观上所有人都倾向于和平解决，也不会有人敢一锤定音。

那么唯一的可行性，就是补上那债转收割的17亿。

17亿，真的不算多，只不过这不再是一次资金周转或投资行为，而是用于偿付，是完全的消耗。在林氏已经注定覆灭的情况下，还能去哪里找到就算在将来也无法归还的17亿？

意识到自己在思考这个问题，金雪言感到悚然。

但更加令人畏惧的，是她随之而来的下一个念头。

她还有梦信。

由于林少煜的配合和相关部门的重视和高效，案件的重要信息在短短的时间内都明朗了。除了他之外，被抓捕的相关人员多达数十名，不过他们都是棋子，无关紧要。

梦信金融，是茂林金融参股的企业，又是互金平台，实际上也受到了一轮清查。只不过梦信确实没有任何这方面的问题，调查也就没有带来太大的影响。

作为梦信的实控人、林少煜曾经的未婚妻，金雪言也被叫到经侦科接受了一些询问。

只是那些问题，她实话实说，绝大部分也只能回答："不知道。"

她很快就可以走了。

起身之前，她问："林少煜……他还好吗？"

"不清楚。"

"可以见见他吗？"

"你要见他？"负责询问她的警官面露难色。

"不，不要。"她却受惊了一样，快速地起身，离开了。

公安局外面，阳光正好。

金雪言突然被晃了眼，她伸手挡了一下，走到不远处的长椅上坐了下来。

等在外面的邵锦看到她，来到她身边坐下。

邵锦近日一直在陪着她，哪怕有时候她显露出不耐烦，他也仍然执拗地跟着她。金雪言没有心力再和他争什么，也就随便他了。

"邵锦，"她看着不远处的石阶，忽然说，"是他让你回来的，对吗？"

"什么？"

她笑了笑："你本来已经走了，放弃了，是林少煜又把你叫了回来，让你告诉我那些事情。"

邵锦也笑了笑："是啊，你想到了，他说只有这样你才可以离开他。"

他当时在美国，那个男人打电话给他，对他说："拜托了。"

这一次，不是要他隐瞒，而是要他揭穿，人生就是这样变化莫测。

"你们到底把我看成什么？"金雪言很生气，一时又不知道自己在为什么生气。

这时一个高大的男人从公安局里出来了。看到她，他突然跑了过来，站在她面前，挡住了阳光，他急切地说："金小姐！救救林先生吧。"

"阿普？"

阿普也是到公安局来接受简单询问的，但作为司机，他同样不知道更多的详情，只不过他此时陷入了某种激动的情绪："金小姐，我听他们说，还是有法子救他的。你一向办法那么多，想想办法吧！"

"什么办法？"

司机似乎迟疑了一下："我们……能不能找找金融办，或者市政府？"

他显然不清楚这后面的逻辑，金雪言冷冷一笑："找谁都没有用，阿普，首先有钱才有可能。"

"是吗？那能想办法筹点钱吗？"

"好，十七个亿。只要有十七个亿，结果可能就会不一样，这就是一切的前提。只不过这笔钱，不会产生任何的利润，对投入的人没有任何回报，你要我上哪里去筹这样的十七个亿？"

阿普沉默下去，金雪言和他吵过一次架，在前往印尼的赌船上，他为了林少煜而指责她。今天他又为了林少煜而恳求她，她不知道，他不过是个雇员，又何苦做到这样。

她不想再说，转身就走，但阿普竟然还不肯放弃，拦住了她说："金小姐，或者能想办法减一点刑也好啊。但是我……哎呀，我对很多事情也不清楚，这样，你和小瑞商量一下？求求你，和小瑞商量一下，看看有没有什么办法。我这就给小瑞打电话。"

"可是我并不想救林少煜。"这么一句话，看着眼前焦急的男子，金雪言竟然没有勇气说出口。

阿普很快拨通了电话，他在一旁低声说了两句，然后几乎是小心翼翼地把电话递给了金雪言。

看着他满怀期许的样子，她不忍拒绝，还是接过了电话。

"金小姐，有事找我？"小瑞的声音很冷淡。

金雪言一时不知道该说什么，阿普让他们商量，其实又有什么可商量的呢？除了钱，其他一切努力都无关痛痒，她只好说："小瑞，你在哪里？"

"我在机场。"对方说，"因为林先生的事，我正准备回国，协助调查。"

"是他安排你离开的吗？"

"是啊，我知道得比较深入，他担心我受到牵连，所以出事之前，提前安排我出境了，但我会回去承担属于我的责任。"

"出事之前，他还安排了什么吗？"

"除了茂林的人事之外，没有了吧。哦，取消婚礼算不算？这事你肯定知道。"

"我知道。"

小瑞沉默了一会儿，说："他很爱你。"

"我知道。"

"不，你不知道。"小瑞抬高了一点声音，然后似乎克制了一下，恢复了一开始的冷淡，"没事的话，我挂了。"

"等等！"金雪言又叫了一声，对方停下来等她说，她终于说，"小瑞，这些年他过得很辛苦吧。"

"辛苦又怎么样呢？"小瑞的声音冰凉，"不也就是一个人熬下去？"

"小瑞，"金雪言迟疑地说，"你能告诉我吗？他究竟是个怎样的人呢？这么久了，我一直想要了解他，看清他，却怎么努力都好像无法做到。"

小瑞笑了一声："你还能问出这个问题，我真的替他不值。他是怎样的人？他执掌茂林，想的是怎么让企业创造实实在在的价值，在中国产业升级的道路上走在前列；他信守对他父亲的承诺，如履薄冰，炒币赚了几百亿，他又得到什么了？所有人都觉得他翻手为云覆手为雨，可其实，就算在我眼里，他也简直天真到可笑，他连爱一个女人都要那么战战兢兢！"

"他从来没有说过……"

"是啊，他能说什么呢？"小瑞平静了一下，"金小姐，林先生一直不允许我对你说太多。但是事到如今，有些话我还是想说出来。你说你一直想要了解他、看清他，你真的努力过吗？你专注于自己的发展的时候，想要他的助力，总是索取。你从心里面为他想过吗？"

"你是这样想我的吗？"

"还记得吗？有一次你到八十八楼来找他，我劝你等一等。其实你想过他为什么不敢和你在一起吗？你是一个贪得无厌的人，金小姐。他知道和你在一起，总不可能保住那个秘密，他不敢让你知道他做的事。他还知道你会要求婚姻，他也不想让你卷进来。可你还是那么急，一定要把他逼进死角，现在你满意了？"

"小瑞，你指责我有什么意义？你又想要我怎么做？你们什么都不告诉我，我什么都不知道，你要让我怎么选择！"

"不是的，金小姐，是你太自私了。"小瑞没有丝毫的退让，"你觉得你什么都不知道，因为你并不想真的了解，否则以你的聪慧，他一次次拒绝你的时候，你想不到什么吗？方靖伟离开的时候，你想不到什么？他为了你和他父亲决裂的时候，你想不到背后隐藏着什么？只是你太自私了，不想去深究，也不想去追问他有什么危机，你认为他应该处理好自己身边的麻烦。你以为你很勇敢，其实你既不舍得离开他，也不想和他一起面对一切属于他的黑暗。"

年轻人的声音，利刃一样扎进金雪言的心。她是这样的吗？她不愿意相信，可是她不得不承认，也许她真的只是痴迷于爱情中幸福的那一部分。其实早在四年前，她想要离开他，何尝不是为了不去触碰他背后若隐若现的阴影？

只不过到最后，她自欺欺人，因为她想要陷下去。

"就算是这样，他还是选择了你。金小姐，有一段时间，我也感谢你。你引导了整个行业拆标去刚兑的操作，催生了债转收割的机会，他很早就意识到这是机会，却一直不愿意用收割出借人的方式来脱身。和你在一起之后，他终于下决心，开始了自救，我想他不愿意离开你。我以为他真的可以用这种方式等到一切风平浪静……可是金小姐，你又做了什么？你想办法去查那些折让债转的平台。你以为他是因为卢硕而放弃的吗？不是的，他只是醒悟到，无论他做什么，总会被你逼到绝境啊！"

到了最后，他近乎控诉，似乎再也无法克制自己的失态。片刻之后，金雪言只听见长长的忙音。

236

金雪言怔了一会儿，把电话还给了阿普，对阿普和邵锦说："我想一个人走走，别跟着我，谢谢。"

于是她独自在街头漫步。

冬日的街头，冷风凛冽，但繁华的地段还是很热闹。路边的商铺外，挂着些装饰物，颇有些张灯结彩的气氛。她走了一段，才想起来，快到春节了。

上一个春节，大年初二，她在林少煜家里，他对她说："言言，如果我们能走到云开日出的那一天，就嫁给我吧。"

她不明白是什么意思，只觉是暧昧措辞。她说的是，外头是阴是晴，与她无关。

与她无关，现在他做到了。

她以为自己可以一步步逼近，最后他选择了臣服，选择了接受。在他奋力自救的同时，她相信他也做好准备，让她面对自己不见天日的那一面。

他说："金雪言，我会和你一起走下去。就算有一天要死，我也会死在和你一起冒险向前的路上。"

那时候，他一定决定了，要让她与自己一同承担一切。他决定了，彻底地拥有彼此。无论她愿不愿意，无论是生是死，都让她彻底地拥有自己，他背负着把她拖入深渊的罪孽，可能受到她的鄙夷，完全地放下骄傲。对他那样的人来说，这寄托的已是最深沉的信任，最刻骨的爱。

他相信金雪言可以承受。

然而当她远赴加拿大去带回卢硕，她终于还是亲手摧毁了他的决心。

现在他的一切，还是与她无关了。

金雪言慢慢地走，慢慢地想着。很多事情现在去想，都可以通透，方靖伟说过："金雪言，你所有的锋刀锐刃总有一天会报应在你自己身上。"现在就是了。

林少煜，制造了那场惨烈的车祸，他得到了报应。

金雪言，又何尝不是得到了报应？

想着，她竟笑了。

真是的，她竟还笑得出来。

最后，她站在了那个公寓外面，曾经属于他们的家。

因为事态还在小范围内并未扩散，也许是为了减小影响，他的这处住所还没有被查封。

金雪言伸出手指，她的指纹还能用，门开了。

她走了进去，里面显然经过搜查，像是遭受过一场浩劫，整洁宽敞的房间一片凌乱。只不过她没有看到她离开当日那满屋的照片，一张也没有，看来他已经都收起来了。

她无目的地走着，看着一地的狼藉。

书房的地板上，散落着几本杂志。其中一本里面夹着一份文件，她俯身拾了起来。

那是一份婚前协议。

薄薄的几页纸，非常简单，末尾林少煜已经签了字。

他的婚前资产由夫妻共有，婚前债务由他个人承担。她迅速地翻了一下，协议上说的就是这样一个简单的意思。

她忽然觉得可笑。林少煜他真傻，只要那些平台还在运营，资金还在流转，就难以界定债务究竟是何时产生的。他这么做有什么用？他到底是为了什么？

也许是知道没有任何意义，他终究没有拿来给她签。也许是知道她一定会追问，他终究不敢拿来给她签。

这份协议就这样遗落在一片狼藉之中。

她又看了一下夹着文件的那本杂志，《今日金融》的那一页上，是关于梦信去刚兑的一份观察报告。配图是一张当日的实地照片，她都不知道有人拍过这样的照片。

动荡的人潮之中，林少煜牵着她的手。

她仿佛还能感觉到那一日掌心里不曾消散的暖意，终于支撑不住一般俯下身失声痛哭。

暖阳融融，山风习习。临近年关，下午的墓园，空无一人，安然宁静。

金雪言带了两束鲜花。她先是找到了邵锦父母的墓碑，送上一束花。每年她和邵锦一起来祭扫时，她总是献上一束花就离开，因为她不知道还能说什么。时至今日，罪魁祸首已经不是她父亲，她还是不知该说什么。

她默默站了一会儿，就离开了。

她来到自己父母的墓碑前，其实除了清明她几乎不来，她太忙了。这些年，她很少想到他们，顶多偶尔遇到了困难时，她会想想他们的期许，来为自己打气。其他时候，她冷淡凉薄，很少往回看。

"爸爸，妈妈，"金雪言笑着说，"我来看你们了，对不起，我不常来，也许我一直都不是一个好女儿。"

她把花束放下，想了想，接着说："从很久以前开始，我就总是在追逐一些东西。它们有的很美丽，有的可能也没什么意义，但我总是什么都想要，所以这几年啊，我在向前跑。有时候，可能反而忽略了风景，也忽略了身边的人。可是大家总是宠着我，就像你们宠着我一样。

"比如邵锦，他一直没有告诉我那件事。哪怕他知道了肇事者是林少煜，为了不伤害我，竟然就那么离去了。"她看向父亲的遗照，上面的中年男子在向她微笑，"爸爸，真的对不起，直到这么久之后，我才知道你受了那样的冤屈。我不知道他们威胁了你什么，许诺了你什么，我想一定不仅仅是钱。我没法想象，你到底遭受了怎样的折磨，才能放下我和妈妈，去承受那么可怕的一件事。你一定是为了保护我和妈妈，才什么也没有说。每当想到这些，我都好恨，我想发疯，我想杀了那些逼死你的人，我想杀了林少煜。"

她沉默了一会儿："林少煜现在已经遭到了报应，他的一生都要完了。我知道，他是罪有应得，死有余辜。可是……我还爱他，我没法不爱他，在经过了那么多事情，知道了那么多事情之后，我竟然还是不愿意看他就那么万劫不复。爸爸，你会怪我吗？我想救他，不管付出什么样的代价。我想所有人，都应该指责我、厌恶我、瞧不起我，如果那样，也许我会好过些。

"其实，我也为自己找过很多理由、很多借口。我想我是为了千千万万个出借人的家庭，我是为了行业不再次受到打击……可惜不是的。只有我自己心里清楚，我只是爱他，没办法否认，没办法解脱。所以爸爸妈妈，我要去做这件事了，不管有谁反对，有谁阻止，会不会失败，我都要那么去做。只有做完了这件事情，我想我才可以彻底清醒过来。"

她把视线又转向了母亲的照片，微笑道："妈妈在世的时候，总是担心我，说我刚极易折，容易伤着别人，也容易伤害自己，我一直不以为然。现在想想，妈妈看得有多清楚。我全力以赴，追求事业，也追求爱情，做什么都义无反顾。可是到头来呢，很快，我就什么也没有了。有时候我也想，如果林少煜没有遇上我，以他的能力，也许能够等到问题解决的那一天。我也想，如果我不是金雪言，也许四年之前，梦信死了，我也就换了一份安稳的工作，安稳度日。如果我不是金雪言，也许在他一次次拒绝我的时候，我也早已放弃，能找到其他更好的伴侣……我不知道那样到底好还是不好，只是，可惜我是金雪言，我终于还是把自己推到今天这个境地。

"但是，爸爸妈妈，你们也不必为我担心。我有过惹人艳羡的巨额财富，有过无人可及的辉煌和成就，有过充盈了一生的刻骨铭心，我觉得够了。之后，不管我失去什么，遭受什么，我都会好好地走下去。就算什么都没有了，我也会带着我自己，重新出发。所以，爸爸妈妈，我走了。别怪我，也别为我担心，保佑我，祝福我，就可以。"

她说到最后，十分平静。她上前，微笑着轻轻抚摸过那两张冰冷的照片。照片上温柔的视线，好像给了她更多力量，然后她退后，深深鞠躬之后，转身离去。

她重新获得了力量，可以去做她想做的事了。

她聪慧精明了半生，现在却要去做一件最傻的事了。

没有利润，没有回报，完全消耗掉的17亿，她拿得出来。

她会付出她的梦信，用那个凝聚了她的心血、她的理想、她的荣耀的那个梦信，去换回那个男人的一生，不会再属于她的一生。

她会证明，为了他们曾经的爱，值得倾尽所有。金雪言的爱，在这世上无与伦比。

会议室中，气氛沉闷而压抑，参会者并不多，寥寥的席位使这个空间越显空旷。正是因为参与者不多，每个人身上承担了更大的压力。

翟丹峰主持了这次会议。

"今天，关于茂林集团林氏涉嫌诈骗一案，后续如何处置，必须做个决定。"

他说得相当直接，在场的包括不同职能部门的人员，大家是并行的职责，各有立场，尽管希望平稳解决的心情是一样的。

"这件事情影响面广，性质恶劣，我认为公开之后如何降低社会动荡，是我们工作的重中之重，应该以此为核心来制定详细方案。"

在场的人纷纷点头，翟丹峰发出一声无声的叹息。

今天，他们甚至没有再讨论化解此案的可能性。主张对林少煜严正查办的一方，态度并不强势，但主张对现有债权进行清偿，其他事态不再追究的一方，更加无人敢于坚持意见。

翟丹峰正想说话，会议室的门被推开了。他的秘书走了进来，快步来到他身边，俯在他耳旁说了些什么。

翟丹峰抬起头，环顾了一下长桌，说道："梦信金融的金雪言正在门外，说她有一些建议，大家看……"

所有人意外，却也不意外。梦信和茂林之间的关系让她来到这里顺理成章，不过针对她和梦信的调查已经结束，她其实根本不必来。

看到众人点头，翟丹峰便道："让她进来吧。"

片刻之后，穿白色套裙的女人走了进来。

240

她给整个暗沉的会议室带来一抹亮色。她神色清冷，姿态优雅，径直走到会议桌的一端，站定，面向所有人，说道："我是梦信金融的金雪言，感谢各位领导给我的时间。在这里，我只有一个请求，希望茂林集团林少煜一案能够实现全额清偿的方案，大而化小，消弭于无形。"

　　简单直接的表态，是她一贯的个人风格，但马上就有人说道："恐怕不行，林少煜以回购债权的方式收割出借人，就算清偿当前待收，一旦事情暴露，一样会造成恶劣的影响。"

　　"是的，所以我没有说清偿现有债权。"金雪言微笑道，"我建议，对之前所有未足额偿付的债权都予以补足，我个人将会补上这部分资金缺口。"

　　在场的人都吸了一口气，然后，低声的议论飞快发酵。只要资金问题能够解决，就多了许多可能性。不过马上就有人提出异议："但是，林少煜集资诈骗一案，犯罪事实清楚，法不容情。"

　　说话的是一位警官，他应该是经侦方面的负责人。金雪言笑了笑："他犯了什么罪，我想应由司法认定。但如果立即偿还债务，也许就没有移交司法的必要，不是吗？"她略略抬高声音，"当然，这是我个人的希望，也只是诚恳地希望而已。不过换个角度说，我们互金行业如今面临转折，后续也会有众多的平台需要退出行业。如何良性退出？整个过程如何引导？林氏涉及的平台覆盖了多种类型，涉及的出借人也遍布各个阶层。如果处置得当，我想会对整个行业良性退出的流程起到很好的示范作用。"

　　"好了。"翟丹峰打断了她的话，"你的意思我们知道了，其他的事，不需要你来考虑。"

　　"我明白，但我还有一些话想要说完。"金雪言道，"关于林少煜，他的确涉嫌犯罪，但他并非为了一己私利，可以说是事出有因，他想要保住茂林集团。而他通过茂林集团，六年来，进行技术引进，投入科技研发，转型高端制造业，在'光点计划'中新建的工厂创造了成千上万个就业机会。中国制造二〇二五需要这样不计一时得失、具有战略性发展眼光的企业家；另一方面，互联网金融平台的使命是扶持小微企业，实践普惠金融。茂林集团在林少煜的驱动下，同样在这方面提供了助力。我相信这一片赤诚之心，每个人都看在眼里。我说这些，绝不是想为林少煜洗脱罪名，而是我想每个人承担他应负的责任的同时，也应该得到属于他的公正的评价。"

　　会议室中一时沉寂，只有金雪言的声音在流淌。

　　"我一直希望，以金融为手段，为实体经济的发展做出贡献，林少煜更是一直坚定不移践行着这个目标，这也是我今天会站在这里为他陈词的原因。不过，不管接下去林少煜一案是否送交检方，有什么样的结果，我个人都不会有异议，这也不会影响我去补足那一部分偿付资金。一切，等待各位领导的定夺。"

她深深鞠躬，然后不再看任何人的表情，挺直脊背，转身离开。

她来到这里，是因为爱情。

她和他的爱情，在仅剩余烬的时候，却仍发出炽烈的光芒。放下了所有的恩怨，不惜一切代价，她只想完成这最后一件事。

当她做出这个决定时，已把一切都想得通透。事到如今，她丝毫不后悔去调查债转平台、去带回余天，哪怕重来，她一定还会这么做。她更感谢警方的追缉和调查制止了伤害的蔓延。但同样，她也不曾后悔接近他、追逐他，用全身心去爱他。

无论今天的结果如何，她都会竭尽全力。

林少煜，你是我生命中的最好，也是最痛。我会放弃你，却不会任你一个人沉落黑暗，只因你始终和我望着同一个方向。

"所以，金雪言向我们发出收购梦信的请求了吗？"孟伯平的办公室中，贺知微若有所思地问。

"是的，不过不止我们。她要转让自己持有的梦信股权的消息已经传开了，也可能有其他的收购方。"

"可是这个时点上，大家都在为要不要进入互金业而犹豫。"贺知微看着孟伯平，"梦信的这个体量，能接手的人并不多啊。"

"所以，我们要在这个时点上进入中国互金业吗？"

贺知微一笑："孟叔叔你是怎么看的？"

孟伯平沉吟了一下："值得一试。"

"很好，我也是这么想的。"

对摩飞来说，金融业是产业布局中的一个重要节点，现在还没有完成。而互金业虽然极其动荡，但未来可期，甚至趁现在的低谷进场，反而是一个好选择。作为其中的佼佼者，梦信更是一个绝对理想的对象。

"金雪言持有的60%股权，有了风范的市值之后，最低估值也应该在25亿左右。"

"她一定会要求资金迅速到位，这个我来和我爸爸说吧。"贺知微清冷地道，"至于金额，压到17亿，金雪言会答应的。"

"你很确定。"

"是啊，多或者少，对金雪言来说都没有意义。"

"那就这样推进吧。"对于摩飞，这也是件大事，敲定下来却很简单。

贺知微忽然笑道："孟叔叔，为什么有时候知道了对手的底线和软肋，可以一击而杀，反而让人感到索然无味呢？"

金雪言会做出这件事，她不意外。

在金雪言出现在最后一天的会议上之后，据说决策小组整整商议了五个小时，最终才确定下实际的操作方案——把林氏涉及的平台全部清盘处理，并且把包括回购债权之内的资金全额偿付。在司法介入之前解决问题，并且不予以公开详情。

如此之多的平台进行清偿，会有很多的猜疑，但所有言论都会如风散去。不会有人执着追寻答案，因为没有人受到伤害。

金雪言，她还是做成了这件几乎不可能的事。

贺知微一直想要打败金雪言，哪怕后来已经释怀，心里也不时有那样的念头。

可是现在，他们能够从金雪言手上拿走她最重要的东西，不知为什么，她却微微地怅然。

贺知微的手机响了。

她一接，露出吃惊的表情："什么？妈妈你已经到了机场？那你等着，我去接你。"

贺知微很奇怪，母亲为什么不声不响飞回了国内。她匆匆赶到机场找到母亲叶岚的时候，看见她身边已经有一个人在陪着她了。

一个面容温和的年轻男人坐在她母亲的身边，贺知微觉得他有些面熟，她应该见过他的，就是一时想不起来。

她的脚步一顿："你是……"

年轻人抬头看向她，目光复杂，没有说话。

"这就是相关方面反复权衡之后的决定。林先生，你可能还需要等待一段时间，不过情况是比较乐观的。"在看守所的会见室中，陈律师这样对林少煜说。

林少煜说："你刚才说，最后一部分用于清偿的资金，来自金雪言小姐，她预备向摩飞转让全部她持有的梦信股权？"

"是的。"

"她为什么要这么做？"

律师似乎难以回答。但林少煜也不需要回答，这句问话更接近于自问般的低语。

她为什么要这么做，在他的自救注定了失败之后，还要把他强行拉回来。

她为什么要这么做，在他已经那么狠地捅了她一刀之后。他以为她那么决绝的人，不可能心软，不可能回头。

"我要见一见金雪言。"

"我之前就联系过金小姐了，但她并不想见你，林先生。"

"我一定要见她一面！"林少煜显得非常急切，"无论如何，帮忙安排一下，拜托了。"

他要告诉她，要劝说她，不要那么做，或者……

"好吧，我会再去问问金小姐，转达您的请求。"陈律师答应了。

"谢谢。"

从这一天开始，林少煜陷入焦急的等待，他觉得十分难熬。然而，十余天之后，他没有等来金雪言，而是等来了贺知微。

会见室里，他看见贺知微安静坐着。她看上去并没有太多不妥，只是略有些憔悴。但以林少煜的敏锐，他还是感觉到她整个人似乎有什么不一样了。

只不过他也不明白那是什么。

"我想你已经知道金雪言为你做出的决定了，是吗？"贺知微开门见山。

"是的。"

"好，我今天来，是想告诉你另外一些事情。"

林少煜看着她。

贺知微的声音，平静如水。她的措辞彬彬有礼，却带着她一贯的充满优越感的姿态。她说的内容不长，很快就说完了。到了最后，她问他："就是这样，林少煜，你可以答应吗？"

林少煜沉默良久，最后嘶哑地说："好，我答应。"

贺知微露出笑容，站起身来，像一只孔雀般优雅离开。

虽然梦信也接触了其他的收购方，摩飞AI的报价不算高，但只有他们能够在短时间内资金到位。

他们掌握了金雪言的最终诉求，各取所需，理所应当，她并无不甘。

经过简单快速的谈判，最后金雪言和摩飞AI达成了一致。摩飞将以17亿的价格，收购金雪言手头60%的梦信金融股权，成为梦信金融新的控股方。

一切都以最快的速度推进着，不管是哪个方面，都想给这个本将引发地震式动荡的事件一个相对平缓的甚至不为人知的结局。

金雪言约了梦信和云微的出借人代表，在签约当天来公司，与新入主的大股东摩飞AI的代表见面。

突然更换法人和实控人，在互金圈是十分不祥的兆头，必然会使出借人如惊弓之鸟般不安。无论如何，她要平稳做好最后的交接。

到了金雪言和摩飞签约的前一天，安小仙、陆升明、许云、关振华几个人来到她的办公室里。他们是她最早的团队，也是她最信任的人。

没有人问她值不值得，也没有人劝她不要这么做，他们都了解她。只是大家心里都不好受，安小仙已经哭了好几遍，许云的眼眶也红红的。

"你们这样干什么？我又不是要去英勇就义，只不过是很正常的商业操作，我也没什么吃亏的嘛。"她安慰他们说。

陆升明问："会留下来吗？"

金雪言静了一下说："不，我会离开。"

其实摩飞许诺，股权转让之后，为她保留梦信CEO的职位，事实上他们也希望能留下来。但对她来说，在梦信的历程已经结束，她会踏上另一趟充满未知的旅程。

她这么说还是让大家的心情更沉重了些。关振华赶紧打破沉默，轻松地道："也没什么啦，还在同一个城市嘛。老大，以后要多出来和我们聚聚！"

"你可得预告你带的是哪个女朋友，免得我们总是大吃一惊。"

她这么一说，大家开始嘻嘻哈哈地打趣关振华，也就觉得好多了。过了一会儿，金雪言说："其实对梦信来说，摩飞是一个还不错的归宿。他们的产业链非常完整，对我们的资产端会是很好的补充。"她看着大家微笑，"如果可以，我还是希望，大家能陪着梦信走下去。"

大家点头，但她这么一说把安小仙又弄哭了，她说："明天我陪你去签约。"

"得了吧，你要是去了那儿哭哭啼啼的，岂不是让我很没面子？"金雪言笑着把她搂在怀里。

又说了会儿，她安抚好了大家，抬头看见站在门口的邵锦。

他一直站在那里，默默地看着他们，没有进来。

视线交错，他看到金雪言朝自己愧疚地一笑。他叹了口气，转身离开。

当他在走廊上慢慢地走着，他想，她终究还是要走出这一步。

实际上，决定去为林少煜奔走，付出一切，金雪言第一个告诉的人就是他。

"一定要这么做吗？"当时他问。

"邵锦，我知道我这么做对你来说是非常大的伤害。"她说得很艰难，"可是，我已经决定了，无论最后成功还是失败，都会那么去做。不管怎么样，我想今天的事情和当年的事情，是两回事。眼下这些事情结束之后，当年的车祸，如果你想公开，你还想把他送进监狱，我也绝不会阻止。"她说得那么冷漠而又诚恳，"如果需要，作为金康的女儿，我也可以作证，可以帮你。"

他还能说什么？她总是这么堂而皇之，无懈可击，也从不受人左右，又让他还能有什么余地，有什么选择呢？

第二天的签约仪式非常简单。

摩飞那边有孟伯平和相关的法务、助理，金雪言只有一个人。

合同其实已经确认过很多遍了，双方都没有异议。简单地沟通后，签字就可以，孟伯平很快就签完了。

几十页的合同，不止一份，需要签的位置也有很多处。

金雪言握笔在手中的那一刻，说没有不舍、没有悲伤、没有痛苦，是假的。

她倾尽心血的梦信，是她职业生涯中的第一个阶梯。阴差阳错，它竟然成了她的梦想，成了她的全部，载着她一路前往高处。她与它一同在悬崖边挣扎过，也一同领略过巅峰风景，她更通过它见证了波澜壮阔的时代浪潮。而今天，她终于要把它舍弃。

一旦落笔，合同就具有法律效力，她还有反悔的机会。

她不是个会反悔的人。

她落了笔。

一开始的签名，她艰难地完成，后来就越签越快。整个过程也不需要多久，她签完了。

她失去了梦信，得到的股权金将用于林少煜一案的清偿赔付。这些年，她自己剩余的资产并不是很多，但那对她也并不重要了。

这个时候，孟伯平对她说："金小姐，还有一份协议需要你签字。"

他们又给了她一份协议。

很简单的一份协议，摩飞AI将以17亿收购的梦信金融的60%股权，无偿转让给自然人金雪言，没有任何额外的附加条款。

金雪言呆了呆，看向孟伯平。

她不懂。

她迟疑地说："这是什么意思？能解释一下吗？"

"就是协议字面上的意思。"孟伯平说道，"金小姐可以重新拿回梦信金融的全部股权。"

金雪言站了起来。

"为什么？你们想要干什么？"

"是贺知微小姐一力主张这么做的。"孟伯平平静的声音当中有一丝怆然。

"贺知微？"金雪言仍旧无法相信，她定了定神，坐下来，把协议往前一推，"这份协议，我不会签。"

"为什么？"

"莫名其妙的馈赠，让人完全无法理解的合约，我不会接受。"

孟伯平看着她，脸色近乎肃然："你知道为了促成这件事，贺知微小姐付出了怎样的代价吗？"

金雪言看着他。

"以17亿的价格收购梦信金融，然后进行无偿转让，这极大地损害了摩飞资本的利益。"孟伯平说道，"这件事引得贺望洲先生震怒，本来是绝不可能达成的。但贺知微小姐，她以自己放弃全部的贺氏继承权为代价，取得了她三个哥哥的支持，最终在摩飞资本的董事会上通过了这个提案。"

"这就恕我更加难以理解了。"金雪言冷淡地说道。

孟伯平摇头："你可以亲自去问她。"

金雪言带着万分的困惑，甚至带着一种奇怪的、莫名的愤怒，打通了贺知微的电话。

她问："为什么？"

贺知微却像洞悉她内心所想："那份协议，你还没签吗？"

"没有，你为什么要这么做？"金雪言说，"整件事和你没有关系，和摩飞资本也没有关系。这本来是我个人的决定，甚至和林少煜都没有关系，你到底想要干什么？"

"难道不能仅仅因为他值得吗？"

"你在说什么？"

"金雪言，你和林少煜有那样的深仇大恨，还可以放弃一切去救他，我为什么不可以？"

金雪言冷冷道："不，贺知微，这不像你。"

"你以为你了解我？你觉得你洞察人心？"贺知微几乎是不屑地笑了一声，"金雪言，你应该知道，我一直想打败你。我以为我永远不会有这样的机会，但是你给了我这样的机会。今天，你放弃梦信之后还有什么呢？我的起点比你高得多，我本来就不屑于贺家的资产。现在它能作为一种武器来打败你，倒也算是有点价值，让我觉得很划算。"

"你可以自己去救林少煜。"

"不，我无意去救林少煜，但我不介意他欠我的情。"贺知微笑着，"我一定会等你先跳下来，金雪言，把协议签了吧，放心，没有陷阱。"

"如果我不签呢？"

"不签？难道不签，你就不会输吗？"贺知微还是那么一种玩味的语气，"你可以拿回梦信，也可以失去，但你都不可能赢，你自己决定。"

贺知微干脆地挂了电话。

金雪言怔怔地坐在那里，回想着贺知微的话。她不知道，贺知微对自己有着那么执着的敌意；她不知道，贺知微是这样疯狂的一个女人。可是，贺知微轻描淡写、居高临下的语气，终究是深深刺痛了她。她极尽绝望的爱，耗尽一切换回的东西，其他人对此竟是那么地弃之如敝屣。

没有人再催促她，而她在静默片刻之后，收拾起情绪，站起身来。

"告辞了，再见。"

孟伯平也站起来，深深看着她，伸手就可以拿回的毕生心血，实实在在的25亿，她仍旧付之一炬。

这个女人，总是让他意外，次数多了，连意外本身都成了正常的事。

因此他只是点头道："金小姐可以继续考虑，这份协议会为你保留一段时间。"

金雪言匆匆返回梦信。本来签约之后，应该有摩飞的代表和她一起过来，但事态成了她始料未及的样子，她还是独自回来。

一路上下着蒙蒙细雨。

她下了车，不禁一愣。

在梦信大厦前，许多许多的人，撑着伞在雨中等着她。

她认出一部分是出借人代表，在这动荡不安的半年内和她直接沟通过、争执过。她心里一沉，是她约了他们过来的。但是人数比她约的多了很多，想必是大家听说股权有变都不放心，来打听消息。

但偏偏新股东摩飞AI没有代表过来，这本身就是一种失信，她需要想办法解释。

金雪言快步走上前："大家不要急，这次变动的确突然，但我……"

"我们不是来找麻烦的。"

"我们是来送你的，金总。"

"金总，不要走，留下来吧。"

七嘴八舌的声音响起，在雨中淹没了她的声音。他们的确带着一些不安，但十分克制。她忽然知道自己想错了，他们说是来送她的。尽管他们不知道她这么做的缘由，但没有人怀疑她是为了私利套现离场。这份信任，值得她感激。

不过她马上也看到，这么多的信任是因何而来。人群之中除了出借人之外，还有许多的借款人。苏享、陈桑雅，甚至还有早已不需要通过互金平台募资、生意欣欣向荣的梁兴农，身价已经今非昔比的陈贤……他们都在伞下凝望着她。

"你们怎么都来了……"金雪言惊讶之余，一时说不出话来。

"金总，听说你要走了，我们不得不来。"苏享率先表态，"不过不管你还在不在，我们在云微的欠款，都会按时还清，大家不要担心。"

"是啊。我们桑雅也是，金总可以放心。"

"但你真的不能留下来吗？"

许多人在挽留着她，金雪言心中百感交集，但这不完全是因为他们对她的不舍。更多的是因为，她第一次看到出借人和借款人站在了一起。

他们在人群中不分彼此。很长时间以来，他们之间是各取所需的借贷关系，双方都只为了单纯的利益。有闲置资金的人借出金钱，按约定获得收益；需要资金的人得到了周转，可以起死回生，或者更上一层楼。只是，借款人不关心自己向谁借到了钱，出借人也不是很在意自己的钱流向了哪里。平台作为中介方，担负着所有的期许。

然而其实他们才是真正的履约双方。金雪言看着面前的人群，不管哪一方，都是她的客户，她服务的对象。她所做的，始终是让双方的信息更对等更公开。在资金紧张的阶段，他们一度产生了一种敌对的关系。可是到了此刻，他们在她面前不再对立，而是真正相互信赖的透明。

经过这一轮的动荡，融资和理财的双方，都更加明确了自己应该承担的风险和责任，对行业也有更恰当的认知。说到底，互联网金融只是一种形式、一个工具，真正重要的是人的诚信与理性。

"我……谢谢大家。"金雪言的声音微微沙哑，"谢谢大家陪我一直走到今天，现在，请大家回去吧。我不能说我会留下来，但是新的控股方摩飞AI一定也会秉持诚信的精神为大家服务的，我相信。"

她没有说太多，他们也没有向她说太多，仿佛只要看到她还在这里，得到一个也许是平淡无奇的许诺，就可以。

雨中的人群在她的目送下，终于陆续散去。

然而，金雪言其实也并不知道摩飞，或者准确地说，贺知微究竟是怎么想的。

她愿意选择摩飞，也是因为她判断他们是真的试图在中国做好互金业务，因此值得托付。可是现在，一切变得那么不确定起来，她不知道，还能不能将梦信交到他们手上。

是的，她可以将它拿回来，这不也正是贺知微的要求？

可是为什么拿回梦信，比决定放弃梦信，还要让她犹疑？

签约仪式之后，摩飞方面就没有了动静。那份无偿转让的协议，则发到了公司邮箱里，安小仙等几个人都知道了。不过几个人莫衷一是，谁也不明白摩飞的葫芦里卖着什么药。

按照最初的口头约定，签约完成后，金雪言会同摩飞方面去工商部门进行法人代表和股权的变更。但她不愿意再和摩飞或者孟伯平接触，便吩咐陆升明去询问。陆升明询问之后，匆匆走进她的办公室。

"你知道摩飞为梦信安排的法人代表是谁？"

"是谁？"

"连建恒。"

金雪言站了起来："怎么会是他？"

摩飞入主梦信后，会组建新的管理层，金雪言之前曾经问过，他们大多来自摩飞金融系统的管理层，不过她没有特别关注过法人代表。

而连建恒，甚至不是摩飞的员工。

在摩飞针对风范的计划中，他是一个傀儡。傀儡，很容易成为弃子。那么把他放在梦信的法人代表的位置上，意味着什么？摩飞究竟想要梦信扮演一个怎样的角色？她不寒而栗。

这些陆升明自然也都想到了，他轻声说："把梦信留在你自己手里吧。"

他们几个连日来始终没有劝过她一句，而此刻，陆升明终于开了这个口。

许多人希望她留下，但她在苦苦坚持，她从来都知道自己想要的是什么，只除了这一次。

　　她说："让我再想一想。"

　　其实还有什么好想的？只要一样东西不在自己的手中，就无法控制它会变成什么样子。决定放弃梦信之时，她带着一腔孤勇。而到了现在，她在害怕，怕它成为第二个财富家，她也无能为力。

　　可是她不愿接受那样的馈赠，她一遍遍地问自己，为什么，为什么？

　　她拿起车钥匙，开车离开了公司。

　　她以为自己没有目的地，原来目的地却是那么清晰。她开着车，最终来到了林少煜所在的看守所外面。办理探视不太容易，但只要她想，也不是办不成。可她就是胆怯地，久久看着远处的高墙，不愿动弹。

　　贺知微的选择，一定与林少煜有关。

　　他做了什么？他对贺知微许诺了什么？金雪言有一种强烈的冲动，想要面对面地抓住他问个清楚。

　　她吸了口气，准备下车，她真的想要去见林少煜一面。

　　手机响了，是邵锦。

　　他问："你在哪里？"

　　她告诉了他。

　　他说："要不要留下梦信，都无法自己决定。想见林少煜，想让他帮助你做出选择，是这样吗？"

　　"不，你为什么会这么想？我只是想知道我在为什么迟疑！"

　　"让我告诉你，你只是不想失去和他之间的最后一点羁绊。"他的声音，让人分不清是悲伤还是愤怒，可能更多地，是不想再挣扎的叹息，"想让他欠你一辈子，想让他永远也忘不了你，你也不想让自己忘记他。价值17亿的爱情，是不是很感人、很伟大？"

　　"我没有这样想！"

　　"你是怎么想的，只有你自己清楚。别傻了，别骗你自己。"

　　"邵锦……"

　　邵锦却已挂断了电话。

　　她无力地伏在驾驶台上，任由泪水自指缝中流下。她必须忘了林少煜，为了她的父亲、母亲，他们之间不应该再有任何的羁绊。可是也许邵锦戳穿了她心中的小小奢望，让她无法再逃避。

　　林少煜，让他去亏欠另一个女人，让他和金雪言之间的羁绊断得干干净净，她命令自己抓住那一丝残存的理性。

她用尽自己最后的力气，打通了贺知微的电话。

"我愿意签那份协议，如果那不是一个玩笑的话。"

过了这一刻，她不知道摇摆不定的心，又会为她做出怎样的决定。她没有太在意贺知微除了同意之外还说了什么，她不在乎谁输谁赢。她只是透过模糊的泪眼，看着不远处的高墙之外，梧桐树片片叶落。

仿佛上天怜悯一样，她可以重新拥有她的梦信。可是不知道为什么，她本应有的喜悦，却淹没在一片悲伤之中。

四个月后。

林少煜走出了看守所。

风和日丽，只是有一瞬间，阳光刺痛了他的眼。

四个月来，各方资金陆续到位，相关部门也竭尽全力，做好那数十家平台的清退工作。但除了核心小组之外，外界其实并不知道，这一轮退出潮当中这数十家平台具有关联。

由于资金及时偿还，没有掀起太大的动荡。这些平台的有序退出，更是对"良性清退"这一部分在未来监管中至关重要的工作起到了积极引导作用。

但这一切都不是他能干预的了，他只是一直在等待。

他被通知，这一天可以离开。

那么，也就意味着尘埃落定，风平浪静。他没有遭到起诉，他还是一个干净的人。

他竟然还能是一个干净的人。

他走出铁门之外，看着宽阔的林荫道，感慨又畅快地叹了口气。整整六年了，他从来没有这么轻松过。

他看见不远处，贺知微站在她的车子旁，向他微笑。

他向她走了过去。

"来接我的？谢谢。"

"嗯，没事了。"贺知微笑着轻轻拥抱了他一下，"走吧。"

林少煜向车子另一边走去，当他转过身，突然地，看见了金雪言。

她站在远处的树荫之下，那么遥远，又那么冰冷。只不过她的目光隔了那么长的距离，还是直抵他的眼中。

那个瞬间，他想知道她在想些什么，可是他却连自己在想些什么也没法知道。只有一片柔情和痛楚汇成的潮水，席卷而过，撕扯着他的心。

贺知微见他怔住，顺着他的视线看去，然后她无谓地笑了笑。

她也没催他，只是等着。

几秒钟之后，林少煜上了车。

与此同时，远处的金雪言转身离开。

他和她，最后只剩这一瞬默然无声的视线交汇。只是这一眼，已经用尽一生。

人生之中，总有潮起潮落。人与人之间，也总有缘起缘灭，相聚别离。只是对坚定豁达的人来说，前进的步伐总不会停止。生活还在继续，失去的人，过去的事，可能不过是午夜的一个梦影。

金雪言还在管理梦信和云微。除了云微之外，梦信的核心业务的重心，也更多地向协助小微企业融资的方向倾斜。尤其是实体制造业这块，它们是整个经济体系的造血细胞，应该好好呵护。她也发展了一些分支业务，近期有了将企业集团化的想法。

互金行业在艰难地蜕变，行业的自我清理仍在延续。有变动，有利好，只是去浊扬清之下，没有了盲目的一拥而上，从从业者到用户都更加理性，整个局面也渐渐更加通透。

大家的生活都欣欣向荣。许云生了二胎，自己还在上班，好在老公充当奶爸十分称职；关振华浪了几年，仿佛找到真命天女，嚷嚷着要结婚，简直让人大跌眼镜；就连安小仙，也有了一个男朋友，帅气的模特，惹得她经常犯花痴……

邵锦没有再回梦信来，而是在一个研究院做人工智能方面的项目。他搬了家，在金雪言的陪伴下更换了一个假肢，现在走路，几乎看不出来有问题了。

金雪言的生活，平淡而富有活力。她还是那么忙，不过锋芒内敛，知道安排更多的时间给自己，处事也更沉稳。

只不过再也没有那个人的消息而已。

其实也不是没有，她知道他应该是彻底离开了茂林集团，他已经一文不名。只不过更多的事，她也不想关注，不想关心。

她不想知道他过得好不好，更不想知道他和谁在一起。

转眼又是半年，又到了新旧交替的时候。一年的最后一天，到处都有辞旧迎新的活动，连梦信这附近都有一场烟火晚会。

晚上，金雪言下班，走出公司。冬日已经有几分寒意，她的视线扫过街道，寻找着邵锦的身影。

今天公司里其他人都出去疯了。邵锦一早就说他会过来，陪她迎新年，还可以一起看烟花。

他果然在不远处。看见她，他走过来，递来一杯热奶茶，两个人相视而笑。

自从没有了缘于父亲的愧疚，她面对他终于不再有压力，能够真正地坦然。

他们慢慢走着，街上人潮涌动，其实也没什么可逛的，后来就在桥边停了下来。远处的烟火晚会不知什么时候开始了，一簇簇烟花璀璨夺目，美轮美奂。

五年之前，二〇一四年的最后一天，她也看过这么美丽的烟花，她的心一痛。

"五年前的今天，梦信搬来了这里。"金雪言随口说着，"我们有了梦信大厦，现在想想，好久了。"

邵锦也说："是啊，好久了。"

他渐渐靠近她，缓缓伸出手，想要拥抱她。

金雪言瑟缩了一下，然而，邵锦表现得那样坚决。她想，她也应该努力给自己找个出口。于是她吸了口气，慢慢放松身体，任由他抱住了自己。

烟火的光芒之下，邵锦紧紧拥抱了金雪言。静静的十秒钟之后，他慢慢松开手臂，在她耳旁低声说："雪言，去找他吧。"

金雪言有点意外地看了他一眼，不动声色地脱离了他的怀抱。

邵锦注视着她说："我是说，去找林少煜吧。"

金雪言不在意地笑笑，转身看向远处的烟花。

"其实当年那场车祸的肇事者，不是林少煜。"然而他接下去说出来的话，却让她猛地转过头来，"而是贺知微。"

"你说什么？"

邵锦的声音清晰而缓慢："风生岩事件发生之后，我没有放弃。我去调查了很多事情，然后我发现，车祸当天，林少煜根本不在市内。"

"邵锦，说清楚！"金雪言紧紧抓住他的手臂，前所未有地急切。

其实风生岩事件发生之后，邵锦没有放弃。

他只是觉得不应该拖上金雪言，不过，他并没有打算放下那样的仇恨，所以他想找到更多的证据，以便有一天能让真相大白于天下。

结果调查下来，他发现那一天，林少煜早已经和他新交的女朋友去外地玩了。等他再次出现在本市，整个事件都已经完全处理妥当。

邵锦觉察到事情的不对，他自林茂生身边开始查，最后发现在处理和车祸有关的事情当中，很多疑点都指向一个叫叶岚的女人。

他查到叶岚当前的住所，到美国去找到了她。

面对他的质问，叶岚一开始什么也不肯说。后来她承认，肇事者是她自己，但邵锦一个字也不相信。

"叶女士，你说你当时想要去一个附近的市场买东西，然后你开了你朋友的儿子的超跑兰博基尼？"他冷漠地说，"叶女士，事到如今，我是唯一的幸存者，你不能给我一个真相吗？"

在他反复尖锐的逼问之下，叶岚最后终于承认，当时驾驶那辆兰博基尼的是她的女儿贺知微。

"当时她太小了，才十六岁，她还有那么长的人生。她已经十六岁了，她要负完全的刑事责任……可她不是故意的，她只是受了刺激……"叶岚低声抽泣着。

"她连驾照也没有，是吗？然后为了掩盖这件事，你们去找了林茂生帮忙？"邵锦的声音有些吓人，"然后你们到了美国，她继续着她光辉灿烂的人生，是吗？"

"前半句，你说得对。林茂生一直很照顾我们，他摆平了这件事。"叶岚深深叹了口气，"可是我女儿也不像你想的那么轻松。因为这场车祸，她得了重度抑郁症，无数次地试图自杀。后来我不得不带她来到美国，接受专门的治疗，治疗当中，她终于把那段记忆完全忘掉了，这样她才得以治愈。"

"忘掉了？有两个人被她杀死了，但她把他们忘掉了？"

"人啊，总是有种求生欲，如果不忘掉那件可怕的事，她没有办法活下去。"

邵锦站了起来："她会重新想起一切，知道一切。"

"不！"叶岚突然死死抓住他的手，哀求道，"放过她好吗？邵先生……别告诉她。我不知道她知道了这一切会怎样！别毁了她，可以吗？"

邵锦冰凉地笑了笑。

叶岚忽然无法再说下去，眼前这个年轻人，是那么温和淡漠，就算在知道一切之后，也没有一点失礼的举动。可是，他的双亲确确实实死在了她女儿的手中，她能向他要求什么？

邵锦慢慢地拉开了她的手，想要离去。

就在这个时候，他接到了那个电话。

是林少煜的电话，他请求他能够回去，把那件事透露给金雪言。

"但那个肇事者不是你。"

林少煜沉默了一下："你还是知道了？"

邵锦说："在风生岩，你为什么不否认？"

林少煜却没回答，他只是说："回来吧，以你在风生岩看到的、听到的为准，对她说到那里为止，就可以。"

"现在你不担心她孤独一生了？"

电话那头的男声笑了起来："那也比嫁给一个诈骗犯，守着他度过一生来得强，不是吗？"他的语气急促了一点，"你知道怎样才是好的，你知道她足够坚强，会照顾好自己。如果你还是想要复仇，等我的案件结束之后再进行，可以吗？"

"让她恨我一辈子吗？"

"邵锦，"林少煜不再多说，"拜托了。"

邵锦感到愤怒，又感到深深的无力。那个人，他还是这样，看似请求，但实际上和在风生岩时一样强横无礼。邵锦痛恨自己，为什么明明愤怒，却无法拒绝。

他回国，找到了金雪言。

他不再考虑她会不会恨自己，只是试图把她从深渊旁拉开。

但他们做的所有努力，最终全都白费了，也对，他们怎么会以为自己掌控得了金雪言呢？

当金雪言告诉邵锦她要转让梦信的决定，邵锦也做出一个决定。

他说服叶岚回国来，和他一起找贺知微谈谈。

对叶岚来说，她不知道那个年轻人会对女儿做些什么，那么不如她自己也参与。因此尽管她惴惴不安，还是听从他的要求，赶回了国内。

贺知微，她以为自己有个秘密。

可实际上，她真正可怕的秘密，早已被她自己忘掉了。

母亲和邵锦的话，一开始她并不相信，她觉得一切是那么可笑。可是，缓慢地，那些被尘封的经历，还是一点一点从褪色的灰烬中觉醒，一点一点再次把她淹没。

她才不是那种脆弱多情的小姑娘，她看到林少煜吻一个女生，确实感到很生气。可是她做了什么呢？她气冲冲地取了他的车钥匙，开了他的车子，出门兜风。

林家拿她当女儿看待，她要开走一辆车是太简单的事。林少煜那阵子常开着这辆车带她兜风，她也想开着玩玩，但他怎么也不许。现在好了，他惹恼了她，她再也不要听他的了！

257

然后那一切发生了。

飞溅的鲜血，扭曲的人体，消逝的生命……她尖叫，哭喊，崩溃。

她没法接受这样的罪孽，陷入癫狂，然而在药物和求生本能的驱使下，她最终把那段记忆封印了。她后来知道自己丢失了三年的记忆，但她以为只是剥离掉了疾病的痕迹。对于这一切的开端，她执着地认为，是因为林少煜的恋情。

时隔十年，当贺知微再次看到那么残酷的事实，她尖叫、哭喊、崩溃。

还好她妈妈早有准备。在医生和叶岚的安抚下，经过几天的绝望挣扎，贺知微恢复了理智，重新接受了那个事实。

邵锦再次见到她的时候，她在病床上，眼神空洞。

他在她面前坐下。

她不知道如何面对这个人。过了许久，他不说话，她终于问："现在，你找到我了，你想怎么样？"

"我找到你了，但是，一切都回不来了。"

他的父亲，他的母亲，他的腿，都不会再回来。

"所以呢？"贺知微神经质地问着，"想杀了我吗？要不要我来偿命？"突然地，她跳起来冲到了阳台上，"只要你点头，我可以从这里跳下去！"

"微微！"她母亲吓坏了。

贺知微，她那么骄傲，自视甚高，在心里总是俯瞰着人群。她没法接受自己如此污浊，有洗不清的罪孽。如果能够以死偿还，她愿意。

邵锦缓缓地摇头。

他慢慢走到她面前，看着她的眼睛，说道："贺知微，那场车祸是一起刑事案件，追诉期长达十五年，到现在也没有过去。但是，为我做一件事，做完之后，我会原谅你、宽恕你，不再怨恨你。"

贺知微看着他。

"收购梦信金融，给金雪言她想要的东西，然后再把梦信还给她。"邵锦说道，"完成这件事之后，我们两清。"

好久，贺知微笑了一下："这就是你想要的？"

"是的。"邵锦的笑容冰凉如水，"两条命、一条腿，十七个亿，还算划算，对不对？"

贺知微的眼睛里，慢慢聚起了一点亮光。那个骄傲、优雅的她，又回来了一点点。原谅和宽恕，多么具有诱惑力的词。当眼前的这个男人把它们赐予她，许诺不再追诉，她就可以把这一页安然翻过，她会拥有新生，真的痊愈。对她来说，这未必不是一件划算的事情，她答应了。

不但补偿了邵锦，也算补偿了金雪言的父亲——哪怕她可能并不接受。但作为贺知微，已经无法再期盼更多。

当然，实际上贺知微付出的代价，远远不止17亿。以不到3亿美金，买断贺知微在贺氏的全部继承权，她的哥哥们应该更加满意。

叶岚和孟伯平都支持她的决定，后来就算是贺望洲，也接受了这样的处置。

而且付出的越多，她的心里就越平静。

到了某一天，她已经可以淡然平和地面对邵锦，她对他说："我会给你一份额外的礼物。"

"什么？"

"我想这一系列事情，只有你有资格告诉金雪言。"她微笑着说，"我会让所有人保守秘密，直到你愿意对她说的那一天。"

"包括林少煜吗？"

"对。"

邵锦想了想："好，你去对他说吧。"

贺知微看着眼前这个男人，终于从卑微的负疚感背后，找回了自己俯视他人的好奇。

保守这个秘密，也许就可以留下他心爱的女人，他会怎么做？

而当她去把这一切说给林少煜，请求他不要把真相告诉金雪言的时候，后者果然也带着她意想之中的挣扎。

他问她："是邵锦提出这个要求的吗？"

"就算是吧。"

林少煜沉默良久，最后喑哑地说："好，我答应。"

事实上，邵锦和林少煜对于对方在那个时间点上会这么做的意图都心知肚明。如果金雪言知道了一切的真相，她未必会接受这个安排——由贺知微来解决这笔资金。

也许她会认为援救林少煜是属于自己的责任，会认为不应该把当年的事混为一谈。谁知道呢？她太难预测。

她与摩飞签约的那一天，邵锦知道摩飞不会有代表前来。为了避免出借人的骚动，他约了几个重要的借款人前来，也希望他们的挽留能够打动她。

可是即使如此，他们还是等了很久，等她做出决定。

打那最后一个电话之时，邵锦几乎已经放弃。但他的寥寥几句，终于还是把她拉了回来。

金雪言的决定，同样让贺知微松了口气。

当金雪言接受了她的馈赠，她也就得到了自己想要的一切：真实的宽宥，扫尽的阴影，阳光下的新生。她可以看看，那两个男人会怎么做。这就是她一直想要观察的人性和人心，她甚至可以在某个时刻假装自己打败了金雪言。

远处的烟火晚会进行到了高潮，飞虹流光，绚烂无比。

金雪言怔怔地看着邵锦。她不知道为什么，以前总觉得他内向低调，并不引人注意，可是他偏偏一次又一次地震惊了她。

"就是这样，我不知道林少煜在风生岩为什么要那样对我说。也许他并不把我放在眼里，也许他下意识地想保护贺知微，也许他想保留一个可以随时让你离开他的可能性……我不知道。但是他确实和车祸、和你爸爸的事都无关。他知道的只是贺知微撞毁了那辆车，因车祸而患病而已。"

"真的是这样吗？"也许是反转太多，金雪言几乎有点畏惧地问。

她怕一切不是真实的，怕这份希望只是虚妄的。

邵锦笑着说："你可以自己去问他啊。"

"去问他？"她喃喃着，似乎还没接受这种可能性，"邵锦，这么久了，为什么……"

"这么久了，为什么才告诉你，是吗？"邵锦看向对岸的烟火，"有时候我也想，贺知微说的是不是对的，只有我才有资格告诉你；有时候我也想，能再和你待一段日子；还有的时候，其实我对你们两个都有点怨气。你们总是堂而皇之，好像凛然得无懈可击。其实你们总是顾着那个完美的自己，从来没想过是不是给别人也留一些余地。"

"邵锦……"

"所以我给自己定下了半年的期限，我想事情都结束了，他那么爱你，也许会来找你。"邵锦说着，脑膜中又有一分坦然，"其实我一直在等着他来找你，如果他对你说出一切，至少他打破了自己的承诺，至少他欠我一次。可惜这半年，其实最受折磨的人是我自己。"

"因为你太善良，永远不够狠心。"

邵锦笑笑："所以，让你多受了这半年的伤心，你会怪我吗？"

"不，我不怪你，邵锦。"而金雪言，终于像是真正地缓过了神来。她说完这句，突然飞快地重重地抱了他一下，然后转身，快步地离开。

她的步子越来越快，最后变成了迫不及待地奔跑。邵锦默默看着她的身影，消失在烟花华丽的背景之间。

他低下头，笑着叹了口气。

金雪言，你太无情。

你甚至都没有对我说一声谢谢。

然而我的一生所愿，唯你幸福而已。

尾声 彩虹······

德国，慕尼黑。

GDM总部，一行人边说话边从大楼中走出，是几名欧洲人和几名中国人，看上去相谈甚欢。走出大楼，为首的中国人伸出手，用流利的德语说道："那么，等你们确认之后，我们就可以继续推进。"

"没问题。"德方代表与他握手，"放心，林。"

双方分手，这几个年轻的中国人开心地互相击掌。GDM是优秀的精密机床制造厂商，掌握他们公司急需的技术。之前试图进行的产品引进并不顺利，这一次洽谈却取得了重大突破。这次回去，升职加薪在望了。

"航班是晚上的，去附近逛逛吧。"工作既然完成，玩乐购物的心不禁蠢蠢欲动，这个提议受到大家的附和。不过商量几句，有人看到他们的核心人物没动静，问道："啊，林少煜，你不去吗？"

林少煜笑着说："我就不去了，我回酒店。"

最年长的那位瞥了问话的年轻人一眼，似乎觉得他不懂事，然后对林少煜说："小林，那我们就先不吵你了。"

大家与他暂时告别，很快就各自走了。

林少煜独自走在慕尼黑的街道上，小雨初晴的午后，带着一种冬日特有的清冽气息。

262

他来过这城市很多次，这一次的心境却和过去完全不同，可能是一切都太不相同了吧。

　　他离开了茂林集团，茂林更不再属于他。由于他的事情所引起的动荡，茂林集团也被调查。之后，他的股权退出，由两家央企入驻。他当然希望，它能按照他原先的规划往前走，但他已经无法左右任何事情。

　　没多久，他现在供职的这家公司找到了他。

　　他们需要GDM的资源，相关洽谈却不顺利。GDM有人有意无意地说了一句："中国企业？我们还在等着和林谈。"

　　也是他们有这样的机缘，这个时间上真有机会找到林少煜。其实那段时间，很多人找他，他们看中他的能力和人脉，希望在他落魄的时候能够让他为己所用。他最后选择了这家公司，是觉得他们确有潜力，他们做的事情也是他想做的。

　　他终于成了一个需要为生活奔忙的人，他终于只是芸芸众生的一员，他终于从云端跌落尘埃。他渐渐习惯了挤地铁，习惯了经济舱，习惯了穿非定制的衬衫……他孑然一身，再没有人与他同行。

　　他失去了所有，但他还有他自己，这已经是最好的事情。

　　慢慢走到酒店门口，他的手机响了，是国内的同事问情况，问到一个具体数据，他说："稍等，我查一下。"

　　他拿着手机，边低头抽出包里的文件，边向酒店里走去。

　　迎面撞上一个人，他手中的成叠文件飞了出去，四下散落，他下意识说："对不起……"

　　他想要俯身去捡，但突然被夺取了全部的注意力。

　　手机里还有询问的声音，掉落的文件被风吹散一地，他却没办法有任何反应，只是站直了，静静看着眼前撞了自己的这个人。

　　她就那么站在他的面前，同样静静地看着他。

　　时光仿佛停止，不知道永恒是什么，只有此刻，只有彼此，只有无法摆脱也无法解开的爱和宿命。

　　不知过了多久，他哑哑地一笑："好巧。"

　　下一秒，金雪言飞扑上来，紧紧地抱住了他。

　　她的头发摩挲着他的耳际，他听见她低低的哽咽，他感觉到她温热的泪水滑入脖颈。他抬起眼睛看向远处，欧式建筑群在午后的阳光下发出浅金色的光芒，华丽得如同幻梦，它们的上方有彩虹横跨天际。

　　他终于张开双手，然后一点一点收紧，把她紧紧地搂在怀里。

他的眼泪，他自己也不能防备地一滴一滴落下，无声地浸润她的头发。

她仰起脸，两人同样汹涌的泪水汇在了一处，舌尖微微的咸涩瞬间淹没在热烈的亲吻之中。没有隔阂，没有顾虑，放纵了一切，无法止息。

路过的人们，看着这对激情洋溢的男女幸福地微笑。

人来人往的机场中，林少煜说："金雪言，你这样的人，太弱小了，没有资格站在我的身边。"

黑暗汹涌的江面上，金雪言说："林少煜，我现在就要放弃你了。"

高速飞驰即将相撞的车上，他说："爱你。"

灯光明亮的演播室里，她说："想让全世界看到我的爱情。"

他说："让我来朝拜你，好不好？"

她说："我想给你更多一点，可我不知道该怎么做。"

……

一路走来，没有太多的时间去爱你，却有深入骨髓的灼痛与甜蜜，有风雨中携手的砥砺前行。

这个时代，金钱和欲望的洪流裹挟着我们，要遇见谁，爱上谁，才可以穿越迷惘，永不放弃？

曾以为，与你只是一场烟火的际遇，

谁知，却是越过夜海的彼岸灯火，温柔照亮了我的心。

（全文完）

图书在版编目（CIP）数据

她的骄傲：全2册 / 因可觅著 . — 南京：江苏凤
凰文艺出版社，2019.9
ISBN 978-7-5594-4007-5

Ⅰ . ①她… Ⅱ . ①因… Ⅲ . ①长篇小说 – 中国 – 当代
Ⅳ . ① I247.5

中国版本图书馆 CIP 数据核字 (2019) 第 160172 号

她的骄傲（全2册）

因可觅 著

策　　划	北京记忆坊文化
出 版 人	张在健
特约策划	紫　木
特约编辑	单诗杰 赵　钥
责任编辑	白　涵 刘洲原
营销编辑	杨　迎
封面设计	80 零·小贾
封面绘图	三　乖
版式设计	天　缈
出版发行	江苏凤凰文艺出版社
	南京市中央路 165 号，邮编：210009
网　　址	http://www.jswenyi.com
印　　刷	环球东方 (北京) 印务有限公司
开　　本	670 毫米 ×970 毫米 1/16
印　　张	34.5
字　　数	655 千字
版　　次	2019 年 9 月第 1 版　2019 年 9 月第 1 次印刷
书　　号	ISBN 978-7-5594-4007-5
定　　价	72.00 元（全二册）

江苏凤凰文艺版图书凡印刷、装订错误可随时向承印厂调换

MEMORY
HOUSE